Threes Anna
Warten auf den Monsun

Roman

Aus dem Niederländischen
von Waltraud Hüsmert

Insel Verlag

Titel der Originalausgabe:
Wachten op de moesson
Signatuur, Utrecht 2010

Die Übersetzung des Buches wurde gefördert
von der Dutch Foundation for Literature.

Druck: Friedrich Pustet, Regensburg
Printed in Germany
Erste Auflage 2011
ISBN 978-3-458-17493-6

1 2 3 4 5 6 – 16 15 14 13 12 11

Für
meinen lieben Vater,
der nie in einem Krieg
kämpfen mußte

1995

Rampur

Wenn ihre Seele so makellos gewesen wäre wie ihr Rasen, dann wäre sie in jenem Jahr nicht gestorben. Sie glich dem alten Lloyds, der jahrelang der einzige elektrische Rasenmäher weit und breit gewesen war. Daß auf ihn noch Verlaß war, lag an der Marke und nicht an der Liebe.

Sie schob das leise brummende Gerät vor sich her. Am Horizont rötete sich der Himmel, und das Stromkabel war inzwischen bis zum Ende ausgerollt. Charlotte wendete den Lloyds mit einem Ruck und ging zurück zum Haus. Das war noch mühsamer, denn nun ging es bergauf, und sie mußte aufpassen, daß sie nicht über das Kabel fuhr. Sie schnaufte vor Anstrengung, wieder hatte sie es gerade noch rechtzeitig geschafft. In der Ferne hörte sie den Bus zur ersten Fahrt des Tages starten, in einem der Häuser unten an der Straße ging ein Licht an, die Grillen hatten aufgehört zu zirpen, und die Vögel träumten noch. Langsam wachte Indien auf.

Charlotte schob den Lloyds in den Schuppen und rollte das lange, aus etlichen Verlängerungsschnüren zusammengesteckte Kabel auf. Jedesmal, wenn sie nach Neu-Delhi mußte, hatte der Gärtner sie gebeten, ihm ein zusätzliches Kabel mitzubringen, damit er auch noch weiter unten mähen konnte. Bis vor einem halben Jahr, da war er eines Morgens nicht mehr aufgewacht.

Charlotte hatte den *Mali* um seinen friedlichen Tod beneidet. Als man sie geholt hatte, war es noch dunkel gewesen, so wie jetzt. An der Rückwand des Schuppens, neben dem alten Lloyds, stand sein einfaches Bett, zusammengeschustert aus Holz und Seilen. Der alte Mann lag darauf ausgestreckt in einem langen weißen Hemd, die Hände auf der Brust gefaltet, die Füße etwas auseinander, durch den dünnen, durchscheinenden Stoff sah man den Brustkorb, und die Augen waren geschlossen. Es sah aus, als bete er. »Du hast einen besseren Gott als ich«, hatte sie geflüstert.

Nach dem Frühstück hatten drei ihr bis dahin unbekannte Neffen den Leichnam abgeholt. Charlotte war es noch immer ein Rätsel, wie Neuigkeiten sich so schnell verbreiten konnten. Die Männer hatten die Leiche in ein Tuch gehüllt und auf eine Tragbahre aus Bambus gelegt. Alle irdischen Besitztümer wurden in ein anderes Tuch gewickelt und verschwanden in einer Tasche. Nachdem Charlotte ihnen Geld für die Einäscherung gegeben hatte, waren sie gegangen, zwischen ihren Schultern den hin und her schwankenden Leichnam. In der Woche darauf hatte sie versucht, das Bett zu verkaufen, aber niemand wollte etwas bezahlen für das klapprige Holzgestell, auf dem der Mali gestorben war.

Sie legte das Kabelbündel wieder aufs Bett. Es war Zeit für den Tee, bevor die Sonne das Land versengte und alle Vögel verstummten außer dem Kuckuck. Im Küchenhaus, das zwanzig Meter vom Haupthaus entfernt stand, ging das Licht an. Charlotte huschte die breite, monumentale Treppe hinauf und ging zurück in ihr Schlafzimmer. Sie wollte nicht, daß Hema sie in der alten Arbeitshose sah.

Hema, der Butler, hieß eigentlich Hemavatinandan. Diesen Namen hatte sie sich schwer merken können, und darum hieß er schon seit neunundzwanzig Jahren Hema; daß das ein Mädchenname war, wußte Charlotte, die selbst mit vollem Namen Charlotte Elizabeth hieß, nicht. So wie sie auch nicht wußte, daß Hema in der Küche wartete, bis sie mit dem Mähen fertig war und den Rasenmäher wieder im Schuppen verstaut hatte, bevor er das Licht anmachte. Im Dunkeln hatte er schon Vorbereitungen getroffen, denn er wußte, daß sie sofort nach dem Tee klingeln würde, wenn sie wieder in ihrem Schlafzimmer war.

Charlotte warf die Schlappen von den Füßen und zog die Hose aus, ihr Baumwollnachthemd hatte sie anbehalten, mit einem Seufzer schlüpfte sie unter das Moskitonetz zurück ins Bett. Die Fenster und Läden des Schlafzimmers standen sperrangelweit offen, und das Laken fühlte sich endlich kühl an. In einer Viertelstunde würde die Sonne brutal und stechend in den Tag eintreten. Einen Tag, dem sie wie jedem Dienstag mit Schrecken entgegensah, jetzt in den heißen Monaten noch mehr als sonst. Sie zog an der Schnur neben dem Bett. Draußen hatte sich der Himmel rosa gefärbt, die Vögel unter dem Fenster zwitscherten, eine leichte Morgenbrise blies den letzten Hauch Nachtluft in ihr Zimmer. Sie streckte sich lang aus und wartete auf den Tee.

In der Küche ertönte die Klingel. Hema wischte sich den Schweiß von der Stirn und legte die Butangasflasche auf die Seite. Das Feuer unter dem Wasserkessel war schon zweimal ausgegangen, und er hatte keine Reserveflasche im Haus. Er hatte versucht, an der alten Feuerstelle in der Ecke ein Feuer zu entfachen, aber die Kohlen wollten nicht brennen. Mit schnellen Schritten ging er zum Schuppen. Unter dem Bett zog er den zerbeulten Petroleumkocher hervor, den der Gärtner benutzt hatte, und nahm ihn mit in die Küche. Die meisten englischen Haushalte besaßen schon seit Jahren einen Elektroherd, aber Charlotte hatte ihm gesagt, auf einem so modernen Herd gekochtes Essen schmecke ihr nicht. Hema war es schleierhaft, wie sie den Unterschied merken konnte.

Das Tablett mit der Teekanne stellte er neben ihrem Bett ab und schenkte ihr eine Tasse ein.

»Hattest du die Klingel nicht gehört?«

»Sorry, Charlotte *Memsahib.*« Hema senkte den Kopf. »Die Gasflasche war leer, und es ist keine neue da.«

»Wir haben doch noch Kohlen, oder?«

Hema nickte und schloß die Fensterläden.

»Der alte *Bobajee* hat immer auf einem Kohlefeuer gekocht«, erklang es vom Bett. Daß der alte Koch nie selbst das Feuer angezündet, sondern jedesmal den Gärtner zu Hilfe geholt hatte, war auch etwas, was Charlotte nicht wußte. Sie trank einen Schluck Tee und lächelte. »Zum Glück schmeckt dein Tee besser als der vom alten Bobajee.«

Hema zog die Vorhänge vor die Fensterläden, und im Zimmer war es wieder völlig dunkel. Gepolter war zu hören, eine Glühbirne ging an, und der Ventilator an der Decke begann sich zu drehen. Charlotte blickte auf den Rücken des Mannes, der wieder ans Fenster trat.

»Ma'am?« Hema zog die Vorhänge glatt.

»Ja?«

»Kann ich eine neue Gasflasche kaufen?«

»Warum nimmst du nicht die Kohlen?«

Hema senkte den Kopf noch tiefer. »Yes, ma'am, aber ich habe so viel zu tun.«

»Das weiß ich, Hema. Trotzdem wäre es mir lieber, wenn du erst die Kohlen aufbrauchst, bevor wir eine neue Flasche besorgen.«

Barfuß ging der alte Mann zur Tür, den Kopf noch immer gesenkt, und murmelte: »Natürlich, Charlotte Memsahib, natürlich.«

Charlotte schloß die Augen. Die erste Morgenhitze kroch durch die Ritzen der Fensterläden ins Schlafzimmer. Sie hörte, wie Hema die Badezimmertür öffnete und den Wasserhahn über der Wanne aufdrehte.

»Denkst du daran, die Oberlichter im Kinderzimmer zu schließen?« rief sie ihm nach.

Oben im Treppenhaus schlug die Uhr sechsmal, auf dem Dachboden suchte eine Taube die Öffnung, um hineinzufliegen, und Hema nahm den Schlüssel von dem Nagel, der neben der Kinderzimmertür hing. Alle versuchten, die ersten Stunden des Tages zu nutzen, bevor es zu heiß wurde und sich niemand mehr bewegen mochte. Charlotte öffnete die Augen und sah, daß Grashalme an ihren Füßen klebten. Sie hoffte, daß Hema es nicht gesehen hatte. Es gab vieles, was Charlotte nicht wußte, aber eines wußte sie genau: Hema hatte noch immer sehr gute Augen. Ihre Hand griff aus dem Moskitonetz heraus zum Nachttisch. Sie zog die Schublade auf und tastete zwischen Arzneifläschchen, Taschentüchern und anderem Krimskrams, bis sie hinten in der Ecke auf ein Kästchen stieß. Es war aus Holz und früher einmal himmelblau gewesen; inzwischen war die Farbe abgeblättert, und es war schmuddelig. Charlotte ergriff es und nahm es unters Moskitonetz. Sie zögerte, schien es zurücklegen zu wollen, öffnete es dann doch. In dem Kästchen lagen eine Zigarette und ein Feuerzeug. Ihre Nasenflügel bebten etwas, und ihre Zungenspitze fuhr über die Oberlippe. Die Geräusche im Haus verstummten, draußen brachen die Vögel ihren Morgengesang ab. Sie steckte sich die Zigarette in den Mund und knipste das Feuerzeug an, bewegte es langsam zur Spitze der Zigarette, hielt jedoch im letzten Moment inne. Charlotte nahm einen tiefen Zug von der nicht brennenden Zigarette, saugte ihn genießerisch in die Lunge, um anschließend große imaginäre Rauchwolken auszupusten. Sie entspannte sich und schnippte die Asche in den fiktiven Aschenbecher, der neben ihr auf dem Bett stand. Wieder nahm sie einen Zug, noch tiefer als der erste. Sie spitzte die Lippen und blies den Rauch langsam aus. Der Tag hatte angefangen.

Charlotte fuhr auf ihrem alten Raleigh den Hügel hinunter. Ihr Rock und ihre Haare flatterten, und die staubige Erde wirbelte durch die rasante Fahrt auf. Unten, wo der Pfad auf die Straße traf, stand ein rostiges Verkehrsschild, von dem niemand mehr wußte, daß es ein Vorfahrtsschild war. Sie überquerte, ohne nach links und rechts zu sehen, die Straße. Ein LKW-Fahrer, der gerade mit einer Ladung Wassermelonen um die Kurve kam, verfluchte sie, doch das hörte sie nicht, denn in dem Moment fuhr sie schon am Gemüsestand vorbei, wo ein Mann mit krummen Beinen Mandarinen zu einem hohen Berg auftürmte. Er hob grüßend die Hand. Charlotte winkte dem Mann zu, der gut Fahrradschläuche flicken konnte. Ihr Tempo wurde nun langsamer, nicht, weil sie es wollte, sondern weil der Hügel in die ebene Straße überging, die an den Stadtrand führte. Auf ihrer Stirn bildeten sich Schweißtropfen, der Rock klebte ihr an den Beinen, und ihr Atem ging schneller. Der Staub, der der Luft ihren grauen Farbton gab, haftete an ihrer Haut. Sie spürte ihre Knie und verwünschte den alten Drahtesel. Ein Auto hupte, und Charlotte sah sich ermattet um. Hinter dem Chauffeur saß die Frau von Nikhil Nair, wie immer ganz in Rosa, und winkte. Ihre Lippen bewegten sich, aber was sie sagte, war nicht zu verstehen; niemand käme auf die Idee, das Fenster eines Autos mit Klimaanlage herunterzukurbeln, wenn es nicht unbedingt sein mußte. Charlotte nahm die Hand vom Lenker und winkte zurück. Einen Moment hoffte sie, die Frau des Distriktsdirektors der Eastern Indian Mining Company würde sie mitnehmen, doch der Wagen überholte sie, und sie schnappte in der Wolke von Auspuffgasen nach Luft.

Wenn sie vor drei Wochen nicht Probleme mit dem Magen gehabt hätte, dann hätte Charlotte das regelmäßige Dienstagmorgentreffen nicht versäumt. Ein Professor aus Kalkutta hatte einen Vortrag gehalten und den Damen erklärt, wie wichtig tägliche Bewegung im Kampf gegen Cellulite sei. »Aha! Deshalb das Fahrrad!« hatte eine der Damen gerufen, und die anderen hatten genickt. Keine von ihnen hatte nämlich begriffen, warum Charlotte, die jahrelang mit dem Auto gekommen war, den Vauxhall verkauft hatte und nun mit dem Fahrrad kam. Das Auto verschwand in der Ferne. Sie wußte nicht, was für eine Marke es war, aber daß es neu, groß und teuer war, war für niemanden ein Geheimnis. Ein Geheimnis aber war es, daß Nikhil Nair Charlotte die Pendeluhr abkaufen wollte, die große Standuhr, die schon seit ihrer Kindheit im Treppenhaus stand und die ihr Großvater auf einem Tandem über den Khaiber-Paß transportiert hatte, während seine Frau zu Fuß hinterherlief. Wieder hupte ein Auto lange, diesmal war es kein Clubmitglied, sondern der Fahrer des LKW mit den Wassermelonen. Charlotte sah auf die Uhr, die über einer Ladentür hing, in zehn Minuten würde das Treffen anfangen. Ein Arzt, der sich auf Nägel spezialisiert hatte, würde heute einen Vortrag halten. Charlotte hatte als Kind selten frische Milch getrunken und erklärte sich damit, daß ihr ständig die Fingernägel abbrachen. Eigens zu diesem Anlaß hatte sie sich die Nägel gut gefeilt und knallrot lackiert, mit Nagellack in der einzigen Farbe, die sie noch besaß, denn die Damen des Clubs würden ihre Hände gegenseitig mit erhöhter Aufmerksamkeit mustern.

Plötzlich überquerte eine Kuh die Straße. Sie konnte dem Tier gerade noch ausweichen. Es trabte zu einem Holzkarren, der am Straßenrand stand und mit einer großen eisernen Tonne beladen war. Die Kuh stieß mit ihren Hörnern gegen die Tonne, ein kleiner Junge, der auf dem Rand des Karrens saß, rief der Kuh etwas zu, verschwand in der Tonne und kam mit einem Eimer Wasser wieder zum Vorschein, den er über dem Kopf des Tieres ausgoß. Die Kuh öffnete das Maul. Das Wasser gluckerte hinein, und das Tier trank gierig. In der Ferne ertönte ein gellendes, an- und abschwellendes Geräusch. Immer, wenn sie die Sirene eines Feuerwehrautos hörte, setzte Charlottes Herzschlag kurz aus. Sie sprach ein Stoßgebet; hoffentlich war es kein großes Feuer, und hoffentlich kam niemand um, vor allem kein Feuerwehrmann. Das Sirenengeheul verebbte, ohne daß sie den großen roten Wagen zu Gesicht bekommen hatte. Vielleicht ist das auch besser so, dachte sie. Der Junge kletterte mit einem zweiten Eimer aus der Tonne und goß das Wasser großzügig ins Maul des Tieres. Charlotte hatte auch Durst, im Club würden Tee und Kaffee und eine Kanne mit Eiswasser auf sie warten.

Sie radelte durch das Tor. Im Schatten des Wachhäuschens schlief der Wächter, in der Hand eine leere Colaflasche, und unter einem blau-weißen Sonnenschirm lag der Hund des Sekretärs hechelnd neben seinem Wassernapf. Der Rasen des New Rampur Club war gelb und verdorrt, und der Bach, der das Gelände durchzog, war völlig ausgetrocknet. Die Eukalyptusbäume an der langen Zufahrt warfen Schatten auf den Weg und sorgten für ein wenig Kühlung. Vor sich sah sie das Clubhaus, errichtet im klassischen englischen Countrystil und umgeben von hohen, alten Platanen. Hinter sich hörte sie ein Auto. Sie fuhr zur Seite. Der Ambassador von 1963 der Witwe Singh passierte sie in voller Fahrt, am Steuer der betagte Chauffeur. Charlotte hob die Hand nicht, denn die Witwe Singh winkte nie, sie schlief. Sie schlief immer, ob im Auto oder bei einem Vortrag. Kaum saß sie zwei Minuten irgendwo, sackte ihr Kopf nach vorn, und sie begann leise zu schnarchen. Charlotte genoß den Windstoß, der sie bei der Vorbeifahrt des Autos streifte.

Das Haus des New Rampur Club benötigte gelinde gesagt eine gründliche Sanierung, und für die Bibliothek galt das noch mehr. Die meisten der mehreren tausend Bücher waren von kleinen schwarzen Käfern angefressen, auch die Mäuse hatten sich ihren Anteil geholt, und durch die häufigen Wassereinbrüche während des Monsuns hatten sich die dicht an dicht stehenden Bücher auf den obersten Regalbrettern in Klumpen aus zusammenklebenden Seiten verwandelt. Es roch dumpf und modrig.

Pfarrer Das, der selten in den Club kam, ging mit einem schweren Bücherstapel in die Bibliothek. Schon mit zwanzig hatte er eine Glatze bekommen und vielleicht deshalb seine ganze Eitelkeit auf seinen Schnurrbart gerichtet, der imposant und schwarz gefärbt war. Er schob die Frauenzeitschriften auf dem Lesetisch beiseite und legte seine Bücher auf den Platz. Die Tür zum Damenzimmer stand einen Spalt offen, und er hörte das Geplapper des Dienstagmorgenclubs, dessen Mitglieder sich gerade dem Gastredner vorstellten. Ohne hinzusehen schloß er leise die Tür, in die abgedunkelte Bibliothek kehrte wieder Ruhe ein.

Der Pfarrer fuhr damit fort, seine Bücher aufzustellen. Über seinem Kopf lief der Ventilator auf der höchsten Stufe, und die einzige noch funktionierende Neonröhre sirrte. Vor fünf Monaten hatte der Damenclub auch ihn eingeladen. An seinen Vortrag über wohltätige Zwecke dachte er lieber nicht zurück. Wochenlang hatte er daran gefeilt und christliche Bettelbriefe aus ganz Indien in einer Plastikmappe gesammelt. Er hatte den Damen von Kinderarbeit, Armut auf dem Land, Ritualmorden und Witwenverbrennungen erzählt, aber sie hatten beschlossen, daß ihre jährliche Clubspende einer abtrünnigen Nonne aus Kalkutta zukommen solle, die ein Hundeasyl eröffnen wollte. Wie dieser Brief zwischen die anderen geraten war, konnte sich Pfarrer Das nicht erklären. Er hatte das Gesuch vorher nie gesehen und verdächtigte die Frauen, daß sie ihm die von Rechtschreibfehlern strotzende Epistel in seine Mappe geschoben hatten, als er einen Moment wegsah.

Verschwitzt und staubig trat Charlotte in die Bibliothek. Eigentlich hatte sie sich im Umkleideraum des Tennisplatzes frisch machen wollen, doch der war besetzt, also hatte sie sich in der Damentoilette Hände und Gesicht gewaschen, rasch die Haare gekämmt und den schlimmsten Staub vom Kleid geklopft. Sie wunderte sich, Pfarrer Das am Tisch mit den Frauenzeitschriften zu sehen, es wurde gemunkelt, er sei dem Club nur beigetreten, um seine Gemeindemitglieder besser kontrollieren zu können, und als sie ihn nun so verstohlen am Lesetisch sitzen sah, konnte sie sich vorstellen, daß die bösen Zungen die Wahrheit sprachen.

»Guten Morgen, Mrs. Bridgwater, wie geht es Ihnen?« sagte er genauso laut wie in seiner Kirche, und er dachte bei sich, daß sie trotz ihres Alters noch recht ansehnlich war.

»Danke, Herr Pfarrer, mir ist ein bißchen warm, aber sonst kann ich nicht klagen. Und Sie?« Charlotte wollte weitergehen, doch der Pfarrer stellte sich ihr in den Weg.

»Kennen Sie dieses Buch?« Er drückte ihr ein Buch mit dem Titel *Der Herr, auch bei Regen mein Hirte* in die Hand.

»Nein, aber ein bißchen Regen könnten wir gut gebrauchen. Und Kühle.« Charlotte stellte sich direkt unter den schnell rotierenden Ventilator.

»Das Buch ist sehr gut, ich habe es gerade aus, Sie *müssen* es lesen.« Er sprach nun leiser. »Es beschreibt die Probleme einer Immigrantenfamilie mit … äh … einem dementen Vater.«

Das letzte Mal, als Charlotte dem Pfarrer mit einem Stapel Bücher begegnet war, hatte er versucht, ihr ein Buch über eine Frau mit lockeren Sitten aufzuschwatzen, die Missionarin in Afrika geworden war. Sie hatte ihm gesagt, daß sie nur richtige Literatur mochte. Worauf er ihr einen endlos langen Vortrag über den Wert von Erbauungslektüre hielt und sie erst gehen ließ, nachdem sie ihm versprochen hatte, das Buch zu lesen. Also nahm Charlotte das Buch, das er ihr reichte.

»Das ist ja sehr interessant.« Sie drehte es um und las flüchtig den Umschlagtext.

Der Pfarrrer blickte auf ihre rot lackierten Fingernägel. »Wie hat Ihnen das andere Buch gefallen?«

»Wirklich bemerkenswert.« Daß das Buch noch ungelesen auf einem Stapel in ihrem Wohnzimmer lag, ging Pfarrer Das nichts an. »Wenn Sie nichts dagegen haben, gehe ich jetzt zum Dienstagmorgenvortrag. Ich glaube, es hat schon angefangen«, sagte sie und wollte weitergehen.

Der Pfarrer nickte, trat aber nicht zur Seite. Er zeigte auf die Plakette über der Tür. »Ihr Vater …«

Charlotte blickte hoch auf die Reihe Namen an der Wand. Ihr Vater hatte sich immer damit gebrüstet, daß er den Bau der Bibliothek bezahlt hatte, und sie war froh, daß er nicht wußte, wie heruntergekommen sie nun aussah. Der Pfarrer rückte näher an sie heran. Charlotte versuchte einen Schritt zurückzutreten, aber der Tisch mit den Frauenzeitschriften machte es unmöglich.

»Mrs. Bridgwater …« Er schnaufte ein bißchen. »Ich sammle Geld für die Restaurierung der Bibliothek. Sie wissen doch, daß wir hier eine große Sammlung religiöser Bücher haben?« Er zeigte auf die hohen Regale hinter ihr, voller Bücher, die zum größten Teil noch nie jemand ausgeliehen hatte. »Ich dachte … es wäre wunderbar, wenn Sie … als eine Art Familientradition … eine Würdigung des Werks, das Ihr Vater seinerzeit … eine Spende leisten würden.«

Der vorvorige Pfarrer war kurz nach dem Tod von Mathilda Bridgwater beim Major erschienen und hatte ihn gefragt, ob er nicht zum Andenken an seine Frau eine Bibliothek gründen wolle. Der Major hatte ihm fest ins Gesicht geblickt – so lange, bis der Pfarrer unsicher geworden war und gemurmelt hatte, ein Bücherschrank sei auch willkommen. Victor Bridgwater hielt die Sache mit den Büchern für eine gute Idee, denn seine Frau war mit *Vom Winde verweht* in den abgemagerten Händen gestorben. Der Major brummte, er werde den Bau einer Bibliothek unterstützen, aber nur unter der Bedingung, daß alle religiösen Bücher ganz oben in den Regalen stünden. In seiner euphorischen Stimmung damals konnte der Pfarrer nicht ahnen, wie hoch die Regale sein würden; an die obersten Fächer kam nämlich niemand heran, und so blieb seine Büchersammlung ungelesen.

»Ich denke darüber nach«, sagte Charlotte nach einigem Zögern zu dem Pfarrer, und er ließ sie durch ins Damenzimmer.

1934

Rampur

Von unten erklingt Musik. Charlotte hockt neben der großen Standuhr, die neunmal schlägt. Alle Kerzen in dem riesigen Kronleuchter im Treppenhaus brennen. In der marmorgetäfelten Eingangshalle treffen die Offiziere der örtlichen britischen Armeebasis in ihren Galauniformen ein, am Arm ihre Frauen in prächtigen Abendkleidern. Die indischen Dienstboten tragen nagelneue Livreen, gelbe Jacken und dunkelblaue Hosen mit goldenen Biesen. Die Tür eines der Badezimmer öffnet sich, und eine Frau mit kunstvoll hochgestecktem blondem Haar tritt heraus. Sie trägt lange Ohrringe, ihre Lippen sind dunkelrot. Sie kichert, als ein Offizier mit vielen Orden auf der Brust ihren Arm nimmt und sie die Treppe hinabführt. Hinter sich hört Charlotte die Stimme ihres Vaters, schnell huscht sie wieder ins Kinderzimmer und schließt geräuschlos die Tür. Auf einer Matte neben ihrem Bett liegt Sita, ihre *Ayah*, und schläft. Sie haben den ganzen Tag miteinander gespielt, aber als sie für Charlotte ein Schlaflied sang, schlief die junge Inderin selbst ein. Das Mädchen schleicht weiter. Die Balkontür steht offen, sie blickt sich kurz um, aber Sita hat sie nicht gehört.

Die Auffahrt wird von Fackeln beleuchtet, und neben dem Haus parken glänzende Autos. Auf der breiten Treppe zum Haupteingang liegt ein roter Läufer, und Männer mit blauen Jacken und goldfarbenen Mützen stehen mit Federbüschen in den Händen Spalier. Bevor die Gäste ins Haus treten, streuen zwei Diener Rosenblätter vor ihre Füße. Der süße Duft steigt zum Balkon hoch. Charlotte wünscht sich, schon groß zu sein.

Hinter ihr ertönt plötzlich wieder die Stimme ihres Vaters. Sie duckt sich, aber merkt dann, daß er im Schlafzimmer ihrer

Mutter ist, das an das Kinderzimmer grenzt. Charlotte kriecht zum offenen Fenster und linst über die Fensterbank in das gelbe Zimmer. Ihre Mutter sitzt vor dem Frisiertisch, sie trägt ein langes, lindgrünes Kleid und im Haar ein goldenes Diadem. Mit einem Pinsel malt sie sich die Lippen rot an.

»Komm, Mathilda, du bist fertig.« Ihr Vater steht in vollem Ornat an der Tür, er tippt mit dem Säbel an die Sohle seines Stiefels, auf seiner Brust prangt ein Orden.

»Fast, Victor, fast«, lacht ihre Mutter, während sie mit dem Pinsel in aller Ruhe die Form ihres Mundes etwas verändert. »Gefällt dir die Farbe?«

»Das ist die Farbe der Uniformjacken der Irish Guards.«

»Ja, scharlachrot. Reich mir bitte mal die schwarzen Handschuhe.«

»Die hier?«

»Nein, Victor, die langen.«

Er wirft sie ihr zu.

»Mein galanter Ritter«, lacht sie und zieht die eng anliegenden Handschuhe an. Sie steht auf, geht zu ihrem Mann hin und reicht ihm die Hand. Einen Moment sieht es so aus, als wolle er salutieren, aber dann nimmt er ihre Hand und führt sie aus dem Zimmer.

Charlotte wartet, bis ihre Eltern das Zimmer verlassen haben, und schleicht sich durch die offene Balkontür hinein. Sie war schon einmal, als ein heftiges Gewitter tobte und Sita eine Nacht bei ihrer Familie schlief, in das gelbe Schlafzimmer geschlüpft. Ihre Mutter war nicht aufgewacht; an den warmen, unbekannten Körper geschmiegt, war Charlotte eingeschlafen und hatte sich nach Sitas Armen gesehnt.

Im Zimmer riecht es süß, auf dem Frisiertisch stehen Dutzende Fläschchen. Charlotte nimmt einen kleinen grünen Flakon, zieht den Stöpsel heraus und schnuppert. Sie schließt die Augen und atmet den schweren Duft ganz tief ein. Es riecht nach ihrer Mutter, als sie aus Delhi kam mit dem blauen Sonnenhut. Sie nimmt ein anderes Fläschchen, öffnet es und riecht ihre Mutter, wenn sie in die Kirche geht. Das nächste erinnert sie an ein Gartenfest, und ein rosa Flakon riecht nach ihrer Mutter, mit Schmuck behängt. *Eine erwachsene Frau sein ist das Schönste, was es gibt*, denkt sie.

Mit einem Ruck wird sie vom Schemel gezerrt. Neben ihrem Spiegelbild sieht sie ihren Vater. Sie hat nicht gehört, wie die Tür aufging. Er hebt sie hoch und geht mit ihr zu dem großen Kleiderschrank, macht ihn auf, steckt sie hinein, macht die Tür wieder zu und schließt sie ab. Charlotte hört, wie die Schlafzimmertür auf- und zugeht. Sie hockt wie erstarrt zwischen den süß duftenden Kleidern ihrer Mutter. Sie beginnt zu weinen: *Sita, bitte wach auf, hol mich hier raus! Ich habe Angst!*

1935

Rampur

Am Fuß der Treppe steht eine Kiste. Schon seit Wochen. Keiner traut sich, sie anzufassen, denn Major Victor Bridgwater ist zu einem Militäreinsatz abkommandiert, und Mathilda hat an dem Tag, an dem die Kiste ankam, ihren ersten Sohn zur Welt gebracht. Seit ein paar Tagen verläßt sie wieder ihr Zimmer, aber sie hat nicht gesagt, was mit der Kiste passieren soll. Das wuchtige Holzding steht mitten in der Halle, keiner beschwert sich darüber. In den ersten Tagen linsten die Dienstboten, wenn sie mit sauberen Windeln und warmen Kompressen nach oben gingen, neugierig auf die Stempel und Siegel auf dem Deckel, davon überzeugt, daß es etwas mit dem Neugeborenen zu tun habe, aber seit Charlotte dem Kindermädchen erzählt hat, es sei eine Maschine darin, die die Arbeit der Dienstboten machen könne, fürchten sich alle vor der Kiste.

Der alte Butler, mit einem Silbertablett, auf dem eine große Teekanne steht, sieht eine der Fegerinnen schnell an der Kiste vorbeihuschen. »Halt!« sagt er.

Die *Mehtar*, eine junge Frau in einem ausgebleichten Sari, schaut ihn schuldbewußt an.

»Warum fegst du den Staub nicht von der Kiste?«

»Aber Herr«, flüstert die Frau, »dann bricht es aus!«

»Was?«

»Das eiserne Tier.«

Obwohl er es niemals zugeben würde, fürchtet sich auch der Butler vor dem, was in der Kiste ist. Der Bobajee, der es von seinem *Masalchee* hat, der mit einem Kuli gesprochen hat, der mit dem Kuli des Postvorstehers befreundet ist, hat ihm erzählt, daß in der Kiste eine Maschine steckt, die laufen und sprechen kann. Der Kuli hat gesehen, wie der Postbeamte die Kiste geöffnet hat, um zu kontrollieren, ob sie wirklich das enthielt, was in den Zollpapieren stand, und er erzählte, wie sein Chef mit einem Schrei den Deckel wieder auf die Kiste geworfen und dann gerufen habe, daß die Kiste so schnell wie möglich zum General, der eigentlich nur ein Major ist, geschafft werden solle.

»Auf der Kiste liegt Staub, und Memsahib beschwert sich sonst.«

»Ich habe drei kleine Kinder«, jammert die Mehtar, »das jüngste kriegt sogar noch die Brust!«

»Wenn du die Kiste nicht abstaubst, kannst du verschwinden.«

»Ich arbeite schon seit fünf Jahren für den General, noch nie hab ich eine Ecke vergessen, sogar unter den niedrigen Schränken fege ich jeden Tag, sogar an dem Tag, als mein Vater verbrannt wurde, bin ich gekommen, um zu fegen, und als ich mein jüngstes Kind gekriegt habe, war ich schon am nächsten Tag wieder da, welche Fegerin macht das?«

»Feg den Staub von der Kiste.«

»Das wird mein Tod«, schluchzt sie. »Können wir es nicht zusammen machen?«

»Ich fege nicht, Butler fegen nie.«

»Aber bleiben Sie dann ganz nah bei mir stehen, wenn ich es tue?«

»Memsahib hat geklingelt. Ich muß nach oben.«

Die Mehtar beginnt zu schluchzen, sie dreht den Besen aus getrocknetem Gras in den Händen.

»Brich den Besen nicht entzwei.«

»Was ist los?« Mathilda schaut über das Treppengeländer auf die beiden Dienstboten, die bei der Kiste stehen.

»Nichts, Memsahib, nichts.«

»Ich dachte, ich hätte jemand weinen hören.«

Der Butler, ein Mann im mittleren Alter, der schon bei mehr britischen Armeefamilien im Dienst war und seit einem halben Jahr für die Familie Bridgwater arbeitet, blickt nach oben. »Nein, Memsahib, es ist alles in Ordnung.«

Die Mehtar rennt mit gesenktem Kopf aus der Halle, und der Butler zupft die Falten seiner Livree zurecht.

»Na ein Glück, du weißt, ich kann es nicht ertragen, wenn jemand weint.« Mathilda geht wieder zum Kinderzimmer, wo Sita dem Baby die Windeln wechselt, und ruft, bevor sie hineingeht: »Sorg bitte dafür, daß die Kiste in den Schuppen kommt, morgen kommt mein Mann nach Hause, um seinen Sohn Donald zu sehen!« – mit der Betonung auf »Sohn«.

Der Butler betrachtet die Kiste, die genauso groß ist wie er und irgendwie aussieht wie ein aufrechtstehender Sarg. Auf einer Seite stehen Buchstaben, aber er hat nie lesen gelernt. Er denkt an seinen Vater, der nach dem großen Krieg zusammen mit dem schottischen Offizier Macintosh einen Tiger für den Londoner Zoo fangen mußte. Einen Tiger zu finden war nicht schwer, einen zu schießen auch nicht, Macintosh hatte in seinem Leben schon mehr als vierzig Tiger geschossen. Aber dieser mußte lebendig sein. Sie hatten eine Kiste gebaut und eine Falle gestellt. Mit dem brüllenden Tiger in der Kiste waren sie in fünf Tagen nach Bombay gefahren, wo der Tiger auf ein Schiff verladen wurde. Sein Vater hatte während der Reise nach Bombay erst einen Zeigefinger und später die ganze rechte Hand verloren, weil Macintosh ihm beim Füttern des Tiers nicht helfen wollte. Der Butler blickt auf seine schönen Hände mit den schlanken Fingern, die unversehrt sind.

Das Personal hat sich vollzählig in der Küche versammelt, in dem Steinhaus im Garten mit einem Dach aus Palmblättern. Vierzig Inder und Inderinnen, alle in Livree, stehen dicht gedrängt in dem engen Raum und sehen den Butler mit erschrokkenen Gesichtern an.

»Wer sich nicht traut, kann gehen«, sagt er.

Niemand rührt sich. Die Leute fürchten sich vor dem Butler, alle wissen, daß er aus einer tapferen Familie in Kaschmir kommt und daß ein englischer Zoo einen Tiger nach seinem Vater benannt hat, aber richtige Angst spüren sie erst, wenn sie an den General denken, der morgen nach Hause kommt.

»Nehmt die Stöcke.«

Die Gruppe läuft mit den langen Stöcken zum Haus zurück. Der Butler, seiner Herkunft würdig, hat ihnen den Plan erklärt, wie sie die Kiste transportieren können. Sie sollen die Stöcke auf den Boden legen, die Kiste mit einem anderen Stock umkippen und sie dann wie eine Bahre zum Schuppen tragen.

»Leise, sonst wird das Baby wach.« Der Butler öffnet die Haustür.

In der Halle steht Victor Bridgwater, sein *Cane* noch unterm Arm. Neben ihm stehen seine fünfjährige Tochter Charlotte und seine Frau Mathilda mit dem Baby auf dem Arm. Die Kiste ist offen.

»Herr General, Sie sind schon da?« stammelt der Butler, verwundert, daß er ihn nicht kommen gehört hat.

»Noch mit dem Blut an meinen Händen«, sagt Victor mit dröhnender Stimme. »Was sollen die ganzen Stöcke? Beschützt ihr so meinen Sohn?« Er lacht und dreht sich zu seiner Frau um. »Deine Truppe scheint mir fähiger zu sein als meine, Tilly.«

Mathilda schaut etwas beklommen auf die Gruppe dunkelhäutiger Männer und Frauen mit Stöcken und ist froh, daß ihr Mann gerade rechtzeitig zurück ist. Warum tragen die Dienstboten plötzlich alle einen Stock bei sich? Sie drückt ihren neugeborenen Sohn fest an sich.

Victor zieht den Deckel von der Kiste und sagt: »Habt ihr schon mal eine elektrische Grasmähmaschine gesehen?«

* * *

Der General steht oben an der Treppe. Seine Stiefelspitzen ragen über den Rand der obersten Stufe. Unten steht Sita, die Ayah, mit dem weinenden Donald auf dem Arm. Neben dem General steht seine Frau Mathilda. Charlotte, die den ganzen Nachmittag mit Sita und ihren Puppen gespielt hat, huscht lautlos zu ihrer Mutter und sucht deren Hand, die sie zwischen ihren Röcken versteckt hält. Quälend langsam hebt sich die Hand ihres Vaters in den weißen Handschuhen, er deutet mit seinem Offiziersstöckchen auf die Haustür, wo der Butler mit einem Regenschirm steht. Alle starren auf das unbewegliche Stöckchen. Die einzigen Geräusche, die man hört, sind das Weinen des Babys und im Hintergrund das eintönige Fegen der Putzleute im Salon.

»Aber *Sarkar* …«, kommt es zögernd aus dem Mund von Sita, während sie den weinenden Jungen sanft streichelt, »*Chota-Sahib* ist klein.«

Das Stöckchen scheint zu wachsen. Sita, in ihrem verwaschenen Sari, geht zögernd zu dem großen grauen Kinderwagen mit Verdeck und Spitzenrand und streichelt den kleinen Donald dabei die ganze Zeit tröstend. Das Baby hört auf zu weinen. Die junge Frau, eigentlich noch ein Mädchen, nimmt das Kind auf den anderen Arm. Charlotte seufzt erleichtert, sie weiß, daß Sita ihr Brüderchen beschützen wird, so wie sie auch sie immer beschützt. Draußen kracht ein Donnerschlag und zerreißt den Himmel. Der kleine Junge beginnt wieder zu weinen. Charlotte findet die Hand ihrer Mutter und drückt sie fest, ihre Mutter reagiert nicht darauf.

Das Offiziersstöckchen macht eine kleine Bewegung in Richtung des Kinderwagens und zeigt dann wieder auf die Haustür. Sita legt das Baby in den Wagen. Der Junge schreit noch lauter. Sie will das Kind wieder aus dem Wagen nehmen, aber ein Geräusch oben auf der Treppe stoppt sie. Der Butler öffnet die Tür. Regen prasselt auf die Bodenfliesen. Sita schaukelt den Kinderwagen sanft hin und her, sie hofft, daß das Weinen aufhört, aber das Gegenteil passiert, nachdem ein Blitz die Halle erleuchtet, gefolgt von einem ohrenbetäubenden Donnerschlag. Langsam fährt Sita zum zweiten Mal einen Kinderwagen mit einem weinenden Kind nach draußen. Als die ersten Regentropfen auf das Verdeck des Wagens treffen, bleibt sie stehen.

»Mitten auf den Rasen«, befiehlt der General.

Das Mädchen schiebt den Wagen vorsichtig die Treppe hinunter. Sie versucht, wie damals bei Charlotte, die Stöße auf den Stufen abzufangen, doch das Kind brüllt immer lauter. Auf dem Pfad schaut sie sich um. Die Tür hinter ihr ist schon zu. Verzweifelt geht sie auf den Rasen, der Regen klatscht auf sie herab. Sie schiebt das Baby im Kinderwagen ganz nach vorn, so weit wie möglich unters Verdeck, damit das Kind nicht triefnaß wird, aber das Geschrei ist ohrenbetäubend. Am Fenster des Salons erscheint die breite Gestalt des Mannes, der gerade von einem Einsatz zurück ist, bei dem er kurzen Prozeß gemacht hat mit einer »aufsässigen Meute Eingeborener«, wie er die Gruppe protestierender Inder nannte. Mitten auf dem Rasen bleibt Sita stehen. Sie beugt sich über den Wagen und versucht den kleinen Jungen zu beruhigen. Sie weiß, daß sie ihn nun allein lassen muß, sonst kommt der General wütend nach draußen, und sie verliert ihre Anstellung. Sie streichelt das Baby noch einmal und deckt es so gut wie möglich zu. Der peitschende Regen läßt nicht nach. Sie geht, läßt den Kinderwagen mitten auf dem Rasen zurück. Als man sie vom Fenster aus nicht mehr sehen kann, hockt sie sich hinter einen Strauch, einen Weihnachtsstern voller Blüten. Sie hört das Weinen trotz des Donners.

Charlotte rennt ins Kinderzimmer zurück. Durchs Fenster sieht sie Sita hinter dem Strauch hocken, nicht weit von dem einsamen Kinderwagen, bereit, jeden Moment aufzuspringen. »Nicht weinen, nicht weinen«, flüstert sie. »Wenn du nicht aufhörst zu weinen, läßt er dich stundenlang draußen stehen, so wie er es mit mir gemacht hat.«

1995

Rampur

Keine sagte etwas, alle Damen schauten den Sekretär des New Rampur Club bestürzt an. Ein einziges Mal war er bisher in ihren Dienstagmorgenvortrag hereingeplatzt, das war, nachdem Herr Chatterjee, der Besitzer der beiden schicken Modeläden im Stadtzentrum, der sehr schlecht Tennis spielte, den Ball durch die Fensterscheibe des Damenzimmers geschlagen hatte. Nun stand der Sekretär wieder dort, er wischte sich den Schweiß von der Stirn, und die Damen starrten ihn an. Die Ventilatoren an der Decke drehten sich auf Hochtouren.

»Sind Sie sich wirklich sicher?« tönte es auf einmal laut aus einer Ecke.

Der Sekretär nickte, er wunderte sich über die Sprecherin, denn die Frau von Alok Nath, dem Goldschmied, sprach sonst immer unverständlich leise, weil sie das vornehm fand.

»Wie bitte?« fragte Witwe Singh, die neben der Frau von Alok Nath saß und von dem unerwarteten Klang der Stimme neben ihr aufgewacht war.

»Das ist nicht möglich! Das kann einfach nicht sein! Ich hab doch noch heute, bevor ich in den Club gekommen bin, ein Stück sehr wertvolle rosa Chinaseide zu ihm gebracht.« Die korpulente Frau von Nikhil Nair, dem Distriktsdirektor der Eastern Indian Mining Company, war aufgestanden und funkelte den Sekretär wütend an. »Er ist persönlich zu meinem Auto gekommen und hat mir den Stoff abgenommen, der Mann sah kerngesund aus.«

Der Sekretär wandte sich an die Frau von Ajay Karapiet, der das größte Hotel der Stadt und zwei Kinos besaß. »Ihr Mann hat mich gerade angerufen. Er hat mir erzählt, daß Ihre Tochter mit einem Brokatstoff in die Werkstatt gegangen ist und daß er in dem Moment, als Ihre Tochter ihm den Stoff geben wollte, die Augen verdreht hat und ohne einen Mucks langsam in sich zusammengesackt ist.«

»Mit dem Brokat in der Hand?« fragte die Frau von Ajay Karapiet fassungslos.

»Das weiß ich nicht«, meinte der Sekretär, »davon hat Ihr Mann nichts gesagt.«

»Ich hab gestern auch Stoff hingebracht«, sagte die Frau, die mit einem Kokosölfabrikanten verheiratet war.

Alle Damen redeten durcheinander. Jede von ihnen hatte in den vergangenen Wochen ein Stück Stoff zu Sanat, dem *Darsi*, gebracht. Der eine Stoff war noch wertvoller als der andere. Nur Charlotte und die Frau von Adeeb Tata, dem örtlichen Großgrundbesitzer und entfernten Verwandten des steinreichen Ratan Tata, hatten dem Schneider keinen Stoff gebracht – die Frau von Adeeb Tata, weil sie sich schon ein Kleid in Paris gekauft hatte, und Charlotte, weil sie noch Stoff besorgen mußte.

»Ich hätte mein Kleid übermorgen abholen können. Ich muß es noch besticken lassen.«

»Hat er eigentlich einen Nachfolger?«

»Was soll ich jetzt anziehen?«

Viele der Damen trugen ein Kleid oder ein *Salwar Kameez*, anders als die Damen des Mittwochmorgenclubs, die ausschließlich im Sari erschienen. Die Sachen, alle von Sanat genäht, sahen sich zum Verwechseln ähnlich. Er benutzte für alle Kleider dasselbe Schnittmuster. Manche hatten lange Ärmel, andere kurze, der Halsausschnitt war bei dem einen eckig und bei dem anderen rund. Darum waren Stickereien, Knöpfe und Spitzen so beliebt, denn es war die Verzierung, die neben dem Stoff selbst für Abwechslung sorgte. In Kürze bestand der Club zweihundert Jahre, und dieses Jubiläum sollte groß gefeiert werden. Deshalb hatten die Damen alles darangesetzt, einen besonderen Stoff zu finden. Charlotte hatte gehört, daß manche sogar nach Neu-Delhi oder Bombay gefahren waren, um die Exklusivität sicherzustellen. Es war unübersehbar, daß sich die Frauen mittleren Alters am liebsten sofort zur Werkstatt des soeben verstorbenen Schneiders aufgemacht hätten, um ihre Stoffe zurückzuholen, doch das schickte sich nicht. Sie würden bis nach der Verbrennung und den darauf folgenden Abschiedszeremonien warten müssen. Die Angst, daß die kostbaren Stoffe bis dahin auf mysteriöse Weise verschwinden oder kleiner werden würden, war nicht ganz unbegründet. Die Frau von Nikhil Nair schlug vor, einen Wachtposten vor die Tür zu stellen, aber die anderen Frauen befürchteten, die Familie des Schneiders könnte das als Mißtrauensvotum sehen. Die Frau des Goldschmieds kannte die Frau eines Neffen des Schneiders und schlug vor, ihn zu bitten, die Sache im Auge zu behalten, aber die Frau des Bauunternehmers, der den Plan zur Sanierung des Clubhauses vorgelegt hatte, erzählte, daß der Hausdiener des Schneiders in seiner Jugend mit der Polizei zu tun gehabt hätte; davon wußte die Frau des Polizeikommandanten nichts, versprach aber, sich bei ihrem Mann danach zu erkundigen. Die Witwe Singh war wieder entschlummert und schnarchte leise.

Der Nagelspezialist, der mit einer Kunststoffhand, an der jeder Finger ein anderes Nagelproblem aufwies, vor der Gruppe stand, schob mit dem Fuß sein Köfferchen langsam näher zu sich hin. Er wollte nach Hause, der schnell rotierende Ventilator über seinem Kopf brachte ihm keine Kühlung mehr. Sein Blick wanderte über die erhitzten Frauen, die gar nicht mehr aufhören konnten, von dem verstorbenen Schneider zu reden und von ihren Sorgen, was sie nun auf dem Fest anziehen sollten. Obwohl er Hunderte Tips für festliche Fingernägel hatte, bekam er keine Chance. Sein Blick blieb an der einzigen europäischen Frau in der Gesellschaft haften. Er fragte sich, wie sie in diesen indischen Damenclub geraten war, es lebten kaum noch Briten in seinem Land, das schon seit Jahrzehnten das Joch des Raj abgeschüttelt hatte. Sie trug das gleiche uncharmante Kleid wie die anderen Frauen, nur hatte ihres ein Schottenmuster, während die meisten Damen Blumen oder florale Muster bevorzugten.

Augenscheinlich hatte der verstorbene Schneider nicht viel Talent für das Entwerfen und Nähen von Kleidern besessen.

»Ich kenne einen sehr guten Schneider«, sagte er spontan.

Es dauerte einen Moment, bis die Frauen die Information zur Kenntnis nahmen. Dann bestürmten sie ihn mit Fragen. Wo wohnte der Mann, war er teuer, hatte er schon mal mit echter Chinaseide gearbeitet, kannte er mehr als ein Schnittmuster, aus was für einer Familie kam er, besaß er eine eigene Nähmaschine, wann konnte er anfangen …

»Ich kenne ihn nicht persönlich«, stotterte der Nagelspezialist.

Enttäuschtes Seufzen war zu hören.

»Aber meine Cousine väterlicherseits sagt, daß er ein absoluter Meister ist.« Der Mann blickte auf die Gruppe Frauen vor ihm in ihren Sackkleidern. »Er hat verschiedene Schnittmuster, und er scheint nicht teuer zu sein, aber …« Er zögerte.

»Was aber?« wollten die Frauen wissen.

»Er kommt nur, wenn er es selbst will.«

»Er muß es selbst wollen?« mokierte sich die Frau von Nikhil Nair.

»Er ist äh …«, sagte der Mann, »anders als andere Darsi.«

»So wie die Modedesigner in Paris«, gurrte die Frau von Adeeb Tata, die gern zeigte, daß sie mehr von der Welt gesehen hatte als die anderen.

»Ja, da könnte was dran sein«, sagte der Nagelmann und packte die Kunsthand in sein Köfferchen.

Schnaufend und verschwitzt stellte Charlotte das Fahrrad in den Schuppen. Die Sonnenstrahlen stachen durch die vielen Löcher im Dach. Sie nahm sich vor, den Lloyds und das Fahrrad ins Klavierzimmer zu stellen, wenn der Monsun einsetzte, denn seit sie den Flügel verkauft hatte, benutzte sie den Raum nur noch selten. Sie schlurfte zum Haus, die Hitze, die ihr schon den ganzen Morgen zusetzte, wurde noch schlimmer, und sie sah zu ihrer Erleichterung, daß Hema die Fenster im Kinderzimmer geschlossen hatte. In der Ferne gellte wieder die Sirene. Von neuem setzte ihr Herzschlag aus. Sie hielt Ausschau, ob sie irgendwo Rauch sah, aber am Himmel war kein Wölkchen.

Im Haus hatte sich die Hitze nicht durch die geschlossenen Läden, Vorhänge, Fenster und Türen aussperren lassen. Charlotte machte eine Lampe an, schaltete den Ventilator auf die höchste Stufe und legte sich aufs Sofa, das darunter stand. Ihre Beine pochten, und ihre Füße waren geschwollen. Sie wünschte sich, daß Hema da wäre, er würde ihr eine Schüssel mit kaltem Wasser bringen, aber der Butler war zu einem Laden in der Innenstadt unterwegs, da sie bei den Geschäften im Viertel nicht anschreiben lassen konnten. Sie blickte auf das Büfett, gefüllt mit dem Wedgwood-Service, das sie zur Hochzeit bekommen hatte. Letzten Monat hatte sich ein Händler dafür interessiert, aber einen lachhaft niedrigen Preis geboten. Der Mann war schließlich nur mit der silbernen Suppenkelle abgezogen, die ihre Eltern zu ihrer Hochzeit bekommen hatten.

Charlotte stand auf, trottete die Treppe hoch und ließ im Badezimmer eine Handbreit Wasser in die Wanne ein. Sie entspannte sich, als ihre Füße in das kühle Naß eintauchten. Sie sah auf ihre geäderten Füße in der alten gußeisernen Wanne, der man die vielen Jahre des intensiven Gebrauchs ansah. Ihr Zeh spielte mit der schwarzen Schnur, die am Stöpsel befestigt war. Sie erinnerte sich, wie Donald den Stöpsel immer herauszog, weil er glaubte, die Schnur sei ein Tier. Er fürchtete sich vor Schlangen, so wie er sich auch vor Spinnen und Insekten gefürchtet hatte. Sie hatte lange nichts von ihm gehört. Auf ihren letzten Brief, den sie ihm zu Weihnachten geschrieben hatte, hatte sie nur eine aufwendige Karte zurückbekommen mit einem einfachen Neujahrsgruß, aber ohne Neuigkeiten. Hatte er noch Probleme mit dem Rücken? Und was war mit den Nierensteinen seiner Frau? Das Foto seiner Tochter, vor langer Zeit in Disneyland aufgenommen, stand unten auf dem Kaminsims, Charlotte sah es sich nur selten an. Alte Fotos machten sie traurig.

Unten läutete jemand an der Haustür. Sie zog die Füße aus dem Wasser, lief mit nassen Füßen auf den Gang, die Treppe hinunter und öffnete. Geblendet vom hellen Sonnenlicht, dauerte es einen Moment, bis sie den Mann sah, der vor der Tür stand.

»Mrs. Bridgwater?« fragte er mit näselnder Stimme.

Charlotte nickte.

»Würden Sie bitte hier unterschreiben?«

Charlotte unterschrieb mechanisch, und der Mann verschwand ohne ein weiteres Wort. Beim Wegfahren gab er so viel Gas, daß der Staub auf der Zufahrt hochwirbelte.

Sie riß das Kuvert auf. Eigentlich hätte sie es sich sparen können, denn sie wußte, was in dem Brief stand, nur nicht den genauen Betrag. Sie setzte ihre Brille auf, warf einen raschen Blick auf die Summe unterm Strich und legte den Brief seufzend zu den anderen Rechnungen in die Schublade des Büfetts. Sie schob die Schublade zu, zog sie aber gleich wieder auf und fischte eine Visitenkarte heraus. Sie ging zum Telefon, das neben dem Büfett stand, und rief die Nummer an. Sofort nahm jemand ab. Charlotte hätte den Hörer am liebsten wieder auf die Gabel geknallt, sagte dann aber mit sanfter Stimme: »Hier ist Mrs. Bridgwater.«

An der anderen Seite der Leitung sprach jemand sehr hastig.

»Ja, das große Haus auf dem Hügel«, bestätigte Charlotte. »Wenn Sie Zeit haben, kommen Sie doch noch einmal vorbei.«

1936

An Bord der *King of Scotland*

Mathilda steht am Kai und winkt ihrer Tochter Charlotte, die hoch über ihr an der Reling steht. Das kleine Mädchen winkt nicht zurück.

»Ich schreibe dir jede Woche!« ruft ihre Mutter.

Charlotte preßt die Lippen fest zusammen.

»Das Geschenk packst du aber erst an deinem Geburtstag aus, versprichst du mir das?«

Die Schachtel, die ihre Mutter ihr im allerletzten Moment gegeben hatte, liegt aufgerissen auf ihrem Bett in der Kabine. Die Puppe mit echtem Haar und einem weißen Kleid hat sie so fest in die Ecke gepfeffert, daß der Kopf abgebrochen ist. Das Schiffshorn ertönt, aus dem Schornstein quillt eine dicke schwarze Rauchwolke.

Charlotte spürt, wie sich das Schiff in Bewegung setzt. Sie hält sich mit beiden Händen an der Reling fest und blickt zu ihrer Mutter hin, die winkt und winkt. Sie kann ihre Stimme nicht hören, das laute Horn ächzt seinen Abschiedsgruß.

»Ach, hier bist du …!« Eine ältere Dame mit einem Schal in der Hand stellt sich neben sie. »Wo warst du denn? Ich konnte dich nirgends finden. Ich will nicht, daß du ohne meine Erlaubnis die Kabine verläßt.« Sie legt ihre Hand auf Charlottes Schulter. Das Mädchen blickt noch immer schweigend zu seiner Mutter in der Ferne. »Du darfst ruhig weinen, Kind, das machen alle beim ersten Mal, ich hab schon Kinder begleitet, die wollten über die Reling klettern, aber die hat der Kapitan dann in der Kabine unten im Schiffsbauch eingeschlossen und erst wieder rausgelassen, als Bombay nicht mehr zu sehen war.« Die Frau winkt mit ihrem Schal. Charlotte sieht, daß ihre Mutter nun auch ihr Taschentuch nimmt und es heftig schwenkt. »Du darfst Tante Ilse zu mir sagen, komm, wink jetzt, du siehst doch, daß deine Mutter auch winkt, zum Abschied muß man winken, los, wink!«

Charlotte umklammert die Reling fester, das Horn brüllt noch einmal und das Schiff fährt ab. Die Passagiere um sie herum rufen: »Auf Wiedersehen!«, »Adieu!«, »Bis nächstes Jahr!«

Die Frau, zu der sie Tante Ilse sagen darf, läßt den Arm sinken. »Wenn du nicht winkst, winke ich auch nicht, ich kenne deine Mutter nicht mal. Komm, wir gehn was essen.« Sie geht in Richtung Speisesaal, aber Charlotte bleibt an der Reling stehen. »Wenn du das die ganze Reise so machst, sag ich dem Kapitän, er soll dich unten im Schiff einschließen.« Charlotte läßt die Reling los und folgt Tante Ilse.

Mathilda steht am Kai und weint.

* * *

Draußen ist es dunkel, Charlotte öffnet die Tür und blickt in den Gang. Schnell huscht sie aus der Kabine. In der Hand trägt sie ein Bündel. Sie rennt die Treppe hinauf und drückt die schwere Tür auf. Auf dem Promenadendeck ist es still. Alle sind im großen Saal, da wird ein Film gezeigt, den sie nicht sehen darf, weil Tante Ilse das nicht will. Sie geht an der Reling entlang zum Heck, wo die englische Flagge weht. Heute hat sie Geburtstag. Beim Frühstück haben die Leute an ihrem Tisch *Happy Birthday* für sie gesungen. Der Koch hat eine Torte mit sechs Kerzen gebracht, die sie alle auf einmal auspusten mußte, was sie auch geschafft hat, Tante Ilse hat ihr einen Schal aus ihrem Koffer geschenkt, und nach dem Dinner durfte sie sich das Steuerhaus ansehen, aber das war ihr nicht geheuer, denn der Kapitän war auch da, und sie hatte Angst, daß er sie, wenn sie etwas falsch machte, unten im Schiffsbauch einschließen würde. Sie läuft weiter an den Liegestühlen entlang, das Bündel an die Brust gedrückt. Bei einer Treppe stehen zwei Matrosen und rauchen, aber die bemerken sie nicht. Auf dem Achterdeck ist niemand, sie geht zum Rand und schaut hinunter. Tief unter ihr tost das Meer. Das Wasser ist weiß, und im Mondlicht kann sie die Spur sehen, die sie gefahren sind.

»Müßtest du nicht längst im Bett sein?«

Sie erschrickt. Hinter ihr steht ein Mann, seine schwarzen Haare wehen im Wind.

»Oder war dir der Film auch zu gruselig, so wie mir?«

Charlotte schüttelt den Kopf.

»Wie heißt du? Ich heiße Ganesh, nach dem Gott mit dem Elefantenkopf, zum Glück habe ich nicht so eine lange Nase gekriegt.« Er lacht.

»Ich heiße Charlotte Elizabeth, wie meine Oma. Die ist tot.«

»Wie schlimm! Fehlt sie dir?«

»Nein. Ich habe sie nie kennengelernt.«

Ganesh geht in die Hocke und schaut mit ihr aufs Meer hinaus. Eine Möwe stößt herab und fischt etwas aus dem Wasser.

»Sie ist mit meinem Opa über einen Berg gegangen mit unserer großen Uhr, dabei hat sich ihr Fuß entzündet, es war nämlich so kalt, daß sie sich nicht ausruhen konnten und immer weiterlaufen mußten, der Fuß ist ganz schwarz geworden und mußte ab, sonst wäre sie gestorben, aber dann ist sie trotzdem gestorben, aber mein Vater hat nicht geweint.«

»Du kommst aus einer abenteuerhungrigen Familie, das kann ich von mir nicht sagen. Meine Familie lebt schon seit Jahrhunderten in einer kleinen Stadt am Fuß des Himalaja. Ich bin der erste von uns allen, der auf Reisen geht.«

»Warum?«

»Ich habe ein Stipendium bekommen, um in England zu studieren. Ich darf Ingenieur werden.«

»Ich muß auch in die Schule. In ein Internat, ich bin nämlich jetzt sechs.«

»So groß bist du schon?«

Charlotte nickt heftig. »Ich reise allein«, sagt sie entschieden. »Und ich habe auch nicht geweint.«

»Das ist tapfer. Ich habe aber geweint.«

»Hat dir dein Vater das erlaubt?«

»Nein, aber ich hab's heimlich gemacht.«

»Allein?«

Ganesh nickt.

»Ich hab auch schon manchmal allein geweint, aber das weiß niemand«, sagt Charlotte leise.

»Ich werd's nicht weitersagen«, flüstert Ganesh und schließt mit einem imaginären Schlüssel seinen Mund zu.

Charlotte lacht.

»Warum bist du so spät noch auf?«

Das Lachen verschwindet aus ihrem Gesicht. Sie drückt das Bündel wieder an sich und blickt aufs Meer hinaus.

Ganesh wartet.

»Sie muß weg.«

»Wer?«

Charlotte öffnet das Tuch, in das sie die Puppe mit dem gebrochenen Hals eingewickelt hat.

»Willst du sie ins Meer werfen?«

Charlotte nickt. »Tante Ilse hat gesagt, wenn ich auf dem Schiff sterbe, legen sie mich auf ein Brett und werfen mich ins Meer, weil ich sonst anfange zu stinken und die anderen Leute krank werden.«

»Aber sie kann doch noch repariert werden?«

»Nein.«

»Soll ich es nicht mal versuchen?«

»Nein.«

»Wirklich nicht?«

Charlotte schüttelt den Kopf, aber gibt Ganesh die Puppe, der sie sehr vorsichtig hält.

»Was für eine schöne Puppe.«

»Es ist eine doofe Puppe.«

»Sie hat echte Haare.«

»Sie ist doof.«

Ganesh sieht sich die kaputte Puppe an. »Soll ich versuchen, sie zu reparieren?«

Charlotte schweigt.

»Wenn es mir nicht gelingt, übergeben wir sie morgen zusammen dem Meer, mit einem richtigen Brett. Aber wenn ich sie wieder hinkriege, gibst du ihr einen Namen. Einen sehr schönen Namen.«

»Welcher Name ist schön?«

»Khushi zum Beispiel, das bedeutet ›Glück‹.«

1901

Khaiber-Paß

Er hat Angst. Große Angst. William Bridgwater, der junge, ehrgeizige Tiefbauingenieur, aufgewachsen in einer Lehrerfamilie in Ipswich, hat den Fehler seines Lebens begangen. Er hat sich in Elizabeth Charlotte Elphinstone verliebt, Tochter des steinreichen Direktors der New Indian Railway, und sie erwidert seine Gefühle. Sie sind nicht einfach verliebt, sie sind unsterblich verliebt. Seit mehr als einem halben Jahr nutzen sie jede Gelegenheit, um sich heimlich im Garten ihres Hauses zu treffen. Der Garten ist von einer Mauer umgeben, aber ganz hinten zwischen den Sträuchern befindet sich ein kleines Loch, das William vergrößert hat. Elizabeth darf das Haus nicht allein verlassen, weil sich ihr Vater vor den Leuten des Afridi-Stammes fürchtet, die sich hartnäckig gegen das Vorhaben der Briten wehren, eine Eisenbahnlinie über die Berge anzulegen. Gestern abend, als der erste Schnee der Saison die Zelte der Arbeiter bedeckte, hat ihm Elizabeth Elphinstone beim Loch in der Mauer ihren Bauch gezeigt und William gesagt, daß sie schwanger ist.

William hat die ganze Nacht nicht geschlafen. Das Zelt, das er mit einem anderen Ingenieur teilt, steht am Rand ihres Lagers. Nach dem Frühstück schreibt er einen Brief an seine Eltern und teilt ihnen mit, daß er eine lange Reise unternehmen wird. Nachdem er den Brief in die rot angestrichene Kiste gesteckt hat, die als Briefkasten dient, sagt er den anderen, er müsse aus geschäftlichen Gründen ein paar Tage fort. Mit einem Koffer verläßt er das Lager. Draußen geht er durchs Gebüsch zu dem Pfad, der zum hinteren Bereich des Grundstücks der Elphinstones führt. Er will nicht mit einem Koffer gesehen werden.

Vor dem Loch in der Mauer steht ein Junge mit einer Uhr. William erschrickt. All die Monate konnte er ihrem besitzergreifenden Vater ausweichen, und heute, gerade heute, wird er entdeckt!

Der Junge erblickt William und hebt die Hand.

Als er näher kommt, sieht er, daß es Elizabeth ist. »Bist du fertig?«

Sie nickt.

»Du bist dir sicher, daß es dir nicht leid tun wird?«

Sie schüttelt den Kopf, unter der dicken Mütze, die sie sich übergezogen hat, kommt eine Locke hervor.

William schiebt die Locke wieder in die Mütze und streicht ihr mit dem Finger über die Wange. »Komm, wir gehen.«

Elizabeth deutet auf die Uhr.

William sieht sie fragend an.

»Es ist das einzig Wertvolle, das ich besitze.«

»Eine Uhr! Wir können doch keine Standuhr mitnehmen!«

»Du hast gesagt, ich soll meine Wertsachen mitnehmen. Die Uhr hat mir mein Großvater geschenkt.«

»Hast du nicht eine Kette oder einen Ring?«

Elizabeth schüttelt den Kopf. »Ich hab nur diese Uhr. Und meinen Bauch.«

William wirft einen verzweifelten Blick auf die Uhr, die größer ist als Elizabeth.

»Wenn die Uhr nicht mitkann, komme ich auch nicht mit«, sagt sie trotzig.

»Aber wie?«

Sie zeigt auf das Loch. William sieht, daß im Gebüsch ein Fahrrad steht.

»Es ist eingeklemmt«, sagt Elizabeth.

»Aber ein Fahrrad ist zu klein für die Uhr.«

»Es ist ein Tandem.«

William zieht daran. Krachend bricht ein Stück Stein aus der Mauer, und er fällt samt Tandem rückwärts in den Schnee.

Er zieht die Decke über sie. Es ist dunkel und kalt. Der eisige Wind weht immer mehr Schnee den Berg hinauf.

»Hast du Hunger?«

Elizabeth nickt. William zieht eine Tafel Schokolade aus der Manteltasche. Er bricht ein Stück ab und gibt es ihr. Sie reden nicht. Sie sind zu müde, und sie frieren. William küßt Elizabeth sanft auf den Mund. Sie erwidert den Kuß. Er schmeckt die Schokolade auf ihren kalten Lippen. Sie kuscheln sich aneinander.

»Wenn wir wenigstens ein Feuer hätten«, flüstert Elizabeth.

William zeigt auf die Uhr, die mit zwei Stricken an der Seite des Fahrrades festgebunden ist.

»Nein, nicht die Uhr, die ist für Victor.«

»Victor?«

»So soll er heißen«, sagt sie und legt die Hände auf ihren Bauch.

Es ist noch dunkel. William hält beim Schieben den Lenker, und Elizabeth schiebt von hinten, links hängt die Uhr und rechts der Koffer. William will an Fort Maude vorbei sein, bevor es hell wird. Es ist dort ruhig, seit die Männer vom Afridi-Stamm das Fort in Brand gesteckt haben und die britische Armee abgezogen ist, aber ganz sicher ist er sich nicht. Vor sich sehen sie den höchsten Punkt des Bergpasses. Elizabeth singt leise Kinderlieder, und William dankt dem lieben Gott, daß er ihm diese Frau geschenkt hat. Wenn sie am Abend in Jamrud sind, wird er sich darum kümmern, daß sie ein warmes Bad und ein warmes Bett bekommt. Er wird dafür sorgen, daß es der werdenden Mutter an nichts fehlt. Er kennt ein Hotel, in dem sie gut essen können.

Es beginnt wieder zu schneien. Immer stärker und heftiger bläst der Wind die wirbelnden Flocken zwischen den Bergwänden hindurch. Schweigend laufen sie weiter, das Rad mit der Uhr und dem Koffer zwischen sich.

Der Sturm tobt über den Paß. Unendlich langsam kommen sie voran. Immer wieder bleibt das Tandem im Schnee stecken. Mit vereinten Kräften schieben sie es weiter. Sie bleiben stehen, weil William die Stricke des Koffers und der Uhr straffer ziehen muß. Elizabeth klopft sich solange warm.

»Die Uhr ist die Zukunft«, flüstert sie ihm ins Ohr.

Sie ist Brennholz, denkt William.

Oben auf dem Paß, wo der eisige Wind den Schnee vom Weg gefegt hat, versuchen sie, sich aufs Rad zu setzen, denn jetzt geht es nur noch bergab, aber wegen der Uhr und des Koffers ist es unmöglich.

1901

Jampur

Elizabeth Elphinstone liegt mit hohem Fieber in der kleinen Dachkammer im Haus des alten Kupferschmiedes, der kein Wort Englisch spricht. Nach drei Tagen in dem Hotel, dessen Besitzer immer neugieriger wurde, hatte William jemanden gefunden, der ihnen helfen will. Das Zimmer ist klein und hat keine Fenster, aber es ist trocken und warm.

Elizabeth ißt schon seit Tagen nichts. Sie trinkt nur ein wenig Tee und die Bouillon, mit der William sie füttert. Die Uhr steht in der Zimmerecke. William haßt sie. Wenn die Uhr nicht gewesen wäre, hätten sie den Paß viel schneller überquert, und Elizabeth wäre nicht krank geworden. Die Uhr schlägt zwei Mal. William führt den Löffel mit lauwarmer Bouillon zum Mund der Kranken. Sie verzieht plötzlich das Gesicht.

»Magst du die Bouillon nicht?«

Sie schüttelt den Kopf und versucht etwas zu sagen.

William hält sein Ohr an ihren Mund.

»Es geht los.«

»Was?«

»Das Baby kommt.«

William sieht sie ungläubig an. Elizabeth nickt matt. Er springt auf und ruft, daß er Hilfe holt, aber bevor er an der Tür ist, läuft er wieder zurück zum Bett. »Was brauchst du?«

»Dich.«

»Aber ich weiß überhaupt nicht, wie Babys geboren werden, ich frage den Mann, ob er eine Schwester hat oder eine Mutter, jemand, der was von Babys versteht.«

»Laß mich nicht allein.«

»Ich muß jemand holen. Ich weiß doch gar nicht, was ich machen muß.«

Elisabeths Gesicht verzieht sich vor Schmerz. William rennt aus dem Zimmer, die Treppe hinunter, über den Innenhof, durch das Tor auf die Straße. Er sieht Männer in langen Mänteln. Nirgendwo eine Frau. Er rennt in eine andere Straße, schaut in Durchgänge und durch Tore. Überall sieht er nur Männer. Er rennt zurück. Im Innenhof klopft er an die Tür des Hausbesitzers. Der Mann mit dem langen roten Bart macht auf. Er zieht ihn am Arm die Treppe hinauf. Auf dem Bett liegt Elizabeth und wimmert leise. William zeigt verzweifelt auf ihren dicken Bauch.

Die Frau trägt ein langes schwarzes Kleid und ein Kopftuch. Sie beugt sich über Elizabeth, nachdem sie William vor die Tür gesetzt hat. Der Hausbesitzer bringt Eimer mit warmem Wasser nach oben. William stellt sie ins Zimmer, wird aber von der Frau sofort wieder weggeschickt. Er setzt sich auf die oberste Treppenstufe und hört Elizabeths schwache Schreie.

Die Uhr schlägt neun Mal. Die Frau kommt heraus, ihre Hände sind voller Blut. William stürmt hinein. Auf dem Bett liegt seine Elizabeth totenstill in einer Blutlache. Auf ihrem Bauch liegt, noch an der Nabelschnur, ein blutverschmiertes Baby. Seine Blicke gehen jedoch nicht zu dem Kind, sondern zu der Frau, mit der er alt werden, der Frau, die er den Rest seines Lebens auf Händen tragen wollte. Er weiß es sofort. Es ist vorbei. Sie hat ihn verlassen. Er geht aus dem Zimmer, hinter ihm beginnt das Baby zu weinen.

1936

An Bord der *King of Scotland*

Charlotte Bridgwater sieht verwundert auf ihre Arme.

»Tante Ilse, guck mal! Ich hab überall kleine Pickel.«

»Das ist eine Gänsehaut«, sagt Tante Ilse, »das kommt von der Kälte.«

Charlotte reibt mit dem Finger über die Hubbel. Sie hat noch nie gefroren. Nur einmal hat sie in der Küche, zusammen mit Sita, ihre Hände auf einen Eisblock gelegt, der sich dann langsam in Wasser verwandelte.

»Geh in die Kabine, zieh zwei Hemden und zwei Unterhosen übereinander an«, sagt Tante Ilse, die einen Wollpullover und einen Schottenrock trägt.

Charlotte versucht die Pickelchen der Gänsehaut flachzudrücken.

»Hör auf, an dir rumzuspielen, und bind dir den Schal um. Den habe ich dir nicht umsonst geschenkt.«

Das Mädchen wandert zusammen mit Khushi, der sie auch einen Schal umgeschlungen hat, über das Deck. An der Tür zum Speisesaal sieht sie Ganesh stehen.

»Ich hab eine Gänsehaut.« Stolz zeigt sie ihm ihren Arm.

»Siehst du, daß ich recht hatte? Jeder, der nach England reist, trägt einen Schal.«

»Du nicht.«

»Ich bin im Schnee geboren, mir macht Kälte nichts aus.«

»Ist es in England immer kalt?«

»Nein, nur im Frühling, im Herbst und im Winter. Im Sommer wird es langsam wärmer, und manchmal laufen alle Leute ohne Mantel rum.«

»Ich hab keinen Mantel.«

»Hat dir deine Mutter keinen Mantel in den Koffer gepackt?«
»Ich glaube, sie hat es vergessen.«
»Und einen Pullover?«
Charlotte schüttelt den Kopf.
»Willst du einen Pullover von mir?«

Charlotte hopst in einem dicken grünen Wollpullover herum, an dem Ganesh' Großmutter lange gestrickt hat. Für sie ist er wie ein kurzes Kleid. Die Ärmel sind hochgekrempelt, und um die Taille hat Ganesh ihr ein Band geschlungen. Er ist stolz auf das Ergebnis. Charlotte erinnert ihn nun an seine kleine Schwester. Wann wird er sie wiedersehen? Wird er sie jemals wiedersehen? An Bord redet kaum jemand mit ihm. Die meisten Passagiere sind britische Ehepaare und Militärangehörige, die ihren Urlaub in England verbringen. Sie spielen Bridge und Minigolf oder trinken Whisky an der Bar, ein Zeitvertreib, den er nicht gewohnt ist.

»Was sollen wir spielen?« Charlotte hat ihre Puppe auf einen Stuhl gesetzt und schaut ihn an.

»Kennst du ›huui-huui-ich-fang-dich‹?«

»Ist das gruselig?«

»Wenn man es in Nächten ohne Mondlicht spielt, kann es sehr gruselig sein.«

Ganesh breitet die Arme aus, beugt sich vor und hält den Kopf etwas hoch. »Such dir einen Wind aus.«

»Einen Wind?«

»Ja, starker Wind oder scharfer Wind, dicker Wind, sanfter Wind, warmer Wind, kalter Wind, Hauchwind, Wirbelwind, Morgenwind oder Winterwind.«

Charlotte sieht ihn mit offenem Mund an. »Kennst du so viele Winde?«

»Wir haben bei uns in den Bergen noch viel mehr Winde. Federwind, Sandwind, Schneewind, Sausewind, Flüsterwind, Brautwind, Sommerwind, Tauchwind, Klappwind, Fallwind, Stoßwind, Bruchwind, Nord-, West-, Ost- und Südwind, und natürlich den Traumwind. Es gibt noch viel mehr, aber das sind die wichtigsten. Du suchst dir einen Wind aus, und den wehst du, der andere muß raten, welcher Wind es ist, und wenn du richtig geraten hast, mußt du dir den Wind schnappen und einen neuen Wind wehen lassen, kapierst du?«

Charlotte nickt. »Ich fange an.« Sie streckt die Arme weit aus, beugt den Oberkörper vor, kneift die Augen zu Schlitzen zusammen und saust über das Deck.

»Starker Wind?« ruft Ganesh.

Sie weht weiter.

»Scharfer Wind? Sausewind? Wirbelwind?« Ganesh nennt alle Winde, die er kennt, aber mit keinem davon ist das kleine Mädchen zufrieden.

»Nein, nein!« kreischt sie.

»Nachtwind ... trockener Wind ... Pelzwind ... Teufelswind ... Sonnenwind ...!« Ganesh ruft immer mehr Winde.

»Es ist ganz leicht.«

»Gipfelwind?«

Sie schüttelt den Kopf.

»Fingerwind ... Schwefelwind!«

Sie läuft im Kreis um ihn herum, sie lacht, die Arme ausgebreitet, den Kopf gesenkt. »Falsch, falsch, alles falsch. Und alles richtig.«

»Das kann nicht sein.«

»Es ist der Wind von Indien«, sie quietscht vor Lachen, »der Wind, der kurz vor dem Monsun um unser Haus weht!« Sie saust weiter. »Jetzt weißt du's, jetzt mußt du mich fangen.«

Ganesh rennt hinter ihr her, die Arme ausgebreitet, den Kopf gesenkt, seine Schritte sind größer und schneller als ihre. Er hebt sie hoch und läßt sie mit Schwung durch die Luft fliegen. Sie drehen sich, drehen sich im Wind herum. Drehen sich immer schneller. Lachen immer lauter.

Ein eisiger Schrei. Zwei Hände ziehen sie aus der Luft. Charlotte knallt auf das Deck, sie schreit vor Schmerz. Tante Ilse faßt sie an der Hand und zieht sie mit einem Ruck hoch.

»Help! HELP!«

Von allen Seiten kommen Leute angerannt und wollen wissen, was los ist.

»Der da, der …«, Tante Ilse zeigt auf Ganesh. »Er hat sich mein Kind geschnappt!«

Zwei Männer packen ihn an den Schultern, zerren ihn nach hinten und schubsen ihn gegen die Wand. Ein großer Mann mit einem Schnurrbart boxt ihn in den Magen. Ganesh sackt zusammen. Ein Mann mit braunen Stiefeln versetzt ihm einen Tritt.

Tante Ilse zieht Charlotte den Pullover aus und wirft ihn über die Reling.

Ein Hagel von Tritten prasselt auf Ganesh nieder, gnadenlos, ohne Zögern. »Braune Ratte, das wirst du büßen!« Er spürt die Tritte nicht, er spürt nichts mehr, er hört nur Charlottes Weinen.

1936

Grand Palace

Die sieben Töchter des Maharadschas haben sich in dem silbernen Zimmer im ersten Stock des Palastes versammelt. Sie tragen kostbare Saris und viel Schmuck. Chutki, die jüngste, fühlt sich nicht wohl mit den schweren Goldketten um den Hals, die Handgelenke und die Knöchel, und auch der Nasenschmuck kneift, den sie auf Wunsch ihrer älteren Schwester anlegen mußte. Die Mädchen lugen durch den Spalt der schweren Vorhänge aus Goldbrokat nach draußen. Unter dem Fenster sieht die vierjährige Chutki die schnaubenden Elefanten ihres Vaters stehen, die auch mit kostbaren Decken und mit Edelsteinen behangen sind, aber offenbar nicht darunter leiden. Auf den Rükken der Elefanten sitzen ihre Onkel und andere wichtige Männer in schillernden Gewändern. Rings um den Platz vor dem Palast stehen in einem Meter Abstand voneinander Bläser mit goldfarbenen Turbanen und großen Kupferhörnern. Eine ihrer Schwestern zeigt nach links und sagt, daß sich auf der Treppe die Dorfvorsteher ihres Distrikts aufgestellt haben, während rechts die Königliche Garde wartet, in voller Ausrüstung sitzen die Männer auf den pechschwarzen Pferden ihres Vaters. Vor sich sieht sie die lange Auffahrt, an beiden Seiten gesäumt von Männern mit roten Hosen, die unbeweglich mit einem Schild in der Hand dastehen. Die Straße selbst ist mit Teppichen bedeckt, und vor dem Großen Tor stehen goldene Schalen mit brennendem Weihrauch. Der schwere Duft dringt in ihr Zimmer.

Alle warten auf Victor Alexander John Hope, den zweiten Marquess of Linlithgow und *Viceroy* von Indien. In einer Stunde muß Chutki zusammen mit ihrer Mutter, der Maharani, ihren Schwestern und der Frau des Vizekönigs mit ihren drei Töchtern Tee trinken. Ihr Vater, Maharadscha Man Singh, ein großer Liebhaber der Jagd, will seine Töchter bei Staatsangelegenheiten nicht dabeihaben, nur seine Söhne. Chutki ist neidisch auf ihre vier Brüder, die ihre offizielle Kleidung tragen müssen, mit neuen Turbanen. Ihr ältester Bruder, der zwölf ist, trägt sogar einen Säbel am Gürtel. Die Jungen waren schon einmal mit auf der Jagd und haben erlebt, wie ihr Vater einen Tiger schoß. Unten in der mit rosa Marmor ausgekleideten Eingangshalle, die an den Saal grenzt, in dem der Empfang stattfinden wird, ist die Vorliebe ihres Vaters nicht zu übersehen. An den Wänden hängen präparierte Köpfe von Büffeln, Löwen, Tigern und Hirschen, und über dem Kamin prangt der Kopf eines Elefanten, die Stoßzähne mit Intarsien aus Gold und auf der Stirn ein Medaillon mit einem Foto ihres Urgroßvaters, umgeben von Diamanten.

Draußen erklingen die Hörner. Durch den Vorhangspalt sieht sie eine lange Kolonne schwarzer Autos, die langsam über die Teppiche in die Richtung des Großen Tors rollen. Trommelwirbel übertönen die Hörner. Einer der Elefanten trompetet.

Vom Gang her hört sie das trockene Hüsteln ihres Vaters. Chutki kennt diesen leisen Husten sehr gut, auch sie hat ihn. Wie auch die ewigen Halsschmerzen und Schluckbeschwerden. Warum Chutki und der Maharadscha an chronischer Laryngitis leiden und die anderen Familienmitglieder nicht, begreift niemand. Sie wohnen alle in demselben Palast und essen aus derselben Küche.

Schon seit Wochen haben alle im Palast emsig zu tun. Beim Großen Tor wurden weitere Palmen gepflanzt, und beim Tempel wurden, ihrem Großvater zu Ehren, drei Springbrunnen aus Marmor angelegt. Draußen stoppen die Autos, und Chutki hört, daß ihr Vater auf der Freitreppe erscheint, denn die große Trommel wird geschlagen, und die Trompete schmettert. Als sie das Doppelhorn hört, weiß sie, daß der Vizekönig aus seiner Karosse aussteigt. Chutki trinkt einen Schluck Wasser, schluckt es mit Mühe herunter. Die Dienstboten wissen, daß immer ein

Glas Wasser in ihrer Nähe stehen muß, sogar an einem Tag wie diesem haben sie es nicht vergessen. Chutki beobachtet, sie redet nicht gern, Reden tut weh.

An dem langen Tisch sitzen sich der Vizekönig und der Maharadscha gegenüber. Die beiden Männer begegnen sich nicht zum ersten Mal. Bei der Ankunft des Vizekönigs in Indien und seiner Amtseinsetzung im April waren sie einander offiziell vorgestellt worden. Der Maharadscha war damals, so wie jetzt, krank. Er legt, ohne daß es ihm bewußt ist, zum fünften Mal die Hand an den geschwollenen Hals und hüstelt – ein trockenes, rauhes Geräusch.

»Ich kenne einen sehr guten Arzt«, sagt der Vizekönig.

Der Maharadscha, etwas erstaunt über die Bemerkung, nickt.

»Ein junger Bursche aus Manchester«, fährt der Vizekönig fort. »Er hat sich auf Kehlkopfprobleme spezialisiert.«

Der Maharadscha hustet wieder, der Diener hinter ihm schenkt ihm sofort kaltes Wasser in sein Glas ein. Er trinkt ein wenig und muß mehrmals schlucken. Er hat es noch nie erlebt, daß ein Vizekönig so persönlich wird. Der Maharadscha redet nicht gern über seine Gesundheit, und mit einem Engländer schon gar nicht. »Machen Sie sich keine Sorgen«, sagt er mit heiserer Stimme. »Das ist nur eine leichte Reizung, ich glaube, Sie nennen das ›einen Frosch im Hals‹.« Er stellt sein Glas etwas zu fest auf den silbernen Untersetzer zurück. Für ihn ist das Thema deutlich beendet. »Lieben Sie die Jagd?«

Die Augen des Vizekönigs leuchten auf. »Ich habe gehört, daß Sie das größte zusammenhängende Jagdrevier Indiens besitzen.«

Der Maharadscha lächelt bescheiden. »Ich denke mal, um die viertausend Tiger leben in meinem Revier.«

Der Vizekönig gibt ein beifälliges Brummen von sich. »Schießen Sie auch Elefanten?«

»Nur, wenn sie ein Dorf angreifen.«

»Wie der Elefant in der Eingangshalle?«

»Der wurde nicht auf der Jagd erlegt, das war der Lieblingselefant meines Großvaters.« Die heisere Stimme des Maharadschas wird immer leiser. »Er ritt ihn, wenn er auf die Jagd ging. Ich nehme keine Elefanten, sondern Pferde. Jagd ist Schnelligkeit, meinen Sie nicht auch?« Er muß wieder husten.

Der Diener tauscht sein Glas schnell gegen ein anderes ein, das eine braune Flüssigkeit enthält. Der Maharadscha trinkt mit Mühe einen Schluck, aber sein Hustenanfall will nicht aufhören. Der Vizekönig schaut sich besorgt um. Die Dienstboten, die sich in großer Zahl an der Wand des Saales aufgestellt haben, schauen alle starr vor sich hin, außer dem Mann mit dem grünen Turban, der schräg hinter dem Maharadscha steht. Er tritt vor und gibt ihm etwas aus einer kleinen Dose, und der Inder schiebt es sich hinter einen Backenzahn. Langsam läßt der Husten nach. Der Maharadscha keucht, und seine Augen beginnen zu tränen.

»Soll ich diesen Halsarzt bitten, einmal bei Ihnen vorbeizukommen?«

Draußen ertönt Gekreische. Ein Elefant trompetet. Der Mann mit dem grünen Turban rennt ans Fenster und eilt zum Maharadscha zurück. Er flüstert ihm etwas ins Ohr. Maharadscha Man Sing hört auf zu husten. Nach einem schnellen Blick durch das Fenster, vor dem das Kreischen zu hören ist, sieht er den Vizekönig an. Er beugt sich zur Seite zu dem Mann mit dem grünen Turban und sagt etwas in einer Sprache, die der Vizekönig nicht versteht. Der Maharadscha beginnt wieder zu husten, er versucht es zu unterdrücken und sagt keuchend: »Möchten Sie einen Elefanten schießen?«

Der Vizekönig schluckt. »Einen Elefanten?«

Der Maharadscha deutet auf das Fenster, das sofort aufgerissen wird. Die schrillen Rufe dringen in den Saal. Von allen Seiten kommen Männer angerannt, manche mit Gewehren. Von der disziplinierten Ordnung, die kurz vorher noch herrschte, ist nichts mehr übrig, Dienstboten rennen schreiend umher. Der hustende Maharadscha gibt dem Vizekönig durch eine Geste zu verstehen, daß er mit nach draußen kommen soll. Auf dem Platz vor dem Palast sehen sie einen Elefanten, der heftig mit dem Kopf und mit dem Rüssel schlägt. Männer mit Stökken und Seilen umringen ihn. Der Sitz auf seinem Rücken ist verrutscht, ein Mann in einem langen violetten Mantel versucht sich krampfhaft am Rand festzuhalten, während der Elefant den Rüssel geschmeidig nach hinten wirft. Maharadscha Man Singh bekommt ein nagelneues Jagdgewehr gereicht, das er an den verdutzten Vizekönig weitergibt.

Victor Alexander John Hope, zweiter Marquess of Linlithgow und Vizekönig von Indien, hat in England oft an der Jagd teilgenommen, sogar an der königlichen Jagd. Er ist ein brillanter Reiter und darauf versessen, Fasanen und Hasen zu erlegen, aber der wildgewordene Elefant macht ihm angst.

Der Maharadscha muß wieder husten. Diesmal scheint er an seinem Anfall fast zu ersticken.

Der Vizekönig nimmt das Gewehr.

»Zwischen die Augen«, ächzt der Maharadscha.

»Aber die Männer drumherum?«

»Genau zwischen die Augen zielen«, stößt er keuchend und hustend hervor.

Der Vizekönig sieht durchs Visier. Der Mann, der an dem Sitz hing, stürzt zu Boden. Der Elefant versucht ihn zu zertrampeln – der lange violette Mantel hindert den Mann daran, wegzurollen. Ein kleiner Junge mit einem Stock springt vor ihn, aber bekommt einen so harten Schlag mit dem Rüssel, daß er durch die Luft fliegt. Der Elefant dreht sich um und senkt den Kopf. Mit seinem Stoßzahn schabt er über den Boden und fegt den Mann weg. Der Mantel reißt, und ein Bein ist seltsam verdreht. Der Finger des Vizekönigs krümmt sich um den Abzug. Er sieht nur den faltigen Buckel zwischen den kleinen Augen. Der Elefant hebt den Kopf wieder, wirft den Rüssel hoch in die Luft. Er trompetet gellend. Der Vizekönig zieht die Unterlippe in den Mund, kneift die Augen zusammen. Als sich der Rüssel wieder nach unten bewegt, schießt er. Die Kugel pfeift durch die Luft und schlägt in die Stirn des Elefanten. Das Tier scheint nichts zu spüren, es brüllt und faucht. Es dreht sich um und tritt wieder auf den Mann. Ein Junge mit einem Seil schlägt den Elefanten und versucht den Mann wegzuziehen, aber der Elefant klatscht auch diesen Jungen mit einem einfachen Rüsselschlag von sich weg. Der Vizekönig blickt angstvoll auf das Tier. Er ist sich sicher, daß er genau zwischen die Augen getroffen hat. Neben ihm dauert der Hustenanfall des Maharadschas an. Zwischen zwei Attacken japst er: »Gut gemacht.«

Der Vizekönig begreift gar nichts mehr. Der Elefant dreht sich um zu einem Mann auf einem Pferd, der sich von hinten genähert hat, er senkt den Kopf und rammt ihn gegen das Pferd, das sich aufbäumt. Auch der Elefant wirft Kopf und Vorderbeine in die Luft. Sein Rüssel langt nach dem Himmel. Der Maharadscha zeigt auf das Tier. Langsam gerät der Elefant ins Wanken. Er taumelt. Er kreischt. Er sucht Halt. Seine Knie knicken ein. Sein Kopf schlägt von links nach rechts. Er faucht einen letzten Notschrei und sackt quälend langsam in sich zusammen. Der Boden zittert. Die Männer jubeln. Der Vizekönig sieht stolz den Maharadscha an, der keuchend fragt: »Wie heißt dieser Halsdoktor?«

Der Vizekönig sieht ihn erstaunt an. »Der Halsdoktor …? Der heißt Peter Harris.«

1942

Queen Victoria College

Lieber Donald,

ich wünsche Dir frohe Weihnachten. Hast Du schon einen Brief von Vater bekommen? Ich dachte mir, vielleicht hat er ja nur einen Brief geschrieben und den dann an Dich geschickt. Falls das so ist, schickst Du ihn bitte an mich weiter? Bei uns in der Schule ist es prima. Seitdem Krieg ist, sind hier viel mehr Kinder aus Indien. Mit denen verstehe ich mich gut, denn wir alle finden, daß es hier kalt ist. Nach den Sommerferien darf ich in einen kleinen Schlafsaal. Das ist viel schöner, habe ich gehört. Dann dürfen wir auch eine halbe Stunde länger aufbleiben. Hast Du schon gefragt, ob wir uns einmal besuchen dürfen? Mrs. Blackburn, unsere Direktorin, hat gesagt, wenn der Krieg ruhig bleibt, geht es vielleicht in den Sommerferien, aber das dauert ja noch eine Weile. Ich gehe jetzt schlafen. Denkst Du an Vaters Brief?

Auf Wiedersehen,
Deine Schwester Charlotte

1995

Rampur

Charlotte lag auf dem Bett und »rauchte«. Der Ventilator über ihr drehte sich, und draußen zirpten die nächtlichen Grillen. Die Fenster und Läden standen sperrangelweit offen, und auf dem Schreibtisch beim Fenster brannte eine Kerze und beleuchtete Papierbögen mit lauter Berechnungen. Auf dem Fußboden lagen zerknüllte Blätter. Aus dem alten Transistorradio erklang Tanzmusik. Ihre Zehen bewegten sich im Takt. Früher wäre Charlotte aufgesprungen und durchs Zimmer getanzt. Jetzt ließen sich nur noch ihre Zehen verlocken. Sie sehnte sich nach der Kühle der Nacht, aber die Abendbrise ließ auf sich warten. Ihr dünnes Nachthemd klebte an den Brüsten, und auf ihrer Stirn mit den Sorgenfalten standen Schweißtropfen. Traumwind, das Wort kam ihr plötzlich in den Sinn. Traumwind, einer der Winde des Mannes auf dem Schiff. Ihre Begleiterin hatte ihr verboten, noch einmal über ihn zu sprechen oder auch nur an ihn zu denken. Das hatte sie als sechsjähriges Mädchen versucht, aber immer erschien er mit blutüberströmtem Gesicht in ihren Träumen, und sie wachte weinend auf. Sie dachte wieder an die Puppe, die sie »Glücksmädchen« genannt hatten; die Frau, die sie Tante Ilse nennen mußte, hatte sie über Bord geworfen, weil er sie repariert hatte. Aber auch wenn Charlotte nicht an *ihn* denken durfte, so hatte ihr doch niemand verboten, an die Winde zu denken. In ihrem Bett in dem feuchtkalten Schlafsaal des Internats versuchte sie jahrelang, die lange Liste mit den Winden zu wiederholen. Viele Winde hatte sie vergessen, aber die wichtigsten wußte sie noch. Den sanften Wind und den scharfen Wind. Den warmen und den kalten Wind. Den Morgen- und den Nachtwind. Den Flüster- und den Sausewind.

Den Sommer- und den Winterwind. Den Nord-, West-, Ost- und Südwind. Am schönsten fand sie immer den Traumwind. Sie blickte auf die Figur von Ganesh, dem Gott mit dem Elefantenkopf, die an ihrem Fußende stand und die sie vor Jahren, als sie sich schrecklich einsam fühlte, gekauft hatte. Sie hatte nicht verstanden, was er mit dem Traumwind gemeint hatte, bis zu diesem Moment. Sie spürte, wie in ihren Füßen ganz sanft eine Brise aufkam. Es fing bei den Zehen an, die sich noch immer zur Tanzmusik bewegten, und auf einmal wirbelte in den Beinen etwas hoch, dann am Becken entlang, über die Wirbelsäule, durch den Hals. Sie öffnete den Mund und merkte, wie der Wind ausströmte. Einen Moment war sie verwirrt und dachte, es sei der imaginäre Rauch, den sie auspustete, aber es war ein anderer Luftstrom, er brachte Kühlung. Sie legte die Zigarette wieder in das Holzkästchen. Ein zweiter Lufthauch entwich ihrem Mund. Charlotte setzte sich aufrecht hin. Sie verstand nicht, was da geschah. Wieder öffnete sie den Mund, diesmal weiter. Sie hielt die Hände davor und spürte, wie die frische Luft über ihre Haut fuhr. Sie bekam eine Gänsehaut. Sie spitzte die Lippen und blies den kühlen Wind zu ihren Füßen hin. Der Nachrichtensprecher unterbrach die Musik.

Sie schlug das Moskitonetz zur Seite und stand auf. Der Mann im Radio kündigte an, daß es morgen wieder zweiundvierzig Grad werden würden. Sie seufzte, und nochmals kam aus ihrem Mund ein kühler Luftstrom. Barfuß verließ sie das Zimmer.

In der Hand hielt sie die brennende Kerze und einen Schlüsselbund, der leise klirrte. Sie ging an der großen, tickenden Standuhr vorbei zur Tür des Kinderzimmers und horchte. Es war still. Auf Zehenspitzen ging sie zur Treppe. Die Stufen knarrten, und das Knarren mischte sich mit dem Gesang der Grillen im Garten. In der großen Eingangshalle hing der gigantische Kronleuchter, in den Hunderte Kerzen paßten, aber es war Jahre her, seit er zum letzten Mal gebrannt hatte. Sie öffnete die Tür zum Klavierzimmer. Hier standen die Fenster nicht offen. Da das Zimmer nicht mehr benutzt wurde, war es besser, wenn sie ständig geschlossen blieben. Mit einem der Schlüssel an ihrem Bund schloß sie die Schranktür auf. Die kühle Brise, die sie noch die Treppe hinunter begleitet hatte, war verschwunden. Schweiß überzog wieder ihre Haut. In die Halle zurückzugehen und den Traumwind von neuem wachzurufen, kam ihr nicht in den Sinn. Das Kerzenlicht glitt über die Regalbretter. Aufgeschreckte Motten, schwarze Käfer und Hunderte von Ameisen bevölkerten den Schrank. Charlotte ließ die Tiere in Ruhe, sie waren sowieso überall, und suchte weiter.

Auf dem obersten Bord lag ein Stapel Alben, zum Schutz gegen die ungebetenen Gäste in Plastikhüllen verpackt. Ihre Finger strichen über die Rücken, und sie versuchte, die im Kerzenlicht schwer zu entziffernden Jahreszahlen zu lesen. Sie zog das Buch für die Jahre 1936-1939 hervor und drehte sich zum Tisch um, aber das Möbelstück, das jahrelang unverrückbar vor dem Fenster gestanden hatte, war nicht mehr da, ebenso das Sofa, das ihr Vater einst in London bestellt hatte. Mit einer schnellen Handbewegung fegte sie Staub vom Fußboden weg, kniete sich hin und legte das Album auf den Boden. Sie zog das Buch aus der Plastikhülle, der Umschlag war zerschlissen, der violette Samt war braun und glatt geworden. Sie schlug das Album auf.

Ihre Mutter in einem langen Kleid und mit einem Diadem im Haar neben einer anderen Frau im Abendkleid. Unter dem Foto stand: »*Weihnachten im Club*«. Sie blätterte um. Ihr Vater mit seinem Gewehr, in seiner Uniform, einen Fuß auf einem toten Hirsch, hinter ihm zwei junge Burschen in *Longhis*. »*Unser Held*«, stand in derselben Handschrift darunter. Charlotte erinnerte sich an den blonden Offizier aus der Kompanie ihres Vaters, der ihr irgendwann, als er zu viele *Burra-peg* intus hatte und ihr einen Heiratsantrag machen wollte, eröffnet hatte, nicht ihr Vater, sondern die beiden indischen Jungs hätten den Hirsch zur Strecke gebracht. Mit bloßen Händen, hatte er grinsend hinzugefügt. Auf den nächsten Seiten immer wieder Fotos von ihrer Mutter im Abendkleid oder auf dem Tennisplatz, manchmal ihr Vater mit seinen Männern im Offizierskasino oder auf der

Jagd. Zwei Fotos fand sie in dem Album, auf denen ihr Bruder Donald war. Eines zusammen mit Sita, *»Junior mit der Ayah«* stand darunter, das andere war ein förmliches Porträt ihres kleinen Bruders mit ihren Eltern vor dem Haus, das Foto, das jahrelang über ihrem Bett in England gehangen hatte. Ein Foto vom Schiff oder ein Foto von ihr gab es nicht. Charlotte hatte sich die Bilder in diesem Album noch nie so bewußt angesehen. Sie war immer davon ausgegangen, daß das große schwarze Schiff, zu dem ihre Mutter sie gebracht hatte, fotografiert worden war. Sie zog ein anderes Fotoalbum heraus, *Der Krieg* stand auf dem Umschlag. Ein Käfer krabbelte schnell weg, und Motten umflatterten die Kerze. Diese Bilder waren viel kleiner, sie sah Männer in Uniform, die sie nicht kannte. Sie saßen an Tischen, rauchten Zigarren und schüttelten Hände. Ihr Vater, der einen Orden angesteckt bekam. Auf der letzten Seite fand sie das erste Foto, auf dem sie zu sehen war, es war ein Jahr nach dem Krieg geknipst worden. *»Hochzeit Peter Harris und Charlotte Bridgwater Oktober 1946«* stand darunter.

Hema lag auf seiner Matte im Küchenhaus. Er hatte Reisig gesammelt und die Kohlen angezündet, denn auch das Kerosin war alle. Das Essen war fertig, und auch was sonst noch anfiel, hatte er erledigt. Draußen war es schon seit Stunden dunkel. Er sah hungrig auf die Töpfe mit Reis, *Dhal* und Gemüse. Er fragte sich, warum Memsahib nicht klingelte, in vielen Häusern unten am Hügel war das Licht schon aus. Vielleicht war etwas passiert, und sie brauchte Hilfe, in letzter Zeit kam es öfter vor, daß sie sich unwohl fühlte, sie war ja auch nicht mehr die Jüngste. Er sprang auf, warum hatte er nicht eher daran gedacht! Vielleicht war sie gestürzt, hatte sich verletzt, kam nicht an die Klingel. Die Klingel war auch schon öfter kaputt gewesen, vor allem in der Zeit, als der General noch oft sehr fest daran zog. Hema rannte auf seinen Schlappen über den Rasen zum großen Haus. Der Mond war gerade aufgegangen. Er hätte sich vor den Kopf schlagen können. Daß er eingenickt war und nicht wußte, wie lange er gedöst hatte, hätte er sich allerdings nie eingestanden. Vielleicht hatte sie ja geklingelt, und er hatte es nicht gehört. Hema war vor langer Zeit eingestellt worden, weil in seinem Zeugnis stand, daß er nie schlief und immer sofort parat war. Seit es kein anderes Personal mehr gab und er die siebzig weit überschritten hatte, duselte er oft ungewollt ein. Sein Neffe mütterlicherseits hatte ihm gesagt, daß das zu seinem Alter gehörte, aber davon wollte Hema nichts wissen.

Die Seitentür stand offen, das wollte Memsahib so, damit es mehr Durchzug gab. Der Salon war leer, auch im ehemaligen Arbeitszimmer ihres Vaters war sie nicht. Hema eilte die Treppe hinauf. Seine Knie knarzten genauso laut wie die Stufen. Vor ihrer Tür blieb er stehen. Er räusperte sich. Er wußte, daß sie nicht ungefragt gestört werden wollte. Die Vorstellung, daß sie gestürzt war, wieder einen Malariaanfall oder Schlimmeres hatte, ließ ihn leise an die Tür klopfen. Vor einiger Zeit hatte er sie einmal geweckt, sie war an einem normalen Wochentag schon früh am Abend eingeschlafen, und er hatte geglaubt, daß sie nicht mehr atmete. Sie war wütend geworden und hatte gesagt, er solle bloß nicht noch einmal auf die Idee kommen, sie zu wecken, und falls sie tot wäre, dann sei es doch sowieso egal, hatte sie noch gerufen. Mit dem Bild vor Augen, wie sie hilflos auf dem Boden lag, klopfte er noch einmal an die Tür. Es blieb still. Er ging zum alten Kinderzimmer. Die Tür war abgeschlossen. Er nahm den Schlüssel vom Nagel, steckte ihn ins Schloß und drehte ihn ganz leise um. Er horchte. Es blieb still. Behutsam öffnete er die Tür und schlich hinein. Er mochte den säuerlichen Geruch nicht, der in diesem Raum hing, aber Memsahib hatte ihm verboten, die großen Fenster zu weit offen zu lassen. Auf Zehenspitzen ging er weiter. Er steckte einen kleinen Schlüssel ins Schloß der Balkontür und konnte auch diese Tür öffnen, ohne daß sie quietschte. Schnell schlüpfte er auf den Balkon, wieder in die Nacht hinein, und schloß die Tür. Im Licht des zunehmenden Mondes ging er zum Fenster von Charlottes Schlafzimmer. Die Fenster und Türen standen sperrangelweit offen, die Vorhänge bewegten sich sacht. Er ging auf die Knie nieder. Im Schlafzimmer war es stockdunkel. Er spähte über den Rand der Fensterbank und hörte den Ventilator über ihrem Bett surren. Horchend starrte er in den Raum, aber wegen des Moskitonetzes konnte er nicht sehen, ob sie im Bett lag. Auf dem Fußboden leuchtete zusammengeknülltes Papier im Schein des Mondlichts. Er rutschte auf den Knien zur Tür und schlich hinein.

Im Zimmer schwebte der süße Duft von Memsahib Charlotte. Er schnupperte. Hema mochte diesen Duft. Er kroch auf allen vieren weiter, er mußte aufpassen, nicht gegen die Papierbälle zu stoßen, denn wenn sie nun aufwachte, würde sie ihn zweifellos entlassen. Er kroch geräuschlos an ihren Slippern vorbei zum Bett und blickte durch das Moskitonetz. Das Bett war leer. Er schaute unters Bett, hinter den Sessel und ins Badezimmer, nirgends entdeckte er eine Frau, der schlecht geworden war. So schnell es seine alten Knie erlaubten, kroch er zurück auf den Balkon, daß er genausogut einfach aufstehen konnte, fiel ihm nicht ein. Erst an der Tür zum alten Kinderzimmer zog er seinen steifen Körper geräuschlos an der Türklinke hoch.

Hema verschwendete keinen Gedanken an seinen schmerzenden Rücken, seine verschlissenen Knie und seine rissigen Nägel. Er sorgte sich um seine Memsahib Charlotte. Sie kam immer öfter japsend vom Club zurück, mit dem Rad den Hügel hochzufahren war in ihrem Alter und in der sengenden Sonne eine unmenschliche Anstrengung. Er konnte nicht verstehen, warum sie nicht wie er eine Rikscha anhielt und sich für ein paar Rupien fahren ließ. Den Lunch hatte sie nicht angerührt. Es hatte an der Tür geläutet. Sie hatte gesagt, sie habe keinen Hunger, er solle essen und aufheben, war übrig blieb. Hema hatte aufgemacht. Vor der Tür stand ein Mann, den er schon einmal gesehen hatte, mit glatten Haaren, die ihm über die Augen fielen, und einem teuren Hemd. Er stellte sich als Arjun Soumitra vor, aber Hema argwöhnte, daß das nicht sein richtiger Name war. Memsahib hatte gesagt, er solle den Besucher in den Salon führen. Er hatte ihn jedoch in der Halle stehen gelassen und erst rasch den großen Teppich ausgerollt – der Perserteppich lag seit einiger Zeit als Rolle vor dem Sofa unter einer Plastikplane und wurde nur ausgerollt, wenn Besuch da war, was nur noch selten vorkam. Er hatte den Wohnzimmertisch mitten auf den Teppich gestellt und den Mann hereingelassen. Der war sofort auf Memsahibs Büfett losgesteuert und hatte eine der großen Schalen in die Hand genommen, an denen sie sehr hing. Hema hatte sich vernehmlich geräuspert, aber der Mann hatte sich nicht davon abhalten lassen, das Porzellan weiter zu inspizieren. Hema war sich unschlüssig gewesen, ob er ihn allein lassen konnte oder nicht. Gerade als er im Begriff war, Memsahib zu holen, kam sie ins Zimmer. Sie hatte den Mann freundlich begrüßt und Hema weggeschickt.

Hema schlich wieder geräuschlos durchs Kinderzimmer, schloß die Tür ab und hängte den Schlüssel an den Nagel. Er ging die Treppe hinab und blieb in der Mitte der Marmorhalle stehen. Er lauschte und hörte es im Haus knacken; obwohl er sich alle Mühe gab, sie zu bekämpfen, nagten sich immer mehr Insekten einen Weg durch das trockene Holz der Wände und tauchten da auf, wo man sie am wenigsten erwartete. Aus dem Klavierzimmer kam ein Geräusch. Die Tür war zu, wie Memsahib ihm befohlen hatte. Er klopfte an und öffnete sie.

Auf einem wackligen Konstrukt aus einem Stuhl und einem Hocker stand Charlotte. Sie sah erleichtert aus, als Hema ins Zimmer trat. »Nimm die Kerze und leuchte mir mal.«

Hema, an die Launen seiner Arbeitgeberin gewöhnt und heilfroh, daß sie nicht tot auf dem Boden lag, nahm den Kerzenleuchter vom Boden und hielt ihn hoch.

»Höher«, sagte Charlotte von ihrem kippligen Turm. Sie hielt eine Schere in der Hand und schnitt von dem roten Lampenschirm, der an der Decke hing, einen Stein ab. »Der letzte«, sagte sie seufzend.

1936

Grand Palace

Vor ihm auf dem weißen Tisch liegt das kleine Mädchen, langsam fallen ihr die Augen zu, und sie atmet schwerer. Peter Harris hat Chutki, die jüngste Tochter des Maharadschas, in der vergangenen Woche jeden Tag untersucht, und obwohl sie ständig über Kopfschmerzen, Schluck- und Atembeschwerden klagte, ist sie gesund und kräftig. Er hat, wie er es in der Praxis in Long Millgate machen würde, nach allen möglichen Ursachen geforscht, aber es liegt eindeutig an der chronischen Kehlkopfentzündung. Daß die Entzündung nach der ganzen Zeit nicht auf die Bronchien und die Lunge übergegriffen hat, kann man als Wunder bezeichnen. Er kratzt mit dem Griff der Pinzette über ihre Haut, aber das Mädchen reagiert nicht. Das Chloroform, das er benutzt, wirkt bei der hohen Raumtemperatur schneller, als er es gewohnt ist. Anders als bei seiner Arbeit in den Slums von Manchester, wo ihm immer ein richtiger OP-Saal zur Verfügung stand, hängt die Infusionsflasche hier an einer Schnur von der Decke, und der Operationstisch wurde noch am Vormittag mit zurechtgesägten Klötzen auf die richtige Höhe gebracht. Der Maharadscha hatte ihm nicht erlaubt, das Mädchen ins Krankenhaus in Delhi mitzunehmen, wo er seit vier Monaten arbeitet. Maharadscha Man Singh, ohnehin sehr mißtrauisch, war alle paar Minuten aufgetaucht, um zu sehen, was der Chirurg mit seiner Tochter machte. Peter hat ihm strengstens verboten, den Raum während der Operation zu betreten, und ihm einen langen Vortrag über Infektionsrisiken und Bakterien gehalten.

Er legt den Handrücken kurz auf die Stirn des Mädchens und betet, daß es gutgehen möge, daß er die hochgespannten Erwartungen erfüllen kann, daß keine Narbe an ihrem Hals zurückbleiben wird, damit sie, wenn sie einmal heiratet, den Familienschmuck mit Stolz tragen kann. Peter vermutet, daß der Maharadscha seine Tochter als Versuchskaninchen benutzt, erst wenn *sie* geheilt ist, will sich der mächtige Mann auch operieren lassen. Peter verflucht sich dafür, daß er nicht darauf bestanden hatte, die Operation in einem Krankenhaus auszuführen; mit skeptischem Blick sieht er auf die wacklige Konstruktion unter dem Bett. Dann nickt er Aziz zu, seinem Assistenten, und mit noch größerer Präzision und Konzentration als gewöhnlich betten sie den Kopf des Mädchens nach hinten. Bei der Spiegelung hatte er gut sehen können, wie stark der Kehlkopf angegriffen ist. Aziz bestreicht den Hals mit einem Desinfektionsmittel und legt ein Tuch über das Mädchen. An der Stelle, an der der junge Kehlkopfspezialist schneiden wird, hat das Tuch ein Loch.

Der Maharadscha, der es nicht gewohnt ist, Befehle zu empfangen, hat den Palast mit großen Schritten verlassen. Am liebsten wäre er in sein Arbeitsszimmer gegangen, um eines der Gewehre zu ölen, aber er schafft es nicht, sich auch nur eine Minute auf etwas anderes zu konzentrieren. Chutki ist nicht seine Lieblingstochter, doch einfach verlieren möchte er sie auch nicht, sie kann gut tanzen. Bei den Pferdeställen bleibt er stehen. Er hat den Präparator, den er eigens aus Bangalore hat kommen lassen, noch nicht besucht. Im Schlachtraum, den sein verstorbener Vater vor langer Zeit mit blauen Delfter Kacheln aus Holland hat fliesen lassen und in dem der Halsspezialist aus England nicht operieren wollte, arbeitet seit einigen Tagen der Mann, der den Elefantenkopf für den Vizekönig ausstopft. Maharadscha Man Singh hat sich vorgenommen, den Kopf nur zu verschenken, wenn er seine bevorstehende Operation überlebt. Die schwere Tür quietscht in den Angeln. Von der Decke hängen lange Haken herab, und an einer Wand sind Austropfgestelle befestigt. In der Mitte des hohen Raums liegt auf einem großen runden Tisch der Kopf des Elefanten.

Der Präparator, der auf dem Boden kniet, sieht nicht hoch, als der Maharadscha eintritt. Der indische Fürst wartet verdutzt, in seinem Palast springt jeder sofort vor ihm auf. Er zieht kurz in Erwägung, den Präparator zu entlassen, setzt sich aber statt dessen auf die lange Holzbank, die an der Wand steht. Er sieht das Skalpell immer tiefer in den Hals des Elefanten eindringen. Der Kopf war sehr hastig abgehackt worden, Fetzen hängen noch daran. Der Maharadscha legt die Hand an seine Kehle. Mit großer Präzision bewegt sich das scharfe Messer durch die dicke graue Haut.

Das Mädchen wimmert leise. Doktor Harris legt letzte Hand an den Verband um ihren Hals. Allmählich nimmt er die Geräusche von draußen wieder wahr. Er hat Durst. Sein tüchtiger Assistent steht schon mit einem Glas Wasser bereit, das er in einem Zug austrinkt. Es ist ihm gelungen. Chutki wird nie Opernsängerin werden, aber sie wird beim Reden keine Schmerzen mehr haben, und die Halsschmerzen werden, wenn sie achtundvierzig Stunden nicht hustet, flüstert oder sich räuspert und nicht zu viel Wasser trinkt, völlig verschwinden. Die Männer setzen sich und schauen zu, wie das kleine Mädchen langsam aufwacht. Eine Tochter, denkt Peter, hätte ich auch gern.

* * *

Er sehnt sich nach der Stille seines Zimmers. Das sich über Stunden hinziehende Dinner ist noch lange nicht vorbei, immer wieder werden neue Schüsseln mit unbekannten Speisen gebracht. Während die Diener hin und her eilen, zieht der *Punkah-wallah* mit stoischem Gleichmut an der Schnur, damit die Fächer über ihren Köpfen flattern. Peter Harris ist indische Gerichte nicht gewohnt – seine Zimmerwirtin in Delhi kocht englische Kost –, das scharfe Essen lähmt seine Geschmackspapillen und setzt seinen Mund in Brand.

Der Maharadscha, nun auch mit einem Verband um den Hals,

klatscht in die Hände, das Gemurmel der Gäste verstummt. »Harris Sahib«, sagt er und macht eine kleine Verbeugung zu Peter. »Meine Stimme ist noch schwach, aber mein Glück ist groß.« Er schnalzt mit den Fingern.

Der Mann mit dem grünen Turban tritt vor. Er trägt eine Kiste aus Nußbaumholz und stellt sie vor Peter ab. Mit leiser Stimme hält der Maharadscha eine kleine Ansprache. Bedachtsam wählt er seine Worte. Er lobt Peter für sein großes Können und preist das britische Volk mit seinen fortschrittlichen Entwicklungen in der medizinischen Wissenschaft. Peter winkt bescheiden ab und lächelt verlegen. Der in Seide gekleidete Mann tut die Bescheidenheit des Chirurgen mit einer Handbewegung ab und betont, daß er für immer in seiner Schuld stehe, daß ihre Wege sich noch oft kreuzen mögen, daß seine jüngste Tochter ein Geschenk ausgewählt habe, von dem er hoffe, daß der Doktor es annehme, daß die Gabe in keinem Verhältnis zu dem stehe, was er ihnen geschenkt habe, aber daß er hoffe, es werde als Zeichen der Wertschätzung akzeptiert.

Chutki, die neben ihrer Mutter sitzt und zum ersten Mal im Leben an einem Dinner teilnehmen darf, zeigt auf die Kiste: »Aufmachen.«

Peter Harris, nervös, weil er im Mittelpunkt der Aufmerksamkeit steht, öffnet die Kiste. Auf einem schwarzen Samtkissen liegt ein prächtiger Lampenschirm aus Kristall, verziert mit einer dünnen Goldkette, an der im Abstand von einem Zentimeter funkelnde Rubine hängen.

1995

Rampur

Hema lebte mit seinen Gedanken dicht am Boden, wie die meisten Einwohner von Rampur. Selten schaute er auf die Oberseite eines Schrankes, Dachböden mochte er nicht, und zu einer Zimmerdecke blickte er nie hoch. Daß von der Lampe im verlassenen Klavierzimmer ein Stein nach dem anderen verschwand, war ihm deshalb entgangen. Charlotte, die es immer heimlich gemacht hatte, weil sie fürchtete, daß jemand Wind bekommen würde von ihrem Schatz, machte sich, nachdem nun auch der letzte Edelstein abgeschnitten war, keine Sorgen mehr. Sie mußte zwar das große Haus instand halten und die Rechnungen für den Lebensunterhalt bezahlen, aber wie all die anderen Frauen vom New Rampur Club wollte auch sie ein schönes Kleid für das bevorstehende Fest.

Hema half ihr, von dem wackligen Möbelturm herunterzusteigen. Er hob die Fotoalben vom Boden auf, steckte sie wieder in die Plastikhüllen und fragte, ob sie ihr Abendessen wolle. Die Suchaktion im Haus hatte seinen Hunger nicht verschwinden lassen. Charlotte schüttelte den Kopf und sagte, sie wolle schlafen, was nicht ganz stimmte, denn sie war noch immer aufgeregt über den gelungenen Verkauf des Wedgwood-Service und den kostbaren Rubin in ihrer Hand.

Der Gebrauchtwarenhändler hatte sich mit desinteressiertem Blick sehr herablassend über ihr Service geäußert. Das Blumenmuster sei altmodisch und werde nicht mehr gewünscht, die weiße Farbe sei nicht mehr so sahnig, wie sie eigentlich sein müsse, und die Transparenz des Porzellans habe mit den Jahren offenbar nachgelassen. Charlotte wußte nicht, was in sie gefahren war, aber sie hatte den obersten Teller vom Stapel genommen und den Händler durchdringend angesehen. Sie hatte den Teller lose auf ihre Hand gestellt, als mache es ihr nichts aus, wenn er herunterfiel und zerbrach. »Mein Lieber«, hatte sie gesagt, »wie ich sehe, haben Sie keine Ahnung von edlem Porzellan.« Er hatte höhnisch gelacht. Den Teller noch immer auf der Hand balancierend, hatte sie einen Vortrag über die Qualitäten der kostbaren Keramik gehalten. Sie hatte ihm erklärt, wie es möglich war, daß das Material hart war und gleichzeitig durchscheinend, daß dem Kaolin von original Wedgwood-Porzellan Knochenasche zugesetzt wurde, was das Endprodukt noch stabiler und transparenter machte, daß es geruch- und geschmacklos war und daß es sich, selbst wenn es ein Jahrhundert lang auf dem Meeresboden läge, kaum verfärben würde und daß er, falls er ihr kein angemessenes Angebot mache, das Haus verlassen könne, denn so hoffnungslos, wie er vielleicht annehme, sei ihre Lage nun auch nicht. Ihn noch immer mit festem Blick ansehend, hatte sie den Teller in der Hand kreisen lassen. Der Händler hatte auf den immer schneller rotierenden Teller gestarrt. Charlotte hatte ihre Hand ein klein wenig schräg gehalten, und der Teller war mit anmutigem Schwung losgesegelt. Bevor er auf dem Boden landen und zu Bruch gehen konnte, war der Händler hinzugesprungen und hatte ihn aufgefangen.

»Wedgwood zerbricht nicht so schnell«, sagte Charlotte. Nun war sie es, die lachte.

Der Mann hatte sich bei seiner Aktion das Knie gestoßen, aber das war ihm die Sache wert. Er wußte, daß er mit einem kompletten Service viel mehr verdienen konnte als mit einem, bei dem ein Teller fehlte.

»Nun?« Charlotte nahm ihm den Teller aus der Hand und setzte ihn vorsichtig auf den Stapel zurück. »Sie kennen meinen Preis.«

Der Mann, der sich das Knie rieb, ging zum Büfett zurück. Er griff noch einmal nach dem Teller, hielt ihn gegen das Licht und kniff die Augen zusammen.

Lag es an seinen glatten Haaren, seinem adretten Anzug, seiner angespannten Unterlippe? Charlotte wußte es nicht, aber noch nie zuvor hatte sie so hart verhandelt. Er bezahlte ihr schließlich dreimal mehr, als er zuerst geboten hatte. Charlotte wußte, daß er bereits einen Käufer hatte, höchstwahrscheinlich in Rampur, und hoffte nur, daß es keine der Damen aus dem Dienstagmorgenclub war.

* * *

Die Klimaanlage summte. Die Frau von Nikhil Nair, dem Distriktsdirektor der Eastern Indian Mining Company, und die Frau von Ajay Karapiet, deren Mann ein Hotel und zwei Kinos besaß, saßen in dem elegant eingerichteten Wohnzimmer von Nikhil Nair und tranken Tee.

»Ein Drittel Assam, zwei Drittel Darjeeling«, sagte die Frau von Nikhil Nair.

»Das habe ich mir doch schon fast gedacht, du hast immer so herrliche Mischungen«, schmeichelte die Frau von Ajay Karapiet, die ihren Tee mit viel mehr Milch trank als die Frau von Nikhil Nair.

»Hat dich eigentlich dieser Maniküredoktor, der mit der Plastikhand, noch wegen dem Schneider angerufen?«

»Habe ich dir das denn nicht erzählt?«

»Du erzählst mir nie etwas.«

»Ich weiß genau, daß ich's dir erzählt habe.«

»Willst du etwa damit sagen, daß ich vergeßlich werde?« sagte die Frau von Nikhil Nair spitz.

»Er kommt.«

»Wann?«

Die Frau von Ajay Karapiet seufzte. »Das weiß ich nicht.«

»Warum weißt du es nicht?«

»Weil dieser Nageldoktor es nicht wußte.«

»Er kann ihn doch fragen, oder?«

»Er hat gesagt, daß der Schneider unterwegs ist.«

»Warum ist er dann noch nicht da?«

»Das weiß ich nicht.«

»Du weißt auch nie was.«

»Immerhin weiß ich, daß er kommt.«

Die Frau von Nikhil Nair biß in einen Keks. Die Krümel fielen ihr auf den Schoß. Sie war versessen auf die Kekse, die ihr Koch jeden zweiten Tag für sie backte. Immer nahm sie zwei oder mehr – was an ihrer Figur zu sehen war.

Die Frau von Ajay Karapiet mochte die Kekse überhaupt nicht, sie blieben ihr am Gebiß kleben.

»Hast du deinen Brokatstoff wiederbekommen?« fragte die Frau von Nikhil Nair ihre Freundin.

Die Frau von Ajay Karapiet seufzte wieder. »Was davon noch übrig ist.«

»Wie meinst du das?«

»Ich hab das Gefühl, daß ein Stück fehlt.«

»Das geht mir auch so. Ich weiß genau, daß ich ihm fünf Meter von der teuren chinesischen rosa Seide gegeben hatte, aber gestern habe ich den Stoff vom Dienstmädchen nachmessen lassen, und sie sagt, es sind nur viereinhalb Meter.«

»Bei mir fehlt ein ganzer Meter.«

»Bist du dir sicher?«

Die Frau von Ajay Karapiet nickte.

»Wenn der neue Schneider genau so ein Betrüger ist wie Sanat, dann …«

»Darsi Sanat war ehrlich, sein Gehilfe, der ist ein Dieb.«

»Der neue Darsi, wo wird der eigentlich arbeiten?«

»In der Werkstatt von Sanat natürlich.«

»Das ist jetzt die Werkstatt eines Buchbinders.«

»Wie ist das denn möglich?«

»Was machst du mit den Kinos, wenn dein Mann stirbt?«

Die Frau von Ajay Karapiet hatte der Frau von Nikhil Nair irgendwann einmal anvertraut, daß sie Filme haßte, aber daß ihr Mann das nicht wissen dürfe, also schlug sie die Augen nieder und nickte. »Vielleicht kann er ausnahmsweise im Club arbeiten.«

»Ja. Im Schuppen neben dem Tennisplatz. Ich ruf gleich mal den Sekretär an.« Sie griff zum Telefonhörer. »Wann kommt er?«

»Das hab ich dir schon gesagt.«

»Das hast du mir nicht gesagt.«

»Er ist unterwegs.«

* * *

Charlotte trug ein tief ausgeschnittenes Abendkleid aus lindgrüner Seide und im Haar ein goldenes Diadem. Feierlich schritt sie die Treppe hinab. Die Schleppe ihres Kleides glitt über die glänzend gebohnerten Stufen. Das Licht der Kerzen im Kronleuchter glitzerte in ihren Ohrringen. Aus dem Salon erklang klassische Musik. Sie war wunderschön geschminkt, die Lippen scharlachrot. Bei jedem ihrer Schritte schwoll die Musik aus dem Salon an. In der Halle standen Diener in Livree. Jeder hielt ein Tablett, auf dem ein Paar Abendschuhe standen. Nun wurden ihre nackten Füße mit den rot lackierten Nägeln unter dem Saum des langen Kleides sichtbar. Die Schuhe auf den Tabletts waren alle verschieden, sie hatten unterschiedliche Farben und Formen, aber alle hatten sehr hohe Absätze. Auf einem kleinen Podest stand ein Sessel. Charlotte nahm darauf Platz und streckte den Fuß aus. Der erste Diener kniete vor ihr nieder und probierte ihr den Schuh an. Er war zu klein. Der nächste Diener kniete nieder, mit wunderschönen goldenen Pantoletten. Auch die paßten ihr nicht. Wieder kniete sich ein Bedienter hin. Er hatte ein Paar mit ganz dünnen, gläsernen Absätzen. Charlotte steckte ihren Fuß in den Schuh. Er glitt ganz leicht hinein.

»Wie kannst du es wagen!« dröhnte es von oben.

Charlotte schaute hoch, direkt in die Augen ihres Vaters, der in seiner Uniform oben an der Treppe stand. Sie wollte etwas sagen, aber der General rief: »Du Schlampe, du bist ein Schandfleck für die Familie!«

Sie wachte erschrocken auf. Charlotte war in Schweiß gebadet und hatte sich im Laken verheddert. Sie befreite sich und stand auf, ging ins Badezimmer und hielt die Handgelenke unter den Wasserhahn. Das Wasser strömte mit hartem Strahl über ihre Hände, ihre Fingernägel waren immer noch knallrot. Sie sah auf ihr verschwitztes, verschlafenes Äußeres im Spiegel, spritzte sich Wasser ins Gesicht und trocknete sich ab. Barfuß ging sie zum Kinderzimmer, blieb vor der Tür stehen und horchte. In der Ferne zirpten Grillen, sonst war es still. Sie ging zurück in ihr Zimmer und legte sich wieder unters Moskitonetz. Über ihr drehte sich noch immer der Ventilator. Sie lag reglos da, die Augen geöffnet. Ganz langsam rollte eine Träne heraus, die über ihre Wange glitt und auf dem Kissen landete, wo sie von dem schon tausendmal gewaschenen Bezug aufgesaugt wurde.

1946

Bombay

Um sie herum fallen sich Menschen in die Arme, küssen sich und weinen Tränen vor Glück und Kummer. Ihre Augen suchen von links nach rechts. Wo ist ihr Vater, oder hat er jemanden geschickt, der sie nicht wiedererkennt? Ihr blauer Hut sitzt schief, und sie schwitzt. Nach zehn Jahren in England ist sie die drückende Hitze nicht mehr gewohnt. Sie wischt sich den Schweiß von der Stirn und rückt ihren Hut zurecht. Neben ihr steht ihr großer Koffer. Männer mit roten Tüchern um den Kopf laufen hin und her, Koffer und Kisten auf dem Kopf balancierend. Sie hat die Männer schon dreimal weggeschickt. Charlotte hat keine Ahnung, wohin sie ihren Koffer bringen lassen soll. Sie kennt nur eine Adresse in Indien, und das ist ihr Elternhaus in Rampur, zwei Tagereisen von hier. Sie horcht auf die typische Aussprache des Englischen, die sie so viele Jahre nicht gehört hat, und schaut auf das zustimmende Kopfschlenkern, das »ja« bedeutet. In der Nähe steht ein englischer Soldat, der ebenfalls wartet, ein Hauptmann, seine Uniform strahlt Vertrauenswürdigkeit aus. Ist er vielleicht die Person, die ihr Vater geschickt hat? Sie fängt seinen Blick auf und lächelt verlegen. Der gutaussehende Mann wird rot und blickt zu Boden.

Außer Charlotte und dem Hauptmann ist fast niemand mehr auf dem Kai. Das ehemalige Schulmädchen geht zu dem Hauptmann. »Sind Sie auch nicht abgeholt worden?«

Der Mann lächelt schüchtern.

»Ich auch nicht.«

Schweigend stehen sie nebeneinander. Die letzte Ladung wird

mit einer Talje aus dem Schiffsbauch gehievt, und Männer verteilen die Kisten auf ihre Handkarren.

»Kennen Sie Bombay?«

»Ich war erst einmal da, aber das war vor dem Krieg«, sind die ersten Worte des Mannes, der älter ist als Charlotte.

»Ich auch, als ich weg mußte«, sagt Charlotte leise. Die Erinnerung daran, wie sie ihre Mutter zum letzten Mal sah, steht ihr wieder deutlich vor Augen. Die winkende Hand, das Taschentuch, die zierliche Gestalt. »Ich schreibe dir jede Woche!« hatte sie gerufen, aber nicht mal einmal im Monat war ein Brief gekommen. Nach einem halben Jahr erhielt sie eine kurze Nachricht ihres Vaters, daß ihre Mutter plötzlich und unerwartet verstorben sei. »Ich war in England«, sagt sie. »In einem Internat. Ich wollte gern zurück, aber mein Vater hielt es für besser, daß ich in England blieb, solange Krieg war.«

Der Mann nickt und greift zu seinen Zigaretten. Er bietet Charlotte eine an. Sie schaut sich kurz angespannt um und nimmt dann eine Zigarette aus der Schachtel. Er gibt ihr Feuer. Charlotte inhaliert den Rauch.

Sie rauchen schweigend und blicken dem letzten Handkarren hinterher, der vom Kai rollt. Die Türen der großen Lagerhalle werden geschlossen und mit einer Eisenkette und einem Vorhängeschloß gesichert. Ein barfüßiger Junge, der eine Kiste mit Mohrrüben auf dem Kopf trägt, läuft singend vorbei. In der Ferne ertönt eine Schiffssirene, und ein Schwarm Vögel fliegt zwitschernd über sie hinweg. Es ist die erste Zigarette, die sie raucht, seit sie England verlassen hat. Nie mehr will sie zurück in dieses Land, wo es immer regnet, wo die Häuser dunkel und kalt sind und niemand lacht.

»Haben Sie Hunger?«

»Ein bißchen«, sagt Charlotte, die das Frühstück ausgelassen hat vor lauter Aufregung, endlich wieder in Indien zu sein. Sie nimmt ihren Koffer und sagt: »Ich muß erst zum Schiffskontor, denke ich. Mein Vater kommt sicher bald, sonst weiß er nicht, daß ich schon da bin.«

Hinter dem Schalter sitzt ein grauhaariger Mann mit einer dicken Brille, umgeben von Tausenden dicken Mappen voller vergilbter Papiere. »Hängen Sie einfach einen Zettel an«, sagt er und deutet auf eine große Tafel am Eingang, die voll ist mit Nachrichten von verlorengegangenen Reisenden und vergebens erschienenen Abholern. Charlotte hängt ihre Nachricht dazu.

Sie gehen nebeneinander. Der Hauptmann, der leicht hinkt, trägt ihren Koffer. Er wagt sie nicht anzusehen und sie ihn nicht. Sie hat bemerkt, daß ihm ein kleiner Finger fehlt, aber ansonsten findet sie ihn sehr anziehend. Er hat dunkle Augen, eine gerade Nase und am Kinn ein Grübchen wie Cary Grant. Er hat einen kultivierten Duft, den sie noch nie bei einem Mann gerochen hat. Nicht, daß Charlotte oft die Gelegenheit gehabt hätte, den Geruch von Männern wahrzunehmen, dafür war das Regiment im Internat zu streng, nur manchmal in den langen, einsamen Schulferien bekam sie die Chance dazu.

Im vergangenen Sommer streifte sie, wie immer in den Ferien, allein über das Gelände und lernte dabei Perry kennen, den Sohn des Gärtners. Er hatte ihr das Rauchen beigebracht und das Radfahren, bis sie gestürzt war und sich das Knie aufgeschürft hatte. Mrs. Blackburn, die Direktorin, hatte ihr die Geschichte, sie sei von einem Tritthocker gefallen, nicht abgenommen und ihr verboten, das Schulgelände noch einmal zu verlassen. Perry kannte jedoch mehr Plätze auf dem Gelände als Mrs. Blackburn, und sie trafen sich jeden Tag, um zusammen zu rauchen. Bis der Gärtner sie erwischte, als sein Sohn ihr Unterricht im Küssen gab. Er schickte den Jungen zu einem Onkel, der in fünfzig Kilometer Entfernung lebte, weil er Angst hatte, entlassen zu werden. Der Rest der Ferien war so einsam und trostlos gewesen wie alle Ferien in den vergangenen neun Jahren. Tagsüber las sie Bücher oder schlug Bälle gegen die Schulmauer. Abends aß sie allein in dem leeren Speisesaal unter dem riesigen Gemälde der Königin Victoria. Charlotte hatte nie verstanden, warum sie nicht wie ihre Klassenkameraden für einen Monat zurück nach Indien oder bei einem Onkel oder einer Tante in England wohnen durfte, aber ihr Vater hatte ihr geschrieben, daß er keine Verwandten in Großbritannien habe und daß die Schwester ihrer Mutter nichts mehr mit ihnen zu tun haben wolle, seit ihre Mutter an Schwarzwasserfieber gestorben sei. Charlotte hatte einmal versucht, die Tante in Glasgow anzurufen, aber die Telefonistin hatte gesagt, daß die Nummer nicht existiere und es unter diesem Namen auch keine anderen Telefonanschlüsse gebe.

»Sollen wir hier etwas essen?« fragt der Hauptmann und deutet auf ein einfaches Lokal an einer Straßenecke.

»Solange kein Gemälde von Königin Victoria an der Wand hängt, ist mir alles recht.«

»In den letzten Jahren sieht man immer weniger Gemälde der königlichen Familie«, sagt der Hauptmann ernst.

Wie schön sie ist, denkt er. Die langen Haare fallen ihr auf die Schultern, ihre Augen strahlen, ihre Lippen sind vollkommen, und ihr Lachen klingt hell. Es sieht drollig aus, wie sie alles mit großen Augen bestaunt. Für sie scheint alles neu zu sein, und ständig fragt oder bemerkt sie etwas.

»Indien hat mir gefehlt«, sagt Charlotte, während sie sich Lammcurry und Reis auf den Teller füllt.

»Es hat sich vieles verändert«, sagt der Hauptmann, der kaltes Wasser in ihre Gläser einschenkt.

»Mein Vater meint, alles sei noch so wie früher.«

»Was macht Ihr Vater?«

»Er ist wie Sie bei der Armee. Seit kurzem ist er Oberstleutnant. Und Sie?«

»Ich bin Chirurg.« Er spielt mit dem Essen auf seinem Teller, Hunger hat er nicht. »Als der Krieg ausbrach, wurde ich …« Seine Stimme wird leiser, »… wie die meisten britischen Staatsbürger hier eingezogen. Sie machten mich sofort zum Hauptmann, weil ich Arzt bin. Ich mußte nach Birma.« Er blickt aus dem Fenster und rührt mit der Gabel zerstreut im Curry.

»Daher die Sache mit dem Bein?« fragt sie leise.

Er nickt.

»Und mit dem kleinen Finger?«

Er nickt immer noch, während sein Blick wieder zum Fenster schweift. Aber er nimmt nicht wahr, daß ein Pferdefuhrwerk vorbeirumpelt, ein Mann mit einem Handkarren seinen Kumpel ruft, ein Straßenhändler seine Blumen anpreist und etwas weiter entfernt eine Straßenbahn vorbeifährt. Er nimmt nichts wahr. »Der Krieg war grausam«, sagt er fast unhörbar.

»Ich heiße Charlotte«, sagt sie.

Er schreckt auf, strafft den Rücken und sagt, während er die Hand ausstreckt: »Ich heiße Peter. Peter Harris.«

Sie gehen zum Hafen zurück. Vor dem Eingang des Schiffskontors sehen sie sich kurz an, um dann gleich wieder vor sich hin zu schauen. Die Tür ist verschlossen. Charlotte klopft an, aber drinnen rührt sich nichts. Sie blickt durchs Fenster und versucht zu erkennen, ob ihr Zettel noch an der Anschlagtafel hängt.

»Ob er ihn gefunden hat?« Sie rückt ihren Hut gerade. »Wenn er überhaupt gekommen ist …«

Der Hauptmann trägt wieder den Koffer mit ihrem gesamten Besitz. Wo soll ich hin, denkt sie, Donald ist noch im Internat in Nordengland, und Mutter ist tot. Charlotte wird bewußt, daß sie gar nicht weiß, wie ihr Vater aussieht. Vielleicht war er ja heute vormittag doch da und sie haben sich nicht erkannt. Er schickte ihr jedes Jahr zu Weihnachten einen Durchschlag, auf dem seine momentane Adresse stand, zuerst waren es verschiedene Armeestützpunkte, danach war er an der Front. Unter der Adresse stand in seiner akkuraten Handschrift: »Frohe Weihnachten! Dein Vater«. Ob er eine Glatze hat? Einen Bart oder einen Schnäuzer? Trägt er eine Brille oder hat er vielleicht ein Auge verloren? Sie weiß es nicht. Nach dem Foto aufgenommen vor dem Haus, auf dem Donald zwei Jahre alt war, hat sie kein neueres Foto mehr bekommen. Sie hatte sich so danach gesehnt, nach Rampur zurückzukehren, aber nun weiß sie plötzlich nicht mehr, warum. Sie kennt dort niemanden. Niemand wartet auf sie. Jahrelang hat sie gebeten und gebettelt, nach Hause zu dürfen. Nicht, daß sie es im Internat nicht mehr ausgehalten hätte, aber sie hat immer von Indien geträumt.

Sie hat keine Ahnung, wohin der Hauptmann sie führt, und sie will ihn nicht fragen. Sie will weiter neben ihm gehen. Solange sie neben ihm geht, ist sie nicht allein.

Er hatte recht gehabt. Sie stand genau an dem Platz, den er genannt hatte, und sie trug einen blauen Hut. Ihr Kleid hatte allerdings Punkte und keine Streifen. Peter hatte dem Astrologen des Maharadschas nicht geglaubt, als er ihm sagte, am Hafen von Bombay warte seine Frau in einem gestreiften Kleid auf ihn. Er hatte gelacht und gesagt, er habe keine Frau und er sei auch nicht verliebt und er wolle das Angebot des Maharadschas annehmen und nach den schrecklichen Erlebnissen an der Front die Ruhe und den Luxus im Palast genießen. Der Astrologe hatte wieder in seine Berechnungen geschaut und gesagt, es sei aber seine einzige Chance, er müsse die Uniform wieder anziehen und könne nicht warten, denn in zwei Tagen stünden die Sterne richtig. So etwas entsprach eigentlich nicht seiner Gewohnheit, aber weil der Astrologe darauf beharrte, hatte Peter, ohne seinem Gastgeber, dem Maharadscha, Bescheid zu sagen, schnell ein paar Sachen in eine Reisetasche geworfen und war zum Bahnhof geeilt. In letzter Sekunde erreichte er noch den Nachtzug nach Bombay. Die ganze Nacht und am folgenden Tag hatte er sich im Zug Szenarien ausgedacht, wie er mit einer unbekannten Frau in Kontakt kommen könnte, aber alle wieder verworfen. Ohne Plan und etwas beklommen war er zum Hafen gegangen.

Er hatte den blauen Hut schon von weitem gesehen. Die Frau erwies sich als junge Schönheit von gerade sechzehn, und er hatte sich auf der Stelle in sie verliebt. Verliebt sein, er hätte nie gedacht, daß ihm das noch einmal passieren könnte. Er hört, daß sie zu schnaufen anfängt. Er geht langsamer. Er findet es wunderbar, daß sie neben ihm geht.

Das Hotel liegt an einer schmalen Straße. Peter weiß nicht, wo das spezielle Damenhotel ist, in dem alleinstehende britische Mädchen normalerweise übernachten, und hat sie deshalb zu seinem Hotel mitgenommen, wo Charlotte sich bei der Rezeption anmeldet und sagt, daß sie ein Zimmer mit Bad möchte. Sie lächelt ihm noch kurz zu und geht mit dem Schlüssel in den Flur. Peter hat keine Ahnung, was er nun tun soll. Er hat noch nie eine Frau verführt. Ein einziges Mal war er verliebt, er war ungefähr so alt wie sie jetzt ist, aber das Mädchen hat es nie erfahren. Einen Tag, bevor er nach Indien ging, wollte er es ihr sagen, aber an dem Tag war sie nicht erschienen. Er war zu ihrem Haus geradelt, hatte stundenlang davor gewartet und sich nicht getraut, zu klingeln. Er darf nicht zum zweiten Mal seine Chance verpassen.

Am Ende des Flurs ist eine Terrasse. Er stellt seinen Stuhl so hin, daß er den Flur überblicken kann, und bestellt sich einen Whisky. Er möchte für sie da sein, wenn sie nicht schlafen kann oder Gesellschaft sucht. Er möchte sie trösten können, falls sie einen Alptraum hat. Ob sie begreift, daß das Indien, in das sie zurückgekehrt ist, ein ganz anderes Land ist als das Land, das sie als Kind verlassen hat? Weiß sie, daß der britische Raj dabei ist, seine Macht zu verlieren, und daß die Armee eingesetzt wird, um Rebellionen von Freiheitskämpfern niederzuschlagen? Er glaubt an ein unabhängiges Indien, aber da er wieder seine Uniform trägt, wagt er das nicht laut zu sagen.

Er fährt aus dem Schlaf hoch. Charlotte sitzt neben ihm auf der Terrasse in einem langen weißen Nachthemd. Die Türen zum Gang sind geschlossen. Über ihnen funkeln die Sterne.

»Ich kann nicht schlafen«, sagt sie.

»Bist du schon lange hier?«

»Du schnarchst«, kichert sie.

»Ich habe geschnarcht?«

»Ja, aber nur ganz leise, außer mir hat es keiner gehört. Und du zuckst beim Schlafen mit der Nase.«

»Ich zucke mit der Nase?«

Charlotte bewegt die Nase mehrmals schnell rauf und runter.

»Nein, das mache ich nicht.«

»Aber ja.«

»Du siehst ja aus wie ein Kaninchen«, schmunzelt er.

»Du hast ausgesehen wie ein Kaninchen, nicht ich, ich hab dich nur nachgemacht.«

»Ich glaub dir kein Wort.«

»Doch, wirklich«, lacht sie. »Du hast auch im Schlaf gesprochen.«

Peter sieht sie erstaunt an.

»Du hast gesagt, daß dir das Mädchen mit dem blauen Hut so gut gefällt.«

Peter sieht das Mädchen an, das unschuldig und offen mit ihm flirtet. Ist ihr klar, was sie tut? Soll er sie stoppen, sie ins Bett schicken und selbst eine kalte Dusche nehmen? Sie legt ihre Hand auf seine. Ihr Zeigefinger fährt über die Stelle, wo sein kleiner Finger fehlt.

»Hat es weh getan?«

»Zuerst nicht, später ja.«

»Und jetzt?«

Alles in seinem Körper tut weh. Sein Herz schlägt wie rasend. Er schließt die Augen und spürt ihren Finger über seine Haut gleiten. Sie muß aufhören.

Kleine Schweißtropfen bilden sich über seinen dunklen Augenbrauen. Seine Lippen öffnen sich ein kleines bißchen. Charlotte sieht, wie seine Nasenflügel beben. Ihr Zeigefinger fährt über seinen Arm. Ist das jetzt das, wovor Mrs. Blackburn sie all die Jahre beschützen sollte? Dieses prickelnde Gefühl? Charlotte denkt nicht mehr an die Schule, nicht mehr an ihren Vater, nicht an Rampur, nicht an Schlaf, nicht an morgen. Zum ersten Mal in zehn langen Jahren ist sie glücklich.

1995

Rampur

Charlotte hatte eigentlich geplant, eine Rikscha anzuhalten für das Dienstagmorgentreffen, denn seit dem Verkauf des Service hatte sie endlich wieder Bargeld im Haus, doch nach einem Blick auf die Stromrechnung hatte sie wieder das Fahrrad genommen und beschlossen, noch sparsamer zu leben.

Hinter ihr hupte jemand. Ohne sich umzusehen, hob sie die Hand. Der Wagen fuhr jedoch nicht an ihr vorbei, sondern hupte weiter. Die Haare klebten ihr an der Stirn, und als Charlotte sich umschauen wollte, nahm die Strähne ihr die Sicht. Das Thermometer hatte an diesem Vormittag siebenundvierzig Grad angezeigt, und die Luft war zähflüssig wie Sirup. Das Gehupe hörte nicht auf. Charlotte hielt an.

Die Frau von Nikhil Nair winkte ihr. Charlotte lehnte das Rad an einen Baum und ging zum Auto. Die Tür wurde geöffnet.

»Spring schnell rein!« ertönte es aus dem Auto mit Klimaanlage.

Charlotte stieg in den kühlen Wagen.

»Akhilesh, schließ das Rad an«, sagte die Frau in dem rosa Hosenanzug zu ihrem Chauffeur.

»Ma'am, den Schlüssel bitte?« Er streckte die Hand zu Charlotte aus.

Wenn sie zum Club fuhr, stellte sie das Raleigh immer neben dem Eingang ab, und zu Hause stand es im Schuppen. »Das Rad hat kein Schloß«, sagte sie.

»Dann hätte ich besser nicht angehalten«, murmelte die mollige Frau.

»Ist irgendwas?« fragte Charlotte, die die kühle Luft genoß.

Die Frau von Nikhil Nair rollte dramatisch mit den Augen

und gestikulierte heftig, um ihre Worte zu unterstreichen. »Du weißt ja, daß dieser Nagelspezialist die Sache regeln sollte, aber der Mann ruft nie zurück. Offenbar kommt er, noch diese Woche. Jetzt hatten wir uns gedacht – schließlich profitieren wir ja alle davon –, daß der Schuppen neben dem Tennisplatz im Club gut geeignet wäre, weil die alte Werkstatt schon an einen Buchbinder vermietet ist, aber der Sekretär sagt, daß der Schuppen gebraucht wird, um die Bücher darin zu lagern, weil die Bibliothek in diesen Wochen renoviert wird für das Fest, denn es kommen wichtige Gäste, und er sagt, daß die Bibliothek, zu Ehren deines Vaters, für die Nachwelt gut erhalten bleiben muß. Auch das zusätzliche Zimmer in der Dienstbotenwohnung bei der Familie Karapiet ist belegt, weil sie einen neuen Koch hat mit fünf Kindern. Ich habe gestern den ganzen Nachmittag herumtelefoniert, die Zeit drängt, er ist unterwegs, aber wir haben nichts gefunden, deshalb dachten wir, vielleicht könntest du, du hast doch so viel Platz, vielleicht hättest du ja einen Raum für ihn.« Die Frau legte schnaufend die Hände auf ihre Brust.

»Für wen?«

»Für den Schneider.«

»In *meinem* Haus?«

»Nicht im Haus natürlich, aber du hast doch auch Unterkünfte für Dienstboten?« Die Frau von Nikhil Nair wußte wie alle anderen im Club, daß Charlotte außer Hema kein Personal mehr hatte und daß es früher sicher vierzig Dienstboten gegeben hatte, von denen viele auf dem Gelände wohnten. Die Frau von Nikhil Nair sah den Zweifel in Charlottes Gesicht und sagte: »Er bezahlt natürlich Miete.«

Charlotte hätte gern gefragt, wieviel er ihr denn bezahlen würde, aber ihr war klar, daß die Frau von Nikhil Nair das am liebsten gehört hätte, also sagte sie, sie wolle noch darüber nachdenken, und stieg wieder aus, in die erstickende Hitze.

Charlotte hatte früher schon einmal daran gedacht, daß Mieter ins Haus zu nehmen eine rechtschaffene Möglichkeit war, um an Geld zu kommen, aber nach dem Fiasko mit dem Lehrerehepaar aus Kerala hatte sie es nicht mehr riskiert. Ein Schneider war natürlich ganz was anderes als zwei sich pausenlos zankende Lehrer. Charlotte dachte an den Abend zurück, als sie gegen elf Uhr an der Werkstatt von Sanat, dem alten Darsi, vorbeigefahren war. Sie hatte einen Baumwollstoff im Auto liegen, und als sie sah, daß noch Licht brannte, hatte sie angeklopft, weil sie dachte, er sei noch bei der Arbeit. Ein kleines Mädchen hatte die Tür aufgemacht, hinter ihr auf dem Boden lag eine ganze Familie und schlief. Sanat war aufgesprungen, als er ihre Stimme hörte, und hatte den Stoff lächelnd entgegengenommen.

»Ich mache schönes Kleid, Ma'am«, hatte er gesagt, »runder Hals – Ärmel kurz?«

Sie hatte einen viereckigen Halsausschnitt und lange Armel gewollt, aber sie hatte genickt und war nach Hause gefahren; an jenem Abend war sie durch die unbenutzten Zimmer ihres großen Hauses gewandert und hatte beschlossen, sie zu vermieten.

Aber die Vorstellung, daß ein Schneider auf ihrem Grundstück wohnen und arbeiten würde, behagte ihr ganz und gar nicht. Es würde bedeuten, daß alle Frauen des Clubs zur Anprobe kommen würden und dann natürlich auf eine Tasse Tee bei ihr hereinschauten. All die neugierigen Frauenaugen wollte sie nicht in ihrem Haus. Es wurde schon genug über sie getratscht, und ihre schönen Wedgwood-Tassen hatte sie gerade verkauft.

Sie stellte das Rad neben dem Clubeingang ab. Beim Nachgrübeln über den Schneider hatte sie fast die drückende Wärme vergessen, aber als sie sah, daß die Frau von Nikhil Nair mit erwartungsvollem Gesicht am Eingang stand, legte sich die Hitze wie eine schwere Decke auf sie.

»Alle finden es eine prima Idee!« rief die Frau von Nikhil Nair.

Wo die anderen Frauen auf einmal herkamen, war ihr ein Rätsel, aber plötzlich war sie umringt. Die Frau von Ajay Karapiet klatschte in die Hände und rief, sie sei die Retterin in der Not. Die Witwe Singh lächelte ihr zu und schüttelte ernst den Kopf. Die Frau von Alok Nath, dem Goldschmied, drückte Charlotte den Stoff, den sie für ihr neues Kleid gekauft hatte, in die Hand, als sei *sie* der Schneider, und die Frau von Adeeb Tata sagte, ihr Pariser Kleid müsse gekürzt werden. Alle Frauen redeten durcheinander. Die große Erleichterung war spürbar. Charlotte dagegen brach der kalte Schweiß aus. Sie mußte die Sache stoppen, sie mußte erklären, daß sie es nicht wollte, daß sie zu beschäftigt war, daß sich ihr Haus nicht dazu eignete, daß die Dienstbotenhäuser zu baufällig waren, daß Skorpione und Schlangen darin hausten, daß man einen armen Schneider nicht darin unterbringen konnte.

Sie wurde wie eine Heldin in den Club geführt. Sie bekam ein Glas kalter, sprudelnder Limonade und einen selbstgebackenen Keks. Es wurde spekuliert, wann er eintreffen würde, eine sagte heute, eine andere sprach von morgen, aber daß er schon in der Nähe war, wußten sie alle.

1937

Queen Victoria College

Charlotte friert. Nachts im Bett trägt sie zwei Pyjamahosen übereinander und einen dicken Wollpullover. Tagsüber geht das nicht, da trägt sie ein zweites wollenes Hemd und eine Strumpfhose unter ihrer Schuluniform.

Iris scheint die Kälte nichts auszumachen, sie vergißt oft sogar, ihren Mantel anzuziehen.

»Es liegt Schnee in der Luft«, sagt Iris.

Charlotte blickt in den dunkelgrauen Himmel und fröstelt. »Ich seh keinen Schnee.«

»Sehen kannst du ihn auch nicht, aber riechen.«

Sie schnuppert. Es riecht nicht anders als sonst, nach dem Qualm der Kohleöfen und den Tannen neben der Schule, Gerüche, die sie mit ihrem ersten halben Jahr in England verbindet, als fast niemand mit ihr redete und sie ganze Nachmittage allein in der Bibliothek hockte und las. Seit Iris und sie Freundinnen sind, ist es nicht mehr so schlimm in der Schule. Sie lachen zusammen über die Nase der Turnlehrerin und die Flecken auf dem Rock von Miss Brands, die Werkunterricht gibt. »Ich hab noch nie Schnee gesehen«, sagt sie.

»Habt ihr in Indien keinen Schnee?«

»Im Himalaja gibt es sehr viel Schnee, mindestens fünfzehn Meter hoch, aber da war ich noch nie. Indien ist riesengroß.«

»Schnee ist einfach gefrorener Regen.«

»Tut er nicht weh?«

Iris muß lachen. »Nur, wenn du ausrutschst und hinfällst.«

Die beiden gehen über den Pfad zur Albert Hall, wo Mrs. Blackburn den ersten Klassen die Weihnachtsgeschichte vorlesen wird. Charlottes Blick wird immer wieder vom Himmel angezogen. Es ist genau wie vor dem Monsun, wenn die Wolken tiefer sinken und der Himmel ein immer dunkleres Grau annimmt.

Die anderen Mädchen sitzen schon auf den Bänken um einen leeren Stuhl in der Mitte des hohen Zimmers. An den Wänden hängen Gemälde mit alten Männern, und im offenen Kamin brennt ein Feuer. Alle schwatzen, und es duftet nach frisch gebackenen Plätzchen. Charlotte und Iris finden einen Platz am Fenster. Draußen sehen sie die ersten Flocken fallen, auf den Pfad, aufs Gras. Immer mehr und immer dichter. Es ist wie Zauberei. Die Bäume auf dem Platz bekommen langsam einen weißen Überzug, und das große viktorianische Schulgebäude gegenüber verschwindet ganz aus der Sicht.

»Wie schön das ist …«, flüstert Charlotte.

Iris lächelt.

Mrs. Blackburn kommt herein, mit einem dicken Buch unterm Arm. Die Mädchen werden still und stehen auf. Als die Direktorin auf ihrem Stuhl Platz nimmt, setzen sich auch die Mädchen wieder hin. Die Frau legt die Hände auf das Buch und sieht ihre Schülerinnen eine nach der anderen an, sie lächelt, aber ihre Finger trommeln auf das Buch. Es wird mucksmäuschenstill. Charlottes Blick schweift wieder zum Fenster. Draußen vollzieht sich ein Wunder, wie sie es noch nie zuvor gesehen hat. Es ist faszinierender als das Feuerwerk zu *Diwali* und atemberaubender als die bunten Männer beim *Holi*-Fest. Hinter ihr ist Gemurmel zu hören, eine Köchin mit gestärkter Schürze kommt mit einer dampfenden Kanne herein und beginnt Becher vollzuschenken. Mrs. Blackburn nimmt ihre Tasche auf den Schoß und kramt nach etwas.

»Ich kann sie nicht finden«, sagt die Direktorin.

»Was?« fragt die Köchin.

»Meine Brille.« Sie sieht fragend die Mädchen an, die ihr gegenübersitzen und versuchen, ihrem Blick auszuweichen.

Draußen ist es eisig kalt. Drinnen füllt sich der Raum mit süßem Kakaoduft.

Iris sieht den sehnsüchtigen Blick ihrer Freundin und stößt sie an. Sie flüstert: »Möchtest du gern raus?«

Charlotte nickt verträumt.

Das Mädchen, das neben Charlotte sitzt, sieht es und nickt auch.

»Du?« fragt eine Klassenkameradin mit einem Dutt, die neben diesem Mädchen sitzt.

»Will sie?« fragt die Nachbarin mit dem Pferdeschwanz das Mädchen mit dem Dutt.

»Nein, ich nicht, aber sie«, sagt das Mädchen neben Charlotte.

»Frau Direktor, Charlotte will!« ruft das Mädchen mit dem Pferdeschwanz.

Charlotte hat keine Ahnung, worum es geht und warum alle auf sie zeigen.

Die Direktorin kommt auf sie zu. »Fein, Charlotte Bridgwater, daß du gehen willst. Lauf mal eben zu meinem Haus und bitte die Haushälterin darum, daß sie dir meine Lesebrille gibt. Ich habe sie auf dem Tisch im Flur liegengelassen.« Sie hält ein Monokel hoch und fährt, an den Rest der Klasse gewandt, fort: »Solange lese ich euch einäugig vor.«

Die Mädchen lachen.

Sie steht auf der Schwelle der großen, alten Tür und streckt die Hand aus. Schneeflocken fallen auf ihre Handfläche und schmelzen sofort. Sie leckt die kleine Lache auf. Es schmeckt einfach nach Wasser. Wieder streckt sie die Hand aus, jetzt weiter. Auf ihrer Hand schmelzen die Flocken, aber auf dem Ärmel ihres grauen Mantels nicht. Sie atmet die Luft tief ein. Die Laterne beleuchtet den Eingang, doch der Pfad vor der Albert Hall ist nicht mehr zu erkennen.

Vorsichtig setzt sie ihren Fuß auf den unberührten weißen Schnee. Sie spürt die Pflastersteine unter der weißen Oberfläche. Schritt für Schritt geht sie an der Hecke entlang zum Schulgebäude. Vage nimmt sie die Umrisse wahr. Der Abend kommt ihr heller vor als sonst. Die Flocken, die ihr ins Gesicht wehen, fühlen sich kühl und naß an. Sie streckt die Zunge heraus und versucht sie aufzufangen. Sie fallen ihr in die Augen und bleiben an den Brauen hängen. Sie geht weiter und schaut sich immer wieder um, um zu sehen, was mit ihren Fußspuren passiert. Die Hecke ist zu Ende, sie hat keine Ahnung, ob sie noch über den Pfad geht. Das Haus der Direktorin liegt an der Straße hinter dem Sportplatz. Da sie nun sowieso keinen Weg mehr sieht, beschließt Charlotte, daß sie genausogut die Abkürzung über den Hügel nehmen kann, am Park vorbei bis zu den Tennisplätzen. Ihr fällt auf, wie still es ist. Kein Mensch ist draußen, und das einzige Geräusch, das sie hört, ist das Knirschen des Schnees unter ihren Füßen.

Sie erklimmt den Hügel. Bei jedem Schritt rutscht sie aus. Daß es so glatt ist, hatte sie nicht erwartet. Sie muß die Hände zu Hilfe nehmen, um weiterzuklettern. Der Schnee ist kalt, aber ohne ihre Hände schafft sie den Weg nach oben nicht.

Auf der Hügelkuppe bläst ein schneidender Wind, und die Flocken schlagen ihr ins Gesicht. Ihre Hände und Füße sind eiskalt. Charlotte fällt die Geschichte von ihrer Großmutter ein, deren Füße in einem Schneesturm erfroren waren und die starb, ohne daß jemand weinte. Würden die Mädchen in ihrer Klasse weinen, wenn sie sie tot im Schnee fänden? Iris würde weinen, hofft sie, bei den anderen ist sie sich nicht sicher – falls sie sie überhaupt finden, denn sie sieht, daß der Schnee alles bedeckt. Sie hätte jetzt gern die große Uhr bei sich, so wie ihre Großmutter, dann würde sie hineinkriechen, um sich vor dem Schnee zu schützen.

Charlotte läuft den Hügel hinab, sie stürzt, sie rutscht, sie rappelt sich hoch, sie stolpert weiter, sie steckt die Hände in die Taschen und nimmt sie wieder heraus, um sich noch mal hochzurappeln, sie sieht nichts. Die Welt um sie herum ist weiß und schwarz zugleich. Die anderen Mädchen trinken jetzt Kakao und hören sich die Geschichte von Maria und Josef im Stall an. Charlotte hat keine Ahnung mehr, wo sie ist. Ob sie nach links oder nach rechts muß, vor oder zurück. Am liebsten würde sie sich ein Plätzchen suchen und nicht weitergehen, aber der Gedanke an die schwarzgefrorenen Füße, an denen ihre Großmutter gestorben ist, treibt sie weiter. Sie versucht, sich zu orientieren, doch der Schnee beißt in den Augen.

Sie stößt gegen irgend etwas. Ein Baum, ein Pfahl, eine Mauer. Es ist ein Baum, dann muß sie jetzt am Park sein. Sie muß darauf achten, daß sie nicht in den Park hineingeht, sondern dem Pfad folgt, der zum Tennisplatz führt. Schritt für Schritt stapft sie weiter. Ihre Hände und Füße sind taub. Wäre sie nur auf der Straße geblieben, wo die Laternen den Weg weisen. Sie schirmt die Augen mit den Händen ab und späht. Nicht allzuweit entfernt brennt Licht. Sie will hinrennen, doch beim ersten großen Schritt rutscht sie aus und stößt sich das Knie an einem unter dem Schnee verborgenen Ast. Sie schreit vor Schmerz, aber es ist niemand da, der sie hört. Sie stolpert und schlittert zum Licht hin. Manchmal sieht sie es, dann ist es wieder weg. Sie reibt sich den Schnee aus den Augen. Immer wieder fällt sie hin. Der Geruch eines rauchenden Schornsteins kommt ihr entgegen. Sie muß nun nah bei einem Haus sein. Bei Wärme und Menschen. Sie sieht ein erleuchtetes Fenster. Mit beiden Fäusten hämmert sie an die Tür. Sie hört jemanden kommen, die Tür wird geöffnet. Zwei Hände ziehen das beschneite Mädchen in den Gang und schließen die Tür hinter ihr.

Die Frau sieht erschrocken die blauen Lippen und roten Augen des Kindes, das sie nicht erkennt. Sie sagt streng: »Was um alle Welt machst du allein da draußen? Bist du verrückt geworden?«

Charlotte spürt die Wärme des Flurs, die Hände der Frau, die ihr den Mantel ausziehen, und der Geruch von Schmorfleisch dringt ihr in die Nase. Sie denkt an ihre Großmutter, die sie nie kennengelernt hat, und an ihren Vater, der immer sagt: »Eine echte Bridgwater weint nicht.« Ihr wird auf einmal bewußt, daß ihr Vater überhaupt nicht weiß, was Schnee ist, und deshalb keine Ahnung hat, wie weh er tun kann, und daß er auch gar nicht wissen kann, daß seine Mutter nicht geweint hat, weil er noch ein Baby war, als sie starb. »Ich soll die Lesebrille von Mrs. Blackburn holen«, schluchzt sie.

1946

Bombay

Zärtlich ruht sein Blick auf der schönsten Frau, die er je gesehen hat. Sie haben seit gestern abend noch kein Wort gesprochen, sie haben sich nur geliebt. Peter hat das Gefühl, daß er sie schon Jahre kennt, daß sie nicht zu reden braucht, um ihm zu sagen, wer sie ist, warum sie hier ist. Ihre langen Haare gleiten von ihren Schultern, als sie aufblickt und ihn anlächelt.

Sie streichelt sein Bein, unter dem Knie ist eine große Narbe zu sehen. Behutsam folgt sie mit der Fingerspitze der ausgefransten, geschwollenen Linie der schlecht verheilten Wunde. Sie spürt, daß es ein Wunder ist, daß er das Bein noch immer hat, daß es bestimmt noch schmerzt, daß er darüber nicht reden will, daß sie ihm keine Fragen stellen soll, daß er es ihr erzählen wird, wenn die Zeit dazu reif ist.

Es klopft an die Tür. Sie sehen sich fragend an. Die Magie der Nacht ist sofort zerstört. Verlegen schlägt sich Charlotte ein Badetuch um den nackten Körper. Sie zieht den Vorhang ein Stückchen auf. Das Morgenlicht, das schon seit Stunden durch die Vorhänge zu kriechen versucht, bekommt endlich eine Chance, es sprüht herein. Peter zieht schnell die Decke über sich. Charlotte geht zur Tür. Sie schaut sich zu ihm um, lächelt und dreht den Schlüssel um.

Die Tür wird aufgestoßen, und Charlotte ist völlig verdattert. Den Mann in Uniform, der ins Zimmer tritt, erkennt sie sofort.

Er sieht sie an, sucht nach Worten, gewinnt die Fassung wieder. »Charlotte?«

Sie nickt.

»Was bist du groß geworden.«

Sie spürt ihre Brüste und Schenkel noch glühen. »Hast du meine Nachricht gefunden?«

Jetzt ist er derjenige, der nickt. Er weiß nicht, was er sagen soll. Seine Tochter ist nicht mehr das Mädchen, das zu finden er erwartet hatte. Vor ihm steht eine hübsche junge Frau. Sie ähnelt Mathilda, sie hat die gleichen Augen und die schmalen Lippen. Er könnte sich in sie verlieben, denkt er, wenn er nicht wüßte, wer sie ist. Sie fährt sich mit der Hand durchs Haar wie ihre Mutter und lächelt schüchtern. Wie schön sie ist ...! Er geht weiter ins Zimmer hinein, und sein Blick fällt auf das Bett. Sein Kiefer klappt herunter, und die Hand mit dem Cane hebt sich. Adrenalin schießt ihm in die Adern. Er ringt nach Worten, Speichel erscheint auf seinen Lippen, seine Nasenlöcher weiten sich.

Charlotte zieht das Handtuch fester um sich, ein kalter Schauer rieselt ihr von den Füßen den Rücken hinauf und hinterläßt eine Gänsehaut. Der berauschende Duft ihrer Liebesnacht wird von einem Geruch vertrieben, den sie von ganz früher kennt und der ihr Angst einflößt. Das Licht, das gerade noch glitzernd ins Zimmer tanzte, strahlt hart und schonungslos herein. Das Bett ist ein Wirrwarr aus Decken und Kissen. Der Fußboden ist mit Kleidungsstücken übersät. Vor den Füßen ihres Vaters liegt die Mütze des Hauptmanns. Sie weiß, daß er sich beherrschen muß, um nicht daraufzutreten.

Peter, verletzlich und nackt, sieht den Mann an, der vor ihm steht. Ihm ist sofort klar, daß der Militär mit dem Offiziersstöckchen ihr Vater ist. Er zieht sich das Laken bis ans Kinn. Er kann den Blick nicht von dem Mann an der Tür abwenden. Er weiß, daß er ihn schon einmal gesehen hat, er kann sich nur nicht erinnern, wo. Ein plötzlicher Schmerz durchzuckt ihn, sein Körper unter dem Laken krümmt sich zusammen, er schnappt nach Luft.

Vater und Tochter bemerken es nicht. Sie sehen nur sich.

Victor blickt auf die verschwitzten Härchen an ihrem Hals und riecht den brünstigen Geruch, der mit dem betäubenden

Aroma seiner Tochter vermischt ist. Das Blut rast ihm durch den Körper. Er hört seinen Atem und fühlt den Schweiß an seinen Händen.

In aller Frühe waren sie aufgestanden, hatten Feldflaschen mit Wasser im Rucksack verstaut und waren den Berg hinaufgestiegen. Es kam sonst selten vor, daß sie länger als eine halbe Stunde zusammen waren, die Dauer des Abendessens. Victor sah auf den Rücken seines Vaters, der ausgreifende Schritte machte. Als er ihn bat, etwas langsamer zu gehen, bekam er zur Antwort: »Wir sind doch keine alten Weiber.«

Sie standen am Rand, unter ihnen gähnte der Abgrund. Die Stiefelspitzen von William Bridgwater ragten über die Kante. Eine Kante, die so scharf war, als habe ein Messer den Felsen abgeschnitten. So blickten sie auf das großartige Panorama und die Wolken darüber.

»Sohn«, sagte sein Vater nach einer Weile, »das ist der Berg.«

»Welcher Berg, Vater?«

William breitete die Arme weit aus, als wolle er seinem Sohn sein zukünftiges Land zeigen. »Der Berg, der der Tod deiner Mutter geworden ist.«

Victor schaute umher. Es war ein normaler Berg, nicht steiler oder bedrohlicher als andere Berge.

»Wir haben uns geliebt, Elizabeth Charlotte Elphinstone und ich. Wir waren füreinander geschaffen.« Victor fühlte sich unbehaglich bei den persönlichen Offenbarungen seines Vaters und wollte weitergehen, aber er merkte, wie wichtig es seinem Vater war, daß er ihm zuhörte. »Habe ich dir eigentlich jemals erzählt, daß wir nicht verheiratet waren? Daß wir gar nicht mehr dazu gekommen sind? Trotzdem weiß Gott, daß sie meine Frau war und daß ich ihr immer treu geblieben bin.«

Victor, gerade sechzehn, hatte sich an diesem Morgen zum erstenmal rasiert. Er schaute seinen Vater an und sah, wie Tränen über das verwitterte Gesicht liefen.

»Sie war schön … so schön … meine liebe Elizabeth …« William Bridgwater drehte sich zu seinem Sohn um, aus seinen Augen rannen immer mehr Tränen. »Sohn, wenn du nicht zu früh auf die Welt gekommen wärst, würde sie noch leben.«

Victor dachte, daß er es falsch verstand, bisher war er davon ausgegangen, daß seine Mutter an Cholera, Malaria oder einer anderen tödlichen Krankheit gestorben war. Sein Vater sprach nie über seine Mutter. Victor wußte nur, daß die Standuhr ihre Uhr gewesen war und daß sie gewollt hatte, daß er sie bekam.

Sein Vater blickte in den Himmel über ihnen, die Sonne kam gerade hinter einer Wolke zum Vorschein. Er stieß einen animalischen Schrei aus und sprang.

Victor sah, daß er sich abstieß wie ein eleganter Schwimmer, der in einen Fluß hechtet, die Arme nach vorn, den Kopf dazwischen, die Beine gestreckt. Der Wind fror das Echo ein, das endlos zu dauern schien, bis der Körper geräuschlos auf einem Felsvorsprung zu Tode schlug und stumm weiter von Fels zu Fels in die Tiefe stürzte, eine vage rote Spur hinterlassend, um Hunderte Meter unter ihm zum Stillstand zu kommen.

Nach einer halben Stunde hatte sich noch nichts bewegt. Victor drehte sich um und ging den Berg hinab.

Victor blickt von dem nackten Mann unter der dünnen Decke zu seiner Tochter und sagt: »Ihr heiratet heute.«

1947

Ganga Yamuna Express

Lieber Donald,

ich habe eine große Neuigkeit für Dich. Ich bin verheiratet! Bitte wundere Dich nicht, daß Du es jetzt erst erfährst, aber wir haben kein Fest gefeiert. Wir kennen uns erst seit sehr kurzer Zeit, aber Vater wollte, daß wir sofort heiraten. Mein Mann heißt Peter Harris. Er ist Chirurg und hat auch im Krieg gekämpft. Es ist so schön, wieder hier zu sein, auch wenn ich mich nur schwer an die Hitze gewöhnen kann. Ich finde es sehr schade, daß wir uns vor meiner Abreise nicht mehr sehen konnten. Ich hatte es so sehr gehofft, aber der Mann, den ich ans Telefon bekam, sagte mir, es sei nicht möglich, weil die Straße zu Eurer Schule wegen der Überschwemmungen nicht befahrbar ist. Gibt es auch in der Schule deswegen Probleme? Darfst Du jetzt, wo Du zwölf wirst, so wie ich damals in einen kleineren Schlafsaal? Oder gibt es das bei Euch nicht? Ich sitze gerade in einem Eisenbahnabteil erster Klasse. Wahnsinnig luxuriös und mit ganz vielen Dienstboten, die ständig vorbeikommen und fragen, ob man etwas möchte. Ich hatte völlig vergessen, wie es war, wenn man die ganze Zeit Dienstboten hat. Bei uns in der Schule mußten wir unsere Betten selbst machen. Müßt Ihr das auch? Soll ich Vater fragen, ob Du diesen Sommer nach Indien kommen darfst? Vielleicht können wir es ja bezahlen. Ich werde mit Peter darüber reden. Kannst Du ein Foto von Dir machen lassen? Ich habe nur das Foto, auf dem Du noch ganz klein bist, und ich möchte Peter gern zeigen, wie mein Bruder aussieht, auch wenn ich das selbst nicht so genau weiß, weil wir uns schon so viele Jahre nicht mehr gesehen haben. Vater hat sich überhaupt nicht verändert, er ist nur etwas älter geworden und hat mehr Streifen an seiner Uniform, aber er trägt noch immer dieselben Stiefel. Peter und ich werden in Neu-Delhi wohnen, denn er arbeitet dort in einem Krankenhaus. Ich war noch nie in Delhi, aber es scheint eine sehr schöne Stadt zu sein. In einem ruckelnden Zug zu schreiben, ist gar nicht so einfach, deshalb mache ich jetzt Schluß.

Auf Wiedersehen,
Deine Schwester Charlotte

1995

Rampur

Ein LKW fuhr über die Zufahrt. Auf der Ladefläche stand ein großer Tisch, der dem Tisch, den Charlotte vor vier Monaten verkauft hatte, zum Verwechseln ähnlich sah. Sie kannte den Mann nicht, der am Steuer saß, und wartete im Salon, daß Hema kam und ihr sagte, wer er war. Der Wagen hielt vor dem Küchenhaus, der Fahrer sprang raus und ging hinein. Nach etwa zehn Minuten kam er zusammen mit Hema heraus, hob den Tisch vom Wagen und stellte ihn vor das Haus. Dann fuhr der Mann weg, und Hema ging zurück in die Küche. Charlotte, nicht gewohnt, daß etwas ohne ihre Anweisung passierte, klingelte.

»Wer war das?« fragte sie, als Hema hereinkam.

»Herr Sukumar, er bringt einen Tisch.«

»Ich habe aber gar keinen Tisch bestellt.«

»Nein, Memsahib?«

»Nein, warum sollte ich einen Tisch kaufen, wenn wir ihn gar nicht benutzen?«

»Er hat gesagt ›Tisch für Memsahib‹. Ich dachte, daß es in Ordnung ist.«

»Es ist überhaupt nicht in Ordnung.«

Das Telefon klingelte, und Hema nahm ab. »Frau Nair«, sagte er mit der Hand auf der Sprechmuschel.

Charlotte seufzte und nahm den Hörer.

»Ist er schon da?«

»Wer?«

»Der Tisch.«

»Ach, ist der Tisch von dir?«

»Nein, nicht von mir. Ich habe ihn von der Frau des Polizeikommandanten ausgeliehen. Sie war so großzügig, ihn dir vorübergehend zu leihen.«

»Ich brauche aber überhaupt keinen Tisch.«

»Nein, aber der neue Darsi braucht einen.«

Charlotte wollte protestieren, wollte sagen, sie solle sich um ihre eigenen Angelegenheiten kümmern, sie habe mehr als genug Tische, aber dann fiel ihr ein, daß sie fast alle Tische verkauft hatte.

»Du hast doch nichts dagegen, oder?«

Charlotte fragte sich, woher die Frau von Nikhil Nair wußte, daß sie keine großen Tische mehr im Haus hatte. Was wußte sie wohl noch alles? Jetzt dämmerte ihr auch, warum Nikhil Nair sich für die Uhr interessiert und warum seine Frau vorgeschlagen hatte, den Darsi bei ihr unterzubringen.

»Nein, nein, ist schon gut«, sagte Charlotte. »Nur – ich habe mich noch gar nicht entschieden, ob der Schneider hier arbeiten kann.«

Die Frau von Nikhil Nair seufzte. »Laß uns jetzt nicht im Stich, das kannst du nicht machen, wo soll er denn sonst hin? Wir verlassen uns auf dich, auch die Frauen vom Mittwochmorgen und die Damen, die freitags Tennis spielen. Ich habe sogar gehört, daß die Frauen, die selten in den Club kommen, auch neue Abendkleider wollen, das Festkomitee hat mich extra deswegen angerufen, es kann ja wohl nicht sein, daß das Fest abgesagt werden muß, weil wir einen einfachen Darsi nicht unterbringen können.«

»Es wird schon alles klappen«, sagte Charlotte, die die Frau von Nikhil Nair für eine lästige Zeitgenossin hielt, die ständig alles übertreiben mußte, »also dann … meinetwegen.«

Die Frau von Nikhil Nair jubelte, im Hintergrund hörte Charlotte auch die Frau von Ajay Karapiet Hurra rufen.

»Aber unter einer Bedingung«, sagte sie schnell. »Ich möchte nicht, daß mir Leute ins Haus kommen, das ist mir viel zuviel Trubel, das mußt du verstehen.«

»Ja, ja, natürlich, wir lassen dich in Ruhe, das versteht sich von selbst, wir fallen dir nicht zur Last. Überhaupt nicht«, betonte die Frau von Nikhil Nair und legte auf.

1995

Auf der Straße nach Rampur

Wenn er noch gewußt hätte, daß sein Name Madan war und daß seine Eltern ihn nicht hatten verlieren wollen, wäre er nie mit einer Nähmaschine auf dem Gepäckträger des Fahrrads nach Rampur gefahren. Das Rad hatte nicht mehr viel Druck auf den Reifen, und die Luftpumpe, die er sich geliehen und die zurückzugeben er vergessen hatte, funktionierte nicht mehr. Auf der mit Schlaglöchern übersäten Straße nach Rampur fuhren Hunderte LKW, die Abgaswolken in die Luft stießen, herrenlose Kühe hatten sich zum Wiederkäuen auf dem löchrigen Asphalt niedergelassen, in Rikschas saßen Frauen, die sich auf dem Weg zum Markt Luft zufächelten, Taxis legten keinen Meter zurück, ohne zu hupen, Männer schoben Handkarren, die sie so hoch beladen hatten, daß sie die Straße vor sich nicht sehen konnten, Kinder spielten auf der Fahrbahn, Busse versuchten ständig, jedes Fahrzeug vor ihnen zu überholen, alte Leute spazierten seelenruhig zum Tempel, um zu beten, Mopeds, so vollbehängt mit Eimern, daß man die Fahrer nicht mehr sehen konnte, konkurrierten mit den Handkarren, Ziegen suchten zusammen mit Hühnern, Krähen und Ratten in dem überall umherliegenden Abfall nach Leckerbissen, Väter und Söhne ließen sich bei offenen Fenstern vom Fahrtwind abkühlen, und Radfahrer, die wie Madan ihr ganzes Hab und Gut auf dem Gepäckträger transportierten, hofften, in der nächsten Stadt mehr zu verdienen als in der vorigen. Es war ein ständiges Geben und Nehmen. Die Autoreifen rollten oft haarscharf an den bunt ausgebreiteten Waren der Straßenhändler vorbei. Die Straße gehörte allen.

Madan trat ruhig in die Pedale. Ein Cousin aus der Familie, bei der er in den vergangenen Wochen Brautkleidung genäht hatte, hatte von seiner Frau gehört – die es von ihrem Bruder wußte, einem Arzt für Nagelprobleme –, daß in Rampur ein großes Fest bevorstand und ein Darsi plötzlich verstorben war. Ein großes Fest bedeutete neue Kleider, und neue Kleider bedeuteten Arbeit und Essen.

Madan liebte seinen Beruf, wie andere Männer eine Frau lieben. Ein Stoff, der durch seine Finger glitt, erregte ihn, der Strich des Samts, der Schimmer der Wildseide, die Textur eines Waffelmusters …

Ein LKW blies ihm pechschwarzen Rauch ins Gesicht, beißenden, halb verbrannten Diesel. Der Qualm brannte in den Augen, in der Nase und im Hals. Madan versuchte, die Luft anzuhalten, bis sich der Wagen entfernt hatte, aber eine herumtrottende Kuh hielt den ganzen Verkehr auf. Der Fahrer drückte pausenlos auf die Hupe. Die Kuh senkte den Kopf zum Boden und schnüffelte in Abfällen herum. Madan stieg ab und versuchte das Rad mit seiner schwankenden Last rückwärts zu manövrieren. Das war nicht einfach, denn die Straßendecke hatte Risse, die jedes Jahr nach dem Monsun tiefer wurden und die niemand ausbesserte.

Ein Mann mit der Statur eines Boxers, der am Straßenrand stand und dem die Wolken von Auspuffgasen nichts auszumachen schienen, sah Madan zu, der keinen Schritt zurück schaffte. »Hilfe gefällig?« fragte er nach einer Weile.

Madan nickte erleichtert. Hände wie Kohlenschaufeln packten das Rad und hoben es über die Risse, zwischen zwei Rikschas und einem hupenden Taxi durch, auf die Erhöhung aus Beton neben der Straße. Madan lächelte dem Mann dankbar zu und nahm sein Rad wieder. Es an eine Mauer zu lehnen ging nicht, und wenn er den Lenker losließ, würde es nach hinten kippen, also nickte Madan dem Mann nochmals zu und schob sein Vehikel an den kleinen Läden mit ihren verschwenderischen Auslagen vorbei. Weil er die Hände am Lenker lassen mußte, brauchte er seine wieselflinken Finger nicht zu bezwingen, als er an der Kiste mit glänzenden Äpfeln vorbeikam.

1946

Grand Palace

In ihrem Koffer hat sie außer der Schuluniform nur ein einziges Kleid, rosafarben mit Streifen. Es ist das Kleid, in dem sie geheiratet hat. Ihr Vater fand es unsinnig, ein Brautkleid zu kaufen, und Peter hatte seine Uniform getragen. Es waren nicht viel Worte gemacht worden, und alles war vorbei, bevor es ihr richtig bewußt war. Auch an die Bahnfahrt mit dem stillen Hauptmann, den sie ihren Ehemann nennen durfte, hat sie keine nachhaltige Erinnerung. Endstation der Reise war ein kleiner Bahnhof, wo eine Luxuslimousine auf sie wartete. Der Chauffeur hatte sie schweigend zu einem Palast gefahren, der größer war als ihre ehemalige Schule, das berühmte Queen Victoria College.

Sie wird in den *Zenana* geführt. In Nachtgewändern und bunten Saris lagern und ruhen Frauen auf Betten. Bei jeder ihrer Bewegungen klirren Arm- und Fußreifen. Es gibt Einzel- und Doppelbetten, französische Betten, Kinderbetten und sogar zwei Himmelbetten, aber auch Sofas, auf denen gelesen wird. Wohin sie schaut, sieht sie Frauen, junge Mädchen und kleine Kinder. Sie kann kein System und keine Ordnung in dem Ganzen entdecken. Peter ist beim Maharadscha zurückgeblieben, die beiden hatten sich wie alte Freunde begrüßt. Charlotte, die an den Eßsaal mit den langen Holztischen und die schüchtern flüsternden Mädchen in grauer Uniform gewöhnt ist, blickt verwundert auf das Chaos in dem Frauengemach. Die Frauen auf den Betten und Sofas mit den kostbaren Decken plaudern miteinander, andere schminken oder frisieren sich gegenseitig. In einer Ecke lesen drei Mädchen gemeinsam in einem Buch, und auf einem Bett mitten in dem großen Raum schläft eine alte, grauhaarige Frau tief und fest, während eine Dienerin ihr mit einem Fächer aus Pfauenfedern Luft zuwedelt.

Ein Mädchen, das etwas jünger als Charlotte ist, streckt ihr die Hand entgegen. »Ich heiße Chutki«, sagt sie.

»Ich heiße Charlotte.« Sie gibt dem Mädchen die Hand.

Andere Frauen stellen sich zu ihnen. Die Neuigkeit, daß Peter Harris in Bombay eine junge Engländerin geheiratet hat, hat wie eine Bombe eingeschlagen, außer beim Maharadscha, der hatte nur genickt und gemurmelt, sein Astrologe sei der beste.

»Sind Sie wirklich mit Doktor Harris verheiratet?« fragt eine hochschwangere Frau in tadellosem Englisch. Sie ist die Frau des Maharadschas.

»Ja«, sagt Charlotte leise. Sie kann es selbst noch gar nicht richtig glauben.

Ein Summen geht durchs Zimmer. Die Frauen umringen sie noch dichter. Eine nimmt ihre Hand und zeigt auf ihren Finger – kein Ring.

»Wir hatten noch keine Zeit dazu«, sagt Charlotte.

Mißbilligendes Zischen ist zu hören. Ein Mann, der keinen Schmuck für seine Frau kaufen kann, ist kein Mann.

»Doktor Harris ist ein guter Mann«, sagt eine Frau mit einem großen Ring in der Nase.

»Er ist ein gutaussehender Mann«, sagt ein Mädchen mit vollen roten Lippen.

»Ohne Uniform ist er bestimmt noch hübscher«, kichert ihre ältere Schwester, deren Arme mit vielen gläsernen Armreifen geschmückt sind.

»Er denkt zuviel«, meint eine Frau mit schwarz umrandeten Augen.

»Wir dachten, er würde nie heiraten«, betont eine ältere Frau in einem roten Sari.

»War es ein großes Fest?« fragt jemand leise.

»Wir wußten gar nichts davon«, sagt eine bekümmert.

»Wir wären alle gekommen«, sagt die Frau mit dem Nasenring, und die Frauen um sie herum stimmen ihr zu. Die Empörung in ihren Stimmen ist nicht zu überhören – Harris Sahib hat geheiratet, ohne sie einzuladen!

Ein Schrei ertönt. Die Frauen drehen sich um und sehen, daß die hochschwangere Maharani, die Augen weit aufgerissen und die Hände um den Bauch gelegt, mitten in einer Lache steht, die immer größer wird. Die Frauen eilen zu ihr hin. In einer Sprache, die Charlotte noch nie zuvor gehört hat, reden sie alle durcheinander. Die vor Schmerzen stöhnende Frau des Maharadschas wird weggeführt. Dienerinnen werden gerufen, die das Fruchtwasser mit penibler Sorgfalt vom Boden aufwischen und dann ätherisches Öl auf die Stelle träufeln und Blütenblätter darauf verteilen. Zwei Frauen beginnen bei einem kleinen Wandaltar neben der Tür zu singen, und die Frau mit dem Nasenring legt sich auf ein Bett und zieht sich den Sari übers Gesicht. Nur Chutki bleibt neben Charlotte stehen. Sie nimmt sie an die Hand und zieht sie mit sich.

Sie gehen durch Flure und Säle. Charlotte hat noch nie ein so imposantes Gebäude gesehen. Ein Raum ist noch luxuriöser eingerichtet als der andere. Überall, wo sie vorbeikommen, huschen mucksmäuschenstille Diener weg. Charlotte würde sich gern länger umschauen, aber das Mädchen geht weiter. Sie steigen eine Treppe hinauf und laufen wieder durch einen Flur. Auch oben sind mehrere Zimmer und Säle mit exquisiten Möbeln und Wanddekorationen eingerichtet. Vor einer großen Holztür bleiben sie stehen und treten ohne anzuklopfen in das Zimmer ein.

An den Wänden hängen Regale voller kostbarer Stoffe aus edlen Geweben in prächtigen Farben. In der Mitte des Zimmers sitzt ein Mann auf dem Boden, vor ihm steht eine Handnähmaschine. Der Mann dreht das Rad und näht. Chutki sagt etwas zu ihm und zeigt auf Charlotte.

Er steht auf, kommt auf Charlotte zu, senkt den Kopf und begrüßt sie mit vor der Brust zusammengelegten Händen: »*Namasté.*«

Charlotte erwidert den Gruß. Er nimmt das Meterband, das ihm um den Hals hängt, und stellt sich hinter sie. Ohne sie zu berühren, aber mit großer Präzision, nimmt er Maß.

»Was ist deine Lieblingsfarbe?« fragt Chutki.

Charlotte hat in den vergangenen Jahren fast nur ihre Schuluniform getragen, die dunkel und langweilig war wie alle Farben in England. Sie ist überwältigt von der Leuchtkraft der Stoffe ringsum, blau, violett, grün, gelb, rot, rosa, orange in allen Schattierungen … Einfarbige Gewebe und welche mit Mustern. Stoffe mit Stickereien, klitzekleinen Perlen oder Pailletten. Ihr Blick wandert über die schillernd bunten Regale. So viele Stapel, so viele Farben, so viele Töne … Ob Peter rosa mag? Oder blau? Ihr blauer Hut gefiel ihm, hatte er gesagt. Welche Farbe steht ihr eigentlich gut? Im Internat haben sie sich nie über Farben unterhalten. Ihr wird fast schwindlig – bis sie zuunterst in einem Stapel auf dem obersten Regalbrett einen lindgrünen Seidenstoff entdeckt, der genauso aussieht wie der Stoff des Abendkleides, das ihre Mutter einmal getragen hat, das lange Kleid mit dem tiefen Dekolleté. Charlotte zeigt nach oben. Der Darsi folgt ihrem Blick und zeigt mit einem Stock auf den Stapel. Charlotte nickt begeistert, als die Spitze des Stocks an den Stoff tippt. Der Mann nimmt eine Leiter und klettert hoch. Er zieht den Coupon heraus und wirft sich den Stoff über den Arm. Die Bahn aus geschmeidiger Seide reicht bis zum Fußboden. Charlotte läßt den Stoff durch ihre Finger gleiten.

»Gefällt er dir?« fragt Chutki.

»Geht das denn einfach so?« fragt Charlotte.

»Gaurav näht alle unsere Kleider, such dir nur was aus, für Doktor Harris tut Vater alles.«

»Warum?« kommt es leise aus Charlottes Mund, wieder wird ihr bewußt, daß sie nichts über ihren Hauptmann weiß.

»Harris Sahib ist ein guter Arzt, er weiß alles über die Kehle, wir hatten immer Schmerzen, und jetzt haben wir nie mehr Halsweh, Papa kann sogar wieder singen, aber nur, wenn ich tanze.«

»Hat er euch operiert?«

Chutki nickt eifrig. »Hier im Palast, Papa wollte nicht in ein Krankenhaus, Papa macht immer alles so, wie er es will. Jetzt will er, daß du ein Abendkleid kriegst.«

Oben auf der Leiter wartet der Darsi geduldig mit der langen, lindgrünen Stoffbahn.

»Soll es dieser Stoff sein?« fragt Chutki.

»Ja«, sagt Charlotte entschlossen, sie will genauso schön sein wie ihre Mutter früher.

Es ist leer in den Frauengemächern. Nur die alte Frau in dem Bett, das in der Mitte des Raumes steht, ist noch da, aber sie schläft. Auch ihre Punkah-wallah ist dabei, einzudösen. Charlotte geht zu dem Tisch am Fenster und schenkt sich ein Glas Wasser aus einer Thermosflasche ein. Peter hat ihr gesagt, daß er etwas Wichtiges mit dem Maharadscha besprechen muß, und sie hat keine Ahnung, wie lange es noch dauern wird. Das Wasser ist herrlich kalt und löscht den Durst. Draußen sieht sie ein Auto heranfahren. Zwei Diener mit Sonnenschirmen eilen hin. Ein Mann mit einem kleinen Koffer steigt aus. Er geht in den Palast, und es wird wieder still. Auf der weiten Rasenfläche pickt eine Krähe lustlos im Gras, und im Zimmer summt eine Fliege. Charlotte geht zu der offenen Tür an der anderen Seite des Raumes und blickt in den schmalen Gang. Sie fragt sich, wo Chutki bleibt. Von weitem hört sie Geräusche und Frauenstimmen. Sie tritt in den Gang, der langflorige Teppich schluckt ihre Schritte. Schreie sind zu hören. Charlotte erschrickt, sie weiß nicht, ob sie zurückgehen oder weiterlaufen soll. Am Ende des Ganges erscheint eine Frau mit einer Schwesternhaube und einer weißen Schürze, die eine große Schüssel mit schwappendem Wasser trägt und damit in einem anderen Zimmer verschwindet. In das Geschrei mengen sich Frauenstimmen, es klingt, als ermutigten sie jemand. Charlotte fühlt sich als Eindringling, aber kann der Verlockung, sich der gebärenden Maharani zu nähern, nicht widerstehen. Die Schreie und das Stöhnen nehmen an Lautstärke zu, ebenso die anspornenden Zurufe. Dann wird es still.

Sie lugt in das Zimmer. Eine Krankenschwester hält ein blutverschmiertes, in ein Stück Stoff gehülltes Baby in den Händen, den Blick von dem Neugeborenen abgewandt. Als sie das blasse englische Mädchen in dem rosa gestreiften Kleid sieht, erschrickt sie.

Charlottes Blick fällt auf das kleine Häufchen Mensch. Ein verschrumpeltes Gesichtchen mit geschlossenen Augen, zwei nasse Beinchen mit winzigen Füßen, ein Stück Nabelschnur und darunter der Hodensack.

Die Krankenschwester schreit schrill auf und verschwindet fluchtartig hinter einem Wandschirm.

Eine andere Frau sieht Charlotte wütend an und faucht: »Sie haben hier nichts zu suchen! Gehen Sie sofort wieder in das große Zimmer!« Sie deutet auf das Ende des Ganges.

»Entschuldigung, ich …« stammelt Charlotte und dreht sich um.

»Ist sie weg?« fragt die Maharani ächzend, noch voller Blut.

»Ja«, sagt die Frau, die Charlotte weggeschickt hat.

Die Maharani beginnt zu weinen. »Warum ist sie hierhergekommen?« schluchzt sie. »Warum hat sie niemand aufgehalten?«

»Chutki sollte ihr Gesellschaft leisten, aber die ist verschwunden.«

»Hat sie das Baby gesehen?« fragt die Mutter, immer noch schluchzend.

Die Frau mit der Schwesternhaube senkt zerknirscht den Kopf. Die Mutter beginnt zu kreischen und schlägt die Hände vors Gesicht. Die anderen Frauen eilen mit nassen Tüchern und mit Wasser herbei und entzünden Räucherstäbchen rund um das Bett, während sie murmeln, daß sie zusätzliche *Pujas* abhalten werden.

»Warum mein Kind«, schluchzt die Mutter, »warum?«

Die Krankenschwester sieht die anderen besorgt an und signalisiert ihnen, daß sie gehen sollen. »Möchten Sie es noch sehen?«

Die Maharani sagt stöhnend: »Wenn ihr alle die Augen schließt.«

Hinter dem Wandschirm holt die Krankenschwester das provisorisch umhüllte Baby wieder zum Vorschein, ohne es dabei anzusehen. Auch die anderen Frauen haben den Blick abgewandt.

Die Maharani nimmt das Kind und schlägt das Tuch zur Seite. »Ein Sohn«, sagt sie mit zitternden Lippen. Ihr Blick gleitet von dem kleinen Glied und dem rostbraunen Hodensack zwischen seinen Beinchen zu den zugekniffenen Augen und den geballten Fäusten. »Du, mein Sohn, kannst niemals glücklich werden.«

Das Baby öffnet den Mund und beginnt zu weinen.

1995

Rampur

Hema fegte das Zimmer neben der Küche, in dem der *Bobajee* und seine Frau gewohnt hatten. Es war seit Jahren nicht mehr benutzt worden, die Fenster waren grau vom Staub, und die Fensterläden klemmten. Memsahib ging nie in die Räume der Dienstboten, dieses Haus war ausschließlich sein Terrain. Er wußte, daß Zimmer, die nicht regelmäßig betreten wurden, Geheimnisse enthielten. Unter jedem Stuhl oder Karton, den er wegzog, erwartete er eine Schlange oder einen Skorpion, aber das Zimmer wurde nur von einer Kolonie großer Ameisen bewohnt, die sich in der Wand unter dem Fenster eingenistet hatte, von schwarzen und grünen Käfern im Schrank und rosa Larven, die fast die ganze Matratze weggefressen hatten. Er schleifte die Überreste der Matratze nach draußen, warf schwelende Kohlen darauf und schob eine alte Zeitung dazu. Die Matratze fing sofort Feuer, und das Nest war auf einen Schlag ausgerottet. Die Käfer fegte er aus dem Zimmer, und in das Ameisennest goß er kochendes Wasser. Die Tiere krabbelten nach allen Seiten weg. Hema, ein gläubiger Hindu und strenger Vegetarier, grauste sich vor seinem Massaker. Früher übernahm der Mali solche Aufgaben, aber momentan gehörte es zu seiner Arbeit. Hema war froh, daß wieder jemand ins Dienstbotenhaus einzog, auch wenn es nur ein Schneider war, der nicht unter seinem Regiment stand. Ihm fehlten der Verantwortungsbereich und das Ansehen, das er früher genossen hatte. Der Vorsteher eines Haushalts ohne andere Dienstboten ist »wie ein Bauer ohne Land«, hatte der Butler der Nachbarn einmal zu ihm gesagt. Durch den Schneider würden wieder Leute kommen, auch wenn seine Memsahib schon klargestellt hatte, daß sie keine der Damen im großen

Haus empfangen wollte. Das brächte zu viel Unruhe. Er wusch sich die Hände unterm Wasserhahn, nahm eine Schüssel mit Joghurt aus dem Kühlschrank, rührte etwas Zucker hinein und ging damit ins Kinderzimmer.

Charlotte legte den Telefonhörer auf. Die Frau von Adeeb Tata fuhr übers Wochenende mit ihren Kindern in ihr Sommerhaus in den Bergen. Sie wollte, bevor sie am Abend losfuhr, ein Bügelbrett für den Darsi vorbeibringen. Fast alle Frauen aus dem Club fuhren im Sommer, wenn es sich irgendwie ermöglichen ließ, in die Berge, fort von der flimmernden Hitze. Charlotte konnte es sich nicht mehr erlauben, also lag sie große Teile des Tages lustlos und schwitzend auf ihrem Bett in dem abgedunkelten Haus. Hema schloß jeden Morgen gleich nach Sonnenaufgang die Fenster und Läden, so daß die alles versengende Sonne nicht eindringen konnte. Charlotte blickte auf den sich hypnotisierend drehenden Ventilator über ihrem Bett. Ihre Gedanken schweiften zu dem alten Punkah-wallah zurück, den sie früher hatten. Pausenlos mußte er den großen Fächer bewegen. Oft band er sich die Schnur an den großen Zeh, und manchmal döste er dabei ein. Wenn der General es merkte, weckte er ihn grob und drohte dem Mann mit sofortiger Entlassung, worauf der kleine Inder wie besessen an dem Seil zog und es im Raum wieder kühler wurde. Aber wenn nach dem Lunch die Mägen gefüllt waren und das Thermometer den höchsten Stand erreicht hatte, schliefen alle ein, sogar ihr Vater und folglich auch der Punkah-wallah. Charlotte fielen die Augen zu, und ihre Erinnerungen verwandelten sich in Träume.

Aus tausend Metern Meerestiefe gluckerte ein Geräusch nach oben, das sie weckte. Es dauerte einen Moment, bis ihr bewußt wurde, daß sie nicht in einem U-Boot eingeschlossen war, sondern daß es an der Tür läutete. Sie horchte und fragte sich, wer so verrückt sein mochte, zu dieser Tageszeit draußen vor ihrer Tür zu stehen – die Frau von Adeeb Tata würde nie vor Einbruch der Dunkelheit erscheinen. Wieder läutete es. Sie vermutete, daß sich Hema trotz seiner anderslautenden Arbeitszeugnisse wie alle anderen zu dieser Stunde im Tiefschlaf befand. Seufzend kroch sie unter dem Moskitonetz hervor. Die Hitze hatte das Haus erobert und sich wie eine feuchtwarme Decke über sie gebreitet. Ihre Gliedmaßen wollten ihr nicht gehorchen, sie waren wie durch einen Zauberspruch fast gelähmt. Träge bewegte sie sich zur Treppe. Die Uhr tickte langsam, und sogar das Holz des Geländers schwitzte.

Charlotte legte die Hand auf den Türknopf. Jede Zelle in ihrem Körper schien zu rufen: *Laß die Tür zu! MACH NICHT AUF! MACH NICHT AUF!* Sie drehte den Knopf um und zog die knarrende Tür mit Mühe auf.

Das gleißende Sonnenlicht blendete sie, und siedendheiße Luft strömte herein. Sie wollte die Tür gleich wieder zuschlagen, als sie die Konturen eines Körpers wahrnahm. Völlig gegen ihre Prinzipien – einen Fremden läßt man nicht einfach ein – sagte sie: »Kommen Sie schnell rein.« Sie trat zurück in den Schatten. Die Person, die verkohlt sein mußte, trat ins Haus ein. Mit einem Knall schloß Charlotte die Tür. Sie sah nicht, wen sie eingelassen hatte, es war dunkel in der Halle, und die grelle Sonne hatte weiße Lichtflecken auf ihrer Netzhaut hinterlassen.

Der Sekretär des Clubs hatte Madan eröffnet, daß er in dem großen Haus auf dem Hügel hinter der Hauptstraße arbeiten werde. Er hatte sein Rad, das an der Hauswand des New Rampur Club lehnte, stehenlassen, um wie alle ein Mittagsschläfchen zu halten. Aber der Gärtner hatte ihm unmißverständlich klargemacht, daß sich nur Clubmitglieder auf dem Gelände aufhalten durften, also war Madan auf sein Rad gestiegen und mit einem Tempo, als mache ihm die brennende Sonne nichts aus, losgefahren.

Das letzte Stück den kleinen Hügel hinauf war mühsam gewesen, aber das Kolonialhaus mit den dicken Mauern und geschlossenen Fensterläden lockte. Madan liebte Häuser – nachdem er jahrelang auf der Straße geschlafen hatte, immer in der Angst, ausgeraubt zu werden, hatte er gelernt, daß es sich ganz anders schläft, wenn um einen herum Mauern sind. Auf der Straße hatte er nie geträumt, immer nur wenige Minuten geschlafen, um gleich wieder aufzuwachen, sich zu vergewissern, wer oder was da war, und dann wieder kurz einzudösen. Wenn er von Wänden umgeben war, nahm ihn der Schlaf zu unbekannten Ländern und Menschen mit. Er lehnte das Rad mit der Nähmaschine unten an der Treppe an eine kleine Säule, auf der keine Statue mehr stand, und ging hinauf zu der großen Tür.

Das Haus hatte von weitem einen sehr vornehmen und wohlhabenden Eindruck gemacht, aber nun sah er, daß der Marmor der Treppenstufen gesprungen war und daß die Hauswände Risse hatten. Er zog an der Klingel und hörte, wie drinnen die Türglocke ging. Madan mochte Klingeln und geschlossene Türen, auch das gab ihm ein Gefühl von Sicherheit. Er wußte, daß irgendwo im Haus nun ein Diener aus einem Traum aufwachen und sich wundern würde, warum es zu dieser Stunde läutete. Es würde einen Moment dauern, bis ihm klar war, daß es die Haustürklingel war, also zog Madan noch einmal, um dem anderen aus seinem Traum zu helfen. Nach einer Weile hörte er schlurfende Schritte, und die Tür wurde geöffnet.

Er erschrak. Vor ihm stand eine kleine weiße Frau mit ergrauenden Locken, ihre Augen blinzelten ins Licht, sie war barfuß und offenbar aus einem tiefen Schlaf aufgewacht. Sie war schön und wirkte zerbrechlich, fast wie aus Glas. Sie machte eine einladende Handbewegung und sagte, er solle schnell hereinkommen.

Madan war noch nie im Haus von Weißen gewesen und wußte nicht recht, wie er sich verhalten sollte, aber die Frau machte schon Anstalten, die Tür zu schließen, also trat er über die Schwelle und sah zu Boden.

Langsam tauchte zwischen den Lichtflecken in ihren Augen ein Inder auf, er mußte um die vierzig sein, und seine Haare standen nach allen Seiten ab. Er hatte Schweiß auf der Stirn, und Straßenstaub klebte in seinem Gesicht. Er trug ein prachtvolles grünes Hemd. In nichts ähnelte er einem Bankangestellten oder Gerichtsvollzieher. Sie erwartete zu dieser Tageszeit auch keinen profitgierigen Altwarenhändler, und er trug keinen Korb mit Obst oder anderen Waren bei sich, die er an den Mann bringen wollte. Er war sicher kein Diener oder Kuli einer der Damen aus dem Club, denn die waren immer einfach gekleidet und klingelten nie am Haupteingang. Mit der rechten Hand hielt er die linke Hand fest und starrte verlegen auf seine Schuhe.

»Bist du vielleicht der Schneider?« fragte sie spontan.

Madan nickte, den Blick noch immer schüchtern gesenkt.

»Hier bist du falsch«, sagte sie mit heller Stimme, »im Küchenhaus ist ein Zimmer für dich hergerichtet.«

Madan konnte zwar Englisch, aber die Frau sprach viel zu schnell, so daß er nur das Wort »Schneider« verstanden hatte. Durch die marmorgetäfelte Eingangshalle ging sie zu einer kleinen Tür neben der Treppe, öffnete sie und winkte ihm. Er folgte ihr zu einer Tür, die nach draußen führte. Am Ende des kleinen Flurs schien die grelle Sonne durch ein Fenster. Madan sah durch die luftige Kleidung die weiblichen Konturen ihres Körpers. Er blickte rasch wieder zu Boden und fühlte sich ertappt. Die Frau drückte die gläserne Zwischentür auf und ging in eine kleine Diele, wo ein Eimer und ein Besen standen.

»Hema!« rief sie in Richtung eines Häuschens, das er nicht gesehen hatte, als er den Hügel hinaufgefahren war.

Auch Hema wurde unsanft aus dem Mittagsschlaf gerissen. Er war auf einem Hochzeitsfest und wollte gerade in eine knusprige Pastete beißen. Als er die Stimme der Memsahib hörte, fuhr er hoch. Seine alten Knochen knarzten. Er rappelte sich von seiner Matte auf und ging zur Tür. Draußen sah er sie neben einem Mann hergehen. Der Mann ging mit federndem Schritt und trug ein prachtvolles grünes Hemd und eine weiße Hose. Wer war das? Er kannte ihn nicht. Es war kein Mann von der Bank, denn die kannte er inzwischen alle. Hema bekam es plötzlich mit der Angst zu tun, es war sicher ein neuer Altwarenhändler, Memsahib wollte den Ofen verkaufen, und er müßte künftig immer auf Kohlen kochen, oder, schlimmer noch, der Mann kaufte das ganze Haus …

Sie traten in die Küche. »Das ist der Schneider. Zeigst du ihm sein Zimmer?«

Dieser Mann war überhaupt kein Schneider. Sanat, der alte Darsi, und der Darsi aus seinem Heimatdorf trugen nicht solche schönen Kleider und hatten einen anderen Gang. Auch die Bewegungen seiner Hände waren seltsam, es sah so aus, als wolle er ständig etwas glattstreichen. Hema fühlte sich unbehaglich.

»Willkommen«, sagte er ausgesprochen freundlich in der Sprache der Gegend und öffnete die Tür.

1947

Neu-Delhi

Es ist stickig im Wohnzimmer und viel wärmer, als es in ihrer Erinnerung früher in dem großen Haus auf dem Hügel war. Peter, von einem anstrengenden Vormittag im Krankenhaus zurück, hält wie jeden Tag nach dem Lunch und der Zeitungslektüre ein Nickerchen auf dem Sofa beim Fenster. Für Charlotte ist ein Mittagsschlaf etwas für alte Leute, sie sitzt in dieser Zeit meist auf der Veranda und liest ein Buch. Aber heute ist es so heiß, daß auch sie ins Haus geflüchtet ist. Sie sitzt in einem Sessel und schaut den Mann an, den sie zu lieben versucht. Über seinem Kopf hängt die Kristallampe mit den roten Steinen. Die funkelnden Rubine streuen kleine, sich bewegende Lichttropfen über sein Gesicht. Die Haare kleben ihm an der Stirn, und er atmet tief und unregelmäßig. Charlotte würde gern in seinen Kopf blicken können, wissen, was er denkt, fühlt und träumt. Sie sind nun ein halbes Jahr verheiratet, und noch immer hat er ihr nichts über die Wunde an seinem Bein und den fehlenden Finger erzählt. Sie weiß, daß er in Manchester geboren ist, in Leeds studiert hat, wieder nach Manchester ging, wo er in einem Armenviertel praktizierte und für seine Abschlußarbeit forschte, daß er nach dem Diplom gleich nach Indien ging, wo er in dem Krankenhaus arbeiten konnte, in dem er auch jetzt angestellt ist, bis der Krieg kam, er eingezogen wurde und nach Birma mußte. Über den Krieg will Peter nicht reden. Das einzige, was sie aus ihm herausgebracht hat, ist, daß er im Dschungel war und daß er nie wieder dorthin zurück will.

Seine Finger bewegen sich im Schlaf, als würde er nach etwas greifen. Charlotte geht zu ihm hin und legt behutsam ihren

Handrücken auf seine Stirn. Er erschrickt und bewegt sich noch mehr. Sie zieht schnell die Hand weg. Jetzt beginnen auch seine Füße zu zucken.

»Ganz ruhig, Liebster«, flüstert Charlotte, »ich bin's.«

Er schreit auf, fährt aus dem Schlaf hoch und sieht sie verstört und keuchend an. Seine Hände sind zu Fäusten geballt, und er versucht zu schlucken. Sie streichelt ihn sanft. Das Keuchen läßt nach, und ein Ausdruck von Angst überzieht sein Gesicht.

»Hast du etwas Schlimmes geträumt?« Sie wartet wie immer darauf, daß er ihr erzählen wird, was passiert ist. Er weiß nicht, daß sie ihn stundenlang anschaut, wenn er schläft, daß sie sieht, wie er um sich schlägt und tritt, wie er schreit und weint. Charlotte hat vorher noch nie einen Mann weinen gesehen. Sie hat von ihrem Vater gelernt, daß Weinen ein Zeichen von Schwäche ist und daß man in der Gegenwart eines anderen Menschen niemals eine Träne zuläßt.

»Mein Vater ist nächste Woche in Delhi, er kommt uns endlich besuchen.« Sie spürt, wie sich seine Muskeln unter ihrer streichelnden Hand sofort fest anspannen. »Hast du etwas dagegen?« fragt sie erstaunt.

»Aber nein, natürlich nicht«, sagt er und steht auf, um ihrer Berührung auszuweichen.

»Aber wenn du es nicht willst …«

»Warum sollte ich es nicht wollen?«

»Ich dachte.«

»Ach was, natürlich soll er uns besuchen. Wann kommt er?«

»Das hat er nicht geschrieben.« Charlotte sieht Peter an.

Er gießt sich ein Glas Whisky ein und trinkt es in einem Zug aus.

* * *

Der Tisch ist mit dem Wedgwood-Geschirr gedeckt, das sie als Hochzeitsgeschenk vom Maharadscha bekommen haben, und der Koch hat sein Bestes gegeben. Peter tranchiert das Roastbeaf. Ein gutes Roastbeaf zu finden ist eine Kunst in einem Land, wo kaum Rinder gegessen werden.

»Du mußt das Messer besser schleifen«, sagt Victor.

Peter nickt und schneidet weiter. Die warme Flüssigkeit tritt aus dem Fleisch aus und sammelt sich auf dem Holzbrett.

»Mit so einem Messer machst du es kaputt.«

Charlotte sieht ihren Vater an. Seit er über die Schwelle trat, in Uniform und mit dem Cane unterm Arm, kritisiert er alles, was Peter macht. Ohne aufzusehen schneidet Peter, der seine Alltagskleidung trägt, weiter. Eine unbehagliche Stille tritt ein, und Charlotte sucht nach einem unverfänglichen Gesprächsthema.

»Du warst doch auch in Birma?« sagt ihr Vater unvermittelt.

Charlotte merkt, daß Peter erstarrt. Er versucht weiterzuschneiden, aber das Messer bleibt im Fleisch stecken.

»Bei welcher Einheit hast du eigentlich gedient?«

»Bei der vierzehnten«, murmelt Peter.

»So«, sagt Victor mit einem Blick, der alles bedeuten kann, aber nichts sagt. »Hast du auch den Irrawaddy überquert?«

Charlotte, die genauso interessiert ist wie ihr Vater, sieht ihren Mann an. Aus seinem Gesicht weicht die Farbe, und er starrt mit Angst in den Augen auf das Roastbeef vor ihm. Ganz langsam nickt er.

Der alte Mann blickt forschend ins Gesicht seines Schwiegersohns, den er nach der Begegnung im Hotelzimmer und der Blitzhochzeit nicht mehr gesehen hat. Er ist auf der Suche nach etwas, das er wiedererkennt.

Nun legt Peter das Messer hin, dreht die Hand und zeigt Victor, daß ihm der kleine Finger fehlt.

Jetzt ist es der alte Mann, der bleich wird.

»Möchtest du ein Stück Roastbeef?« flüstert sein Schwiegersohn, und er reicht ihm mit zitternder Hand die Schüssel mit den Fleischscheiben.

Victor kann den Blick nicht von Peters verstümmelter Hand lösen.

»Es ist wirklich gutes Fleisch, Vater«, sagt Charlotte, als sie sieht, daß ihr Vater nicht zugreift.

* * *

Lieber Donald,

ich wünsche Dir einen tollen Geburtstag und hoffe, daß es dieses Jahr endlich klappt und Du in den Ferien kommen kannst. Ich habe mit Vater wieder darüber gesprochen, aber er meint, daß Du in der Schule zu viel versäumst, wenn Du zwei Monate zusätzliche Ferien hast. Ich habe ihm gesagt, daß viele Kinder mit Eltern in Indien länger Ferien bekommen, aber er fand die Idee trotzdem nicht gut. Ich lasse aber nicht locker, es ist doch auch nicht gut, wenn man seine Familie nie sehen kann. Wenn wir mal Kinder haben, werde ich sie garantiert nicht in ein Internat schicken. Nicht mal, wenn es sehr unartige Kinder sind. Hier in Delhi ist alles viel größer als in Rampur. Die Straßen sind breit und die Häuser sehr hoch. Läßt Du mal ein Foto von Dir machen? Ich denke, daß Du es vergessen hast. Ich lege etwas zusätzliches Geld in diesen Brief, ein Teil ist für Deinen Geburtstag und ein Teil für das Foto. Ich würde Dich so gern wieder einmal sehen. Ich denke, daß Vater sich auch freuen würde, also laß gleich zwei Abzüge machen. Ich kann mir überhaupt nicht vorstellen, wie Du jetzt aussiehst. Als ich wegging, warst Du ein Jahr alt, und jetzt bist Du schon dreizehn! Vielleicht erkenne ich Dich nicht mal, wenn ich Dich abhole! Auch deshalb hoffe ich, daß wir uns bald wiedersehen.

Deine Schwester Charlotte.

1995

Rampur

Die Frau von Adeeb Tata hatte mit dem Bügelbrett eine Liste zurückgelassen, auf der die Namen all der Frauen standen, die die Dienste des neuen Darsi in Anspruch nehmen wollten. Ganz oben auf der Liste stand natürlich die Frau von Nikhil Nair. Charlotte wußte, daß sie die Liste aufgestellt und an die Frau von Adeeb Tata weitergegeben hatte.

Sie klingelte nach Hema und bat ihn, ihr den Schneider zu schicken.

Er stand an der Tür, den Kopf leicht gesenkt. »Wie heißt du?« fragte sie.

Er zog eine Visitenkarte aus seiner Brusttasche und reichte sie ihr. Charlotte hatte noch nie von einem Schneider gehört, der beim Kennenlernen eine Visitenkarte zückte. Altwarenhändler, Angestellte der Kreditbank und Geschäftsleute hatten Karten, aber Handwerker doch nicht. Es war eine einfache Karte mit dem Aufdruck:

MUKKA – SCHNEIDER

»Mukka. Ist das dein Name?«

Madan nickte.

»Kannst du lesen?« Sie hielt es für eine dumme Frage, ein Schneider mit Visitenkarte kann natürlich lesen.

Madan schüttelte den Kopf.

»Das macht nichts«, sagte Charlotte, erleichtert, daß endlich etwas normal war an diesem Mann. Sie nahm die Liste und las vor. »Du fängst bei Frau Nair an, sie wohnt hinterm Rathaus in einem großen Haus mit einer roten Tür. Dann gehst du zu Frau Singh, sie wohnt zwei Straßen hinter Frau Nair. Vor ihrem Haus steht immer ein alter Ambassador mit ihrem Chauffeur. Danach gehst du zu …«

Madan hörte die warme, sanfte Stimme der Frau. Er wußte nicht, wie sie hieß, denn sie hatte sich nicht vorgestellt. Durch seine Wimpern lugte er in ihr Gesicht, sie hatte eine Lesebrille aufgesetzt und befeuchtete die Lippen mit der Zungenspitze, während sie die Liste vorlas.

Da war es wieder – seine erste Erinnerung, die in den seltsamsten Momenten zurückkam. Lange hatte er es nur für einen Traum gehalten, doch die Gefühle und Bilder, die er vor sich sah, waren so lebensecht, daß er irgendwann die Überzeugung gewonnen hatte, sie gingen auf ein reales Erlebnis zurück. Er hatte Schmerzen gehabt, erinnerte er sich, sehr große Schmerzen, und er war eingeschlafen. In dem Moment, als er erwachte und die Augen öffnete, hatte er in das Gesicht einer weißen Frau geblickt, einer sehr schönen Frau, wie eine Prinzessin hatte sie ausgesehen. Er spürte ihre warmen Arme um sich, und mit ihren roten Lippen hatte sie ihn geküßt. Sie hatte nach Jasmin geduftet.

»Kannst du dir das alles merken?« fragte Charlotte.

Madans Tagtraum verflüchtigte sich. Er hatte nichts vom Rest der langen Liste mitbekommen und keine Ahnung, wohin er gehen sollte. Trotzdem nickte er.

»Du fängst bei Frau Nair in dem Haus mit der roten Tür an, zeig ihr die Liste, dann hilft sie dir schon weiter.«

Madan stand auf, verabschiedete sich mit der gebräuchlichen leichten Verbeugung, die Hände vor der Brust zusammengelegt, und ging.

Die Handnähmaschine, eine schwere, schwarze Singer, stand auf dem Tisch mitten im Zimmer. Eine große Schere und ein Stück Schneiderkreide lagen daneben. Auch das Fläschchen Maschinenöl, mit dem der Darsi den ganzen Vormittag hantiert hatte.

Neben der Schlafmatte stand eine Tasche mit Kleidungsstücken. Hema stand beim Bügelbrett und schaute sich in dem sonst leeren Zimmer um. Der Mann hatte noch kein Wort gesprochen, auf Fragen nur genickt oder den Kopf geschüttelt. Hema hatte gehofft, daß nun, wo er nicht mehr allein war, etwas von der alten Atmosphäre ins Küchenhaus zurückkehren würde. Aber in der Gesellschaft des Darsi, dessen Namen er nicht einmal wußte, fühlte er sich unbehaglich. Nicht etwa, daß ihm der Schneider feindlich gesinnt war. Im Gegenteil, er war sehr freundlich und lächelte die ganze Zeit. Aber Hema liebte es, Geschichten und Tratsch aus anderen Städten und Dörfern zu hören.

Es klingelte. Schnell drückte Hema seine *Beedie* aus, ein kleines Laster, das Memsahib nicht gefiel, nahm das Schälchen Joghurt und eilte ins große Haus.

Madan drückte auf die Klingel neben der roten Tür. Ein Diener in Livree öffnete. Er übergab ihm seine Karte. Der Mann las sie, blickte ihn verwundert an und ließ ihn ein. Die Halle stand voll mit antiken Möbeln, auf denen überall rosa Kissen lagen. Madan wartete an der Tür, während der Diener hinter einem großen, von einer Galerie herabhängenden Teppich verschwand. In dem Haus war es herrlich kühl. Auf einem kleinen Tisch neben der Tür stand eine silberne Vase mit ein paar Blumen, daneben ein Kerzenleuchter, auch aus Silber. Im oberen Stockwerk hörte er Schritte. Neben dem Kerzenleuchter lag ein silberner Kamm. Madans Blick war von den zur Schau gestellten Kostbarkeiten gefesselt. Er steckte die Hand tief in die Tasche und zwang sich, in eine andere Richtung zu schauen. Eine mollige Frau in einem pinkfarbenen Morgenrock kam in die Halle, in der Hand seine Karte. Ihr Blick glitt von ihm zu seiner Karte, dann wieder zu ihm.

»Kannst du hören?« fragte sie zögernd, aber laut.

Madan nickte.

»Oh, ein Glück.« Sie ging in einen Flur und sagte: »Folge mir.«

Das Zimmer, in das sie traten, war groß und noch kühler als

die Halle. Auf dem Tisch lag eine Bahn rosafarbener Chinaseide.

»Daraus möchte ich ein amerikanisches Abendkleid«, sagte die Frau von Nikhil Nair mit lauter Stimme.

Madan ließ den Stoff verzückt durch seine Hände gleiten.

Charlotte füllte den leeren Platz im Büfett, den der Verkauf ihres Service hinterlassen hatte, mit den ungelesenen Büchern von Pfarrer Das. Sie schüttelte irritiert den Kopf. Was sie auch versuchte, ob sie den Schrank aufräumte, Tee trank, ihre Schulden zusammenrechnete, an den Monsun dachte, der überfällig war, oder an ihren Vater, immer wieder landeten ihre Gedanken bei dem schweigsamen Schneider. Das Telefon klingelte, und Witwe Singh fragte, wann der Darsi zu ihr käme, weil sie zum Mahjong-Spielen in den Club wolle. Sie hatte noch nicht aufgelegt, da wurde die Frau des Polizeikommandanten angemeldet und trat mit einem Bügelbrett ins Zimmer. Sie ließ ihre neugierigen Blicke durch den Raum schweifen. Charlotte sagte ihr, daß schon ein Bügelbrett vorhanden sei und daß der Schneider gerade seine Runde mache, um bei allen die Maße zu nehmen.

»Auch bei mir?« rief die Frau des Polizeikommandanten und eilte zu ihrem Auto.

Charlotte hatte kaum die Tür geschlossen, da klingelte schon wieder das Telefon.

»Was für ein seltsamer Mann«, sagte die Frau von Nikhil Nair. »Aber gut, daß er normal hören kann.«

»Wie meinst du das?« fragte Charlotte.

»Na, weil er stumm ist.«

»Stumm?«

»Ja, hast du das nicht gewußt?«

»Nein«, sagte Charlotte erstaunt.

»Es steht doch auf seiner Karte, Mukka bedeutet »der Stumme«, aber hören kann er, hast du gesehen, wie er den Stoff anfaßt, ich hab so was noch nie gesehen, es heißt ja, daß Blinde besondere Sinnesorgane haben, vielleicht hat er das auch, hoffentlich kann er auch wirklich nähen, der Stoff war nämlich teuer, du behältst ihn doch ein bißchen im Auge, nicht wahr, er scheint ein anständiger Kerl zu sein, aber man weiß ja nie, und weil schon ein halber Meter fehlt …«

Er kann nicht sprechen, echote es durch Charlottes Kopf. Wie dumm, daß sie daran nicht gedacht hatte …! Der älteste Sohn des Milchmannes war auch stumm, zusammen mit seinem Bruder fuhr er die Milch aus. Es war ein hoch aufgeschossener Junge, der, um sich mitzuteilen, ganz hohe, tierische Laute ausstieß. Lange hatte sie geglaubt, er sei geistig zurückgeblieben, bis er ihr eines Tages half, das Auto zu starten, als es wieder einmal streikte. Von einem geistig zurückgebliebenen langen Lulatsch hatte er sich auf einmal in einen gewitzten, taubstummen Jungen verwandelt, der mit ein paar Handgriffen unter der Motorhaube ihren Wagen wieder in Gang gebracht hatte. Sie hatte sich geschämt und ihm ein besonders großzügiges Trinkgeld gegeben.

Charlotte zog an der Glocke über ihrem Kopf.

Hema kam mit einer Tasse Kaffee ins Zimmer.

»Wußtest du, daß er nicht sprechen kann?«

»Wer, Memsahib?«

»Der neue Darsi.«

»Nein, Ma'am, er sagt ja nie was.«

»Danke für den Kaffee.«

Sie schickte ihn weg. Heute ging ihr jeder auf die Nerven.

Daß sie auf den Dachboden gegangen war, sollte Hema nicht mitbekommen; so geräuschlos wie möglich stöberte Charlotte zwischen ramponierten Stühlen und zerrissenen Kartons. Irgendwo war noch ein Beutel mit einer Stoffbahn, das wußte sie genau. Alles, was einen echten Wert besaß, hatte der erste Altwarenhändler schon herausgesucht. Sie wäre damals nie auf die Idee gekommen, daß er nicht der letzte sein würde.

Es war der Monat gewesen, in dem der Zyklon über Andhra Pradesh raste und mehr als zehntausend Menschen das Leben nahm, nun auch wieder Jahre her. Sie hatte im Radio gehört, wie die ärmlichen Hütten weggeweht wurden und Flüsse über die Ufer traten. Überall trieben Leichen, dazwischen wateten die Menschen und trugen ihre letzten Habseligkeiten auf dem Kopf. Ihr Dachboden war voller Sachen, die niemand mehr benutzte. Zuerst wollte sie sie verschenken, bis der Mann von der Bank mit dem Brief gekommen war, der alles verändert hatte. Seitdem öffnete *sie* alle Kuverts, und *sie* kümmerte sich um die Rechnungen. Auf den Rat des Mannes von der Bank war ein Händler gekommen, der alles mögliche mitgenommen hatte. Erst vom Dachboden, später auch aus den Zimmern im ersten Stock, und schließlich aus dem Erdgeschoß. Sie hatte eine Meisterschaft darin entwickelt, Möbel und Gegenstände umzustellen, um die leeren Plätze zu füllen. Sie wußte, daß man sich an alles gewöhnen konnte. So spielte sie noch dann und wann, wenn niemand es sehen konnte, Schubert oder Mozart. Sie legte die Finger auf den Rand eines Tisches und schloß die Augen. Sie spielte und hörte die Musik in ihrem Kopf und empfand dabei Trost.

Sie schob zwei Kisten auseinander und entdeckte den Beutel mit dem Stoff. Er war noch da!

1952

Bombay

Überall sind Männer, die *»India sindabad! India sindabad!«* schreien. Madan schaut sich suchend um, er weiß nicht, wo die anderen geblieben sind. Eben waren sie noch da. Um sich herum sieht er nur Beine von Männern, die in alle Richtungen laufen. Keiner kümmert sich um ihn. Dann sieht er das Blau der Jacke seiner Schwester. Er versucht dorthin zu gehen, doch das Blau verschwindet zwischen den Männerbeinen. Jedesmal, wenn er glaubt, jemanden zu sehen, den er kennt, stößt ihn ein johlender Mann beiseite. Er hat Schmerzen. Die unbekannten Beine schieben ihn voran. »India sindabad!« Er weiß nicht, in welche Richtung er geht. Er will zurück. Er will zu seiner Schwester. Er torkelt auf seinen kurzen Beinchen. Alles tut ihm weh. Ein dicker Mann in einem braunen Longhi geht an ihm vorbei. Die breite Gestalt und der langsame Schritt ziehen Madan zu dem Mann hin. Er fühlt sich sicher hinter dem großen Mann, der nach Pferden riecht. Ohne daß der Mann es merkt, folgt der kleine Junge ihm. Dann bleibt der Mann stehen und beugt sich vor. Madan drückt sich an ihn. Die ausgelassen jubelnde und tanzende Menge macht ihm angst. »India sindabad!« Madan sieht, daß der Mann Wasser trinkt, von einer kleinen Fontäne, die aus einem Pfosten sprudelt. Er hat auch Durst. Als der Mann weitergeht, versucht Madan zu trinken, aber er reicht nicht heran. Er streckt die Hand aus und fängt ein paar Tropfen auf, leckt sie von der Hand ab. Er will noch mehr Wasser, aber er wird weggedrängt. Er dreht sich um, doch der dicke Mann im braunen Longhi ist verschwunden. Ein Mann mit einem schwarzen Bart hält nun den Mund über den Strahl. Er schaut ihn an und hofft, daß der Mann ihn hochhebt, damit er sich auch das Wasser in den Mund spritzen lassen kann, aber der Mann blafft nur etwas in einer Sprache, die er nicht kennt. Madan wird weggezogen und von den Tausenden Beinen mitgerissen. Seine Schwester sieht er nirgends mehr.

Die Menschenmenge zerstreut sich. Die Männer verschwinden in den Nebenstraßen, und das Geschrei verebbt. Wieder sieht Madan ein Auto fahren, und eine Pferdedroschke. Er ist müde und hat Schmerzen. Auf der anderen Straßenseite sitzt ein Junge unter einem Baum und trinkt aus einer Flasche. Madan überquert die Straße, ohne aufzupassen. Ein Autofahrer hupt wütend. Madan hört es nicht. Er sieht nur den trinkenden Jungen. Er stellt sich vor ihn und zeigt auf die Flasche.

Der Junge, nicht viel größer und älter als Madan, schaut zu ihm hoch. »Was willst du?«

Madan bleibt stehen.

»Hau ab.« Der Junge trinkt noch einen Schluck. »Verschwinde, hab ich gesagt.«

Madan rührt sich nicht vom Fleck.

Der Junge trinkt wieder einen Schluck. »Brauchst du erst einen Tritt?« Der Junge mustert den Knirps, der reglos vor ihm steht und dessen Hemd voller Blutspritzer ist. Er hat eine Wunde unterm Kinn mit einem Verband darum, zwischen dem etwas glitzert. Er trägt keine Hose und ist barfuß. Seine Lippen sind trocken, und seine dunklen Augen blicken ängstlich.

»Willst du einen Schluck?«

Madan nickt.

»Aber dann hau endlich ab.« Der Junge reicht ihm seine Flasche, und Madan trinkt gierig. »He, nicht alles.«

Madan trinkt weiter.

»Du hast doch gehört, was ich sage?« Der Junge reißt ihm die Flasche aus der Hand. »Bist du taub?«

Madan schaut traurig auf die halbvolle Flasche in der Hand des Jungen, der nun weggeht.

Als der Junge über die Schulter blickt, sieht er, daß Madan

ihm nachläuft. »Verschwinde«, sagt er wieder und macht eine wegscheuchende Geste, um seinen Worten Nachdruck zu geben.

Madan bleibt kurz stehen, aber als der Junge weitergeht, folgt er ihm wieder. Der Junge überquert die Straße, Madan auch. Er bemüht sich, die schmerzende Wunde nicht zu spüren. Mit seinen kurzen Beinchen steigt er über Schlaglöcher, springt über eine Abwasserrinne in einer schmalen Gasse und muß über eine kleine Mauer klettern. Er merkt, daß die Wunde wieder zu bluten anfängt.

Am Eingang eines Parks bleibt der Junge stehen. Madan geht langsam auf ihn zu. »Hast du noch immer Durst?« fragt der Junge.

Madan nickt. Der Junge gibt ihm die Flasche, und er trinkt japsend.

»He, laß mir noch was übrig.«

Madan gibt ihm die Flasche zurück.

Der Junge trinkt den kleinen Rest und fragt: »Wie heißt du?«

Madan antwortet nicht.

»Wenn du mein Freund sein willst, mußt du mir sagen, wie du heißt.«

Madan beginnt zu husten und stößt ein paar heisere Laute aus. Er zeigt auf die blutende Wunde unter seinem Kinn. Der Junge sieht ihn fragend an. Madan versucht es wieder, aber er kann nur ächzen und bringt kein verständliches Wort hervor.

»Kannst du nicht sprechen?«

Madans Augen füllen sich mit Tränen.

»Heulst du jetzt los?«

Madan schüttelt den Kopf.

»Na, heul ruhig, du bist ja noch ein Kind.«

Madan sieht den Jungen wütend an, schüttelt den Kopf und streckt die Finger hoch.

»Du bist sechs.«

Madan nickt stolz.

»Ich bin schon acht.« Der Junge setzt sich unter einen großen

Baum und macht seinem neuen Freund ein Zeichen, daß er sich zu ihm setzen soll. Zusammen schauen sie den Jungs zu, die ein Stück weiter Kricket spielen.

»Ich heiße Samar, und dich nenne ich Mukka.« Er sieht Madan an. »Einverstanden?«

1995

Rampur

Charlotte drehte den Beutel mit dem Stoff über dem Couchtisch um. Bei der leisesten Berührung zerfiel der Stoff, der einmal, vor sehr langer Zeit, für ein Ballkleid bestimmt gewesen war. Peter hatte ihr damals versprochen, endlich mit ihr tanzen zu gehen, denn bei jedem Fest, zu dem sie eingeladen waren, hatte er immer im letzten Moment einen dringenden Grund gefunden, warum er nicht hingehen konnte – ein Notfall im Krankenhaus, ein Patient mit unerwarteten Blutungen, der im Sterben lag, er mußte überraschend nach Bombay, oder er hatte plötzlich schreckliche Bauch- und Kopfschmerzen. Einmal war sie so wütend geworden, daß sie sich ein Taxi genommen hatte und allein hingegangen war, aber die Klatschgeschichten, die danach die Runde machten, waren so bösartig und gemein, daß sie von da an seine Ausflüchte akzeptiert hatte und zu Hause geblieben war.

Sie stopfte die Überreste wieder in den Beutel. Das, worin sie in ihren Träumen einmal hatte glänzen wollen, zerrann ihr zwischen den Fingern. Während sich die Überbleibsel eines Wunschtraumes in Nichts auflösten, nahm sie sich vor, auf dem bevorstehenden Fest in einem wunderschönen Kleid zu erscheinen, komme, was da wolle. Mit einer brüsken Bewegung fegte sie die letzten Fitzelchen zurück in den Beutel.

Auf einmal spürte sie, daß jemand hinter der Tür stand. Sie wußte es genau. Jemand, der hereinwollte. Sie hatte nicht geklingelt, und Hema wußte, daß er sie nicht ungebeten stören durfte. Mit einem Ruck zog sie die Tür auf.

Den Kopf leicht gesenkt, die Hand erhoben, um anzuklopfen, stand der Schneider vor ihr. Er verbeugte sich noch tiefer und machte entschuldigende Gesten.

»Warum horchst du an der Tür?«

Ich habe nicht gehorcht, wollte er sagen.

»Ich kann es nicht leiden, wenn mir jemand hinterherschnüffelt, und schon gar nicht jemand, der überhaupt nicht in dieses Haus gehört«, herrschte sie ihn an.

Madan bewegte die rechte Hand, als würde er das Rad der Nähmaschine drehen.

Charlotte war wütend. Eisig und unerbittlich wie ihr Vater deutete sie auf die Tür.

Du mußt mir helfen, meine Nähmaschine ist weg. Er drehte verzweifelt das imaginäre Rad, und in seinen Augen stand Panik. *Hör mir zu. So hör doch!*

Charlotte drehte sich um und zog an der Klingelschnur. Sie würde Hema sagen, er solle den Mann wegschicken. Von der ersten Sekunde an hatte sie gewußt, daß es keine gute Idee war, und nun, wo er sich weigerte, den Salon zu verlassen, duldete sie ihn keine Minute länger auf ihrem Grund und Boden. Wenn die Frauen unbedingt alle ein neues Kleid wollten, dann sollten sie eben selber für eine Werkstatt sorgen, sie hatte nicht mal Geld für neuen Stoff, geschweige denn für ein Kleid. Wo blieb Hema?

Der Schneider stand immer noch auf der Schwelle und machte verzweifelt mit der Hand Drehbewegungen.

»Ist was mit deiner Nähmaschine?«

Madan nickte heftig, seine Haare flogen in alle Richtungen.

»Ist sie kaputt?«

Er warf die Hände in die Luft, um ihr deutlich zu machen, daß die Nähmaschine verschwunden war.

»Sie ist weg?« fragte sie erstaunt.

Er nickte und zeigte ihr seine leeren Hände.

»Du weißt nicht, wo die Maschine ist? Ist sie nicht mehr in deinem Zimmer neben der Küche?« Außer Hema betrat niemand das Dienstbotenhaus. Sie ging nie hinein, das fand sie unpassend. »Hast du auch richtig nachgesehen?«

Madan hatte überall nachgesehen. Als er das Zimmer betrat, war ihm sofort aufgefallen, daß seine Maschine weg war. Der

Tisch und das Bügelbrett standen noch da, aber die Schere, die Kreide, das Fläschchen Maschinenöl und die Singer-Handnähmaschine waren verschwunden. Sein Herz hatte wie rasend geklopft. Nie zuvor hatte sich jemand an seinem größten Besitz vergriffen. Er ging äußerst pfleglich mit der Maschine um und behandelte sie, als wäre sie sein Kind. Er hatte alle Zimmer in dem Häuschen durchsucht, auch das des alten Mannes, der hier das Faktotum für alles war. Er war hinausgerannt in der Hoffnung, den Mann im Garten anzutreffen. Dann sah er, daß der Hintereingang des großen Hauses offenstand. Natürlich war der Mann dort. Madan war ins große Haus gerannt, obwohl er wußte, daß er nicht einfach hineingehen durfte, das hatte man ihm klar und deutlich gesagt, aber der Diebstahl seiner Nähmaschine war wichtiger, das mußte die Frau verstehen. Er hatte am Vormittag, als er bei den Damen des Clubs Maß nahm, gehört, daß sie Charlotte Bridgwater hieß, nur selten zu Partys ging und keine Feste mehr gab, daß sie nie Besuch empfing und sehr gut Klavier spielen konnte, aber ihren Flügel verkauft hatte.

Wieder zog Charlotte an der Klingelschnur. Sie ärgerte sich, daß Hema nicht kam. Für gewöhnlich war er zu dieser Zeit in der Küche und bereitete den Lunch vor. »Hast du den Butler gefragt?«

Madan zog in Panik die Schultern hoch und sah sie mit einem verstörten Blick an, der ausdrücken sollte, daß der Mann *und* seine Nähmaschine verschwunden waren.

Charlotte ging zum Fenster, zog den Vorhang zur Seite und klappte die Läden auf. Die sengende Hitze und die blendende Sonne schlugen ihr ins Gesicht. Die Hand zum Schutz halb vor den Augen, schaute sie hinaus, sie erwartete, daß Hema angelaufen kam, aber im Garten war nur das verdorrte Gras zu sehen, an dem ein paar Krähen herumpickten, sonst nichts. Im Flur hörte sie Gepolter, hinter Madan erschien Hemas Gesicht.

»Ich habe dreimal geklingelt!«

»Ich war oben, Memsahib.«

»Gibt es Probleme?«

»Nein, Ma'am, alles in Ordnung.«

»Weißt du, wo die Nähmaschine vom Darsi ist?«

»Ja, Ma'am, im Schuppen vom Mali.«

»Im Schuppen vom Mali? Warum?«

»Ma'am, der Schuppen ist besser für seine Arbeit.«

»Bist du verrückt geworden, der Schuppen ist dreckig und heiß! Das Dach hat Löcher, und es gibt dort Schlangen.«

»Der Mali sagt, daß es ein prima Haus ist.«

»Der Mali ist tot. Ich will, daß du die Maschine sofort zurückbringst.«

Hema nickte und verbeugte sich demütig. »Natürlich, Memsahib, natürlich.«

Charlotte sah den beiden Männern nach, die über die Rasenfläche zum Schuppen gingen. Hema hatte noch nie etwas unaufgefordert getan. Ob er auch krank wurde? Sie zog die Fensterläden zu und wußte, daß es im Salon den Rest des Tages zu heiß war, um sich dort aufzuhalten.

1953

Rampur

Am Bahnhof steht der Butler mit fünf Kulis. Sie ist froh, daß ihr Vater sie nicht abholt. Sie zieht den schwarzen Schleier tiefer ins Gesicht und hofft, daß niemand ihre Augen sieht. Zwei der Träger schlüpfen in ihr Abteil, schleppen die Dutzende Koffer nach draußen und binden sie auf dem Handwagen fest. Charlotte kümmert sich nicht darum, ihr einziges Interesse gilt dem Sarg, der aus dem letzten Wagen geladen wird. Ein einfacher Holzsarg mit dem Leichnam von Peter. Die Männer binden sich Tücher vor Nase und Mund, bevor sie den Sarg auf den Karren laden. Vater hatte sie für hysterisch erklärt und gesagt, niemand komme auf so eine Idee, aber Charlotte wollte unbedingt, daß ihr Mann neben ihrer Mutter beerdigt wurde.

Sie hat das Grab ihrer Mutter nur ein einziges Mal besucht – im zweiten Jahr ihrer Ehe, bei ihrem ersten Besuch im Elternhaus. Sie war den Hügel hinabgelaufen zur St. Stephen's Chapel. Der Friedhof lag hinter der Kirche. Sie war allein und wußte nicht, wo das Grab war. Nachdem sie zwischen halb eingesunkenen Steinen und wild wuchernden Sträuchern gesucht hatte und schon aufgeben wollte, fiel ihr Blick auf einen Stein mit der Inschrift:

MATHILDA BRIDGWATER-BRECKENRIDGE
1915-1938

Sie hatte nie genau gewußt, wie alt ihre Mutter geworden war, und auch nie danach gefragt. Als sie den Stein sah, wurde ihr bewußt, daß sie in diesem Moment so alt war wie ihre Mutter, als sie starb. Aus dem Nichts waren die Tränen hochgequollen, sie hatte sich auf den Stein fallen lassen und die Arme um ihn gelegt, sie weinte alle Tränen, die sie schon ihr ganzes Leben hatte weinen wollen, Tränen über die Jahre der Einsamkeit in dem englischen Internat, über die Sehnsucht nach einer Mutter, über die Strafen, die ihr der Vater auferlegte, als sie noch ein Kind war, über ihren kleinen Bruder, der in einer anderen Stadt in einem Internat lebte und den sie nie hatte sehen dürfen, über Peters Kriegsleid, über das er nie reden wollte, über ihren unerfüllten Wunsch nach einem Kind. Sie konnte ihre Tränen nicht zurückhalten, und der Stein war klatschnaß geworden.

Der Karren mit dem Sarg fährt vor ihnen her. Der Butler befiehlt den Männern, langsamer und pietätvoller zu gehen. Sogar fünf Meter hinter dem Sarg nimmt sie den penetranten Verwesungsgeruch wahr. Peters eigener Duft war verschwunden, schon lange vor seinem Tod. Sie gehen den Hügel hinauf zum großen Haus. Sie merkt nicht, daß sie von den Fenstern aus beobachtet wird.

In den schwarzen Kleidern, das Gesicht vom Schleier bedeckt, ist sie jemand anders. Das ist sie schon seit der Nacht, in der sie von dem gräßlichen Kreischen aufgewacht war.

Auf seinen Lippen war Schaum, und er hatte die Augen weit geöffnet. Sie versuchte ihn zu beruhigen, indem sie leise seinen Namen sagte. Er hörte und sah sie nicht. Was er statt dessen sah, wollte sie schon seit langem nicht mehr wissen, weil sie Angst hatte, dann auch solche Alpträume zu bekommen. Das Kreischen wurde immer durchdringender, er schlug ihre streichelnden Hände weg und weinte herzzerreißend, ohne daß aus seinen Augen Tränen kamen. Immer wieder sagte sie seinen Namen wie ein besänftigendes Mantra, aber sie kam nicht mehr an ihn heran. Er glitt weg, in eine erbarmungslose Tiefe. Hineingezogen von scharfen Klauen, die ihn nicht loslassen wollten, ihn schon zerrissen hatten. Von ganz weit stieg ein flehentlicher Hilfeschrei hoch. Sie rief, daß er bleiben müsse, nicht gehen dürfe. Daß sie ihn liebe. Daß sie ihn nicht allein lassen würde. Und sie log, daß sie keine Angst habe. Sein Schrei war lauter und endgültig. Er erfüllte das Zimmer, das Haus, die Straße, ihr Herz. Dann war es still.

Er war gegangen und hatte ihre Träume, gemeinsam Kinder zu bekommen und glücklich zu werden, mit sich genommen.

Der Mali steht mit einem Blumenstrauß an der Tür. Er wagt sie nicht anzusehen. Er hat sie noch nie angesehen. Er weiß, daß sie trauert, daß sie versucht, nicht zu weinen. Es sind kleine, gelbe Blumen.

Der Garten ist voller Blumen, neben der Zufahrt hat er Blumenbeete angelegt und auch rund ums Haus, vor der Veranda und entlang der Terrassen. Aber diese kleinen gelben Blumen hat Charlotte noch nie gesehen. Sie nimmt den Strauß entgegen, und der Mali trippelt zurück zum Lloyds, der mitten auf dem Rasen vor sich hinbrummt. Sie geht ins Haus. Sie weiß, daß sie nie mehr von hier fortgehen wird.

* * *

Lieber Donald,

dieser Brief enthält eine sehr traurige Nachricht. Ich weiß gar nicht so recht, wie ich es Dir mitteilen soll, denn manchmal glaube ich es selber noch nicht, aber Peter ist gestorben. Er war schon eine Zeitlang krank. Das habe ich Dir nie geschrieben, weil ich dachte, es würde wieder besser werden. Die Ärzte wußten auch nicht, was es war. Sein Körper war gesund, sagten sie jedes Mal, es steckte in seinem Kopf. Es war der Krieg. Was im Krieg passiert ist, weiß ich nicht, nur, daß er etwas sehr Schlimmes erlebt haben muß. Vater merkt man nie an, daß er im Krieg gekämpft hat. Manchmal kommt mir der Gedanke, daß er überhaupt nicht an der Front gewesen ist, daß er es nur behauptet, aber dann weiß ich, daß das unsinnige Vermutungen sind, schließlich hat er nicht umsonst einen Orden bekommen. Ich bin jetzt in Rampur, ich wollte nicht in Delhi oder Bombay bleiben. Ich hielt es für richtig, Peter neben Mutter zu begraben. Allerdings frage ich mich nun manchmal, ob das wirklich gut war. Vater hat sich sogar ein bißchen darüber aufgeregt, aber das war mir egal. Peter war mein Mann. Daß wir keine Kinder bekommen haben, finde ich sehr schlimm. Ich fühle mich so einsam. Ich würde mich so freuen, wenn Du, bevor Du auf die Universität gehst, endlich nach Indien kämest. Auf dem Foto sehe ich, daß Du ein hübscher Mann geworden bist. Ich kann mir nur schwer vorstellen, daß der Mann auf dem Bild mein Bruder ist, aber ich weiß, daß es so ist. Und im Herzen spüre ich es auch. Darum ist es gut, daß ich jetzt für eine Weile bei Vater bin. Versprichst Du mir, daß Du wirklich kommst? Ich kann die Schiffsreise für Dich bezahlen, denn ich habe genug Geld, weil ich unser Haus in Delhi verkauft habe. Mach's gut, lieber Bruder, auf ein nun wirklich baldiges Wiedersehen,

Deine Schwester Charlotte

1952

Bombay

Madan und Samar liegen aneinandergeschmiegt unter ihrer Decke. Abwechselnd halten sie Wache. Madan ist eigentlich an der Reihe, aber er ist eingeschlafen. Eine fette braune Ratte trippelt heran und schnüffelt an seiner Hand. Die Ratte findet das Stück Brot, das er in der Faust hält, und knabbert daran. Madan öffnet die Augen, sieht die Ratte und schreit, aber aus seiner Kehle kommt nur ein heiseres Ächzen. Die Ratte huscht weg. Madan blickt ängstlich auf seinen Freund, der mit dem Kopf auf einem Stein liegt und schläft. Er setzt sich auf, weil er fürchtet, wieder wegzudösen. Der Platz hinter einer niedrigen Mauer, die zu einem leerstehenden Laden gehört, ist von der Straße aus unsichtbar. Madan ergreift den Stock, den sein neuer Freund heute nachmittag gefunden hat, und hält ihn fest umklammert. Er hat Angst, daß Ratten Blut riechen können. Er legt die Hand auf die Wunde am Hals, direkt über seiner Kette. Es tut noch weh, aber es blutet nicht mehr.

Er hört Stimmen. Madan legt sich schnell hin. Samar hat gesagt, daß niemand sie sehen darf. Er schlüpft unter die Decke. Mucksmäuschenstill liegt er neben seinem Freund, während die Stimmen und Schritte näher kommen. *Geht vorbei, geht vorbei.* Er drängt sich immer dichter an seinen Freund, stopft die Kette, die um seinen Hals hängt, tief unter den Verband und kneift die Augen fest zu. Die Männer bleiben stehen, lachen und unterhalten sich in einer Sprache, die Madan nicht kennt. Er hört, wie sie eine Zigarette anzünden, ein Streichholz fällt zu Boden, jemand spuckt, dann gehen sie weiter. Er spürt, daß auch Samar wach geworden ist, sein ganzer Körper ist plötzlich angespannt. Die Stimmen verschwinden, und es wird wieder still. Die Jungen wagen es nicht, sich zu bewegen. Mit angehaltenem Atem klammern sie sich aneinander fest.

Nach zwei Minuten, die ihnen vorkommen wie eine ganze Nacht, flüstert Samar: »Sie sind weg.« Er schleicht sich aus dem Versteck und sieht nach, ob die Straße wirklich verlassen ist. Als er wieder unter die Decke schlüpft, flüstert er: »Mukka, wir haben Glück gehabt, wenn die Polizisten uns gesehen hätten, dann hätten sie uns mitgenommen und ins Gefängnis geworfen. Dort stirbt man.«

* * *

Unter dem Bahnhof verläuft ein schmaler Gang, den nur die Männer von der Eisenbahn benutzen dürfen, aber Samar und Madan können, wenn sie sich ganz dünn machen, auf dem Bauch unter dem Gittertor durchrutschen. Als die Lichter ausgehen und die Männer den Eingang mit einem großen Vorhängeschloß versperren, kriechen sie unter dem Tor durch. In dem Gang finden sie eine Kiste mit Putzwolle und Lumpen, und zum ersten Mal seit Wochen schläft Madan, wie er in seiner Erinnerung früher geschlafen hat – nicht auf dem harten Boden, sondern auf etwas Weichem.

Mitten in der Nacht wacht er auf. Wo ist Samar? Er versucht über den Rand der Kiste zu schauen, aber in der Dunkelheit kann er nichts erkennen. Er wacht und horcht. Er hört zwar Geräusche, aber es ist nicht das Atmen oder Pinkeln von Samar. Madan spürt, daß neben seinem Kopf die Flasche mit Wasser steht, sie ist noch voll. Ob Samar hungrig ist und sich auf die Suche nach etwas Eßbarem gemacht hat? Das würde er doch nicht ohne ihn tun? Madan klettert aus der Kiste. *Wo bist du?* Er tastet den Boden ab, ob sein Freund dort liegt, vielleicht gefiel es ihm nicht, auf den Putzlumpen zu schlafen. Auf dem Boden liegen nur ein paar Bretter und ein Rad. Ganz vorsichtig, um sich nicht zu stoßen, tastet sich Madan zum Ausgang vor. Er hört immer mehr Geräusche, die im Gang nicht zu hören waren. Ein Auto fährt vorbei, ein Hund kläfft, und in der Ferne tutet ein Schiffshorn. *Samar, wo bist du?* Er kriecht unterm Tor durch.

Die Gasse hinterm Tor ist leer bis auf eine wiederkäuende Kuh. Ein Stück weiter fährt eine Rikscha. Madan läuft zur Straße und sucht dort. Er kann seinen Freund nirgendwo entdecken. Er geht zu der Gasse mit dem Tor und kriecht wieder drunter durch. *Er liegt bestimmt wieder in der Kiste.* Er krabbelt in den Gang bis zur Kiste. *Bist du hier?* Er tastet. Nur die Lappen und Fetzen, kein Samar. Er ruft: »*Samar, wo bist du?*« Schrille, heisere Laute füllen den Gang. Madan klettert wieder in die Kiste, er weiß nicht, was er tun soll. Er nimmt die Flasche und trinkt. Er will nicht zuviel trinken, denn wenn sein Freund zurückkommt, hat er bestimmt Durst. Er faßt sich an den Hals. Seine Kette, die, wie Samar meinte, aus echtem Gold ist, ist weg. Da weiß er, daß sein Freund nicht mehr zurückkommen wird.

1995

Rampur

Die Nähmaschine stand wieder auf dem Tisch, und Madan hatte die rosafarbene Chinaseide vor sich ausgebreitet. Mit Kreide zeichnete er kleine Striche auf den Stoff und überprüfte sein Werk. Seine Finger glitten darüber, als erzähle ihm das Gewebe, was für ein Kleid es werden wolle. Manchmal zupfte er an dem Stoff und setzte einen Strich ein Stückchen weiter. Dann nahm er die Schere und schnitt. Nicht langsam oder nachdenklich, sondern blitzschnell und sicher. Die ausgeschnittenen Teile warf er zur Nähmaschine.

Hema, der sich bemühte, Feuer zu machen, streifte mit halbem Blick den Schneider im Nebenzimmer. Memsahib war wütend auf ihn gewesen, aber der Stumme hatte nur überglücklich die Nähmaschine aus dem Schuppen geholt und wieder auf den Tisch gestellt. Nach dem Lunch, als sich alle von der lähmenden Hitze erschöpft einen kühlen Schlafplatz suchten, hatte er den Stummen weiterarbeiten hören. Nun war es fast dunkel, und Hema fachte die Kohlen an. Erleichtert sah er, daß sie Feuer fingen. Er erwärmte den rußgeschwärzten Topf über der Flamme. Die Memsahib liebte den Tee, den er nach einem alten Familienrezept zubereitete. Er füllte etwas Wasser in den Topf und stellte ihn aufs Feuer. Er sah, wie sich der Stumme an seine Nähmaschine setzte und das Rad zu drehen begann. Wie der Butler der Nachbarn schaute auch Hema auf den Schneider herab. Doch als er den Stummen nun bei der Arbeit sah, nötigte der ihm doch einen gewissen Respekt ab. Der Mann in dem grünen Hemd arbeitete flink und ohne zu zögern, während Hema bei jedem Handschlag nachdenken mußte. Das Wasser kochte, Hema gab die Milch dazu und griff zur Zuckerdose. Nur noch ein kleiner Rest war darin. Er mußte Memsahib sagen, daß sie Herrn Anand, den Kaufmann, bezahlen solle, sonst würde der ihm keinen Zucker mehr geben. Vorsichtig streute er die Hälfte des Zuckers in die weiße Flüssigkeit und begann beim beruhigenden Geräusch der surrenden Nähmaschine zu rühren. Auf dem Pfad hörte er Schritte, das war sicher wieder ein Kuli von einer der Damen des Clubs, an diesem Tag waren schon mehrere dagewesen, um besonderes Nähgarn oder Schmuckband zu bringen. Manche schauten auch nur herein und hofften auf eine Tasse Tee. Memsahib mochte es nicht mehr, wenn Besuch kam, während sie sich früher immer darüber gefreut hatte.

Charlotte trat in die Küche. Es hatte sich nichts verändert, registrierte sie, auch wenn sie sich nicht erinnern konnte, wann sie zum letzten Mal hier gewesen war. Hema sprang erschrocken auf und hantierte emsig herum. Sie ermahnte ihn zur Ruhe und sagte, er solle mit seiner Arbeit weitermachen. Mit den Worten »Ich wollte nur mal schaun, ob der Darsi auch alles hat, was er braucht« ging sie ins andere Zimmer.

Madan hörte nicht, wie sie eintrat, die rosa Seide ließ sich nur mit höchster Konzentration unterm Nähfüßchen zu den feinen Schulterbiesen formen. Mit der linken Hand übte er genau den richtigen Druck aus, mit der rechten drehte er im passenden Tempo. Das amerikanische Abendkleid, das er für die Frau von Nikhil Nair nähen sollte, hatte nichts mit Amerika zu tun. Er wußte nur, daß es ein Land war, wo jeder ein Auto besaß, und daß schon mal ein Amerikaner auf dem Mond gewesen war, doch ob das wirklich stimmte, wußte er nicht. Also belauschte er den Stoff und erinnerte sich an die Konturen der Frau in dem Haus mit der roten Tür. Er wollte ihren hängenden Bauch und ihre schlaffen Brüste in dem rosa Stoff verbergen.

»Möchtest du eine Tasse Tee?«

Madan sah auf und sah Charlotte lässig am Türpfosten lehnen. Dann kam sie ins Zimmer.

»Hast du genug Licht? Oder soll Hema dir eine zweite Lampe besorgen?«

Hema wunderte sich über die Worte seiner Memsahib. Seit Jahren hing die Glühbirne unter der Decke, und jeder, der in dem Raum gewohnt oder gearbeitet hatte, hatte sich mit diesem Licht begnügt. Wo sollte er nun plötzlich mehr Licht hernehmen? Alle nicht unbedingt notwendigen Lampen hatte sie verkauft, und wenn er eine stärkere Glühbirne einschraubte, würde bestimmt die Sicherung rausfliegen.

Madan nickte.

Charlotte konnte daraus nicht entnehmen, ob er nun Tee wollte oder ob ihm das Licht reichte.

Er zeigte zur Decke und machte durch Gesten verständlich, daß es so in Ordnung war.

Sie drehte sich zu Hema um. »Eine Tasse Tee für den Darsi«, sagte sie.

Hema sah auf die kochende Flüssigkeit im Topf und rührte langsam. Sollte er den Tee der Memsahib nun dem Stummen geben oder war dieser Tee für sie? Und wollte sie ihren Tee hier oder im großen Haus serviert haben? Hema kochte immer etwas mehr Tee, so daß er auch eine Tasse abbekam, aber vor den Augen der Memsahib wagte er das nicht. Aus den Augenwinkeln lugte er ins Zimmer und sah, daß Memsahib den Stoff vom Tisch nahm und durch ihre Finger gleiten ließ. Zu dieser Tageszeit war sie, seit der Flügel weg war, sonst meist in ihrem Schlafzimmer. Was sie dort machte, wußte Hema nicht. Er vermutete, daß sie schlief oder ein Buch las. Wenn es dunkel wurde und das Leben unten am Hügel wieder begann, wollte sie immer eine Tasse Tee mit einem Keks. Er stieß dann die Fensterläden auf und zog die Vorhänge beiseite, damit sie die Abendluft genießen konnte und die Geräusche, die aus der Stadt zum Hügel heraufklangen. Sie sagte etwas zu dem Stummen, was er nicht verstehen konnte. Warum kam sie hierher? Warum hatte sie nicht nach ihm geklingelt, wie sonst auch, und ihn gefragt, ob mit dem Schneider alles in Ordnung sei? Sie würde, das wußte er genau … Hema schrie vor Schmerz auf. Der Topf kochte über, und die heiße Flüssigkeit lief über seine Hand. Charlotte kam in die Küche und sah ihren Butler neben dem Herd bei dem Feuer am Boden hocken.

»Was ist passiert?« fragte sie besorgt.

»Nichts, Ma'am, der Tee ist heiß.«

»Bringst du mir gleich auch eine Tasse?« Mit großen Schritten ging sie zum Haus zurück und nahm sich vor, nicht mehr einfach so ins Küchenhaus zu gehen.

1952

Bombay

Beim ersten Morgenlicht kriecht er unter dem Tor durch, die leere Flasche hat er bei sich. Gestern hat er gesehen, wo Samar sie gefüllt hat, aber ohne seinen Freund kann er den Wasserhahn hinter dem Eierladen nicht finden. Er weiß genau, daß es nicht weit von ihrem Schlafplatz entfernt war, aber jedesmal, wenn er glaubt, ihn gefunden zu haben, ist es nur ein Rohr, das aus dem Boden ragt, eine Stange oder ein Stück Leitung, aber kein Hahn. Am liebsten ginge er zurück zu der Kiste unterm Bahngelände, aber da arbeiten jetzt Männer mit Hämmern. Ein alter Mann mit einem Handwagen fährt ihn fast um und beschimpft ihn, ein Junge mit einer Kiste auf dem Kopf wirft ihm einen herablassenden Blick zu. Madan ist nackt bis auf sein blutbespritztes Hemd und den blutigen Verband. Er weiß nicht, wo er hin soll. Er drückt sich immer mehr an die Mauern der hohen Häuser und schaut in jede Gasse, ob er Samar entdeckt, denn der wußte, wo sie etwas zu essen und zu trinken finden konnten.

»Frisch gebackene Kekse«, ruft ein Mann auf einem Fahrrad, »frische Kekse!«

Madan riecht den verlockenden Duft, der aus dem Behälter hinten auf dem Fahrrad steigt, und spürt, wie sich sein Magen zusammenzieht. Der Mann stellt sein Fahrrad auf den Ständer und ruft noch lauter: »Kekse! Frische Kekse! Nicht teuer!« Ein gepflegt aussehender Herr mit Hut und Spazierstock kauft eine Tüte voll. Auch eine Frau mit einem langen Zopf bleibt kurz stehen und kauft eine Tüte Kekse. Madan geht zu dem Verkäufer und schaut auf die Kiste hinten auf dem Rad.

»Hau ab«, zischt der Verkäufer. »Mach, daß du wegkommst, du versaust mir das Geschäft!«

Ein glänzendes Auto stoppt, das Fenster wird aufgekurbelt. Mit aufgesetzter Freundlichkeit verkauft der Bäcker zwei volle Tüten, aber als das Auto wieder losfährt, schnauzt er Madan an, er solle verschwinden.

* * *

Eine Ziege rupft gierig Kartoffelschalen aus dem Müll. Auch eine Krähe pickt hungrig in dem säuerlich riechenden Haufen. Etwas weiter hocken vier Männer um einen umgedrehten Eimer und spielen Karten.

»Chai-eeeeeee, chai-eeeeeee!« ruft der *Chai-wallah.* Er schleudert seinen geflochtenen Korb voller Teegläser durch die Luft, ohne einen Tropfen zu verschütten.

Einer der Kartenspieler hebt die Hand. Der Chai-wallah reicht jedem der Männer ein Glas. In dem Korb stehen noch zwei volle Gläser. Madan, der sich zwischen Kartons versteckt hat, starrt sehnsüchtig auf den übriggebliebenen Milchtee. Er kann den fetten, süßen Geschmack schon fast auf der Zunge spüren. Der Chai-wallah ruft wieder, er will seine Ware loswerden, bevor sie kalt ist. Madan, der seit drei Tagen nichts gegessen und getrunken hat, schaut sehnsüchtig auf das Getränk. Ein Mann mit einem Korb voller Apfelsinen bleibt stehen. Der kleine Junge sieht zu, wie er den Tee mit einem Zug in seinem Magen verschwinden läßt. Im Korb steht das letzte Glas. Die Stimme des Chai-wallah schallt über die Straße. Madan schaut von links nach rechts, nirgends sieht er die Uniformen der Polizei. Er geht auf den Teeverkäufer zu.

Der Mann, zu beschäftigt, seine Ware anzupreisen, sieht das schmutzige Kind nicht, das verlangend zu ihm aufblickt. »Chai-eeeeeee, chai-eeeeeee!« ruft er dem Matratzenmacher zu, der seine Baumwollflocken auseinanderzupft, aber keine Lust auf Tee hat. »Chai-eeeeeee«, ertönt es wieder, diesmal versucht er den Zuckerrohrverkäufer zu interessieren, aber der hat sein eigenes Getränk dabei und will kein Geld für Tee ausgeben. »Chai-eeeeeee«, ruft er dem Reifenflicker zu und dem Maurer, der einen Sack Zement auf dem Kopf schleppt. »Chai-eeeeeee …!«

»Kann der Kerl nicht endlich die Klappe halten«, knurrt einer der Kartenspieler. »Wie soll ich bei dem Geblöke nachdenken.«

»Chai-eeeeeee …!«

Mit einem Ruck dreht sich der Kartenspieler zu dem Chai-wallah um, der gerade den Mund wieder aufmachen will, um seinen Tee noch lauter anzupreisen, ehe er kalt wird. Er sieht, daß der Kartenspieler ihn wütend anschaut, nimmt das letzte Glas Tee und hält es in die Höhe. Der Mann schüttelt den Kopf.

Madan, der neben dem Teeverkäufer steht, schaut zu dem Glas hoch.

»Chai-eeeeeee …!«

»Gib den Tee dem Kind und halt den Mund!« Er wirft dem Verkäufer eine Münze zu und widmet sich wieder seinen Karten.

»Dem da?« fragt der Chai-wallah, der mühelos die Münze aus der Luft fängt und erstaunt auf den schmutzigen Knirps schaut, der neben ihm steht.

Ram Khan hört den Verkäufer schon nicht mehr. Er zieht eine Karte aus der Hand, wirft den König auf den Stoß und ruft triumphierend: »Mein Spiel!« Mit einem breitem Grinsen zieht er den Stoß Karten zu sich. »Noch eine Runde?« fragt er seine Freunde.

Sie sehen auf die Uhr, beratschlagen, schütteln die Köpfe. Die Karten werden eingesammelt und in eine Schachtel gepackt. »Heute abend wieder«, sagt der Mann, der die Karten in seine Tasche steckt. Die anderen brummeln zustimmend.

Mit seinem Schemel in der Hand geht Ram Khan zurück zu seinem Laden, einer Art Verschlag, der an eine Mauer angebaut ist, zwischen einem Laden für Küchenutensilien und einem Kupferschmied. Er schlägt die Stoffbahn zur Seite, die er zum Schutz herabgelassen hat, stellt den Schemel an die Nähmaschine und zieht ein Hemd, das er flicken muß, vom Stapel.

Madan, der seinem Wohltäter gefolgt ist, sieht, wie der Mann in einen Verschlag tritt. Auf einem Brett, das links und rechts auf zwei Holzblöcken ruht, steht eine Tretnähmaschine, an die er sich setzt. Auf der anderen Seite der Maschine steht eine Holzkiste, auf der ein hoher Stapel Kleidungsstücke liegt. An der Rückwand hängen fromme Bilder und eine Schere. Für mehr reicht der Platz nicht. Der Mann tritt auf das Fußbrett und fängt an zu nähen. Auf dem Boden hinter dem Mann steht ein Topf. Madan weiß nicht, ob er schon leer ist oder ob der Mann noch etwas Essen für den Abend aufbewahrt hat. Also setzt er sich hin und wartet ab.

Es dauert nicht lange, bis Ram Khan merkt, daß ihn jemand beobachtet. Über den Brillenrand schaut er zur gegenüberliegenden Straßenseite. Ein kleiner Streuner hockt dort und lächelt ihm zu. Ram Khan mag Straßenkinder nicht, sie haben Krankheiten, und sie klauen, das weiß er nur allzu gut. Mit einer Handbewegung gibt er dem Kind zu verstehen, daß es verschwinden soll, und beugt sich wieder über seine Arbeit. Ram Khan, der beim Kartenspielen seine Lesebrille aufhatte, erkennt den Jungen, der einfach sitzen bleibt, nicht als das Kind wieder, dem er den Tee spendiert hat. Als er wieder aufblickt, stellt er fest, daß das Kind immer noch da ist. Er greift zu dem Stein, den er immer benutzt, um Nadeln zu schleifen, und wirft ihn mit Schwung auf Madan. Ram Khan hat nie Kricket gespielt, der Stein verfehlt sein Ziel. Madan, dessen Hunger größer ist als die Angst, rührt sich nicht vom Fleck. Der Schneider zieht gereizt das Hemd gerade, aber als er wieder lostritt, wird die Naht schief. Mit einem Ruck zieht er den Stoff unter dem Füßchen weg. Durch seine Brille starrend versucht er die mißlungene Naht aufzutrennen, doch er kann die Garnfäden in dem karierten Stoff nicht erkennen. Ram weiß, daß seine Augen nachgelassen haben und daß er eine viel stärkere Brille braucht, aber eine neue Brille ist teuer, und wenn er dieses Hemd verdirbt, hat er nicht einmal genug Geld für ein Abendessen. Mit seinen gekrümmten Fingern versucht er den Anfang des Fadens zu finden. Der unverwandte Blick des Bengels ärgert ihn immer mehr. Er sieht sich nach etwas anderem um, womit er werfen kann, aber außer seiner Schere und seinen Slippern gibt es nichts, was sich dazu eignen könnte.

Madan hockt schweigend da und wartet ab.

»He, Ram!« Einer seiner Kartenfreunde kommt mit einem schweren Karton vorbei. »Sieh an, du hast endlich Personal.«

»Wie bitte?« brummt Ram Khan, der inzwischen den Anfang des Fadens gefunden hat und befürchtet, daß er ihm wieder wegrutscht, wenn er aufblickt.

»Einen kleinen Gehilfen.«

Ram Khan schaut verwundert hoch. Sein Blick wandert von seinem Freund zu dem Kind auf der anderen Straßenseite. »Mit dem Lumpenbürschchen hab ich nichts zu tun.«

»Ich denke, er lauert auf mehr, ich würde aufpassen, sonst zieht er dir den Topf unter den Füßen weg. Du weißt doch, wenn man eine Ratte mit Zucker füttert, dann bringt das Unheil.«

»Verpaß ihm einen Tritt«, blafft Ram Khan.

»Du siehst doch, daß ich beschäftigt bin.«

Madan macht sich kleiner, aber sieht den Schneider weiterhin an. Er ist davon überzeugt, daß er den Stein absichtlich danebengeworfen hat. Der Mann mit dem Karton geht unfreundlich brummelnd weiter, und der Schneider in seinem Verschlag schaut wütend auf das Oberhemd vor ihm auf dem Tisch. Sein Blick wandert wieder zu dem schmutzigen Kind, das ihn unentwegt ansieht. Es ist voller Blutflecke, und sein Hemd starrt vor Dreck.

Unvermittelt steht Ram Khan auf und läuft in die Gasse neben dem Kupferschmied. Madan sieht ihn erwartungsvoll an. Der Schneider winkt, daß er ihm folgen soll. Mit kleinen, schnellen Schritten trippelt er hinter dem Mann her. Am Ende des schmalen Durchganges biegt die Gasse nach links ab. Es ist dort dunkel, und es riecht nach Kacke und Pisse. Das spärliche Licht fällt durch einen schmalen Schacht zwischen den Häusern. Der Mann sieht den kleinen Jungen, der auf ihn zuläuft, drohend an. Die Geräusche der Straße sind hier nicht zu hören. Vor einer morschen Tür steht ein Eimer, halb mit Wasser gefüllt. Ram Khan zeigt auf den Eimer. Von der Tasse süßen Tees vor einer Stunde ist Madans Durst noch nicht gelöscht, und er fällt auf die Knie, um zu trinken.

Ram Khan versetzt ihm einen Tritt. »Nicht trinken, waschen!« Mit der Hand fischt er aus dem Eimer eine rostige, mit Wasser gefüllte Dose und schüttet sie über das Kind. »Waschen. Auch dein Hemd. Wenn du sauber bist, kommst du nach vorn.« Er wirft die Dose zurück ins dunkle Wasser und stiefelt weg.

Als der Mann außer Sichtweite ist, beugt sich Madan wieder über den Eimer und trinkt. Gierig schlürft er das Wasser. Es schmeckt etwas seltsam, aber es löscht den Durst. Er gießt sich eine Dose Wasser über den Kopf und reibt sich mit den Händen über die Arme.

Nicht sauber, aber zumindest naß steht er wieder vor Ram Khan. Der schaut nicht auf, sondern näht weiter. Madan wartet mucksmäuschenstill und schaut auf die Hände, die ein Stück blauen Stoff durch die Maschine ziehen. Genau so ein Blau wie die Jacke seiner Schwester. Zweimal dreht der Schneider den Stoff, dann nimmt er die Schere und schneidet die Fäden ab. Ohne ihn anzublicken wirft er Madan das Kleidungsstück zu, der es auffängt und sieht, daß es eine Hose ist, die ihm passen könnte.

1953

Rampur

»Ein Mann stirbt nicht einfach. Ein Mann stirbt nur, wenn er es will …«

Charlotte blickt durch den schwarzen Schleier auf ihren Vater, der in seiner Uniform ihr gegenüber am offenen Grab steht. Der Sarg wurde gerade hinabgelassen, und die kleine Gruppe Trauergäste hört mit gesenktem Kopf den Worten des Generals zu. Charlotte will protestieren, sagen, daß er unrecht hat, aber sie weiß, daß es stimmt, was ihr Vater sagt. In diesem Fall.

»Peter Harris war ein guter Arzt«, fährt Victor fort und blickt auf den Sarg seines Schwiegersohns, »aber ein verwundeter Mensch.« Auf dem Deckel liegt eine Hauptmannsmütze und ein Strauß kleiner gelber Blumen. »Ich hatte nicht erwartet, daß du mir meine Tochter so schnell zurückgeben würdest. Aber …« Victor nimmt eine Handvoll Erde, »… ich verspreche dir, ich werde auf sie aufpassen, als wäre sie meine eigene Frau.« Er wirft die Erde auf den Sarg. Sie prallt dumpf auf.

Einer nach dem anderen tut es ihm nach. Charlotte würde sich am liebsten die Ohren zuhalten, wegrennen von dem hohl klingenden Geräusch. Daß er nun wirklich begraben wird, nachdem sie die Hilfeschreie aus seinen Träumen immer besser verstehen konnte, erfüllt sie mit Verzweiflung. Peter war tatsächlich verwundet und hatte Angst, Todesangst, in tiefer Dunkelheit zu ersticken. Charlotte versteht nicht mehr, warum sie ihn nicht in Neu-Delhi hat bestatten lassen. Warum wollte sie, daß er hier neben ihrer Mutter liegt, die sie *auch* nicht gekannt hat? Warum ist sie nicht nach England zurückgegangen? Warum ist sie wieder in Rampur? Die kleine Gruppe Menschen schaut sie an, sie erwarten, daß auch sie nun etwas Erde nimmt und auf den

Sarg ihres Mannes wirft, aber sie kann es nicht, sie will es nicht. Die Hand, die Peter in den letzten Monaten jede Nacht an die Gurgel griff, greift nun auch nach ihr. Ihre Kehle ist staubtrokken, sie hat das Gefühl, daß ihr die Luft aus den Lungen gepreßt wird. Sie schnappt nach Luft, frischer Luft, sauberer Luft. Weg von diesem Ort voller Tote und Steine. Ihr Vater räuspert sich und bedenkt sie mit einem abfälligen Blick. Die anderen können ihr Gesicht hinter dem Schleier nicht sehen. Der Schleier! Es ist der Schleier! Sie zieht den Trauerschleier vom Hut und ringt nach Atem. Sie spürt die Blicke der Trauergäste, sie nimmt sich zusammen, bückt sich und nimmt zitternd ein wenig Erde von dem Hügel neben dem Grab. Sie wirft. Halb an den Rand, halb neben das Grab. Zum Glück hat sie den Sarg nicht getroffen.

Der Aschenbecher ist voller halb aufgerauchter Stummel, das Zimmer ist mit grauem Qualm gefüllt. Die Fensterläden hat sie schließen lassen, und ihre Koffer stehen unausgepackt in einer Ecke. Das alte Kinderzimmer ist unverändert. Ihr Bett mit dem rosafarbenen Überwurf steht noch unterm Fenster, und das Bett ihres Bruders mit der blauen Tagesdecke steht da, wo es auch vor siebzehn Jahren stand – an der Wand mit der Tür zum Badezimmer. Die Matte, auf der Sita immer geschlafen hat, liegt, als habe sie sie noch letzte Nacht benutzt, aufgerollt unter der Holzbank. Charlotte war froh, daß Sita auch auf der Beerdigung war; auch wenn sie bescheiden im Hintergrund stand und sie nicht ansprach, war sie doch da, so wie sie auch früher immer in Notsituationen da gewesen war. Wenn sie doch jetzt ins Zimmer käme, einfach, um neben ihr zu sitzen und beschützend den Arm um sie zu legen. Sie zu beruhigen mit dem vertrauten Duft von Kokosöl, mit dem Sita sich jeden Morgen die Haare einrieb. Charlotte sehnte sich nach einem Stückchen kandierten Ingwer, der Leckerei, die die Ayah bei aufgeschürften Knien und Nasenbluten aus den Falten ihres Sari hervorzaubern konnte. Und danach, wie sie ihr vor dem Schlafengehen die Verfilzungen aus den Haaren gebürstet und ihr bei jedem Bürstenstrich den Namen einer Traumfee ins Ohr geflüstert hatte. Aber ihr Vater hat Sita weggeschickt, also ist sie allein.

Charlotte steht auf und geht zum Kleiderschrank, den sie früher mit ihrem Bruder geteilt hat. Er steht noch immer auf seinem festen Platz neben der Balkontür. Auch die Spielzeugkiste steht noch mitten im Zimmer. Sie zündet sich eine neue Zigarette an, der Anblick der Gegenstände aus ihrer Vergangenheit beruhigt sie ein wenig. Die Angstattacke, die sie auf dem Friedhof überkam, hat sie verwirrt. Es kann doch nicht so sein, daß Peters Erbe aus seinen Ängsten besteht? Trotzdem weiß sie genau, daß das, was ihr neben dem Grab widerfuhr, mit dem zusammenhing, was er jede Nacht durchmachte. Schwebte er über ihr und wollte ihr damit sagen, daß er sie liebte? Oder hatte er sie etwa nie geliebt und war das die Strafe, weil sie keine Kinder bekommen hatten? Es klopft, und bevor sie »nein« sagen kann, geht die Tür auf.

»Was ist das hier für eine Stinkbude!« dröhnt die Stimme ihres Vaters. Er marschiert mit schnellen Schritten zum Fenster und stößt die Läden auf. Die Strahlen der untergehenden Sonne fallen auf das Bett. »Aufstehn und weitermachen, das ist die einzige Medizin, rumsitzen und um etwas trauern, was für immer vorbei ist, hat keinen Sinn.« Er zieht an der Klingelschnur. »Ich lasse das Zimmer mal durchlüften, dann verschwinden auch die trübsinnigen Gedanken aus deinem Kopf.«

»Vater?« Ihre Stimme überschlägt sich.

»Ja?« Der General sieht seine Tochter an, als nähme er sie erst jetzt wahr in ihren schwarzen Trauerkleidern auf dem Kinderbett, in der Hand eine brennende Zigarette.

Charlotte möchte ihm so vieles sagen, daß die Läden wieder geschlossen werden sollen, daß es nicht einfach trübsinnige Gedanken sind, die ihr durch den Kopf spuken, daß sie gegen ihre Tränen ankämpfen muß, daß Peter vielleicht Angst hatte, aber daß das nicht seine Schuld war, daß sie nicht weiß, was er bei seinem Einsatz in Birma erlebt hat, aber daß er es ja womöglich weiß, daß sie sich panisch davor fürchtet, Peters Ängste zu erben, daß sie nicht weiß, wo sie hin soll, daß sie auf der ganzen Welt keinen eigenen Platz hat, außer vielleicht dieses Zimmer, das seit ihrer Kindheit unverändert ist, daß sie ihre Mutter vermißt oder eigentlich das Gefühl, einmal eine Mutter gehabt zu haben, daß sie nicht weiß, was das Wort »Familie« bedeutet, daß sie nicht mal weiß, wie es ist, einen Mann zu haben, daß die leidenschaftliche Liebesnacht im Hotel in Bombay nie wiederholt wurde, daß sie zwar alles darangesetzt hat, ihn zu verführen, aber daß es ihr nicht gelungen ist, daß Peter seine Patienten anscheinend mehr liebte als sie, daß sie das Gefühl hat, daß ihr ihre Kindheit und Jugend geraubt wurde, aber daß sie nicht weiß, von wem, daß sie Angst hat, große Angst, noch einsamer zu werden, als sie schon ist, daß sie, wenn sie in den Spiegel schaut, eine Frau sieht, die sie nicht kennt, daß sie … »Hast du geweint, als Mama starb?«

Victor sieht seine Tochter verständnislos an, noch nie hat ihm jemand eine so persönliche Frage gestellt. Er ist so verblüfft, daß er sich kurz fragt, ob er sich nicht verhört hat, aber am Gesicht seiner Tochter sieht er, daß er die Frage richtig verstanden hat. »Weinen? Ich?« Er lacht höhnisch. »Der Mensch, ob Mann oder Frau, der mich zum Weinen bringt, muß erst noch geboren werden. Nein, Charlotte, ein echter Bridgwater weint nicht, niemals.« Nicht mal, wenn sein Vater vor seinen Augen in den Abgrund springt, will er hinzusetzen, aber er schluckt es runter. Warum ein Kind mit Bagatellen aus der Vergangenheit ermüden, die längst vergessen sind?

»Ich habe auch nicht geweint, als sie starb«, sagt Charlotte.

»Siehst du, du schlägst deinem Vater nach.«

»Weil ich nicht wußte, daß sie tot war, weil du es mir erst nach einem halben Jahr geschrieben hast.«

Es ist einen Moment still. Draußen singt ein Vogel, und die hohe Stimme des Samosa-Verkäufers tönt herauf.

»Es hatte keinen Sinn, es dir eher zu schreiben«, sagt Victor mit Nachdruck, »keinen Sinn.« Es klopft, er schaut zur Tür und fährt fort: »So wie es auch keinen Sinn hat, hier im Dunkeln zu sitzen und Trübsal zu blasen. Herein!« Das letzte Wort ruft er lauter als eigentlich gewollt.

Ein Diener in einer makellosen Livree tritt ins Zimmer. »Sie haben geläutet, Sahib?«

»Bring die Koffer meiner Tochter ins gelbe Zimmer!«

Als sie den Parfumflakon aufschraubt, riecht sie den Duft ihrer Mutter. Hinter ihr räumen die Dienstboten die Schränke im gelben Zimmer aus. Säcke voller Kleider und Schachteln mit Damenschuhen verschwinden auf den Dachboden und ins Kinderzimmer. Ihr alter Kleiderschrank wird mit Stapeln bunter Stoffe, Schals und Umschlagtücher gefüllt, die ihre Mutter gesammelt hatte. Jede Schublade, jedes Schränkchen und jedes Regalbrett wird saubergewischt. Charlotte schaut nicht hin. Sie will nicht jetzt, fünfzehn Jahre später, um den Verlust ihrer Mutter weinen. Ihr Vater hat recht, die Toten kommen nicht wieder, auch nicht, wenn sie weint.

»Ma'am, soll die Flasche auch weg?« fragt einer der Diener schüchtern.

Sie gibt ihm den fast leeren Parfumflakon. Geräuschlos stellt er ihn in eine Schachtel zu den anderen Fläschchen, um dann selbst auch geräuschlos zu verschwinden.

»Ich lasse die Wände morgen grün anstreichen.« Ihr Vater steht in der Tür. »Der Farbgeruch hilft.«

Ehe sie fragen kann, wobei oder wogegen der Farbgeruch helfen soll, ist er weg. Seine Stimme, die ruft, daß er einen Maler brauche, schallt durchs Haus. Charlotte schließt die Tür. Sie will allein sein. Sie will darüber nachdenken, ob ihr Entschluß richtig war. Soll sie bleiben oder von hier fortgehen? Und wenn sie fortgeht, wo soll sie dann hin? Wohin könnte sie gehen? Die leeren Schränke starren sie an, genau wie der Spiegel, der früher ihre Mutter spiegelte. *Das grüne Kleid, wo ist ihr grünes Abendkleid?* In Panik springt sie auf, rennt ins Treppenhaus und hält den ersten Dienstboten an, der vorbeikommt. »Wo sind die Kleider von meiner Mutter? Ich will ihr grünes Abendkleid sehen.«

Der Diener hat keine Ahnung, welches Kleid sie meint, nickt aber unterwürfig und geht weiter.

»Ein langes, grünes Kleid. Lindgrün mit tiefem Halsausschnitt.«

»Ich halte es nicht für schicklich, heute abend auszugehen«, sagt der General, der hinter ihr steht. »Du hast heute deinen Mann zu Grabe getragen.«

1947

Neu-Delhi

»Komm doch mit, bitte, alle sind auf der Straße.« Charlotte zupft sanft an der Bettdecke, unter der Peter sich noch mehr in seine Fötushaltung zusammenrollt. »Es ist ein Fest! Alle tanzen und singen.« Peter zieht sich ein Kissen über den Kopf und hält sich die Ohren zu. Charlotte setzt sich auf den Rand des Ehebetts. Sie legt ihm die Hand vorsichtig auf die Schulter. Sie weiß nicht, ob sie ihn streicheln oder aus dem Bett ziehen soll, in dem er sich manchmal einfach versteckt. »Peter?« Sie zögert, sie kann ja auch ohne zu fragen gehen und sich in den Festtrubel stürzen. »Ist es dir recht, wenn ich in den Club gehe, ich möchte diesen historischen Tag gern miterleben.« Der Jubel und die Rufe auf der Straße erreichen ihr Ohr. Peters Körper durchläuft ein Zittern. »Soll ich die Fenster zumachen? Möchtest du lieber allein sein?« Sie steht auf, schließt die Fenster und stellt den Ventilator über dem Bett auf die höchste Stufe. Der Rotor dreht sich, ein erfrischender Wind streicht auf sie herab. Charlotte streichelt ihren Mann. »Kommst du mit? Nur dieses eine Mal? Dir wird nichts passieren, die Leute sind froh, alle lachen.« Sein Körper verkrampft sich. Als er aufschaut, nimmt sie den furchtsamen Blick in seinen Augen wahr. »Ich würde so gern ein einziges Mal mit dir tanzen«, flüstert Charlotte.

Mit unerwartetem Schwung wirft Peter das Kissen von sich. Er fährt hoch. »Siehst du denn nicht, daß ich nicht will, ich bitte dich doch auch nicht darum, etwas zu tun, was du nicht möchtest! Ich will nicht tanzen, ich will diese fröhliche Menschenmenge nicht sehen, du weißt doch, daß sich all diese ›frohen‹ Menschen demnächst wie im Punjab gegenseitig umbringen und vergewaltigen und Dörfer niederbrennen werden. Kapierst du denn nicht, was los ist, hast du keine Augen im Kopf? Hindus und Moslems werden sich gegenseitig ausrotten, bis es keine Inder mehr gibt. Gestern lagen die Straßen hier noch voller Leichen, und du willst tanzen? Wir sollten nicht tanzen, wir sollten fliehen. Ein Fest! Wie kannst du es wagen, von einem Fest zu sprechen! Ein Fest für wen? Für dich? Für mich? Für die?« Er zeigt auf die Straße, wo die johlende Masse vorüberzieht. »Hast du die Nachrichten über die verkohlten Kinderleichen nicht gehört? Ich habe für sie gekämpft. Für sie und für unser Vaterland. Unser Vaterland!« Er breitet die Arme aus. »Ich habe im gottverdammten Dschungel gekämpft, ohne Regeln, ohne Gesetze. Ich kenne die Menschen. Ich weiß, wie sie in Wirklichkeit sind. Ich weiß, wie verkohlte Leichen aussehen, wie sie riechen. Ich weiß, wozu eine Menschenmenge fähig ist. Ich weiß, warum sie singen. Ich kenne ihre Lieder. Ich kenne sie besser als jeder andere. Ich will sie nie mehr hören. Nie mehr. Wenn wir nicht fortgehen, sehen sie uns morgen als Parasiten. Sie werden uns ermorden. Hier in diesem Zimmer. Auf diesem Bett! Geh du nur feiern, laß dir die Gin-Tonics im Club schmecken und tanz wie ein kopfloses Huhn. Ich bleibe hier.« Er zieht die Bettdecke wieder über sich und rollt sich zusammen.

Charlotte läßt den Redeschwall wie eine eiskalte Dusche über sich niedergehen. Trotzdem hat die Sturzflut nicht den beabsichtigten Effekt. Sie läßt die Worte langsam auf sich wirken. Zum ersten Mal, seit sie ihn kennt, hat er über seine Kriegserlebnisse gesprochen. Über seine verborgenen Ängste. Am liebsten würde sie ihn weiter ausforschen, ihm sagen, daß er seine Vergangenheit mit ihr teilen kann, aber der ihr zugewandte Rücken signalisiert ihr, daß sie gehen soll. Trotzdem bleibt sie sitzen, sie sieht, wie schnell er atmet, und sie blickt auf seine Füße voller Narben, die unter dem Laken hervorragen. »Wohin möchtest du?« fragt sie leise. »Zurück nach England?«

1947

Grand Palace

Vor dem Palast stehen Tausende Menschen, und die Masse wächst noch immer an. Die Nachricht, der Maharadscha verteile Essen, hat sich bis in weit entfernte Dörfer herumgesprochen. Schon seit dem frühen Morgen füllt sich der Platz stetig. Heute können alle öffentlichen Verkehrsmittel in Indien kostenlos benutzt werden. Immer mehr Menschen versuchen zum Palast zu gelangen. Viele der johlenden Männer tragen ein Gandhi-*Topi* auf dem Kopf. Er ist ihr Held, aber sie rufen den Namen des Maharadschas und jubeln über Indiens Unabhängigkeit.

Aus dem Fenster des Frauengemachs blickt Chutki auf die wuselnde Menge. Sie hält ihren kleinen Bruder in den Armen. Er ist wieder krank. Er hustet und hat Fieber. Sie wünscht sich, daß Harris Sahib hier wäre. Er weiß immer, wie er Probleme lösen muß. Er fürchtet sich nicht vor Fieberschüben und Hustenanfällen. Er weiß immer und für alles eine Lösung. Ihre Schwestern und Tanten sind alle in den großen Saal gegangen. Heute ist ein Fest, alle sind unten, außer Tante Geeta, die taub und halb blind ist und wie jeden Tag auf einem Sofa liegt und schläft. Nicht mal die Punkah-wallah ist noch im Zimmer. Chutki legt das Baby neben die alte Frau, der kleine Junge wimmert und hustet, aber sie wird nicht wach. Aus einer Schublade nimmt sie eine Kerze, Streichhölzer und ein Räucherstäbchen. Dann geht sie in das große Badezimmer, das leer ist. Von einem Regal nimmt sie eine Flasche Eau de Cologne und einen Wattebausch und wickelt die Sachen in ein Handtuch. Aus dem Badezimmer geht sie zurück in den Flur. Am Ende des Ganges stößt sie die schwere Tür auf, die zu den Räumen ihres Vaters führt. Hier riecht es nach Tabak und Kaffee. Sie klopft an die Tür seines

Arbeitszimmers, und als sich nichts regt, öffnet sie die Tür leise und schleicht hinein. Auf dem Schreibtisch mitten im Zimmer steht eine große Kiste mit Zigarren. Sie nimmt zwei davon heraus. Im Badezimmer des Vaters findet sie ein Messer, das sehr scharf ist, und versteckt es in ihrem Sari. Schnell läuft sie durch den langen Flur, die Treppe hinauf zu den Werkstätten. Unterwegs sieht sie keinen der Feger oder anderen Dienstboten bei der Arbeit.

Chutki erschrickt, als sie die Tür öffnet, der Darsi sitzt an seinem gewohnten Platz an der Nähmaschine. »Gehen Sie nicht zum Fest? Es ist für alle, hat mein Vater gesagt.«

Er blickt besorgt auf die üppig bestickte Jacke, die auf seinem Schoß liegt, sticht die Nadel wieder in den Stoff und seufzt: »Das hier ist für das Fest.«

»Haben Sie ein paar Nadeln für mich?«

Der Darsi zeigt auf eine Schale. »Nimm dir welche raus.«

Sie rennt in die Frauengemächer zurück und stopft die Sachen zu den anderen Dingen in das Handtuch. Im großen Zimmer schnarcht die alte Geeta, und auch das Baby ist nicht aufgewacht. Sanft nimmt sie den Säugling hoch. Das Kind wird wach und beginnt zu husten. »Still, ganz still, ich mache dich gesund«, sagt sie beruhigend. Sie läuft ins Badezimmer und legt den kleinen Jungen auf den Boden. Die kühlen Fliesen lassen ihn kurz erschrecken, aber das hohe Fieber gewinnt schnell wieder die Oberhand. Sie breitet das Handtuch aus und legt alle Sachen in eine Reihe. Sie zündet die Kerze an, tropft etwas Wachs auf den Boden und stellt die Kerze hin. Dann zündet sie das Räucherstäbchen an und legt es auf den Rand der Wanne. Durch das offene Fenster hört sie das »India sindabad!« – den Schrei, der schon seit Wochen durch die Straßen und Dörfer schallt. Sie kniet sich vor das Kind, schließt die Augen und faltet die Hände vor der Brust. Ganz leise, fast unhörbar, beginnt sie zu singen. Ein nasales, monotones Lied. Das Baby weint leise. Sie legt ihm die Hände auf den Bauch und singt weiter. Das Weinen hört auf. Sie tränkt etwas Watte in Eau de Cologne und reibt die kleinen Füße und Hände ein, ohne mit ihrem Gesang aufzuhören. Sie nimmt eine Nadel, erhitzt sie über der Flamme und sticht sie dann ganz langsam in die Fußsohle des Kindes, das sofort laut schreit und strampelt. Mit einer Hand drückt sie die zappelnden Beine auf den Boden. Sie hört kurz auf zu singen. »Sei still, ich tu das für dich, dann geht Mamas Fluch über dich weg, sei still …« Das Baby beginnt zu kreischen. Sie nimmt das Messer und hält es über die Flamme. »Du wirst *doch* glücklich werden. Wenn sie stirbt.« Sie dreht das Messer in der Flamme. Vom Flur her hört sie Frauenstimmen, sie sieht, daß sie die Tür nicht abgeschlossen hat. Schnell bläst sie die Kerze aus, wirft ein Handtuch über die Sachen, zieht dem Baby die Nadel aus dem Fuß und nimmt es auf den Arm. Die Tür geht auf.

»Ach, hier bist du! Kommst du? Es hat angefangen.«

»Ja, ich komme gleich, will dem Kleinen eben noch die Windeln wechseln.«

»Um den kleinen Plärrer kann sich doch wohl die Ayah kümmern?«

»Heute ist ein Fest für alle, also auch für sie.«

»Wie lieb du doch bist.«

1952

Bombay

»Was trödelst du noch herum, du kleine Ratte, zieh die Hose an.« Ram Khan blickt aus seinem baufälligen Verschlag in einer Seitengasse des Basars auf Madan nieder. Der läßt sich das nicht zweimal sagen und schlüpft blitzschnell in die blaue Hose. »Hier.« Der knurrige Schneider reicht ihm das Hemd, dessen Kragen er flicken muß. Der überraschte Junge schickt sich an, das viel zu große Kleidungsstück anzuziehen. »He, nicht mit deinen dreckigen Pfoten *in* das Hemd«, blafft der Mann, »sonst kriegt es noch Blutflecke! Nein, arbeiten sollst du, du hast eine Hose von mir gekauft, und die mußt du bezahlen, du glaubst doch wohl nicht, daß ich die Moschee oder so was bin, ich kann mich selbst kaum über Wasser halten, und dich schon gar nicht.« Madan guckt auf das Hemd, er hat keine Ahnung, was er damit machen soll. »Auftrennen«, schnauzt Ram Khan ungeduldig, »am Kragen, das siehst du doch, die Naht ist nicht richtig, die muß wieder weg, mit deinen Triefaugen wirst du das ja wohl schaffen.«

Madan sieht sich den Hemdkragen genauer an. Ihm fällt daran nichts auf, nur, daß er kaputt ist, also steckt er den Finger in das Loch und reißt es weiter auf.

»Mach's nicht noch mehr kaputt, du Idiot!« Ram Khan springt auf, kommt hinter seiner Nähmaschine hervor, knallt dem Jungen eine und reißt ihm das Hemd aus den Händen. »Ich muß es flicken, das siehst du doch wohl!« Er nimmt den Kragen und hält ihn Madan direkt vor die Augen. Ein schwieliger Finger mit einem rissigen Nagel zeigt auf die mißlungene Naht. »Den Faden hier meine ich, der muß weg.« Er drückt Madan das Kleidungsstück wieder in die Hände. »Hier hast du eine Nadel, und jetzt trenn die Naht auf, und wenn ich Blutspritzer darauf sehe, setzt es was.«

Madan hält das Hemd von sich weg, damit es nicht schmutzig werden kann, fährt dann vorsichtig mit der Nadel unter den Faden und zupft ihn Stück für Stück heraus.

Ram Khan beobachtet fasziniert, wie Madans kleine Finger den Faden mit großer Präzision herausfummeln. Seine Augen beginnen zu leuchten. Könnten seine Kartenfreunde ihn in diesem Moment sehen, wären sie baff. Mit einer für ihn ungewöhnlich geschmeidigen Bewegung nimmt der Schneider den Kleiderstapel von der Holzkiste und legt alles auf seinen Schemel, dann dreht er die Kiste um und öffnet sie. Sie ist vollgestopft mit Stoffresten, Spitzen, Tüten mit Knöpfen und Schulterpolstern. Hinter der Kiste zieht er einen Jutesack hervor und stopft die Nähsachen hinein. Dann dreht er die Kiste noch einmal um, so daß die Öffnung nun seitlich ist und der Deckel wie eine Tür aussieht. Er nimmt die Kleidungsstücke wieder vom Schemel und legt sie zurück auf die Kiste. Madan, in die Aufgabe vertieft, den Faden sauber herauszufitzeln, blickt nicht auf. Zum Schluß stellt der Schneider den Jutesack seufzend auf den Kleiderberg. Der baufällige Schuppen ist durch die Veränderung noch voller geworden, und es sieht so aus, als könnte er sich jeden Moment von der Mauer lösen, die seine Rückwand bildet.

Mit einem abfälligen Blick äugt Ram Khan durch seine Brillengläser auf den Kragen. Von der vermurksten Naht ist nichts mehr zu sehen. »Nächstes Mal die Pfoten besser waschen.« Er legt das Hemd neben die Nähmaschine.

Madan sieht ihn erwartungsvoll an. Er ist hungrig.

»Glaub bloß nicht, daß du mit so 'ner Kleinigkeit deine Hose bezahlt hast, und außerdem krieg ich noch Geld für den Tee und für die Benutzung der Waschecke.«

Madan macht ein erschrockenes Gesicht.

»Du kannst es dir aussuchen, entweder du bezahlst jetzt sofort alles, oder du arbeitest es ab.«

Madan öffnet den Mund, aber außer einem hohen, heiseren Laut kommt nichts heraus.

»Oh nein! Ein Stummer!«

Madan schüttelt den Kopf und versucht es aufs neue, bringt aber wieder nur ein schrilles Krächzen hervor.

Ram Khan seufzt. Warum hat er nur immer Pech? Alle Leute im Basar haben junge Gehilfen. Da findet er endlich einen, der nichts kostet, und es ist ein Schwachsinniger. Madan zupft an seinem Ärmel. Der Schneider würde ihm am liebsten noch eine Ohrfeige verpassen, aber dann sieht er, daß der Junge auf den Stapel zeigt und lächelt.

»So, du willst also arbeiten, na, da hast du aber Glück gehabt, es sieht nämlich nicht so aus, als ob du Geld hättest.« Ram Khan, der noch nie einen Gehilfen hatte, merkt plötzlich, daß er nun ein wichtigerer Mann ist. Er zeigt auf die Kiste. »Das ist dein Platz.«

Madan blickt in die Kiste, wenn er die Beine anzieht, paßt er genau rein.

»Wenn ich rufe, kommst du, wenn ich dich nicht brauche, läßt du die Tür zu.«

Madan, der nach den langen, schlaflosen Nächten allein auf der Straße keinen besseren Platz hätte finden können, kriecht sofort in die Kiste.

Ram Khan sieht erstaunt zu, er hatte Widerstand erwartet, hatte gedacht, er müsse dem Kind noch eine scheuern, bevor es in das Gehäuse krabbeln würde. »Du kommst nur raus, wenn ich es dir sage«, betont er noch einmal und schiebt die Tür zu.

Madan drückt die klapprige Tür gleich wieder auf. Bevor Ram Khan losschimpfen kann, zeigt er auf den kleinen Topf, der noch immer hinter dem Schemel auf dem Boden steht.

»Nimm nur, futter ihn leer.«

Madan schnappt sich den Topf, nimmt ihn mit in die Kiste und schließt die Tür.

Es ist gemütlich in dem kleinen, dunklen Raum. Die Geräusche von draußen dringen nur gedämpft zu ihm. Er hält den Topf zwischen den Knien. Was er da ißt, kann er nicht sehen, das bißchen Licht, das durch den Türspalt einfällt, genügt nicht, um etwas zu erkennen. Es interessiert ihn aber auch nicht, er ißt, nein, er schlingt das Essen in sich hinein. Viel zu schnell ist es alle. Er hätte gern noch einen ganzen Topf voll, aber er weiß, daß er warten muß, bis der Chef ihm wieder was gibt. Er leckt den Topf sauber. Dann stellt er ihn zwischen seine hochgezogenen Beine und wartet. Er weiß nicht genau, worauf, aber er weiß, daß der Mann wütend werden wird, wenn er jetzt das Türchen aufmacht. Madan will überhaupt nicht raus. Er ist froh, daß er in der Kiste sitzen kann, wo er sich sicher fühlt und wo ihn niemand sieht. Er hört und fühlt das Schnurren der Nähmaschine. Der Bretterboden, auf dem die kleine Werkstatt steht, bewegt sich leicht im Takt des Fußpedals der Maschine mit. Er hört, wie jemand seinen Chef grüßt. Madan linst durch den Spalt und sieht zwei Füße in zerschlissenen Sandalen. Die Stimmen reden über das Kricket-Turnier, das morgen in Madras beginnt. Alles hat sich so schnell verändert. Es ist noch nicht lange her, da ist er in den Armen der weißen Frau aufgewacht, die ihn küßte. Er hatte fürchterliche Schmerzen, und sie hatte ihm zugelächelt und ihn gestreichelt. Sie hatte ihm die Kette, die nach Samars Meinung aus echtem Gold war, umgelegt und gerufen, daß er blute. Sie hatte nach Jasmin gerochen. Erst hatte er gedacht, daß er in einem Blumengarten aufwachte. Die Schmerzen hatten eigentlich nicht dazu gepaßt. Er erinnert sich an seine Schwester in ihrer blauen Jacke, und er begreift immer noch nicht, warum sie nicht bei ihm geblieben ist. Warum ist sie weggegangen? Er merkt, daß die Wunde unterm Kinn wieder zu bluten anfängt. Er drückt die Hand darauf und horcht auf die monotone Stimme seines Chefs. Langsam schläft er ein.

»He, Mukka!« Das Türchen wird aufgezogen, der Chef zieht ihn heraus. »Ich bezahl dich nicht fürs Schlafen!« Er drückt ihm einen Besen in die Hand. »Fegen!«

Madan, noch mitten in einem Traum, kneift die Augen wegen des grellen Sonnenlichts zu.

»Den ganzen Laden«, sagt Ram Khan, nimmt seinen Schemel und verschwindet um die Ecke.

»Ich habe ihn in Dienst genommen«, sagt Ram Khan mit einem Anflug von Stolz in der Stimme.

»Wen?« knurrt der Mann, der ihn gewarnt hatte, eine Ratte mit Zucker zu füttern, und der nicht vom Spiel abgelenkt werden will.

»Den kleinen Burschen.«

»Ach.«

»Er hat noch gute Augen und schmale Finger.«

»Mein Spiel.« Der Mann wirft seine Karten auf den Tisch und zieht den Stapel triumphierend zu sich.

Ram Khan blickt enttäuscht auf seine Karten.

»Das hast du von deinem Geschwafel«, sagt der Gewinner.

»Noch eine Runde?« fragt Ram.

Madan sitzt auf dem Rand des Bretterbodens. Ram Khan traut seinen Augen nicht. Der klitzekleine Verschlag zwischen dem Laden für Küchenutensilien und dem Kupferschmied ist nicht wiederzuerkennen. Nicht nur der Fußboden ist sauber, auch die Nähmaschine funkelt. Der kleine Bengel sieht ihn strahlend an.

»Endlich ein Gehilfe?« fragt der Kupferschmied.

»Nur, wenn er hart arbeitet, sonst fliegt er sofort wieder«, sagt Ram Khan und versucht, seine Überraschung nicht zu zeigen.

»Dann übernehme ich ihn«, sagt der Kupferschmied.

»Er gehört mir.« Ram Khan nimmt die Flasche, die Madan die ganzen Tage mit sich geschleppt hat. »Geh und füll sie«, sagt er.

Madan nimmt seine Flasche mit zu dem Eimer, der fast leer

ist, und gießt den letzten Rest des trüben Wassers vorsichtig in die Flasche.

Als er zurückkommt, hat der Chef eine Holzplatte vor den kleinen Laden gehängt. Er hebt sie etwas an und sagt: »Jetzt mach schon, ich hab keine Lust, immer auf dich zu warten. Kletter rein mit deiner Flasche.«

Madan kriecht zwischen den Beinen des Chefs durch den Spalt zurück in den Laden. Mit einem Knall schließt Ram Khan die Klappe. In dem Verschlag ist es nun stockfinster. Madan hört, wie der Chef draußen zwei Vorhängeschlösser befestigt und ohne sich zu verabschieden verschwindet.

1995

Rampur

»Also eins verstehe ich wirklich nicht«, sagte die Frau von Nikhil Nair und biß in ihren Keks. »Warum hat sie nie wieder geheiratet? Sie sah doch noch gut aus, als sie Witwe wurde.«

»Ich finde sie immer noch hübsch«, sagte die Frau von Ajay Karapiet und goß sich einen Schuß Milch in den Tee.

»Ja, aber nicht mehr so hübsch wie damals, als sie jung war. Soll ich die Klimaanlage etwas höher drehen?«

»Nein, lieber etwas niedriger, mir ist kalt.«

Die Frau von Nikhil Nair stand auf und drehte an dem Knopf neben der Tür. »Früher, als sie jung war, war sie wirklich begehrenswert.«

»Also ich bin da anderer Meinung. Ich finde, sie kann sich immer noch sehen lassen.«

»Weil sie weiß ist.«

»Ich finde nicht alle weißen Frauen anziehend, aber Charlotte Bridgwater hat so was Durchscheinendes, und sie ist genauso kultiviert wie ihr Vater.« Die Frau von Ajay Karapiet trank einen Schluck Tee und goß dann noch etwas Milch hinzu.

»Tu nicht soviel Milch in deinen Tee. Das ist ungesund.«

»Warum denn nicht, man kriegt schöne Zähne davon, sieh dir nur Charlotte an.«

»Die trinkt ihren Tee mit Milch gekocht, wie die Dienstboten.«

»Nicht so wie wir auf die englische Art?« fragte die Frau von Ajay Karapiet schockiert. »Woher weißt du das?«

»Das hat mir mein Koch erzählt«, sagt die Frau von Nikhil Nair.

»Aber dann trinkt sie ihren Tee doch auch mit Milch?«

»Ja, sag ich doch, aber gekocht! Das hat keine Auswirkung auf die Zähne.«

»Also ich meine, daß es egal ist, ob die Milch gekocht ist oder nicht, von Milch kriegt man starke Zähne, das habe ich von meinem Vater gelernt, und der hat es vom General, mit dem er im Tenniskomitee war.«

»Ja, mit General Bridgwater mußt du jetzt auch noch kommen.«

»Wie klappt es wohl mit dem neuen Darsi im Haus?«

»Ich finde den Mann seltsam.«

»Irgendwie hat er was.«

»Was ist heute mit dir los? Du findest plötzlich alle Leute nett und apart, bist du vielleicht verliebt?«

Die Frau von Ajay Karapiet wird rot: »Nein, natürlich nicht.«

»Na zum Glück, ich halte nichts von Frauen, die außer Haus waschen.«

»Ich habe eine eigene Waschmaschine.«

»Das meine ich nicht.«

»Was meinst du dann?«

»Ich sage, daß ich nichts mit Frauen zu tun haben will, die … ähm … du weißt schon, so wie Brinda.«

Die Frau von Ajay Karapiet schlug die Hände vors Gesicht. »So was würde ich niemals tun.«

»Nein, das weiß ich.« Sie hielt ihrer Freundin die Schale mit Keksen hin, aber die schüttelte den Kopf. Sie selbst nahm wie immer noch einen zweiten.

»Und wenn Priya Singh einen Liebhaber hätte? Sie ist doch auch schon seit fünfzehn Jahren Witwe.«

»Priya Singh!?« Die Frau von Nikhil Nair verschluckte sich an ihrem Keks und hustete. »Nie und nimmer, die schläft doch ständig. Wie sollte die einen Liebhaber haben?«

»Charlotte Bridgwater war dreiundzwanzig, als sie ihren Mann verlor«, sagte die Frau von Ajay Karapiet mit einem traurigen Klang in der Stimme.

»Ja, deshalb sag ich doch, es ist merkwürdig, daß sie nie wieder geheiratet hat.«

»Hier gibt's keine Engländer mehr.«

»Sie kann doch auch einen von uns heiraten.«

»Einen von uns?«

»Ja, warum nicht? Jetzt spiel nicht plötzlich die Antikolonialistin, dein Ururgroßvater war doch auch ein Brite, der eine Bengalin geheiratet hat, und der Großvater von Alok Nath, dem Goldschmied, war ein Schotte und hatte eine Frau aus Orissa.«

»Ja, aber das waren Männer.«

»Heute vormittag wurde in der Nicholas Lane in London ein Kurier von Sheppard's Effektenhandel von einem Mann überfallen, der ihn mit einem Messer bedrohte. Der Räuber, der ein dunkles Tweedjackett und eine Mütze aus demselben Stoff trug, ergriff die Aktentasche und entkam. Der Überfall ist der größte Straßenraub, der jemals verübt wurde. Die Aktentasche enthielt fast dreihundert Inhaberschecks im Wert von 292 Millionen Pfund.«

Charlotte seufzte. Mit soviel Geld könnte sie im ganzen Haus eine Klimaanlage installieren lassen.

»Ein Team japanischer Erdbebenforscher«, fuhr der BBC-Nachrichtensprecher fort, »hat auf einem Kongreß in São Paulo bekanntgegeben, daß sie ein Gerät entwickelt haben, mit dem …«

Sie schaltete das Radio aus und versuchte sich wieder auf ihr Buch zu konzentrieren. Jedesmal, wenn sie am Ende der Seite war, merkte sie, daß sie nichts gelesen hatte. Sie gab der erstickenden Hitze die Schuld, die jeden Tag schlimmer wurde. Der Wind und die grauen Wolken, die sonst den Monsun ankündigten, wollten sich einfach nicht zeigen, und sogar die Krähen auf dem Grundstück waren schlapp und träge. Nur dem Kuckuck schien es, wie dem Schneider, nichts auszumachen. Sie drückte sich die Lesebrille fester auf die Nase, rückte etwas näher ans Licht und begann wieder oben auf der Seite. *Wenn Peter noch leben würde,* dachte sie unvermittelt, *wo würden wir dann wohnen? Wären wir nach England zurückgegangen?* Das kalte, graue England, wo nie die Sonne schien, kam ihr plötzlich wie ein paradiesischer Ort vor. *Dann wäre alles anders gekommen. Alles!* Sie schüttelte den Kopf, um den Gedanken zu verbannen. *Der Rubin muß zum Juwelier, ich darf ihn nicht zu lange im Haus behalten, ich muß ihn von mehreren Juwelieren taxieren lassen, ich muß Sita noch Geld geben.* Sie versuchte zu ihrem Buch zurückzukehren, aber ihre Gedanken machten sich selbständig. *Das Geld, das ich Hema heute morgen gegeben habe, um die Rechnung beim Kaufmann zu bezahlen, war das eigentlich nicht ein bißchen viel? Versucht er vielleicht, wie der Koch früher, beim Einkaufen immer einen kleinen Extralohn für sich abzuzweigen?* Sie schaltete das Radio wieder an, sie mußte ihre Gedanken unter Kontrolle bekommen, bevor sie sich erneut überschlugen und sie auch in dieser Nacht nicht schlafen konnte. Ihr Lieblingsprogramm mit klassischer Musik hatte den Nachrichtensprecher wieder abgelöst. Sie legte die Hände in den Schoß und lauschte. *Ich hätte den Flügel nie verkaufen sollen. Wie dumm ich war! Er war das einzige, was mir half, es hier auszuhalten. Ob ich mir für das Geld, das der Rubin bringt, ein Klavier kaufen kann? Ein ganz altes?* Ihre Finger bewegten sich unmerklich. Sie hatte dieses Stück so oft gespielt. Die Lampe über ihrem Kopf knisterte kurz, dann streikten alle Geräte. Die Hitze, die durch den drehenden Ventilator an der Decke auf Abstand gehalten worden war, legte sich wie dicklicher Gelee über sie. Sie suchte die Streichhhölzer, die immer bereitlagen, und zündete eine Kerze an. *Ob Hema wieder zu Hause ist, oder muß ich den Sicherungsschalter selber umlegen?* Der Gedanke, daß sich die Hauptsicherung im Küchenhaus befand, hielt sie davon ab, aber als sie an den Vorfall im vergangenen Monat dachte, sprang sie auf und eilte doch in die Küche.

Er arbeitete beim Schein einer Kerze. Der Goldbrokat schimmerte zwischen seinen Fingern. Ein roséfarbenes Kleid hing an einer Schnur an der Decke und drehte sich langsam. Während Charlotte mit der Taschenlampe in den Zählerkasten leuchtete, blickte sie auf die Gestalt, die sich über den Tisch beugte. *Irgendwas ist mit ihm. Etwas, was ich vorher nicht gesehen habe. Sein Gesicht, die Art, wie er dasteht. Oder ist es sein Geruch?* Vorsichtig schnupperte sie. Sie erschrak über sich selbst und beugte sich mit einem Ruck zum Sicherungskasten. Mit einem Blick sah sie, daß nicht die Sicherungen das Problem waren, sondern daß im ganzen Viertel der Strom ausgefallen sein mußte. Sie würden warten müssen, bis der Gemeindebeamte unten am Hügel den Schalter wieder umlegte. Bei der Hitze könnte das noch Stunden dauern. Trotzdem blieb sie vor dem Sicherungskasten stehen. Ihr Blick glitt wieder zurück zu dem Mann im Nebenzimmer. Sie sah, wie er den Stoff ans Kerzenlicht hielt und das komplizierte, eingewebte Blumenmuster studierte. Er schüttelte den Stoff ein wenig, dann fuhr er mit den Fingerspitzen darüber. *Was sucht er?* fragte sie sich.

Plötzlich blickte er auf.

Charlotte fühlte sich ertappt und versuchte, sich nichts anmerken zu lassen. »Der Strom ist ausgefallen. Du mußt eine Weile ohne auskommen.«

Er zuckte mit den Schultern, lächelte und beugte sich wieder über den Tisch.

»Wenn der Butler zurück ist, bitte ich ihn, Abendessen für dich zu kochen.«

Er blickte wieder auf. Seine Augen glänzten.

Wie schlimm muß es sein, dachte sie, *wenn man nicht sprechen kann.*

Ich verstehe dich auch ohne Worte, dachte er.

»Es ist noch Okra da, magst du das?« fragte sie.

Er nickte.

»Ich hoffe, daß er schnell wiederkommt.«

Wieder zuckte er leicht mit den Schultern. *Ich habe noch keinen Hunger.*

»Ich versteh es nicht, er müßte längst zurück sein.«

Nur mit der Ruhe, ich habe noch ein paar Stunden zu tun, das Essen hat keine Eile.

»Ich will dich nicht länger von der Arbeit abhalten, du hast noch so viel zu tun, wenn du etwas brauchst, melde dich.«

Du hast mir noch nicht den Stoff für dein Kleid gegeben.

»Ich muß den Stoff für mein Kleid noch kaufen, fällt mir gerade ein. Ich mach das im Laufe der Woche.«

Nein, kauf keinen Stoff. Such einen, der schon da ist und den du magst.

»Aber es hat ja offenbar keine Eile. Hier liegen noch so viele Stoffe, die zuerst dran sind.« Sie schaute auf den Stapel auf dem Schränkchen an der Wand. »Ich weiß einfach noch nicht, was ich will.«

Aber ich weiß es. Gib mir einen Stoff, der dir lieb ist, und ich nähe dir ein Kleid, wie du noch nie eines getragen hast.

»Ich wollte dir einen Stoff geben, den ich noch hatte, aber er war ganz zerfallen«, sagte sie leise.

Such weiter. Du wirst ihn finden.

Ein leises Knirschen, ein puffendes Geräusch, und das Licht ging wieder an. Ihre Gesichter waren plötzlich grell beleuchtet. Sie sahen sich erschrocken an. Beide hatten die unerwartet intime Atmosphäre gespürt. Nervös fuhr sich Charlotte mit der Hand durchs Haar, verabschiedete sich hastig und lief schnell zurück zum großen Haus. Sie schaute zum Himmel und suchte nach Wolken – *Bitte laß es regnen!* – und ging ins Haus.

Er blies die Kerze aus. Im Licht der Lampe wirkte der Stoff nicht mehr so zauberhaft. Er zeichnete den letzten Strich und griff zur Schere.

Beim Zuschneiden hörte er, daß das Faktotum nach Hause kam. Ohne zu grüßen begann Hema in der Küche mit den Vorbereitungen fürs Abendessen. Das Kohlefeuer wurde angefacht, Wasser in einen Topf gefüllt und aufs Feuer gestellt, es wurde etwas auf einem Brett geschnippelt. Der Geruch von Knoblauch und Koriander drang bis in Madans Zimmer. Nach einer Weile hörte er das Klappern von Tellern und Schüsseln, dann war es in der Küche wieder still. Madan wußte, daß der Diener mit einem Tablett ins große Haus ging. In einer halben Stunde, wenn er die Reste wieder abholte, würde er etwas davon abbekommen.

Alle schliefen, beim Licht der Sterne huschte Madan aus dem Küchenhaus. Ohne ein Geräusch zu machen, hatte er einen Zinkeimer vom Spülstein genommen, mit dem er nun zum Schuppen des Mali ging. An dem außen angebrachten Wasserhahn füllte er ihn. Aus einem Eimer zu trinken, hatte er nie verlernt, aber nun hatte er keinen Durst. Mit dem schwappenden Eimer ging er um den Schuppen herum. Der dürre, vertrocknete Baum war ihm sofort ins Auge gefallen, als er ankam. Er goß den Eimer behutsam am Stamm des Apfelbaums aus. Die durstige Erde saugte das Wasser schnell auf. Wieder füllte er den Eimer. Nun lief er zurück zum Haus, zu den heruntergekommenen Blumenbeeten neben dem Pfad. Mit äußerster Genauigkeit goß er Wasser an die Wurzeln einiger toter Stengel, die aus der Erde ragten. Den nächsten Eimer leerte er bei einem Strauch ganz hinten im Garten, und anschließend wässerte er die Pflanzen vor dem Dienstbotenhaus. Als der Mond aufging, hörte er auf, stellte den Eimer leise wieder auf den Spülstein und zog sich in sein Zimmer zurück.

1936

An Bord der *King of Scotland*

Das Deck ist leer bis auf einen Ball, der mit den Bewegungen des Schiffes mitrollt. Die Passagiere haben sich im Speisesaal versammelt. Der Kapitän hält einen silbernen Sektkühler in der Hand, in dem die Kärtchen für das Mörderspiel stecken. Die Augen aller richten sich erwartungsvoll auf einen Oberst aus Leeds, der als erster eine Karte zieht. Die anderen im Saal versuchen, von seinem Gesicht abzulesen, ob er der Mörder sein wird oder nicht. Der Oberst wirft einen schnellen Blick auf seine Karte und versucht, ein möglichst harmloses Gesicht zu machen. Es wird gekichert. Charlotte findet es schrecklich, daß die Frau, zu der sie Tante Ilse sagen muß, plötzlich laut auflacht und ruft, daß sie »ganz fürchterlich nervös« sei. Charlotte haßt das Spiel. Zu Hause haben ihre Eltern es auch einmal gespielt, damals hatte sich der Pfarrer im Kinderzimmer unterm Schrank versteckt und gesagt, sie solle so tun, als ob er gar nicht dasei, sie solle einfach ins Bett gehen und schlafen, aber die ganze Zeit hatte er auf Sita geschielt, die schließlich zu ihr ins Bett schlüpfte. Keiner von ihnen hatte sich getraut, etwas zu sagen, aber sie waren sich sicher, daß er der Mörder war.

In der Ecke bei der Tür steht Ganesh, mit Heftpflastern im Gesicht. Sie hat ihn nicht mehr gesehen, seit sie das Spiel mit den Winden gespielt haben, ein viel schöneres Spiel als das hier. Als Tante Ilse ihn erblickt, ruft sie: »Was hat denn der hier zu suchen!« Ganesh senkt den Kopf und verläßt still und leise den Speisesaal. Alle schauen ihm nach. Als die Tür hinter ihm zufällt, zieht die Frau des Obersten ihre Karte und beginnt heftig zu kichern. Tante Ilse fällt laut in das Gelächter ein.

Charlotte rutscht von ihrem Hocker und huscht aus dem Saal.

Sie wünscht sich, daß Sita hier wäre. Die hätte sie nie allein auf einem Hocker sitzen lassen. Die wäre, wenn es keiner gesehen hätte, mit ihr übers Deck gerannt, sie hätte sie mitgenommen in die Küche, um leckere Häppchen zu kosten, sie hätte ihr kleine Zöpfe ins Haar geflochten und kandierten Ingwer aus ihrem Sari hervorgezaubert.

Auf dem Deck, ganz hinten, findet sie ihn. Er späht aufs Meer hinaus und scheint nichts zu sehen und zu hören. Sie stellt sich neben Ganesh und nimmt seine Hand. »Du, ich spiele gern mit dir.«

1946

Grand Palace

Ihre Schritte klingen hohl in dem großen Saal aus Marmor. Am Plafond hängen im Abstand von zehn Metern gigantische Kronleuchter aus Kristall, und an den Wänden hängen meterhohe Porträts der Ahnen, die Säbel in den Händen halten und mit Edelsteinen bestickte Turbane tragen. Charlotte bleibt vor dem Bildnis eines kleinen Jungen stehen. Er trägt einen Säbel, der fast so groß ist wie er selbst. Nur durch den Turban wirkt er etwas größer.

»Das ist mein Vater …«

Sie erschrickt. Hinter ihr steht der Maharadscha. Sie hat ihn nicht kommen hören.

»… an seinem Hochzeitstag.«

»Hochzeit? Aber er ist doch noch ein Kind …!«

»Er war zehn, und meine Mutter war fünf, als sie geheiratet haben.«

Charlotte versucht, ihre Entrüstung nicht zu zeigen.

»Ich war zwölf«, fährt der Maharadscha fort, »als meine Eltern meinten, daß es an der Zeit sei. Ich habe mir geschworen, daß keines meiner Kinder eine Ehe schließt, bevor sie sechzehn sind.«

Charlotte nickt, sie ist schließlich selbst sechzehn und frisch verheiratet.

»Ich hatte vor, nächstes Jahr im Mai meine letzte und jüngste Tochter zu verheiraten, aber … äh …« Er zögert.

»Chutki? Was ist denn … will sie nicht?«

»Es ist keine Frage des Wollens, der Mann, den ich als Kandidat vorgesehen hatte, hat ganz unerwartet eine andere geheiratet.«

»Einfach so? Ohne es anzukündigen?«

Der Maharadscha nickt.

»Wie entsetzlich. Ist Chutki sehr traurig?«

»Sie hat es nicht gewußt.«

»Sie hat es nicht gewußt!?«

»Ich war noch dabei, es vorzubereiten. Der Mann wußte es selbst auch noch nicht.«

»Auch er nicht?«

»Ich war nach all den Jahren davon überzeugt, daß er … der Richtige war. Und er selbst hat sich nie darum bemüht, eine Frau zu finden … bis er auf einmal …«

Eine Sekunde lang sehen Charlotte und der Maharadscha sich fest an, dann wendet er den Blick ab und schaut wieder auf das Bild seines Vaters. Schweigend stehen sie nebeneinander, beide rühren sich nicht. Auch ihr Atem scheint zu stocken.

»Sind Sie wütend auf mich?« fragt Charlotte nach einer Weile.

»Nein.«

»Und auf Peter?«

»Nein.«

Er geht so lautlos, wie er gekommen war.

1953

Bombay

Wie jeden Morgen in den vergangenen Monaten kommt der Chef mit seinem rasselnden Schlüsselbund, er stellt den Topf hin und schließt die Vorhängeschlösser auf. Es ist der Moment des Tages, an dem Madans Welt in die Welt seines Chefs übergeht. Mit dem üblichen Seufzer zieht Ram Khan die große Holzplatte weg. Madan springt aus seiner Kiste und hilft, die Platte an die Wand zu lehnen. Dann rennt er weiter zum Ende der Gasse, atmet noch einmal tief ein und geht in den stockdunklen Verschlag, den sein Chef einmal »die Waschecke« genannt hat. Er hält den Atem an und muß aufpassen, daß er nicht ausrutscht. Madan hockt sich über das Loch im Boden. Manchmal glückt es, meistens glückt es ihm nicht, seine Notdurft zu verrichten, ohne Luft zu holen. Die Waschecke, die von allen Ladenbesitzern im Block benutzt wird, wurde noch nie saubergemacht, aber keiner der Männer scheint das für ein Problem zu halten. Auch Madan nicht, wenn er fertig ist, wäscht er sich wie sie die Füße draußen beim Eimer. Als er zurückkommt, sieht er, daß der Chef und der Kupferschmied etwas besprechen. Der Kupferschmied hat ein Gerät in der Hand, das Madan noch nie gesehen hat. Er hält es an seine Kiste und bohrt. Holzspäne fallen auf den Boden, und dann hat die Kiste ein Loch. Er macht noch vier weitere Löcher in die Seitenwand. »Das reicht«, brummt Ram Khan. Madan sieht ihn fragend an. »Für Licht, sonst verdirbst du dir die Augen, dann nützt du mir nichts.«

In der Kiste zu arbeiten ist nun viel leichter, weil Madan endlich sehen kann, was er tun muß. Er sitzt nach vorn gebeugt, die Knie angezogen und auf dem Schoß die Hose, deren Saum er auftrennen muß. Mit einer Nadel friemelt er den Nähfaden los. Durch die Löcher in der Kiste bekommt er jetzt auch mit, was draußen vor sich geht. Der Mann, der ein Stück weiter Briefe schreibt, läuft mit seinem Köfferchen vorbei, in dem sich eine Schreibmaschine befindet. Eine alte Frau, die von außerhalb der Stadt kommt, breitet ein Tuch aus, auf das sie einen riesigen Haufen Koriander schüttet; sie wird nicht eher wieder gehen, bis sie alle Kräuterbüschel verkauft hat, und wenn es Tage dauert. Der Gehilfe des Kupferschmiedes kommt mit Einkäufen zurück. Alle auf der Straße sind in Bewegung. Karren fahren vorbei, und Hunde beschnüffeln sich und alles andere.

»Mukka! Faden!«

Madan kriecht aus der Kiste, beugt sich über die Nähmaschine, nimmt das Ende des gerissenen Fadens, zieht vorsichtig daran und fädelt ihn geschickt ein.

Der Chef knurrt: »Ist die Hose fertig?«

Madan schüttelt den Kopf.

»Du guckst wohl immer nur nach draußen? Soll ich die Löcher wieder zustopfen?«

Madan blickt schuldbewußt auf seine Füße.

»Hier ist noch eine andere Hose, also Beeilung.«

Madan schlüpft flink in die Kiste und macht sich an die Arbeit.

* * *

»Geht es dir jetzt besser?« Charlotte legt die Hand auf Peters Arm und merkt, daß er wieder zittert. »Wir müssen einfach abwarten.«

»Ich will nicht mehr abwarten. Ich will weg.«

»Noch ein Tag, einen Tag kannst du doch noch durchhalten?«

Peter zittert noch mehr.

»Wollen wir ein paar Schritte gehen?«

Erschrocken blickt er auf. In seinen Augen liest sie die Angst, die jeden Tag wächst und von der sie befürchtet, daß sie sich eines Tages mit Gewalt einen Weg bahnen wird.

»Einfach einen kleinen Spaziergang machen?«

Er rollt sich zusammen wie ein kleines Kind und verbirgt den Kopf zwischen den Armen. Charlotte streichelt ihn sanft, aber das Zittern wird nur noch schlimmer. Das Haus, in dem sie seit einem halben Jahr wohnen, ist viel luxuriöser und größer als das Haus in Neu-Delhi. Als er die neue Stelle in der Universitätsklinik von Bombay annahm, hatte sie gehofft, daß nun alles besser würde, aber von dem Moment an, als sie die Koffer auspackten, ging es schief.

»Laufen ist gut, haben sie gesagt. Komm, wir versuchen es, dann vergeht die Zeit auch schneller.«

Peter sieht sie mit flehendem Blick an. Charlotte legt seine Hand auf ihre und steht auf. Sie setzt ihn nicht unter Druck, sie wartet. Ganz langsam setzt sich Peter und klettert dann vom Bett, den Rücken gebeugt, die Augen auf den Boden gerichtet. In den sechs Jahren, die sie nun zusammen sind, hat er sich von einem gutaussehenden Offizier in einen alten Mann verwandelt. Die Haare sind ihm zum Teil ausgefallen, seine Augenlider zittern unaufhörlich, und sie schlafen schon lange in getrennten Betten. Oft denkt sie an die eine Liebesnacht zurück, mit der alles angefangen hat. Wenn ihr Vater sie nicht erwischt hätte, wäre sie wahrscheinlich nicht mit ihm verheiratet, es wäre bei der einen Nacht geblieben, und beide wären ihre eigenen Wege gegangen.

Die Hausangestellten sehen erstaunt zu, wie Memsahib den Doktor Sahib nach draußen führt. Charlotte hakt sich bei Peter unter, Schritt für Schritt gehen sie auf die Straße. Peter ächzt und keucht leise. Die Sonne ist fast untergegangen, und eine frische Meeresbrise strömt in die Stadt. Eine Straßenbahn fährt vorbei.

»Ich hätte dich nicht heiraten sollen«, sagt Peter plötzlich.

Sie gehen weiter. Die Bemerkung tut Charlotte mehr weh, als sie gedacht hätte. Sie selbst hat es unendlich oft gedacht, aber nie auszusprechen gewagt.

»Ich habe dich unglücklich gemacht. Ich weiß es. Ich sehe es.«

Die Straße nimmt kein Ende, und die dunklen Baumwipfel über ihrem Kopf findet sie beklemmend, sie will Licht sehen, das letzte bißchen Sonnenlicht des Tages. Ohne daß einer von ihnen deutlich in eine Richtung steuert, biegen sie in eine Nebenstraße ein. Die Häuser sind niedriger, vor einigen Fenstern flattert Wäsche. Der Druck auf ihren Arm läßt nach, es ist, als bringe Peters Geständnis ihm Erleichterung. Händler sitzen vor ihren Läden und rauchen oder plaudern mit ihren Nachbarn. Die ersten Gaslaternen werden angezündet. Ganz ruhig gehen sie in eine Straße hinein, aus der anderen heraus. Schweigend laufen sie weiter.

»Haben wir noch Koriander im Haus?«

Charlotte wundert sich einen Moment, schüttelt dann den Kopf. Peter geht zu einer alten Frau, die auf der Straße hinter einem großen Haufen Koriander sitzt. Charlotte traut ihren Augen kaum. Er nimmt ein Büschel und riecht daran. Er unterhält sich mit der Frau. Er fischt eine Münze aus der Hosentasche und bezahlt. Die Frau packt das Kräuterbüschel in ein Stück alte Zeitung und reicht es ihm.

»Gehen wir jetzt nach Hause?« Seine Stimme klingt auf einmal erschöpft. Er faßt seine Frau am Arm und zieht sie mit sich.

»Hast du das gesehen?«

»Was?« fragt er, seine Stimme hat wieder alle Farbe verloren.

»Ach, ist schon gut.« Charlotte hat begriffen, daß sein Aufleben nur von kurzer Dauer war und daß der Anblick des Kindes, das sie gerade in einer ganz kleinen Kiste zu Füßen eines dicken Schneiders bei der Arbeit gesehen hat, bei ihm keine Erschütterung auslösen würde.

1995

Rampur

Irgendwo im Haus mußte noch ein Stück Stoff sein. Sie war sich ganz sicher. Hema zu fragen wäre sinnlos, er würde sagen, daß alles weg sei und Suchen keinen Zweck habe. Sie stand mitten in der großen Halle und schaute nach oben. Auf dem Dachboden war nichts, dort hatte sie schon gründlich gesucht, auch ihr Schlafzimmer, das Klavierzimmer, das Eßzimmer und den Salon hatte sie durchstöbert. Das frühere Arbeitszimmer ihres Vaters war bis auf eine Federkernmatratze leer. Auch das blaue Zimmer, das jahrelang als Gästezimmer gedient hatte, war komplett ausgeräumt. Ihr Blick glitt zur Tür des einzigen Zimmers, das noch übrig war, des Kinderzimmers, aber dort konnte sie erst nachsehen, wenn der Monsun anbrach und sie das Zimmer mit dem undichten Dach notgedrungen würde räumen müssen. Wenn der Monsun überhaupt anbrach. Wo blieben die Wolken und der Wind? Alles lechzte nach Abkühlung, die Pflanzen, die Vögel, die ganze Stadt.

Die Tür flog auf, und Hema stürmte in die Halle. Sie hatte gar nicht gewußt, daß er sich so schnell bewegen konnte.

»Was ist denn los?«

»Er … der Mann … er ist …« Hema rang nach Luft.

»Er ist was?«

»Memsahib, schrecklich, furchtbar, er …«

»Was ist passiert? Jetzt sag schon!«

Hema breitete die Arme aus und verdrehte dramatisch die Augen nach oben. Charlotte folgte seinem Blick.

»Nein, Memsahib, in der Küche …«

»Ist er verletzt?«

»Nein, schlimmer.«

»Er ist doch nicht …?«

»Er … er schüttet Zucker auf ein Kleid!«

»Er tut was?«

»Der Darsi schüttet Zucker auf ein Kleid. Zucker ist teuer. Der Zucker ist fast alle. Der Zucker ist nur für Tee und Joghurt für den Sahib. Nicht für ein Kleid. Der Zucker gehört der Küche! Der Zucker …«

»Jetzt mal ganz ruhig …« Sie hatte Hema erst einmal in so einer Verfassung erlebt, und das war, als er im Schuppen einen Dieb auf frischer Tat ertappt hatte.

»Da!« Hema zeigte wütend zur Tür. Auf der Schwelle stand der Schneider. Ein leicht süßlicher Geruch kam mit ihm in die Eingangshalle.

»Was ist los?« fragte sie Madan.

»Er schüttet Zucker auf ein Kleid!« wiederholte Hema seine Anschuldigung.

»Stimmt es, daß du Zucker auf ein Kleid gestreut hast?«

Madan nickte.

»Also bitte, Memsahib, ich habe nicht gelogen, ich lüge nie«, stieß Hema hervor.

»Warum machst du das?« setzte Charlotte ihr Verhör fort.

Das muß sein für diejenige, die es tragen wird.

»Benutzt du den Zucker als eine Art Stärke?« Sie gab ihm schon die Antwort vor.

Nein, im Gegenteil, das macht den Stoff weich.

»Siehst du, er nimmt den Zucker, um das Kleid zu stärken. Dann knittert es nicht so schnell«, sagte sie beschwichtigend zu Hema.

»Aber Memsahib, unser Zucker …«

Madan schüttelte den Kopf. *Ich habe selber Zucker gekauft.* Er lief zurück in die Küche und kam kurz darauf mit einer kleinen Tüte Zucker wieder.

»Ist das der Zucker aus der Küche?« fragte Charlotte Hema.

Er sah auf die Tüte und schüttelte den Kopf. »Aber er hat dieselbe Farbe.«

»Das hier ist der Zucker vom Darsi. Es war sehr aufmerksam von dir, daß du dir Sorgen gemacht hast, aber du siehst, es ist alles in Ordnung. Du kannst unbesorgt wieder in die Küche gehen.«

»Zucker auf ein Kleid! Zucker gehört in den Tee«, brummelte Hema, bevor er geräuschvoller als sonst in Richtung Küchenhaus verschwand.

Oben auf dem Treppenabsatz schlug die Uhr eins. Dann wurde es still. So still, daß Charlotte noch hören konnte, wie Hema draußen herumgrantelte. Madan stand mit seiner Tüte Zucker mitten in der Halle und machte keine Anstalten zu gehen.

»Ist noch was?« fragte sie.

Du hast den Stoff noch nicht gefunden.

»Ich habe heute nach einem Stoff für mein Kleid gesucht. Ich war mir sicher, daß irgendwo noch wunderschöne Stoffe liegen müssen, aber ich kann sie nicht finden.«

Rote Seide würde dir sehr gut stehen.

»Ich dachte eigentlich, irgendwo müßte noch eine Bahn italienischer Seide sein, von meiner Mutter, aber vermutlich ist der Stoff im Laufe der Zeit einfach verschwunden.« Charlotte wollte, daß er blieb, fühlte sich jedoch hoffnungslos unbeholfen bei ihrem Versuch, ein Gespräch mit jemandem zu führen, der nicht sprechen konnte.

Du verstehst mich. Hab keine Angst. Du hörst alles, was ich sage.

Wie ein Donnerschlag aus heiterem Himmel dröhnte es plötzlich von oben: »Zucht und Ordnung!«

Charlotte blickte direkt in die Augen ihres Vaters, der sich über das Geländer des Treppenabsatzes beugte und nach unten rief: »Regeln! Die sind nicht umsonst da!«

Charlotte stürmte die Treppe hoch. »Vater! Vater! Warum bist du nicht in deinem Zimmer?«

»Regeln, daran müssen wir uns halten, bis in den Tod. Halt dich gerade.«

Charlotte packte die Griffe des Rollstuhls und versuchte, ihren Vater zur offenen Tür des Kinderzimmers zurückzuschieben.

Er hielt sich am Geländer fest und zog sich wieder bis zum Rand. »Du hast gerade mit einem Kaffer geflirtet«, grinste er. »Ich hab's gesehn. Braune Weiber, ich spieß sie alle auf meinen Stock.«

»Vater! Reg dich ab! Das ist der Schneider.«

»Sie verstehn sich drauf, die Braunen. Vor allem, wenn man ihnen nichts zu essen gibt. Dann tun sie alles für dich.«

»Vater! Bitte … hör auf!«

Charlotte zerrte an dem Rollstuhl, aber der General klammerte sich ans Geländer. Sie traute sich nicht, noch fester zu ziehen, aus Angst, er könnte rausfallen.

»Hol den Butler!« rief sie Madan zu.

»Ich will nicht wieder Joghurt! Ich will eine Frau! Eine Frau!«

»Ganz ruhig, Vater. Du kriegst alles, was du brauchst. Jetzt beruhige dich doch, dann bringe ich dich in dein Zimmer …«

Victor begann zu weinen. »Ich will eine Tasse Tee, er hat mir versprochen, daß ich Tee mit extra viel Zucker kriege …«

»Ja, der Tee wird gleich gebracht. Kommst du mit? Dann schiebe ich dich in dein Zimmer.«

»Lüg nicht. Du lügst immer. Du bist eine falsche Schlange.«

»Kommst du mit, Vater?«

Victor ließ das Geländer los. »Ich habe Durst, ich habe schon den ganzen Tag so einen Durst«, schluchzte er, um dann wieder zu brüllen: »Du versuchst mich auszuhungern, du willst mich in den Sarg bringen, und dann machst du dir mit meinem Geld ein schönes Leben …!«

Sie hörte, daß Hema die Treppe heraufstürmte. Er blieb vor dem Rollstuhl stehen, salutierte und keuchte: »General Sahib, möchten Sie eine Tasse Tee?«

Auf dem Gesicht ihres Vaters erschien ein breites Lächeln. »Ah, *Swaddy*, der *Brew*! Füll meinen Becher.«

1943

Bengalen

Der Jeep vor ihm drosselt plötzlich das Tempo und stoppt. Victor sieht auf seine Armbanduhr – sie liegen schon mehr als eine Stunde im Zeitplan zurück. Er hatte klar und deutlich den Befehl gegeben, nicht mehr anzuhalten. Ein junger Offizier steigt aus und mustert die Vorderreifen. Er ruft etwas, was Victor nicht verstehen kann. Jetzt steigen auch die anderen aus. Einer von ihnen, ein junger Soldat aus Kerala, kommt zu seinem Wagen.

»Major Bridgwater, wir haben einen Platten!«

»Den Reifen wechseln, aber dalli!« schnauzt Victor. »Wir dürfen hier keine Minute stehenbleiben!«

Kaum hat er es gesagt, taucht aus dem Buschwerk ein magerer Mann auf. Er spricht den Soldaten an, der einfach weitergeht, aber der Mann läßt sich nicht abschütteln.

»Aussteigen«, blafft Victor zu den Soldaten in seinem Jeep. »Jagt ihn in die Flucht.«

Die Männer steigen aus und laufen mit ihren Gewehren auf den knochigen Mann zu. Er blickt ängstlich auf die Waffen, fällt dann aber auf die Knie und zupft einen der Soldaten am Saum der Uniform. Victor beobachtet vom Auto aus, wie seine Leute das Problem anpacken. Obwohl ein verheerender Orkan über diesem Teil des Landes gewütet und die gesamte Reis- und Getreideernte vernichtet hat, ist das nach Victors Meinung nicht die wichtigste Ursache der Hungersnot. Er ist davon überzeugt, daß es die Schuld der Japaner ist, die versuchen, von Birma aus anzugreifen. Die britisch-indische Armee hat in diesen Kriegszeiten nun mal kein Geld und keine Leute übrig, um auch noch die Probleme der Hungersnot zu lösen, wie grimmig sie auch ist. Survival of the fittest in Reinform, denkt Victor, und er findet den Gedanken beruhigend, daß nur die Stärksten überleben werden, im Endeffekt hält er es für gut angesichts der extremen Überbevölkerung in diesem Landstrich. Der kniende Mann hat sich am Bein des Offiziers festgeklammert, der sich nun nicht mehr vom Fleck rühren kann. Der Soldat versucht, den Mann loszuzerren, während die anderen den Reifen wechseln, was viel langsamer geht, als es eigentlich sollte. Wenn wir jetzt an der Front wären, könnte uns das Kopf und Kragen kosten, denkt Victor und spielt mit seinem Offiziersstöckchen. Er hat den Gedanken kaum zu Ende gedacht, da kommen noch mehr Leute aus dem Gebüsch hervor – Männer, Frauen und Kinder. Die meisten sind nur Haut und Knochen und stürzen sich auf die Soldaten, von denen die meisten nicht älter als zwanzig sind und noch nie eine Mahlzeit entbehren mußten. Er greift sein Cane fester, er weiß, daß er, als Befehlshaber, jetzt aussteigen muß, aber dann denkt er, daß es gut ist für seine Männer, wenn sie allein damit fertig werden. Wenn sie demnächst einem Japs gegenüberstehen, werden sie sich an die Sache erinnern, als sei es ein Kinderspiel gewesen. Auf einmal wird die Autotür, an die er sich lehnt, von außen geöffnet. Er fällt fast aus dem Jeep und kann sich gerade noch am Rand des Sitzes festhalten, sein Cane fällt auf den Boden des Autos. Er will wütend losbrüllen, als er sieht, daß ein junges Mädchen die Tür aufgemacht hat. Obwohl sie ausgemergelt ist und ihre Augen tief in den Höhlen liegen, ist ihre aufblühende Schönheit noch nicht ganz verloren. Sie hebt die Hand zum Mund, um ihm zu zeigen, daß sie Hunger hat. Victor weiß, daß die Kiste, die hinter ihm steht, bis zum Rand gefüllt ist mit Fleischkonserven, Bohnen, Mehl und sogar Schokolade und Kaffee. Die Kiste zu öffnen, hätte zur Folge, daß sie und ihre Dorfgenossen sich auf das Auto stürzen würden und von ihm und dem Jeep wahrscheinlich wenig übrigbliebe. Er weiß, daß er das Mädchen wegstoßen und die Tür wieder zuziehen muß, aber etwas in ihrem Blick hindert ihn daran. Das Mädchen bemerkt sein Zögern und lächelt schüchtern. Er sieht, daß ihre Zähne noch tadellos sind. Wieder macht sie die Geste des Essens. Victors Hand gleitet unmerklich in seine Jackentasche und ertastet zwischen ein paar Münzen und einer Schachtel Steichhölzer ein Bonbon. Er will dem Mädchen das Bonbon geben, überlegt es sich dann aber anders. Ihr das Bonbon zu geben ist genauso gefährlich, wie die Kiste zu öffnen. Seine Hand schließt sich um die Süßigkeit. Das Mädchen streckt ihm die Handfläche entgegen und sieht ihn flehend an. Er umschließt das Bonbon noch fester. Ihre bettelnde Hand kommt ins Auto. Er riecht das Mädchen, ein leicht säuerlicher Geruch entströmt ihrem Mund. Ihre Haut ist trocken und um die Lippen etwas geschuppt. Die Hand des Mädchens sinkt langsam zu seinem Schoß. Ihm wird warm. Ich muß die Wagentür zumachen! Sie muß weg! Sie legt die Hand auf seinen Hosenschlitz. Der Schweiß bricht ihm aus. Er will die Hand aus der Hosentasche ziehen, ihr das Bonbon geben und die Tür zuknallen, aber er spürt, daß das Bonbon an seiner Hand klebt und sich nicht lösen will. Ihre Hand drückt leicht auf sein Glied. Er beginnt schneller zu atmen. Draußen ertönt Gebrüll. Dann kracht ein Schuß, und noch einer, und noch einer. Die Menschen stieben auseinander.

»Abhauen!« wird in Panik gerufen.

Victor zieht die Hand aus der Tasche und stößt das Mädchen weg. Sie sieht das Bonbon, das an seiner Hand klebt, und versucht es sich zu schnappen. Einer der jungen Offiziere schlägt ihr mit dem Gewehrkolben ans Kinn. Das Mädchen geht zu Boden. Victor will das Bonbon von seiner Hand abschütteln. Auf sie, vor sie, aber die Autotür wird zugeschlagen. Die Soldaten springen in die Wagen und brausen davon. Victor sieht auf das klebrige Bonbon in seiner Hand. Das Mädchen muß so alt sein wie Charlotte, die er nun schon über sechs Jahre nicht mehr gesehen hat. Er schüttelt unwirsch den Kopf. Diesen Gedanken schiebt er schnell wieder weg.

»Zwei Tote, Major Bridgwater«, ruft der junge Offizier, »zwei

Tote, aber es war Notwehr, das haben Sie ja gesehen? Sie haben es doch gesehen?«

Victor steckt sich das Bonbon in den Mund, nickt und bückt sich, um den Cane aufzuheben.

1968

Rampur

Lieber Donald,

im Namen von Vater soll ich mich für den Rollstuhl bedanken, den du geschickt hast. So ein praktisches Gerät können wir hier nicht kaufen. Du hast natürlich gehört, daß wir eine Entscheidung getroffen haben. Vater fiel es nicht schwer, mir dagegen schon. Für ihn war es keine Frage, daß wir auch künftig hier in Rampur leben. Ich habe mich schließlich auch dafür entschieden, und nun sind wir also beide offiziell indische Staatsbürger. Das erspart einem wenigstens eine lange Bahnfahrt, wenn man einen Reisepaß braucht, dafür mußte ich seinerzeit noch zur Botschaft in Neu-Delhi. Eigentlich habe ich mich nie als Engländerin gefühlt. Du fühlst dich als Brite, oder? Das liegt daran, glaube ich, daß Du nach der Schule in England geblieben bist. Und nun, wo Du mit Patricia verheiratet bist, wirst Du wahrscheinlich nie mehr hier leben. Ich habe die Hochzeitsfeier sehr genossen. Was für eine große Familie sie hat! Ich bin so froh, daß ich dabei war. Patricias Kleid war unvergeßlich. Die Rosen um ihren Hals, so schön! Wirklich schade für Vater, daß er nicht mitkonnte. Er wäre zum ersten Mal in England gewesen. Wer weiß, wenn er irgendwann gut mit dem Rollstuhl zurechtkommt, kommt er vielleicht einmal mit dem Flugzeug, das Reisen ist heutzutage ja viel einfacher. Ich komme mir wie eine alte Frau vor, so wie ich jetzt schreibe, aber es war phantastisch, so schnell in einem anderen Land zu sein, und die Stewardessen waren furchtbar nett. Wie war Eure Hochzeitsreise? Portugal muß ein sehr schönes Land sein. Schickt Ihr Fotos? Hier geht sonst alles seinen Gang. Wir hatten viel Ärger mit roten Ameisen im Salon. Du weißt schon, das große Zimmer neben dem Haupteingang. Hatte ich Dir schon geschrieben, daß Vater ein neues Sofa gekauft hat? Es ist genauso rot wie die Ameisen, darum habe ich sie zuerst nicht gesehen. Es gibt ein ganz fieses Gift, das von einem Fachmann für so was versprüht wird. Wir konnten eine Woche lang nicht ins Zimmer, aber seitdem habe ich keine Ameise mehr gesehen. Außerdem haben wir einen neuen Koch, der alte Bobajee hatte immer öfter schwere Malaria-Schübe, er sagt, er hätte es sich im Krieg geholt, aber ich glaube, er hat es von hier, immer mehr Leute kriegen es, weil fast keiner unter einem Moskitonetz schläft. Wir passen sehr gut auf. Erinnerst Du Dich noch an den Apfelbaum, den wir gepflanzt haben, als Du hier warst? Dieses Jahr trägt er zum ersten Mal. Der neue Koch hat einen Apfelkuchen gebacken, roh sind sie zu sauer. Ich muß jetzt schließen, Vater will gleich in den Club, und ich muß ihn fahren, weil der Chauffeur seine Verwandten besucht.

Alles Liebe, auch für Patricia
Deine Schwester Charlotte

1953

Bombay

Madan zieht zum zigsten Mal an diesem Vormittag die Beine wieder in die Kiste. Es wird immer unbequemer, in dem engen Gehäuse zu arbeiten, nicht, weil die Hitze es unmöglich macht, sondern weil er wächst. Er hat das vor ein paar Wochen seinem Chef klarzumachen versucht, aber der rief, er habe seine Schulden immer noch nicht abgezahlt und außerdem wachse die Rechnung weiter an, weil er jeden Tag den Topf leer esse. Die braune Hose, an der er den Saum auftrennen muß, wird ständig eingeklemmt, und Madan muß sich wie ein Aal winden, um überhaupt arbeiten zu können. Ohne daß es ihm bewußt ist, rutschen seine Beine wieder aus der Kiste. Ram Khan, dem nichts entgeht, nimmt den Stein, der immer neben ihm liegt, und läßt ihn auf Madans nackten Fuß fallen. Mit einem heiseren Schrei zieht Madan den Fuß in die Kiste zurück.

»Noch ein einziges Mal, und ich hacke dir das Bein ab.«

»Gott der Herr spricht: So dich dein Bein ärgert, so haue es ab – aber es ist nicht das Kind, das von dem Bein geärgert wird, sondern Sie. Gott hat niemandem das Recht gegeben, einem anderen Menschen das Bein abzuhacken.« Ein weißer Mann in einer langen weißen Kutte geht ruhig auf Ram Khan zu. An seinem Gürtel baumelt ein hölzernes Kreuz. Der Schneider, sonst selten um Worte verlegen, sieht den jungen, weißen Mönch verständnislos an, der fortfährt: »Lasset die Kinder spielen, so steht es geschrieben, also sagen Sie mir, warum sperren Sie dieses Kind in eine Kiste ein?«

»Ich kann doch wohl mit meinem eigenen Kind machen, was ich will. Oder etwa nicht?«

»Ihr Kind?« Der Mann streckt eine Hand in die Kiste und zieht Madan sanft heraus.

Ram Khan springt auf. Der Bretterboden knarrt laut unter der jähen Bewegung. »Lassen Sie die Pfoten von meinem Kind.«

»Ihr Kind«, wiederholt der Mann. »Dann sagen Sie mir doch mal, wie der Junge an die Narbe an seinem Hals gekommen ist.«

Madan, der halb in und halb vor der Kiste hockt, macht sich so klein wie möglich. Sein Fuß, auf dem der Stein gelandet ist, blutet ein bißchen, aber verglichen mit dem alten Schmerz der Kinnwunde ist es nicht schlimm.

»Er ist früher mal hingefallen«, blafft Ram Khan.

»Das ist nicht Ihr Kind«, sagt der Mann.

»Für wen halten Sie sich eigentlich!« schnauzt Ram Khan, der sich aus den Augenwinkeln vergewissert hat, daß kein Polizist auf der Straße zu sehen ist.

»Ich bin Bruder Franciscus von der St.-Thomas-Kongregation. Letzte Woche bin ich schon zweimal hier vorbeigekommen und habe gesehen, wie Sie das Kind behandeln. Ich weiß Ihren Namen, Sie heißen Ram Khan, Sie kommen aus dem Punjab und Sie haben überhaupt kein Kind. Sie sind ja nicht einmal verheiratet.«

Ram Khan fällt der Unterkiefer herab.

»Deshalb nehme ich den Jungen jetzt mit. Wenn Sie mich daran hindern wollen, rufe ich die Polizei.«

Der Schneider ringt nach Worten, nach Flüchen, nach einer Lösung. Das einzige, was ihm einfällt, ist: »Ich habe schlechte Augen.«

»Dann kaufen Sie sich eine Brille.«

»Dafür habe ich kein Geld.«

»Daran ist das Kind nicht schuld.« Bruder Franciscus von der St.-Thomas-Kongregation nimmt Madan bei der Schulter. Er hat den Jungen vorher nie richtig sehen können, weil er immer tief in der Kiste hockte. Ihm fällt auf, daß es ein hübscher Junge ist, die Stellung seiner Augen, der breite Mund, die gerade Nase und das lockige Haar, nur die entzündete Wunde unterm Kinn ist abstoßend. Der Mönch lächelt, aber Madan traut sich nicht, die weiße, ausgestreckte Hand zu fassen.

»Sehen Sie, er will nicht.«

Der Mönch hockt sich vor Madan und versucht, seinen Blick einzufangen. »Du brauchst keine Angst zu haben, in unserem Haus wohnen viele Jungs wie du, manche sind etwas älter, andere jünger. Jeder hat sein eigenes Bett, und wir haben eine Schule, wo du lesen und schreiben lernen kannst.«

»Er ist stumm«, sagt Ram Khan als letzten Versuch, ihn zu behalten.

Der Mönch richtet sich, nachdem er Madan noch einmal besonders freundlich zugenickt hat, wieder an den Schneider. »Wir gehen.« Er nimmt Madans Hand und zieht ihn vorsichtig hoch.

»Er schuldet mir noch Geld«, murrt Ram Khan.

»Wofür?«

»Für seine Kleider, für das Essen und für sein Zimmer.«

Der Mönch zieht einen Geldschein aus der Tasche und gibt ihn dem Schneider. »Danke dem Herrn«, sagt er und zieht Madan mit sich auf die Straße.

Ein paar Straßen weiter, wo der Basar aufhört, bleibt der Mönch stehen, zieht nervös einen Kamm aus der Tasche, beugt sich vor und kämmt Madan die Haare.

Madan muß plötzlich an seine Schwester denken. Er lächelt.

Sie gehen durch ein Tor auf den Innenhof eines Gebäudes, das drei Stockwerke hat. Madan, dessen Haare nun streng gescheitelt sind, macht Stielaugen. Überall sind Jungen in kurzen weißen Hosen und weißen Hemden. Manche spielen Kricket, andere reden miteinander oder rufen etwas aus einem Fenster, und einer liegt unter einem Baum im Schatten und schläft. Zwischen den Kindern gehen Männer umher, die so gekleidet sind wie Bruder Franciscus.

Der Mönch hat die ganze Fahrt in der Rikscha kein Wort gesprochen, aber versucht, Madan durch Gebärden deutlich zu machen, daß er dem Chef Geld gegeben hat, daß Madan also keine Angst mehr vor dem Schneider zu haben braucht, und daß er, Bruder Franciscus, gut für ihn sorgen wird.

Hand in Hand gehen sie in einen Saal mit langen Tischen. Bruder Franciscus gibt dem kleinen Jungen zu verstehen, daß er sich hinsetzen soll. Aus der Küche holt er einen Teller mit Essen und stellt ihn vor Madan hin. Fasziniert sieht der junge Missionar zu, wie Madan den kalten Reis mit Dhal hinunterschlingt, als hätte er Angst, daß ihm der Teller gleich wieder weggezogen würde.

Nach dem letzten Bissen sieht Madan, daß ein zweiter Mönch dazugekommen ist, einer mit einem Bart. Er hört, wie Bruder Franciscus dem anderen erzählt, daß er ihn auf dem Basar bei einem Schneider gefunden und daß der ihn in eine Kiste eingesperrt habe. »Das arme Kind ist taubstumm!« sagt Bruder Franciscus mit dramatischer Stimme.

Der Mönch mit dem Bart setzt sich ihm gegenüber an den Tisch. Er zeigt auf seine Brust und sagt ganz laut: »ICH BIN BRUDER JOHANNES. ICH BIN VON DER SCHULE.« Er dreht sich zu Bruder Franciscus um und seufzt: »Wie kann man ›Schule‹ in Gebärdensprache ausdrücken?«

»Er hat bestimmt keine Ahnung, was eine Schule ist, also laß ruhig. Ich muß erst mit ihm zu Bruder Augustinus, noch mehr Krankheiten im Haus können wir im Augenblick nicht brauchen.« Er streckt die Hand aus, und Madan legt seine kleine Hand hinein.

Die große warme Hand führt ihn weiter in das Haus hinein, vorbei an geräumigen Zimmern mit Tischen und Stühlen, mit Regalen voller Bücher und Schautafeln mit Abbildungen von Tieren.

Hinter einer großen Tür sitzt Bruder Augustinus, auf seiner Nase ruht eine Brille mit dicken Gläsern. Auf einem Wandbord hinter ihm stehen lauter Schädel und tote Tiere in Flaschen.

»So, ein neuer«, klingt es fröhlich, als sie eintreten.

»Er ist taubstumm«, sagt Bruder Franciscus.

Bruder Augustinus' Augen funkeln, bei jedem neuen Kind, das ins Haus kommt, sieht er die Aufgabe, die ihn erwartet, nicht nur physisch und intellektuell, sondern vor allem spirituell. Wenn dieser kleine Junge in einem Jahr Gott den Herrn als seinen Hirten ansieht, wird seine Zukunft viel rosiger aussehen, davon ist er überzeugt. Er hebt die Hand und sagt: »Hallo!«

Der Schädel direkt neben dem Kopf von Bruder Augustinus hat große, hohle Augen und da, wo die Nase sein müßte, ein Loch. Der Mönch gleicht ihm ein wenig. Madan zögert, hebt dann aber doch die Hand. Der Mann winkt ihn heran. Mit langsamen Schritten geht Madan auf ihn zu. Als er vor ihm steht, nimmt der Mann das hölzerne Kreuz, das auch an seinem Gürtel hängt, und hält es Madan an die Stirn. Madan spürt, wie ihm das Herz bis zum Hals pocht. Der Mönch schließt die Augen und beginnt etwas zu murmeln.

Bruder Franciscus sieht mit mißgünstigem Blick zu. Wie kann er auch so dumm gewesen sein, es schon wieder zu vergessen, der Abt hatte es ihm noch doch deutlich gesagt, empfange jeden Neuling mit einem Vaterunser.

Nach dem Amen schlägt Bruder Augustinus ein Kreuz, nimmt Madans Hand und läßt ihn auch das Kreuzzeichen machen. Ohne weitere Ankündigung reißt Bruder Augustinus seinen großen Mund auf. Die Zähne, braun von jahrelangem Zigarrenrauchen, liegen verfallen um eine nasse Zunge. Der Mund klappt zu und der Mönch zeigt auf Madans fest geschlossenen Mund. Erst als Madan das verrottete Gebiß zum dritten Mal gesehen hat, öffnet er vorsichtig den Mund. Milchzähne und bleibende Zähne werden sichtbar. Der Mönch hält nun einen Löffel in der Hand. Er dreht ihn um, steckt Madan den kalten Metallstiel in den Mund und drückt ihm die Zunge nach unten. Madan muß würgen, und ihm entfährt ein angstvolles, animalisches Quieken. Der Mönch zieht den Löffel schnell heraus, noch vor kurzem konnte ein Neuankömmling die gerade heruntergeschlungene Mahlzeit nicht bei sich behalten, als er ihm in den Hals sah. Er setzt die Untersuchung fort und betrachtet mit kundigem Blick die Narbe unterm Kinn, die Augen, die Ohren, er inspiziert Madans Haare, horcht Herz und Lunge ab und klopft mit einem kleinen Hammer gegen seine Knie.

»Ein gesunder Bursche, aber was sie mit ihm angestellt haben, kann ich nicht genau sehen. Man könnte meinen, sie hätten ihn stumm gemacht, so wie sie auch Augen ausstechen oder Arme und Beine brechen, weil das lukrativer ist fürs Betteln.« Unterdessen ist er zu Bruder Franciscus getreten und flüstert ihm ins Ohr: »Mit seinen Ohren ist meiner Ansicht nach alles in Ordnung.« Dann sagt er laut, der Junge müsse in die Badewanne und saubere Kleidung bekommen.

An der feuchten Hand von Bruder Franciscus setzt Madan seinen Weg durch die langen Korridore fort. Vor einer großen Statue von einem Mann, der an zwei gekreuzten Brettern aufgehängt ist, bleiben sie stehen. Bruder Franciscus kniet nieder und gibt ihm ein Zeichen, es ihm nachzumachen. Er faltet die Hände, richtet den Blick auf den Gekreuzigten und murmelt wie Bruder Augustinus vor sich hin. Madan rieselt es kalt über den Rücken, als er sieht, daß ein Nagel durch die Füße des Mannes geschlagen ist, und auch die Hände sind am Holz festgenagelt. Mit flehendem Blick sieht der Mann ihn an, er hat den Mund geöffnet, man sieht deutlich, daß er großen Durst hat. Die Kiste bei Ram Khan war klein und unbequem, aber die Vorstellung, daß er hier vielleicht genau wie dieser Mann angenagelt werden soll, versetzt ihn in Todesangst.

»Amen«, klingt es neben ihm. Bruder Franciscus sieht ihn an und lächelt: »Du wirst sicher Mukka genannt?«

Madan versteht nicht, wieso der Mann plötzlich weiß, daß er hören kann. Hat der andere Mann, der in seinen Kopf geschaut hat, das entdeckt? Wissen sie jetzt auch, was er denkt?

»Wir haben einen viel besseren Namen für dich, wir werden dich Josef nennen, dann heißt du so wie der Vater von diesem Mann am Kreuz.« Er zeigt mit breitem Lächeln auf den angenagelten Mann. »Komm, Josef, es ist Zeit, daß du dich wäschst.«

Der Mönch zieht ihn in einen grau gefliesten Waschraum. Aus der Decke ragen rostige Rohre mit Brausen, und an der Wand sind Wasserhähne.

»Josef, zieh dich aus«, sagt Bruder Franciscus freundlich.

Madan bleibt reglos stehen. Bruder Franciscus, der sich nicht mehr sicher ist, ob Bruder Augustinus tatsächlich recht hatte, was das Gehör des Jungen betrifft, macht ihm mit Gebärden verständlich, daß er seine Kleider ausziehen soll, daß Wasser von der Decke herabkommen wird und daß er sich waschen soll. Er reicht ihm ein nasses Stück Seife. In der Nähe beginnt eine Kirchenglocke zu läuten. Bruder Franciscus bekreuzigt sich und dreht ihm den Rücken zu. Aus einer der Duschen fallen Tropfen. Madan zieht Hose und Hemd aus und dreht an einem der großen Knöpfe. Zuerst hört er ein Gluckern und Rumoren, dann spritzt das Wasser heraus. So viel Wasser ist noch nie über seinen Körper geflossen. Es ist herrlich lauwarm, als ob er durch den Regen läuft. Madan vergißt den Mönch, den Mann mit den Nägeln, Ram Khan, sogar seine Schwester vergißt er. Er macht die Augen zu und breitet die Arme aus. Er öffnet den Mund und läßt das Wasser hineinströmen.

Madan merkt nicht, wie Bruder Franciscus ihn im Spiegel beobachtet, auf seine Haare schaut, die ihm im Nacken kleben, auf das Wasser, das aus seinem Mund läuft, die unbehaarten Achselhöhlen und den zerbrechlichen Brustkorb, den kleinen Penis, der zwischen seinen Beinen hängt. Bruder Franciscus kann den Blick nicht von dem kleinen Körperteil lösen. Er spürt, wie sein Glied steif wird. Er muß den Raum verlassen, den Hahn zudrehen oder die Augen schließen, aber er will es nicht. Seine Haut prickelt, seine Zunge ist trocken.

Madan spürt das Wasser über sich hinwegströmen. Es nimmt alle seine Gedanken mit sich in das Loch im Fußboden. Es kribbelt in seinen Haaren, es kühlt seinen Rücken, und es löscht seinen Durst. Es wäscht allen Staub und alle Sorgen von ihm ab.

»Halt!« ruft Bruder Franciscus plötzlich und dreht brüsk den Hahn zu.

Madan öffnet die Augen und sieht den Mönch strahlend an, der langsam mit einem Handtuch auf ihn zukommt, niederkniet und ihn abtrocknet.

1995

Rampur

Er öffnete bereitwillig den Mund, Charlotte flößte ihm einen Löffel Joghurt ein. Was herauslief, schabte sie versiert mit dem Löffel von seinem Kinn und steckte ihm den Löffel wieder in den Mund. Aus dem kleinen Kassettenrekorder tönte klassische Musik. Im Licht der einzigen Neonröhre sah ihr Vater alt aus. Von der vornehmen Würde, die er sein ganzes Leben ausgestrahlt hatte, war nichts mehr übrig, und das Gesabber auf dem Löffel rief in ihr Vorstellungen der Dinge wach, auf die sie in ihrem Leben hatte verzichten müssen. Hema hatte sich wie gewohnt zurückgezogen, nachdem er die Lederriemen wieder festgemacht hatte. Daß ihr Vater aus dem Zimmer entwischt war, lag daran, daß er am Vormittag nach dem Waschen in einen Tiefschlaf gefallen war und Hema es deshalb nicht geschafft hatte, den schlaffen Körper im Rollstuhl richtig anzugurten. Wie der schlaue Fuchs es fertiggebracht hatte, die Bremse zu lösen, war ihr nach wie vor ein Rätsel, aber wenn man bedachte, daß er aus dem Dschungel von Birma entkommen war, dürfte das Aufnesteln des Gurtes für ihn eher einfach gewesen sein. Charlotte begriff nicht, warum Hema vergessen hatte, die Tür abzuschließen, ebensowenig wie sie seine weitschweifigen Erklärungen begriff, daß er zu beschäftigt gewesen sei, weil der Strom genau in dem Moment ausgefallen war, als das Teewasser zu kochen begann. Am Vormittag hatten sie tatsächlich eine Stunde lang keinen Strom gehabt, aber trotzdem kam ihr das Ganze wie eine faule Ausrede vor. Vater hätte zum Treppenloch fahren können. Einen Sturz aus dieser Höhe hätte er nie überlebt. Daß sie selbst einmal die Tür offengelassen hatte in der Hoffnung, daß genau das geschehen würde, hatte sie rigoros aus ihrer Erinnerung getilgt. Sie summte die Schubert-Melodien mit und stopfte dem alten Mann den nächsten Löffel Joghurt in den Mund. Ihr Blick fiel auf den großen Wäscheschrank.

Der General war ihrem Blick gefolgt, spuckte den Joghurt aus und brüllte: »Was hast du vor?«

»Nichts, Vater, ich will nur mal in den Schrank schauen.«

»Das ist mein Schrank!« schrie er. »Darin hast du überhaupt nichts zu suchen!«

»Weißt du vielleicht, ob die Seidenstoffe von Mutter noch darin liegen?«

»Das sind meine! Die gehören dir nicht!« rief er. Seine Augen verdrehten sich, seine Schultern zuckten.

»Bleib ruhig, Vater, ist schon gut.«

»Ich erschieße dich, wenn ich es merke. Und ich sehe alles. Alles!« kreischte er.

Sie zog seinen Latz weg, wischte ihm das Kinn ab, stellte den Kassettenrekorder so hin, daß er nicht an ihn herankam, kontrollierte noch kurz, ob die Gurte und die Bremse festsaßen, und verließ mit dem übriggebliebenen Joghurt das Zimmer. Sie sperrte die Tür ab und hängte den Schlüssel seufzend an den Nagel.

In der Ferne heulte ein Hund, die Grillen zirpten dagegen an, und der Mond war eine hauchdünne Sichel. Madan nahm den Eimer vom Spülstein und ging geräuschlos durch die offene Küchentür hinaus. Die Hitze des Tages war den Düften der Nacht gewichen, und trotzdem merkte er, daß neue Düfte dazugekommen waren, seit er die Pflanzen wässerte. Die Zweige des vertrockneten Jasmins hatten wieder etwas von ihrer alten Kraft, und die verdorrten Blätter der Mimose hingen nicht mehr so schlaff herab. Die Rosensträucher, die wie abgestorben ausgesehen hatten, zeigten rosafarbene Punkte, die neues Leben ankündigten, der Apfelbaum hatte seine Farbe geändert, und die Blätter des Kapernstrauchs raschelten nicht mehr.

Als er das Wasser auf die Beete neben dem Haus goß, spürte

er, daß ihn jemand beobachtete. Sein Blick schoß sofort zu Charlottes Schlafzimmerfenster, wo aber niemand war, und wanderte dann von Fenster zu Fenster, doch er sah nur Vorhänge, Fensterläden und die Spiegelung der Mondsichel in einer Scheibe. Er drehte sich um und blickte direkt in Hemas Augen, der still und reglos in der offenen Küchentür stand. Madan fragte sich, ob er ihn geweckt hatte oder ob das Faktotum wieder einen aufregenden Traum erlebt hatte, was im Nebenzimmer manchmal deutlich zu hören war. Er leerte den Eimer, und die Erde saugte den letzten Rest Wasser begierig auf. Ohne Kontakt zu seinem Zuschauer zu suchen, ging Madan zum Schuppen zurück, füllte den Eimer und trug ihn wieder zum Blumenbeet. Hema war verschwunden, die Tür war jetzt zu. Im Gesicht des Schneiders erschien ein Lächeln, und er wässerte in aller Ruhe weiter die vertrockneten Pflanzen. Als der fünfzehnte Eimer leer war, ging er zum Küchenhaus, stellte den Eimer leise vor die Tür und zog sich in den Schuppen zurück. Drinnen war es stockdunkel, er ertastete das alte Bett des Mali, stellte den Rasenmäher beiseite, legte das Bündel Verlängerungskabel auf den Boden, legte sich hin und schlief.

Als Hema mit dem Tablett für den Morgentee aus dem großen Haus zurückkam, saß Madan an seiner Nähmaschine. Hema nahm den Eimer, der noch vor der Tür stand, und stellte ihn scheppernd auf den Spülstein. Madan blickte nicht auf. Hema hatte in der Nacht schlagartig erkannt, daß der Darsi versuchte, ihn hinauszudrängen. Eine Woche nach dem Tod des Mali hatte Charlotte ihn gebeten, einige Aufgaben des verstorbenen Mannes zu übernehmen, und ihm dabei versichert, daß sie kein Blütenmeer wie früher erwarte, er solle sich nur ein bißchen um die Beete kümmern. Für den Rasen, hatte sie gesagt, ließe sie jemanden kommen. Was blieb ihm anderes übrig, als höflich zu nicken; insgeheim aber dachte er, die Memsahib könne nun wirklich nicht von ihm verlangen, daß er – seit sie die Dienste des *Dhobi* nicht mehr in Anspruch nahm, die Kulis entlassen und auch den Mehtar nach Hause geschickt hatte und es nicht mal mehr einen Koch gab – neben Waschen, Schleppen, Fegen, Kochen *und* ihren Vater Versorgen auch noch die Gartenarbeit übernahm. Es war sein stiller Protest gewesen, und der wurde nun von diesem schrecklichen Darsi unterlaufen. Er goß neues Wasser in den Topf. Oder war es nicht vielleicht doch zu seinem Vorteil, fragte er sich plötzlich. Hema mochte es nicht, nachzudenken. Etwas war so, oder es war nicht so. Unklare Situationen, Streitgespräche und andere komplizierte Dinge mied er lieber. Nun hielt er es auf einmal für möglich, daß ihm seine voreingenommene Haltung gegenüber dem Darsi schaden könnte. Also rief er schnell ins andere Zimmer: »Kaffee oder Tee?« Daß der Schneider nicht sprechen konnte, hatte er in seiner Verwirrung vergessen.

Madan schaute um die Ecke, zeigte freundlich auf den Topf für den Tee und neigte den Kopf, was Hema als »danke schön« deutete, und machte mit seiner Arbeit weiter.

Aber Zucker kommt nicht rein, beschloß Hema.

1966

Rampur

Ein unbekanntes Geräusch weckt sie auf. Charlotte blickt aus dem Fenster und sieht, wie fünf wettergebräunte Männer mit nacktem Oberkörper unten an der Zufahrt graben. Sie treiben die Spaten in den Boden und werfen den Kies und die Erde hinter sich. Die Sonne ist noch nicht aufgegangen, und sie hört auch noch nicht die schweren Schritte ihres Vaters.

Nach sechseinhalb Jahren des Wartens, in denen sie unendlich viele Formulare ausgefüllt und Briefe an die Stadtverwaltung, die Behörden des Bundesstaates und sogar an den Minister geschrieben hatten, auf die sie nie eine Antwort erhielten, wird nun endlich eine Abwasserleitung angelegt. Ihr Vater nennt das sogar »Teil des modernen Indien werden«.

Seine Tochter hat ihm nicht erzählt, daß sie den Bauunternehmer unter der Hand bezahlt hat. Charlotte hat genug von dem Geschleppe mit den Wassereimern, den ständig streikenden Pumpen und den undichten Fässern auf dem Dachboden.

Sie hört Gepolter im Flur, ihre Tür wird aufgerissen.

»Sie haben angefangen!« ruft Victor aufgeweckt. Seine Pyjamajacke hängt offen, mit seinem muskulösen Körper steht er energisch vor ihr.

Anders als ihr Vater hatte Charlotte in dieser Nacht sehr schlecht geschlafen. Beim Abendessen hatte er ihr unvermittelt erzählt, er habe das Pensionärsdasein satt und werde nach dem Monsun, wenn das Land wieder grün sei und die Blumen blühten, fortgehen. Wohin denn, hatte sie ihn gefragt. Nach England, war seine Antwort. »Nach England?!« Sie war sprachlos, er hatte immer verkündet, nie in diesem naßgrauen Erbsenland sterben zu wollen. »Nein«, hatte er mit dröhnender Stimme gerufen,

»ich will meine Beine etwas ausstrecken! Ich laufe von Rampur nach London und zurück. Und diese Abwasserleitung ...« – er zeigt aus dem Fenster – »...muß fertig sein, bevor ich losziehe.«

»Ich werde dafür sorgen, daß sie fertig ist, wenn du wiederkommst«, lächelt Charlotte.

Er lacht so laut, daß die fünf Männer unten am Hügel alle zugleich aufblicken.

»Von wegen. Nächste Woche ist die ganze Sache fertig.«

Mit ausholenden Schritten stiefelt er weg. Sie weiß immer, wo er gerade ist in dem großen Haus, alles, was er tut, ist mit Lärm verbunden. Früher war es ihr nicht so aufgefallen, aber je älter er wird, desto größer ist sein Bedürfnis, nachdrücklich anwesend zu sein. Mit seinen Schritten, mit seiner Stimme, seiner Meinung und seinen Vorstellungen. Charlotte sieht ihm nach, er marschiert wie ein Soldat. *Der schafft es mühelos bis nach London*, denkt sie, *der schon.* Sie spürt ein Gefühl von Verbitterung über ihre Jahre in Rampur. Ihre Wünsche, zu studieren, einen Beruf zu ergreifen, sich ein neues Leben aufzubauen, hatte ihr Vater jahraus, jahrein sabotiert. Aber wenn ihr Vater nun selbst eine Reise antritt, kann sie vielleicht auch etwas Neues wagen.

Vor neun Jahren hatte Charlotte einen charmanten deutschen Ingenieur kennengelernt; Victor hatte dem Mann das Leben so unmöglich gemacht und alles, was er tat, so in Grund und Boden kritisiert, daß auch Charlotte nach einem Jahr täglicher Krittelei nur noch Negatives an ihm sehen konnte und die Verlobung auflöste. Ein paar Jahre später hatte ein irischer Lehrer, den es aus idealistischen Beweggründen nach Indien verschlagen hatte, das gleiche Schicksal wie der deutsche Ingenieur erlitten. Danach hatte sie jeden Gedanken an eine neue Romanze so weit von sich geschoben, daß sie inzwischen glaubte, kein Mann passe zu ihr und sie würde wohl niemals Kinder haben. Sie litt sehr darunter, und nur der Flügel konnte ihr dabei helfen, diesen Kummer einigermaßen zu vergessen. Sie beobachtet, wie ihr Vater mit erhobenem Haupt und geradem Rücken den Hügel hinabgeht. Sie steht auf und strafft ebenfalls den Rücken. Und auf einmal steht ihr Entschluß fest. *Ich gehe auch fort!*

Der Himmel färbt sich orange, ihr Vater begrüßt die Erdarbeiter, und neben ihm taucht aus dem Nichts der neue Butler mit dem unaussprechlichen Namen auf, in der Hand ein Tablett mit Tassen. Sie reden, trinken Tee und deuten auf verschiedene Stellen im Gelände. Vaters Stimme ist überall herauszuhören. Der Mann, von dem Charlotte annimmt, daß er der Vorarbeiter ist, macht ein skeptisches Gesicht und schüttelt den Kopf. Vater zeigt von dem Loch zu seinen Füßen zum großen Haus. Plötzlich schauen alle Männer zu ihr hin, sie fühlt sich nackt in dem Spitzennachthemd. Schnell tritt sie vom offenen Fenster weg.

»Einen Monat! Er behauptet, es dauert einen Monat, einen Graben auszuheben! Und dann müssen noch die Rohre verlegt werden! Wir können also monatelang nicht mit dem Wagen bis zur Haustür fahren, und die ganze Zeit diese Blindgänger auf der Zufahrt, mit ein paar tüchtigen Männern aus meinem Bataillon würde ich das an einem Vormittag über die Bühne bringen. Einen Monat! Weißt du, was das kostet? Einen Monat! Bauunternehmer nennt er sich, ein unprofessioneller Stümper ist er. Einen Monat für einen simplen Graben! Der Boden ist zu hart, sagt er. Dann soll er doch einen Bagger mieten, die werden heutzutage in der ganzen zivilisierten Welt benutzt! Nein, er macht es mit seinen Männern, kraftlosen Schluffis auf nackten Füßen. Wie soll man denn so einen Spaten in den Boden treten! Na, wie?«

Charlotte kennt die Tiraden, wenn sie ihn nicht stoppt, geht es stundenlang so weiter. »Vielleicht zeigst du ihnen mal, daß es viel besser geht, wenn sie Schuhe anhaben.«

»Du erwartest doch wohl nicht, daß ich sein Personal mit Schuhen versorge, ich bin nicht die Armee.«

»Nein, aber zeig es ihm wenigstens, vielleicht lernt er ja was daraus.«

»Ja, ich zahle nämlich nicht einen Monat lang Lohn für einen Trupp Erdarbeiter mit nackten Füßen.«

Der General zieht seine Lieblingsstiefel an. Stiefel, die mehr über ihn erzählen können als irgend jemand sonst, die wissen, wo er gewesen ist, wo er angeblich, aber in Wahrheit nie war, wem er gehorcht und wen er gedemütigt hat. Wen er verführt, liebkost, getreten und zertreten hat. Die Stiefel, die er auf seinem großen Fußmarsch tragen wird. Die Stiefel, die er als seine besten Freunde ansieht.

Am Anfang der Zufahrt arbeiten die Männer mit bloßen Füßen, gemächlich schaufeln sie die Erde weg. Sie schürfen und wühlen im Boden, bis er locker genug ist, um ihn abtragen zu können. Der ehemalige Kommandant kocht innerlich, aber er weiß, daß er sich beherrschen muß. Hier auf der Zufahrt zu seinem Haus kommt er, sollte sein Wutanfall außer Kontrolle geraten, nicht so straflos davon wie vor seiner Pensionierung. Er verhält den Schritt und holt tief Luft. In Gedanken zählt er ganz langsam bis zehn, bevor er ausatmet. Wieder atmet er tief ein und wiederholt das Ganze. Bei der Zahl Zehn ist er unten am Hügel. Die Männer, die am Morgen noch Tee von ihm bekamen, spüren, daß etwas in der Luft liegt, und blicken nicht auf. Ihre Spaten graben. Ihre schwieligen Füße mit den rissigen Zehennägeln stehen auf den scharfkantigen Steinen. Einer der Männer, ein junger Bursche mit einem Tuch um den Kopf, hat den General nicht gesehen und singt mit hoher Stimme einen populären Filmsong, während seine Schaufel in der Erde wühlt. Mit einem Ruck entreißt ihm der General die Schaufel, schiebt ihn beiseite und nimmt seinen Platz ein. Er setzt den Spaten an und tritt ihn mit seinem Stiefel ins Erdreich. Sofort merkt er, daß es fast unmöglich ist, den Spaten auf einen Schlag in den Boden zu treiben. Er schöpft Luft, er erkennt das Gefühl wieder, wenn seine Fußsohle darauf wartet, zuzutreten. Beim Ausatmen setzt er alle Kraft ein. Der Spaten fährt in den Boden. Triumphierend wirft er die volle Schaufel Erde auf den Haufen. Wieder rammt er den Spaten mit einem kräftigen Tritt in den Boden, noch entschlossener, noch tiefer. Und noch einmal. Und noch einmal. Schweißperlen treten ihm auf Stirn, und seine Arme beginnen leicht zu zittern. Sein Körper knarzt und ächzt, er ist die schwere körperliche Arbeit nicht mehr gewohnt. Er ignoriert es, er will in die Erde hinein, er wird den Lahmärschen mal zeigen, was Arbeiten ist. Die Männer haben die Arbeit unterbrochen und sehen dem großen alten Engländer zu, der heute morgen so vornehm wirkte und jetzt wie ein Besessener ans Werk geht. Wieder und wieder tritt er den Spaten in die Erde, immer tiefer, immer schneller.

Als sie den nächsten Spatenstich erwarten, hört er abrupt auf. »Das ist Arbeiten«, keucht er. »Ich bin verdammt noch mal ein pensionierter alter Knacker, also soll mir keiner von euch erzählen, er kann es nicht. Ihr wollt bloß nicht. Warum kommt dieses Land mit der Entwicklung nicht voran, na, was meint ihr wohl? Weil es zu viele Schlappschwänze wie euch gibt. Glaubt ihr etwa tatsächlich, wir hätten den Krieg barfuß gewinnen können?« Er stampft mit dem Fuß auf und setzt seine Tirade fort.

Am Anfang der Zufahrt stoppt ein großer LKW, der mit Rohren beladen ist. Langen, eisernen Kanalisationsrohren. Oben auf den Rohren sitzen vier Männer. Der Fahrer hupt und winkt aus seiner Kabine den Männern auf der Zufahrt zu. Der General, der durch die Unterbrechung den Faden verloren hat, sieht den Fahrer wütend an. Als er die Männer auf den Rohren erblickt, geht er zu dem Wagen hin und fordert sie auf, abzusteigen. »Noch so eine Bande Nichtsnutze! Kapiert ihr denn nicht, daß ihr für den Lohn, den ich euch zahle, arbeiten müßt?«

Die Männer springen nacheinander herunter.

»Und jetzt wollt ihr mir sicher weismachen, daß es eine Woche dauert, um die Rohre abzuladen.« Er hat den Spaten noch immer in der Hand. Ehe es irgend jemand richtig mitbekommt, geht er auf den Wagen zu und haut mit ein paar Spatenschlägen die Stricke um die Rohre durch. Der Fahrer brüllt los, alle springen zurück. Der General schlägt den letzten Strick durch, die Rohre knirschen, aber bleiben auf dem Wagen liegen. Der

General macht ein enttäuschtes Gesicht, er hatte gehofft, die Eisenrohre würden alle auf einmal herabfallen. Es wäre ein fabelhafter Abschluß seiner Vorstellung gewesen. Er schlägt mit dem Spaten noch einmal dagegen und dreht sich um. Die Arbeiter sehen sprachlos zu. Der Stapel beginnt zu knacken, eines der Rohre löst sich und gerät ins Rutschen. Der Mann mit dem Kopftuch will Victor vom LKW wegziehen, aber Victor läßt sich nicht ziehen, er will mit seinen Stiefeln davonschreiten.

Er schreitet zu spät. Mit einem Knall wird er nach vorn geworfen, als sei hinter ihm eine Granate detoniert. Das erste Rohr schlägt gegen seine Waden. Seine Beine sind kraftlos, als wären sie durchgeschnitten. Seine Knie berühren den Boden, und er spürt, wie sie brechen. Das nächste Rohr fällt auf das vorige und zertrümmert ihm die Schienbeine. Mit donnerndem Krachen rutscht die ganze Ladung vom Wagen. Ein Rohr nach dem anderen fällt auf die Beine des Generals. Er spürt, wie seine Knöchel und Füße zerquetscht werden. Ein fast euphorisches Gefühl überkommt ihn. In seinen Stiefeln werden die Knochen zu Splittern zermalmt. Nur das Leder hält das Fleisch zusammen. Die nächsten Rohre fallen auf seinen Rücken. Die Männer schreien. Werfen ihre Spaten davor, versuchen es aufzuhalten. Die Eisenrohre prasseln weiter herab, wie das Finale einer bombastischen Symphonie.

Durch die Musik hindurch hört Victor ringsum die Kugeln der Japaner einschlagen. Sie treffen ihn nicht, er ist unverwundbar, das weiß er. Der Krieg ist vorbei, und er ist lebend aus dem Dschungel herausgekommen, er ist gerannt, mit seinen Stiefeln gerannt. Er läuft den Fluß entlang, seine Füße in den Stiefeln fühlen sich naß an. Bei jedem Schritt quillt Blut über den Schaft. Er sinkt in den Schlamm ein, der morastige Grund macht ihm das Laufen unmöglich. Er liegt auf dem Bauch. Ihm wird bewußt, daß er auf dem Boden liegt, mit dem Gesicht auf Steinen. Der Trommelwirbel verstummt, ein letzter hoher, singender Ton klingt nach. Dann wird es dunkel und still.

Der Fahrer murmelt: »Die Rohre sind nicht für hier.«

1953

Bombay

Der Strick mit den Knoten peitscht immer wieder auf ihn herab und hinterläßt auf seinem Rücken rote Striemen. In der Kapelle singt der Knabenchor mit hohen, zerbrechlichen Stimmen. Die Kirchgänger, hauptsächlich Nachkommen unehelicher Kinder von englischen Soldaten, die nach dem Schwängern einer indischen Schönheit die werdende Mutter mit ihrem Geschenk allein ließen, feiern mit den Mönchen der St.-Thomas-Kongregation Ostern. Bruder Franciscus hofft, daß ihn niemand vermißt. Er steht mit entblößtem Oberkörper im Duschraum und geißelt sich mit seinem Gürtel. Sein Traum – für den er Hindi gelernt hat –, als ehrwürdiger Missionar gute Werke an den Ärmsten der Armen zu vollbringen, ist zerbrochen. Seit einer Woche ist Josef, der Junge, den er aus den Händen des tyrannischen Schneiders gerettet hat, verschwunden, und das ist seine Schuld. Das weiß er genau.

Am Vormittag, als er beim Vorbeten an der Reihe war, wußte er nicht, wo sie gerade waren. Der Abt hatte ihn mit Befremden angesehen. Mit gesenktem Kopf hatte er verzweifelt im Meßbuch nach den richtigen Worten gesucht, aber der Satz, der von ihm erwartet wurde, blieb aus. Die Buchstaben waren vor seinen Augen getaumelt, und der Abt hatte seinem Nachbarn ein Zeichen gegeben, auch seinen Part zu übernehmen. Als sie später in der Osterprozession zur Kapelle schritten, hatte er sich als letzter in die kniende Reihe neben dem Altar geschoben. Seine Gedanken flogen, wie in jeder Sekunde, in der er nicht von frommen Pflichten abgelenkt wurde, zu Josef. Wo mochte er sein? Zum Schneider war er nicht zurückgegangen, dort hatte er am Morgen schon nachgesehen. War er zusammen mit dem ungläubigen Abbas weggelaufen, der sich vor nichts und niemandem fürchtete und vor allem ein Bekehrungsprojekt des Abtes persönlich war? Wenn sie nur die Finger von ihm lassen, betete er. Er fühlte sein Geschlecht anschwellen und sah, daß an seiner Kutte neben dem Holzkreuz eine Ausstülpung entstand. Ganz still hatte er sich vom Altar zurückgezogen und war ins Badezimmer geschlichen. Er band den Strick um seine Taille los, hängte das hölzerne Kreuz an einen Nagel, ließ die Kutte von seinen Schultern gleiten und schlug.

»Renn, Mukka!« schreit Abbas. »Renn!«

Sie flitzen nach links in eine Gasse, dann nach rechts durch ein kleines Tor. Hinter sich hören sie das Keuchen eines Polizisten. Sie spurten in eine andere Gasse, an einer Frau vorbei, die kniend Wäsche wäscht. Sie schlüpfen zwischen zwei Häusern durch. Abbas zieht Madan hinter ein Mäuerchen. Eine Ratte huscht weg. Still, bedeutet er ihm mit dem Zeigefinger auf den Lippen. Madan hält den Atem an und drückt die Hände eng an den Körper. Die Stiefel trampeln vorbei und verschwinden in der Ferne. Abbas lacht und hält die Hand auf. Madan gibt seinem neuen Freund den Apfel, den er in der Tasche hat.

»Gut gemacht, Stummer.« Abbas schlägt ihm auf die Schulter. Nicht fest, es ist ein Klaps, der seine Achtung ausdrückt.

Der Apfel ist groß und feuerrot. Sie ducken sich noch tiefer hinter das Mäuerchen, keiner kann sie sehen. In der Ecke kommt die Ratte wieder zum Vorschein und beäugt die beiden Jungen. Abbas beißt gierig in den Apfel und gibt ihn dann Madan. Abwechselnd essen sie einen Bissen, sogar das Kerngehäuse verschwindet in ihrem Magen. Nur den Stiel werfen sie weg.

»Noch einen?« fragt Abbas.

Madan nickt begeistert.

Sie linsen von ihrem Versteck aus in die Gasse. Auf halber Höhe geht eine Frau, die einen Eimer auf dem Kopf trägt, und am Ende belädt ein Mann einen Wagen. Sie schlüpfen aus ihrem Versteck und gehen vorsichtig in die Richtung zurück, aus der sie gekommen sind. Als sie in die Hauptstraße einbiegen, beginnt Abbas zu hinken.

An der Ecke ist ein Gemüsestand, an dem gerade eine Frau einkauft.

»*Bakschisch, Bakschisch*«, fleht der hinkende Junge, der außerdem fürchterlich schielt.

Die Frau feilscht weiter mit dem Händler, als stünde kein bettelndes Kind neben ihr.

Auch Madan blickt flehend zu der Frau hoch, während seine Hand unter ihrer Tasche in die Kiste mit Äpfeln gleitet.

»Haut bloß ab«, brummt der Markthändler.

Bettelnd gehen sie weiter, um in die nächste Gasse einzubiegen und sich schiefzulachen. Aus seiner Tasche zieht Madan wieder einen großen Apfel, einen grünen diesmal. Abbas will hineinbeißen, aber spürt eine Hand auf seiner Schulter. Er erstarrt. Eine schmutzige Pranke erscheint vor seinem Gesicht. Widerwillig legt er den Apfel hinein.

»Wenn ich euch noch einmal in meiner Straße bei der Arbeit erwische«, sagt ein Junge mit einer großen Narbe über dem Auge, »brech ich euch alle Knochen.«

1970

Rampur

Lieber Donald,

nur eine kurze Nachricht. Du hast sicher von dem idiotischen Beschluß der britischen Regierung gehört. Wir verstehen es einfach nicht. Vater und ich haben schon Unmengen von Briefen an die Behörden geschrieben, aber wenn wir dann endlich eine Antwort bekommen, lautet sie immer gleich. Angeblich läßt sich nichts daran ändern! Dabei hätten sie uns das damals sagen müssen, als wir uns dazu entschieden haben, die britische Staatsbürgerschaft aufzugeben. Es ist absurd, daß wir das auf diese Weise erfahren müssen. Meine Witwenrente ist zwar klein, wird aber vorläufig ausreichen. Vaters Pension von der Armee ist jetzt noch angemessen, die Lebenshaltungskosten hier sind ja viel niedriger als in England, aber was das in Zukunft für uns bedeutet, kannst Du Dir sicher ausmalen. Wir streiten uns manchmal, denn wir machen uns große Sorgen. Bitte laß Vater nicht merken, daß ich Dir das geschrieben habe. Aber mit seinen Beinen sieht es schlimm aus, sie haben sich wieder entzündet. Jede Krankenschwester, die ich ins Haus hole, jagt er innerhalb von ein paar Tagen wieder davon. Er verbringt seine Zeit damit, auch an alle möglichen Behörden hier in Indien zu schreiben, aber die halten es nicht mal für nötig, überhaupt zu antworten. Manchmal kommt es mir so vor, als ob er nur noch Briefe schreibt, so wie ich jetzt an Dich. Denn ich schreibe Dir, weil ich weiß, daß Du Sir Whethamstede kennst. Könntest Du, wenn es Dir nicht zuviel Mühe macht, ihn einmal darum bitten, daß er sich für uns bei der Abteilung Armeepensionen Bewohner ehemaliger Kolonien danach erkundigt, ob man wirklich nichts dagegen tun kann, daß die

Pensionen eingefroren werden? Geht es Dir und Patricia gut? Ich hoffe es von Herzen.

Liebe Grüße von Deiner Schwester Charlotte

PS: Die Äpfel sind genauso sauer wie letztes Jahr.

1995

Rampur

Die Krähen pickten unlustig im Boden herum, Würmer würden sie erst finden, wenn der Regen kam, und der war bestimmt schon seit zwei Wochen überfällig. Wer bei der flirrenden Hitze noch Lust hatte, zu reden, sprach über das einzige Thema, das alle anging: den Wassermangel im Speicherbecken von Rampur.

Charlotte wischte sich den Schweiß von der Stirn und schaute sich suchend um. Etwas war anders, aber sie konnte nicht sehen, was. Ihre Nase sagte es ihr. Sie schnupperte. Nicht das Gras, das zu dieser Zeit des Jahres völlig geruchlos war, sondern der Jasminstrauch neben dem Schuppen verbreitete einen ganz schwachen Geruch. Er blühte noch nicht, erst nach dem Regen würde er in Blüte stehen, aber die Planze selbst, die Zweige und Blätter verströmten ein kaum wahrnehmbares Aroma. Es machte sie froh, es mußte ein Vorzeichen des Monsuns sein. Sie blickte in den Himmel, doch der war wolkenlos.

Im Schuppen schienen die Strahlen durchs Dach, und ihr fiel sofort auf, daß jemand im alten Bett des Mali geschlafen hatte. Sie würde Hema nachher streng ins Gebet nehmen. Vermutlich hatte er wieder, ohne sie zu fragen, einen seiner vielen Großneffen aufgenommen, der auf Arbeitssuche war. Daß Hema König in seinem Reich sein wollte, war für einen Butler normal, weil er den ganzen Haushalt organisierte, aber da sein Imperium auf einen einzigen Mann geschrumpft war, legte er ständig neue Mucken an den Tag, und das ärgerte sie. So »vergaß« er konsequent, die Papierkörbe zu leeren, ihre Blusen zu bügeln, einmal in der Woche das Abwasserrohr zu reinigen und die Beete zu bewässern, obwohl sie bei letzterem ins Zweifeln geraten war. Auch über sein Verhältnis zum Schneider machte sie sich Sorgen. Vielleicht sollte sie vorschlagen, daß der Darsi doch im Klavierzimmer arbeitete. Sie merkte, daß sie rot wurde, und schüttelte den Kopf, um die Röte aus dem Gesicht zu vertreiben. Ihr Fahrrad stand neben dem Bett, und sie sah es sofort: ein platter Reifen! Die Farbe ihrer Wangen wurde noch intensiver, aber diesmal vor Ärger. Der Mann, der sonst die Schläuche flickte, kam nur, wenn sein Laden geschlossen war, und Hema hatte sie nach mehreren gescheiterten Reparaturversuchen von dieser Aufgabe entbunden. Sie war in einer mißlichen Lage, denn das Dienstagmorgentreffen durfte sie nicht versäumen. Sonst riskierte sie, daß alle Frauen, eine nach der anderen, vorbeikommen würden, um mit ihren neugierigen Augen nicht nur die Fortschritte des Schneiders zu sehen, sondern auch unauffällig zu überprüfen, ob das Haus wirklich so leer war, wie es in den Klatschgeschichten behauptet wurde. Also zog sie ihren Strohhut zurecht und tat so, als mache ihr die Sonne nichts aus. Unten am Pfad, an der Stelle, wo ihr Vater zum letzten Mal auf gesunden Beinen gegangen war, würde sie eine Rikscha anhalten, denn das Geld aus dem Verkauf des Wedgwood-Service war noch längst nicht alle, auch wenn es rapider zur Neige ging, als sie gehofft hatte. Das Problem der unbezahlten Rechnungen schob Charlotte konsequent vor sich her. Sie hatte ihren Vater dazu bringen wollen, in ein kleineres Haus zu ziehen, aber er verweigerte seine Unterschrift. Ihr letzter Vorschlag hatte zu einem so erbitterten Streit geführt, daß sie es nicht noch einmal versucht hatte.

Die Sonne brannte durch den Hut hindurch, der Schweiß rann ihr übers Gesicht. Die Straße unten am Hügel, auf der sonst reger Verkehr herrschte, war, bis auf eine gelangweilt grasende Kuh und einen Lastwagen voller Bananen, verlassen. Niemand wollte in der Hitze nach draußen, und gerade, als ihr der Gedanke durch den Kopf ging, daß auch die Damen des Clubs nicht erscheinen würden, ertönte die ihr bekannte Hupe. Der glänzende Wagen bremste, und die Tür flog auf.

»Komm, steig schnell ein«, ertönte die Stimme der Frau von Nikhil Nair.

Charlotte ließ sich nicht zweimal bitten. »Ich habe einen Platten«, sagte sie, als sie sich auf den Sitz neben der korpulenten Frau in der grell pinkfarbenen Bluse fallen ließ.

»Du solltest bei diesem Wetter auch überhaupt nicht radfahren. Habt ihr den Vauxhall nicht mehr?«

Charlotte lachte. »Das Radfahren hält mich fit.«

Die Klimaanlage stand auf der höchsten Stufe. Charlotte fröstelte ein bißchen.

»Kommt er voran?« fragte die Frau von Nikhil Nair. »Ich kann es gar nicht erwarten, bis mein amerikanisches Kleid fertig ist.«

»Er arbeitet hart«, sagte Charlotte. An das rosafarbene Kleid, das an der Decke über dem nach vorn gebeugten Mann sanft tanzte, erinnerte sie sich noch sehr gut.

»Hoffentlich wird es schön, ich will nämlich gar nicht dran denken, daß ich meine Seide zu einem dritten Darsi bringen müßte, mit dem Risiko, daß wieder ein halber Meter fehlt.«

»Der Butler meint, daß er sehr schnell vorankommt.«

»Er näht doch wohl nicht in der Küche? Hinterher riecht mein Kleid noch nach Masala und gegrilltem Huhn.«

»Nein, natürlich nicht.«

»Also Stoff nimmt leicht Geruch an. Der Darsi, der mein Brautkleid genäht hat, hat neben dem Zimmer gearbeitet, in dem mein Onkel einen Geheimvorrat Alkohol gelagert hatte, auf meiner Hochzeit habe ich die ganze Zeit wie eine Säuferin gestunken. Wir haben es noch eine Nacht nach draußen gehängt, um den Geruch wegzukriegen, aber ich hatte Angst, es könnte gestohlen werden, also hat meine Mutter es mit Eau de Cologne besprengt. Hat aber auch nicht geholfen …« Jeder wußte, daß ihr damaliger Schneider ein notorischer Alkoholiker war und daß ihr Onkel, als das Fest begann, zwölf Flaschen Whisky vermißte.

»Er benutzt nur ein wenig Zucker, um Kragen zu stärken.«

»Zucker!?«

»Das hat er gesagt.«

»Kannst du denn mit ihm reden?«

»Nein, aber der Butler hatte gesehen, wie er mit dem Zukker hantiert, und gedacht, er würde seinen Zucker nehmen, ich mußte dann einschreiten.«

»Ich hab schon gehört, daß er etwas seltsam ist.«

»Seltsam – wieso?«

»Mein Chauffeur hat ihn auf dem Markt gesehen, wie er Blumensamen gekauft hat, und da dachte ich, wofür braucht er denn Blumensamen? Essen kann man sie nicht, nach Hause schicken hat keinen Sinn, es ist ja nicht die richtige Jahreszeit, also dachte ich, du hast ihn doch nicht gebeten, daß er sich auch um deinen Garten kümmert? Du hast immer noch keinen neuen Gärtner, oder?«

In ihrer Stimme klang Geringschätzung mit, aber Charlotte überhörte es geflissentlich.

»Wahrscheinlich hat er etwas gesehen, was er unbedingt haben wollte.«

»Ja, aber ich finde es doch seltsam. Halt besser die Augen offen. Nicht auszudenken, wenn er mir eine Kette aus Sonnenblumenkernen auf den Kragen stickt.«

Als sie im Club ankamen, wollten alle Damen wissen, wie weit ihre Festkleider schon gediehen waren, und Charlotte mußte alle ihre Überredungskünste aufbieten, damit sie den Schneider, vor allem aber sie selbst, in der nächsten Zeit in Ruhe ließen. »Wenn er fertig ist«, sagte sie, »kommt er sofort zu jeder von euch. Darauf werde ich achten.«

»Was gehört?« seufzte die Frau von Ajay Karapiet, die nicht zum Dienstagmorgentreffen gegangen war, weil sie mit hohem Fieber im Bett lag und noch immer viel zu krank war, um sich die Geschichten ihrer in Rosa gekleideten Freundin anzuhören.

»Also da fehlen einem die Worte, das kann man wirklich keinem erzählen, stell dir vor, sie ist gelaufen, bei diesem Wetter, weit und breit war keiner auf der Straße, verstehst du, und im Auto verbreitete sich ein spezieller Geruch, also habe ich ihr eins von diesen modernen Eau-de-Cologne-Tüchern gegeben, das war ja das wenigste, was ich tun konnte«, plapperte die Frau von Nikhil Nair durchs Telefon.

»Wer?« ächzte die Frau von Ajay Karapiet, die die Decke von sich wegschlug, die sie gerade noch über sich gezogen hatte.

»Charlotte Bridgwater natürlich! Anscheinend ist noch kein Kleidungsstück fertig, und er bestreicht unsere Stoffe mit Zukker, der Butler, der eigentlich mehr ein Mädchen für alles ist, aber nun gut, sie nennt ihn noch immer den Butler, der war auch dagegen, sie haben sich gerauft, der Darsi und er, und sie mußte eingreifen, hat sie mir erzählt, stell dir vor, er wäre bei dir ins Dienstbotenzimmer gezogen, du hättest dich bestimmt nicht getraut, allerdings frage ich mich manchmal, ob es wirklich so eine gute Idee war, daß der Mann bei ihr im Haus ist …«

Die Frau von Ajay Karapiet wußte, daß ihre Freundin nun ein »wieso« oder »warum« erwartete, aber in ihrem Kopf hämmerte es, und sie hatte Ohrensausen, sie wollte ein Glas kaltes Wasser und wieder schlafen, also stöhnte sie irgend etwas, was als Frage aufgefaßt wurde.

»Ich hab so das Gefühl, aber sag es bloß zu niemand, ich hab so das Gefühl, daß sie ihn auch als Gärtner einsetzt!«

Sogar mit einem völlig verschleimten Kopf und einer Temperatur von 39,4 spitzte die Frau von Ajay Karapiet die Ohren. »Der Schneider als Gärtner …«, schnaufte sie.

»Mein Koch hat gesehen, wie er auf dem Markt eine Kiste voll Blumensamen gekauft hat. Blumensamen braucht man ja wohl nicht, wenn man Kleider näht, oder? Seit ihr Mali in den ewigen Kreislauf zurückgekehrt ist, hat sie keinen Gärtner mehr, und ihr Faktotum haßt Gartenarbeit, das weiß ich von dem Bruder meines Chauffeurs. Und …«, sie senkte die Stimme, um es spannender zu machen, »… jemand hat gesehen, daß sie, wenn es noch dunkel ist, den Rasen mäht! Selber! Den Rasen! Die Besitzerin des großen Hauses persönlich!«

Diese Neuigkeit war sogar für die Frau von Ajay Karapiet ein Grund, sich aufrecht hinzusetzen. »Sie mäht selber den Rasen …!?« krächzte sie heiser.

»Sie will natürlich nicht, daß es jemand weiß, deshalb macht sie es nachts, aber wenn man diese drei Sachen zusammen nimmt, wird einem alles klar. Und es ist ja noch kein einziges Kleid fertig. Ich bin davon überzeugt, daß der Schneider, der dafür sorgen soll, daß wir in ein paar Wochen alle festlich gekleidet sind, die Gartenarbeit macht!«

An der anderen Seite der Leitung war ein klägliches Seufzen zu hören. Die Kranke fiel wieder in die Kissen zurück.

»Ich bin froh, daß du der gleichen Meinung bist. Ganz unter uns: Das ist doch altmodisches Kolonialverhalten, oder etwa nicht?«

Der Frau von Ajay Karapiet war nie so richtig klar gewesen, was »Kolonialverhalten« nun eigentlich bedeutete, und sie seufzte nur wieder etwas Unverständliches. Engländer waren für sie die Leute, die Eisenbahn und Post im Land eingeführt hatten. Beide Institutionen arbeiteten noch immer phantastisch, und ihre Kinder, und damit auch sie, machten davon ausgiebig Gebrauch, zumal alle ihre Kinder fern von zu Hause studierten.

»Ich finde, wir müssen was tun. Wir können das nicht zulassen. Wir fahren hin.«

Die Frau von Ajay Karapiet stöhnte wieder.

»Bist du wirklich krank?«

»Ach, hol mich ruhig ab …«, sagte die Frau von Ajay Karapiet, denn sie wußte, daß ihre Freundin sowieso nicht lockerlassen würde.

Charlotte hörte einen Wagen über den Pfad fahren, der schon seit Jahren nicht mehr als Auffahrt bezeichnet wurde. Nicht, seitdem das Loch in der Erde, das ihr Vater gegraben hatte, zwei Jahre offen geblieben war. Die Kanalarbeiter hatten, nachdem der Krankenwagen weggefahren war, murrend geholfen, die Rohre wieder auf den LKW zu wuchten, und waren verschwunden. Der Boden sei zu hart, hatten sie noch erklärt. Nach dem darauf folgenden Monsun – ihr Vater befand sich in einer Rehabilitationsklinik und lernte, sich mit seinen unbrauchbaren Gliedmaßen zu bewegen – hatte sie eine andere Firma beauftragt; der Unternehmer hatte sich das Ganze angeschaut und gesagt, es ginge viel leichter und schneller, wenn die Rohre an der anderen Seite des Hügels verlegt würden. Er hatte recht gehabt. Seine Männer hatten problemlos einen tiefen Graben durch den Garten ausgehoben. Als sich Charlotte zum erstenmal auf die moderne Spültoilette setzen konnte, war es genau hundertacht Jahre her, daß Königin Victoria zum ersten Mal auf ihrer gesessen hatte. Charlotte hatte die Männer gebeten, das Loch am Anfang der Auffahrt zuzuwerfen, und der Vorarbeiter hatte höhnisch gelacht: »Den schmalen Weg nennen Sie eine Auffahrt!« Von dem Moment an hatten sie alle nur noch vom »Pfad« gesprochen, und als ihr Vater nach zwei Jahren zum ersten Mal wieder nach Hause kam, waren der Garten und das Haus so verfallen, daß es bei diesem Namen geblieben war.

Aus dem Wagen stiegen die Frau von Nikhil Nair in ihrer pinkfarbenen Bluse und die Frau von Ajay Karapiet, die sich eine Strickjacke übergezogen hatte. Hema rannte aus dem Küchenhaus über den Rasen zum Personaleingang und durch die Halle und kam gerade noch rechtzeitig, um die Haustür öffnen zu können, als geklingelt wurde. Er ließ die Damen in der kahlen Eingangshalle stehen und ging in den Salon. Memsahib, die bereits wußte, wer ihre Besucherinnen waren, kniete auf dem Boden. Ohne ein Wort zu sagen rollten sie zusammen den Teppich aus und verteilten die Stühle so, daß das Zimmer nicht ganz so leer wirkte. Schnell zog Charlotte ihren Rock zurecht, tupfte sich die Stirn trocken und nickte, daß er die Damen hereinführen könne. Es wurden Hände geschüttelt und Höflichkeiten ausgetauscht. Die Frau von Ajay Karapiet hatte hochrote Wangen, und der Schweiß rann ihr übers Gesicht. Charlotte wußte nicht, daß sie fast vierzig Fieber hatte, und fand es taktlos, das Thema anzusprechen, da momentan alle unter übermäßiger Transpiration litten.

»Wir fuhren zufällig hier vorbei und dachten, wir sagen dir eben guten Tag. Wir kommen doch nicht ungelegen?«

»Nein, nein. Überhaupt nicht.« Charlotte glättete mit der Schuhspitze eine Ecke des Teppichs.

»Was meinst du, können wir auch mal kurz beim Darsi reinschauen?«

Hema, der sich noch herumdrückte und auf Bestellungen für Tee oder Kaffee wartete, wurde weggeschickt, um den Schneider zu holen. Denn wenn die Damen ihn in dem Zimmer neben der Küche bei der Arbeit sähen, würde das Lamento über die Gerüche wieder losgehen, das wußte Charlotte. Der Ventilator drehte sich auf vollen Touren, und ein unangenehmes Schweigen trat ein. Charlotte fühlte sich überfallen. Die Frau von Ajay Karapiet dachte an ihr Bett, die Frau von Nikhil Nair konnte ihre Neugierde nicht bezwingen und schaute sich im Zimmer um, das gar nicht so ärmlich aussah, wie sie erwartet hatte. Am meisten verwunderte es sie, daß der kostbare Perserteppich noch immer vorhanden war. Sie konnte nicht wissen, daß der Orientteppich gepfändet und Eigentum der Bank war, genauso wie der Stuhl, auf dem sie saß, der Beistelltisch, auf den sie ihre Handtasche gelegt hatte, das Büfett, das ihr allerdings etwas leer vorkam, und alle anderen Möbelstücke im Zimmer. Die Tür ging auf, und der Darsi erschien, den Kopf bescheiden etwas gesenkt. Er trug zwei Kleider über dem Arm, das rosafarbene und das aus Goldbrokat. Die Frau von Nikhil Nair sprang auf, gab einen Schrei von sich und stürzte auf das neue Kleidungsstück zu. Sie jubelte, riß dem Schneider das Kleid aus der Hand und tanzte damit durchs Zimmer. Die Frau von Ajay Karapiet strahlte auch, als sie ihr goldenes Kleid bekam.

Wie schön sie geworden sind, dachte Charlotte.

Deins wird noch viel schöner.

Wenn ich Stoff finde.

Den findest du.

Charlotte sah Madan an, der wiederum die Frauen anschaute. Sie fühlte sich unbehaglich, es war so, als antworte er auf ihre Gedanken.

»Ich muß es auf der Stelle anprobieren!« gurrte die Frau von Nikhil Nair.

Oh Gott, nein! fuhr es Charlotte durch den Kopf, *dann sieht sie, daß alle Zimmer leer sind.*

Sie können sie zu Hause anprobieren und wieder zurückbringen, sie sind fast fertig.

Können sie sie mitnehmen?

Madan nickte.

Charlotte sah ihn erstaunt an.

Die Frau von Nikhil Nair holte sie aus ihrer Verwirrung zurück: »Wo kann ich es mal eben anprobieren?«

»Ihr könnt die Kleider mitnehmen und sie zu Hause anprobieren.« Sie wunderte sich darüber, daß sie das einfach so gesagt hatte, und warf Madan einen unsicheren Blick zu. Doch der war unübersehbar damit einverstanden.

»Wir können das besser hier machen.«

Madan schüttelte den Kopf und machte ein Zeichen, daß es wirklich kein Problem sei.

»Ich will meins aber gleich anprobieren, falls die Taille nicht richtig sitzt, oder falls die Abnäher zu hoch sind … Ich habe immer Probleme mit einem neuen Kleid«, beharrte die Frau von Nikhil Nair.

Als hätten sie es verabredet, gingen Madan und Charlotte gleichzeitig zur Tür.

»Bleibt einfach hier im Zimmer«, sagte Charlotte. »Hier ist es am kühlsten.«

Zusammen standen sie schweigend in der großen, kahlen Halle. Sie wagten sich nicht anzusehen.

Die Kleider sind in Ordnung.

Wieso bist du dir so sicher?

Die Kleider passen ihnen perfekt.

Du bist dir deiner Sache wirklich sehr sicher.

Ja.

Schneider sind nie so selbstsicher. Sie hatte es gedacht, bevor es ihr richtig bewußt wurde; einen Gedanken zu unterdrücken, merkte sie, war viel schwieriger, als den Mund zu halten.

Madan sah sie nur an.

Charlotte wollte »sorry« sagen, aber die Tür flog auf, und die Frau von Nikhil Nair stürmte in die Halle. Das rosafarbene Abendkleid versteckte alle Wülste ihres korpulenten Körpers. Dieser Schneider sei ein »Genie«, rief sie, noch nie zuvor habe sie ein Kleid besessen, das »so exakt« passe. Im Salon mühte sich die Frau von Ajay Karapiet noch schwitzend und japsend mit ihrem Kleid ab, aber ihre Freundin nahm davon keine Notiz.

1954

Bombay

Das linke Bein zieht er nach, und den Regenschirmstock ohne Schirm benutzt er als Krückstock. Madan versucht, so routiniert zu hinken wie sein Freund Abbas. Wer ihn sieht, glaubt, daß er wirklich ein kleiner Krüppel mit einer verwachsenen Hüfte und einem lahmen Fuß ist. Durch das ständige Nachziehen ist sein Fuß an der Seite schwielig und voller Schmutz. Die weißen Kleider der St.-Thomas-Kongregation, die die Jungen nach einem halben Jahr immer noch tragen, sind schmuddelig und haben Löcher. Madan hat ein Tuch gefunden, das einmal rot war, und es sich um die Taille gebunden. Darin bewahrt er sein Geld auf. Abbas hat für seine Münzen an der Seite des »lahmen Beins« eine tiefe Tasche in der Hose, so daß man nichts klimpern hört, wenn er hinkt. Aber Gürtel und Tasche sind leer. Ohne einander anzusehen, humpeln sie zu einem Geschäftsmann, der aus einem Taxi steigt. »Bakschisch ...«, ächzt Abbas und schielt so stark, daß er nicht weiß, ob ein Mann aus dem Auto aussteigt oder ob es zwei sind.

Der Mann würdigt die bettelnden Kinder keines Blickes, sein einziges Ziel ist die Tür des Restaurants, aus der köstliche Essensdüfte strömen. *Lamm-Curry*, denkt er, *oder soll ich heute Shrimp-Curry bestellen?*

Madan, der, seitdem er seine Schwester verloren hat, selten einen vollen Magen hatte, zupft den Mann am Ärmel. Auch er bettelt um Bakschisch, aber bei ihm klingt es wie ein Tierschrei. Der Mann schreckt aus seinen kulinarischen Phantasien auf und blickt erschrocken zur Seite, als er die furchterregenden Laute hört. Voller Abscheu stößt er Madan von sich weg und stopft, ohne ihn noch einmal anzusehen, eine Münze in die ausgestreckte Hand; im Bruchteil einer Sekunde verschwindet das Geld im Gürtel um Madans Taille.

Abbas hat Madan klargemacht, daß die Laute, die er beim Versuch zu sprechen ausstößt, beim Betteln phantastisch helfen. Es funktioniert fast noch besser als das Hinken und Schielen. Die Leute geben nun einmal einer verkrüppelten Elendsgestalt mehr als einem normalen Jungen, ohne zu wissen, wer am hungrigsten ist. Also stößt Madan den ganzen Tag seine abschreckenden Schreie aus. Er hat entdeckt, daß Frauen am meisten geben, wenn er hohe Töne von sich gibt, ein Geräusch, das an ein Zicklein erinnert, das seine Mutter verloren hat. Männer sind freigiebiger, wenn er tiefere Töne hervorbringt, die an das Geröchel denken lassen, das Helden ausstoßen, denen im Film die Kehle durchgeschnitten wird. Madan hat auch gemerkt, daß er von älteren Frauen mehr Geld bekommt, wenn er den Ton etwas in die Länge zieht, während er bei jungen Frauen wiederum kürzer sein und leiser klingen muß. Und er weiß, daß Männer sofort Geld geben, wenn er sich ihnen unerwartet und vor allem von hinten nähert, und daß er das bei Frauen unbedingt vermeiden muß. Alle diese Techniken kann er nicht an Abbas weitergeben, also wendet er sie einfach an und probiert ständig etwas Neues aus, um zu sehen, ob er dann mehr bekommt.

Ihm knurrt der Magen, gestern hat keiner seiner Tricks funktioniert, und sie haben kaum etwas eingenommen. Er denkt nicht an den Mann von soeben, der in einer halben Stunde mit vollem Bauch aus dem Lokal kommen wird. Seine Augen suchen die Straße nach dem nächsten Opfer ab. Geschrei ertönt, und eine Frau mit einem Eimer auf dem Kopf kommt aus einer Gasse gerannt. »Hilfe! Hilfe!« ruft sie. Abbas sieht Madan an, und Madan sieht Abbas an. Gestern abend schrie die Besitzerin des Gemüseladens auch so laut, als sie eine Mohrrübe gestohlen hatten, aber diesmal sind sie unschuldig. Die Frau hört nicht auf zu kreischen und läuft auf sie zu. »Hilfe!« Die Jungen fragen sich, hinter wem sie herrennt, sie sind sich beide sicher, daß niemand mit einem Apfel oder einer Birne an ihnen vorbeigeflitzt ist. »Hilfe!« Der Wassereimer fällt zu Boden, aber die Frau rennt weiter.

Aus der Gasse kommt ein kleiner Straßenköter gerannt. Die schreiende Frau ist in einem der Häuser verschwunden. Der Hund, vor dem sie solche Angst hatte, ist ein nervöses, mageres Tier, das hechelnd auf die Jungen zuläuft. Abbas, der oft erzählt hat, daß seine einzige Erinnerung an früher sein Lieblingshund Bala ist, der von einem Polizeiauto überfahren wurde, vergißt seine schiefe Hüfte und den lahmen Fuß und hockt sich hin. Der Hund kommt zu ihm.

Er hat Schaum vorm Maul! schreit Madan, aber sein Freund deutet die Panikschreie als Ermutigung. *Nicht anfassen, abhauen!* Madan springt hinter einen Baum. Sein Freund breitet die Arme aus. Der Hund springt an ihm hoch und beißt ihn. Ungläubig stößt Abbas das räudige Tier von sich weg. Sein Ohr beginnt heftig zu bluten. Jetzt erst sieht er nicht nur die ängstlichen Augen des Hundes und den schief gehaltenen Kopf, sondern auch den Schaum um das Maul. Er nimmt den Schirmstock, den Madan in der Eile hat fallen lassen, und schlägt den Hund. Das Tier duckt sich. Er schlägt noch einmal. Madan ruft, er soll aufhören, aber seine wortlosen Schreie scheinen seinen Freund, der zwei Jahre älter und stärker ist, nur anzufeuern. Mit der Kraft eines Erwachsenen, die Madan noch nie bei ihm gesehen hat, drischt Abbas auf den winselnden Hund ein.

Sein Vater springt vom Tisch auf, an dem er den ganzen Tag schweigend gesessen hat, nicht ein einziges Mal ist er aufgestanden oder hat sich gerührt. Seine Mutter, die früh am Morgen aufs Feld gegangen ist, kommt mit einem kleinen Milchkrug und etwas Gemüse herein. Vater greift zum Schürhaken, der beim Feuer steht, und schlägt zu. Der Hund winselt. *Seine Mutter sackt zusammen, der Milchkrug fällt zu Boden, die Milch fließt heraus. Wieder landet der Schürhaken auf ihrem Kopf.* Der Hund jault. *Seine Mutter reißt die Augen weit auf und blickt auf den eisernen Schürhaken, der mit Wucht auf sie niedergeht.* In dem Hund knirscht etwas. Ein Knochen bricht. *Ihr Gesicht liegt in der Milch, die sich rosa färbt. Der Schürhaken in der Hand seines Vaters fällt wieder erbarmungslos auf den Kopf seiner Mutter herab. Es gibt keine anderen Geräusche. Der eiserne Stab auf dem mageren Körper.* Der Hund fiept. *Sein Vater scheint kurz zu zögern. Ihrem Mund entfährt ein Seufzer. Der Schürhaken saust noch einmal mit rasendem Tempo hinab.* Der Hund winselt. *Seine Mutter liegt tot auf dem Boden. Sein Vater weint.* Der Hund heult, ein leiser, flehender Laut. Der Speichel tropft ihm aus dem Maul, wie das Blut aus dem Mund seiner Mutter. *Seine Mutter … Abbas dreht seinem Vater den Rücken zu und läuft zur Tür. Er zieht die Tür hinter sich zu.* Abbas dreht sich um, der Hund bleibt blutend liegen. Er sieht sich nicht mehr um.

Madan weiß nicht, was er tun soll. Ein Stück weiter stehen Leute auf der Straße und schauen ihnen zu. Durch das Fenster des Restaurants sieht er den Mann essen, er hat gar nicht mitbekommen, was passiert ist.

Abbas geht weg, mit blutendem Ohr. Er vergißt zu hinken.

Madan schaut auf den bewegungslosen Hund in der Blutlache. Er fürchtet sich nicht vor Blut. Er fürchtet sich vor den blicklosen Augen. Er fürchtet sich vor seinem Freund, der blutend mit seinem Schirmstock weggeht. Er fürchtet sich vor dem Mann, der hinter der Glasscheibe sitzt und ißt, vor dem Eimer, der mitten auf der Straße liegt, vor den Menschen, die ihn angaffen. Ein Polizeiauto kommt in die Straße gefahren. Er rennt hinter seinem Freund her und zieht ihn in eine Gasse.

Laß mich nicht allein!

* * *

Im Hafen hat Madan zwischen zwei verfallenen Lagerhallen einen dunklen Spalt entdeckt. Wenn man die Luft anhält, kann man sich seitwärts hineinzwängen und landet in einem schmalen Raum zwischen den beiden hohen Gebäuden, der sich zum Ende hin wieder so verengt, daß man nicht weiter kann. Vom Meer her weht beständig ein sanfter Wind hindurch, der aus fernen Gegenden kommt, wo es keine Hunde gibt, die Menschen angreifen, und keine Kinder, die ihre Eltern verloren haben oder von ihnen weggelaufen sind. Madan macht den Platz mit großem Eifer sauber. Auf dem Boden liegen Überreste von vor langer Zeit eingegangenen Ratten. Er schiebt die Knochen und die kleinen Schädel tiefer in den Spalt. Aus alten Zeitungen und Pappkarton versucht er, ein Bett für seinen kranken Freund zu machen. Hunger hat der Patient nicht, also versucht Madan, auch nicht an Essen zu denken. Er will bei ihm sein, vor allem, seit Abbas gesagt hat, daß ihm alles weh tut und es überall juckt.

Vor einem Laden am Ende des Kais steht ein Kasten mit leeren Flaschen. Kurz bevor es hell wird nimmt Madan den Kasten einfach mit. In einer der Lagerhallen füllt er die Flaschen unbemerkt mit Wasser und trägt sie zu ihrem neuen Versteck. Der Kasten paßt nicht durch die Öffnung, aber die gefüllten Flaschen stellt er alle neben seinen Freund.

Die Jungen liegen nebeneinander. Abbas hat die Augen geschlossen, er keucht und stöhnt. Madan blickt auf den dünnen Streifen blauen Himmels, der in gerader Linie das Dunkel durchschneidet, wie ein leuchtender Pfad zu einem neuen Ort, einem neuen Land. Er wünschte sich, daß Abbas nicht krank wäre. Seit er den Hund totgeschlagen hat, ist er ständig gereizt und schnauzt Madan an. Alles, was Madan tat, war falsch, bis sie in diesen Spalt gekrochen sind, dann wurde er ruhiger und fluchte auch nicht mehr. Aber sein Atem geht nicht ruhig, sondern stoßartig, und ab und zu quält ihn Luftnot. Dann streichelt Madan ihn über den Arm und denkt an morgen oder übermorgen, wenn sie wieder zusammen durch die Stadt laufen können und Äpfel stehlen oder Geld von einer Frau bekommen, die Einkäufe erledigt.

»Meine Mutter ist tot …«, sagt Abbas mit heiserer Stimme. »Einfach so … eines Tages … tot.« Er keucht und wimmert leise. »Keiner weiß, warum.« Er öffnet die Augen. Aus den Mundwinkeln tropft frischer Speichel. »Ohne einen Grund …«, sagt er klagend und schnappt nach Luft. »Sie konnte gut … gut kochen.« Seine Augen glänzen. »Jeden Morgen … wusch sie … ihre Haare … rieb sie ein …« Sein Blick wandert umher, er schnuppert, als würde er sie suchen. »… mit Kokosöl …« Keuchend fällt er auf sein Lager aus Zeitungen zurück. Sein Atem geht immer schneller und unregelmäßiger. Madan streckt die Hand aus, aber bevor er seinen Freund beruhigen kann, fährt Abbas fort: »Sie kämmte sich … sorgsam … ganz sorgsam …!« Abbas' Haare sind zerzaust und feucht. Madan nimmt sich vor, morgen einen Kamm zu suchen. »Sie hatte … sie hatte einen Zopf … auf dem Rücken …« Seine Stimme wird immer leiser, und es kostet ihn große Mühe, weiterzureden. Er schließt die Augen. »In der Sonne … der Sonne … sah ihr Kopf aus wie … eine glänzende Kugel …« Er beginnt sich am Ohr zu kratzen. Madan zieht sanft seine Hand weg. Er will nicht, daß die Wunde weiter aufgeht. »Es sticht«, jammert sein Freund. »Meine Backe sticht … kalt … mein Gesicht … alles sticht, Mukka …« Er reckt den Hals, und sein Arm macht eine unerwartete Bewegung. Als wolle er schlagen, doch an seinem Gesicht sieht Madan, daß Abbas ebenso überrascht ist wie er. »Ich habe … Durst …« Madan gibt ihm eine der Flaschen. Der Junge richtet sich etwas auf und versucht zu trinken. Das meiste Wasser rinnt ihm am Hals entlang, nur ganz wenig landet im Mund. Er muß würgen und stößt die Flasche so heftig weg, daß sie auf den Boden fällt und zerbricht. Madan nimmt eine andere Flasche und setzt sie seinem Freund an die Lippen. Vorsichtig flößt er ihm das Wasser ein. Abbas beginnt gleich wieder zu würgen, zu keuchen und zu zucken. Sein Kopf wird hin und her geschüttelt. Madan kann die Flasche gerade noch wegziehen, bevor auch sie auf dem Boden zerschellt. Abbas keucht, daß er kein Wasser will, daß er erstickt, sein Oberkörper fällt wieder auf die alten Zeitungen, und eine Sekunde später klagt er, daß er Durst hat, aber als Madan die Flasche wieder nimmt, um sie ihm an den Mund zu setzen, gerät sein Freund in Panik. Sein ganzer Körper bebt und zuckt. Er reckt den Hals und rollt mit den Augen. Madan legt ihm die Hand auf den Arm und streichelt ihn. Der Junge wird ruhiger.

Er schließt die Augen und wimmert leise. Seine Lippen sind trocken, und der eingetrocknete Speichel um seinen Mund hat gelbliche Krusten gebildet. Die Wunde am Ohr ist entzündet. Seine Haare sind schweißnaß. Madan blickt wieder zu dem langen, blauen Streifen hoch. Er weiß nicht, was er tun soll.

»Mukka?« Abbas öffnet die Augen ein wenig. Er leckt sich über die Lippen und will etwas sagen. »Erzählst du mir … erzählst du mir … die Geschichte?«

Madan begreift nicht, was er meint. Abbas weiß doch, daß er nicht sprechen kann! Er hat ihm noch nie eine Geschichte erzählt. Die einzige Geschichte, die er kennt, ist die von dem Tag, als seine Schwester in ihrer blauen Jacke zwischen den jubelnden Männern verschwand. An alles, was davor war, erinnert er sich nicht, sein Leben begann in einer johlenden Menge und einem Wald aus Beinen. Er kennt nur die Sorge, wie er seinen Hunger stillen und einen sicheren Schlafplatz finden kann. Und er kennt seinen Freund Abbas, der sich vor nichts fürchtet außer vor der Polizei. Andere Geschichten kennt er nicht.

»Erzähl mir«, flüstert Abbas.

Ich kenne keine Geschichte. Heisere Laute verlassen seinen Mund.

»Ja … erzähl …«, keucht Abbas.

Ich hab dir doch gesagt, ich weiß nichts, blafft Madan in schrillem Ton.

In Abbas' Augen tritt ein glückseliger Blick, als er hört, wie sein kleiner Freund sagt: ES WAR EINMAL EIN JUNGE …

Abbas, das sieht Madan, möchte gern, daß er weitermacht, nur weiß er nicht, womit. Er merkt, daß ihm der Magen knurrt, und er hat Durst. Er greift zu der Flasche, um zu trinken, aber in Abbas' Augen flackert Panik auf. Er zuckt und zittert wieder. Madan stellt schnell die Flasche weg. Er wünscht sich, daß Bruder Augustinus, der Mönch mit der Brille mit den ganz dicken Gläsern, hier wäre, um seinen umgedrehten Löffel in Abbas' Mund zu stecken und ihm eine Tablette zu geben, damit er wieder gesund würde. Dann könnten sie wieder zusammen losziehen und wetteifern, wer am besten hinken kann. Aber Bruder Augustinus ist viel zu dick, er würde gar nicht durch den Spalt passen. Nicht mal mit dem Kopf. Madans Blick fällt auf die kleinen Schädel, die er weggeschoben hat. Sie sehen ein bißchen so aus wie die Schädel, die bei Bruder Augustinus auf dem Bücherbord standen. Ihre Nasen zeigen zueinander. Als seien es zwei Freunde. Er nimmt sie in die Hand.

Ich bin eine Ratte, läßt er die eine Ratte sagen. *Und ich bin eine andere Ratte,* läßt er den zweiten kleinen Totenkopf antworten.

Abbas beginnt zu strahlen, er versteht genau, was sein stummer Freund mit seinen heiseren, hohen Lauten erzählt: DER JUNGE LEBTE MIT SEINEN ELTERN IN EINEM SCHÖNEN DORF.

Madan spielt mit den Ratten wie mit zwei Figuren in einem Puppentheater und läßt sie nebeneinanderher gehen, während er weiterredet. *Es waren sehr starke Ratten, die sich vor niemand fürchteten.*

DER VATER WAR EIN BAUER UND HATTE EINE KUH UND EINE ZIEGE, übersetzt Abbas seine Worte.

Sie hatten abgemacht, daß sie immer zusammenbleiben würden.

DIE MUTTER MACHTE DIE LECKERSTEN CHAPATI IN DER GANZEN GEGEND.

Weil sie beide niemanden mehr hatten.

SIE WAREN GLÜCKLICH UND ARBEITETEN HART AUF DEM LAND.

Einer paßte auf den anderen auf, und wenn sie etwas zu essen fanden, teilten sie es sich.

EINES TAGES WAR DER BRUNNEN, DER IN DER MITTE DES DORFES STAND, AUSGETROCKNET.

Manchmal lag nämlich einfach so ein Apfel auf einer Kiste.

DANN BRACHTE DER POSTBOTE EINEN AMTLICHEN BRIEF.

Oder eine große Birne, die niemand kaufen wollte.

DER LEHRER LAS DEN LANGEN BRIEF VOR.

An einem warmen Tag stibitzten sie eine Mango.
WO IHR DORF WAR, SOLLTE EIN DAMM GEBAUT WERDEN.
Die war so herrlich süß.
ALLE MUSSTEN WEGZIEHEN.
Süßer als der süßeste Zucker.
ABER EIN NEUES HAUS BEKAMEN SIE NICHT.
Sie würden eine Mangofarm beginnen.
DER VATER DES JUNGEN REDETE NICHT MEHR.
Zusammen würden sie einen großen Baum besitzen.
ER KONNTE NUR NOCH GANZ VIEL NACHDENKEN.
Voll herrlicher Mangos.
DANN WUSSTE ER DIE LÖSUNG!
Hundert Millionen Mangos.

Madan leckt sich über die Lippen bei dem Gedanken an ihren großen Baum voller Mangos, unter dem sie zu zweit schlafen würden, so daß ihnen die Mangos direkt in den Mund fallen konnten. Auch Abbas fährt sich mit der Zunge über die ausgetrockneten Lippen. Er fröstelt. Eisige Kälte fährt durch seine Glieder und durchschneidet seine Muskeln, als seien es unnütze Stricke. Er lechzt nach Flüssigkeit, aber der Gedanke an Wasser drückt ihm zugleich die Kehle zu. Seine Lippen schnappen nach Luft, doch die Öffnung, durch die er immer geatmet hat, schließt sich, um nie wieder aufzugehen. Seine Kehle, durch die er rufen und singen konnte, ist dicht. Er zuckt und reckt den Kopf und den Hals, um sich Raum zu verschaffen, um Luft zu bekommen, um zu atmen.

Madan läßt seine beiden Rattenhelden erschrocken fallen. Er drückt seinen Freund zurück aufs Bett, aber Abbas schlägt zukkend um sich. Jede Faser, jede Sehne, jeder Muskel in seinem schmächtigen Körper verkrampft sich. Farbloser, schaumiger Speichel quillt aus dem Mund. »Was … was …« wimmert er.

Madan ruft um Hilfe, es muß jemand kommen, er kann seinen Freund nicht allein lassen. Warum kommt niemand? Hört ihn denn keiner?

Abbas schlägt den Kopf nach hinten, verzweifelt versucht er, Luft einzusaugen. Seine Arme zeigen zum Himmel. Die blaue Linie über ihnen bewegt sich nicht. Nur Abbas bewegt sich. Noch ein Mal.

Madan hat alle Scherben beseitigt und seinen Freund so gut wie möglich gebettet, die Arme und Beine wieder gestreckt. Den Mund und die Augen hat er ihm geschlossen. Sein eigenes Hemd hat er zu einem Kopfkissen gerollt, und das Tuch, das ihm als Gürtel diente, hat er über den immer kälter werdenden Körper gebreitet. Er wird zu Bruder Franciscus gehen und fragen, ob der ihm helfen will, Abbas hier herauszuholen.

Er sieht sich noch einmal nach seinem Freund um, hält den Atem an und zwängt sich durch den Spalt nach draußen.

Niemand beachtet den schmutzigen kleinen Jungen, der barfuß läuft und nur eine zerrissene kurze Hose trägt. Er sieht sich nicht um, seine Beine bewegen sich mechanisch. Er hört die Straßenbahn nicht, die wütend klingelt, als er unvermutet die Gleise überquert, er sieht den Handwagen nicht, der ihn fast überrollt, er riecht nicht den Duft des frisch gebackenen Brotes, der aus der Ladentür strömt, er spürt nur die Kälte in sich.

Er kann sich nicht daran erinnern, wo Bruder Franciscus wohnt. Er weiß auch nicht mehr, wo die Werkstatt von Ram Khan ist. Er hat sogar vergessen, wo der Hafen liegt, in dem er Abbas zurückgelassen hat. Er läuft einfach immer weiter. Er kann nicht aufhören zu laufen, obwohl seine Beine müde sind und ihm die Füße weh tun. Nichts ist vergleichbar mit den Schmerzen, die Abbas erlitten hat. Er läuft durch Straßen, in denen er noch nie gewesen ist, aber er nimmt es nicht wahr. Die Häuser, an denen er vorbeikommt, werden erst immer größer, dann wieder kleiner. Er merkt nicht, daß die Straßenbahnen verschwunden sind und die Abstände zwischen den Häusern größer werden.

Er hört nicht das Krächzen des Raben und das Meckern der Ziege. Er läuft.

Ohne Pause läuft er weiter und weiter. Aus den Häusern neben der Straße sind Baracken und Hütten geworden. Überall spielen Kinder, und in den Abfallhaufen zwischen den Bretterbuden schnüffeln Tiere. Er geht weiter. Seine Beine wollen nicht anhalten. Niemand kann ihn stoppen. Die Sonne ist längst untergegangen. Die Abendkühle hat sich auch auf die Ränder der Stadt gesenkt. Vor den Türen werden Feuer entzündet, und Mütter kochen Essen. Er läuft weiter. Niemand fragt ihn, ob er Hunger hat. Er selbst hat es vergessen. Er möchte sich in der kleinen Kiste verkriechen, und Ram Khan müßte den Verschlag abschließen. Er möchte sich im Bett im Schlafsaal der Mönche einigeln. Er möchte sich in dem Gang unterm Bahnhof verstecken. Er möchte, daß Abbas da ist. Neben ihm, so wie jeden Tag. Er möchte, daß sie hinken und Geld verdienen. Er möchte sich wie jeden Abend an Abbas schmiegen und einschlafen. Er möchte einen Apfel mit seinem Freund teilen.

Im Licht einer Gaslaterne steht ein Stand mit Gemüse und Obst. Der Stapel Äpfel ist sehr hoch. Er nimmt sich den schönsten Apfel und läuft weiter. Ein großer, roter Apfel. Abbas wird begeistert sein. Der Apfel riecht süß und aromatisch. Er spürt, wie die Speicheldrüsen in seinem trockenen Mund Flüssigkeit absondern, aber er beißt nicht in die saftige Frucht.

»Der da!« ruft eine Stimme. Er wird nach hinten gezogen und in ein Auto geworfen. Den wütenden Ladenbesitzer sieht er nicht. Den Polizisten, der ihn ins Auto stößt, spürt er nicht. Die Tür, die zugeknallt wird, hört er nicht. Daß er wegfährt, merkt er nicht. Er umklammert nur den Apfel. Den Apfel für Abbas.

1995

Rampur

»Ma'am, der General wünscht Sie zu sehen.« Mit einem halbvollen Schälchen Joghurt in der Hand stand Hema in der Tür des Salons. Er wußte, daß Memsahib zur Zeit nicht gern allein bei ihrem Vater war, aber in der Küche köchelte das Abendessen auf dem Feuer und würde anbrennen, wenn er jetzt nicht zurückging, und wenn Memsahib nicht schnell nach oben lief, würde der General wieder anfangen, auf den Boden zu hämmern, so daß der Staub durch die Ritzen in der Zimmerdecke herabwirbelte, und dann müßte er morgen schon wieder Staub wischen, obwohl er, seit der Darsi im Haus war, fast gar keine Zeit mehr dazu hatte. Also wiederholte er die Bitte des Generals, nun in einem etwas dringlicheren Ton.

Allein zu ihrem Vater zu gehen, war eines der Dinge, denen sie inzwischen mit Schrecken entgegensah. Wenn ein Mann im Zimmer war, egal, ob ein Klempner oder ein Elektriker oder Hema, beherrschte er sich einigermaßen, aber wenn sie mit ihm allein war, wurde er unvorstellbar bösartig. Er konnte so sehr außer sich geraten, daß sie Angst bekam, er würde die Gurte zerreißen.

Sie ging die Treppe hinauf. Es kam nicht mehr oft vor, daß er ausdrücklich nach ihr verlangte. Am Anfang war es täglich vorgekommen. Manchmal mußte sie sechsunddreißig Mal am Tag nach oben eilen, um zu verhindern, daß er alles kurz und klein schlug. Aber seit einiger Zeit war er ruhiger geworden. Er konnte sogar liebenswürdig sein, und sie hatte ihr bis dahin völlig unbekannte Seiten an ihm gesehen.

Sie öffnete die Tür zum Kinderzimmer. Er saß in seinem Rollstuhl mitten im Raum. Über seinem Kopf drehte sich der Ventilator. Er trug nur ein Hemd und eine Pyjamahose. Hema hatte vergessen, ihm den Latz abzunehmen. Seine langen, nutzlosen Füße standen in den alten Sandalen, die an den Fußstützen des Rollstuhls festgeschraubt waren, eine Idee von Hema, nachdem er einmal versucht hatte, aufzustehen, und böse gestürzt war. Er hatte die Augen geschlossen und schien zu schlafen. Sein Atem ging ruhig und regelmäßig, seine Hände lagen bewegungslos auf den Schenkeln. Sie wollte sich umdrehen und wieder gehen, als ihr Blick auf den großen Kleiderschrank fiel. Sie blieb mucksmäuschenstill stehen. Wenn er sie dabei erwischte, daß sie in den Schrank schaute, würde er so rasend werden, daß er sich selbst verletzen könnte, denn obwohl die Ledergurte ihn seit langem an den Rollstuhl fesselten, vergaß er oft, daß sie vorhanden waren. Sie wußte, daß sie nur wenige Sekunden brauchte, um nachzuschauen. Ein rascher Blick würde genügen. Das einzige, was sie wissen wollte, war, ob die Stoffe noch existierten, die damals aus dem alten Schlafzimmer ihrer Mutter, das nun ihr Zimmer war, in diesen Raum gebracht worden waren. Charlotte hatte sich in den ersten Jahren, in denen sie zusammen mit ihrem Vater in dem Haus wohnte, kaum für die alten Sachen interessiert, die überall und nirgends aufbewahrt wurden. In den letzten Jahren, seit sie immer mehr spürten, daß ihre Pension noch die gleiche war wie vor fünfundzwanzig Jahren, hatte sie den gesamten Hausrat inspiziert und dafür gesorgt, daß keine neuen Dinge angeschafft wurden, wenn es noch alte gab, die es auch taten. Auf leisen Sohlen ging sie zum Schrank.

Der Dielenboden knarrte. Sie wunderte sich ein wenig, daß ihr Vater nicht hochschreckte und ein Donnerwetter veranstaltete. Seine Atemzüge blieben ruhig, und sie schlich weiter.

»Ich muß mal«, ertönte es plötzlich hinter ihr. Es wäre auch ein zu großer Zufall gewesen, wenn es ihr bei der ersten guten Gelegenheit gelungen wäre, in den Schrank zu blicken. Ohne in der Bewegung innezuhalten, drehte sie sich um.

»Der Topf steht unter deinem Stuhl, Vater.«
»Ich will nicht, daß du im Zimmer bist, wenn ich pinkle.«
»Du hattest mich rufen lassen.«
»Ich habe dich überhaupt nicht rufen lassen. Ich muß pinkeln, und da will ich dich nicht dabeihaben.«
»Ich geh schon, Vater.«
»Du führst was im Schilde. Ich hab's an deinem Gang gemerkt.«
»Ich wollte dich nicht wecken.«
»Ich habe nicht geschlafen.«
»Das dachte ich aber, deshalb war ich ganz leise.«
»Du warst nicht nur leise, du bist geschlichen. Du wolltest etwas aus meinem Schrank klauen.«
»Nein, Vater, ich wollte dich nur nicht wecken.«
»Warum bist du dann hier?«
»Weil du mich hast rufen lassen.«
»Ich habe dich nicht rufen lassen.«
»Dann gehe ich eben wieder.«
»Nein, bleib. Ich habe doch nicht gesagt, daß du gehen kannst.«
»Ich dachte, du müßtest mal.«
»Ja, muß ich ja auch.«
»Deshalb wolltest du doch, daß ich gehe?«
»Hast du eigentlich schon mal einen Mann pinkeln sehen?«
»Vater!«
»Dein Mann, hat der dich nach dieser einen Nacht noch jemals beritten?«
Charlotte starrte ihren Vater entgeistert an. »Er … er war ein phantastischer Mann, das weißt du, und ein sehr guter Arzt. Es ist schade, daß er nicht mehr lebt, er hätte bestimmt gut für dich gesorgt.«
»Der! Diese Memme! Der nicht mal anständig operieren konnte, der wie eine Katze gezittert hat, wenn man das Wort ›Krieg‹ in den Mund nahm, der sich totgeflennt hat. Der!«
»Ich gehe jetzt runter. Brauchst du noch irgendwas?«

»Geh ruhig wieder runter und spiel dich als gnädige Frau auf.«

»Tschüs, Vater.« Charlotte zog die Tür mit einem Knall zu und schloß sie ab. Am liebsten hätte sie den Schlüssel weggeworfen, so daß ihn niemand mehr finden würde.

1976

Rampur

Liebe Patricia, lieber Donald,

was für eine wunderbare Neuigkeit habt Ihr mir gerade am Telefon erzählt! Endlich! Wir hatten es schon seit Tagen erwartet und fingen schon fast zu zweifeln an, ob es noch kommen würde. Ein Mädchen, und mit so einem schönen Namen, Isabella! Habt Ihr den Namen in Portugal gehört? Ich schicke Euch ein Baby-Cape, das ich extra für Euer Kind gestrickt habe, aus Angorawolle vom Himalaja. Ich hoffe, daß es Euch gefällt und daß Isabella es oft tragen wird.

Einen Kuß für meine aller-allerliebste Nichte, von ihrer stolzen Tante Charlotte

PS: Schickt mir bitte bald ein Foto!

1952

Bombay

Die Morgensonne scheint, und eine Straßenbahn klingelt. Peter weiß nicht, ob es die Sonne, das Geräusch der Tram, das neue Haus oder die neuen Kleider sind, die Charlotte ihm gestern gekauft hat, aber er fühlt sich ruhig und verspürt zum ersten Mal nicht wie sonst den Drang, ins Krankenhaus zu eilen. Der Kaffee, den er sich bestellt hat, schmeckt herrlich, und die Aussicht auf den Hafen erinnert ihn daran, wie er seine Frau zum ersten Mal sah. Es ist gut, daß sie umgezogen sind. Hier in der Stadt auf der Landzunge, wo überall das Meer zu sehen ist, mit dem beruhigenden Geräusch der Wellen und dem kühlen Wind am Abend, fühlt er, daß etwas von der Kraft zurückkommt, die er vor dem Krieg besaß. Auf dem Kai hüpft ein Mädchen Seil. Ihr Zopf hüpft mit, und ihre Ringelsöckchen rutschen immer weiter runter. Als sie ihn sieht, lächelt sie ihm zu. Sein alter Kinderwunsch war jahrelang nicht mehr da, aber als er dieses Kind spielen sieht, begreift er seine Angst davor nicht mehr. Daß Charlotte das Thema nicht mehr anschneidet, bedeutet nicht, daß sie nicht mehr will. Er weiß, daß sie sich nichts sehnlicher wünscht als ein Kind. Er hat gesehen, wie ihr Blick zu Frauen gleitet, die einen Kinderwagen schieben oder sich die Hände schützend auf den runden Bauch legen. Zum ersten Mal kommt ihm der Gedanke, daß ein Kind helfen könnte, alles zu verändern. Seine Unruhe, seine Anfälle von Schwermut und seine schlaflosen Nächte. Er bekommt ein warmes Gefühl im Unterleib, er fragt sich, wie es wäre, Vater zu sein. Auf einmal verspürt er den starken und überwältigenden Wunsch, mit Charlotte ein Kind zu haben. Er erwidert das Lächeln des hüpfenden Mädchens und merkt, daß er rot wird. Die Röte auf seinen Wangen greift auf den Rest seines Körpers über. Sein Herz beginnt wie rasend zu pochen, und ihm bricht der Schweiß aus. Das Lächeln auf seinem Gesicht erstarrt und wird zu einer angsterfüllten Grimasse. Er sieht nicht mehr, daß das Mädchen ihn anlächelt, das tückische Gespenst, vor dem sie aus Neu-Delhi geflohen sind, hat ihn schon wieder gefunden. Er beginnt zu zittern. Einen Moment lang denkt er noch, daß es der Boden ist, der bebt, weil ein schwerer Truck vorbeifährt, oder sogar ein Erdbeben. Ein panischer Ausdruck verzerrt sein grinsendes Gesicht. Dann fällt ihm die Tasse aus der Hand und zerbricht klirrend auf dem Marmorfußboden.

Wie er ins Krankenhaus gekommen ist, weiß er nicht, und auch nicht, wer ihm seinen weißen Kittel angezogen hat. Er steht am Operationstisch und hat das Skalpell in der Hand, vor ihm liegt ein Patient. Der Mann stöhnt. Er hört das Seufzen des Dschungels, die tropfenden Bäume und knisternden Blätter. Er sieht die Nebelfetzen, die ihm bis in den späten Nachmittag die Sicht nehmen. Er spürt die Augen, die ihn von einem unsichtbaren Versteck aus belauern. Er legt das Instrument auf das Edelstahltablett neben den Rest des sterilisierten Operationsbestecks, geht zu der großen Pendeltür und verläßt wortlos den Raum.

Charlotte sitzt auf ihrem Stuhl bei der Tür und hält Wache. Auf ihrem Schoß liegt das Buch, das sie liest, wenn er in einen unruhigen Schlaf fällt – in den Stunden, in denen er mit weit geöffneten Augen zitternd daliegt, schaut sie ihn an und versucht zu verstehen, was passiert ist. Der Kieferchirurg, ein immer fröhlicher Schotte, der im Krankenhaus ein Arbeitszimmer neben seinem hat, hat eine Flasche Whisky dagelassen. Peter solle einfach ein großes Glas Single Malt trinken, bevor er in den Operationssaal geht, hatte er gesagt, »wir zittern doch alle mal«. Charlotte wußte, daß ein Glas nicht helfen würde. Nicht mal eine ganze Flasche Whisky half. Sie hatte es alles schon ausprobiert.

Peter stöhnt. Sein Blick ist starr zur Decke gerichtet, wo sich der Ventilator dreht. Er hat Angst davor, daß ihm die Augen zufallen und seine Träume ihn an Orte führen, an denen er nie wieder sein will.

1944

Birma

In seinem Schädel hallt das Echo der Schüsse. Er will rufen, daß sie auch ihm einen Kopfschuß verpassen sollen, daß er keine Angst mehr hat, doch es bleibt still. Die Kugel, auf die er gehofft hat, bleibt aus. Langsam hebt er den Kopf. Er schmeckt das Blut in seinem Mund. Das gellende Geräusch im Schädel verebbt. Warum passiert nichts? Wo sind die Japaner? Warum lebt er noch? Er fühlt, daß er die Beine noch bewegen kann. Er stemmt sich hoch. Er spürt das Gewicht des schweren Rucksacks. Er will ihn abschütteln, aber schafft es nicht. Als er die Hand hebt, sieht er, daß Blut herausquillt. Dann sieht er seine Kameraden, beide liegen da mit einem kleinen Loch in der Stirn. Plötzlich ein lauter Knall, die Bäume um ihn herum werden geschüttelt. In Panik kriecht er voran. Wieder eine Detonation. Brennende Teile fallen herab. Ein stechendes Gefühl im Unterschenkel. Er nimmt es wahr, aber kraucht weiter, bis die Bäume dichter beisammenstehen und der Geruch des Dschungels ihn betäubt. Wieder das zischende Geräusch. Eine Kugel pfeift haarscharf an seinem Kopf vorbei. Er ist froh, daß es aus ist, daß sie ihn gesehen haben, daß die Qual des Fliehens ein Ende hat. Er will nicht an das denken, was ihm bevorsteht. Jetzt ist er dran, das weiß er. Leichen im Dschungel machen weniger Probleme als ein verletzter Kriegsgefangener in einem Lager. Er will sich aufrichten und die Hände hochnehmen, doch seine Beine versagen ihm den Dienst. Er hört keine Befehle oder Schreie. Nichts passiert.

So bleibt er minutenlang liegen. Warum kommen sie nicht, die Kugel war doch für ihn bestimmt? Ein dröhnender Knall, der Boden zittert leicht. Der Einschlag ist weit weg. Wo sind sie? Warum erschießen sie ihn nicht?

Peter weiß, daß er weglaufen muß, daß er nicht länger abwarten darf, daß sie ihn nicht entdeckt haben. Er kriecht weiter. Weg von dem Ort, an dem er mehr als nur seinen kleinen Finger verlor. Über Wurzelstrünke und zwischen dicken Stämmen jahrhundertealter Bäume. Durch Dornengebüsch und sumpfige Gräben. Aber wenn er seine Wunden nicht behandelt, kann er auch gleich liegen bleiben.

Keuchend setzt er sich an einen Baumstamm. Das Blätterdach ist so dicht, daß die Baumwipfel nicht zu sehen sind. Mit zitternden Fingern fummelt er den Faden ins Nadelöhr, steckt sich ein zusammengeknülltes Tuch in den Mund und sticht mit der Nadel ins Fleisch seiner Hand, da, wo der kleine Finger gewesen war. Der kleine Finger, der keines der Leben gerettet hat, der ihn nicht von dem Wahnsinn erlöst hat, von der Grausamkeit und vom Unrecht. Er will nicht mehr an die Gesichter denken. An die Panik in den Augen. Den Befehl des älteren Mannes. Mit einem Ruck zieht er den Faden durch sein Fleisch. Er beißt so fest auf den Stoff, daß er seine Kieferknochen knirschen hört. Er überläßt sich nicht dem Schleier, der vor seinen Augen erscheint. Er sticht die Nadel wieder in seine Hand und zieht den Faden hindurch, und wieder, bis die Wunde vernäht ist. Dann beißt er den Faden durch, zieht sich das Tuch aus dem Mund reißt es in zwei Stücke. Er bindet eines davon um die Hand und das andere um die klaffende Wunde unterm Knie.

Es ist dunkel. Die Detonationen haben aufgehört, und nachdem er eine Stunde lang gekrochen ist, ist er mit großer Mühe aufgestanden. Schmerz fühlt sich nicht mehr wie Schmerz an. Das Wort hat seinen Sinn verloren. Er hat keinen Menschen mehr gesehen oder gehört. Der Weg, den er sich bahnt, führt durch den Wald bergan. Am Licht der Sterne sieht er, daß der Bewuchs lichter wird. Bevor es hell wird, will er wieder zwischen den schützenden Bäumen sein. Er hat keine Ahnung, ob er in die richtige Richtung geht, ob er sich vom Feind entfernt oder auf ihn zu hinkt.

Der Geruch von verwesendem Fleisch will nicht aus seiner Nase weichen, und immer wieder hat er das Bild vor Augen, wie die Männer einer nach dem anderen erschossen wurden. Den bleischweren Rucksack, die pochenden und brennenden Wunden, Hunger und Durst, das alles spürt er nicht. Strauchelnd irrt er weiter. Zweige schlagen ihm ins Gesicht. Manchmal bleibt er an irgend etwas hängen, immer wieder stürzt er, und seine Hände oder Füße sinken tief in ein sumpfiges Erdloch ein. Tausende Moskitos haben den Angriff auf ihn eröffnet. Sie stechen ihn in die Ohren, die Augenlider, den Nacken, die Arme und Knöchel, jedes Fleckchen Haut, das nicht von dem khakifarbenen Uniformstoff bedeckt ist, wird belagert. Als er zum wiederholten Mal hinfällt, bleibt er am Boden sitzen. Er streift mühsam den Rucksack ab und knöpft die Klappe auf. Hier im Dunkel der Nacht glaubt er sich sicher. Seine Hand gleitet in den Rucksack. Was darin ist, ist feucht und glatt. Er zieht es heraus. Der Geruch ist unverkennbar.

Er wacht auf, er mußte unmerklich eingeschlafen sein. Neben ihm liegt das große Stück Fleisch. Die Mücken haben sich zurückgezogen, aber unzählige Fliegen haben ihn gefunden. Auf dem blutigen Fleischklumpen wimmelt es von ihnen. Das mit leichter Übelkeit verbundene Hungergefühl, das ihm seit Wochen zusetzt, ist nicht mehr da, es ist einer neuen, unbekannten Empfindung gewichen, es fühlt sich mehr so an wie ein Tritt in den Bauch und nicht wie ein leerer Magen. Seine Augenlider sind von den Mückenstichen geschwollen. Der süßliche Geruch des verwesenden Fleisches überdeckt alles andere. Er erinnert sich daran, wie ihm einer der Japaner den Rucksack umhängte. Er dachte, es sei sein eigener gewesen. Er will nicht wissen, was für Fleisch es ist. Er hofft, daß es der Schenkel einer Kuh ist, eines heiligen Tieres, das nicht gegessen werden darf. Der Gedanke, das Fleisch zurückzulassen, kommt nicht in ihm auf. Er hat keine Ahnung, wie lange er noch laufen muß und wann er etwas zu essen finden wird. Dieses Stück verdorbenes Fleisch ist seine Rettung. Mit einem kleinen Taschenmesser, das er in der Klappe des Rucksacks findet, schneidet er ein Stückchen ab. Die Fliegen brummen wütend und gönnen ihm kaum etwas. Er fegt die Insekten ab und steckt sich das Fleisch in den Mund. Er versucht nicht, den Geschmack zu ergründen. Es hätte auch keinen Sinn, der Geruch ist stärker. Er will die Fliegen verscheuchen, und als das nicht gelingt, steckt er das Stück mitsamt den Fliegen wieder in den Rucksack.

* * *

Das Mann ist jünger als er, eigentlich noch ein Junge. Sein blondes Haar bildet einen ungewöhnlich starken Kontrast zu der sonnenverbrannten Haut. Er ist nackt und trägt einen Pekinesen auf dem Arm. Dem Tier hängt die Zunge aus dem Maul. Sein Beschützer sieht Peter flehend an. Er nimmt das Fleisch, das noch übrig ist, aus dem Rucksack. Es ist grau geworden, und der Geruch ist nun so abstoßend, daß sogar die Fliegen verschwunden sind. Er schneidet einen dünnen Streifen ab und gibt ihn dem Jungen. Dessen Augen beginnen zu leuchten. Er beißt und kaut, einen Moment sieht es so aus, als würde er sich übergeben, aber dann nimmt er ein kleines Stück Fleisch aus dem Mund und stopft es dem Hund ins Maul.

Peter fragt ihn nicht, woher er kommt und wohin er will. Ohne Worte wissen sie, daß sie zusammen weiterziehen werden. Auf welche Weise der Junge alles verloren hat außer seinem Pekinesen, es wird die gleiche Geschichte sein wie die der Frau, die gestern in seinen Armen starb, oder die des Mannes, der im fortgeschrittenen Zustand der Verwesung in einem Graben lag, des Kindes, das schlafen wollte und nicht mehr aufwachte. Keiner von den Bewohnern dieser Gegend konnte seinen Besitz mitnehmen.

Peter begegnet immer mehr Menschen. Das erste Mal versteckte er sich zwischen den Bäumen, bis er merkte, daß der Mann genauso viel Angst hatte wie er. Sie teilten sich das

Fleisch. In der Nacht starb der Mann, Peter begrub ihn unter Steinen, ohne seinen Namen zu wissen. Er stieg weiter den Berg hinab und traf allmählich auf mehr Menschen. Keine Soldaten wie er, es waren Zivilisten, Missionare und in diese Gegend versetzte Beamte, die alles verloren hatten. Sie hatten mit ansehen müssen, wie andere Menschen ermordet, enthauptet, verbrannt worden waren. Die Zukunft der Lebenden war unsicher, aber gerade diese Unsicherheit gab ihnen Kraft. Sie konnte auch bedeuten, daß sie schon am Abend in Sicherheit wären, oder vielleicht in ein oder zwei Tagen. Niemand dachte in längeren Zeiträumen, nicht daran, was in einer Woche, einem Monat oder in einem Jahr sein würde.

Peters Befürchtung, ohne Kompaß niemals aus dem Dschungel herauszufinden, hat sich als unbegründet erwiesen. Jetzt, wo das Fleisch fast alle ist, sind Dutzende von Menschen auf dem Pfad unterwegs, die alle in eine Richtung gehen. Sie alle entfliehen dem Dschungel und hoffen, daß sie mit ihrer braunen oder weißen Haut nicht von neuem dem Feind in die Arme laufen, der in diesem Dschungel gelb ist.

Der Junge streckt die Hand aus. Peter schneidet noch ein Stück ab. Heißhungrig steckt er es sich in den Mund, um kurz darauf wieder ein kleines Stück dem Hund zu geben.

»Er heißt Bärchen«, sagt der Junge schmatzend.

»Peter! Wach auf! Sieh mich an! Peter!« Der Junge mit dem Pekinesen schreit und zieht an seiner Hand, rüttelt ihn an der Schulter und gibt ihm Ohrfeigen. Das fahle Licht, das den Einfall der Nacht ankündigt, hat die Silhouetten der Berge verschluckt.

Er will nicht mehr. Er hat genug. Hier endet seine Reise.

Vor einer Stunde, als sie den Fluß durchqueren mußten, ist es schlimm abgelaufen. Peter, der die Gruppe schon seit Wochen anführt, den anderen Mut macht und jedem, der krank geworden ist, mit Notbehelfen und Zuspruch wieder auf die Beine hilft, war mit der alten Französin, die er schon seit fünf Tagen auf dem Rücken trug, auf das wacklige Brettergerüst geklettert. Die Frau hatte Angst gehabt. Peter hatte ihr gesagt, sie solle in den Himmel schauen oder auf die blühenden Bäume jenseits des Flusses. Er würde sie sicher ans andere Ufer tragen, versprach er. Langsam hatte er einen Schritt vor den anderen gesetzt. Die Füße der Frau baumelten neben seinen Knien. Er hatte Löcher in den Rucksack geschnitten, aus denen die Beine der Frau ragten. Sie war leichter als das Stück Fleisch, das er am ersten Tag im Rucksack gefunden hatte. Völlig unerwartet, ohne warnendes Geräusch war die Brücke eingebrochen. Zusammen waren sie in das reißende Wasser gestürzt und hinabgezogen worden von einer mächtigen Hand. Er hatte gekämpft, auf dem Rücken die an ihn gefesselte Last. Er wollte nicht sterben. Nicht hier. Nicht jetzt, wo er beinahe am Ziel war. Jedes Mal, wenn er merkte, daß sie an der Oberfläche waren, wurden sie wieder hinabgezogen. Er strampelte mit den Beinen, schlug mit den Armen um sich und schwamm. Bis er merkte, daß ihm der Rucksack von den Schultern rutschte. Als würde sie abspringen, sich von ihm abstoßen. Er griff nach ihr, aber die spindeldürren Beine glitten weg, bevor er sie packen konnte. Er tauchte auf, schnappte nach Luft und tauchte wieder. Sie war weg. Er hatte von neuem nach Luft geschnappt und war wieder nach ihr getaucht, aber sie war verschwunden.

Wie er ans Ufer gekommen ist, weiß er nicht. Er hört nur die Panik in der Stimme des Jungen.

»Peter! Sieh mich an! Du darfst mich nicht allein lassen!«

Der Pekinese bellt froh, als er die Augen öffnet.

1954

Bombay

Es ist dunkel. Aus dem Nichts springt ein Mann hervor, der ihm den Apfel aus der Hand reißt und ihn sich in den Mund stopft. Madan hat keine Ahnung, wo er ist. Er will protestieren, der Apfel ist für Abbas, aber als er das boshafte Gesicht des Mannes sieht, hält er den Mund. Die schnellen Finger des Mannes gleiten über seinen Körper, wie es auch die Finger von Bruder Franciscus getan hatten, aber finden nicht, was sie suchen – Madan trägt nur eine zerrissene kurze Hose und hat alles, was er besitzt, beim Leichnam seines Freundes zurückgelassen.

Langsam nimmt er den schmalen, länglichen Raum wahr und die Männer, die an die Wände gelehnt dasitzen und ihn lauernd ansehen. Madan bleibt schweigend in der Mitte des Raumes stehen und schließt die Augen.

Ich muß zurück. Ich muß Hilfe holen. Ich darf ihn nicht allein lassen.

Die eiserne Tür hinter ihm wird geöffnet. Er dreht sich um und sieht, wie ein alter Mann grob hineingestoßen wird, und als die Tür wieder zuschlägt, hört er, wie sich ein Schlüssel im Schloß dreht. Im »Kisten-Laden« von Ram Khan fühlte er sich immer sehr wohl, wenn abends die große Holzplatte vor den Verschlag geschoben wurde und er eingeschlossen war. Hier empfindet er nicht die Sicherheit, die Schlösser ihm bisher boten.

»Laßt mich raus …«, bettelt der alte Mann und hämmert mit den Fäusten an die schwere Tür. »Ich habe nichts verbrochen … Laßt mich frei …«

Plötzlich weiß Madan, wo er ist, auch wenn ihm nicht klar ist, wie er hierher gekommen ist. Er wollte Hilfe suchen für Abbas, der allein zwischen den hohen Mauern am Kai liegt und auf ihn wartet.

Die Tür wird wieder geöffnet, und vier Polizisten mit Gummiknüppeln kommen in den Raum. Der alte Mann weicht zurück, auch Madan sucht sich einen Platz möglichst weit weg von den bedrohlichen Polizisten. Einer von ihnen deutet mit seinem Knüppel auf einen Bären von einem Mann, der sich fluchend hochrappelt und brutal mitgezerrt wird. Die Tür fällt krachend zu, und der alte Mann beginnt wieder daran zu hämmern.

Regelmäßig öffnet sich die schwere Tür, und jemand wird hineingestoßen oder herausgeschleppt. Viele der Neuankömmlinge schreien, daß sie nichts verbrochen haben. Der alte Mann wurde schon vor Stunden abgeholt, die Polizisten hatten ihn zuerst mit ihren Knüppeln zum Schweigen gebracht und dann hinausgeschleift.

Madan kauert, wie die anderen, auf dem Boden. Er macht sich Sorgen. Obwohl es in dem dunklen Keller nicht so furchtbar warm ist, weiß er, daß draußen eine Gluthitze herrscht. Über den Tod selbst weiß er nicht viel, aber das Jahr, in dem er mit Abbas auf der Straße gelebt hat, hat ihn gelehrt, daß eine Ratte, eine Ziege oder ein Hund, die gestorben sind, nach einem Tag schrecklich zu stinken anfangen und daß die Leute sich dann darüber aufregen. Er darf nicht zu lange wegbleiben. Er muß zurück. Als er hört, daß sich der Schlüssel wieder im Schloß dreht, steht er auf und geht zur Tür. Ein stockbetrunkener Mann schwankt fröhlich herein, und bevor die Tür zugezogen wird, zwängt Madan sich nach draußen. Eine Hand packt ihn fest an der Schulter.

»Zurück, aber fix.« Der Polizist hebt den Knüppel.

»Das ist der vom Kommissar.«

»Wie? Vom Kommissar persönlich?« Der Polizist hält Madan in festem Griff, den Stock hält er ängstlich in der anderen Hand. »Knöpft ihn sich der Kommissar selbst vor?«

»Nein, er ist schon nach Hause, übernimm du ihn ruhig.«

»Ich?«

»Ja, warum nicht? Einer muß der erste sein, und der Kommissar war ziemlich wütend, als er die kleine Ratte gebracht hat. Es kann also nicht schwer sein. Geh mit ihm in Zimmer drei.«

Das Verhör in Zimmer drei dauert nur wenige Minuten. Der junge Polizist merkt schnell, daß Madan nicht, wie die meisten Bettler, eine Behinderung nur vortäuscht. Vertrauensvoll füllt er die Formulare aus, das ist etwas, was er gewohnt ist und sehr gut kann. Er schreibt einen langen Bericht. Madan versucht dem schreibenden Polizisten zu erklären, daß Abbas tot ist, daß er Hilfe sucht und schnell zurück muß zu seinem Freund, aber der Büttel schnauzt ihn an, daß er ruhig sein soll, also wartet Madan und blickt auf den Stift in der Hand des Polizisten. Er wünscht sich, schreiben zu können. Wenn er schreiben könnte, dann könnte er erzählen, was passiert ist.

Mit einem tiefen Seufzer legt der Polizist schließlich den Stift weg und drückt auf jedes Blatt sechs verschiedene Stempel. Dann unterschreibt er die Dokumente mit großer Sorgfalt. Für seine Unterschrift hat er lange geübt, erst seit zwei Tagen ist er damit zufrieden und furchtbar stolz darauf. Er drückt auf einen Klingelknopf, die Tür geht auf, und sein Kollege tritt herein.

»Na? Fertig?«

Der junge Polizist seufzt und macht ein ernstes Gesicht, dann übergibt er den Stapel Papier. Der andere liest flüchtig den ersten Satz, schaut dann erstaunt auf Madan, um sofort weiterzulesen. »So so«, entfährt es dem Mund des Lesers, »so so so …« Als er das Dokument durchgelesen hat, legt er es auf den Tisch. »Gute Arbeit. So was nenn ich gute Arbeit.«

Der junge Polizist strahlt vor Stolz.

Ohne daß noch ein weiteres Wort fällt, zieht der andere Polizist Madan von seinem Hocker, schubst ihn zur Tür hinaus, durch den Flur und in einen Kleinbus – in dem auch der alte Mann sitzt, der leise weint.

* * *

Ich muss raus! schreit Madan.

»Kannst du mal das Katzengejammer abstellen«, sagt der dicke Wärter, der gerade seine Proviantdose aufgemacht hat, knurrend zu seinem Kollegen.

Ich habe nichts verbrochen. Jemand muß zu Abbas! Er liegt da noch immer, die Hunde und Ratten werden ihn finden ...!

»Scheuer ihm doch eine«, sagt der essende Wärter.

»Den faß ich nicht an, hinterher beißt das Viech noch.« Er ist davon überzeugt, daß der wild aussehende Junge nicht nur keine Stimme hat, sondern auch kein Gehirn.

Ich beiße nicht, ich habe nichts verbrochen.

»Dann nimm einen Stock, man muß sich ja vorsehen, sie haben eklige Krankheiten, alle diese Ratten.«

Ich bin nicht krank, Abbas war krank, er ist gebissen worden, jemand muß zu ihm hin.

»Wo stecken wir ihn hin?«

Ich muß weg!

»Irgendwohin, wo ich dieses Gekreische nicht hören muß, das klingt ja wie ein Schwein, das abgestochen wird.«

»Bist du nicht Vegetarier?«

»Ja, aber ich hab schon öfter Schweine beim Schlachten quieken hören, das klang genauso schrill.«

Laßt mich gehen.

»Werden bei euch Schweine gegessen?«

»Nein, natürlich nicht. Aber bring dieses Viech endlich weg, sonst vergeht mir noch komplett der Appetit.«

* * *

Der einzige Platz, an dem die anderen ihn nicht sehen können, ist die Ecke mit dem Eimer. Ein grauer Vorhang trennt sie vom Rest der Zelle. Das Stück Stoff hatte dort zuerst nicht gehangen, aber vor ein paar Wochen hatte der alte Mann, der Herr Patel heißt, das Tuch, das einer der Männer vergessen hatte, der entlassen wurde, an den Gittern in der Ecke festgeknüpft, so daß ein kleiner Raum entstand, den er zum Beten benutzte. Eines Morgens aber stand dort der Klosetteimer, und keiner traute sich, ihn wieder zu entfernen, weil sie alle wußten, daß Ibrahim ihn dort hingestellt hatte. Also betet Herr Patel wieder an seinem alten Platz mit dem Rücken zu den anderen Gefangenen, und Ibrahim sitzt die meiste Zeit des Tages hinter dem Vorhang, nicht nur, um seine Notdurft zu verrichten.

Madans Gedanken sind Tag und Nacht bei Abbas. Auch, wenn er nicht daran denken will, sieht er immer den Leichnam vor sich. Oft schreckt er aus dem Schlaf auf, weil ein Hund die Augen wegfrißt und nicht aufhören will, auch nicht, wenn er ihn mit einem Stock schlägt, oder eine Ratte springt plötzlich aus dem Mund des Freundes, der in Madans Traum nur schläft. Er weiß immer noch nicht, warum er hier eingesperrt ist, aber alle scheinen davon überzeugt zu sein, daß er etwas ganz Schlimmes getan hat – nur Herr Patel nicht.

»Sohn, hier«, flüstert Herr Patel, er ist der einzige, der ihn nicht Mukka oder Ratte nennt. Er schiebt ihm seine Schale zu, in der noch mindestens vier Bissen Reis sind. »Du mußt noch wachsen. Ich nicht.«

Madan sieht ihn dankbar an und ißt den Reis sofort auf, denn auch Herr Patel kann es sich anders überlegen.

»Wenn wir hier raus sind, Sohn, mußt du mal zum Essen zu mir kommen. Man soll sich ja nicht selber loben, aber ich bin wirklich ein guter Koch.«

Madan würde nichts lieber wollen. Wenig, schlecht und unregelmäßig zu essen, das ist er gewohnt, aber so knapp wie hier war das Essen nicht mal bei Ram Khan. Ein paar der Gefangenen glauben, Herr Patel sei sein Großvater, und sogar Ibrahim, der allen ungemein ruppig und gewalttätig begegnet, hat ihn bisher in Ruhe gelassen.

»Die Zeit kommt, Sohn, die Zeit kommt gewiß, dann mache ich Dhal für dich, mit soviel Reis, wie du möchtest.« Herr Patel dreht sich um und schließt die Augen.

Madan horcht auf das unverständliche Gebet. Manchmal betet Herr Patel eine ganze Stunde. Danach hat er immer einen friedvollen Blick in den Augen, der bei keinem der anderen Männer jemals zu sehen ist, auch nicht, wenn sie gebetet haben.

»Betest du manchmal?« fragt Herr Patel, während er versucht, den Schmutz unter seinen Fingernägeln wegzupulen.

Madan schüttelt den Kopf.

»Hast du das nie gelernt? Oder bist du nicht gläubig?«

Madan erinnert sich ganz vage und wenn er sich sehr anstrengt daran, daß er einmal in einem Tempel war, wo Glocken erklangen und Weihrauch brannte, er denkt an die heiligen Bilder, vor denen Ram Khan jeden Tag seine Puja verrichtete, und an Bruder Franciscus, der neben ihm kniete und seine Hände nahm, um mit ihm zu dem Mann am Kreuz aufzublicken. Er zuckt mit den Schultern.

»Möchtest du es lernen?«

Die Friedfertigkeit, die von Herrn Patel nach dem Beten ausgeht, würde Madan auch gern besitzen, aber er hat Angst, daß der Gott von Herrn Patel in seinen Kopf eindringt, wenn er betet, und ihm Vorwürfe macht, er habe Abbas vergessen, auch wenn das nicht stimmt, aber das könnte er diesem Gott dann natürlich nicht erklären.

Herr Patel sieht den Zweifel in Madans Augen. »Du brauchst es nicht so wie ich mit richtigen Worten zu tun, man kann auch in Gedanken beten. Hast du das gewußt?«

Madan schüttelt wieder den Kopf. In Gedanken beten, das tut er den ganzen Tag. Er nennt es nicht beten, sondern reden.

»Es ist etwas anderes, als einfach im Kopf zu sprechen«, sagt Herr Patel. »Beim Beten mußt du dich zuerst ganz leer machen, dich gut konzentrieren, erst dann kannst du mit dem Gebet anfangen.«

Madan wird schwindlig, *leer machen, konzentrieren*, er versteht nicht, was Herr Patel meint. Aber er nickt ernst, damit Herr Patel weiterredet.

»Wir alle sind Teil des Kosmischen Bewußtseins, das brauchst du jetzt nicht alles zu verstehen, aber es ist gut, wenn du es weißt.

Der Zweck des Betens ist es, Ehrfurcht zu bezeigen, um etwas zu bitten oder den eigenen Gedanken und Gefühlen eine Richtung zu geben. Ich bete zu Brahma, Vishnu und Shiva. Aber wenn du diese Götter noch nicht kennst, dann kannst du, solange du hier bist, auch mit dem Gott in dir selber reden. Verstehst du das ein bißchen?«

Der Gott in ihm selber? Er kann sich nicht vorstellen, was Herr Patel meint.

»Dein Gott ist ein Teil von dir selbst.«

Abbas! Nun versteht Madan plötzlich, was Herr Patel meint. Das also ist es, was Herr Patel macht, er redet mit jemandem, den er sehr gern hat. Abbas ist immer in ihm, jede Minute, jede Stunde denkt er an ihn, aber er hat sich nie getraut, mit ihm zu reden.

»Ich sehe, daß du es verstehst«, sagt Herr Patel erleichtert; einfach ist es ja nicht gerade, denkt er, als Unschuldiger in einem verdreckten Gefängnis einem stummen Jungen das Beten beizubringen.

1995

Rampur

Es war schon die fünfte, die an diesem Tag klingelte. Hema lebte richtig auf, weil er in seiner Rolle als Butler tätig werden konnte, aber Charlotte war sauer auf die Frauen aus dem Club, die sich nicht an die Vereinbarung hielten, und hätte sich am liebsten im Schlafzimmer eingeigelt. Soviel Besuch war zum letzten Mal vor vier Jahren im Haus gewesen, zum neunzigsten Geburtstag ihres Vaters. Sie hatten den Tag wie jeden anderen verbringen wollen, aber ein Strom von ehemaligen Dienstboten und anderem Personal hatte ihren Vater mit einem Besuch beehrt, in der Hoffnung auf ein Geschenk, eine Tradition, die er an seinem siebzigsten Geburtstag sehr großzügig hochgehalten hatte und die er auch an seinem achtzigsten Geburtstag noch unbedingt wahren wollte. An jenem Tag hatte Panik geherrscht – Charlotte war Dutzende Male auf den Dachboden gerannt, um etwas zu finden, was als Geschenk durchgehen konnte. Sie hatte ihren Vater dafür verflucht, daß er eine Tradition begründet hatte, die sie nicht mehr fortsetzen konnten. Beim Blick auf das leere Büfett kam ihr auf einmal der Gedanke, daß er vielleicht auch noch hundert werden würde. Sie hörte, wie Hema die Haustür aufmachte und die Besucherin bat, kurz zu warten. Er klopfte an die Tür.

»Herein.«

»Mrs. Nath ist da. Sie möchte Sie besuchen.«

»Bitte sie ruhig herein.«

Die Frau von Alok Nath, dem Goldschmied, war noch nie in dem großen Haus auf dem Hügel gewesen und schaute sich neugierig um. Charlotte hatte immer Mühe mit der Frau des Goldschmiedes, weil diese irgendwann auf die unmögliche Idee gekommen war, extrem leise reden sei schick, genauso wie wenig essen, denn dick sein fand sie ordinär.

Sie flüsterte ein paar Worte. Charlotte verstand zwar nichts, aber begrüßte die Besucherin freundlich und bot ihr eine Tasse Tee an. Der Gedanke an den Tee machte ihr Sorgen, der Vorrat, der normalerweise einen ganzen Monat reichte, war nun schon nach drei Tagen fast alle – ebenso wie der Zucker und die Milch. Außerdem hatte sie viel mehr Kekse als sonst kaufen müssen, denn zum Tee keinen Keks anzubieten war unmöglich.

Hema, der noch an der Tür wartete, dachte das gleiche, mit dem Unterschied, daß es ihm großes Vergnügen bereitete, endlich wieder einkaufen zu können. Er hatte fünf Läden aufgesucht, bevor er die richtigen Kekse gefunden hatte, und den unüblichen Luxus genossen.

Charlotte schickte ihn weg mit dem Auftrag, Tee zu kochen und dem Schneider zu sagen, daß die Frau von Alok Nath da sei.

Beim Aussprechen des Wortes »Schneider« wurde sie rot. Die Frau von Alok Nath merkte es nicht, denn in der brütenden Hitze verfärbten sich Weiße immer, sie hatte sogar schon welche mit Blasen auf der rot verbrannten Haut oder mit Hitzepöckchen gesehen. Sie selbst litt bei dieser exorbitanten Temperatur nur unter Kopfschmerzen, die durch den sich endlos wiederholenden Ruf des Kuckucks und das Gekläffe der Straßenhunde noch schlimmer wurden. Weil sie diese Laute hier im großen Haus nicht hörte, lehnte sie sich zufrieden im Sessel zurück und fragte Charlotte nach dem Befinden ihres Vaters. Charlotte dachte, sie hätte vom Wetter gesprochen, und klagte deshalb, so wie jeder, über das Ausbleiben des Monsuns und den Wassermangel im Speicherbecken. Die Frau von Alok Nath schloß daraus, daß es Charlottes Vater schlechtging und sie sich besser nicht weiter nach ihm erkundigte. Plötzlich wurde es im Zimmer dunkel.

»O nein, nicht schon wieder ein Stromausfall!«

Die Besucherin reagierte mit mißbilligendem Genuschel.

Charlotte ging tastend zum Fenster, schob den Vorhang etwas

beiseite und öffnete den Fensterladen einen halben Zentimeter. Das gleißende Licht schoß durch den schmalen Spalt ins Zimmer, zusammen mit der quälenden Hitze, die wie klebriges Öl eindrang und sich um sie legte. Sie hörte, wie die Hintertür geöffnet und wieder geschlossen wurde. Ihr Herz schlug schneller. Sie wischte sich den Schweiß von der Stirn und strich sich über die Haare. Es klopfte an der Tür.

»Herein.«

Madan trat ein mit dem Stoff, der der Frau von Alok Nath gehörte. Die Wärme, die bis dahin schon fast unerträglich war, wurde mit seinem Kommen noch heftiger. Charlotte spürte, daß sich die Röte ihrer Wangen über den ganzen Körper ausbreitete.

Mit leicht gesenktem Kopf zeigte Madan ihnen den Stoff. *Ich bin noch nicht soweit.*

»Er ist noch nicht soweit«, sagte Charlotte, die sich am Abend zuvor fest vorgenommen hatte, nicht mehr auf die Stimme zu horchen.

Die Frau von Alok Nath wisperte wieder etwas Unverständliches.

»Was hat sie gesagt?«

Kannst du sie auch nicht verstehen? Auf Charlottes Gesicht erschien ein Lächeln.

Das rätselhafte Gemurmel ging weiter.

So undeutlich habe ich noch nie jemanden reden gehört ...!

So redet sie immer, antwortete Charlotte, ohne ihn anzusehen. *Ich antworte ihr einfach irgendwas und hoffe, daß es paßt.*

Aber mich kannst du gut verstehen. Auch er sah sie nicht an.

Charlotte lief noch röter an, und das Gefühl in ihrem Bauch wurde noch stärker. Sie wollte nichts denken, aber das ging nicht. Sie zweifelte, ob es wirklich seine Antworten waren, vielleicht entsprangen sie ja nur ihrer Phantasie. Die Sätze, die sie in ihrem Kopf hörte, waren so direkt und ungeniert, daß sie eigentlich nicht von ihm stammen konnten.

Du zweifelst.

Charlotte nickte.

Die Frau von Alok Nath dachte, Charlotte sei wie sie der Ansicht, daß sie sich für den falschen Stoff entschieden hatte und besser einen neuen kaufen sollte, denn darauf hatte ihre Frage abgezielt. Erstaunt sah Charlotte zu, wie sie Madan den Stoff aus der Hand nahm und in ihre Tasche steckte. Sie nickte dem Schneider freundlich zu und hauchte ein paar Worte.

Dann geh ich mal wieder.

Bleib. Charlottes Gedanke war schneller als die Selbstbeherrschung, die sie sich immer selbst zugeschrieben hatte. Sie sah Madan erschrocken an. *Nein, geh nur. Ich weiß gar nicht mehr, was hier passiert. Ich begreife es nicht. So etwas habe ich noch nie erlebt.* Sie schlug die Hände vors Gesicht.

Die Frau von Alok Nath war davon überzeugt, daß Charlotte wegen des Stromausfalls plötzlich noch mehr unter der Hitze litt, und zum zweiten Mal im Leben verstand Charlotte, was sie sagte: »Ruf den Butler!«

Charlotte zog mechanisch an der Klingelschnur.

»Fühlst dich nicht gut?« Die spindeldürre Frau stellte sich neben sie.

»Doch doch, es ist nichts«, sagte Charlotte. Sie hörte, wie die Tür auf- und zuging, und wußte, daß Madan gegangen war. Ihre lange unterdrückten Sehnsüchte überwältigten sie mit solcher Intensität, daß sie nach Luft rang. Zugleich überkam sie panische Angst. Ihr Körper zuckte leicht.

Die Frau von Alok Nath sah sie besorgt an und atmete erleichtert auf, als das Licht anging und der Ventilator über ihrem Kopf wieder rotierte. Ihre Stimme war nun wieder so leise wie vorher. Unter unverständlichem Gemurmel schloß sie den Fensterladen und zog den Vorhang wieder zu.

Hema brachte ein Tablett mit Tee und schenkte ein. Die Frau von Alok Nath verzichtete auf den angebotenen Keks, und Charlotte beschloß, einen anderen Arbeitsplatz für den Schneider zu suchen – und auf dem Fest ein altes Kleid zu tragen.

Als Hema zum Küchenhaus zurückging, sah er Madan im Schatten einer der großen Akazien sitzen. Beim Tee-Einschenken hatte er mitbekommen, daß Mrs. Nath ihren Stoff wieder abgeholt hatte. Hema ärgerte sich darüber, daß der Schneider schon bei der ersten kleinen Schlappe im Garten saß und schmollte; am meisten störte ihn jedoch, daß er den Mann nicht, wie er es von früher gewohnt war, zur Ordnung rufen konnte. Er sagte sich zum vierten Mal an diesem Tag, daß Memsahib den Mann besser nicht ins Haus genommen hätte, korrigierte aber auch zum vierten Mal diesen Gedanken, denn wenn der Darsi nicht wäre, könnte er nie so viele Einkäufe tätigen.

Madan lehnte sich an den Baumstamm und schloß die Augen. *Ich begreife es nicht, wie kann sie mich verstehen, bis jetzt hast nur du mich verstanden, nie die anderen Menschen, das weißt du, warum kann sie es?* Er öffnete die Augen und blickte zu dem Haus mit den geschlossenen Fensterläden. *Alles, was ich denke, hört sie, sogar, wenn ich es nur ganz kurz denke, als ob sie mir in den Kopf sehen könnte.* Er schloß die Augen wieder, atmete tief ein und ließ die Luft langsam durch die Lippen ausströmen. *Durch sie merke ich plötzlich, daß ich in Gedanken alles sage, man darf aber nun mal nicht sagen, was man denkt, aber im Kopf braucht man nicht höflich zu sein. Wie kommt es, daß sie mich hören kann?* Wieder öffnete er die Augen und sah zum Haus hin. *Sie hält mich für dreist und glaubt, ich hätte keinen Respekt vor ihr.* Er schloß die Augen wieder. *Aber den habe ich, auch in meinem Kopf, wirklich, aber ich kann nicht untertänig denken, denn wenn ich im Kopf reden muß so wie andere mit ihrer Stimme, wo kann ich dann noch wirklich denken?* Wieder entfuhr ihm ein tiefer Seufzer. *Ich muß aufhören, mit ihr zu reden, hätte ich mir in meinen Gebeten an dich doch nur nicht beigebracht, daß ich alles einfach sagen kann, ich werde mir alle Mühe geben, nicht an sie zu denken, auch wenn sie nicht in der Nähe ist.* Über seinen geschlossenen Augen bildete sich eine tiefe Falte. In der Ferne schrie ein Pfau. *Aber wenn ich sie ansehe, ihre Hände, und wie sie geht und sich bewegt, und wenn ich ihren Duft rieche, fühle ich, daß ich sicher bin, bitte sag mir, wie ich das stoppen kann, ich weiß nicht, was ich dagegen tun kann, ich denke den ganzen Tag an sie, ob ich will oder nicht, sag es mir, ich will nicht weggeschickt werden, ich will hierbleiben, ich habe Angst, es ist so, als ob ich sie beschützen müßte.* Madan öffnete die Augen und schüttelte den Kopf. Er stand auf und ging mit gesenktem Kopf zurück ins Küchenhaus. Nun erst nahm er das Geschrei des Pfaus wahr. Er hoffte, daß der große Vogel tanzte, denn dann würde der Monsun schnell kommen.

Er füllte den Eimer am Wasserhahn, aus dem nur noch ein dünner Strahl rann. Alle Fenster des großen Hauses standen sperrangelweit offen, und nirgendwo brannte Licht. Auch im Küchenhaus herrschte völlige Ruhe. Das Plätschern des Wassers, das in den Eimer lief, wurde nur von den Tausenden Grillen übertönt, die die Kühle der Nacht nutzten, um für ihre Liebsten zu singen. Madan blickte auf das offene Fenster im ersten Stock, er versuchte, an nichts zu denken, weil er Angst hatte, daß seine Stimme, wie eine normale Stimme, im Schlafzimmer zu hören sein könnte. Er nahm den halbvollen Eimer und lief so schnell wie möglich vom Haus weg. Beim Apfelbaum blieb er stehen. Er roch an dem kahlen Stamm. Der Duft des Apfelholzes kam allmählich zurück, das beruhigte ihn.

1955

Bombay

Am Ende des langen Korridors ist wieder eine Gittertür. Diesmal wird sie von einem Wärter mit auffallend schlechten Zähnen geöffnet.

»Na, Kleiner, hast du deinen Opa abgeholt?« schmunzelt der Mann. Er lacht, und sein Mundgeruch ist noch beißender als der Gestank hinter dem Vorhang, wenn Ibrahim seine Notdurft verrichtet hatte.

Herr Patel nimmt Madan an die Hand, sie senken den Kopf, blicken zu Boden und schweigen. Sie haben gelernt, daß sie dann weniger Schläge einstecken müssen, obwohl das bei Ibrahim keine Garantie war – wenn der etwas vermißte, brachte er es fertig, alle Männer in der Zelle nacheinander zu verprügeln. Auch die Aufseher schlugen oft hart zu, wenn sie den Metallbehälter, in dem sie das Essen brachten, nicht schnell genug zurückbekamen oder wenn der Klosetteimer überlief. Daß Madan und Herr Patel heute zusammen entlassen werden, ist eine vollkommene Überraschung. Sie hatten nach dem Verhör auf der Polizeiwache niemand anderen gesehen als ihre Mitgefangenen. Madan hatte irgendwann über einen der Wärter gehört, er habe einen Ladenbesitzer überfallen, der ein Großcousin des Kommissars sei. Herr Patel hatte ihm erzählt, er habe einen hinterhältigen Vermieter, der ebenfalls um ein paar Ecken mit dem Kommissar verwandt sei. Auch andere Männer in ihrer Zelle waren aufgrund von Streitigkeiten mit einem Verwandten von Kommissar Gandhi, ohne wirklichen Grund, im Kittchen gelandet. Nicht Ibrahim, der hatte drei Männer ermordet, die – da war er sich sicher – seiner Frau nachgestellt hatten, und er war stolz darauf.

»Oder holt der Opa den Kleinen ab?« frotzelt der Mann weiter. Er dreht den Schlüssel um, und die eiserne Gittertür öffnet sich quietschend. »Wie soll man heutzutage noch durchblicken, als wir noch das Raj hatten, war die Sache klar, wir wußten alle, wer schuldig war und wer nicht, aber jetzt …« Der scharfe Atem schneidet ihnen ins Gesicht.

Madan würde sich am liebsten die Nase zuhalten, aber er läßt seine Hand in der von Herrn Patel. Langsam gehen sie zur nächsten Tür. Am liebsten würde er rennen.

Der Aufseher öffnet die große Holztür.

Autos fahren vorbei, und ein Omnibus hupt.

»Was ist mit meinem Geld? Bekomme ich das nicht zurück?« Herr Patel hält die Hand auf.

Der Aufseher sieht ihn stoisch an und bläst ihm den widerlichen Geruch ins Gesicht: »Hast du ein Formular unterschrieben, als du eingeliefert wurdest?«

»Nein, ich habe kein Formular gesehen. Aber sie haben mir mein ganzes Geld abgenommen.«

»Dann schreib einen Brief an den Direktor, ich weiß von nichts.«

Madan, der mit nichts als einer zerrissenen Hose gekommen ist – und geht –, zupft sacht an Herrn Patels Hand.

Der protestiert noch einmal, aber als der Aufseher die schwere Tür zuschlägt, müssen sie nach hinten springen, um nicht eingeklemmt zu werden.

Sie gehen nebeneinanderher, noch immer Hand in Hand. Der hektische Straßenverkehr und das Gewühl der Menschen beängstigen sie nach der ganzen Zeit in der kleinen, dunklen Gefängniszelle. Sie biegen um eine Straßenecke und gelangen in eine ruhigere Gegend. Hier und da gibt es einen kleinen Laden mit ein paar Auslagen neben der Tür. Madan sieht es schon von weitem, Herr Patel erst, als sie fast davorstehen. Auf dem Gehweg steht neben einem Stuhl unter einem Sonnenschirm ein Karren, der mit Äpfeln voll beladen ist. Madan spürt, wie

Herr Patel seine Hand fester greift, als könnte er seine Gedanken lesen, und erst als sie um die nächste Ecke gebogen sind, entspannt sich die Hand wieder.

Die Straßen werden breiter, der Verkehr nimmt wieder zu. Madan erkennt die Gegend wieder, hier haben Abbas und er oft gebettelt. Er vermißt seinen Freund auf einmal mehr als in all den Monaten in der Zelle. Unwillkürlich beginnt er zu humpeln.

»Tut dir was weh, Sohn?« Herr Patel zeigt auf sein Bein.

Madan schüttelt den Kopf und korrigiert schnell seinen Schritt. Er weiß, daß er zurück zum Hafen muß, um nachzuschauen, ob der Leichnam dort noch ist, das ist er seinem Freund schuldig, meint er, aber nicht heute. Herr Patel geht in eine schmale Gasse und bleibt vor einem niedrigen Tor stehen. Im Innenhof enden mehrere dunkle Treppen. Hier läßt er zum ersten Mal Madans Hand los.

Sie steigen die schmale Treppe ganz hinten hinauf. Ein Teil der Stufen fehlt, und auch das Geländer ist nicht mehr vorhanden. Madan ist froh, daß es hier wieder dunkel ist, das harte Sonnenlicht tut ihm in den Augen und an seinem nackten Oberkörper weh. Sie gehen über eine baufällige Galerie, und Madan kann in die Innenhöfe zwischen den Häuserblöcken schauen, wo Handwerker ihre Werkstätten haben. Farbgeruch steigt zu ihnen hoch. Herr Patel klopft an eine Tür, vor der ein Teppich hängt. Drinnen hören sie Gepolter, Gegenstände werden verrückt, und ein hochgewachsener Mann öffnet.

»Guten Tag«, sagt Herr Patel.

»Was wollen Sie?« sagt der Mann mit einer rauhen Raucherstimme.

»Das ist meine Wohnung.«

»Ihre Wohnung? Nein, das ist meine Wohnung.«

»Aber es war meine Wohnung.«

»Schon möglich, aber jetzt wohne ich hier, ich bezahle Miete und habe einen Vertrag.«

»Wissen Sie dann vielleicht, wo meine Sachen sind?«

»Sachen? Nein, es war leer, als wir eingezogen sind.« Eine hohe Frauenstimme hinter ihm will wissen, wer da ist.

»Niemand!« ruft der Mann hinein.

»Wissen Sie dann vielleicht, wo man meine Sachen hingebracht hat? Meine Bücher?«

»Ich lese keine Bücher. Fragen Sie die Nachbarn.« Ehe Herr Patel noch etwas fragen kann, wird ihm die Tür vor der Nase zugeschlagen.

Herr Patel klingelt nicht bei den Nachbarn. Er geht langsam zur Treppe zurück. Madan weiß, daß er weint, so wie er im Gefängnis oft geweint hat, wenn er sich unbeobachtet glaubte. Sie überqueren den Innenhof, gehen durch das Tor, durch die Gasse. Madan spürt, daß Herr Patel nicht weiß, was er tun soll, Geld haben sie nicht, und der Spalt, hinter dem der Leichnam von Abbas liegt, ist zu schmal, da würde Herr Patel nicht durchpassen.

Auf der Straße nimmt Herr Patel wieder die Hand des kleinen Jungen und marschiert los. Madan merkt, daß es ein großer Unterschied ist, ob man als Bettler herumläuft oder an der Hand eines alten Mannes. Die Leute sind viel freundlicher, und manchmal werden sie sogar gegrüßt. Bei einem Gemüseladen bleibt Herr Patel stehen. Madan sieht die hoch aufgetürmten Äpfel und Mangos. Ob Herr Patel damit einverstanden ist, wenn er schnell etwas stibitzt?

»Onkel!« sagt jemand überrascht hinter der Ladentheke. »Wie lange habe ich dich nicht gesehen. Wo bist du gewesen?«

Herr Patel zieht Madan mit sich in den Laden. Vom Duft der frischen Früchte und des Gemüses läuft ihm das Wasser im Mund zusammen. Der alte Mann setzt sich seufzend auf einen wackligen Schemel. Madan hat nur Augen für die Äpfel.

»Nimm dir ruhig einen«, sagt Herr Patels Neffe.

Madan guckt sich die Äpfel prüfend an. Er spürt den Geschmack bereits im Mund. Noch nie hatte er soviel Zeit zum Aussuchen, immer schnappte er sich den erstbesten. Seine Hand schwebt über der Kiste. Dann nimmt er sich den allergrößten, allerrotesten Apfel, den er jemals gesehen hat. Er hält ihn in der Hand und dreht ihn immer wieder um, bevor er hineinbeißt. Der süße Saft rinnt ihm über die Lippen, das kühle, feste Fruchtfleisch bricht zwischen seinen Zähnen auseinander. Bei jeder Kaubewegung spritzt die Flüssigkeit der Frucht an seinen Gaumen. Er glaubt sich im siebten Himmel.

»Keine Wohnung?« sagt der Neffe erstaunt. Herr Patel erzählt flüsternd, was passiert ist und wo er in den letzten Monaten war. Sein Neffe sieht ihn ungläubig an und stößt immer wieder einen Schrei des Abscheus aus, vor allem, als Herr Patel von dem Eimer hinter dem Vorhang und den Launen und Anwandlungen von Ibrahim, dem Mörder, erzählt.

Madan hört nichts. Er schmeckt und riecht nur den Apfel, der himmlischer schmeckt als die leckerste Frucht, die er jemals in Wirklichkeit oder in seiner Phantasie gegessen hat.

Herr Patel legt die Hände in den Schoß, seufzt erneut und fragt seinen Neffen, ob er einen Schlafplatz für ihn habe.

»Bei mir?«

»Du bist mein einziger Verwandter hier in Bombay.«

Der Neffe bedenkt den schmatzenden Madan mit einem scheelen Blick. »Aber nicht für ihn.«

»Auch nicht für eine Nacht? Morgen versuche ich, etwas anderes für ihn zu finden.«

»Hat er Läuse?«

»Ich fürchte, daß wir beide Läuse haben.«

Der Neffe bemüht sich, seinen Widerwillen nicht zu zeigen, und Herr Patel blickt verschüchtert in eine andere Richtung.

»Wenn du mir etwas Geld leihen könntest, gehen wir zu einem Friseur, und ich lasse uns kahlscheren.«

»Und die Fingernägel schneiden«, sagt der Neffe mit einem Blick auf die Hände Madans und seines Onkels.

Das Hemd ist ihm zu groß und die Hose zu lang, aber Madan fühlt sich wie ein Prinz. Wie Herr Patel hat er sich ein Tuch um den kahlgeschorenen Kopf gebunden. Madan riecht nach

Seife und hat keinen Hunger. Öfter noch als gestern grüßen die Leute sie, wenn sie zusammen über die Straße gehen. Herr Patel scheint hier jeden zu kennen, und als sie an einem Obststand vorbeikommen, wo Abbas und Madan mehrmals gestohlen haben, stellt sich heraus, daß der Besitzer und Herr Patel dicke Freunde sind.

»Dein Gesicht kommt mir bekannt vor«, sagt der Besitzer zu Madan.

»Unmöglich«, sagt Herr Patel, »er kommt nicht aus diesem Viertel.«

»Ich könnte schwören, daß ich ihn schon mal gesehen habe.«

Obwohl er nicht hungrig ist und zum ersten Mal seit langem richtig gefrühstückt hat, kann Madan den Blick nicht von den glänzenden Äpfeln losreißen.

»Was macht dein Rücken?« fragt Herr Patel. »Schaffst du es noch, die Kisten zu schleppen?«

Der Mann brummelt etwas.

»Der Kleine ist ein sehr aufgeweckter Bursche«, sagt Herr Patel, »auch wenn er nicht sprechen kann.«

Der Obstverkäufer mustert den kleinen, schmächtigen Madan mit verächtlichem Blick. »Er ist, äh …« Der Mann zeigt auf seinen Mund.

»Darf er einen Apfel haben?« Herr Patel sieht den begehrlichen Blick seines kleinen Freundes.

»Nimm dir ruhig einen«, sagt der Besitzer und hofft, daß sich mit dem Apfel die Bitte seines Freundes, dem Jungen Arbeit zu geben, erledigt hat.

Madan ist tief beeindruckt, was für reiche Freunde Herr Patel hat. Alle haben sie Stände voller Gemüse und Obst, das sie einfach verschenken.

»Er ist stark«, preist Herr Patel ihn an.

Der Händler hat absolut keine Lust, einen stummen Jungen in Dienst zu nehmen, zumal er nicht mal mit Patel verwandt ist. Er begreift nicht, warum sein Freund sich überhaupt um das Kind kümmert.

»Ramdas, der sucht jemanden«, sagt der Händler plötzlich erleichtert.

»Da dürfen nur Erwachsene arbeiten, das weißt du doch.«

Madan ißt seinen Apfel und glaubt allmählich, im Paradies gelandet zu sein.

Die Männer sitzen schweigend nebeneinander.

»Chandan Chandran!« ruft der Mann nach einer Weile.

»Wer?«

»Chandan Chandran, der Mann mit dem Pferdeschwanz, der hier jeden Morgen vorbeikommt.«

»Der?!«

Das Haus neben der Buchhandlung hat graue Mauern. Die Fenster sind klein, und die Tür ist so niedrig, daß sich sogar Herr Patel bücken muß. Es ist ein Haus, an dem jeder vorbeigeht. Es hat nichts, worauf man stolz sein, und nichts, was Abscheu erregen könnte, es fällt einfach nicht auf. Auch Herrn Patel und Madan nicht. Erst nachdem sie viermal daran vorbeigelaufen sind und nach der Werkstatt von Chandan Chandran gefragt haben, sehen sie den Eingang. Sie treten in den schmalen, niedrigen Flur, in dem ein starker Geruch nach Eisen und Öl hängt. Sie wissen nicht, woher der Geruch kommt, denn es gibt keine Werkstätten, aber man merkt, daß das ganze Gebäude fast unmerklich bebt.

Am Ende des langen, dunklen Flurs ist eine Treppe. Unter dieser Holztreppe hängt eine Glühbirne, und dort, an einem alten, klapprigen Webstuhl aus Holz, sitzt ein Mann mit einem Pferdeschwanz. Von oben kommen Geräusche, die von schweren Maschinen stammen können. Herr Patel bleibt bei dem Mann mit dem Pferdeschwanz stehen. Madan läuft weiter, die Treppe hinauf. Herr Patel kann ihn gerade noch an einem Hemdzipfel festhalten. Er zeigt auf den Mann am Webstuhl. Madan schüttelt den Kopf. Herr Patel, der Chandan Chandran auch etwas exzentrisch findet, lächelt Madan zu und gibt ihm durch Gesten zu verstehen, daß der andere ein Fachmann ist. Hoffentlich hat der Junge nicht durchschaut, denkt er, daß er eigentlich nichts von dem Mann weiß.

Chandan Chandran zieht den Anschlagkamm zu sich hin und drückt den Faden an. Natürlich hat er den Mann, der nervös von einem Fuß auf den anderen tritt, und den Jungen auf der Treppe, der heftig den Kopf schüttelt, bemerkt. Er mag keine Besucher, die ihm auf die Finger sehen. Er ist am liebsten allein mit seinem Webstuhl in der Geborgenheit des kleinen, dunklen Raums unter der Treppe.

Oben an der Treppe erscheint eine dicke Frau, die Arme voller Regenschirme. Madan muß sich an die Wand drücken, um sie vorbeizulassen.

»Guten Morgen, Herr Chandran.«

»Guten Morgen, Frau Gutta.« Er blickt kurz auf, als die Frau vorbeigeht, um sich gleich wieder auf seine Arbeit zu konzentrieren.

»Guten Morgen, Herr Chandran«, sagt nun auch Herr Patel, nur klingt seine Stimme etwas unsicherer.

Chandan Chandran blickt auf, als nehme er ihn erst jetzt wahr. »Guten Morgen«, ist seine Antwort.

»Mein Name ist Patel.«

Chandan Chandran webt in aller Ruhe weiter. Herr Patel spürt das Beben des Fußbodens und sieht, daß auch die Glühbirne leicht hin und her schaukelt. Der Schatten des Webers sieht aus wie eine Spukgestalt, die sich auf den Mann mit dem Pferdeschwanz stürzen will, es aber nicht wagt.

Herr Patel hüstelt unsicher und hofft, daß der Mann unter der Treppe ihn wieder beachtet. »Ich schreibe eine Doktorarbeit über Fremdbestäubung bei einheimischen Stadtpflanzen«, sagt er. Die Worte seines Neffen vom Vormittag hallen in seinem Kopf nach – »Du darfst nur wiederkommen, wenn du allein bist.« Herr Patel kann seinen Neffen gut verstehen. In dem Laden, in dem sie zu dritt zwischen den Obst- und Gemüsekisten geschlafen haben, war der Raum knapp, sogar im Gefängnis hatten Madan und er mehr Platz. Sein Neffe schlief wie immer an der Tür, der Junge hatte mit den Füßen auf einem Haufen Rüben und mit dem Kopf auf einem Berg Radieschen gelegen, und Herr Patel hatte die Nacht auf einer Kiste mit Auberginen sitzend verbracht. Die Kisten, die tagsüber draußen vor dem Laden standen, wurden abends gegen elf hereingeholt und aufgestapelt. Der Schemel und die Kasse standen auf den Kartoffeln. Das schmale Brett, das tagsüber als Theke diente, wurde zum Bett für seinen Neffen und fungierte gleichzeitig als Sperre, damit niemand die Tür von außen öffnen konnte. »Ich habe Biologie studiert.« Herr Patel weiß selber nicht, warum er nicht einfach fragt, ob der Weber Arbeit für Madan hat, aber die richtigen Worte wollen nicht aus seinem Mund kommen. »Ich war schon als Kind ganz verrückt nach Pflanzen, im Haus und rund ums Haus, und eigentlich wollte ich gar nicht in Bombay leben, aber für meine Studien ist das der beste Ort.«

Chandan Chandran preßt mit dem Anschlagkamm wieder einen Faden an das Gewebe.

»Eines Tages werde ich wieder in meine Heimatstadt Haidarabad zurückkehren, aber dort gibt es viel weniger einheimische Stadtpflanzen als hier. Ich hatte Kisten voller Bücher mit Beispielen, aber die sind jetzt weg.«

Madan versteht auch nicht, warum Herr Patel das alles dem webenden Mann erzählt, er will nach oben und sehen, woher das Rumoren kommt, das er hört. Leise geht er eine Stufe höher.

»Manche meiner Bücher waren sehr seltene Exemplare, nicht, daß jemand auch nur eine Rupie dafür geben würde, viel zu fachspezifisch, aber unersetzbar, vor allem das Buch *Die genetische Metamorphose bei Einzellern*.«

Noch eine Stufe. Madan tippt Herrn Patel auf die Schulter und winkt, daß er mitkommen soll. Schweigen tritt ein.

Chandan Chandran blickt auf.

»Ist das der Junge?«

Herr Patel nickt.

»Er kann als erstes das da aufribbeln.« Er zeigt auf einen zusammengefalteten, rot-weißen Baumwollstoff, der hinter dem

Webstuhl liegt. Herr Patel lächelt erleichtert, nimmt den Stoff und drückt ihn Madan in die Hand.

Der kleine Junge, der doch geglaubt hat, daß Herr Patel sein Freund ist, erlebt starr vor Staunen, daß der alte Mann die Hand hebt, er hört, daß er ihm alles Gute wünscht, und er sieht, daß er durch den Flur zur Tür geht. Warum läßt er ihn im Stich? Er will nicht wieder allein sein, er muß mit ihm mitgehen zum Hafen, er traut sich nicht allein hin, er will nicht für diesen Weber arbeiten, nicht für diesen Mann mit den seltsamen Haaren unter der dunklen Treppe. *Herr Patel!* ruft er. *Herr Patel!*

Herr Patel hört draußen Madans schrilles, tierhaftes Quieken. Er bleibt stehen, er darf den Jungen hier nicht allein zurücklassen, er muß etwas anderes für ihn finden, etwas für sie beide. Er dreht sich um, er will rufen, als sein Blick auf die Auslage im Schaufenster der Buchhandlung fällt: Dort, mitten zwischen den anderen Büchern, liegt *Die genetische Metamorphose bei Einzellern*! Der braune Umschlag mit der Abbildung der ovalen Planktomyceten mit ihrer Zellwand aus Glykoproteinen. Ein Schauer überrieselt Herrn Patels Haut, und sein Mund ist auf einmal staubtrocken. Das fade braune Buch strahlt ihn an. Es ist, als sei er Madan nie begegnet, als habe er nie einen Weber unter einer Treppe aufgesucht, nicht monatelang unschuldig im Gefängnis gesessen, als sei er nicht von seinem Vermieter hereingelegt worden, als habe er keinen ungefälligen Neffen. Er vergißt alles und betritt den Buchladen.

1966

Rampur

Der Krankenwagen braust mit heulender Sirene davon. Charlotte rennt zum Auto ihres Vaters. Als sie den Motor starten will, fällt ihr ein, daß er die Schlüssel immer in der Hosentasche bei sich trägt, wahrscheinlich sind auch sie zertrümmert. Sie springt aus dem Auto und hält eine Rikscha an. Die Männer, die schweigend zugeschaut haben, wie die Krankenpfleger den bewußtlosen Mann auf eine Trage legten, laden die Rohre wieder auf den LKW. An manchen klebt noch Blut, das in der Sonne trocknet und am rostigen Eisen bald nicht mehr zu sehen sein wird.

»Schneller!« treibt Charlotte den Rikschafahrer an. Das Sirenengeheul verebbt, zugleich schwindet ihr Gefühl, daß ihr Vater noch lebt. »Schneller!« Sie sieht die Welt um sich herum einstürzen. Die Häuser an der Straße zerfallen, während sie daran vorbeifährt. Die Pflastersteine versinken in tiefen Kratern, und der Wasserverkäufer fällt tot um, nachdem die Rikscha ihn passiert hat. Das Prasseln des Stahls und das bald verstummende Geschrei spielen sich immer wieder in ihrem Kopf ab. Die Stille, die auf den ohrenbetäubenden Lärm folgte, wird immer größer. Sie hört die Autos nicht mehr, die an ihr vorbeifahren, den Ruf des Milchmanns, das Kläffen des Hundes, alles verliert sich in der Totenstille, in der sie nach dem erlösenden Klang sucht, nach der Parole, die ihr sagt, daß es vorbei ist, daß es nicht wahr ist, daß es nicht passiert ist.

Das Krankenhaus, ein mehr als zweihundert Jahre alter Kolonialbau, hat noch dieselbe Eingangstür. Charlotte war früher schon mal hier, in den Armen von Sita, sie war fünf und beim Spielen die Treppe runtergefallen, die Zähne waren in die Lippe geschlagen, und sie blutete so schrecklich, daß ihr Kleid rot geworden war, Mutter hatte ihre Tränen trocknen wollen, aber nur Sita hatte sie trösten können. Es war das einzige Mal gewesen, daß das Kindermädchen, mit Erlaubnis ihres Vaters, ins Auto gedurft hatte, mit der leise weinenden Charlotte auf dem Arm. An diesem Tag hatte ihr Vater nichts dazu gesagt, daß sie weinte. Nur dieses eine Mal. Sita hatte sie sanft gestreichelt und sie geküßt. Der Duft nach Kokos und Ingwer, der sie immer umgab, hatte etwas Beruhigendes. Ihre Mutter war vor dem Haus stehengeblieben, weil sich Sita mit dem blutenden Kind in den Armen auf ihren Platz im Auto gesetzt hatte. Der Chauffeur raste den Hügel hinab. Leise begann Sita zu singen – mit warmen, nasalen Tönen –, und Charlotte sah durch ihre Tränen, wie ihre Nasenflügel zitterten und ihre Lippen sich spannten, um die unverständlichen Worte zu singen. Sie vergaß den Schmerz und das Blut und horchte auf die träumerischen Klänge, die das Auto erfüllten. Als sie beim Krankenhaus ankamen, spürte sie die Schmerzen nicht mehr.

Charlottes Finger fährt an die Oberlippe, die Narben sind vergessen, aber der Schmerz kommt plötzlich heftiger zurück, als er in ihrer Erinnerung war.

In der Luft hängt ein betäubender Geruch nach Desinfektionsmitteln. »… nichts mehr übrig«, hat sie eine diensthabende Krankenschwester einer Kollegin zuflüstern hören. Der Operationssaal befindet sich hinter einer olivgrünen Tür, die schon seit zwei Jahrhunderten die gleiche Farbe hat. Olivgrün beruhigt, hat sie mal irgendwo gelesen. Aber ihr Herz pocht, in ihren Ohren rauscht es, sie spürt den Herzschlag bis zum Hals. Sie kann nicht sitzen bleiben, sie tigert vom einen Ende des Flurs zum anderen. Ihr Plan, von dem sie ihm an diesem Tag beim Abendessen erzählen wollte, künftig selbständig zu leben, hängt wie ein böses Omen über ihrem Kopf und folgt ihr bei jedem Schritt. Hatte er vielleicht gefühlt, daß sie weg will? Er darf es nicht wissen. Nicht jetzt. Er muß leben. Erst wieder auf beiden Beinen stehen. Seinen Spaziergang machen. Er darf nicht sterben. Die große Tür geht auf, und eine besorgt aussehende Krankenschwester kommt herausgerannt. Sie weicht Charlottes fragendem Blick aus und läuft in einen Raum, um kurz darauf mit einem dicken Buch zurückzukommen und wieder im Operationssaal zu verschwinden. Weiß der Arzt nicht, wie er operieren muß? Sie haben ihr versichert, er sei der beste Chirurg im Umkreis, wie unbewandert sind dann die anderen? Bei Peters letzter Operation ging es auch schief. Seine zitternden Hände versagten ihm den Dienst. Er brauchte kein Buch, er wußte genau, was er tun mußte, nur machte das unkontrollierbare Zittern alles unmöglich. Ob dieser Arzt auch in Birma gewesen ist? Die olivfarbene Tür bekommt etwas Grimmiges. Ist es das Tor zum Tod, zu der unvorstellbaren Welt, die als Jenseits bezeichnet wird, wo Peter und Mutter sein müssen, zusammen mit all den toten Soldaten und Zivilisten? Ob sie einander gefunden haben? Es war ein Gedanke, den sie immer als absurde Vorstellung von sich abschüttelte, aber der sie jetzt, in diesem feuchtwarmen Flur, nicht losläßt. Ist Vater wohl auch bei ihnen, oder lebt er noch? Hoffentlich steht in dem Buch das, was der Arzt sucht. Wenn er nur nicht stirbt. Sie will nicht allein sein. *Papa, laß mich nicht allein,* fleht sie. Am Ende des Flurs fliegt die Tür auf, eine Krankenschwester mit einem Rollwägelchen rennt in den Flur, die stählernen Instrumente klirren laut. Ohne Charlotte eines Blickes zu würdigen, stößt sie mit dem Karren die olivgrüne Tür auf und steuert auf den Operationssaal zu. Auch die Tür am anderen Ende des Ganges fliegt auf, ein Arzt, der seinen Kittel erst halb anhat, rennt ebenfalls zur olivgrünen Tür. Er lebt noch, anders kann es nicht sein, sonst würden sie nicht rennen, denkt Charlotte erleichtert.

Die Tür geht auf, ein erschöpfter Arzt kommt auf sie zu. Sie sieht es schon an seiner Miene. Nach einer unpersönlichen Begrüßung sagt er ihr, es bestehe kaum eine Chance, daß er die Nacht überlebe. Charlotte spürt, daß sie gleich in Ohnmacht fällt, aber weigert sich, ihrem Körper nachzugeben. Sie will ihren Vater sehen. Es kostet sie alle Überzeugungskraft, den unwilligen Mann zu überreden, daß er sie nur für eine Minute in den OP-Saal läßt. Wutschnaubend sagt er, daß fremde Bakterien nun wohl das letzte seien, was ihr Vater brauchen könne.

Sie sieht nur sein unverletztes Gesicht. Der Rest ist unter einem weißen Tunnel verborgen. Er sieht aus, als schlafe er.

»Er sieht gar nicht so schlimm aus«, sagt sie erstaunt.

»Sein Kopf nicht, nein. Aber der Rest! Nichts ist mehr am richtigen Platz«, sagt der Arzt. »Als hätte man ihn durch den Fleischwolf gedreht.«

Charlotte sieht den Mann sprachlos an.

Jetzt erst wird dem Mann klar, daß er mit einer Angehörigen spricht. »Wie man so sagt«, versucht er seine Worte schnell abzuschwächen. Er schiebt sie sanft aus dem Saal.

»Danke schön, Herr Doktor«, flüstert sie und geht durch den langen Flur, verläßt das Krankenhaus und tritt in die warme Tropennacht hinaus.

1995

Rampur

»Sie haben gerufen, Ma'am?«

Charlotte stand im Klavierzimmer. »Ich will, daß der Tisch aus dem Arbeitszimmer des Darsi hier steht.« Sie zeigte in die Mitte des Zimmers, direkt unter den rotierenden Ventilator.

»Aber der Darsi arbeitet gerade, Ma'am.«

»Das hier wird sein Arbeitszimmer.«

»Hier?«

»Ja, hier.«

Hema sah seine Chefin verzweifelt an. »Aber Ma'am, er ist ein Darsi.«

»Na und?«

»Ein einfacher Darsi.«

»Ich kann mich noch sehr gut daran erinnern, daß wir oft den Maharadscha Man Singh besucht haben, damals, als mein Mann noch lebte. Die Ländereien des Maharadschas waren riesig, es gab Stallungen mit Araberpferden, englische und italienische Gärten, Springbrunnen, vier große Tore und eine zehn Kilometer lange Zufahrt, die er einmal mit Orientteppichen belegen ließ. Der Maharadscha besaß das größte zusammenhängende Jagdrevier Indiens. In seinem Palast hingen überall die Köpfe von Tigern und Elefanten an der Wand. Außerdem hatte er einen Ballsaal und eine umfangreiche Bibliothek, er war sehr belesen. Und mitten im Palast war ein Raum, in dem der Darsi des Maharadschas arbeitete.«

»Im Palast?« Hema sieht sie ungläubig an.

»Ja, im Palast.«

Hema wollte protestieren, seine Vorahnung, daß der Darsi die Macht übernehmen würde, bewahrheitete sich. Memsahib, die nach dem Fiasko mit den Mietern nie mehr fremde Leute im Haus zugelassen hatte, wollte dem Darsi das Klavierzimmer geben, so daß dieser schreckliche Mann genau wie sie an der Schnur ziehen könnte und bei ihm in der Küche eine Glocke klingelte: KLAVIERZIMMER. Was auch immer geschah, schwor er sich, sollte vom Klavierzimmer aus nach ihm verlangt werden, dann würde er es ignorieren.

»Der Fußboden muß gewischt und die Wände müssen abgestaubt werden. Ich sorge heute für Vater.«

Als ob ich Zeit habe, den Fußboden zu wischen. Wer erledigt dann die Einkäufe, die Wäsche, wer kocht das Essen, wer macht den Tee, wer soll das alles tun? dachte Hema, der sein ganzes Leben ohne Murren seine Arbeit verrichtet hatte, zur Zufriedenheit aller, ihn selbst eingeschlossen. Er erschrak über seine rebellischen Anwandlungen und bekam Angst, daß er an der gleichen Krankheit wie der General zu leiden begann. Er versuchte, mit dem Zeigefinger seine Nasenspitze zu treffen. Er hatte gesehen, daß der Arzt den General dazu aufforderte und daß es dem General nie gelang. Als sein Finger mühelos auf der Nasenspitze landete, seufzte er erleichtert.

»Ist noch was?«

»Nein, Memsahib. Morgen wische ich das Zimmer.«

»Mir ist lieber, wenn du es heute machst.«

Wieder wallte eine Woge des Protestes in ihm auf. Hema mußte sich beherrschen, damit Charlotte es nicht merkte, doch zum Glück fiel der Strom wieder aus. Gleich darauf war von oben lautes Gepolter zu hören, und er eilte die Treppe hinauf.

Sie verstand sich selbst nicht. Sie hatte im Klavierzimmer gestanden und nach Hema geklingelt, weil sie sah, daß sich ein Drahtende des Lampenkabels gelöst hatte. Vielleicht war das der Grund für die häufigen Stromausfälle. Er hatte geklopft und war ins Zimmer getreten, und als sie den Mund aufmachte, sagte sie Dinge, die sie überhaupt nicht sagen wollte. Sie konnte machen, was sie wollte, die Worte strömten einfach weiter. Sie hatte in ihrem Kopf dagegen angekämpft, aber die Sätze kümmerten sich nicht darum, sie schoben sie geringschätzig beiseite und purzelten heraus. An den Maharadscha hatte sie seit Jahren nicht mehr gedacht, und an dessen Schneider, der ihr erstes Abendkleid genäht hatte, schon gar nicht, und plötzlich waren sie da, aus dem Nichts, wie eine Invasion mordgieriger Stare, die über ihren Rasen flogen auf der Suche nach nichtsahnenden Opfern. Sie hörte, daß Hema oben ins Kinderzimmer ging, wo es sofort still wurde. Was mochte er von ihr denken? Wenn es um seinen Status ging, war er sehr empfindlich, das wußte sie, und sie wollte ihn nicht gegen sich aufbringen. Er leistete ihr schon seit so vielen Jahren treue Dienste, für sie war er mit der Zeit ein Teil ihrer kleinen Familie geworden, auch wenn er neben der Küche schlief und der Butler war, von dem sie sich bedienen ließen. Dennoch entsprach es der Wahrheit, daß der Schneider von Maharadscha Man Singh seine Werkstatt in einem zentralen Raum im Palast hatte. Dort herrschte ein Kommen und Gehen, denn es gab immer jemanden, der ihn gerade brauchte, und auch der Gehilfe und der Laufbursche des Schneiders hatten alle Hände voll zu tun. Vielleicht war es ja gar keine schlechte Idee, den Darsi im Klavierzimmer arbeiten zu lassen. Es war dort viel sauberer als neben der Küche, und die Frau von Nikhil Nair hatte recht, als sie sagte, daß Textilien schnell den Geruch von Speisen annehmen. *Halt*! Sie hatte doch den festen Entschluß gefaßt, daß er fortgehen müsse, nun aber überlegte sie sich alles mögliche, um ihn dazubehalten. Obwohl der Strom noch immer ausgefallen war, hörte sie, wie Hema die Tür oben wieder abschloß. Sie würde ihm sagen, daß sie sich geirrt hatte, daß der Darsi bald fortgehen würde, sie würde ihn fragen, ob er noch ein anderes Haus kannte, in dem es auch ein spezielles Arbeitszimmer gab, denn sie wußte, daß die Hausangestellten nichts lieber taten, als Neuigkeiten austauschen. Sie stand in der dunklen Türöffnung des Klavierzimmers, als Hema die Treppe herunterkam. Im linken Bein spürte er ein leichtes Ziehen, und bei jedem zweiten Schritt seufzte er.

»Ma'am!« Er erschrak, als er sie plötzlich da stehen sah.
»Ich möchte, daß du das Zimmer jetzt sofort putzt.«

Madan schaute aus dem Fenster, die Zimmer im Dienstbotenhaus hatten keine Fensterläden, und drinnen war es unwahrscheinlich heiß, doch das machte ihm nichts aus. Er blickte auf den Jasminstrauch, der unter seinem Fenster stand, und entdeckte, daß sein nächtliches Gießen langsam Wirkung zeigte. Die Blätter, die am ersten Tag welk und verdorrt ausgesehen hatten, begannen wieder zu leben. Er beugte sich hinaus und brach einen kleinen Zweig ab. Mit dem Fingernagel kratzte er an der Rinde, dann roch er daran. Der Duft war wieder da.

1955

Bombay

Madan sieht, wie Herr Patel durch den langen Flur geht, ihnen alles Gute wünscht, grüßend die Hand hebt und verschwindet. *Er läßt mich allein!* Madan will aufspringen und hinterherrennen, als ein schwarz glänzender Junge die Treppe herunterkommt.

»Hallo«, sagt der Junge.

Madan sieht ihn erstaunt an. Der Junge ist über und über mit Maschinenöl beschmiert. Er ist genauso so groß wie er. Das Öl läuft ihm auch übers Gesicht, mit dem Handrücken wischt er es so gut es geht ab. Madan will ihm das Tuch geben, das ihm Herr Patel in die Hände gedrückt hat. Der Junge macht eine abwehrende Geste und sagt voller Bewunderung: »Er hat es selbst gewebt. Schön, nicht?« Er zeigt mit seinem pechschwarzen Finger auf den Stoff. »Darfst du es aufribbeln?« Seine Stimme bekommt einen mißgünstigen Klang.

Madan versteht nicht, warum der Junge neidisch sein könnte auf das Aufribbeln eines Stücks Stoff, und zuckt mit den Schultern.

»Die weißen Fäden sind die Kettfäden und die roten heißen Schußfäden. Du mußt es aber ganz sorgfältig machen.«

Arbeitest du auch hier? fiept Madan unverständlich.

Der Junge sieht ihn lange an, auf seiner Stirn zeigen sich Denkfalten. Er beugt sich vor und sagt zu dem Weber unter der Treppe: »Er kann nicht sprechen.«

Der Weber murmelt etwas, und Madan schaut auf das Tuch in seinen Händen. Es hat nichts Besonderes. Es ist ein ganz gewöhnlicher Baumwollstoff mit roten und weißen Karos.

»Kommst du mit?« Der Junge geht wieder nach oben, bei jedem seiner Schritte bleibt ein öliger Fußabdruck zurück.

Madan blickt noch einmal enttäuscht durch den Flur zur Pforte, aber Herr Patel ist tatsächlich verschwunden, also folgt er dem Jungen die Treppe hinauf. Der Geruch von Öl und Eisen wird stärker, das Dröhnen und Stampfen lauter.

Herr Patel verläßt enttäuscht die Buchhandlung. Er hatte *Die genetische Metamorphose bei Einzellern* in die Hand genommen und sofort gesehen, daß es sein Buch war, aber der Verkäufer weigerte sich, es ihm zurückzugeben, auch dann noch, als Herr Patel ihm erzählte, was ihm zugestoßen war. Der Ladeninhaber hatte bissig hinzugefügt, dies sei das beste Lügenmärchen, das man ihm je aufgetischt habe, aber mit Philantropie habe er nichts am Hut, und wenn Patel das Buch haben wolle, solle er es sich kaufen wie jeder andere Kunde auch.

Als sein Blick auf die kleine Tür zur Weberei fällt, tritt an die Stelle der Enttäuschung wieder das Schuldgefühl. Er hätte Madan nicht einfach allein lassen dürfen. Er geht noch einmal in den langen dunklen Flur hinein, seine Schritte klingen hohl auf dem Zementboden. Chandan Chandran arbeitet noch immer konzentriert am Webstuhl, aber der kleine Junge, den er die ganze Zeit beschützt hatte, ist nicht mehr da. Wenn er nicht gerade die Enttäuschung wegen des Buchs erlebt hätte, den Druck seines Neffen nicht spüren würde, ausgeschlafen wäre, nicht um seine Wohnung betrogen worden wäre und um das Geld, das man ihm nach den fünf Monaten, die er unschuldig im Gefängnis saß, nicht zurückgegeben hatte, dann hätte er sich vielleicht einfach nach dem Jungen erkundigt. Nun aber gerät Herr Patel zum erstenmal im Leben in Wut, weil Madan mir nichts, dir nichts verschwunden ist. Empört verläßt er das Haus und beschließt, nach Haidarabad zurückzukehren, seinen Geburtsort.

Über die ganze Etage verteilt stehen Webstühle, nicht aus Holz, wie in den Werkstätten an der Straße, sondern aus Eisen; sie werden von kleinen Motoren angetrieben, deren Abgase durch Rohre in der Decke nach außen geleitet werden.

»Ich bin der Maschinenschmierer«, sagt der Junge stolz.

Madan betrachtet bewundernd die ratternden, puffenden halbautomatischen Apparate mit den vielen gespannten Fäden, zwischen denen Männer Schußspulen hindurchwerfen, die wie kleine Schiffchen aussehen, und aus denen an der anderen Seite eine Stoffbahn zum Vorschein kommt. So viele Maschinen, die alle in Betrieb sind, hat Madan noch nie gesehen. An einem der Webstühle wird der rot-weiß karierte Stoff gefertigt. Madan zeigt darauf, und der Junge nickt begeistert; was er sagt, geht im Getöse der Maschinen unter. Überwältigt von den Geräuschen und den Bewegungen der vielen eisernen Stangen und Röhren folgt Madan dem öltriefenden Jungen. Sie kommen an einer Wand vorbei, vor der Hunderte Garnspulen stehen, in mehr Farben, als er sich jemals hätte vorstellen können.

In einer Ecke bleiben sie bei einer Leiter stehen, der Junge macht Madan eine Geste, daß er hinaufklettern soll. Oben drückt er eine Luke auf. Ein schwerer, würziger Geruch schlägt ihm entgegen. Madan klettert in das Loch. Der dämmerige Raum hat weder eine Tür noch Fenster. Hier klingt das Rattern und Stampfen der Maschinen viel leiser. An den Wänden sind Regale angebracht, überladen mit runden und eckigen Blechdosen, kleinen Holzkisten, Tüten und Flaschen, die mit allerlei unbekannten Dingen gefüllt sind. Der Geruch von Öl und Eisen ist hier nicht wahrzunehmen, dafür ist der Raum von einem schweren Duft erfüllt, der ihm völlig unbekannt ist. Ihm wird davon schwindlig, er muß sich hinsetzen. Ganz vorsichtig holt er Luft. Es kitzelt ihn in seiner empfindlichen Nase. Während er im Gefängnis oft versucht hat, den Atem anzuhalten, vor allem hinter dem Vorhang, macht er hier das Gegenteil. Er kann nicht genug bekommen von dem betäubenden Gefühl im Kopf und dem Kribbeln in der Nase. »He«, hört er den Jungen rufen, »komm wieder runter!« Am liebsten würde er hier noch stundenlang schnuppern, aber der Junge schlägt ungeduldig mit der Hand gegen die Leiter. Beim Hinabklettern muß er sich gut festhalten, so benebelt ist er durch die Fülle von Aromen.

»Aber nicht dem Meister sagen, daß ich dir sein Zimmer gezeigt habe!« sagt der Junge.

Madan schüttelt den Kopf. Wie sollte er sagen können, was er denkt?

1995

Rampur

Fluchend wischte Hema das Klavierzimmer. Als der Eimer umfiel, brach er fast in Tränen aus.

Charlotte wußte, daß sie hinuntergehen mußte, um ihn zu beruhigen und ihren Plan jetzt, wo es noch möglich war, rückgängig zu machen. Aber die Beine versagten ihr den Dienst, und als sie versuchte, das rechte Bein mit beiden Händen hochzuheben, um es neben das Bett zu setzen, war es so schwer, daß sie es nicht von der Stelle bekam. Sie war wieder in die Kissen gefallen und hatte gedankenlos zu dem Holzkästchen gegriffen, die Zigarette herausgenommen und sie angezündet. Erst als sie den Rauch inhalierte und fürchterlich husten mußte, wurde ihr bewußt, daß die Zigarette wirklich brannte. Das Rauchen der Zigarette aus dem Kästchen war bisher ein Ritual gewesen, um besser nachdenken zu können; jetzt, wo die Zigarette tatsächlich brannte, war es ihr unmöglich. Ihre Gedanken sprangen in alle Richtungen. Die Figur des Gottes mit dem Elefantenkopf anzuschauen, beruhigte sie auch nicht. Sie zog noch einmal an der Zigarette. Es war so furchtbar lange her, daß sie geraucht hatte …

Daß die Zigarette ihr schmeckte, beunruhigte sie nicht, es war so, als gehörte das zu all den ungewohnten Dingen, die mit ihr passierten. Während jeder in ihrer Umgebung sehnsüchtig auf den Monsun wartete, der einfach nicht losbrechen wollte, sagte sie Dinge, die sie nicht sagen wollte, tat sie Dinge, die sie nicht tun wollte, und las sie Gedanken, die sie nicht kennen wollte. Und sie wußte genau, daß das alles nichts mit der extremen Hitze zu tun hatte.

Madan protestierte, als Hema ihm mitteilte, er solle von nun an im Klavierzimmer arbeiten. Er befürchtete, daß die Zimmerdecke und der Fußboden zwischen ihm und Charlotte nicht dick genug war, um seine Gedanken zurückzuhalten. Je mehr er protestierte, um so entschiedener trat Hema auf und betonte, die Memsahib wolle es so und sie kenne einen Maharadscha, bei dem der Schneider mitten im Palast wohne. Hochmütig bemerkte er noch, daß er es sehr zu schätzen wisse, dort nicht der Butler zu sein.

Madan stellte seine Nähmaschine auf den Tisch, den Hema in die Mitte des Zimmers gerückt hatte. Er wußte nicht recht, wie er anfangen sollte. Nervös sah er sich um. Widerwillig setzte er sich und drehte ein wenig am Antriebsrad der Maschine. Die Nadel schoß auf und ab. Vor ihm lag der Berg Stoffe, neben ihm die Schere und das kleine Fläschchen mit Nähmaschinenöl. Er schraubte es auf und begann die Maschine routiniert zu ölen. Plötzlich hörte er über sich Schritte. Er hielt inne und blickte besorgt zur Decke. Er folgte den Schritten, die zum Fenster gingen und wieder zurück ins Zimmer. Sein Blick glitt zu den dunklen Flecken an der Wand, wo Bilder gehangen haben mußten. Er machte weiter mit dem Ölen der Nähmaschine. Oben hörte er eine Tür auf- und zugehen. Das Fläschchen rutschte ihm fast aus der Hand, und um das Nähfüßchen bildete sich eine kleine Öllache. Erschrocken suchte er nach einem Lappen, um das Öl schnell aufzuwischen, aber es gab nur die kostbaren Stoffe der Damen aus dem Club. Er öffnete den Schrank, fand darin aber nur ein paar in Plastiktüten verpackte Fotoalben. Jemand kam die Treppe herunter. Er wurde noch fahriger, hob sein Bein und benutzte die Innenkante des Saums seiner Hose. In rasender Eile wischte er den Fleck weg, zog den obersten Stoff vom Stapel und setzte sich wieder an die Maschine. Er hörte, wie sich die Schritte näherten. Die Person im Flur blieb kurz stehen. Er schob den Stoff unter das Füßchen und nähte einfach los. Die Schritte entfernten sich. Er stoppte, sah auf den Stoff, seufzte und trennte die sinnlose Naht wieder auf.

1966

Rampur

Vor dem Krankenhaus stehen keine Rikschas und Taxis mehr. Es ist schon weit nach Mitternacht, die Operation ihres Vaters hat mehr als zwölf Stunden gedauert, aber Charlotte hat jedes Zeitgefühl verloren. Nachdem sie eine Weile vergeblich gewartet hat, beschließt sie, zu Fuß zu gehen. Im Licht der Sterne und vereinzelter Straßenlaternen wandert sie zum Zentrum von Rampur. Ihr Haus liegt auf der anderen Seite der Stadt. Es kommt selten vor, daß sie allein unterwegs ist, immer ist entweder ein Kuli bei ihr, der die Einkäufe trägt, oder der Bobajee, der auf dem Markt viel besser feilschen kann als sie. Außer einem schnarchenden Hund und einer schlafenden Ziege ist kein Lebewesen auf der Straße zu sehen. Die Hektik des Tages ist friedvoller Stille gewichen.

An der St. Stephen's Chapel bleibt sie stehen. Es ist zu dunkel, um den Friedhof hinter der Kirche sehen zu können. *Laß Papa am Leben bleiben,* betet sie zur Kirchturmspitze. Charlotte betet sonst nie, schon nicht mehr seit ihrem letzten Jahr im Internat, wo sie jahraus, jahrein jeden Sonntag in die Kirche gehen mußte und täglich betete, aber nie eines ihrer Gebete voller Hilferufe erhört wurde. Nach Peters Tod hatte sie dem Beten für immer abgeschworen. *Laß ihn leben, bitte.*

Ob es die Stille der Nacht ist oder die Dunkelheit der Stadt – die beklemmende Angst, die sie im Krankenhaus erfaßt hatte, läßt nach, und sie fühlt sich, als seien die Gesetze der Schwerkraft aufgehoben. Die Sorge um das Leben ihres Vaters verflüchtigt sich, und ihre Füße berühren den Boden nicht mehr. Daß sie auf dem Weg nach Hause war, ist nicht mehr wichtig. Sie läuft nicht mehr, sie tanzt beinahe, die Arme wie Elfenflügel leicht gespreizt.

Erst dann hört sie die Musik, so leise und verweht, daß sie Teil des Millionen Lichtjahre entfernten Sternenhimmels ist. Die Gasse, in die sie einbiegt, kennt sie nicht, auch nicht das Haus, dessen Tür einladend offensteht. Sie schiebt den Vorhang beiseite. Sie tritt in den von Zigarettenrauch erfüllten Raum, überall auf dem Boden sitzen Leute. Die Musik, die sie hierher gelockt hat, ist noch genauso zart und zerbrechlich wie im ersten Moment, als sie an ihr Ohr drang, nur sind die Klänge jetzt viel reicher und klarer. Mitten im Zimmer, auf einem kleinen Podest, um das brennende Kerzen stehen, sitzen drei indische Musiker, einer spielt Tabla, ein anderer eine Art Xylophon, und in ihrer Mitte sitzt ein Sitarspieler. Niemand im rauchenden Publikum scheint sich über ihre Anwesenheit zu wundern, und obwohl sich ihr blondes Haar und die weiße Haut von den Menschen im Raum abheben, spürt sie, daß sie willkommen ist. Sie setzt sich auf ein Kissen, das ihr jemand zuschiebt, und schließt die Augen. Die himmlischen Klänge erfüllen sie, und alles, was an diesem Tag passiert ist, scheint vergessen.

Der Sitarspieler beginnt zu singen. Charlotte öffnet die Augen und blickt auf den singenden Mann im Schein des Kerzenlichts. Nasale Klänge mit unverständlichen Worten. Sie kann die Augen nicht von ihm lösen. Sie schaut auf seine langen, schlanken Finger, die über die Saiten gleiten, seine schwarz umrandeten Augen, seinen Mund, der von einer Welt singt, in der sie noch nie war.

Sie hat niemanden aufstehen oder weggehen hören, aber als die Musiker das Konzert beenden, sitzen nur noch ein paar Zuhörer in dem Zimmer, das vorher gedrängt voll war. Die letzte Note verklingt. Die Leute unterhalten sich leise. Die Musiker stehen auf und packen ihre Instrumente ein. Die Panik, die verschwunden war, beginnt sie von den Zimmerecken aus wieder zu bedrängen. Die Augen zu schließen hilft nicht, wo soeben noch Licht war, sinkt die Dunkelheit herab. Ihr Atem wird schneller. Sie wischt sich die Spuren der Tränen, die Erleichterung brachten, von den Wangen. Sie steht auf und geht auf den Sänger zu. Er sieht sie an, sie sieht ihn an. Jeder Schritt in seine Richtung ist ein Schritt weg von der Welt, aus der sie kommt. Sie weiß, daß sich alles ändern wird, wenn sie weitergeht. Sie zögert nicht.

Das Zimmer ist leer bis auf die blonde Frau und den Sitarspieler, die schweigend nebeneinandersitzen. Eine letzte Kerze brennt noch. Er bietet ihr etwas zu rauchen an. Sie hat seit Jahren nicht mehr geraucht, aber nimmt die Zigarette. Er gibt ihr Feuer. Bei der leichten Berührung seiner Hand ist sie wie elektrisiert. Auch er zündet sich eine Zigarette an. Sie inhaliert den scharfen Tabakrauch tief. Ein Schwindelgefühl durchströmt sie, als es nachläßt, nimmt sie wieder einen Zug. Es kommen keine Erinnerungen, es gibt nur Verlangen.

Sie sitzen still da. Draußen ruft eine Eule. Sie ruft nach ihnen. Sie bläst den Rauch zum offenen Fenster, wie eine Wolke, die zum Himmel aufsteigen darf. Der Tabak brennt sanft auf ihrer Zunge. Noch ein Moment, und auch die letzte Kerze wird erlöschen. Sie horcht auf die Geräusche der Nacht. Er nimmt ihre Hand – oder nimmt sie seine?

Sie haben kein Wort gewechselt. Seinen Namen weiß sie nicht, aber sie schmeckt ihn noch auf ihren Lippen, und sie riecht noch seine Haut. Der Himmel war rosafarben, als er aus ihr glitt, sie aufstanden, sich anzogen und hinausgingen. Jeder in eine andere Richtung. Die Eule rief noch einmal, dann schlug Charlotte den Weg nach Hause ein.

* * *

Lieber Donald,

ich muß Dir viel erzählen, und ich weiß nicht, wo ich anfangen soll. Wenn Du hier wärst, wäre alles viel einfacher. Ich habe die Telefonnummer angerufen, die Du mir gegeben hattest, aber keiner nimmt ab. Ich hoffe, daß nichts passiert ist und daß Dich dieser Brief erreicht. Vater hatte einen sehr schlimmen Unfall. Vier Tage lang schwebte er zwischen Leben und Tod, aber gestern abend machte er die Augen auf und sah mich wieder an. Erst dachte ich, er sei mir böse, dann wurde mir klar, daß er starke Schmerzen hat. Was passiert ist, läßt sich schwer beschreiben. Eine Ladung schwerer Eisenrohre ist auf ihn gefallen. Das Schwierigste ist, daß es seine eigene Schuld war. Er wird wahrscheinlich nie mehr laufen können, aber das weiß er noch nicht. Auch nicht, daß seine Stiefel zerschnitten worden sind. Manchmal glaube ich, daß er das am schlimmsten finden wird. Ich wünschte mir, daß ich ihm das alles nicht sagen müßte. Darum wäre es mir jetzt noch lieber als ohnehin schon, wenn Du hier wärst, dann könnten wir es zusammen tun. Er ist von Kopf bis Fuß eingegipst. Die Ärzte haben gesagt, es sei Unsinn, seine zertrümmerten Unterschenkel noch einzugipsen, aber ich bin davon überzeugt, daß Vater es nicht überlebt, wenn ihm die Beine amputiert werden; wenn er sie behält, auch wenn er nicht mehr damit laufen kann, findet er wahrscheinlich die Kraft zum Kämpfen. Wie lange er im Krankenhaus bleiben muß, kann mir niemand sagen, aber es wird bestimmt noch Monate dauern. Rufst Du mich bitte an, wenn Du diesen Brief bekommst? Ich würde gern kurz mit Dir reden. Ich schicke den Brief als Eilsendung, dann hast Du ihn am schnellsten.

Grüße von Deiner Schwester Charlotte

1955

Bombay

Ganz vorsichtig, ohne den Faden zu zerreißen, ribbelt Madan den Stoff auf. Er wundert sich, daß ein Faden so lang sein kann, fast endlos. Er sitzt auf der Leiter zum Duftspeicher, wie er den kleinen Raum nennt, und ist mit dem rot-weißen Tuch beschäftigt. Subhash, der Maschinenschmierer, hat Meister Chandran gefragt, ob Madan sich oben hinsetzen dürfe, und der hatte mit einem sparsamen Kopfnicken zugestimmt.

Madan ist noch immer wütend auf Herrn Patel, der ohne ein Wort zu sagen verschwunden ist. Nun kann er sich heute nacht, wenn er wach wird, auch nicht mehr heimlich einen Apfel nehmen. Ihm knurrt der Magen, und er hat keine Ahnung, ob er wie bei Ram Khan am Ende des Tages ein paar Reste bekommt oder vielleicht überhaupt nichts. Subhash kann er nicht fragen, der ist mit einer Kanne Schmieröl in eine Maschine gekrochen, und auch die Weber sind alle emsig bei der Arbeit. Er zieht weiter an dem Faden, zu fest – das Garn reißt. Subhash hatte ihm gesagt, daß er das ganze Tuch aufribbeln müsse, ohne den Faden zu zerreißen, also knotet er die beiden Enden zusammen, was bei dem dünnen Faden gar nicht so einfach ist.

»Du hast ihn allein bei Chandan Chandran gelassen?« fragt sein Neffe leicht besorgt.

»Du hattest doch gesagt, er könnte dort Arbeit finden.«

»Ich hätte nie gedacht, daß es klappen würde.«

»Es hat auch nicht geklappt.« Herr Patel, der so schnell wie möglich nach Haidarabad zurückkehren wollte, war noch mal bei seinem Neffen vorbeigegangen, um die Tasche mit den wenigen Habseligkeiten, die ihm noch geblieben waren, abzuholen.

»Aber du hast ihn doch da zurückgelassen?«

»Als ich nach einer halben Stunde wiederkam, war er nicht mehr da.«

»Zum Glück«, sagt der Neffe erleichtert.

»Wieso, zum Glück! Da habe ich etwas für das Kind gefunden, und es läuft sofort weg.«

»Chandan Chandran, ich weiß nicht«, murmelt ein Kunde deutlich hörbar.

»Was wissen Sie nicht?« fragt Herr Patel und sieht den Mann, der mit drei Bananen in der Hand wartet, erstaunt an.

»Ach was, nichts«, sagt sein Neffe.

»Was meinst du mit nichts?« fragt Herr Patel. »Du hast gesagt, ich soll den Jungen zu ihm schicken.«

»Das haben Sie wirklich gesagt?« fragt der Kunde sichtlich schockiert den Neffen.

Der Neffe hebt die Hände und macht eine Geste, als schiebe er alle Schuld von sich. »Es gab keine andere Möglichkeit.«

»Was ist denn mit diesem Chandran?«

Herr Patel bereut es, daß er gekommen ist, um seine Tasche zu holen, sie enthält ja nichts Wichtiges mehr; Ibrahim, der Mörder, hat ihm alles abgenommen, was ihm lieb und teuer war, und der Rest befindet sich in den Taschen des Polizeikommissars.

»Er scheint ziemlich ...« Der Kunde sucht nach Worten. »... ziemlich sonderbar zu sein.«

»Er wollte, daß der Junge ein Stück Baumwollstoff aufribbelt!« bestätigt Herr Patel, der den Weber auch merkwürdig fand.

»Das wollte er von ihm?« amüsiert sich der Kunde. »Und was wollte er noch?«

»Nichts, nur, daß der Junge den Stoff aufribbelt.«

»Sonst hat er nichts gesagt?«

Herr Patel erzählt dem Kunden lieber nicht, daß er den Mann am Webstuhl nicht nach Arbeit für den Jungen fragen mochte, weil er gespürt hatte, daß der Junge dort nicht bleiben wollte. So wie er spüren konnte, wenn der Junge im Gefängnis Angst hatte. Daß er deshalb eine Geschichte über seine Doktorarbeit erzählt hatte, an der er schon zehn Jahre arbeitete, aber die er ohne seine Bücher wahrscheinlich nie würde vollenden können. Er erinnert sich daran, wie der Weber plötzlich gefragt hatte: »Ist das der Junge?« Wie hatte der Mann wissen können, daß das eigentlich seine Frage war?

Der Neffe seufzt und wiegt die Bananen ab. »Warum machen wir uns überhaupt Gedanken, das Bürschchen ist aufgeweckt genug, und es gibt Wichtigeres. Hast du gehört, daß wir wieder gegen Pakistan spielen?«

»Wann?« fragt der Kunde.

Herr Patel greift zu seiner Tasche, nimmt sich, ohne daß der Neffe es sieht, einen Apfel aus der Kiste und läßt ihn in die Tasche gleiten. »Ich muß los, sonst verpasse ich den Zug.«

Madan begreift, wie die Fäden miteinander verbunden sind, eine Menge kurzer Fäden und ein langer. Jedesmal, wenn die Farbe wechselt, fängt ein neuer Faden an, der so, wie er es gemacht hat, mit dem vorigen verknotet ist. Er merkt, daß sich der lange Faden am besten herausziehen läßt, wenn er den Stoff flach auf den Boden legt, damit sich die Fäden nicht verheddern. Er kniet auf dem Fußboden. Seinen knurrenden Magen hat er vergessen, auch seine Wut über das Verschwinden von Herrn Patel. Er ist fasziniert von dem Faden, der länger und länger wird. Als er fast fertig ist, wird es zunehmend schwieriger, der lange Faden verfängt sich immer öfter in den kurzen Fäden.

Er hat den langen Faden vollends aufgerollt und hält das Knäuel stolz in der Hand. Nun erst nimmt er wieder den Maschinenlärm und den Geruch des Schmieröls wahr. Dann sieht er, wie der Mann mit dem Pferdeschwanz auf ihn zukommt. Der Mann hält die Hand auf, und Madan legt das Knäuel hinein. Chandan Chandran gibt ihm einen Wink, daß er ihm folgen soll.

Sie gehen zur Treppe zurück und noch ein Stockwerk höher. Auf dem flachen Dach ist eine Überdeckung aus Holz und langen Grashalmen. Ein Stuhl steht dort, daneben liegen ein paar Schilfmatten.

»Bist du auch taub?« fragt Chandan Chandran.

Madan schüttelt den Kopf.

»Wenn du bleiben und bei mir arbeiten willst, kannst du hier schlafen, und du kriegst Frühstück und Abendessen.« Er sieht Madan durchdringend an.

Ich habe Hunger, denkt Madan. Er nickt und zeigt auf seinen Mund.

Der langhaarige Mann geht vor ihm die Treppe hinunter, an den mechanisierten Webstühlen vorbei zu einem kleinen Zimmer in der Ecke. Dort sitzen Subhash und die Weber auf dem Boden und essen.

Madan füllt seinen Teller mit Reis und Dhal und setzt sich zu ihnen. Er ist neun, aber er fühlt sich erwachsen.

1995

Rampur

Charlotte band ihrem Vater seinen Latz um. Es war ein großer Latz, den Sanat, der vorige Dari, auf ihre Bitte genäht hatte. Sie hatte es schrecklich gefunden, als sie ihren Vater zum ersten Mal füttern mußte. Ihm einen Löffel mit warmem Brei in den Mund zu schieben, ohne daß der Brei auch überall ringsum landete, erwies sich als unmöglich. Inzwischen wußte sie, wie sie es anstellen mußte, und der Latz war eigentlich nicht mehr nötig, aber je mehr sie sich an feste Gewohnheiten hielt, um so ruhiger war er. Sie rührte im Joghurt und gab ihm einen Löffel voll. Ihr Vater schmatzte zufrieden. Hema mußte die Windel wechseln, sie zog Fliegen an, die ihn sonst von seinem Mittagsschlaf abhalten würden.

»Schmeckt's?« fragte sie.

»Ja, lecker.«

Charlotte staunte, daß er ihr eine richtige Antwort gab. Es war so lange her, daß sie ein normales Gespräch mit ihm geführt hatte. Hin und wieder hatte er einen lichten Moment, aber das kam immer seltener vor. »Ist genug Zucker drin?«

»Ich hab doch gesagt, daß es lecker ist.«

»Das höre ich gern.«

Sie stopfte ihm einen vollen Löffel in den Mund, und er schlürfte den Joghurt mit großem Appetit.

»Gehst du zum Fest?« fragte er und leckte sich den Joghurt von den Lippen.

»Zu welchem Fest?«

»Na welches schon. Das vom Club, wir bestehen demnächst zweihundert Jahre.«

»Ja, das hatte ich vor.« Sie fragte sich, wieso er von dem Fest wußte. Sie hatte es ihm nicht erzählt, Hema kümmerte sich nie um solche Dinge, und keine der Damen, die in den letzten Tagen hereingeschaut hatten, war bei ihm oben gewesen. Sie konnte sich nicht vorstellen, daß er sich von ganz allein daran erinnerte.

»Ich will die Uniform tragen.«

»Du willst mit aufs Fest?«

»Das versteht sich doch wohl. Ich bin das älteste Mitglied, ich war schon dabei, als wir noch keine Inder in den Club aufgenommen haben.« Er zeigte auf eine Plakette, die an der Wand hing und die er Jahre vor seinem Unfall bei einem Tennisturnier des Clubs gewonnen hatte. »Hol die Uniform aus dem Schrank.«

»Erst noch einen Happen«, sagte sie und hielt ihm den vollen Löffel vor den Mund.

Er preßte die Lippen aufeinander.

»Komm, Vater, iß eben noch das Schälchen leer.«

»Ich will nicht mehr. Ich will meine Uniform«, zischelte er durch einen kleinen Spalt zwischen den Lippen.

»Noch zwei Löffel.«

Der General begann leise zu weinen.

Der Löffel wartete vor seinem Mund. »Komm, das Schälchen ist fast leer.«

»Ich will nicht.«

»Du kriegst deine Uniform, wenn das Schälchen leer ist.«

Mit Schwung schlug er ihr den Löffel aus der Hand. »Ich will meine Uniform!« Der Joghurt klatschte gegen die Wand.

»Warum machst du das jetzt?« Sie hob den Löffel wieder auf. »Es war fast alle. Du mußt gut essen.«

»Iß es doch selbst auf, du siehst ja aus wie eine Bohnenstange.«

Es stimmte, daß Charlotte bei ihren eigenen Mahlzeiten immer sparsamer wurde, weil sie wollte, daß der Besuch Kekse und Zucker zum Tee bekam. Hema hatte ihr vor ein paar Tagen – auf seine bescheidene, zurückhaltende Art – zu verstehen gegeben, daß sie mehr essen müsse. Sie hatte ihm erklärt, bei der extremen Hitze habe sie nun mal keinen Appetit. Deshalb wußte niemand, daß sie schon seit Tagen mit knurrendem Magen zu Bett ging.

»ICH WILL MEINE U-NI-FORM!« kreischte und heulte er nun.

Die einzige Möglichkeit, das Quengeln zu beenden, war, ihm seinen Willen zu lassen, sonst würde es in eine wüste Schimpferei umschlagen. Normalerweise blieb Charlotte standhaft – viele seiner Wünsche waren so lächerlich, daß sie sie gar nicht erfüllen *konnte*. Diesmal jedoch bekam sie die Chance, einen Blick in den großen alten Kleiderschrank zu werfen. Sie legte den Löffel hin und stellte die Schale auf den Tisch, und bevor er losbrüllen konnte, öffnete sie schnell die großen Schranktüren. Dort hing majestätisch, geschützt von einer grauen, durchsichtigen Plastikhülle, die Uniform. Charlotte zog sie vom Bügel und sah dahinter die großen Stapel Stoffe, die in vergilbte Plastiktüten verpackt waren, so daß sie die Farben nicht erkennen konnte.

»Vater?« Sie zog den Reißverschluß der Umhüllung auf und nahm die Uniform heraus. »Hast du was dagegen, wenn ich einen von den Stoffen nehme und mir daraus ein Kleid für das Fest nähen lasse?«

Der General hörte die Frage seiner Tochter gar nicht. Beim Anblick der glänzenden Orden und Abzeichen fuhr sein Körper hoch. Charlotte legte ihm die Uniform auf den Schoß. Der Geruch seines Stuhlgangs stieg auf. Mit dem Zeigefinger fuhr der alte Mann, der von allen der General genannt wurde, aber, wie nun wieder deutlich zu sehen war, es nicht weiter als bis zum Oberstleutnant gebracht hatte, über die aufgestickten Tressen, die Abzeichen und Medaillen zum *Distinguished Service Order*, der wichtigsten Auszeichnung, die er für seine Heldentaten in Birma bekommen hatte.

Charlotte wischte mit einem Lappen die Joghurtflecken von der Wand. Was im Kopf ihres Vaters vorging, wußte sie nicht – glaubte er sich wieder im Krieg, in der Kaserne, oder war er in seiner Vorstellung schon beim Fest im Club? Er starrte so gebannt auf die verschlissene Uniform, daß er gar nicht merkte, wie Charlotte die in Plastiktüten verpackten Stoffe nacheinander aus dem Schrank nahm und ins Treppenhaus trug. Das Regal, das übervoll gewesen war, sah nun fast leer aus. Schnell machte sie die Schranktüren zu, vergaß die Schale und den Löffel mitzunehmen, schloß die Tür ab und seufzte.

1944

Birma

Mit einem Löffel, der vom jahrelangen Auskratzen der Eßnäpfe abgenutzt und dessen Stiel verbogen ist, schaufelt er die klebrige Pampe in sich hinein, die sie aus einer bitteren Frucht fabriziert haben. Zum ersten Mal seit Tagen haben sie etwas zu essen. Der Geruch ist abstoßend, und beim ersten Bissen dreht sich ihm der Magen um, aber er kaut weiter und verbietet sich jeden Gedanken daran, was der Brei ursprünglich war. Es geht nur noch darum, überhaupt etwas zu essen.

Victor und die beiden anderen Männer haben sich verirrt. Einen Tag, nachdem er seinen Unterkommandanten den Befehl gegeben hatte, ihre Einheiten über die Front zu verteilen, hat er jeden Kontakt mit ihnen verloren. Sein Fernmeldeoffizier ist auf eine Landmine getreten, das einzige Funkgerät wurde mit ihm in die Luft gesprengt. Der Offiziersbursche, der seine Karten trug, bekam einen akuten Schub von Schwarzwasserfieber und starb noch in derselben Nacht. Die Karten wurden in dieser Nacht durch den anhaltenden Regen zu Brei, so daß sie nicht einmal mehr zum Feueranmachen taugten. Wie die anderen Männer zu Tode gekommen sind, hat er verdrängt, es ist sinnlos, darüber nachzudenken, sie müssen weiter.

Victors Gehirn beginnt wieder zu arbeiten, nachdem er nun etwas im Magen hat, auch wenn er sich anstrengen muß, um es bei sich zu behalten. Wie die beiden anderen verspürt er den Drang, es gleich wieder auszukotzen. Der Hunger ist jedoch so groß, daß der Soldat ihm gegenüber sein Erbrochenes wieder zu sich nimmt.

Der Blick des Majors schweift über das, was von seinen Leuten übriggeblieben ist. Zwei junge Soldaten! Zu desertieren kommt keinem in den Sinn – sie wissen nicht, wohin sie fliehen könnten. Bei jedem Schritt im unwegsamen Dschungel ist es ein Wunder, wenn sie nicht in eine Falle des Gegners laufen. Ist er vor, hinter, links oder rechts von ihnen? Keiner weiß es.

Jetzt, wo er wieder einigermaßen klar denken kann, kommt auch die Angst zurück. Eine Feigheit, die er sein Leben lang aus tiefster Seele verachtet hat, verfolgt ihn, seit sie die Orientierung verloren haben. Hier, in der grünen Hölle, wo er sich nicht fürchtet vor den Blutegeln, Schlangen und schwarzen Skorpionen, das ist nur ein notwendiges Übel, so wie die Tiger. Er hat Todesangst vor dem Feind, seit er gesehen und gerochen hat, was sie mit den Männern des vierten Bataillons gemacht haben. Keiner redet darüber, das hat er ihnen seit jenem Tag verboten. Sie schleichen, wenn sie nicht schlafen oder sich ausruhen, so tief geduckt wie möglich, unsichtbar weiter. Die Sonne hat den höchsten Stand erreicht und schafft es, bis zum Fuß der Bäume durchzusickern. Zwischen den flackernden Strahlen kratzen die drei Männer so leise, wie es nur geht, ihre Näpfe leer.

Ihm ist heiß. Schlips und Oberhemd hat er verloren, er besitzt nur noch seine Uniformjacke. Wenn er lebend hier herauskommt, wird er dem Generalstab in London schreiben, nimmt er sich vor, denn die Idioten dort haben nicht nachgedacht, bevor sie ihn und seine Männer in den Dschungel schickten. Die Uniformen sind aus unverwüstlichem Leinen, bei dieser Hitze untauglich. Man schwitzt darin fürchterlich und scheuert sich bei jeder Bewegung die feuchte Haut am groben Stoff auf. Er sieht, wie seine Männer eindösen. Er muß ihnen sagen, daß sie wachsam bleiben sollen, aber der volle Magen weckt auch bei ihm das Bedürfnis nach Schlaf, richtigem Schlaf, wie er ihn schon seit Wochen entbehren mußte. Er zieht seine Jacke aus, rollt sie zusammen und schiebt sie sich hinter den Kopf, an den Baumstamm, an dem er angelehnt sitzt. Wann ihm die Augen zugefallen sind, weiß er nicht, aber plötzlich hört er die helle Stimme von Vera Lynn.

We'll meet again
Don't know where
Don't know when
But I know we'll meet again
Some sunny day

Die Stimme ist ganz nah. Noch eine Sekunde denkt er, daß sie in einem Traum seines verbotenen Schlafes singt, aber dann wird ihm klar, daß es tatsächlich die Stimme von the Forces' Sweetheart ist, die durch die Wildnis tönt. Auch die beiden anderen Männer springen auf. Diese Stimme kann nur eines bedeuten: In der Nähe ist eine andere britische Einheit. Ihn durchzuckt noch der Gedanke, daß die wochenlange Stille eigentlich sehr unerwartet durchbrochen wird, aber die Freude, Landsleute hier im Urwald anzutreffen, überwiegt die Skepsis. Wie ein Mann stürmen sie auf die Frauenstimme los, die wie eine Sirene lockt.

Sie rennen auf eine Lichtung. Die Sonne blendet nach dem stets gedämpften Licht unter den ewigen Bäumen. Mitten auf der Lichtung steht ein Kurbelgrammophon.

So, will you please say hello
To the folks that I know
Tell them I won't be long
They'll be happy to know
That as you saw me go
I was singing this song
We'll meet again
Don't know where
Don't know when
But I know we'll meet again
Some sunny day

Kein Mensch weit und breit, nur das einsame Grammophon. Sie sehen sich an. Der Zweifel und die Verwunderung, in Wirklichkeit nur wenige Sekunden, scheinen endlos. Victor sieht, wie sich das schwarze Vinyl dreht, das Glitzern der Rillen, die Reflexion der Sonne, die Nadel, die mit der Bewegung der 78er-Platte mitwogt. Vera Lynns vertraute Stimme tönt, begleitet von einem Knacken, durch den Dschungel. Er erinnert sich an die Frau im weißen Kostüm auf dem Podium. Ein kleiner Punkt war sie, so weit weg. Alle sangen mit. Hier singt sie direkt vor ihm, keine zehn Meter von ihm entfernt klingt ihre Stimme aus dem Trichter. Wo sind die anderen? Liegen sie schlafend unter den Bäumen? Wenn es hier Musik gibt, muß es auch Zelte geben, etwas zu essen, Munition, Medikamente, eine Landkarte …

Er will gerade die Hand heben, um ein Zeichen zu geben, daß etwas faul ist, als die Kugel durch die Luft pfeift. Der junge Mann neben ihm, ein Unterleutnant, der aus Gloucester stammt und zum ersten Mal in Indien ist, fällt tot um. Kein Laut, kein Seufzer. Zwischen seinen Augen ein kleines Loch, etwas Blut tropft heraus, während Vera den letzten, langen Ton zum besten gibt und die Klaviermusik verklingt. Aus dem Augenwinkel sieht er, daß der Gefreite die Hände hebt. Die Nadel bleibt in der Rille hängen, wie ein träge tickendes Metronom.

Wo sind sie? Warum kommen sie nicht zum Vorschein? Die Angst, die ihn ständig begleitet hat, ist wie weggeblasen. Er will die Hände nicht hochnehmen. Er will ihnen die Kehle durchschneiden, er will Vergeltung für das, was sie getan haben. Warum kommt niemand aus dem Wald hervor? Wer hat geschossen? War es nicht der Feind, sondern ein verzweifelt halluzinierender Brite, der davon überzeugt ist, daß sie der Feind sind? Noch immer schleift die Nadel tickend über die Schallplatte. Er weiß, daß die Japaner Soldaten, die sich ergeben, für feige halten und Feiglinge oft standrechtlich erschießen, aber er läßt es darauf ankommen. Langsam heben sich auch seine Arme. Bis ihm wieder einfällt, was sie mit dem Major der Fünften gemacht haben. Panische Gedanken wirbeln durch seinen Kopf. Er denkt an seine Uniformjacke und den Helm, die noch bei dem Baum liegen. In seinem fleckigen Khaki-Unterhemd und der langen Hose sieht er genauso aus wie der Soldat neben ihm. Nichts unterscheidet ihn vom Kanonenfutter, nur vielleicht sein Alter, aber sein Gesicht ist genauso unrasiert und schmutzig, seine Haare sind lang und verdreckt, nicht mal von nahem wird ein Asiate den Unterschied bemerken. Er hebt die Hände noch höher.

Zwischen den Bäumen und Sträuchern erscheinen zwei Japaner, die Gewehre im Anschlag. Ihre Uniformen sind genau so zerrissen wie die der Briten, ihre Wangen sind genauso hohl, auch der haßerfüllte Blick in ihren Augen ist identisch. Bis sie bei dem Grammophon stehenbleiben und einer der Japaner hingebungsvoll die Nadel von der Platte hebt, die Platte herunternimmt und vorsichtig in die Hülle schiebt. Wie viele andere, fragt sich Victor, sind wohl schon auf diesen Trick des gelben Ungeziefers, das wahrscheinlich nur das Gezupfe einer verstimmten Laute mag, hereingefallen?

Jetzt, wo das Ticken aufgehört hat, sind plötzlich wieder alle Geräusche des Urwaldes gegenwärtig. Der eine Japaner verstaut die Platte zusammen mit dem Grammophon und dem Trichter in einem Karton, während der andere das Gewehr auf sie gerichtet hält. Sie müssen sich nebeneinander auf den Boden setzen. Einer der Japaner verschwindet im Gebüsch. Victor betet, daß der Mann seine Uniformjacke nicht findet, er will anonym in diese Gefangenschaft gehen.

»Major«, flüstert der Soldat.

»Halt den Mund«, zischt Victor.

»Aber Major …«, fängt der ängstliche Junge wieder an.

»Willst du, daß ich gleich tot bin?« zischelt er dem Jungen wütend zu.

Der Junge schweigt. Ihr Feind kommt mit drei Gewehren zurück. Er sagt etwas zu dem anderen Japaner, und der kleine Zug setzt sich in Bewegung. Sie gehen wieder in den Urwald, der Leichnam des Unterleutnants aus Gloucester bleibt unbedeckt zurück.

Es könnten fünf Kilometer sein, aber auch zehn oder zwei. Mit erhobenen Armen wandern sie schweigend voran. Fliehen ist sinnlos, der Dschungel ist gefährlicher als der Feind, mit dem sich vielleicht reden läßt.

Kurz vor Sonnenuntergang gelangen sie in eine Ansiedlung. Ein paar ärmliche Hütten, vor einer steht ein Stuhl. Victor hat den ganzen Weg über alle möglichen Szenarien durchgespielt und ist jedesmal zu derselben Schlußfolgerung gelangt: Er muß abwarten, was passiert. Sie werden in einen umzäunten Bereich geführt und lassen sich auf den Boden sinken. Die Japaner rufen etwas in Richtung der Hütten, es kommt keine Antwort. Der Feind ist genauso erschöpft wie sie, vor allem der Mann, der an der Spitze ging und die ganze Zeit das Grammophon und die Gewehre auf dem Rücken getragen hat. Sie rufen noch einmal. Sie sehen sich besorgt an. Victor spürt, daß sich das Blatt eher wenden kann, als er erwartet hatte. Einer der Männer geht in eine Hütte und kommt sofort wieder heraus. Er ruft seinem Kumpel etwas zu, der plötzlich das Gewehr fester packt und auf die Gefangenen richtet. Victor erträgt alles schweigend, er ist froh, daß er sitzt und die Arme sinken lassen kann. Er sieht, wie nun der andere Mann in die Hütte geht, und spürt, wie die ersten Moskitos des Abends seine unbedeckten Arme und den Nacken angreifen.

»Major …«, flüstert der Soldat wieder.

»Nenn mich verdammt noch mal nicht so«, knurrt Victor.

»Was soll ich denn sonst zu Ihnen sagen, Major?«

»Alles, außer das.«

»Und was?«

»Meinetwegen nenn mich Jack.«

Der Japaner richtet sein Gewehr auf sie, ruft etwas, dem sie entnehmen, daß er ihnen verbietet, miteinander zu reden, also halten sie den Mund und sehen starr vor sich hin.

Victor erschlägt eine Mücke, genau in dem Moment, als sie ihren Saugrüssel in seinen Arm sticht. Er muß plötzlich an seine Tochter denken. Seine Kinder sind eigentlich nicht mehr als ferne Adressen, an die er zu Weihnachten einen Brief schickt. Er hat sie nicht aufwachsen sehen. Würde er sie noch wiedererkennen? Wird er sie jemals wiedersehen? Er fühlt sich schon lange nicht mehr als Vater. Seine Welt ist das Militär. Seit Jahren ist er Kommandant, aber jetzt, wo er so tut, als sei er wieder ein einfacher Soldat, hat sich etwas in ihm verändert. Ein sentimentales Gefühl wallt in ihm auf, das er bei den jungen Burschen so verabscheut, also schüttelt er diese Gedanken von sich ab.

Woher sie alle kommen, kann sich Victor nicht erklären, aber mit einem Mal taucht ein ganzer Pulk Japaner auf. Die Umzäunung wird geöffnet, und sie stoßen eine kleine Gruppe britischer und indischer Soldaten hinein, mehr tot als lebendig. Der Gefreite steht begeistert auf und will die Männer begrüßen. Sie lassen ihn nicht mal seinen Satz zu Ende sprechen, eine Kugel bohrt sich gnadenlos in sein Gesicht. Er fällt tot zu Boden. Niemand wagt es, noch ein Wort zu sagen.

Beim Licht des Halbmondes schauen die Männer auf den toten Körper, der in ihrer Mitte liegt. Keiner hat ihn angefaßt, nachdem ein erster Versuch sofort bestraft wurde. Keiner schläft, nicht wegen der Stechmücken, sondern weil sie alle davon überzeugt sind, daß ihr Leben zu Ende ist, sobald sie die Augen schließen.

Die Mücken sind den Fliegen gewichen, die beim ersten Morgenlicht den Leichnam des Gefreiten finden, den zuvor schon die Ameisen entdeckt hatten, die sich in großer Zahl einfinden. An Victors Fuß vorbei marschiert der Zug Hautflügler zu dem Toten. Was diese Sammler sich holen, weiß er nicht. Der Körper sieht noch unversehrt aus, bis auf das Gesicht, denn der Schuß in der Dunkelheit war nicht so präzise wie die Kugel, die den Unterleutnant aus Gloucester in die Stirn getroffen hatte. Ein Auge ist zerstört.

Die Sonne geht auf, Wachablösung. Victor kann die Gesichter der neuen Gefangenen erkennen. Die vier Männer sehen noch verwilderter aus als er. Sie haben lange Bärte, und keiner von ihnen trägt noch Stiefel. Ihre Füße sind voller Wunden, und von ihrer Uniform ist nicht mehr viel übrig.

Eine Krähe hüpft in die Umzäunung, als sei sie hier zu Hause. Als sich einer der Männer etwas anders hinsetzt, flattert der Vogel kurz auf, läßt sich dann aber dreist neben dem Leichnam des jungen Soldaten nieder. Er pickt ein paar Ameisen aus der langen Kolonne und hüpft zum Gesicht, um den Schnabel ohne zu zögern in das geronnene Blut der Augenhöhle zu hakken. Schweigend beobachten die Soldaten, wie sich der pechschwarze Vogel an dem Jungen gütlich tut.

Mit der aufgehenden Sonne setzt auch die Verwesung ein. Die Krähen haben sich auf den grün anlaufenden Körper gestürzt. Der süßliche Leichengeruch mischt sich mit dem schweren Fäulnisdunst, der aus dem Urwald aufsteigt. Victor kann an nichts anderes als an Essen denken, an die reich gefüllten Tafeln im Club, das Grillen eines Wildschweins über einem Holzfeuer, Hühnerconsommé, Plumpudding mit Korinthen und Rosinen, frische Forelle, Lammkeule mit Minzgelee und einem gehörigen Schuß Tabasco, Schweineschmortopf mit Äpfeln, Lachs mit Gurkensauce, Lancaster Hotpot, Würstchen mit Zwiebelsauce, Knoblauchsuppe, Country Pie, Birnen mit Schlagsahne, pochierte Eier, Christmas Pudding mit Brandy Butter, Beef Wellington, Truthahnkasserolle mit Bier …

Eine Krähe rupft das letzte Stückchen des Augapfels aus der Höhle. Sie muß fest ziehen, denn der Muskel gibt sich nicht so leicht geschlagen. Je länger Victor auf den Leichnam blickt, desto weniger kann er davon sehen, Millionen Insekten krabbeln über den jungen Soldaten, von dem er nur den Rang und den Nachnamen weiß.

Daß Victor nun hier hockt, ist seine eigene Schuld. Vor neunzehn Tagen hatte er seine Unterkommandanten zusammengerufen, in einem großen Zelt unweit der Grenze zu Indien, die Karte ausgerollt und seinen Plan erklärt. Alle Männer hatten genickt, nur ein sturer Schotte hatte geäußert, daß es Wahnsinn sei. Victor hatte den Schotten mit einer scharfen Bemerkung in die Schranken gewiesen, aber der Mann hatte recht behalten. Auf dem Rückweg zum Kommandoposten war es schiefgegangen, und deshalb steckt er nun hier und denkt an Shortbread, statt es genießen zu können.

Was die Männer in den Wahnsinn treibt, ist nicht der Geruch oder die Leiche selbst, sondern der Durst, der fehlende Schatten und die pausenlose Belagerung durch die Schmeißfliegen. Nur ein junger Hauptmann ist im Gegensatz zu den anderen sehr ruhig und tut das, was er als seine Aufgabe sieht: die Verletzungen seiner Mitgefangenen versorgen. Am ersten Tag, als die Leiche des Soldaten dalag, hatte es niemand gewagt, sich zu bewegen – bis die Sonne unterging und der Hauptmann beim letzten Tageslicht vorsichtig die Stiefel aufband. Alle sahen schweigend zu, und als kein Schuß und kein japanisches Gebrüll folgte, hatte der Mann dem Toten auch die Hose ausgezogen. Dann legte er den Körper gerade hin, Beine und Arme gestreckt. Es war ihm sogar gelungen, die Hände auf der Brust zu falten, bevor er mit der Hose und den Stiefeln an seinen Platz zurückgekrochen war.

Victor wunderte sich, daß keiner der Männer protestierte, als der Hauptmann sich die Stiefel nahm, aber er war natürlich der Ranghöchste, und er selbst hatte ja auch oft auf seine Streifen gepocht.

Bei Sonnenaufgang zeigt sich, daß es nicht nur auf der Leiche von Kleinlebewesen wimmelt, sondern auch in ihr. Aus Mund und Nase kriechen kleine weiße Maden, an denen sich die Krähen laben, während für die Gefangenen auch jetzt weder Essen noch Wasser gebracht wird. Die Männer versuchen sich mit ihren Hemden vor der Sonne zu schützen, bis auf den Hauptmann, der den ganzen Tag damit beschäftigt ist, die Nähte der Hose mit einem Stein aufzutrennen. Sein Nachbar trägt, zu Victors Erstaunen, die Stiefel. Am Ende des Tages hat der Hauptmann ein paar lose Stücke Stoff, und der grüne Soldat hat sich in einen aufgeblasenen Ballon verwandelt; alle hoffen, daß er nicht auseinanderplatzt.

Am späten Nachmittag des dritten Tages – noch immer wurde kein Wort gesprochen – schiebt einer der Japaner einen zerbeulten Topf mit grau ausssehendem Wasser unter der Umzäunung durch. Die Männer schießen darauf zu. Fast kommt es zu einem Kampf, wer zuerst trinken darf, bis der Hauptmann ruft, daß sie alle an die Reihe kommen. Victor Bridgwater ist froh, daß niemand in ihm den Major sieht, er wartet, bis er an der Reihe ist, und trinkt.

1995

Rampur

Sie tanzte die Treppe hinab, die Stoffe reichten für mindestens dreißig Kleider. Sie würde ihn bitten, ihr auch eine neue Bluse zu nähen, und einen Rock. Sie hatte noch irgendwo ein Stück Spitze und rote Knöpfe – oder würde er das zu altmodisch finden? Sie würde ihn bitten, das Abendkleid hinten länger zu machen als vorn. Sie hätte schon immer gern ein Abendkleid mit einer kleinen Schleppe getragen. Oder war das vielleicht unmodern? Sie würde sich die Modezeitschriften ausleihen, die im Club lagen, die könnten sie zusammen nach etwas Schönem durchblättern. Er würde wissen, was ihr am besten stand. Sie hatte nun genug Auswahl. Sie würde ihn bitten … Charlotte erschrak. Unten an der Treppe stand Madan. Stand er schon lange dort? Was wollte er? Warum war er nicht bei seiner Arbeit?

»Schnüffelst du mir hinterher?« fragte sie in scharfem Ton.

Nein, ich hatte gehört, daß du da bist.

»Deshalb brauchst du aber nicht aus dem Klavierzimmer herauszukommen.«

Darum bin ich nicht von meiner Arbeit aufgestanden.

»Ach so! Und warum dann?«

Weil du mich darum gebeten hast.

»Ich habe dich um nichts gebeten.«

Sorry, dann war es ein Mißverständnis. Madan drehte sich um und ging wieder ins Klavierzimmer.

Geh nicht weg, flehte Charlotte unhörbar.

Madan blieb stehen. *Du willst, daß ich bleibe?*

Sie blickte auf den Rücken des Mannes, der sie, seit sie ihm zum ersten Mal begegnet war, in Verwirrung brachte. *Ja, bleib bei mir. Nein, geh.*

Er rührte sich nicht. *Was willst du?* fragte er.

»Nichts«, sagte ihre Stimme, und ihre Gedanken riefen: *Dich.*

Madan ging ganz langsam ins Klavierzimmer und schloß vorsichtig die Tür.

Charlotte wäre am liebsten hinter ihm her gestürmt. Hatte er sie nicht gehört? Hatte sie es nicht gedacht? Er konnte doch ihre Gedanken lesen! Er wußte doch inzwischen bestimmt, welche Gefühle sie für ihn hatte? Sie entfernte sich von der geschlossenen Tür. Sie war zu weit gegangen. Sie hatte genau das gedacht, was zu denken sie sich verboten hatte, und er hatte nicht geantwortet, er hatte nur die Tür geschlossen.

Sie hatte ihn nicht gehört! Es war ihm gelungen, die Tür gerade noch rechtzeitig zu schließen. *Ich habe dich verstanden!* schrien seine Gedanken. *Alles, was du fühlst, habe ich gehört.* Er kroch unter den Tisch, so weit weg von der Tür wie möglich. Er hatte Angst, daß seine Gedanken zu stark waren, daß die dicke Holztür nicht genug Widerstand bot. Er zog die Stoffe, die die Damen gebracht hatten, vom Tisch und band sie sich hastig um den Kopf. Sie durfte nicht hören, was er dachte. Seine Hand tastete nach oben zu dem Kleid, das fertig war, er schüttelte es vom Bügel und zog es sich auch noch über den Kopf. Er rollte sich zusammen und schlug die Arme um die Tücher.

Sie ging enttäuscht wieder nach oben. Daß er sie abwies, verunsicherte sie mehr, als sie sich eingestehen wollte. Sie zog sich aus und drehte den Duschhahn auf. Sie stieg in die Badewanne und sah in dem hohen, abgeblätterten Spiegel an der Tür eine alte, magere Frau. Eine gescheiterte Frau. Eine unglückliche Frau. Sie griff zu dem Wasserkrug aus Porzellan, dem Erbstück ihrer Mutter, die ihn ihr ganzes kurzes Leben benutzt hatte, dem Krug, mit dem Sita sie und ihren Bruder gewaschen hatte, in den sie Blumen gestellt hatte, wenn sie traurig war, dem Krug, den kein Trödelhändler hatte kaufen wollen, und pfefferte ihn auf den Spiegel. Es sah so aus, als würde ihr Spiegelbild zur Seite ausweichen. Der Krug zerschellte an der Wand. Sie kümmerte sich nicht um die Scherben, kehrte dem Spiegel den Rücken zu und ließ das Wasser über ihren Körper strömen. Warum hatte sie zerstört, was ihr so lieb und teuer war? Warum hatte sie sich nicht beherrscht, so wie sie sich immer beherrschte? Sie, die sich nie gehenließ, die nie Anstoß erregte, die immer das tat, was von ihr erwartet wurde, die sich an die Regeln hielt, wie ungerecht sie auch sein mochten, die nie rebelliert hatte – was um Himmels willen war mit ihr los? Wütend seifte sie Haare und Gesicht ein, als auf einmal das Wasser versiegte. Sie drehte am Hahn. Sie konnte ihn noch so weit aufdrehen, es kam kein Tropfen mehr, sie hörte nur ein Blubbern, das durch kilometerlange leere Rohre zu kommen schien. Die Seife brannte ihr in den Augen. Wie konnte sie es nur vergessen! Hema hatte es ihr gesagt, als sie wieder eine Mahlzeit unangerührt zurückgeschickt hatte. Die Frau von Alok Nath, dem Goldschmied, hatte es ihr gesagt, als sie anrief, um zu fragen, ob der neue Stoff angekommen sei. Der Mann von der Bank hatte es ihr gesagt, als er heute morgen mit einem Brief vor der Tür stand, den sie zu den anderen in die Schublage gelegt hatte. Der Wasserspeicher auf dem Hügel war leer, und sie hatte vergessen, die nötige Vorsorge zu treffen.

1944

Birma

Gebrüll ertönt, und die schlafenden Männer sind plötzlich von Japanern in zerrissenen Uniformen, mit hohlen Augen und grimmigen Blicken, die Gewehre im Anschlag, umringt. Peter Harris ist eher verwundert als bestürzt. Er war sich sicher, daß sie weit von der Front entfernt waren. Er hatte sogar das Gefühl, daß sie bald wieder in der bewohnten Welt sein würden, nachdem sie wochenlang einsam durch den Dschungel geirrt waren.

Sie müssen sich hinknien und die Hände hinterm Kopf halten. Ist es soweit, muß er jetzt sterben? Trifft ihn gleich eine Kugel in den Hinterkopf? Wird er es spüren oder geht es dafür zu schnell? In den letzten Tagen hatte er geglaubt, daß sie entkommen waren. Daß sie nicht alle sterben würden. Sie hatten, obwohl sie nichts anderes zu essen fanden als ein paar Beeren und Wurzeln, viel gelacht, und jeden Abend hatte einer von ihnen eine Geschichte erzählt. Manchmal kam er sich vor wie in einem Ferienlager für Jungs, in einer zu langen und zu schwierigen Pfadfinder-Übung, nur die langen Bärte und der immer grimmiger werdende Hunger mit der dazugehörigen Lethargie störte diesen Traum.

Das Gebrüll ist verstummt. Seine Knie schmerzen, und am liebsten würde er die Arme sinken lassen. Der Blick des Feindes, der ihn mit erhobenem Gewehr aus einiger Entfernung beobachtet, nimmt ihm und seinen Kameraden jedoch den Mut, und er behält die Hände oben. Er hofft, daß Felix, der stellvertretende Bataillonskommandant, der ihm alles über seine unglückliche Kindheit erzählt hat, auch durchhält. Peter hat jeden Abend die Verletzung an seinem Knie behandelt, während er ihm seine

Geschichte erzählte. Was als kleiner Schnitt begonnen hatte, wurde ein Geschwür, ein pochender Abszeß und dann eine offene Wunde. Peter weiß, daß das Knie und das Bein vom Knie abwärts nicht die geringste Chance hat, wenn er nicht bald richtige Medikamente bekommt. Der Offizier, der große Hochachtung vor Peters ärztlichen Qualitäten hat, stöhnt. Ein Befehl ist zu hören. Peter bekommt einen harten Stoß in den Rücken und fällt nach vorn.

»Wir sollen uns hinstellen«, hört er Felix sagen. »Sofort hinstellen.«

Er rappelt sich hoch. Am Himmel erkennt er, daß es in einer Stunde dunkel sein wird. Einer der Japaner, ein kleiner Mann mit hinten offenen Schlappen, zeigt auf Felix' Stiefel und blafft etwas. Es kann nur bedeuten, daß er seine Stiefel ausziehen soll. Felix knotet die langen Schnürsenkel auf. Nun zeigt der Mann auch auf Peter, der als Arzt, nach den paar Wochen Ausbildung, bevor er an die Front mußte, direkt zum Hauptmann befördert worden war. Auch Peter bindet seine Stiefel auf. Dann schreit der Mann die drei anderen an. Alle binden ihre Stiefel auf. Keiner von ihnen hat sie in den letzten Wochen ausgezogen. Peter stellt seine Stiefel vor sich hin. Der Japaner gebietet ihm, sie ihm zuzuwerfen. Der durchdringende Schweißgeruch ist nicht so schlimm wie das Gefühl der Verletzbarkeit, das Peter überkommt, als er auf Socken dasteht. Mit seinen Stiefeln scheint er auch seine sonst immer optimistische Haltung zu verlieren. Auch die anderen werfen ihre Stiefel dem wütend gestikulierenden Japaner zu. Vor dessen Füßen liegt nun ein Haufen Soldatenstiefel. Er setzt sich auf den Boden und probiert sie an. Die Männer wissen, daß ihm keines der Paare passen wird.

Ein kleiner Zweig spießt sich durch seinen Socken. Peter hofft, daß der Mann nicht seine Stiefel nimmt. Und denkt gleich darauf, daß es hoffentlich nicht Felix trifft, denn wenn der keine Stiefel mehr hat, wird seine Wunde noch schlimmer werden.

Der Japaner läßt sich beim Anprobieren viel Zeit. Hin und wieder ruft er seinen Untergebenen etwas zu, die mit geladenen Gewehren warten. Als er das fünfte Stiefelpaar anprobiert hat, gibt er durch Zeichen zu verstehen, daß er auch ihre Socken will. Zuerst zweifeln die Männer, ein Paar Socken muß doch reichen, aber der Japaner besteht darauf, daß sie alle die Socken ausziehen. Barfuß fühlen sich die Soldaten noch unbehaglicher, eine Art kindlicher Scham befällt sie. Der kleine Japaner stopft ein paar Socken in die Spitzen eines Stiefelpaars und zieht es an. Zufrieden steht er auf, aber als er merkt, daß die Soldaten der britisch-indischen Armee erwartungsvoll auf die anderen Stiefel schauen, schreit er sie an. Die Männer begreifen nicht, was er meint. Felix macht Anstalten, seine Stiefel aus dem Haufen zu ziehen, doch das bringt ihm fast eine Kugel ein, also zieht er sich erschrocken zurück. Der kleine Japaner nimmt einen Socken und hält ein brennendes Streichholz daran. Der Socken fängt Feuer. Er wirft den brennenden Socken auf die anderen Strümpfe, die auch gleich auflodern. Es wird gebrüllt, daß sie sich in einer Reihe aufstellen sollen. Der Marsch beginnt. Vorbei an ihren alten treuen Stiefeln, die nicht brennen wollen, in den Urwald hinein. Es ist fast dunkel.

Der Boden schneidet, sticht, beißt, brennt, reißt auf, scheuert, saugt, glitscht, ritzt, behindert, kratzt, juckt, schürft, flutscht, stößt, schrammt, hakt und peinigt. Was von seinen Füßen übrig ist, kann er nicht sehen, er spürt nur einen tiefen Schnitt voller Schmutz unter dem linken Fuß, und er vermutet, daß sich der Nagel des rechten großen Zehs gelöst hat, beide Fußsohlen sind von Tausenden kleiner Stacheln durchbohrt, die an manchen Stellen auf dem Pfad liegen. Oder laufen sie gar nicht über einen Pfad? Ständig muß er herabhängende Zweige wegschieben, und er strauchelt über Wurzelstrünke. Wenn einer von ihnen langsamer wird, bekommt er einen Schlag mit dem Gewehrkolben. Peter fragt sich, warum sie losgegangen sind, als es Nacht wurde. Keiner hat eine Lampe, auch nicht die Japaner. In völliger Dunkelheit stolpern sie voran.

Die Geräusche des Urwalds werden übertönt durch die

Schmerzenslaute der Männer. Auch Peter würde am liebsten weinen. Tränen lindern den Schmerz, weiß er aus Erfahrung, aber seine Tränen wollen nicht fließen. Felix, der hinter ihm geht, ist still. In der ersten Stunde hatte er bei jedem Schritt leise gestöhnt. Peter vermutet, daß der verwundete Offizier seine Schmerzgrenze so weit überschritten hat, daß er nun keine Schmerzen mehr verspürt. Zweige schlagen ihm ins Gesicht. Unter seinen Füßen glitscht ein Tier weg. Was mag es sein? Eine kleine Natter, die vor ihm genauso erschrickt wie er vor ihr, ein Blutegel, der nicht schnell genug ist, oder eine der Riesennacktschnecken, die hier überall zwischen den stachligen Wurzelzweigen hausen?

Als es hell wird und Peter sich umschaut, um sich zu vergewissern, daß Felix noch durchhält, ist der humpelnde Offizier nicht mehr da. Hinter ihm stolpert jetzt ein Japaner mit einem Gewehr und bildet den Schluß der Kolonne. Hat er Felix einen Schlag versetzt, weil er nicht schnell genug war? Warum hat er nicht gerufen? Peter macht sich Vorwürfe, daß er ihn nicht vor sich genommen hat, als sie sich in einer Reihe aufstellen mußten. Der Japaner sieht ihn mit teilnahmsloser Miene an. Ist der Mann zur Seite getreten, als Felix zusammenbrach, hat er ihn einfach liegen gelassen? Fragen zu stellen ist sinnlos, niemand wird antworten. Felix wurde tot oder lebendig allein im Urwald zurückgelassen. Er wird ihn nicht mehr wiedersehen.

Es war ein ganz besonderer Abend gewesen, als Felix ihm seine Geschichte erzählte. Der Vollmond leuchtete, und sie hatten an diesem Tag einen gut versteckten Schlafplatz gefunden. Sie lagen im Kreis und lutschten an den kleinen, sauren Beeren, die dort wuchsen. Felix hatte zum Mond geschaut und die andern gefragt, ob sie die Geschichte der Mondfrau kannten. Nein, hatte die Antwort einstimmig gelautet. Er hatte sich hingesetzt und mit unerwartet sanfter Stimme von einer Frau mit einem langen Zopf erzählt, die immer weiße Kleider trug. Bei jedem Satz des Offiziers wurde es Peter deutlicher, daß er von einer Frau redete, in die er verliebt war, aber die anzusprechen er nie gewagt hatte, obwohl sie im selben Dorf lebte. Aus seinem Fenster konnte er den Mond hinter ihrem Haus aufgehen sehen. Wenn der Himmelskörper rund und voll war, hängte sie immer ein blütenweißes Bettuch auf die Wäscheleine. Das im Wind flatternde Quadrat und die weiße, runde Kugel hatten ihn bezaubert. Aber er hatte nie die Chance bekommen, mit ihr auf diesem Laken zu liegen. Der Krieg hatte ihn gerufen und genommen. Niemand würde jemals wissen, wo er gestorben war, nicht einmal Peter, der wochenlang sein Knie verarztet hatte.

Er ist nicht stehengeblieben, keine Minute, der Durst, der seit Sonnenaufgang zunimmt, verlangsamt auch das Tempo ihrer Bewacher. Seine Füße sind, wie die der anderen Männer, rot angeschwollen und voller schwarzer Blutkrusten. Die Kolonne geht weiter, manchmal etwas schneller, wenn sie über etwas, das einem Pfad ähnelt, laufen, doch die meiste Zeit kommen sie nur sehr langsam voran. Wenn die Männer stürzen, rappeln sie sich so schnell es geht wieder auf. Beim Fallen und den vielen Schmerzensschreien haben sie eine Möglichkeit gefunden, sich zu verständigen. So wissen nun alle Männer, daß Felix verschwunden ist und daß der kleine Japaner seine Stiefel in den Rucksack gesteckt hat, wieder barfuß läuft und offenbar keine Probleme damit hat.

Sie stolpern in die zweite Nacht hinein. Warum die Japaner keine Ruhepause einlegen, ist ihnen ein Rätsel, sie sind genauso erschöpft wie sie, nur haben sie weniger Durst, weil sie alle eine Feldflasche dabeihaben, aus der sie manchmal trinken.

Die Gefangenen haben beim Hinfallen und Stöhnen einen Plan geschmiedet. Wenn es dunkel wird, wollen sie zuerst den Japaner ganz hinten überfallen. Dann schnappen sie sich gleichzeitig die beiden bewaffneten Männer in der Mitte, und mit den drei erbeuteten Gewehren schaffen sie sich die restlichen Feinde vom Hals. Peters Aufgabe ist es, den Japaner am Schluß der Kolonne unschädlich zu machen.

Das war zunächst sein eigener Plan, aber Peter hätte nicht gedacht, daß die anderen ernsthaft darauf eingehen würden. Er hatte sich den Plan mehr ausgedacht, um die allgemeine Stimmung etwas zu heben. Er sieht sich nach dem Mann um, der hinter ihm geht, kann ihn aber nur hören und nicht sehen. Hat der Mann vielleicht gar nicht mitbekommen, wie Felix gestürzt ist? Hat sich Felix vielleicht leise zur Seite wegrollen lassen, um ihnen nicht zur Last zu fallen?

Peter läßt sich fallen. Der Japaner stolpert nicht über ihn, wie er gehofft hatte, sondern versetzt ihm einen harten Tritt. Peter rappelt sich hoch, stöhnt, ohne eine Botschaft weiterzugeben, und könnte sich dafür an den Kopf schlagen, daß er sich einen so unsinnigen Plan ausgedacht hat.

Der Soldat vor ihm ächzt: »Passiert noch was?«

Peter will ihm gerade zustöhnen, daß es nicht klappt, als sie in ein menschenleeres Dorf hineinstolpern. Im Licht der Sterne sieht er ein paar verlassene Hütten, vor einer der Hütten steht ein Stuhl. Bevor er auch nur hoffen kann, daß sie sich hier ausruhen werden, wird ein aus Ästen zusamengeschustertes Tor beiseite geschoben, und sie werden in eine Umzäunung geführt. Zwei britische Soldaten sitzen dort auf dem Boden, der jüngere der beiden springt auf. Peter erkennt ihn sofort. Es ist Benjamin Parker aus Hull, sie saßen auf der langen Zugfahrt zur Grenze in einem Abteil. Der junge Bursche breitet die Arme aus, um ihn zu begrüßen, als ein Schuß kracht. Der Soldat, von dem Peter weiß, daß er versessen ist auf Schokoladentorte und noch nie ein Mädchen geküßt hat, fällt ihm tot vor die Füße. Er bückt sich, will den Jungen aufheben, er kann nicht glauben, daß er tot ist, als der kleine Japaner mit den nackten Füßen ihm in gebrochenem Englisch zublafft: »Setz hin ich dich schieß!« Augenblicklich begreift Peter, daß der Japaner alles verstanden hat, was sie sich mit ihrem Stöhnen mitgeteilt haben, und daß er von Glück sagen kann, daß er noch lebt.

Der tote Benjamin starrt mit dem einen noch vorhandenen Auge glasig auf Peter. Er wollte sie nur begrüßen. War das die Strafe für den Fluchtplan, den er sich nur ausgedacht hatte, um ihre Durchhaltekraft zu stärken? Ihnen gegenüber, auf der anderen Seite vor der Einfriedung, sitzt ein britischer Soldat, offenbar schon etwas älter, der wie sein toter Kamerad keine Jacke mehr trägt und sich pausenlos an den Armen und am Hals kratzt. Peter möchte ihm gern sagen, daß er gerade das nicht tun darf, weil er damit die Gefahr von Geschwüren und Infektionen noch erhöht, aber keiner traut sich mehr, zu reden, auch er nicht. »Jetzt bist du Hauptmann«, hatte der Major in Neu-Delhi gesagt. Er hatte ein Kuvert mit drei Sternen bekommen, die er sich selbst auf die Uniformjacke nähen mußte. Das war für ihn schwieriger gewesen als das Nähen einer Operationswunde. Er blickt auf die Männer um sich herum und wird sich bewußt, daß er nun der Ranghöchste ist und die damit verbundene Verantwortung tragen muß. Er nimmt sich vor, nicht aufzugeben. Er wird dafür sorgen, daß die Männer ihr Selbstvertrauen zurückgewinnen.

Eine Krähe kündigt ihre Ankunft mit heiseren Schreien an. Der pechschwarze Vogel läßt sich neben der Leiche nieder, die in der Hitze schon in Verwesung übergeht. Peter schnippt ein Steinchen zu der Krähe. Sie flattert kurz auf, stürzt sich dann aber auf die offene Wunde, wo vor kurzem noch das Auge war. Je schneller das verfaulende Fleisch beseitigt wird, umso besser für die Gesundheit der Männer, die hier sitzen. Peter vermutet, daß die Japaner den Leichnam absichtlich liegen lassen, als Teil ihrer Quältaktik. In der extremen Hitze wird es schnell gehen, aber selbst eine Woche ist zu lang – die erschöpften Männer sind schwach und werden noch kränker werden, als sie schon sind. Die Fliegen, die in großer Zahl auf dem Leichnam sitzen, werden sich schließlich auch auf sie stürzen. Wenn er die Hose von dem Körper herunterziehen könnte, würde der Verwesungsprozeß viel schneller ablaufen.

Nach fünfzig Stunden ohne Schlaf und Wasser nimmt Peter

den kleinen Japaner mit dem Gewehr nur noch durch die dunstige Glut vor seinen Augen wahr. Trotzdem weiß er, daß der Mann ihn beobachtet. Er senkt den Kopf, zieht seinen Fuß zu sich hin und beginnt, den Schmutz aus den Wunden zu pulen. Er macht es mehr nach Gefühl als nach Sicht, denn über allem liegt der glasige Schleier. Als er glaubt, fertig zu sein, reibt er so lange mit der Zunge gegen seinen Gaumen, bis sich etwas Speichel bildet, den er in seine Hand spuckt und mangels Desinfektionsmittel in die Wunden reibt. Der Soldat neben ihm ist kurz verblüfft, als er wortlos dessen Fuß packt und zu säubern beginnt. Peter vergißt Durst und Hunger. Er fühlt nur den großen, behaarten Fuß mit den Schrammen und Schnitten.

Einer der Japaner sieht interessiert zu, wie der Hauptmann stumm die Wunden an den Füßen seiner Soldaten säubert, nur bei dem älteren Briten nicht, denn der trägt noch immer seine Stiefel. Nachdem er alle verletzten Füße gereinigt hat, kriecht der Hauptmann zu der Leiche des Soldaten. Der Finger des Bewachers fährt zum Abzug, aber der Brite packt die Arme und Beine des toten Soldaten und legt den Körper gerade hin.

Die Totenstarre hat sich in der extremen Hitze schneller wieder gelöst, als es normalerweise der Fall wäre, und so kann Peter den Körper ohne großen Kraftaufwand aus der gräßlichen Haltung ziehen, in der er seit dem Sturz lag. Die Fliegen brummen. Er fühlt, daß der grünlich angelaufene Körper weich wird und die Verwesung viel schneller als erwartet vor sich geht.

Da der tote Soldat, so wie er, lange nichts gegessen hatte, ist ihm die Hose viel zu weit und läßt sich leicht abstreifen. Peter kommt der Gedanke, daß er den Stoff benutzen könnte, um die Füße der Männer damit zu verbinden. Zwischen den fetten, penetranten Fliegen auf der Brust sieht er ein kleines Kreuz an einer Kette glitzern. Peter nimmt die ausgemergelten Hände des Toten und faltet sie ihm auf der Brust. Das ist das einzige Ritual, das er hier ausführen kann. Mit den Stiefeln und der Hose kriecht er an seinen Platz zurück. In der fleckigen Khakiunterhose sieht der Körper jungenhaft unberührt aus. Nur die Fliegen und das fehlende Auge verunstalten den Anblick des aufgebahrten grünen Soldaten.

Er hat zum ersten Mal seit Tagen geschlafen, im Sitzen, an einen Zaunpfosten gelehnt. Es ist noch dunkel, als er aufwacht und merkt, daß sich der süßliche in einen bitteren Leichengeruch verwandelt hat, der die zweite Phase ankündigt. Die Leiche wird sich in den kommenden Stunden aufblähen wie ein Ballon. Sein Hungergefühl ist völlig verschwunden, der Durst jedoch nicht. Seine Lippen sind aufgesprungen, und seine Zunge sucht verzweifelt nach Feuchtigkeit in verborgenen Höhlungen seines Mundes. Als der Morgen dämmert, ist der Schleier vor seinen Augen verschwunden. Er hebt einen kleinen Stein auf, zieht die Hose des toten Soldaten auf seinen Schoß und bearbeitet die Nähte, um sie aufzutrennen. Solange er am Leben ist, muß und wird er versuchen, seine Männer aus dieser Lage zu retten.

1955

Bombay

Madan rennt die Straße entlang, in der Hand einen in Papier eingewickelten Stoff. Seit er Lehrjunge in der Weberei ist, kommt er nur noch selten nach draußen. Er schläft unter der Überdeckung auf dem Flachdach neben Subhash. Er ißt mit den Webern in dem kleinen Raum neben den Webstühlen, und tagsüber erledigt er die Aufträge, die Chandan Chandran ihm erteilt. Nach den ersten Tagen, an denen er Stoffe aufgeribbelt hat, weiß er, wie Textilien gewebt werden. Danach hat er wochenlang beim Einspannen der Fäden und Aufrollen der Garnspulen geholfen. Meister Chandran hat ihm beigebracht, wie er einen fertigen Stoff säumen muß, mit grobem oder feinem Stich, je nach Gewebe. Eigentlich gehört es nicht zu seinen Aufgaben, den Kunden ihre Stoffe zu bringen, aber im Moment geht es in der Weberei sehr hektisch zu. Der Kuli mit seinem Fahrrad war noch nicht zurück, und Meister Chandran hat betont, wie eilig es sei, also rennt Madan so schnell er kann zu der Villa hinter dem Tempel mit dem hohen Turm. Wenn er früher so schnell lief, war er immer mit Abbas auf der Flucht. Jetzt rennt er mit einem Auftrag an denselben Häusern vorbei und durch dieselben Gassen.

Den Tempel mit dem hohen Turm kennt er. Sie bekamen dort manchmal einen Teller mit Essen, wenn das Betteln nichts gebracht hatte und der Priester in guter Stimmung war. Madan steht nun vor der Mauer, die die Villa umgibt.

Am Tor sitzt ein Wächter, der eine Uniform mit glänzenden Knöpfen und eine Mütze mit einer Tresse trägt. Er hält Madan auf. »Zu wem willst du?«

Madan zeigt ihm das Päckchen.

»Für wen ist das?«

»Für die gnädige Frau«, versucht Madan zu sagen, aber er preßt nur unverständliche Laute hervor.

Der Mann sieht ihn voller Abscheu an und zieht ihm das Päckchen aus den Händen, als könnte es durch ihn verseucht werden.

Am liebsten wäre Madan unter seinen Armen durch zur Haustür gerannt, um den Stoff selbst abzugeben, dann würde er sicher ein Trinkgeld bekommen, wie der Kuli erzählt hatte, aber der Wächter sieht ihn so streng an, daß er es nicht wagt.

Wenn er den kürzesten Weg zurück zur Weberei nehmen würde, müßte er wieder am Tempel entlanglaufen. Doch der Hafen, der nicht weit entfernt ist, zieht ihn wie ein Magnet an. Er will nicht – aber er kann sich nicht dagegen wehren.

Beim Anblick der beiden verfallenen Speicherhallen erschrickt er. Drohend stehen sie am Kai, als seien sie es leid, auf ihn zu warten. Seine Füße, die vorangezogen wurden, bleiben plötzlich stehen. Verstört schaut er auf die Stelle, wo sich die beiden Gebäude berühren. Der Spalt, durch den er und Abbas gekrochen sind, ist so gut wie verschwunden. Es sieht so aus, als wären die beiden Gebäude dichter zusammengerückt. Nicht mal ein magerer Hund oder eine fette Ratte könnte noch hindurchkriechen. Madan legt zögernd die Hand auf den Spalt und fühlt die Zugluft. Ganz vorsichtig steckt er die Nase in den Spalt und schnuppert. *Wo bist du? Abbas, wo bist du?* Er riecht modriges Holz und Teer, nicht Fäulnis und Verwesung. Madan tritt einen Schritt zurück. Er blickt sich suchend um, ob er wirklich am richtigen Ort steht und der Spalt nicht woanders ist. Aber keines der anderen Gebäude hat eine Ähnlichkeit mit den Lagerhäusern, zwischen die sie damals gekrochen sind, es können nur diese beiden sein. Er drückt das Gesicht in den schmalen Spalt und späht angestrengt hinein. *Wo bist du?* Es ist stockdunkel, er kann nichts erkennen. Enttäuscht schlägt er fest auf die schmale Öffnung. *Ich habe dich nicht vergessen.* Gibt es einen

Spruch, den er aufsagen muß, eine Parole, damit die Wände weichen? *Ich wollte dich nicht allein lassen, bitte glaube mir.* Nun etwas ruhiger, streicht Madan mit der Hand liebevoll über die schmale Öffnung. *Ich wollte zurückkommen, aber ich habe mich nicht getraut.* Seine Finger krümmen sich in dem Spalt. *Ich hatte Angst. Angst, daß du aussehen würdest wie der Hund, weißt du noch, am Bahnhof. Ich hatte Angst, daß du genauso schlimm stinken würdest und daß die Ratten auch dich angefressen hatten. Ich wollte das nicht sehen, denn du bist mein Freund. Mein einziger wahrer Freund.*

1995

Rampur

Die Fenster standen sperrangelweit offen, und Charlottes Finger flogen über die Tasten. Klavierspielen stoppte das Denken, Grübeln und Brüten. Sie hörte die romantische Musik und befand sich nicht mehr in ihrem Schlafzimmer, sondern tanzte hinaus durch eine Tür, die in einen Himmel voller Klänge führte. Ihre Finger klimperten auf den Rand des Tischchens eine Sonate von Mozart – für Charlotte die Liebessonate –, die *Moments musicaux* von Schubert, *Clair de lune* von Debussy und *Liebesträume* von Liszt, Stück nach Stück spielte sie. Sie kannte sie alle noch auswendig, dachte aber nie an den Tag zurück, an dem sie den Flügel verkauft hatte.

Sita war auf die Knie gefallen, hatte den Saum von Charlottes Rock gepackt und sie angefleht. Ihr jüngster Sohn Parvat, ein Nachzügler, litt an einer seltsamen Krankheit. Seit Monaten bekam er abends hohes Fieber und erbrach alles, was sie für ihn gekocht hatte. Bis zur Morgendämmerung phantasierte er, erst bei Sonnenaufgang schwand das Fieber, und der Hunger kam. Tagsüber war dem Jungen nichts anzumerken, er spielte mit seinen Freunden oder ging zur Schule, bis es wieder Abend wurde und die Sonne unterging. Innerhalb von fünf Minuten stieg das Fieber lebensgefährlich an, und Sita hielt die ganze Nacht Wache, fest davon überzeugt, daß ihr Sohn den Morgen nicht mehr erlebte. Geld für einen weiteren Arzt hatte sie nicht mehr, deshalb war sie zum großen Haus auf dem Hügel gegangen und hatte um Hilfe gebeten. Charlotte wußte, daß ihr Bankkonto leer war, aber sie kannte den Wert des Flügels. Ohne auch nur eine Sekunde zu zögern, rief sie an diesem Tag zum ersten Mal einen Händler an. Noch ehe die Sonne unterging, war das große

Instrument aus dem Haus verschwunden, und ein Zauberheiler aus Kalkutta saß neben dem Bett des kleinen Jungen. Am nächsten Tag wurden allerlei Kräuter gebracht, und sämtliche Gegenstände aus Kupfer mußten aus dem Haus entfernt werden. Was er nun genau getan hatte, war Charlotte nie klar geworden, aber zwei Wochen später schlief der Kleine wieder wie früher, und das Leben ging weiter, als ob nichts geschehen wäre. Außer für Charlotte, die sich nicht eingestehen wollte, wie sehr ihr der Flügel fehlte.

Ein schrilles Geräusch drang an ihr Ohr. Draußen fuhr ein Feuerwehrauto mit seiner herzzerreißenden Sirene vorbei. Das beängstigende Signal erfüllte die Nacht und riß sie aus ihren Träumereien. Besorgt schaute sie aus dem Fenster, ob irgendwo am Horizont ein Feuer zu entdecken war. Das einzige, was sie sah, waren die Leute, die unten am Hügel im gelblichen Licht der Straßenlaterne mit Eimern auf dem Kopf unterwegs waren. Diese Menschen wollten nicht zu dem Brand, sondern hatten wie sie kein Wasser und waren auf der Suche nach Brunnen, in denen noch Wasser zu finden war. Wenn der Monsun nicht bald kommt, sterben wir alle, dachte Charlotte.

Zum Glück kannte Hema seine Chefin besser als sie sich selbst. Er hatte die Wanne im Bad des Kinderzimmers vollaufen lassen, ebenso die im Bad des Gästezimmers und den Bottich neben der Küche. Charlotte hatte gesagt, sie werde ihre Wanne selbst füllen, weil sie den ganzen Morgen in ihrem Schlafzimmer beschäftigt sei, aber sie hatte es vergessen. Danach hatte Hema seine Sorge über den Wasserverbrauch des Schneiders geäußert, aber der kam, wie sich herausstellte, mit einem Eimer Wasser aus, um sich von Kopf bis Fuß zu waschen; das hatte Hema noch nie geschafft.

Die Kolonne Eimer tragender Menschen nahm gar kein Ende. Nicht nur das Speicherbecken, auch der Fluß war ausgetrocknet. Erst dreißig Kilometer weiter gab es einen kleinen See, der noch Wasser enthielt. Der Besitzer des Geländes verkaufte es für viel Geld. Dorthin würden die Leute, die nach Wasser suchten, also nicht gehen. Ihnen blieb nichts anderes übrig, als im Flußbett zu graben, bis sie auf Grundwasser stießen.

In der Ferne verklang das Sirenengeheul. Charlotte vergaß die Musik und schlich so leise sie konnte die Treppe hinunter. Im Klavierzimmer hörte sie die Nähmaschine surren. Durch die Seitentür glitt sie wie ein Schatten in den Garten.

Draußen war es nicht kühler als im Haus. Sie ging nicht den Pfad hinunter zur Straße, sondern in die andere Richtung, durch den Garten, am Apfelbaum vorbei. Es fiel ihr auf, daß der Baum nicht mehr so verdorrt aussah wie vor ein paar Wochen. Für einen Moment kam ihr der Gedanke, daß es auf ihrem Grundstück vielleicht eine neue natürliche Quelle gab, aber das hatte ihr Vater mehrere Male untersuchen lassen. Der einzige Brunnen, der jemals angelegt worden war, hatte zwei Jahre lang Wasser gegeben, doch das stank so sehr, daß nicht einmal der Mali es benutzen wollte; die Blumen würden davon »traurig«, hatte er behauptet. Daß der Regen ausblieb, hatte nur einen Vorteil: Sie brauchte das Gras nicht zu mähen, und der alte Lloyds mußte nicht repariert werden.

Sie ging am Schuppen des alten Mali vorbei, wo der Hügel wieder nach unten abfiel, bis zu einem verdorrten Hain unten im Garten. Wenn der Regen losbrach, würden die Bäume hier binnen einer Woche erblühen, und vom honigsüßen Duft angelockte Vögel würden sie wochenlang des Morgens wecken. Sie ging in das Buschwerk hinein. Hier gab es einen Pfad, den außer ihr niemand benutzte. Sie mußte einen Zweig wegschieben, der abbrach, weil er verdorrt war.

Hätte sie hier jemand sehen können, dann wäre ihm aufgefallen, daß sie sich ganz anders fortbewegte als am Tag, wenn sie in ihrer gepflegten, damenhaften Garderobe die Alltagsdinge erledigte oder in den Club ging – mit einer distinguierten Zurückhaltung, die ihr über die Jahre hin, ohne daß sie es gemerkt hatte, zur zweiten Natur geworden war. Den Kopf hielt sie ein bißchen schief, und die Füße setzte sie bei jedem Schritt so genau, daß man meinen konnte, sie habe Angst, plötzlich in ein

Loch zu fallen. Jetzt aber ging sie ganz anders, leichter, in ihren Schritten war ein Verlangen.

Sie kam zu einer mannshohen Mauer, die den ganzen Garten umschloß. Sie mußte kurz suchen, ehe sie das kleine Loch in der Mauer fand, das ihrem Fuß Halt gab. Auch für ihre Hände gab es Vorsprünge, die sie schon öfter benutzt haben mußte. Von ihrer bürgerlichen Vornehmheit war nichts mehr übrig, seufzend und schnaufend kletterte sie über die Mauer. Sie merkte, daß nicht nur die Hitze, sondern auch die Jahre ihren Tribut forderten, denn sie besaß nicht mehr die Geschmeidigkeit, mit der ihr die Kletterei früher gelungen war. Trotzdem schaffte sie es auch jetzt. Keuchend, aber zielstrebig marschierte sie in eine schmale Gasse, lief bis zum Ende, wo diese in ein Sträßchen überging, das wieder hügelaufwärts führte, zum weniger dicht besiedelten Stadtrand. Nach einer Viertelstunde gelangte sie zu ein paar Bäumen, die weitaus verdorrter aussahen als ihr Apfelbaum, dann ging die Straße wieder bergab. An einer Kreuzung stand ein kleines Haus. Ohne anzuklopfen ging sie hinein.

»Ach, du bist es.« Die kleine Inderin stand auf und umarmte Charlotte. »Du vergißt mich langsam.«

»Sita, dich vergesse ich nie.«

»Aber ich habe dich schon drei Wochen nicht gesehen.«

»Ich habe viel zu tun.«

»Zu tun? Hast du schon gegessen?« Sita legte die Hände um Charlottes Hüften. »Du bist viel zu mager. Viel zu mager.«

»Ach, die schreckliche Hitze …«

Die ehemalige Ayah öffnete ihren Kühlschrank und nahm eine ganze Batterie von Edelstahlschälchen heraus. »Ich habe noch ein bißchen Krabben-Curry und ein Stück gebratenen Fisch.« Sie zog den Deckel von einem der Schälchen und schaute hinein. »Ach ja, und diese Tomaten hier sind lecker …!« Sie tunkte den Finger in die Sauce und steckte ihn Charlotte in den Mund. Die begann zu strahlen. »Die Kichererbsen sind zu scharf für dich, aber das *Aloo gobi* und das Dhal werden dir schmecken.«

Sie hatte schon einen Teller vollgepackt, als sie fragte: »Du hast doch Appetit, oder?«

Charlotte lief das Wasser im Mund zusammen. Jetzt erst merkte sie, daß sie hungrig war. Mit halbvollem Mund erzählte sie Sita aufgedreht von dem bevorstehenden Fest im Club und berichtete ihr auch beschämt, daß sie vergessen hatte, die Badewanne vollaufen zu lassen. Sie sprach von Hema, der ihr das sehr übelgenommen hatte, von ihrem Vater, der inzwischen nur noch Joghurt essen konnte, aber unbedingt zur Gala des Clubs wollte, von dem platten Fahrradreifen, der noch nicht geflickt war, von dem Pfarrer, der ihr langweilige Bücher aufschwatzen wollte, und von der geplanten Renovierung der Bibliothek, von der Frau von Alok Nath, dem Goldschmied, die immer so leise sprach, daß sie sie nicht verstehen konnte, von dem zerbrochenen Wasserkrug, von dem alten Schneider, der plötzlich verstorben war, von den ständigen Stromausfällen, sie sprach davon, daß das Thermometer sogar oben auf dem Hügel vierundvierzig Grad anzeigte, erzählte von den selbstgebackenen Keksen der Frau von Nikhil Nair, von den Stoffen ihrer Mutter, die sie im Schrank des Kinderzimmers gefunden hatte, von dem wunderbaren Tee, den Hema bereitete, von dem Apfelbaum, dem Jasminstrauch und den Rosen, die nicht verdorrten, von …

»Du bist verliebt«, sagte Sita.

1966

Rampur

Der Dhobi hat vier frisch gewaschene, gebügelte Pyjamas auf dem Tisch in der Eingangshalle zurückgelassen – die wird sie ihrem Vater ins Krankenhaus bringen. Der Mali hat einen kleinen Blumenstrauß danebengelegt. Charlotte weiß, daß ihr Vater keine Blumen im Krankenzimmer haben will, also stellt sie den Strauß in eine Vase neben das Radio, das sie heute schon fünfmal an- und abgestellt hat. Wie die Dienstboten des großen Hauses ist auch sie noch immer fassungslos. Alle Rituale und Gewohnheiten sind seit dem Tag des Unfalls durcheinander. Der Mehtar, der normalerweise von innen nach außen arbeitet, vertut sich immer wieder und fegt den Staub ins Haus hinein, der Punkah-wallah, der ihrem Vater jahrelang wie ein Schatten gefolgt ist, läuft ihr nun ständig nach, weil er sonst niemand hat, dem er Kühlung zufächeln kann, der Koch hat schon dreimal das Essen anbrennen lassen, der alte Chauffeur raucht so viel, daß der Mali gefragt hat, ob er einen Aschenbecher kaufen darf, weil seine Blumenbeete sonst zu sehr verschmutzen. Nur der neue Butler mit dem langen Namen, den sie der Bequemlichkeit halber einfach Hema genannt hat, versieht seine Arbeit akkurat und rennt den ganzen Tag treppauf und treppab, um alle Aufgaben pünktlich zu erledigen, und geht mit seinem Gerenne allen auf die Nerven. Obendrein fühlt Charlotte sich krank. Am Vormittag mußte sie sich schon dreimal übergeben, und wenn sie die Toilette nicht deshalb aufsucht, ist sie dort, weil sie ständig Wasser lassen muss.

»Charlotte?« Im Flur hört sie die Stimme von Sita, die seit Jahren nicht mehr bei ihnen arbeitet, aber zu den unmöglichsten Zeiten hereinschaut.

»Ich komme gleich!« Zu niemand anders würde Charlotte von der Toilette aus gerufen haben, aber zu Sita hat sie eine ganz besondere Beziehung, auch wenn sie sich manchmal wochenlang nicht sehen. Als sie sich verzweifelt auf Peters Grabstein gestürzt hatte, war Sita dagewesen und hatte sie getröstet, so wie sie in Charlottes Kindheit immer für sie dagewesen war. Sita wußte um das diktatorische Verhalten ihres Vaters, die Apathie ihres Bruders, ihren Kummer über Peters Kriegstrauma und ihren unerfüllten Kinderwunsch. Charlotte vertraute ihr oft ihre Sehnsüchte und Zweifel an, und Sita wertete oder verurteilte nie. Sie hörte ihr einfach zu und betete, daß eines Tages alles besser würde.

Sita klopfte an die Toilettentür. »Ist was nicht in Ordnung?«

Charlotte wollte antworten, aber ihr wurde wieder so übel, daß sie nicht sprechen konnte.

»Mach auf.« Sita, daran gewöhnt, volle Windeln zu wechseln und bepinkelte Bettlaken und vollgesabberte Lätze zu waschen, zieht an der Tür, die nicht abgeschlossen ist, und erschrickt, als sie sieht, wie sich Charlotte leichenblaß über die Klosettschüssel beugt. Mit Koseworten aus Charlottes Kinderzeit lockt sie sie ins Schlafzimmer. Sie nimmt ein Handtuch, macht es naß und tupft ihr das verschwitzte Gesicht ab. Sie knöpft Charlottes Bluse auf, die schmutzig geworden ist, und sieht zwei große, dunkle Brustwarzen. Sita, die im nächsten Monat sechsundvierzig wird, hat zwei verheiratete Töchter, die bei den Familien ihrer Männer wohnen, und einen Mann, der vor drei Monaten zu seinem jährlichen Besuch da war; weil er noch immer die Mitgift der Jüngsten abbezahlen muß, ist er nach Neu-Delhi gezogen, wo er tagsüber als Rikschafahrer arbeitet und abends in einer Fabrik putzt. Sita schaut Charlotte an und sagt: »Du bist schwanger.«

In dem totenstillen Zimmer bricht in Charlottes Kopf ein dröhnender Lärm los, als ihr bewußt wird, was Sita gesagt hat. Daß in dieser ohrenbetäubenden Kakophonie ein kurzer Moment von eisiger Stille ist, in dem sie sich selbst zuruft, daß es nicht wahr ist, einfach nicht wahr sein kann, liegt ausschließlich an ihrer festen Überzeugung, daß *sie* niemals ein Kind bekommen würde. Langsam legt sie die Hände auf ihren leicht gewölbten Bauch.

Sita schaut sie mit ihrem wie immer demütigen Blick an. Charlotte weiß, daß sie nun sagen sollte, wer der Vater ist. Der Geruch des Tabakrauchs brennt ihr in der Nase, ein süßer Geschmack kommt auf ihre Lippen zurück, sie erinnert sich an die Schwielen an seinen Fingerspitzen, die heftige Umarmung, die Kerze, die heruntergebrannt und erloschen war, den Ruf der Eule. Sie war nach Hause gegangen, als die Sonne aufging, und hatte im Garten einen riesigen Blumenstrauß gepflückt. Keine Vase war groß genug gewesen, sie hatte sie in den Waschkrug gestellt. Sie hatte ihren Morgentee getrunken und ihrem Bruder einen Brief geschrieben mit der inständigen Bitte, sie anzurufen, aber er hatte sich erst nach sechs Wochen gemeldet, als die Situation nicht mehr kritisch war und ihr Vater die Schwestern im Krankenhaus mit seinen Tiraden zur Raserei brachte. Daß ihre Menstruation ausgeblieben war, war ihr völlig entgangen, und die Übelkeit hatte sie darauf zurückgeführt, daß der Koch seit dem Unfall so konfus war.

»Ich weiß nicht mal, wie er heißt«, ist das einzige, was sie sagt.

* * *

Lieber Donald,

mit Vater geht es aufwärts. Vor zwei Wochen haben sie ihn erneut operiert. Der Chirurg hält es für ein Wunder, daß er das alles überlebt hat. Seine Nieren arbeiten noch, darüber hatten sie sich sehr große Sorgen gemacht. Und auch die Leber hat nichts abbekommen. Er wird zwar nie wieder laufen können, aber das habe ich ihm immer noch nicht gesagt. Ich fürchte, wenn er es weiß, verliert er alle Kraft, die er braucht, um gesund zu werden. Peter hat immer gesagt, daß ein Patient viel schneller gesund wird, wenn er an eine Genesung glaubt. Die Krankenschwestern kümmern sich vorbildlich um ihn. Ich könnte es nicht besser. Er hängt noch immer am Tropf, und sie haben ihm ein neues Gipskorsett angelegt. Das macht es alles nicht leicht. Am schlimmsten für ihn ist, daß er aus einer Flasche mit einem Sauger trinken muß, den ihm die Schwester in den Mund steckt. Ich sehe immer zu, daß ich weg bin, bevor die Nuckelflasche kommt. Er wird dann ganz wütend und schimpft unflätig. Ich schreibe Dir auch, weil ich Dir erzählen möchte, daß ich für eine Weile aus Rampur weggehe. Die vergangenen Wochen haben ihren Tribut gefordert, und da Vater so gut versorgt wird, ist das möglich. Ich habe es natürlich erst mit dem Arzt besprochen. Der hatte großes Verständnis. Ich wollte schon mein ganzes Leben einmal den Himalaja sehen. Morgen fahre ich mit dem Zug nach Neu-Delhi, von dort aus weiter nach Kalka, wo ich ein Taxi nehme, das mich nach Simla bringt. Für den letzten Abschnitt in die Berge werde ich ein Auto mieten. Vater meinte zuerst, ich soll warten, bis er gesund ist, weil er mit will. Aber ich habe ihm versprochen, daß wir noch einmal reisen, wenn er aus dem Krankenhaus entlassen wird. Ich habe dem Personal freigegeben, außer natürlich dem Mali und dem Butler. Sie werden dafür sorgen, daß alles sauber und ordentlich bleibt. Das Auto habe ich in eine Garage gebracht, wo es so lange stehen kann, wie ich möchte. Falls Du spontan Urlaub in Indien machen möchtest, kannst Du immer ins Haus. Hema hat alle Schlüssel, außer dem vom Tresor natürlich. Den habe ich bei der Bank deponiert. Aber ich nehme an, daß Du in Deiner neuen Anstellung zu beschäftigt bist. Geht es Dir gut? Ich hoffe es. Ich werde Dir aus den Bergen schreiben.

Grüße von Deiner Schwester Charlotte

1951

Grand Palace

Peter läuft mit großen Schritten die Treppe hinauf und zieht Charlotte mit sich, so froh ist er, den Maharadscha wiederzusehen. Charlotte ist aufgeregt, sie merkt, daß er wie verwandelt ist, als er seinen alten Freund sieht – seine Hände zittern nicht mehr, und er hat nicht mehr den düsteren, in sich gekehrten Blick. Er eilt zu der großen Tür, wo der Maharadscha ihn wie einen Bruder begrüßt, den er nach Jahren der Trennung endlich wieder in die Arme schließt.

»Jedesmal, wenn ich Sie sehe, sind Sie noch schöner geworden«, sagt der Maharadscha zu Charlotte, die errötend antwortet, daß sie in einem Monat schon einundzwanzig wird. »Einundzwanzig!« ruft der Maharadscha. »Das ist die schönste Zeit des Lebens, ach, wie gern wäre ich erst zwanzig!« Er legt den Arm freundschaftlich um Peters Schulter und führt ihn weg. Charlotte folgt ihnen vergnügt in einen großen Saal, wo die Frauen in ihren prachtvollen Saris sie erwarten.

»Doktor Sahib«, gurren und rufen sie, während sie sich zum Gruß verneigen. »Charlotte Memsahib, willkommen«, hört Charlotte zwischen den vielen Frauenstimmen, die sich hauptsächlich an Peter richten. Inmitten der farbenfrohen Gruppe von Frauen entdeckt sie Chutki, die jüngste Tochter des Maharadschas, mit einem kleinen Jungen an der Hand. Sie winken sich fröhlich zu. Schüsseln mit den herrlichsten Häppchen werden von Dienern in prachtvollen Livreen hereingetragen, und Getränke werden herumgereicht.

»Auf die Jagd!« prostet der Maharadscha.

Peter stößt lachend mit ihm an. Charlotte, die gar nicht gewußt hatte, daß eine Jagdpartie stattfindet, sieht Peter erstaunt an, der strahlend zugibt, daß er genauso erstaunt ist, es aber wunderbar findet, wieder einmal mit dem Maharadscha loszuziehen.

»Und ich?« fragt Charlotte. »Darf ich auch mit?«

»Nein, natürlich nicht, nur die Männer«, flüstert Peter.

Charlotte liegt mit Chutki und dem leise weinenden Brüderchen auf einem großen Doppelbett im Frauengemach, sie lassen sich Kekse schmecken. Das Mädchen zeigt auf Charlottes Bauch.

»Und?« fragt sie.

»Noch nicht«, sagt Charlotte, »noch nicht.«

»Aber du bist so schön.«

»Peter hat sehr viel zu tun.«

»Doktor Sahib soll nicht zu lange warten«, kichert Chutki und schlägt dann die Hand vor den Mund.

»Warum?« will Charlotte wissen.

Chutki verdreht die Augen und streichelt ihr Brüderchen, aber der Kleine hört nicht auf, leise zu weinen.

»Nein«, sagt Charlotte schockiert, »ich will nur von Peter ein Baby.«

»Warum hat Doktor Sahib so viel zu tun?«

»Im Krankenhaus sind sehr viele Patienten.«

»Er macht meinen Bruder gesund.«

»Hat er dasselbe wie du und dein Vater?«

Chutki bejaht und zieht den weinenden Jungen auf ihren Schoß. »Ich heirate, bald habe ich selber ein Baby.« Sie gibt dem Jungen etwas zu trinken, und er wird ruhiger. Sie sieht Charlotte keck an und fragt leise: »Ist Doktor Sahib lieb zu dir?«

»Ja, er ist lieb zu mir.«

»Wirklich lieb?« Ihre Hand gleitet von ihrem Brüderchen zu ihren Brüsten, die sie zärtlich streichelt. »Ist er lieb zu dir?« fragt sie noch einmal mit nachdrücklicher Betonung.

Charlotte kann nicht lügen, ihr Gesicht spricht Bände.

»Oje«, kräht Chutki, »er ist nicht lieb zu dir?«

Im Bett neben ihnen, auf dem eine ältere Tante liegt, die interessiert zuhört, wird der Schrei wiederholt. »Oje, Doktor Sahib ist nicht lieb zu ihr ...!«

Binnen weniger Sekunden ist ihr Doppelbett so belagert, daß Charlotte nicht mal die Beine bewegen kann. »Doktor Sahib ist nicht lieb zu ihr?« wiederholen alle erschüttert. Mißbilligendes Zischen ist zu hören.

»Du mußt dieses Parfum nehmen«, sagt eine Frau mit vielen klimpernden Armreifen und drückt ihr einen winzigen Flakon in die Hand.

»Putzt du dir die Zähne gut?« fragt eine Frau mit langen Ohrringen und zieht Charlottes Oberlippe hoch.

Die Frauen nicken beifällig.

»Er muß ein rohes Ei essen«, kichert eine Frau mit schwarz umrandeten Augen.

»Du darfst ihm das Essen nicht zu spät servieren, sonst ist er zu müde. Und die Eier muß er tagsüber essen, das wirkt«, betont eine Frau in einem Pyjama.

»Trag ein Kleid mit tiefem Ausschnitt«, sagt eine Frau und preßt ihre Brüste so zusammen, daß dazwischen ein herausfordernder Schlitz entsteht.

»Hat er eine andere?« fragt eine Stimme vom nächstgelegenen Bett.

Alle Frauen beginnen zu lachen. Charlotte macht ein erschrockenes Gesicht, daran hat sie noch nie gedacht. Er kommt immer spät nach Hause und will dann gleich schlafen gehen.

»Nein, Doktor Sahib liebt dich, er muß es einfach noch lernen«, beruhigt Chutki sie.

Die Frauen prusten los. »Doktor Sahib kann operieren, aber keine Babys machen!«

Der Kleine beginnt wieder zu weinen, als die Frauen so ausgelassen lachen.

»Wann operiert Doktor Sahib ihn?« seufzt die Frau im Pyjama. »Er weint immerzu.«

»Ist das der Junge, den ich gesehen habe, als er gerade geboren war?« fragt Charlotte und deutet auf den weinenden Knirps in Chutkis Armen.

Schlagartig verstummen alle Frauen. Sie stehen verlegen auf oder drehen sich um und beginnen ein anderes Gespräch. Auch als Charlotte Chutki ansieht und auf eine Antwort hofft, weicht diese ihrem Blick aus. Der Junge auf ihrem Schoß ist einfach ein weinendes Kind mit einer großen Rotzblase an der Nase und rot verheulten Augen.

»Peter wird ihn operieren, das hat er mir gesagt«, behauptet Charlotte, obwohl Peter mit ihr noch nie über den Sohn des Maharadschas gesprochen hat. »Und wenn er es vergißt, werde ich ihn daran erinnern.«

»Wirklich?« fragt Chutki.

Charlotte nickt.

Peter reibt seine seit Tagen nicht rasierte Wange flüchtig an ihrer, als Kuß kann man das Geraspel nicht bezeichnen. Chutki zwinkert ihr zu. In dem neuen Kleid, das der Darsi ihr geschneidert hat, fühlt Charlotte sich wie Ava Gardner, mit den Armen drückt sie ihren Busen noch etwas mehr zusammen und sieht ihren Mann verführerisch an. »Riechst du mein neues Parfum?« fragt sie leise.

»Wir müssen los, hast du deine Sachen gepackt?«

»Jetzt sofort?«

»Ja, der Zug fährt in einer Stunde.«

»Aber …« Charlotte, die sich die größte Mühe geben mußte, um wieder Kontakt zu den Frauen zu bekommen, will noch gar nicht weg. An diesem Ort fühlt sie sich endlich wohl.

»Du mußt mal nach diesem lieben kleinen Jungen schauen«, sagt sie, »er hat dieselbe Krankheit wie Chutki und der Maharadscha.«

Peter, der sich normalerweise hingebungsvoll um seine Patienten kümmert, hebt den Kleinen kurz hoch, sagt ihm, er solle den Mund aufmachen, und schaut ihm flüchtig in den Hals. Er nickt und legt Chutki das Kind wieder in die Arme. »Nächstes

Mal bringe ich meine Instrumente mit. Charlotte, packst du jetzt bitte deinen Koffer? Dann schaffen wir den Zug noch.«

Auf dem Bahnsteig ist nur ein Kuli und ein Chauffeur vom Palast. Sie sind so überstürzt aufgebrochen, daß niemand Zeit hatte, sich für einen offiziellen Abschied auf dem Bahnhof umzuziehen. Die Düsterkeit, die Peter wieder umgibt, ist noch undurchdringlicher als sonst. Charlotte riecht das Parfum, das sie am Vormittag aufgelegt hat, als sie hörte, daß die Männer von der Jagd zurückkamen. Sie zieht das Umschlagtuch tiefer über die Schultern und verbirgt ihr Dekolleté, auf das sie vorhin noch so stolz war. Auch das Make-up, das eine ältere Schwester Chutkis aufgetragen hat, kommt ihr nun im Zugabteil sehr übertrieben vor.

»Was ist passiert?« fragt sie, als sich Peter nach einer Stunde immer noch nicht gerührt hat.

»Ich habe ein Tier geschossen«, flüstert er. »Ein lebendiges Tier.«

1985

Rampur

»Kannst du nicht langsamer gehen, wenn du so schnell läufst, muß ich gleich wieder aufs Klo.«

Charlotte schiebt ihren Vater im Rollstuhl über den Parkplatz des Clubs. Mit einer Geschicklichkeit, die zeigt, daß es nicht das erste Mal ist, helfen sie und der Chauffeur dem alten Mann vom Rollstuhl ins Auto. Der Chauffeur klappt das von dem General so verabscheute Hilfsmittel zusammen und verstaut es im Kofferraum. Charlotte winkt Priya Sing zu, die in ihrem glänzenden Ambassador von 1957 ankommt, und setzt sich neben ihren Vater in den alten Vauxhall.

»Wann hast du den Wagen zum letzten Mal gewaschen?« knurrt der General.

»Heute morgen, Sahib«, sagt der Chauffeur.

»Und wie kommt es dann, daß er nicht glänzt?«

»Er ist alt, Sahib.«

»Der Ambassador da ist noch älter.«

»Ja, Sahib.«

»Ja Sahib, nein Sahib, ich will wissen, warum du diesen Wagen nicht so polieren kannst, daß er glänzt!«

»Ja, Sahib.«

Charlotte stößt ihren Vater sanft an.

Er reagiert mit verstörtem Blick. »Findest du, daß das Auto sauber ist?«

»Ich höre ein Feuerwehrauto.«

Der General kurbelt das Fenster herunter. »Du hast recht, ich werde langsam taub.« Begeistert sagt er zum Chauffeur: »Wenn sie vorbeikommen, fahr hinterher.«

Der Chauffeur lacht.

»Vater, du wolltest doch nach Hause?«

»Ich werde mir doch einen Brand nicht entgehen lassen. Ein richtiges Feuer ist aufregender als ein schönes Mädchen!«

Die Sirene kommt näher. »Laß ihn nicht entkommen!« ermuntert der General seinen Chauffeur, der startbereit ist.

Der knallrote Ashok Leyland rast vorbei. Der Chauffeur gibt Gas und beschleunigt. Der General lacht, genau wie der Chauffeur. Nur Charlotte hat bei jeder Straßenbiegung Angst, daß sie aus der Kurve fliegen.

»Frauen gehören nicht in Autos«, brummt der General zufrieden dem Chauffeur zu.

Schon von weitem ist eine große Rauchwolke zu sehen. Als sie hinter dem Feuerwehrwagen stoppen, schlagen hohe Flammen aus dem Dach eines Hauses. Der General stößt die Tür auf. Charlotte befürchtet einen Moment, daß er seine Behinderung vergessen hat, aber er wartet ungeduldig, während der Chauffeur den Rollstuhl so schnell er kann aufklappt.

»Vater, bitte laß das sein, du stehst den Feuerwehrleuten im Weg.«

»Ich kann gar nicht stehen.«

Neben ihrem Auto werden die Schläuche ausgerollt. Der Feuerwehrkommandant, mit einer Reihe Orden auf der Uniform, kommt auf den General zu und schüttelt ihm die Hand. »Alles in Ordnung, General?«

»Ach, Hauptmann, Sie wissen noch nicht, was alt werden bedeutet. Mein Gedächtnis läßt nach, und darunter wird es auch nicht besser, aber sonst kann ich nicht klagen.«

Die Schläuche werden an den Wassertank gekoppelt, und die Pumpe läuft auf vollen Touren. Der Chauffeur setzt den General in den Rollstuhl. Der Kommandant entschuldigt sich – er muß löschen. Charlotte bleibt im Wagen sitzen, sie spürt die Hitze des Feuers auch noch, als sie das Fenster hochdreht. Sie mag es nicht, bei einem Feuer zuzuschauen, für diese Obsession ihres Vaters kann sie kein Verständnis aufbringen. Als sie noch ein kleines Mädchen war, nahm er sie einmal mit, als ein großes

Lagerhaus in Flammen stand, und wurde furchtbar wütend, als sie sich die ganze Zeit die Augen zuhielt. Sie tat es nicht, weil sie das Feuer nicht sehen wollte, sondern weil er nicht sehen sollte, daß sie weinte.

Dann setzt ihr Herzschlag aus. Mit einer Axt geht ein junger Feuerwehrmann vor dem Auto vorbei. Er hat sie nicht gesehen, sie hat ihn sofort erkannt. Er nickt dem General zu, läuft zur Tür des brennenden Hauses und schlägt mit der Axt darauf ein.

Sie möchte aus dem Wagen springen, rufen, er soll es nicht tun, es ist gefährlich, er darf nicht hineingehen, durch die Hitze und den Rauch kann man die Orientierung verlieren, und man findet den Ausgang nicht mehr, er kann ersticken, oder der Rauch kann giftig sein, seine Lunge kann verbrennen, sein Anzug Feuer fangen, auch wenn es ein Schutzanzug ist. Er braucht niemanden zu retten, das soll der Kommandant mit seinen ganzen Orden tun, der hat viel mehr Erfahrung. Warum mußte ausgerechnet er Feuerwehrmann werden, den gefährlichsten Beruf ergreifen, den es gibt? Warum er?

Der junge Bursche hört ihre Stoßgebete nicht, schlägt ein Loch in die Tür, zieht sich die Gasmaske vors Gesicht und geht ohne zu zögern ins Haus. Sie will die Augen schließen, aber starrt ohne auch nur zu blinzeln auf das Loch in der Tür. Die Flammen lodern nun auch aus den Fenstern, und im Auto wird es erstickend heiß. Sie ruft alle Götter an, die sie kennt, zweifach, fünffach, hundertfach. Sie verflucht sich für ihre Feigheit, ihre Niedertracht. Sie will alle Uhren zurückdrehen mit einem Tempo, das jede Erinnerung auslöscht, vor allem die große Uhr im Treppenhaus. Warum geht niemand anders hinein, warum nur er? Jemand muß ihm helfen. Vielleicht findet er den Weg nicht mehr, vielleicht kann er nicht mehr atmen. Hört ihr ihn nicht rufen? Er steht in Flammen. Charlotte hält es nicht mehr aus und öffnet die Tür, die Hitze drückt sie ins Auto zurück, sie kann kaum aussteigen. Sie will nach dem Kommandanten rufen, als sie in der Haustür zwei Hände mit Handschuhen sieht, die ein kleines Mädchen halten. Der Kommandant nimmt das

Mädchen entgegen, und der junge Mann klettert aus dem Loch. Keiner beachtet ihn, alle Augen sind auf das Mädchen gerichtet.

Der Krankenwagen schließt die Türen, einer der Sanitäter springt ans Steuer und braust los.

»Das war in letzter Sekunde«, sagt der General.

»Ja, es hätte keinen Moment länger dauern dürfen«, sagt der Kommandant. »Ich hoffe, daß sie keine Alpträume davon zurückbehält.«

»Ach, das gibt sich, sie ist ja noch klein«, sagt der General.

Der Feuerwehrkommandant sieht den Mann im Rollstuhl an. Dieser alte englische Militär, der bei fast jedem Feuer auftaucht, ist ihm ein Rätsel.

»Dieser Parvat ist ein Gewinn«, sagt der General.

»Ja, ein mutiger Bursche.« Der Kommandant nickt dem jungen Mann zu, der einen schweren Gummischlauch packt und auf das Haus richtet. »Irgendwie hat er was von Ihnen.«

Der General strahlt und denkt zufrieden an seine Orden.

Als sie den Hügel hinauffahren und er das große Haus vor sich sieht, sagt er zu Charlotte: »Der Feuerwehrkommandant meinte, daß der starke Sohn der Ayah mir ähnelt, nett von ihm, nicht wahr, so was zu einem alten behinderten Mann wie mir zu sagen.«

»Ja, er ähnelt dir.«

1995

Rampur

Es hatte angefangen als leises Ticken, war in ein Hämmern übergegangen und wurde dann zu einem Wummern, das nicht mehr aufhörte. Er wunderte sich, daß Charlotte oder das Faktotum von dem Krach nicht wach wurden. Madan legte das Kleid beiseite, nahm die Kerze vom Tisch und ging die Treppe hinauf. Der Strom war wieder ausgefallen, und die drückende Hitze haftete wie eine klebrige Decke an seinem Körper, obwohl die Fenster offenstanden. Madan war noch nie oben gewesen und nahm nun erst den gigantischen Kronleuchter im Treppenhaus richtig wahr, an dem zahllose Wachsstalagtiten hingen, und die große Standuhr, die er im Klavierzimmer zu jeder vollen Stunde schlagen hörte. Woher der Lärm kam, war deutlich. Neben dieser Tür hing an einem Nagel ein großer, altmodischer Schlüssel. Die Tür, von der er wußte, daß es die von Charlottes Schlafzimmer war, stand einen Spalt offen. Eigentlich müßte sie den Krach, der aus dem anderen Zimmer kam, hören, aber vielleicht war sie gar nicht zu Hause. Daß er sie nicht hatte weggehen hören, war nicht verwunderlich, er hatte sich voll auf das Abendkleid für die Frau des Clubpräsidenten konzentriert, die ihm mit Nachdruck gesagt hatte, sie wolle die schönste auf dem Fest sein. Er nahm den Schlüssel und steckte ihn ins Schloß. Was er im Flur als angstvolles Geschrei gedeutet hatte, war, wie er nun hörte, eine singende Männerstimme.

»Oh, my darling, oh, my darling, oh, my da-arling Clementine!«

Mitten im Zimmer saß der alte Mann mit dem schlohweißen Haar, den er oben an der Treppe gesehen hatte. Sein Rollstuhl war mit einer Stange am Fußboden befestigt. Auch seine Beine in der verwaschenen Pyjamahose waren angegurtet, und sein Oberkörper war bis auf einen Schlabberlatz nackt. In einer Hand hielt er eine kleine Schale aus Metall, mit der er an den Rollstuhl schlug, in der anderen einen Löffel. Um ihn herum waren Spritzer und Kleckse Joghurt verteilt, und unter seinem Stuhl war eine Wasserlache. An der Wand hing ein großes Geweih, daneben ein Tigerkopf mit langen Reißzähnen, der Kopf eines Geparden, ein Braunbär, dem die Zunge aus dem Maul hing, und die Köpfe mehrerer kleiner Böcke, Rehe und Wildkatzen. Madan hatte das Gefühl, in eine ferne Vergangenheit einzutreten.

»*You are lost and gone forever! Dreadful sorry, Clementine*«, sang der Mann fröhlich weiter und schlug mit dem verbeulten Schälchen besonders fest auf, als er das Wort »sorry« sang. Als er Madan erblickte, schaltete er sofort problemlos auf ein anderes Lied um und sang noch lauter: »*Ye'll take the high road and I'll take the low road, and I'll be in Scotland afore ye. But me and my true love will never meet again. On the bonnie, bonnie banks of Loch Lomond …*« Die Schale knallte gegen die metallene Seitenplatte des Rollstuhls. »He, Freundchen, sing mit!« rief er Madan zu, der wie der General nur eine dünne Hose trug.

Madan stellte die Kerze neben sich ab und versuchte, das ihm unbekannte Lied mitzuklatschen.

Der General hob den Löffel wie einen Dirigentenstab und schlug den Takt. »Das ist ein Dreivierteltakt, Buddy, hörst du das nicht?« Er sang weiter und schlug mit der Schale rhythmisch an den Rollstuhl. Mitten in einer Liedzeile rief er plötzlich: »In Deckung! In Deckung!« Er hob die Arme schützend über den Kopf und hielt sich die Schale wie einen Schild vors Gesicht.

Madan reagierte nicht darauf. Nicht, weil er nicht wußte, was »In Deckung« bedeutete, sondern weil er keine Ahnung hatte, was hier eigentlich los war.

Der General linste durch die Arme hindurch auf Madan, der noch immer an der Tür stand. Auf seinem Gesicht erschien ein Lächeln. »Du kennst wohl keine Angst, Bürschchen?« sagte er anerkennend. Der General winkte einladend und zeigte auf den Stuhl, der etwas außerhalb seiner Reichweite stand. »Setz dich.«

Madan setzte sich.

»Kennen wir uns?« fragte der General.

Madan schüttelte den Kopf.

»Haben sie dich geschickt, weil du mich kontrollieren sollst?« Er deutete mit verächtlichem Blick nach unten.

Wieder schüttelte Madan den Kopf.

»Ach, du bist der neue Koch«, sagte der General erleichtert. »Das wurde aber auch Zeit. Der Fraß, den sie mir hier vorsetzen, ist scheußlich. Sogar im Krieg war das Essen besser. Sie denken wohl, ich bin ein Schwein, dem sie die Reste geben können. Aber Schweinen gebe ich nur die Kugel. Eine Kugel. Genau hier.« Er zeigte auf den Fleck zwischen seinen Augen. »Darauf mußt du zielen, dann ist die Kerze sofort ausgepustet, keine Sauerei, kein Gejammer, peng und tot.«

Madan schüttelte wieder den Kopf.

»Mensch, Kamerad, kriegst du die Zähne nicht auseinander? Dieses geheimnisvolle Getue geht mir auf den Geist! Name, Dienstgrad, Regiment!«

Madan schüttelte erneut den Kopf.

»Den Stummen markieren bei einem alten Knacker, soll das witzig sein?«

»Ich bin der Schneider.« Es war Jahre her, daß Madan versucht hatte, seine Stimmbänder zu benutzen. Er erschrak selbst über das unverständliche, hohe Gequieke.

Der General blickte ihn einen Moment verdutzt an und brüllte dann vor Lachen.

Madan war es gewohnt, ausgeschimpft, zurückgewiesen, geschnitten oder sogar geschlagen zu werden, wenn er seine Stimme benutzte – aber daß jemand über sein Gebrechen unbändig lachte, war ihm noch nie passiert. Das Gelächter des Generals war so ansteckend, daß Madan einfiel. Zuerst nur ein vorsichtiges Lächeln, aber schon bald ein richtiges Lachen. Zwar ohne Geräusch und ausschließlich durch Gestik und Mimik, aber es war ein echtes Lachen. Er hielt sich den Bauch, gluckste und klatschte in die Hände.

Der General schwenkte den Becher, und die letzten Spritzer Joghurt flogen durchs Zimmer. Das Gelächter des Generals ging wieder in Singen über, und er dröhnte aus voller Brust: »*My bonnie lies over the ocean. My bonnie lies over the sea. My bonnie lies over the ocean. Oh, bring back my bonnie to me, to meee … Bring back, bring back …*« Mit der Schale schlug er, so fest er konnte, an den Rollstuhl, der schon voller Dellen war von früheren Exzessen. »*Bring back my Bonnie to me, to me. Bring back, bring back. Bring back my Bonnie to me …*«

Wie lange die Männer sangen und lachten, wußten sie beide nicht, aber irgendwann war der General heiser, und Madan taten vom Klatschen die Hände weh. Seufzend, doch noch immer in Hochstimmung, saßen sie sich gegenüber.

»Das müssen wir öfter machen«, krächzte der General.

Madan nickte, stand auf, nahm die Kerze, die fast heruntergebrannt war, gab dem General die Hand, der General salutierte, und Madan ging ins Treppenhaus. Er schloß die Tür wieder ab, hängte den Schlüssel an den Haken und stieg die Treppe hinunter. Er sah, daß die Tür zu Charlottes Zimmer noch immer angelehnt war, und fragte sich, wo sie sein mochte. Bisher hatte er geglaubt, daß sie früh schlafen ging oder sich zumindest in ihrem Schlafzimmer einschloß. Er war drauf und dran, hinauszugehen und nachzuschauen, wo sie war, als er hörte, daß sie ins Haus trat. Schnell blies er die Kerze aus, huschte ins Klavierzimmer, schloß die Tür, nahm sich ein paar Stoffbahnen und hockte sich damit unter den Tisch. Auf keinen Fall durfte sie nun seine Gedanken hören.

1966

Lieber Donald,
danke für Deinen Brief, ich habe ihn bekommen. Ich bin nun seit drei Wochen in der alten britischen Sommerresidenz, wie Vater immer sagt, wenn er von Simla spricht. Eine wunderschöne Stadt mit lauter englischen Häusern, die an die Hänge der Hügel gebaut sind. So steil, daß man meinen könnte, alle Häuser rutschen ab, wenn es hier regnet. Auch Autofahren ist aufregend, die Straßen sind so schmal und haben so viele Haarnadelkurven, daß mein Chauffeur sie selten in einem Durchgang schafft. Manchmal habe ich das Gefühl, wieder in England zu sein, vor allem, wenn ich an den Fachwerkhäusern vorbeigehe oder durch die große Geschäftsstraße laufe. Das Schönste ist, daß es hier auch nicht so warm ist. Abends ziehe ich sogar eine Strickjacke an. Außerdem esse ich viel, wahrscheinlich liegt es an der frischen Luft, daß ich immer Hunger habe. In zwei Tagen reise ich weiter. Ich möchte gern in die richtigen Berge, die ich von hier aus in der Ferne sehen kann. Von Hema, den ich jeden Freitagmorgen anrufe, weiß ich, daß es Vater gutgeht. Ich hoffe, Dir auch. Ich schreibe Dir wieder, wenn ich richtig im Himalaja bin.

Liebe Grüße von Deiner Schwester
Charlotte

* * *

»Bist du fertig? Der Wagen wartet unten«, sagt Sita.

»Jetzt schon?« Charlotte knöpft den Mantel zu, damit ihr Bauch nicht auffällt. Daß Sita auf die Reise mitkommt, weiß niemand in Rampur. Die Zimmervermieterin in Simla hält sie für ihre persönliche Dienerin. In gewissem Sinne ist das auch so, jeden Morgen, wenn Charlotte im Bad war, massiert Sita ihr den Bauch mit einem Pflanzenextrakt, der gegen Schwangerschaftsstreifen helfen soll. Die ersten Male kitzelte es so, daß Charlotte nur kichern konnte, aber seit sie an die Behandlung gewöhnt ist, überläßt sie sich völlig der Frau, die offenbar alles über das Schwanger-Sein weiß. Das Nasenbluten, das sie gestern abend hatte, scheint dazuzugehören, wie auch die geschwollenen Füße und Knöchel, die plötzlichen Stimmungswechsel, die Tränenausbrüche, die Kopf- und Rückenschmerzen und das Gefühl in ihrem Bauch, wenn sich das kleine Wesen, das in ihr wächst, gerade dann bewegt, wenn sie schlafen gehen will.

»Du wolltest ankommen, bevor es dunkel ist.« Die kleine Frau schließt Charlottes großen Koffer und stellt ihn neben das Bett.

»Sita?«

»Machst du dir wieder Sorgen?«

Charlotte knöpft den Mantel wieder auf und zupft an ihrer Bluse. Ihre angeschwollenen Brüste quellen aus dem viel zu kleinen BH. »Siehst du das?« Sie zeigt auf die feuchten Flecken.

»Das ist Vormilch«, sagt Sita. »Das ist nicht schlimm. Viel Milch sorgt für große Babys. Große Babys sind gesund. Du mußt gut essen. Viel essen«, lacht sie, »sonst hast du nicht genug Milch fürs Baby.«

»Sita?« Charlotte hat schon tausend Fragen gestellt, außer der einen, die ihr durch den Kopf spukt, sie vom Schlafen abhält, sie überfällt, wenn sie endlich für einen Moment vergißt, daß sie schwanger ist, sie zur Verzweiflung treibt und verstört.

»Alles wird gut«, sagt Sita. »Hab keine Angst.«

Charlotte knöpft Bluse und Mantel wieder zu. Sie fürchtet sich nicht vor der Reise in das Kloster hoch oben in den Bergen, nicht vor der Kälte, nicht vor der Geburt oder vor den Schmerzen, sie fürchtet sich vor dem, was danach kommt. Darüber haben sie bisher mit keiner Silbe gesprochen, als würde die Welt aufhören sich zu drehen, wenn das Kind geboren ist, obwohl erst dann alles anfängt.

»Ich helfe dir«, sagt Sita leise. »Das weißt du.«

1967

Manali

Lieber Donald,

mir fehlen beinahe die Worte, um Dir zu beschreiben, wie schön es hier ist. Die Berge sind genauso wie auf den Bildern, die in Vaters Arbeitszimmer hängen, nur noch viel schöner, viel höher, viel majestätischer. Diese Berge sind das Faszinierendste, was ich je gesehen habe. Ich sitze manchmal den ganzen Tag auf der Terrasse und blicke auf die Wolken, die an die Hänge stoßen, auf den Wasserfall, der Tag und Nacht herabprasselt, auf den Adler, der hoch oben seine Kreise zieht, auf die Sonne, die den Schnee auf den Gipfeln bescheint, auf die Mönche in ihren roten Gewändern, die mit leisen Schritten vorbeigehen, auf die Esel, die mit großen Kisten auf dem Rücken den schmalen Pfad hinaufsteigen, auf die Dorfkinder, die im Gras spielen. Du denkst jetzt natürlich, daß ich sehr faul bin, weil ich den ganzen Tag herumsitze, aber ich gehe auch spazieren. Nicht so oft, denn meine Füße machen mir große Probleme. Das geht aber wieder vorbei, hat mir ein Arzt hier gesagt, ich soll einfach alles ruhig angehen lassen und jeden Abend Wechselbäder machen. Deshalb habe ich wieder angefangen zu stricken, was ich seit der Zeit im Internat nicht mehr getan habe. Mein erstes Produkt ist ein Schal. Er ist nicht so schön geworden, wie ich mir das vorgestellt hatte, denn ich habe es ein bißchen verlernt, aber wenn mir der nächste gelingt, schicke ich ihn Dir, Vater braucht in Rampur keinen. Den häßlichen Schal trage ich jetzt selber, weil er schön wärmt. Das Zimmer, das ich gemietet habe, ist einfach, aber gut. Vom Fenster aus blicke ich auf ein Tal, durch das ein kleiner Fluß strömt. Im Frühling wird er sehr groß und wild, wie es scheint, aber so lange werde ich nicht hierbleiben.

Es wachsen viele Apfelbäume, die Briten haben sie mitgebracht. Kürzlich bin ich in den alten Teil der Stadt spaziert, und als ich über die Brücke ging, sprach mich ein junger Engländer an und wollte wissen, woher ich käme. Ich erzählte ihm, daß ich in Rampur lebe. Er fragte mich, ob ich glücklich werden wolle. Seltsam, nicht, einen wildfremden Menschen so etwas zu fragen? Ich habe gesagt, daß ich sehr glücklich sei, und bin weitergegangen. Später erfuhr ich dann, wer dieser junge Mann war. Hier wächst eine Pflanze, aus der sie etwas machen, was das »Bewußtsein erweitert«, und das wollte er mir verkaufen. Man sieht hier fast keine Europäer, aber die wenigen, die hier sind, kommen anscheinend alle wegen diesem Zeug und nicht wie ich einfach nur, um Urlaub zu machen. Hier ist es wunderbar. Ich esse gut, ich schlafe viel, und wenn mein zweiter Schal besser ausfällt, schicke ich ihn Dir.

Grüße von Deiner Schwester
Charlotte

* * *

Charlotte sitzt schnaufend in dem großen Sessel beim Fenster. Sie trägt rote, selbstgestrickte Socken, die ihre angeschwollenen Fußgelenke eng umspannen. Sita kniet in einer Zimmerecke und verrichtet ihr Puja. Charlotte, die keine treue Kirchgängerin ist, gäbe etwas darum, in ihren Kopf schauen zu können, um zu erfahren, ob das Gebet ihr tatsächlich Kraft gibt. Ihre Angst vor dem, was kommen wird, nimmt jeden Tag noch zu.

Ihr Bauch ist in den letzten Wochen so groß und rund geworden wie der Globus im Arbeitszimmer ihres Vaters. Jedesmal, wenn sie das Getrampel in sich spürt, muß sie an ihn denken. *Zum Glück hat das kleine Wesen in mir keine Stiefel an,* denkt sie, und sie sticht die Nadel in das Strickzeug – *durchziehen und abheben. Was, wenn es kein Kind ist, sondern ein Ungeheuer, das in mir wächst? Einstechen, durchziehen und abheben. Ein Scheusal mit nur einem Auge und ohne Nase? Ein Kopf mit nichts als ein paar großen, behaarten Füßen, die gleich in ein Paar Stiefel schlüpfen? Einstechen, durchziehen und abheben.* Wieder spürt sie einen scharfen Stich im Unterleib. Sita, die noch immer vorgebeugt kniet und leise vor sich hin murmelt, hat ihr vor einer Stunde gesagt, daß das Vorwehen sind, die sie bereitmachen für ... wieder ein Stich in den Bauch, nun viel fester und schneidender. Sie stöhnt auf.

Sita hebt die Arme, verbeugt sich noch einmal tief, steht auf und fragt mit fröhlichem Gesicht: »Ist es soweit?«

»Es tut weh«, sagt Charlotte und versucht, die Masche, die sie gerade fallengelassen hat, wieder aufzunehmen.

Sita legt ihre Hand auf Charlottes Bauch. »Es dauert nicht mehr lange. Heute, vielleicht morgen.«

»Morgen!«

»Oder übermogen. Das Baby hat das Sagen, nicht die Mutter. Die Sterne müssen richtig stehen, erst dann kommt es.«

»Au!« Ein wilder Schmerz durchzuckt sie, Charlotte krümmt sich zusammen. »Ruf die Krankenschwester, es geht los!«

»Nein, du hast dein Strickzeug noch nicht fallen gelassen. Du hast noch nicht den großen Schmerz.«

»Sita, bitte!«

»Nein, die Schwester kommt erst, wenn es wirklich soweit ist.«

Charlotte blickt auf das kleine, gelbe Baby-Cape an den Stricknadeln in ihrer Hand. Nach vier Schals – den letzten hat sie ihrem Bruder in England geschickt – hat sie für Sita und sich einen Pullunder gestrickt und für jeden ein Paar Socken. Dann hat sie sich auf das Cape gestürzt. Es lenkt sie ab, weil sie ein kompliziertes Muster gewählt hat. Die gelbe, flauschige Angorawolle hat Sita bei einer Spinnerin in der Altstadt gekauft. Charlotte wollte weder rosa noch blau nehmen, solange sie nicht wußte, ob es ein Junge oder ein Mädchen ist. *Einstechen, durchziehen und abheben.* Wieder durchfährt sie ein Schmerz, er hält diesmal länger an. Sie spürt, wie in ihrem Unterleib etwas reißt, dann strömt Flüssigkeit zwischen ihren Beinen, über den Sessel, auf den Boden. Sie zieht sich an der Fensterbank hoch und schaut auf die Lache, während das Wasser weiter aus ihr sickert. So fest sie auch zukneift, sie kann die Flüssigkeit nicht stoppen.

Sita blickt auf die Lache am Boden und sagt, es sei alles in Ordnung.

»In Ordnung?! Sita, das Wasser fließt heraus! Was bedeutet das? Hol sofort die Schwester!«

»Noch nicht. Nur Geduld. Alles wird gut, warte noch etwas ab. Zieh dir einen trockenen Schlüpfer an.«

»Ich warte schon lange genug. Ich will, daß es losgeht.«

Sita, seit der Schwangerschaft an Charlottes abrupte Stimmungsumschwünge gewöhnt, wischt den Boden trocken und hebt das halb fertige Cape auf, das fast in die Lache mit dem Fruchtwasser gefallen ist.

»Siehst du. Es hat angefangen. Ich habe mein Strickzeug fallen lassen.«

Sita lacht: »Du bist ein raffiniertes Mädchen.«

Wieder rollt eine Schmerzwelle an. Sie beginnt ganz sacht und überwältigt sie dann. Charlotte kann sie nicht stoppen, nicht mildern, ihr nicht ausweichen. Sie stöhnt und schreit. Die Nonne, die sie vor einer Stunde in den Kreißsaal begleitet hat, legt der Gebärenden eine Wärmflasche auf den Bauch und sagt ihr, sie solle ruhig ein- und ausatmen. Der Schmerz hat seinen Höhepunkt erreicht und ebbt langsam ab.

Die Nonne, die eine weiße Schürze über dem Habit trägt und Charlotte an einen Schlächter erinnert, drückt ihr die Knie auseinander und untersucht sie mit den Fingern. Da ist kein Platz, das muss die Nonne auch fühlen, etwas ist im Wege, aber die Frau schiebt die Finger weiter hinein. Charlotte würde am liebsten losbrüllen, die Hand wegtreten, ihre Koffer nehmen und diesen Ort verlassen. Daß es draußen zu schneien angefangen hat, macht ihr nichts aus, sie besitzt jetzt genug warme Socken und Schals. Sita drückt sie sanft aufs Kissen zurück und massiert ihr den Nacken. Charlotte möchte in die zärtliche Hand hineinkriechen, darin verschwinden, es soll endlich vorbei sein. Sie hört die Musik der Sitar. Sie spürt wieder die Finger, die über die Saiten und über ihre Haut glitten, den Mund, der sang und sie küßte, seine Beine, die ihre Knie öffneten, leicht, ohne Widerstand. Sie riecht und schmeckt ihn, aber so sehr sie sich auch anstrengt, an sein Gesicht kann sie sich nicht erinnern.

»Es ist noch lange nicht soweit«, sagt die Nonne und zieht die Finger heraus.

»Noch nicht?« stöhnt Charlotte.

Sita tupft ihr die verschwitzte Stirn mit einem feuchten Tuch ab. »Wenn die Sterne richtig stehen, kommt es.«

»Welche Sterne? Die Sonne ist noch nicht mal untergegangen!« Sie will Scherze machen und vergessen, als die nächste Welle anrollt.

»Halt!« Charlotte schlägt die Hand der Nonne weg, die wieder gesagt hat, der Muttermund habe sich noch nicht weit genug geöffnet. »Mir reicht's. Ich will nicht mehr. Ich will nach Hause. Ich will nicht hier sein. Warum bin ich hier? Warum?« Tränen rollen ihr über die Wangen, sie schluchzt, als sich die nächste Welle ankündigt.

»Atme durch die Nase, laß die Luft in deinen Bauch.« Sita steht hinter ihr und legt die Hände auf Charlottes verschwitzte Schultern. »Halt kurz die Luft an. Mach deinen Bauch stark. Noch ganz kurz. Atme durch den Mund aus.«

Charlotte versucht die Anweisungen zu befolgen, aber die mächtige Klaue des Schmerzes reißt sie mit. Sie stößt Flüche aus, von denen sie nicht mal wußte, daß sie sie kennt. In ihren Ohren rauscht es. Ihr Mund ist trocken. Daß draußen in der Nacht ein schwerer Schneesturm losbricht, bekommt sie nicht mit. Das Klappern der Fensterläden und das Heulen des Windes sind Teil ihres Kampfes geworden, das Menschenkind, das monatelang in ihr schwamm und strampelte, sicher herauszubringen.

Als die Wehe nachläßt, sinkt Charlotte in Sitas Schoß zurück. Sie schließt die Augen und will schlafen. Warum hat ihr keiner gesagt, daß Gebären ein unfairer Kampf ist, bei dem man den Feind nicht töten, sondern beschützen will, bei dem der Körper sich selbständig macht und nicht mehr auf seinen Besitzer hört, bei dem man Schmerzen spürt, die heftiger und größer sind als die Gipfel des Himalaja? Sie läuft umher, sie setzt sich, steht wieder auf, hockt sich hin, lehnt sich übers Bett. Sie übergibt sich, sie kackt und pinkelt, während Sita sie in den Armen hält. Sie ist tropfnaß und halbnackt. Draußen schwillt der Sturm an, die Sterne sind nicht zu sehen. Die Wehen, die sie jedesmal wieder überfallen, nehmen alle Scham mit sich und werfen sie in eine tiefe, schwarze Schlucht, in der es nichts als Luftholen und Schmerz gibt. Sie kreischt, sie spürt, wie sich der Propf in ihrem Becken senkt, ihre Beine sind weit gespreizt. »Komm!« ruft sie. »Nun komm schon!« Sämtliche Muskeln spannen sich, bis die Wehe wieder genauso schnell verschwindet, wie sie kam, und mit ihr der Schmerz. Sie keucht. Blitzartig durchfährt sie der Gedanke: *Das ist wie Krieg. Das ist wie der Schmerz, den Peter erlitten hat.* Der Mann, der ihr kein Kind geschenkt hat, weil sein Leid nicht abebbte wie die Wehen und ihn der Schmerz nie verließ, sondern bei jedem Atemzug mehr einschloß. Auf einmal weiß sie, daß die Erniedrigungen und Verletzungen, die er erlitten hat, tausendmal schwerer und schmerzhafter waren als der Kampf, den sie jetzt kämpft.

Sita und die Nonne verstehen nicht, was geschieht. Charlotte strafft den Rücken, saugt die Luft durch die Nase ein und lächelt. Die Wehe dringt in sie ein, sie begrüßt sie wie einen verlorenen Freund, die stechenden Schmerzen, die vorhin noch unerträglich waren, geben ihr nun Kraft. Sie hört Geschosse pfeifen, Menschen gellend schreien, sie sieht Blut fließen. Ihre Beine zittern und beben. Sie kann sie nicht unter Kontrolle halten. Sie kreischt, als sie Wadenkrämpfe bekommt. Sie fröstelt und klappert mit den Zähnen, obwohl sie schweißüberströmt ist. Hitze und Kälte wechseln sich in raschem Tempo ab. Sie schreit und brüllt. Panzer rollen weiter. Ihre Scheide steht in Flammen, und in ihren Unterleib bohrt sich ein Dolch.

»Pressen«, ermuntert die Nonne sie, »Sie dürfen pressen!«

Ich muß dich herauspressen, sagt sie im stillen zu dem Unbekannten. *Bist du soweit? Bist du bereit?* Sie schnaubt wie ein galoppierendes Pferd, das plötzlich anhält. Sie ballt die Fäuste, stemmt die Füße an den Bettrand und preßt. Urwaldlaute vermischen sich mit detonierenden Granaten. Sie spürt, wie sie durchgerissen wird. Ein ganz lauter, lang gedehnter Schrei. Der Pfropf, der schon seit Stunden zwischen ihren Beinen klemmte, zwängt sich nach draußen, mit einem ploppenden Geräusch glitscht er heraus.

Dann ist es still.

Sita blickt über Charlottes Kopf auf das Baby, das zwischen ihren Beinen liegt.

Plötzlich ertönt ein vibrierender Schrei, wie von einem Zicklein in den Bergen, das seine Mutter verloren hat.

»Möchten Sie noch wissen, ob es ein Mädchen oder ein Junge ist?« fragt die Nonne.

1995

Rampur

In vollem Galopp stürmte das pechschwarze Pferd über den Hügel. Die trockene Erde zerbröselte unter seinen Hufen und wirbelte hoch. Auf seinem Rücken saß ein Mann mit einem Turban und einem langen Mantel aus Samt, der seine Beine ganz bedeckte. Die siedende Hitze schien ihm nichts auszumachen. Charlotte, die im Gras kniete und mit bloßen Händen ein Loch grub, weil sie davon überzeugt war, daß hier irgendwo Wasser sein mußte, erkannte ihn sofort – Maharadscha Man Singh.

Er brachte den Rappen neben ihr zum Stehen. Der hochgewirbelte Staub sank langsam wieder herab. Durch den Staubschleier sah sie, zwischen den abgestorbenen und zerknickten Pflanzen ihres Gartens, die schwarzen Läufe des Pferdes. Sie war sich sofort bewußt, daß der verschlissene Pyjama, den sie trug, nicht die geeignete Kleidung war, um den Maharadscha zu empfangen. Am liebsten hätte sie sich in fliegender Eile umgezogen, bevor sich die Staubwolke legte, aber er hatte sie schon erkannt.

»Madam Harris!« rief er.

Nur in Neu-Delhi und in Bombay hatte man sie mit »Mrs. Harris« angeredet. Als sie nach Rampur zurückgekehrt war, hatte sie sich vom ersten Moment an wieder mit ihrem Mädchennamen, Bridgwater, ansprechen lassen. Sie war sich nie darüber im klaren gewesen, ob sie es getan hatte, um für neue Heiratskandidaten attraktiver zu sein, um ihre gescheiterte Ehe zu vergessen oder um ihren Vater zufriedenzustellen. Nun jedoch, als der Maharadscha sie »Madam Harris« nannte, glitt ihr Blick sofort hinauf zum Klavierzimmer, und sie fühlte sich beklommen, als sie sah, daß alle Fenster sperrangelweit offenstanden.

»Was führt Sie denn hierher?« Sie spielte die Überraschte,

denn die Nachricht von seinem Ritt zum großen Haus auf dem Hügel war schneller vorangekommen als die Pferdehufe. Charlotte sah die klassische Stickerei auf seinem Kragen und an den Ärmeln, die in starkem Kontrast zu seiner verspiegelten Ray-Ban-Sonnenbrille stand.

»Warum sind Sie nicht zur Hochzeit meiner Tochter Chutki gekommen? Wir hatten Ihnen eine Einladung geschickt.«

Es dauerte einen Moment, bis Charlotte sich an die Einladung erinnerte. Der Text stand in Prägedruck auf prachtvollem Goldpapier, und die Karte hatte nach Rosen geduftet. Die Hand des Maharadschas glitt in seinen Mantel, und er zog ein ähnliches Kuvert hervor, das er ihr überreichte.

»Mein Sohn hat eine Frau gefunden.« Er wartete nicht, bis sie die Einladung geöffnet hatte, sondern trabte los und ließ sie in einem Nebel von Staub zurück.

Eine Prinzenhochzeit war etwas, was sie schon immer gern erlebt hätte. Für einen Sohn würde man weder Kosten noch Mühe scheuen. Der Palast würde mit Millionen Blüten geschmückt werden, die Wächter würden auf Elefanten thronen, auf der Zufahrt lägen Tausende Perserteppiche, die Springbrunnen würden Rosenwasser sprühen, und alles übrige würde mit Blattgold überzogen werden. Die neue Prinzessin würde wie im Märchen gekleidet und mit jahrhundertealtem Familienschmuck beladen sein, und das Volk würde, bis in die weitere Umgebung hinein, kostenlos tafeln dürfen. Das Fest würde mehr als eine Woche dauern, und die Leute würden noch nach Jahren davon erzählen …

Das Schnauben und Stampfen des Pferdes war verschwunden, und sie hörte das surrende Geräusch der Nähmaschine im Haus. Sie öffnete das Kuvert und zog die Einladung heraus. Das goldene, leere Papier glänzte in der Sonne. Nichts stand darauf geschrieben. Sie drehte den Bogen um. Für einen Moment meinte sie, daß auch auf der Rückseite nichts stünde, dann sah sie die winzig kleinen Buchstaben am unteren Rand. Dort stand:

TU ES NICHT

Die Hitze machte selbst das Sitzen auf dem Sofa zu einer Qual. Der Traum, aus dem sie aufgewacht war, wollte ihr nicht aus dem Kopf gehen. Immer wieder sah sie den Maharadscha auf seinem Pferd vor sich. Sie hatte seit Jahren nicht mehr an seine Tochter Chutki gedacht. Das letzte Mal, als sie sich voneinander verabschiedet hatten, war alles schiefgelaufen, und eine Einladung zur Hochzeit, die ein paar Monate später stattfinden sollte, hatten sie auch nie erhalten. Damals hatte sie sich solche Sorgen um Peter gemacht, der nach der Operation von Chutkis kleinem Bruder kein Wort mehr gesprochen hatte, so daß sie auch dann, wenn sie eingeladen worden wären, nicht zu der Hochzeit hätte gehen können.

Sie hörte Hema heranschlurfen und an die Tür klopfen.

»Herein.«

Hema trug ein Tablett mit einer Tasse Tee und eine Schale mit Keksen.

»Nimm die Kekse gleich wieder mit.«

»Das sind aber sehr leckere Kekse, Memsahib.«

»Ich will keinen Keks.«

Hema wußte, daß sie früher gern Kekse zum Tee gegessen hatte und daß der General sogar Witze darüber machte – es sei das einzige, was sie von ihrer Mutter geerbt habe. Hema hatte die Frau des Generals nicht gekannt, aber wußte von einem alten Chauffeur, der für einen hohen Beamten in Rampur arbeitete, daß sie genauso schön gewesen war wie Charlotte. Hema fand die Memsahib viel zu mager, also stellte er die Schale mit den Keksen auf den Tisch, als hätte er es nicht gehört. »Sagt der Mann im Radio was von Regen?« fragte er, denn Hema hatte noch ganz andere Sorgen als den Appetitmangel seiner Chefin. Er mußte nun für vier Personen kochen und für drei waschen, und seit kein Wasser mehr aus dem Hahn kam und die Badewannen sich langsam leerten, würde er bald Wasser bei einem Straßenhändler kaufen müssen. Daß sie für ihr wichtigstes Lebensmittel demnächst von gewieften Schacherern abhängig sein würden, die nur auf Wucherprofite aus waren, war seiner

Ansicht nach die Schuld der Beamten, die das Problem nicht vorhergesehen und deshalb keine zusätzlichen Wasservorräte angelegt hatten.

»Der Sprecher bei der BBC sagt, daß der Monsun kommt, aber Radio Rampur ist davon überzeugt, daß es in den nächsten Tagen trocken bleibt und noch heißer wird.«

»Wieviel Wasser haben wir noch?«

»Die Wanne bei General Sahib ist fast leer, die im Gästezimmer halb voll, und der Bottich in der Küche ist leer.«

»Wie lange kommen wir damit noch aus?«

»Der Darsi muß mehr bezahlen, weil so viele Damen zum Anprobieren kommen.« Obwohl er genau wußte, daß die Damen auch erschienen, um das leere Haus zu sehen, fand er, es sei ausschließlich die Schuld des Schneiders, daß das Wasser so schnell verbraucht wurde. Daß der General zweimal am Tag von Kopf bis Fuß mit einem Waschlappen und grüner Seife gewaschen wurde, zählte er nicht mit.

»Wie sind die Preise für Trinkwasser?« fragte Charlotte. Sie stellte gleich umfangreiche Berechnungen im Kopf an und beschloß, daß sie nun endlich ihren Vater davon überzeugen mußte, die Erklärung zu unterschreiben, damit sie das Haus, die Nebengebäude und den Hügel verkaufen konnte.

Bevor Hema auf eine Frage antworten konnte, auf die er keine Antwort wußte, klingelte jemand an der Tür. Er schlurfte hin und dachte dabei auch an Preise, Summen und ans Feilschen.

Draußen im grellen Sonnenlicht stand ein junger Mann mit straff zurückgekämmtem Haar und einer verspiegelten Sonnenbrille, an seinem Handgelenk glitzerten Steine, die wie Diamanten aussahen. »Guten Morgen«, sagte er mit einer melodiösen Stimme, »ich möchte zu Mrs. Bridgwater.«

»Wen darf ich anmelden?«

»Sylvester Ferrao, Sohn von Professor Doktor Bernardo Ferrao aus Goa.«

Hema, der den Mann noch nie gesehen hatte, aber von den

Titeln und der verspiegelten Sonnenbrille schwer beeindruckt war, begriff plötzlich die Prophezeiung in der Zeitung, ließ den Fremden ein und ging wieder in den Salon, um rasch den großen Teppich auszurollen, bevor der bedeutende Herr eintreten konnte.

Die Tür zum Klavierzimmer war nur angelehnt, damit das kleine bißchen Zugluft, das durch das Haus atmete, auch Madan erreichte. Er hatte es klingeln gehört und erwartete, daß jeden Moment eine der neugierigen Damen aus dem Club hereinplatzte. Als er keine hohen Stimmen hörte, blickte er durch den Türspalt und sah den glatt gekämmten, modisch gekleideten Mann mit der dunklen Sonennbrille in der Halle umhergehen. Daß dieser Mann ein Hochstapler war, hätte Madan schon auf hundert Meter Entfernung gerochen. Er war in seinem Leben so vielen Dieben und Betrügern begegnet, daß er einen sechsten Sinn dafür entwickelt hatte. Madan griff zu dem ockerfarbenen Seidencape, das er für die Frau von Alok Nath, dem Goldschmied, geschneidert hatte, warf es sich um und zog die Tür auf. Der Mann, der in der ältesten illegalen Spielhölle von Rampur gehört hatte, daß in dem großen Haus eine bankrotte Engländerin mit ihrem dementen Vater wohnte und daß die beiden dringend Geld benötigten, hatte sich etwas völlig anderes vorgestellt. Vor ihm stand ein indischer Adeliger, der Autorität ausstrahlte und, wie man an seiner Kleidung sah, offenkundig sehr vermögend war.

»Ich, äh …« stotterte der Mann, der Lose einer nicht existenten Lotterie hatte verkaufen wollen, bei der am Ende des Monats angeblich eine Million zu gewinnen war. Er spürte gleich, daß er mit seiner Geschichte bei diesem Mann nicht landen konnte, und dachte hektisch nach. Als erstes kam ihm in den Sinn, zu behaupten, er verkaufe Lose zur Unterstützung des Tierschutzes, doch ihm war sofort klar, daß der Mann, der vor ihm stand, zweifellos sein Leben lang auf die Jagd gegangen war. Dann kam ihm die Idee, dem Mann weiszumachen, der Ertrag der Lotterie sei für die Missionarinnen der Nächstenliebe von Mutter

Theresa bstimmt; dieser Trick hatte bisher zwar immer funktioniert, aber nun kamen ihm doch Zweifel – der Mann wirkte so mächtig. Weil er sich ziemlich sicher war, daß er auch mit Lotto auf Granit stoßen würde, wußte er plötzlich nicht mehr, was er sagen sollte. Er hatte außer einem Heftchen mit Losen und einem gefälschten Ausweis nichts dabei. So zu tun, als suche er Arbeit, wollte er auch nicht; er hatte es manchmal gemacht, als er noch jünger war, wollte aber nicht das Risiko eingehen, etwas tun zu müssen, was ihm gegen den Strich ging. Also stellte er die Frage, mit der er als Kind oft in Häuser eingedrungen war, um einen Wertgegenstand mitgehen zu lassen: »Haben Sie vielleicht ein Glas Wasser für mich?«

Madan drehte sich um, das Cape schwang um seine Schultern, und er griff zu dem Krug, den er am Morgen unter Hemas wachsamem Blick in der Küche gefüllt hatte. Er schenkte ein Glas ein und reichte es dem Mann, der immer nervöser wurde in der Gegenwart des gutaussehenden, schweigsamen Adeligen. Sylvester Ferrao, der eigentlich anders hieß, trank das Glas in einem Zug aus, bedankte sich lächelnd und sagte, dann werde er mal wieder gehen. Madan begleitete ihn zur Tür, öffnete sie und ließ den Mann hinaus. Er nahm das Cape von den Schultern und war schon wieder im Klavierzimmer, als die Tür des Salons aufging.

Hema und Charlotte hatten in rasendem Tempo den Perserteppich ausgerollt. Sie waren verschwitzt, bei diesen Temperaturen wurde es immer mühsamer, den Teppich hinzulegen. Der treue Butler sah sich verwundert in der Halle um und fragte sich, wo der Professor geblieben war. Er hatte der Memsahib erklärt, daß ein bedeutender Mann da sei, der – er hatte nach den richtigen Worten suchen müssen – vielleicht etwas zur Verbesserung der Lage beitragen könne. Er war sich nämlich sicher, daß dieser Herr mit der auffälligen Sonnenbrille ihnen Glück bringen würde. In dem Horoskop, das ihm der Butler der Nachbarn vorgelesen hatte, stand geschrieben, Reichtum stehe vor der Tür. Er hatte darum gebeten, das Horoskop herausreißen und Charlotte Memsahib zeigen zu dürfen, aber der Hausherr hatte die Zeitung noch nicht gelesen, und der Butler durfte sie deshalb nicht beschädigen.

Madan wollte die Tür des Klavierzimmers schließen, als Hema rief: »Wo ist denn der Professor?« Madan zeigte auf die Haustür.

»Schon wieder weg?« Hema, der beim Einatmen des Staubs gehofft hatte, den Perser zum letzten Mal ausrollen zu müssen, war sich auf einmal sicher, daß der Schneider den reichen Professor verjagt hatte. Er eilte zur Tür und sah den Professor mit großen Schritten den Pfad zur Straße hinunterlaufen. Er wollte rufen, er solle zurückkommen, Memsahib wolle ihn empfangen, sie brauchten seinen Reichtum, die zusätzlichen Wasserkosten seien ein Problem, er, als Butler, sei für alles zuständig und niemand helfe ihm dabei. Aber der Mann sprang in eine vorbeifahrende Rikscha und verschwand.

Charlotte sah das Lächeln in Madans Gesicht und fand ihn noch anziehender als vor ein paar Stunden. Sie erinnerte sich an den Brief des Maharadschas – TU ES NICHT –, schloß die Tür des Salons und rollte den Teppich allein wieder zusammen.

Madan rieb beim Schein einer Kerze ein Stückchen Rosenholz über ein glänzendes rotes Band. Um ihn herum seufzte und ächzte das Haus. Nicht nur die Bäume und Pflanzen litten unter der extremen Hitze, auch das Gemäuer. Er hörte die Mäuse und Insekten an allem möglichen nagen, und im Garten lärmten die Grillen so laut, daß die Wolken, die den Monsun ankündigen, einfach kommen mußten. Obwohl Charlotte ihm immer noch nicht den Stoff für ihr Kleid gegeben hatte, hoffte er, das rote Band dafür verwenden zu können. Das Rot paßte zu ihren Haaren, und das Schimmern der Seide würde ihre Porzellanhaut leuchten lassen, als ob sie ein Engel wäre.

Was machst du da? ertönte ihre Stimme in seinem Kopf. Abrupt hörte er auf, das Rosenholz über den Stoff zu reiben. Er schaute zur Tür. Sie war geschlossen. Er sprang auf und blickte aus dem geöffneten Fenster. Im Licht der Mondsichel sah er nur die Skelette der erschöpften Bäume, die schwarze Silhouette des Küchenhauses und die weißen Steine, die auf dem Pfad leuchteten, der zur Straße führte. Die Frau, die den ganzen Tag durch seine Gedanken schwebte, war dort nicht. Madan fragte sich, wieso er ihre Stimme so klar und deutlich hatte hören können, obwohl sie nicht in der Nähe war. War die Entfernung, über die sie ihre Gedanken gegenseitig auffangen konnten, auf einmal größer geworden? Boten die Wände und Mauern des Hauses ihm keinen Schutz mehr? Hatte sie gehört, wie er über ihre Augen und ihre Haut gedacht hatte, über ihre grazile Gestalt und ihr lockiges Haar? Er ging zum Tisch zurück und ergriff wieder das Band.

Möchtest du, daß ich dir meinen Stoff bringe?

Erneut blickte Madan erschrocken auf. Sie mußte sich irgendwo versteckt haben. Aus den Augenwinkeln sah er unter den Tisch, wo der kleine Stoffhaufen lag, unter dem er schon mehrmals seinen Kopf voller Gedanken verborgen hatte. Er schaute hinter den Wandschirm, wo Kleidungsstücke zur Anprobe bereit hingen. Er sah unterm Schrank nach, wo sich nur ein kleines Kind hätte verstecken können. Er öffnete vorsichtig die Tür, langsam genug, um ihr die Chance zu geben, schnell weghuschen zu können und nicht ertappt zu werden, aber die Halle war leer, und er hörte keine Schritte. *Wo bist du?* rief er, doch aus der verlassenen Halle kam keine Antwort. Madan ging zurück zum Tisch, schob den leeren Teller beiseite und wollte eine neue Stoffbahn ausrollen, als er wieder ihre Stimme hörte – *Du hast alles aufgegessen!* Madan sah auf den leeren Teller. Für Essen interessierte er sich kaum noch. Er aß, wenn etwas zu essen da war, und er aß nicht, wenn es nichts gab. Mit Kochen hatte er sich noch nie abgegeben, und er war mit ein wenig Reis und Dhal aus einer Bude an der Straße zufrieden. Daß Frauen, wenn sie auf einen Saum oder die Änderung eines Abnähers warteten, immer Rezepte austauschten, war ihm unbegreiflich.

Essen war Essen. Er mochte es zwar nicht, einen leeren Magen zu haben, aber er konnte trotzdem in aller Ruhe stundenlang mit der schweren Nähmaschine auf dem Gepäckträger des Rades unterwegs sein, auch wenn er nicht gefrühstückt hatte. Daß er ihre und sie seine Gedanken auffangen konnte, war etwas, woran er sich langsam gewöhnte; beunruhigend aber fand er es, daß sie nun in seinen Kopf kroch, obwohl er allein im Zimmer war. Wenn es eine romantische Träumerei gewesen wäre, hätte er es sich als Ausdruck seiner eigenen Sehnsucht erklären können, doch ihre Stimme war offenbar darüber erfreut, daß er seinen Teller leer gegessen hatte, und das verwirrte ihn. Er wollte zu Abbas beten und ihn um eine Erklärung bitten, aber befürchtete, daß sie dann auch sein Gebet hören könnte. Also versuchte er, an nichts anderes mehr zu denken als an das Kleid für die Frau des Richters. Er schob das Band beiseite, nahm den blauen Organza und begann zu schneiden.

Der Korken war mit den Jahren glatter geworden, und es hatte ein Weilchen gedauert, bis sie ihn wiederfand. Der Maus, die das kleine Loch einst genagt und die sie damals verflucht hatte, weil sie auch ihre Noten angeknabbert hatte, war sie nun mit rückwirkender Begeisterung dankbar. Sie kniete auf dem Boden, mit ihrem Nageletui als Handwerkszeug, und pulte den Propfen aus dem Loch im Fußboden. Daß sie auch noch Zeitungsschnipsel und kleine Stücke Sisalschnur hineingestopft hatte, war ihr entfallen. Mit einer Pinzette zupfte sie nach und nach alles heraus. Sie mußte zwar an den Brief des Maharadschas denken, doch ihre Neugier und ihre Sehnsucht waren viel stärker, und so machte sie weiter. Das letzte Kügelchen aus zerknülltem Zeitungspapier ploppte heraus. Sie blies die Kerze aus und schaute durch das Loch. Zwischen den Brettern, aus denen die Decke des Klavierzimmers bestand, sah sie schmale, von einer Kerze beleuchtete Ritzen. Um besser sehen zu können, mußte sie sich flach auf den Boden legen, mit dem Auge genau über dem Loch. Mehr als ein halber Millimeter Raum war zwischen den Brettern nicht, aber plötzlich sah sie ein Stück seiner Hand, die ein rotes Band hielt. *Das muß an ihrem Halsausschnitt sein,* hörte sie ihn denken. Seine Hand zog sich ruckartig zurück, nur das Band lag noch auf dem Tisch. Charlotte rutschte etwas vor und hoffte, ihn wieder sehen zu können. Sie konnte seine Gedanken nicht mehr hören, seit er aus ihrem Blickfeld verschwunden war. Ob er das Band wieder in die Hände nahm? Hatte er gespürt, daß sie ihn heimlich beobachtete? War sie zu weit gegangen? Sie war schlimmer als die Frau von Nikhil Nair, dachte sie, die belauerte für ihre Klatschgeschichten bestimmt niemandem wie ein Dieb in der Nacht. Charlotte wollte sich gerade zurückziehen, als seine Hand wieder zu dem roten Band griff. Wieder spürte sie, daß er an sie dachte und daß das Band für sie bestimmt war. *Möchtest du, daß ich dir den Stoff bringe?* Der Gedanke entglitt ihr, bevor er ihr selbst bewußt war. Mit einem Ruck zog sie sich zurück, als ob er sie ertappt hätte. Rasch legte sie die Hand auf das Loch. Er durfte nicht wissen, daß sie hier in ihrem Schlafzimmer lag und ihn bespitzelte. Sie wollte nach dem Korken greifen, den sie herausgezogen hatte, aber ertastete nur die Zeitungsschnipsel und die Bindfadenstücke. Ihre Hand suchte im Dunkeln weiter. Der Korken mußte hier sein. Sie mußte das Loch verschließen, bevor noch mehr Gedanken zu ihm hinunterspringen konnten. Mit einer Hand auf der Öffnung und der anderen ringsum suchend, hörte sie, daß unten die Tür auf- und wieder zuging. War er fertig mit der Arbeit und ging er in das Zimmer neben der Küche zurück, um sich schlafen zu legen? Sie fand den Korken. Charlotte konnte sich nicht beherrschen und beugte sich mit dem Korken in der Hand noch einmal vor, um in das Loch zu spähen. Das Licht brannte noch. Sie sah, wie seine Hand den leeren Teller wegschob. *Er hat alles aufgegessen,* dachte sie und spürte seine verwirrten Gedanken zu ihr hochfliegen. Gedanken, die wissen wollten, wo sie war. Schnell drückte sie den Korken in das Loch und stopfte ihn so tief hinein, daß er sich nicht mehr ohne Mühe herausziehen ließ. Sie kroch von der Öffnung weg in eine Ecke des Zimmers.

Sie hörte ihn nicht mehr, aber würde er sie auch nicht mehr hören? Hatte er nicht viel feinere Antennen, weil er nicht sprechen konnte? Ihr knurrte der Magen. Das Essen, das für sie bestimmt gewesen war, hatte Hema auf ihren Wunsch dem Schneider gebracht, sie hatte wieder einmal die Ausrede benutzt »Ich habe keinen Appetit«. Ihre Hand glitt zum Magen. Sie fühlte ihre Rippen. *Ich muß morgen etwas essen.* Sie zog das Holzkästchen zu sich hin. Daß es leer war, hatte sie vergessen.

1959

Bombay

Chandan Chandran hockt im Schneidersitz auf dem Boden. Um ihn herum stehen Flaschen, Schachteln und Tüten. Madan sitzt ihm gegenüber und atmet den betäubenden Geruch ein. Es ist das erste Mal, daß der Meister ihn in die kleine Dachkammer mitnimmt. Seit er vor zwei Jahren in einer Ecke der Weberei einen eigenen kleinen Teppich bekommen hat, auf dem er sitzt, wenn er die fertigen Stoffe und Schals umsäumt, ist Madan glücklich. Daß er dreizehn ist, weiß er nicht, Zahlen und Jahreszahlen haben für ihn keine Bedeutung. Er fühlt sich als Mann, seit er vor einer Woche schwarze Haare neben seinem Glied entdeckt hat. Seine Schultern sind inzwischen fast so breit wie die der Männer an den Maschinen, die ihn alle Mukka nennen, wie sein Freund Subhash, der Schmierer, mit dem er zusammen unter der Überdeckung auf dem Flachdach schläft. Herr Chandran hat ihn nie mit einem Namen angeredet.

Manchmal, es kann vor- oder nachmittags sein, oder auch kurz vor Feierabend, setzt sich Meister Chandran neben ihn, nimmt den Lappen, auf dem Madan seine Nadeln aufbewahrt, und überprüft sie. Wenn eine Nadel stumpf oder rostig ist, zieht er sie heraus und murmelt, gutes Werkzeug sei die halbe Arbeit. Dann nimmt er eine von den guten Nadeln, fädelt einen roten Faden ein und stichelt damit in dem Lappen. So bringt er Madan den normalen Saumstich bei, den versteckten Saumstich, den Muschelstich, den Hexenstich und den Festonstich, und Madan lernt, daß zu jedem Gewebe ein anderer Stich gehört. Ohne ein Wort zu sagen gibt er Madan den Lappen zurück und schaut, ob der den Stich nachmachen kann. Wenn Madan es schafft, sagt er ihm, wie der Stich heißt. Wenn er es nicht schafft, muß er seinen Stich und den des Schneiders aufdröseln und warten, bis Chandan Chandran sich irgendwann wieder zu ihm setzt, um ihm den Stich noch einmal zu zeigen.

Daß er heute in die Dachkammer mitkommen durfte, ist eine große Ehre. Seit Subhash ihm den Raum gezeigt hatte, war er nicht mehr dort. Eines Tages, als er hochgeklettert war, weil er einfach etwas Schönes riechen wollte, hing ein Vorhängeschloß an der Luke, und niemand hatte ihm gesagt, wer den Schlüssel hatte.

»Die hier stärken die Ausdauer«, sagt Chandan Chandran mit seiner schönen, tiefen Stimme und nimmt eine Handvoll trokkener Orangenblüten aus einer Flasche.

Madan hält die Hand auf, und Chandan Chandran legt die Blüten hinein. Madan steckt die Nase hinein, aber der Duft ist weniger stark als erwartet.

»Man muß sie erst zermahlen und einweichen, und dann taucht man den Stoff hinein.« Chandan Chandran zerbröselt ein paar andere Blüten und hält sie Madan vor die Nase. »Calendula, die Bauern nennen sie Ringelblume oder Goldblume.« Er nimmt ein großes Vorratsglas von dem Regalbrett hinter ihm und dreht es auf. »*Jasminum* oder Jasmin steht für Reinheit und Wahrhaftigkeit. Wenn du das benutzt, mußt du die Blätter zusammen mit dem Stoff kochen. Reinheit ist eine große Kraft, die oft unterschätzt wird, sei damit sehr vorsichtig.«

Madan begreift nicht, warum er mit einer Handvoll süß duftender Blüten vorsichtig sein soll. Nach jedem Monsun riecht die ganze Gegend nach Jasmin, und alle sind glücklich. Männer, die in den heißen Monaten griesgrämig geworden sind, lachen wieder und bringen Schalen voller Blütenblätter in den Tempel. Kinder, die ständig gequengelt haben, weil sie wegen der Hitze nicht schlafen konnten, toben wie junge Hunde herum, und die Frauen, die ihre launenhaften Männer und ihre nervenden Kinder stillschweigend ertragen haben, blühen bei den ersten Regentropfen auf wie Blüten an einem Busch.

Chandan Chandran schüttet aus einer Tüte kurze, braune

Dornen auf seine Hand. »Vom Kaktus. Sie fördern den Reichtum.«

Geld ist für Madan ein genauso unbekannter Begriff wie eine Jahreszahl. Beim Wort »Reichtum« denkt er an Körbe voller Äpfel, Birnen oder Bananen. Zu Chandan Chandrans Bemerkung, daß diese Stacheln mit Reichtum zu tun haben, nickt er aber. Das Essen im Gefängnis bekam er ja auch nur, nachdem Ibrahim ihm einen Schlag verpaßt hatte oder er auf dem Klosetteimer hatte sitzen müssen, um mit seinem Körper den Gestank zurückzuhalten, damit der Mörder unbehelligt essen konnte.

Sein Chef nimmt eine Zitrone aus seiner Jackentasche. »Die *Citrus limonia* spornt zur Keuschheit an.«

Auch das Wort »Keuschheit« sagt Madan nichts, aber der saure Geschmack einer Zitrone und das Gesicht des Webers helfen ihm auf die Sprünge. Er erinnert sich an Bruder Franciscus, wie er vor dem hölzernen Mann am Kreuz gebetet hat, und an den essigartigen Geruch im Waschraum, wo der Mönch auf die Knie fiel.

Der Mann mit dem Pferdeschwanz steht auf und kramt zwischen den Flaschen und Tüten, bis er findet, was er sucht. »Das ist von der *Passiflora* oder Passionsblume«, sagt er mit ruhiger Stimme, und in seiner Hand liegen Staubfäden, weiß mit blauviolett, »die kann Stille erzeugen.«

Unter Stille kann Madan sich etwas vorstellen. Nicht die Stille in seinem Kopf, dort redet er ununterbrochen, sondern das Verlangen danach, Wörter auszusprechen, einen Satz zu bilden, eine Geschichte zu erzählen. Einmal, als Subhash und der Mond schliefen und die Stadt ringsum in so tiefer Ruhe dalag, daß sich sogar die Ratten in ihre Löcher zurückgezogen hatten, war er aufgestanden und an den äußersten Rand des Daches getreten. Er hatte den Mund geöffnet und versucht, mit der Luft, die er aus seiner Lunge preßte, einen Klang zu erzeugen, der sich anhören sollte wie das schöne, tiefe Timbre von Meister Chandran. Aber aus seiner Kehle kam ein hohes, schrilles Kreischen, so furchterregend, daß jedes Lebewesen, das es hören konnte, davon hochschreckte. Die Vögel im Geäst, die Hunde auf dem Gehsteig, die Ratten, die Mäuse, sogar die Ameisen und die Käfer. Subhash war erschrocken aufgewacht und hatte gerufen, er solle sich schnell zu ihm legen, weil er einen bösen Geist habe brüllen hören. Madan war zu seiner Matte zurückgekehrt und hatte sich vorgenommen, nie wieder auch nur einen Ton von sich zu geben.

»Die *Rosa* oder Rose«, sagt Chandan Chandran leise und nickt zu der roten Blüte in seiner Hand, »erweckt Liebe.«

Ein Lächeln erscheint auf dem Gesicht des Webers. Er hat nicht den strengen, ernsten Blick wie sonst. Madan streckt die Hand aus, und die Rose rollt hinein. Ob es der Duft ist oder die Farbe der samtzarten Blätter, weiß er nicht, aber er spürt, daß in seinem Herzen etwas geschieht. Er schließt die Augen und erinnert sich an seine Schwester in ihrer blauen Jacke, er spürt die Hände der blonden Frau, die ihn streicheln, und ihren Kuß, er hört freundliche Worte und riecht süße Düfte. Er denkt wieder an Abbas, der in den großen Apfel beißt. Meint der Weber das mit Liebe? Er weiß, daß die Männer in der Weberei auch manchmal über Liebe reden, aber die unterhalten sich dann über Frauen, die Madan noch nie gesehen hat und von denen er nicht einmal weiß, ob sie in der Wirklichkeit oder nur im Kopf der Männer existieren. Als er die Augen wieder öffnet, hat Chandan Chandran die Rose gegen kleine blaue Blumen ausgetauscht, ohne daß Madan es gemerkt hat.

»*Myosotis*, oder Vergißmeinnicht, das nimmt man, damit Erinnerungen für immer bleiben.«

Obwohl es ein kleines, unscheinbares Sträußchen ist, das in seiner Hand liegt, durchströmt ihn unversehens eine Welle des Kummers. Seine Erinnerungen sind fast immer schmerzhaft, doch die Rose hatte ihm Gedanken an die Vergangenheit gebracht, ohne daß er sich verlassen fühlte. Durch die kleinen Blumen in seiner Hand werden all diese Gefühle durcheinandergeworfen, und er sieht wieder vor sich, wie er barfuß zwischen den Beinen der johlenden, jubelnden Männer verlorenging. Die

Angst und die Einsamkeit. Die Schmerzen und das Blut. Den Durst und den Hunger. Er riecht an den Blumen, die zu rufen scheinen: »Wir haben es nicht vergessen.« Ob es der Geruch ist, der ihn überwältigt, oder ob es die Erinnerungen sind – Madan merkt, wie alle Kraft aus seinem Körper schwindet, wie die Worte von Herrn Chandran zerfließen, das Karussell von Düften sich ihm aufdrängt, er kann sie nicht mehr unterscheiden, er sieht, wie die Hand von Herrn Chandran auf ihn zukommt, dann dreht sich alles vor seinen Augen.

Er liegt allein auf seinem Teppich. Er hört die Webstühle schnurren, neben seinem Kopf liegen die Vergißmeinnicht.

1967

Himalayan Queen Express

Sie sitzen sich gegenüber und haben seit der Abfahrt des Zuges kein Wort miteinander geredet. Charlotte blickt auf die vorbeiziehende Landschaft, ohne die erntenden Bauern, die waschenden Frauen und die Berge in der Ferne wahrzunehmen. Sita starrt auf die marmorierte Wand des Abteils, an der sie immer neue Figuren zu entdecken meint – ein Gesicht ohne Augen, eine greifende Hand, eine Frau mit langem, wehendem Haar …

Alles ist anders gelaufen als verabredet. Die Krankenschwester hatte Charlotte bei ihrem ersten Gespräch im Spital gesagt, das Baby werde gleich nach der Geburt abgeholt, denn es gebe genug junge Paare, die ein Kind adoptieren wollten. Charlotte hatte das Neugeborene nicht sehen wollen, aus Angst, sie könnte es dann nicht hergeben.

Während Charlotte noch mit fest geschlossenen Augen und gespreizten Beinen auf dem Bett lag, hatte Sita den dunkelhäutigen Jungen aus den Händen der Nonne entgegengenommen. Die ehemalige Ayah begriff nicht, wie die perlweiße Frau, die sie in ihren ersten Lebensjahren mehr oder weniger aufgezogen hatte, ein so dunkles Kind gebären konnte. Nachdem die Nabelschnur durchschnitten worden war, war sie mit dem feuchten Bündel Mensch aus dem Zimmer gelaufen, gefolgt von der Nonne, die sagte, sie solle das Kind in Raum vier bringen. Im Flur begann das Baby zu weinen, und Sitas Brüste zogen sich heftig zusammen, als versuchten sie, Milch hervorzubringen. Sie war an der Tür mit der Zahl Vier vorbeigegangen, schnurstracks in das einfache Zimmer, das Charlotte für sie gemietet hatte. Auf die Frage der Schwester, wo sie hinwolle, hatte sie gesagt, sie und niemand anders werde den kleinen Jungen adoptieren. Sie war ins Badezimmer geeilt, hatte den Neugeborenen mit warmem Wasser aus der Thermosflasche gewaschen und in ihrem Bett schlafen gelegt. Sie hatte Pullunder und Schal, die Charlotte für sie gestrickt hatte, als Decken benutzt, und war erst dann in Raum vier gegangen. Dort hatte sie gesagt, sie käme, um die Papiere zu unterschreiben. Die Schwester hatte zweimal nachgefragt, ob die Mutter des Kindes damit einverstanden sei, worauf Sita zweimal zustimmend den Kopf geschlenkert hatte. Das Formular, das die Schwester ihr hinschob, verstand sie nicht, erst als ihr die Schwester zeigte, wo sie unterschreiben müsse, hatte sie mit unsicherer Hand ihren Namen hingekritzelt, das einzige Wort, das sie überhaupt schreiben konnte. Die Schwester hatte gefragt, wie der Junge heißen solle, und Sita hatte gesagt, sein Name sei Parvat – »Berg«. Sie hatte um ein Fläschchen Milch gebeten und war wieder in ihr Zimmer gegangen.

Erst als zwei Wochen später das Taxi vor der Tür stand, das sie nach Simla zurückbringen sollte, entdeckte Charlotte, daß Sita ein Baby bei sich hatte. Auf ihre Fragen hatte die kleine Inderin, die ihr ganzes Leben ihre Vertraute gewesen war, nicht geantwortet. Das Baby war fest in ein Tuch gewickelt und fast unsichtbar zwischen den Falten ihrer Kleider versteckt. Wenn das Baby nicht kurz geweint hätte, als sie ins Auto einstiegen, hätte Charlotte es wahrscheinlich erst viel später bemerkt. Ihre Versuche, im Taxi einen Blick auf den Säugling zu werfen, waren erfolglos, da die frischgebackene Mutter ein Tuch vor das Gesicht des Kindes hielt.

Der Zug ruckelt und schaukelt sanft. Das schlafende Baby ist noch immer zwischen den Falten von Sitas Kleidern verborgen. Die beiden Frauen sehen einander nicht an. Charlotte, weil sie wütend ist, Sita, weil sie Angst hat. Dann beginnt das Baby zu weinen. Sita zaubert ein Fläschchen Milch hervor, das sie zwischen ihren Schenkeln gewärmt hat. Der hungrige Säugling weint mit langen Schluchzern. Charlotte, deren Brüste noch immer straff gewickelt sind, spürt den Milchstau. Das ist ihr in den vergangenen Wochen noch nie passiert, nicht mal, wenn sie eines der Babys weinen hörte, die in den Bettchen in Raum vier auf ihre zukünftigen Eltern warteten.

Ihre Stimme klingt nicht anklagend oder vorwurfsvoll, eher leicht verwundert. »Das ist mein Kind«, sagt sie.

Sita sieht sie mit scheuem Blick an. Sie merkt, daß der Zorn abflaut und die Frau ihr gegenüber neugierig wird, sogar ein wenig lächelt. Schüchtern nickt sie. Die Ohrringe, die Sita seit ihrer Hochzeitsnacht trägt, wippen sanft mit. Dann zögert sie nicht mehr und wickelt das Baby aus ihrem Schal.

Charlotte blickt ungläubig auf das dunkelhäutige Kind. »Ist das meins?«

»Ja, ein Junge.«

Charlotte sieht atemlos zu, wie die Frau, die ihr schon so lange die Mutter ersetzt, den Sauger mit sichtlicher Erfahrung in den Mund des Babys schiebt, das gleich kräftig nuckelt. Die schwarzen Wimpern, die schwarzen Haare, die dunklen Augen, die braune Haut, in nichts erkennt sie sich wieder. Bis ihr Blick auf die kleinen Hände fällt, die ziellos greifend den Rhythmus des Saugens begleiten. Genau wie bei ihr ist der Daumen zu lang und der Mittelfinger zu kurz. Sie schaut wieder auf das Gesicht, die kleinen, runden Wangen, den nuckelnden Mund, die Schluckbewegung, das Seufzen, die Härchen auf der Stirn, die makellose, zarte Haut … Daß sie dieses Kind all die Monate in ihrem Bauch getragen hat …! Obwohl sie weiß, daß der Vater ein Inder ist, hat sie in der ganzen Zeit nie daran gedacht, daß das Kind dunkelhäutig sein könnte. Es ähnelt in nichts den Eurasiern, die sie kennt, die je nach Abstammung ihre leicht getönte Haut, ihre Augen, ihre Nase, ihre Haare und ihren Namen verabscheuen oder stolz darauf sind. Was wird ihr Vater sagen, wenn er es erfährt? Ihr Bruder? Die Mitglieder des New Rampur Club? Die Hausangestellten? Pfarrer Das? Die Damen vom Tennisplatz? Der Mann, bei dem sie immer Äpfel kauft, weil nur wenig Leute bei einem Mischling einkaufen wollen? Die schüchterne Bibliothekarin, die Johnson heißt, wie der Soldat, der ihre Mutter geschwängert hat? Der Besitzer der Autowerkstatt, der so tut, als sei er Brite, aber hinter seinem Rücken ausgelacht wird, weil er nur ein Halbblut ist? Die Direktorin der Hauswirtschaftsschule, die ihre Kinder zum Studieren nach England schicken möchte, weil sie meint, es ist ihr Mutterland, aber die kein Visum für sie bekommt? Die Fußpflegerin, die sich jahrelang darum bemüht hat, ihren Namen zu ändern, und nun auf einmal den alten Namen zurückhaben möchte? Charlotte unterdrückt die Tränen, die auf diesen Moment gewartet haben. Was soll mit dem Kind geschehen, wenn sie es nicht mehr beschützen kann, wenn ihr Sohn alt genug ist, in die Welt hinauszugehen? Wird man ihn beschimpfen, weil er ein Bastard ist, dunkel und nicht blond, der vaterlos ist und deshalb rechtlos sein wird? Wird man sie im Club eine Hure nennen, wie die Tochter des Eisenbahndirektors, die eine Beziehung zu einem Mann aus Kerala gehabt hatte? Wird sie enterbt werden, wie die Frau, die mit einem berühmten Dichter aus Kalkutta auf und davon gegangen ist? Oder vergiftet, wie das Mädchen, das vorhatte, einen Lehrer aus Orissa zu heiraten? Müssen sie nach England gehen? Nach Amerika? Nach Afrika? Wo können sie glücklich werden, ohne daß alles, was sie tun, auf Ablehnung stößt?

Ihr Koffer, den sie am Morgen gepackt hat, um in das große Haus auf dem Hügel zurückzukehren, liegt neben ihr. Wenn die Reise wie geplant verläuft, sind sie in zwei Tagen wieder in Rampur. Der Schweiß bricht ihr aus. Sie will das Kind aus Sitas Armen nehmen, sich die Bandagen von der Brust reißen und das Kind stillen. Sie will es trösten, verstecken und beschützen, nie mehr loslassen. Zurück in ihren Bauch will sie es stopfen, alles ungeschehen machen. Zurück in die Zeit will sie, um ihre Schande zu tilgen. Niemand darf wissen, daß es ihr Kind ist. Daß sie ihr Baby vor zwei Wochen zur Adoption freigegeben hat, scheint sie völlig vergessen zu haben. Plötzlich weiß sie mit absoluter Klarheit, daß ihr Sohn nur glücklich werden kann, wenn sie nicht die Mutter ist.

»Wann hast du zum letzten Mal Liebe gemacht?«

Sita blickt schockiert auf, eine so direkte Frage mußte sie noch nie beantworten.

»Habt ihr zusammen geschlafen, als Deepak das letzte Mal zu Hause war?« fragt Charlotte hartnäckig.

Sita spürt wieder, wie trocken sie war, als er sich auf sie legte. Sie hatte vergessen, wie er roch, und seine Hände waren grob geworden. Erst als er schnarchend neben ihr lag, wußte sie, daß es ihm gekommen war, weil sie sein Sperma aus ihrer Scheide fließen fühlte. Sie hatte ihm nicht gesagt, daß sie schon das ganze Jahr keine Monatsblutung mehr gehabt hatte, denn das bißchen Intimität, das sie früher verband, war völlig verschwunden, seit er in Neu-Delhi arbeitete; daß er mit ihr schlafen wollte, hatte sie sogar befremdet, weil sie, ohne daß sie diesen Gedanken mit anderen teilte, davon überzeugt war, daß er eine Stellvertreterin für sie hatte und nur aus Pflichtgefühl jedes Jahr für eine Woche nach Rampur zurückkehrte.

Charlotte erkennt an Sitas verwirrter Miene, daß sie tatsächlich mit ihrem Mann intim war. »Von jetzt an ist es dein Kind.«

Sita, die die Adoptionspapiere in der Tasche hat, nickt.

»Erzähl niemandem, daß du es adoptiert hast. Stell es deinen Töchtern als ihren Bruder vor und ruf Deepak an und sag ihm, daß er endlich einen Sohn hat. Er wird stolz sein und dich wieder lieben. Ich werde dich, solange ich lebe, finanziell unterstützen. Der Junge soll studieren, er soll Arzt werden können, oder Ingenieur, wenn er möchte, aber du darfst ihm niemals sagen, daß ich seine Mutter bin. Niemals! Versprich mir das!« sagt Charlotte keuchend.

Sita versteht nicht, warum Charlotte plötzlich so viel Aufhebens macht. Daß es nicht Charlottes, sondern ihr Sohn ist, sieht doch wohl jeder sofort. Sie nickt, beugt sich über den Kleinen und beginnt leise zu singen, die Charlotte so vertrauten, nasalen Töne mit den unverständlichen Worten. Noch mit offenem Mund schläft das Baby ein.

1967

Rampur

Die Tränen waren getrocknet, als ihnen die Hitze Rampurs entgegenschlug. Am Bahnhof erwartete sie der Chauffeur. Er machte ein verwundertes Gesicht, als nicht nur die Tochter des Hauses, sondern auch die ehemalige Ayah, mit einem Baby im Arm, ins Auto stieg. Wirklich verdutzt war er, als die Tochter des Generals ihm den Auftrag gab, zuerst die Ayah mit dem Baby nach Hause zu bringen und dann erst zum großen Haus zu fahren.

Der Ventilator dreht sich über ihrem Kopf, die Fenster stehen offen. Sie sehnt sich nach der Kühle der Berge und öffnet den Koffer, den Hema auf ihr Bett gelegt hat. Ganz oben auf ihren Sachen liegt das kleine Baby-Cape aus Angora, das sie gestrickt hat. Ihre Finger streichen über die weiche Wolle. Am liebsten würde sie ins Auto springen und zu Sita fahren, aber sie weiß, daß sie sich beherrschen muß, daß es nicht mehr ihr Kind ist, daß sie keine Mutter sein wird und daß es hier für das Cape viel zu warm ist. Zusammen mit dem Schal, den sie für ihren Vater gestrickt hat, verpackt sie das Angora-Cape in eine Plastiktüte und schiebt das Päckchen auf das oberste Regal im Schrank, so daß sie es nicht mehr sehen kann. Keiner wird die Sachen je tragen. Von draußen hört sie den Lloyds dröhnen und den Mali seufzen, der das Gerät über den Rasen schiebt. Sie wird ihn bitten, Blumen fürs Eßzimmer zu pflücken. Das Haus ist zu still und zu leer. Sie nimmt ihren Füller und ein Blatt Papier und schreibt einen Brief an ihren Bruder.

Lieber Donald,

ich bin wieder zu Hause. Die Monate im Himalaja werde ich nie vergessen. Ich habe eines von Vaters Bildern, auf denen der Mount Everest zu sehen ist, über mein Bett gehängt. So habe ich die wunderbaren Berge immer vor Augen und denke an das grüne Gras auf den Wiesen, an den frischen Wind und den Schnee. Wenn ich einen Sohn hätte, dann würde er »Berg« heißen. Von den Bergen geht eine so überwältigende Kraft aus, nichts auf der Welt ist so schön, so einmalig, so gigantisch. Wenn ich daran denke, muß ich fast weinen. Erinnerst Du Dich noch daran, daß Vater uns verboten hat, zu weinen? Auch, als wir noch ganz klein waren? Wenn ich daran zurückdenke, wird mir erst klar, wie seltsam das war. Ein kleines Kind weint nun mal, einfach weil es Hunger hat oder Bauchdrücken. Du erinnerst Dich wahrscheinlich nicht mehr daran, daß Vater uns, als wir ganz klein waren, im Kinderwagen draußen in den Regen gestellt hat. Bei Dir kam ein Gewitter, und Du hast gar nicht aufgehört zu weinen. Sita durfte nicht bei Dir bleiben. Ich habe dann gesehen, wie sie sich hinter einem Strauch versteckt hat, um so nah wie möglich bei Dir zu sein, ohne daß Vater es sah. Hast Du schon gehört, daß sie einen Sohn bekommen hat? Ich möchte ihr gern etwas schenken. In einer Zeitschrift, die ich auf dem Bahnhof in Neu-Delhi gekauft habe, stand ein Artikel über einen neuen Kinderwagen, der in England erfunden wurde. Er wird »Buggy« genannt. Meinst Du, daß Du in London einen für mich bestellen könntest? Er hat ein leichtes Aluminiumgestell und läßt sich ganz klein zusammenlegen. Die Patentnummer ist 1.154.362. Ich denke, Sita wäre damit überglücklich. Wenn es klappt, verschick ihn am besten per Luftpost, mit dem Schiff dauert es so lange, ich würde ihn ihr gern so bald wie möglich schenken. Du findest hoffentlich Zeit dafür? Geht es Dir ansonsten gut? Vater ist froh, daß ich zurück bin. Die Krankenschwestern auch, glaube ich. Er kann inzwischen schon wieder viel mehr. Das linke Hüftgelenk ist wieder beweglich, und er kann fast selbständig sitzen. Er wird nie mehr laufen können, aber das wußtest Du ja schon, oder? Erst dachte ich, er wäre mir böse, weil ich länger weggeblieben bin, aber darüber hat er kein Wort verloren. Er ist nun fast schon ein Jahr im Krankenhaus und will jetzt, wo ich zurück bin, nach Hause kommen. Kommst Du auch wieder einmal nach Rampur? Ich denke, vorläufig kann ich hier nicht weg, und ich würde Dich so gern einmal wiedersehen.

Grüße von Deiner Schwester Charlotte

PS: Denkst Du an den Kinderwagen?

1995

Rampur

Der Kronleuchter war seit Jahren nicht mehr herabgelassen worden, aber nun lag er mitten in der Eingangshalle, wie ein gestrandetes Geisterschiff voller Spinnweben. Hema kniete davor und pulte mit einem kleinen Messer die Hunderte von Kerzenstummeln heraus. Er hatte die Tür zum Klavierzimmer geschlossen, weil er nicht wollte, daß der Schneider ihn bei einer Arbeit sah, die normalerweise ein Lehrjunge erledigte. Mit der Messerspitze stocherte er vorsichtig im Halter, um die Kerzenstummel möglichst heil herauszufummeln. Manche waren noch lang genug, um ein paar Stunden Licht zu geben, andere so weit heruntergebrannt, daß er sie erst würde einschmelzen müssen. Es war zwar in seinen Augen eine niedrige Tätigkeit, aber er war doch froh, über dieser Arbeit ein bißchen zur Ruhe zu kommen. Der Schweiß rann ihm über die Augenbrauen, und das Hemd klebte ihm am Rücken. In der Badewanne im Gästezimmer war zwar noch ein bißchen Wasser, aber weil er einen guten Preis aushandeln konnte, hatte er zwölf Kanister mit Trinkwasser den Hügel hochgeschleppt. Morgen würde er Memsahib fragen, ob der Schneider ihm nicht helfen könnte; er zahlte zwar Miete für sein Zimmer, aber als sie sich über den Preis einigten, hatte niemand daran gedacht, daß ihnen das Wasser ausgehen könnte.

Der Fluß, der durch Rampur verlief, war völlig ausgetrocknet. Hema hatte am Morgen Dutzende von Frauen gesehen, die Löcher gruben. Sie hofften, auf Wasser zu stoßen, um sich und ihre Kleider waschen zu können, denn das Wasser, das an der Straße verkauft wurde, war dafür zu teuer. Der Nachrichtensprecher von Radio Rampur hatte nun, anders als der von der BBC, gesagt, der Monsun könne jeden Moment ausbrechen, doch der wolkenlose Himmel erzählte eine andere Geschichte.

Zum fünften Mal war in dieser Woche der Strom ausgefallen, und Charlotte versuchte sich etwas Kühlung zuzufächeln. Den Arm mit dem Fächer zu bewegen, kostete in der erstickenden Mittagshitze so viel Kraft, daß die Minibrise die Anstrengung eigentlich nicht aufwog. Die Fensterläden waren nicht richtig geschlossen, aber sie war zu träge, um sie fest zuzuziehen. Ein haarfeiner Streifen Sonnenlicht bohrte sich in ihr Schlafzimmer und schien auf den Stapel mit den Stoffen. Ihr Vater hatte nicht mehr danach gefragt, und weil es sogar ihm zu heiß war, um sich zu bewegen, verhielt er sich schon seit Tagen ruhig, sogar dann, wenn sein Joghurt und sein Tee nicht pünktlich vor ihm standen. Sie mußte einen Stoff für ihr Kleid aussuchen, aber sie scheute davor zurück, ihn ins Klavierzimmer zu bringen. Den Korken hatte sie so tief in das Loch zurückgesteckt, daß sie ihn nur noch mit einem Korkenzieher herausbekommen könnte. Sie vermied es, an den Schneider zu denken, weil sie Angst hatte, daß ihr die gleichen Gedanken wieder in den Sinn kommen würden, wenn er in der Nähe war. Sie versuchte, den Kopf zu schütteln, um die Grübeleien zu verscheuchen, aber die Hitze war so lähmend, daß sich nicht mal ihr Hals bewegen wollte.

Gedämpft hörte sie von unten das Surren der Nähmaschine. *Er* schien überhaupt keine Probleme zu haben.

Ganz oben auf dem Stapel lag ein schimmernder, rosafarbener Seidenstoff. Genau die Farbe, in der sie als Kind so gern ein Kleid gehabt hätte, aber man hatte es unsinnig gefunden, wenn sie in den wenigen Wochen im Jahr, an denen kein Schulunterricht stattfand, etwas anderes trug als die triste graue Internatsuniform. Da auch die Frau von Nikhil Nair immer Rosa trug, fiel dieser Stoff schon mal weg, genau wie der in Altrosa, der darunterlag. Die Seide, die dann kam, war violett, wie die Kanzeldecke bei Beerdigungen. Es gab auch etwas in Gelb, das sie sofort mit der Sonne, der drückenden Hitze, dem Schweiß und der stickigen Luft assoziierte. Wie konnte er bei diesen Temperaturen arbeiten? Ein goldfarbener Stoff glänzte zu sehr, den mit der Silberstickerei fand sie zu altjüngferlich, den blauen zu gewöhnlich, den weißen zu jungfräulich, in Schwarz wollte sie nicht aufs Fest, und Grün trug sie schon die meiste Zeit. Rot war zu ordinär, Beige zu langweilig und Braun zu armselig.

Als die Sonne unterging, ließ auch die Leuchtkraft der Farben nach. Sie stand vom Bett auf, trat ans Fenster und stieß die Läden auf, weil sie auf etwas Kühlung hoffte. Der Mond war noch nicht zu sehen. Unten schnurrte die Nähmaschine lustig weiter. Sie konnte sich die Linie seines Profils mühelos vorstellen, die gerade Stirn, die aristokratische Nase, die Lippen und das Kinn … Er hatte etwas Edles, etwas Adliges, dachte sie. Ihre Gedanken schweiften zu Parvat. Sie fragte sich, ob schon einmal irgend jemand, der ihn sah, Zweifel an seiner Herkunft bekommen hatte. Sie nahm einen Stapel Stoffe und ging damit ins Treppenhaus. Die Uhr schlug acht. Ihr Vater wollte nur schlafen, wenn er die Uhr zehn hatte schlagen hören, sonst hätte sie das Ding längst verkauft. Sie brachte auch die anderen Stapel in den Flur. Weil sie sich nicht entscheiden konnte, hatte sie sich überlegt, daß es besser war, wenn *er* den Stoff aussuchte. Wie gewohnt horchte sie kurz an der Tür des Kinderzimmers. Sie wollte weitergehen, als sie etwas zu hören glaubte. Sie drückte das Ohr ans Holz und lauschte. Es war ein leises Geräusch, das sie nicht kannte. Sie nahm den Schlüssel vom Nagel und schloß auf. Mitten im Zimmer saß ihr Vater in seinem Rollstuhl. Er trug nichts außer einer schneeweißen Unterhose und seiner Windel. Seine Narben waren gut zu sehen. Unter die Gurte um seine Füße und Arme waren Wattebäusche gestopft. Sein Körper war schweißnaß. Auch sein Gesicht war naß. Nicht vom Schweiß, sondern von Tränen.

»Vater! Was ist?« fragte sie erschrocken.

Das unterdrückte Greinen, das sie ins Zimmer gelockt hatte, ging in lautes Flennen über. Er öffnete den fast zahnlosen Mund, sog die Luft ein und stöhnte unter Tränen. Sie nahm das Handtuch, das neben ihm lag, und trocknete ihm die Schultern, den Hals, die Brust und den Rücken ab. Die Tränen strömten ihm über die Wangen. Sie kniete sich neben ihn und tupfte ihm behutsam Stirn und Gesicht ab, während er weiterschluchzte. Noch nie zuvor hatte sie ihn gestreichelt, nicht, als er auf Leben und Tod im Krankenhaus lag, nicht, als er einen Malariaschub hatte und mit mehr als einundvierzig Fieber phantasierend im Bett lag, und nicht, als der Arzt ihr vor einer Weile eröffnet hatte, er sei schwer krank und würde nie mehr gesund. Sie wußte nicht einmal, ob er *sie* jemals gestreichelt hatte. Als sie ein Baby war oder ein Kleinkind? Sie konnte sich nicht daran erinnern, daß er jemals zärtlich zu ihr gewesen war. Sie legte ihm das Handtuch auf den Schoß und hob vorsichtig die Hand. Er sollte nicht spüren, daß es ihr unangenehm war und irgendwie befremdlich. Sie strich ihm eine Haarsträhne aus der Stirn. Ihre Hand glitt weiter über seinen Kopf. Die dünnen, grauen Haare waren klebrig vom Schweiß, aber es machte ihr nichts aus. Das Schluchzen hörte auf, die Tränen rannen ihm weiter aus den Augen.

»Möchtest du etwas trinken?«

Er nickte.

Charlotte nahm die Flasche und steckte ihm den Sauger in den Mund.

Gierig saugte er das Wasser ein.

»Besser?«

»Ich bin schlecht.« Er schluchzte wieder los.

»Vater, ganz ruhig …« Sie versuchte ihn wieder zu streicheln, aber er stieß ihre Hand weg.

»Ich war in Birma«, seine Stimme klang unsicher.

Charlotte wußte wie jeder andere, daß er in Birma gewesen war, es hatte sogar einmal ein Artikel über ihn in *The Times of India* gestanden, in dem seine Heldentaten ausführlich geschildert worden waren.

»Weißt du das?« knarzte er.

»Ja, Vater, das weiß ich. Du warst dort im Krieg.«

»Ja, der Krieg«, wiederholte er, das Wort »Krieg« noch zweimal leise hinterhermurmelnd.

Er starrte still vor sich hin. Charlotte stand unhörbar auf und öffnete die Fenster und die Läden. Das bißchen Kühlung, das der Abend brachte, glitt über die Fensterbank ins Zimmer. Sie hoffte, daß der Stromausfall bald vorbei war, damit sich der Ventilator über seinem Kopf wieder drehte, aber die städtischen Beamten, die das Problem lösen mußten, litten zweifellos ebenso wie sie unter der Hitze und schliefen wahrscheinlich an einem Ort, wo es noch Strom gab und sie Kühlung zugeweht bekamen.

»Ich habe gelogen.«

»Sei still. Es ist alles so lange her.«

»Es ist nicht lange her! Er nennt mich immer so.«

»Wer?«

»Der Butler. Er nennt mich General.« Er straffte den Rücken. »Ich bin kein General.«

»Das weiß ich.«

»Das weißt du?« Er sah sie so erstaunt an, als hätte er sie noch nie zuvor gesehen. »Wer bist du? Was willst du hier?«

»Ich bringe dir Wasser.« Sie nahm die Flasche und drückte ihm den Sauger wieder in den Mund.

Er begann genüßlich zu nuckeln.

Sie schaute aus dem Fenster und flehte, daß es bald regnen möge.

1967

Rampur

Sie steigt ins Auto ein und sagt dem Chauffeur, daß er zum Haus von Sita fahren soll, aber unterwegs läßt sie ihn bei einer Apotheke anhalten. Sie möchte noch etwas für das Kind kaufen. Bei früheren Besuchen hat sie bereits einen blauen Strampelsack mitgebracht, eine Rassel mit aufgemalten Pünktchen, einen Stapel Windeln aus einem der teuersten Läden in der Stadt, einen Teddybär, den sie in Neu-Delhi bestellt hatte und der größer ist als Parvat selbst, einen Becher, auf dem sie seinen Namen hat anbringen lassen, und noch gestern eine spezielle Babycreme, die gut gegen einen wunden Po hilft. Daß es viel zu warm ist für einen Strampelsack, daß der Teddybär mehr Platz in dem kleinen Haus einnimmt als das Baby und daß Parvat keinen wunden Po hat, daran will sie nicht denken. Sie geht in die Apotheke, kauft ein teures, importiertes Babyshampoo und läßt es als Geschenk einpacken. Der Chauffeur fragt gar nicht erst, wohin er nun fahren soll. Vor dem Haus, in dem Sita wohnt, stoppt er. Charlotte springt aus dem Wagen und eilt zu der offenstehenden Haustür.

»Guck mal, was ich dir mitgebracht habe«, sagt sie zu dem schlafenden Baby, das vor Schreck über die unerwartete Stimme wach wird und zu weinen anfängt.

Sita nimmt den schluchzenden Parvat auf den Arm und wiegt ihn wieder in den Schlaf.

»Wie gut du das kannst«, flüstert Charlotte, »ich weiß noch, wie du Donald immer ruhig bekommen hast, der hat viel geweint, weißt du noch, ißt er gut, wie oft wird er jetzt des Nachts wach, schaffst du das auch alles, du brauchst nur ein Wort zu sagen, und ich springe ins Auto und helfe dir, sieh mal, das hier scheint ein sehr gutes Shampoo zu sein, es ist aus Amerika, ich hatte gesehen, daß er Ausschlag hat.« Charlotte beugt sich über das Baby, an dem kein Fleckchen zu sehen ist. »Donald hatte auch Ausschlag, oder nicht, hatte ich das auch, und ist es mit seiner Verdauung jetzt besser, sind die Windeln gut, es waren die weichsten, die ich bekommen konnte, wenn du mehr davon brauchst, sag es nur.«

Sita geht mit dem Baby auf dem Arm zum Schrank. Der Teddybär sitzt etwas schief auf dem einzigen Stuhl, den das Haus besitzt. Charlotte plappert immer weiter, über Fläschchennahrung, Windelausschlag, Bauchkrämpfe, den Vorteil von Sicherheitsnadeln, Triefnasen, Ohrenschmerzen, das erste Zähnchen, Bäuerchen machen, Husten und die Masern. Sita hat aus einer Schublade ein Blatt Papier genommen, voll mit amtlichen Stempeln und Siegeln, und reicht es Charlotte. Sie mußte Sita schon öfter Briefe von Behörden vorlesen.

Sie liest laut: »Manali Hospital. Geschlecht: männlich. Zeit: 5 Uhr 35. Datum: 16. Oktober 1967. Vorname: Parvat.« Charlotte hört auf und liest leise weiter. Als sie das Dokument ganz durch hat, blickt sie wieder zu Sita hin, die das Baby still in den Armen wiegt.

Die Frauen sehen einander nur an. Tausende Worte strömen hin und her, ohne ausgesprochen zu werden. Verzweifelte Worte, erwartungsvolle Worte, betrübte Worte, ermutigende Worte, ratlose Worte, tröstende Worte, sehnsüchtige Worte, liebevolle Worte …

Charlotte steht auf, tritt zu der Mutter mit ihrem Kind, küßt den kleinen Jungen auf die Stirn und geht zur Tür. »Soll ich von jetzt an nur noch montags kommen?«

»Ja, Montag ist ein guter Tag.«

1963

Bombay

Das Haus, in dem Chandan Chandran wohnt, befindet sich am anderen Ende des Viertels. Subhash muß dort manchmal etwas reparieren, aber Madan war in den ganzen acht Jahren, in denen er für den Mann mit dem Pferdeschwanz arbeitet, noch nie bei ihm zu Hause. Er hat von den Männern in der Weberei gehört, daß seine Frau kürzere Haare hat als ihr Mann und daß sie vier Kinder haben, die nie nach oben in die Weberei kommen, aber ihrem Vater manchmal das Mittagessen in seine dunkle Werkstatt unter der Treppe bringen.

Madan biegt in eine schmale Gasse ein, geht unter einem großen Schild durch, auf dem ein Fotoapparat abgebildet ist, und bleibt vor einer blauen Tür stehen. Herr Chandran hat ihn gebeten, rasch ein Stück Rosenholz zu holen, das er vergessen hat. Madan ist einer der wenigen Mitarbeiter, die in die Bearbeitung von Stoffen und Garnen mit Kräutern und Blüten eingeweiht sind. So hat er gelernt, daß getrocknete Basilikumblüten, in die Säume eines Hemdes eingenäht, dem Träger zu viel größerer Disziplin verhelfen. Und wenn man Baumwolle einen Tag in einer Wanne mit weißen Chrysanthemen einweicht, bekommt der, der sie später trägt, viel mehr Lebensenergie. Rosenblätter stimulieren die Liebe, Rosenwurzel festigt eine bestehende Beziehung, und Rosenholz kann Gefühle befreien, die ganz tief verborgen sind. Die Blüten des Tausendschöns fördern den Gehorsam, und die Anemone unterstützt die Ehrlichkeit.

Madan zieht an dem Griff der Klingel neben der blauen Tür. Das Geräusch ist viel lauter als erwartet, doch drinnen scheint es niemand zu hören – es vergehen ein paar Minuten, und er steht noch immer vor der verschlossenen Tür. Er zieht zum vierten Mal an dem Griff, nun fester und länger. Der Klöppel schlägt gegen das gehämmerte Metall, und der Schall verbreitet sich in dem unbekannten Haus.

»Wer ist da?« fragt eine leise Stimme.

In Panik sieht Madan sich um. Damit hatte er nicht gerechnet. Warum hat der Weber nicht jemand anders geschickt, jemand, der sprechen kann? Soll er in die Hände klatschen oder an die Tür klopfen? Warum ist kein Fenster in der Tür, damit sie ihn sehen kann?

»Ist da jemand?« ertönt noch einmal die Frauenstimme.

Er hört Gepolter und dann etwas, was sich wie weggehende Schritte anhört. Herr Chandran hat ihm ans Herz gelegt, daß er sich sputen soll, daß es eilig ist, also zieht er noch einmal fest am Griff der Türglocke.

»Wer ist da?« wiederholt die leise Stimme.

Madan seufzt leise und verdreht die Augen. Warum macht sie nicht auf? Warum hat der Weber nicht Subhash geschickt? Warum kapiert sie nicht, daß da jemand ist, er hat nun schon fünf Mal geläutet! Er klopft an die Tür, sanft, wie eine Art Code. Er versucht mit seinem Klopfen mitzuteilen, daß er wartet, daß er nicht gefährlich ist, daß er nur etwas abholen möchte, was Herr Chandran vergessen hat.

Die Tür wird einen kleinen Spalt geöffnet, nicht genug, um hineinzuschauen, aber so, daß derjenige, der hinter der Tür steht, hinausschauen kann. Dann geht die Tür weit auf.

»Bist du Mukka?« fragt ein Mädchen in einem schwarz-weiß karierten Sari.

Madan blinzelt. Er hat noch nie ein so schönes Mädchen gesehen. Ihre Augen funkeln wie Taukristalle auf weißen Hibiskusblüten, ihre Lippen sind rot wie Mohn, ihre Haut ist weich wie ein gerade aufblühendes Löwenmäulchen, ihre Haare sind schwarz wie Ebenholz, und ihre Nase wippt wie ein Schmetterling, der sich aus dem Kokon zwängt.

Das Mädchen lächelt. »Was willst du hier?«

Madan hat überhaupt nicht daran gedacht, daß er erklären

muß, warum er gekommen ist. Sein Blick wandert hektisch durch den Flur hinter dem Mädchen. Er sieht nur einen großen Stapel alter Latschen, aber nichts, was wie ein Stück Rosenholz aussehen könnte.

»Sollst du etwas holen?«

Er nickt.

»Etwas für Papi?«

Die Vorstellung, daß jemand Meister Chandran »Papi« nennt, klingt so seltsam in seinen Ohren, daß er lächeln muß.

Das Mädchen lächelt auch.

»Ist es für die Fabrik?«

Madan nickt.

»Komm ruhig rein, sieh einfach nach, ob du es findest.«

Madan folgt dem Mädchen in den Flur. Er kann den Blick nicht von ihr abwenden. Ihre nackten Füße trippeln leicht über die Fliesen, ihre Haare hüpfen auf dem Rücken des schwarzweiß karierten Saris, ihre Finger bewegen sich beim Laufen. Der Flur ist lang und führt um eine Ecke. Das Mädchen beginnt leise zu summen, ein Lied, das er nicht kennt. Sie öffnet eine Tür.

»Das ist Papis Zimmer. Siehst du das, was du holen sollst?«

Das Zimmer sieht ganz anders aus, als Madan es einrichten würde, wenn er für Meister Chandran ein Zimmer entwerfen müßte. Der Raum ist völlig weiß und fast leer. An einer Wand sind einfache Regalbretter, in denen lauter gleich aussehende schwarze Schachteln stehen, in einer akkuraten Handschrift mit weißer Tusche beschriftet. Außerdem gibt es ein kleines Bücherbord, in dem ein einziges Buch steht. Unterm Fenster, vor dem eine glatte, weiße Gardine hängt, liegen auf einem schmalen Brett Muster und kleine Stücke Stoff, ordentlich gestapelt, und in der Mitte des Zimmers, auf dem weißen Tisch, liegt ein knorriges Stück Holz.

»Sollst du das holen?« Das Mädchen hebt das Stück Rosenholz hoch.

Madan nickt wieder und weiß genau, daß ihr Vater den schwarz-weiß karierten Stoff für den Sari selbst gewebt hat.

»Was für ein merkwürdiges Stück Holz das ist! Was will Papi damit machen?« Die Hand des Mädchens streicht über die Rinde.

Madan verfolgt mit seinen Blicken die Bewegungen der Hand, die über das Holz fährt, den Krümmungen folgt, er sieht, wie die kleinen Finger jede Vertiefung, jede Rundung und Wölbung im Holz finden. Sie sagt kein Wort. Sie steht anmutig in ihrem karierten Sari da und streichelt das Rosenholz. Madan spürt, wie sich sein Magen eigenartig zusammenzieht und sein Herz immer schneller pocht. Völlig unerwartet reicht sie Madan das Holz. Er erschrickt und wagt es nicht, den liebkosten Strunk zu nehmen, er fürchtet, daß die Berührung dieselbe Wirkung hat wie das Tragen eines damit bearbeiteten Kleidungsstücks. Das Mädchen drückt ihm das Stück Holz lächelnd in die Hände.

1968

Rampur

Lieber Donald,

in diesem Jahr haben wir Glück, der Monsun hat eine Woche eher angefangen. Wir hatten alle das Gefühl, fast wegzuschmelzen, so heiß war es. Vater ist wieder zu Hause. Die Ärzte halten es für ein Wunder, daß es ihm so gutgeht. Nur seine Beine kann er nicht mehr gebrauchen. Wenn er fleißig übt, wird er in ein paar Wochen sogar allein in seinen Rollstuhl steigen können, glauben sie. Aus seinem alten Arbeitszimmer haben wir jetzt ein Schlafzimmer gemacht. Zuerst war er dagegen. Er wollte einen Lift, so wie in Häusern in London, aber hier gibt es niemanden, der so etwas einbauen kann, deshalb machen wir es nun so. Ich habe in den vergangenen Monaten oft an die Sommer in England gedacht. Manchmal bereue ich es, daß ich nicht zurückgegangen bin, und frage mich, was um alle Welt ich hier tue. Ich bin oft allein und habe niemand, mit dem ich über meine Sorgen und Gefühle reden kann. Du bist so weit weg, die letzte britische Familie ist nach England zurückgegangen, und die Atmosphäre im Club hat sich völlig verändert, seitdem nur noch Inder kommen. Vater sitzt meistens schlechtgelaunt in seinem Rollstuhl im Salon und schimpft, wenn er seinen Tee oder Kaffee nicht schnell genug bekommt. Vor ein paar Jahren habe ich einmal einen sehr netten Mann kennengelernt, aber an dem hat er kein gutes Haar gelassen, so daß auch ich ihn irgendwann nicht mehr wollte. Also lese ich viel, obwohl ich alle Bücher in der Bibliothek schon mindestens zweimal gelesen habe. Wirklich glücklich fühle ich mich eigentlich nur, wenn ich Klavier spiele und wenn ich Sita besuche, unsere alte Ayah. Zu ihr gehe ich jeden Montag von fünf bis sieben und spiele mit ihrem kleinen Sohn

Parvat, einem ungeheuer klugen und hübschen Jungen. Ich habe sie gefragt, ob ich für ihn Klavier spielen darf, aber sie möchte nicht, daß ich das Baby ins große Haus mitnehme, also singe ich mit ihm englische Kinderlieder. Gestern war ein schlimmer Tag, ich spielte gerade das Impromptu Nr. 4 von Schubert, ein wunderbares Stück, und war bei einer sehr schwierigen Passage, als er wieder ganz laut mit einem Stock gegen die Wand des Klavierzimmers schlug, das nun an sein Schlafzimmer grenzt. Das bedeutete, daß ich still sein sollte, denn er wollte ein Nickerchen halten. Ich will hier weg. Ich werde hier verrückt. Warum kannst Du mich nicht einmal ablösen, und sei es nur für ein paar Wochen, dann müßte ich nicht mit dem Gefühl leben, daß ich allein für alles zuständig bin, er ist ja schließlich auch Dein Vater? Ich bin doch nicht auf der Welt, um bis zu seinem Tod seine Krankenschwester zu sein? Ich kann es nicht. Und ich will es nicht …

Sie zerknüllt den Brief und wirft ihn in den Papierkorb. Sie geht zum Flügel, klappt den Deckel auf und beginnt zu spielen. Als sie das Klopfen an der Wand hört, spielt sie weiter, lauter, schneller. Das Klopfen wird zum Hämmern. Ihre Finger schlagen gnadenlos auf die Tasten. Das Hämmern wird zum Dröhnen. Die Tür zum Klavierzimmer fliegt auf. In seinem Rollstuhl donnert er ins Zimmer.

»Hör auf!« schreit er.

Sie spielt weiter.

»Hör sofort auf! Das ist ein Befehl!«

Sie ignoriert es.

Er zerrt an ihrer Bluse und brüllt, daß er im Haus das Kommando hat, daß sie aufhören muss, wenn er es will, daß sie sich nicht so haben soll, daß sie hysterisch ist, daß sie nicht Klavierspielen kann, daß sie nicht glauben soll, er lasse so etwas in seinem Haus zu, daß er das Klavier verkaufen wird.

Mitten im Stück stoppt sie. Sie steht auf und blickt auf ihn herab, ihre Stimme klingt eisig, sie erkennt sich selbst nicht wieder: »Wenn du mich noch ein einziges Mal daran hinderst, daß ich auf *meinem* Flügel spiele, dann siehst du mich hier nicht mehr wieder.« Sie verläßt das Zimmer, geht in stoischer Ruhe die Treppe hinauf in ihr Schlafzimmer, nimmt das Foto, das sie heimlich von Parvat gemacht und in der Schublade neben ihrem Bett versteckt hat, und beginnt still zu weinen.

1963

Bombay

Er kann nicht mehr schlafen, er hat keinen Appetit, er verwechselt die weißen Rosenknospen mit den weißen Rosenblättern und die orangenen mit den rosafarbenen, so daß die Wirkungen andere sind – aus »noch zu jung für die Liebe« wird »Unschuld«, aus »leidenschaftliche Liebe« wird »erste Liebe«. Jede Gelegenheit, die Weberei für eine Weile zu verlassen, packt er beim Schopf, und nach dem Abendessen streift er im Viertel umher und hofft, das Mädchen wiederzusehen. Außerdem läuft er immer wieder die Treppe zu Chandan Chandran hinunter, wenn der damit beschäftigt ist, Pflanzenauszüge zu gewinnen, in denen Kettfäden eingeweicht werden, oder wenn er getrocknete Blütenblätter in einem Stoff mitwebt; Madan hofft, daß Chandrans Tochter vorbeikommt, um ihrem Vater das Mittagessen zu bringen. Die Nächte verbringt er halb wachend und halb träumend. In einem dieser Träume tanzt er mit dem Mädchen und wacht mit einem nassen Fleck auf der Hose auf. Bei seiner Morgenwäsche im Verschlag hinter der Weberei bekommt er wieder eine Erektion. Zeit, um schnell zu masturbieren, hat er nicht, denn er hört, wie Subhash singend die Treppe herunterkommt. Er nimmt den Eimer mit kaltem Wasser und leert ihn über seinem erigierten Glied. Das eisige Wasser läßt ihn erschauern, aber sein Geschlecht zeigt weiter nachdrücklich nach oben.

»Kriegst du ihn nicht mehr unter Kontrolle?«, lacht Subhash, als er merkt, wie sein Freund sich bemüht, sein Geschlechtsorgan hinter dem Eimer zu verbergen.

Madan wird rot.

»Ich geh schon wieder«, feixt Subhast, »aber mach nicht zu lange, okay? Ich muß mich auch noch waschen.«

Madan ist froh, daß er einen so verständnisvollen Freund hat, er nimmt seinen Pimmel fest in die Hand, und während er seinen Rhythmus findet, phantasiert er über das Mädchen mit den kleinen, beweglichen Fingern, dessen Namen er nicht einmal weiß. Er hört nicht, wie die Kisten mit den Garnrollen abgeladen werden, auch nicht den Ruf des Imams, das Hupen eines ungeduldigen Taxifahrers, den Hund, der anschlägt, weil der Postbote auf den Innenhof kommt, die rufende Mutter, die kreischenden Kinder, die Klingel, die den Beginn ihres Arbeitstages ankündigt, er merkt nicht einmal, daß Subhash wieder an die Tür klopft.

Als Subhash die Tür öffnet, sieht er, daß sein Freund noch immer in Ekstase ist. »Mukka, wir müssen anfangen, hast du die Klingel nicht gehört?«

Schamesröte schießt in Madans Wangen, aber sein Geschlecht läßt sich nicht beeindrucken und bleibt wie ein erhobenes Schwert vor seinem Besitzer stehen.

»Zieh dich an und komm mit.« Subhash wirft Madan seine Hose zu, sieht mit Erstaunen, wie Madan zuerst mit einem schmalen, langen Stück Stoff sein Geschlecht auf seinen Bauch bindet und erst dann die Hose anzieht. »Hast du das Problem öfter?«

Madan errötet noch mehr, als ihm klar wird, daß sein Freund nun sein Geheimnis kennt, denn seit er die unerreichbare Tochter gesehen hat, ist sein Penis fast den ganzen Tag über steif.

»Ich weiß schon eine Lösung«, sagt Subhash.

Madan sieht ihn mit einem Blick an, der zugleich erleichtert und bekümmert ist.

»Heute abend, nach der Arbeit.«

Er erkennt die schmale Straße sofort wieder. Damals, als er noch mit Abbas auf der Straße lebte, waren sie manchmal hier, weil die Frauen, die hier wohnten, die ganze Nacht auf waren und einige von ihnen wunderschön singen konnten.

Subhash ist genauso nervös wie er und blinzelt unter seinen

Augenlidern heimlich zu den Häusern hin. Vor einer der Türen steht ein Mann mit einem buschigen Schnurrbart. Nachdem sie dreimal an ihm vorbeigegangen sind, öffnet er die Tür und läßt sie schweigend ein. Vor Angst bleibt ihnen einen Moment die Luft weg. Sie hören Musik und wagen es nicht, sich anzusehen. Dann öffnet Subhash die einzige Tür am Ende des spärlich beleuchteten Ganges. Die Musik schlägt Madan entgegen, und beißender Tabakqualm. Als sich seine Augen daran gewöhnt haben, sieht er ein großes Zimmer, in dem auf Sofas entlang der Wände Männer sitzen, die lachen, singen und Bier trinken. In der Mitte des Raums ist ein großer, von einer niedrigen Mauer abgetrennter Bereich, in dem Mädchen in grellbunten Saris tanzen.

Subhash zieht Madan mit hinein und macht ihm ein Zeichen, daß er sich hinsetzen soll. Er sucht sich einen Platz nah bei der Tür. Neben ihm sitzt ein Mann, der ein Bündel Banknoten in der Hand hält. Er ruft eines der Mädchen. Sie dreht sich hüftwiegend um und kommt zu ihm.

Madan stockt der Atem. Das Mädchen ist noch hübscher und bezaubernder als seine Traumprinzessin. Sie läßt herausfordernd die Hüften kreisen, kommt tanzend näher. Als sie vor ihnen steht, lächelt sie den Mann verführerisch an. Ihre Zähne leuchten, sie schlägt mit den Wimpern. Plötzlich wirft der Mann das ganze Bündel Geldscheine über das Mädchen. Sie trudeln auf ihre Haare, auf ihre Schultern und Brüste und fallen zu Boden, wo ihre nackten Füßen mit den grell lackierten Zehennägeln weitertanzen, ohne auf das Geld zu treten.

Ein sehr kleiner Mann in dunklen Kleidern springt auf die Tanzfläche, sammelt die Banknoten zu ihren Füßen blitzschnell ein und drückt sie der Tänzerin in die Hand. Nun sieht Madan, daß sie schon ein dickes Bündel in der Hand hält. Hüftwiegend tänzelt sie zum nächsten Mann, der sie ruft. Der Mann, der neben Madan sitzt, trinkt sein Glas mit einem Zug leer, zwinkert ihm vielsagend zu und geht.

Madan blickt wieder auf das wunderschöne Mädchen, das

jetzt vor einem anderen Mann tanzt. Auch der streut nach einer Weile eine Menge Banknoten über sie hin. Der kleine Mann taucht wieder aus dem Nichts auf und rafft das Geld zusammen, während sie zum nächsten spendablen Bewunderer tänzelt. Madan langt in seine Tasche, zwischen den Münzen brennt sein einziger Geldschein.

Auch Subhash hat die Hand in der Tasche, aber dann sieht Madan, daß das einen anderen Grund hat. Er selber hat zum erstenmal seit Wochen keine Erektion. Er ist überwältigt von dem Überfluß, den die Männer zur Schau stellen, er hat das Gefühl, immer kleiner zu werden.

In der Mitte des Raums tanzt ein Mädchen in einem geblümten Sari. Bisher hat er sie nur von hinten gesehen. Anders als die anderen Mädchen bewegt sie sich beim Tanzen kaum. Ihre Hüften versuchen es, aber es sind vor allem ihre Schultern, die sich unsicher drehen. Sie hält keine Geldscheine in den Händen und hat den Blick gesenkt.

Madan hört die Stimme von Subhash. Er glaubt kurz, daß er ihn ruft, sieht dann jedoch, daß sein Freund sich für die schöne Tänzerin interessiert. Sie würdigt ihn jedoch keines Blickes und tanzt weiterhin vor einem korpulenten Mann mit einem dicken Bündel Geldscheinen in der Hand.

Die Jungen stehen vor der Tür des Tanzhauses. Der Portier mit dem buschigen Schnurrbart ist verschwunden. Subhash hat sein ganzes Geld ausgegeben und stöhnt bei dem Gedanken, daß sie bis zur Weberei noch mindestens eine Stunde laufen müssen. »Oder hast du noch Geld?«

Madan, der den Geldschein noch immer in der Tasche hat, sieht seinen Freund nicht an.

»Hast du noch Geld?« wiederholt Subhash.

Die Tür geht auf, und das schüchterne Mädchen in dem geblümten Sari huscht heraus. Sie hat sich ein großes Tuch umgelegt und blickt starrt auf den Boden. Sie hat den ganzen Abend nichts verdient. Madan will zu ihr gehen, aber Subhash hält ihn zurück. Mit Blicken fragt er seinen Freund, was er vorhat. Madan zieht den Geldschein aus der Tasche und zeigt Subhash durch Gesten, daß er ihn dem Mädchen schenken will. Subhash muß lachen, nickt verständnisvoll und flüstert, daß er pünktlich wieder in der Weberei sein müsse, denn Herr Chandran möge es nicht, wenn sich seine Leute verspäten.

Madan, der nur dem Mädchen das Geld geben und dann mit seinem Freund nach Hause gehen wollte, sieht das Mädchen auf einmal mit anderen Augen.

Subhash versteht nicht, worauf sein Freund noch wartet. »Dann geh«, ermuntert er ihn.

Madan spürt, daß die Erregung in seinem Unterleib, die den ganzen Abend nicht da war, plötzlich zurückkehrt. Er sieht Subhash noch einmal ängstlich an und rennt dann hinter dem Mädchen her.

Sie wagt es nicht, zu dem Jungen aufzusehen, der den ganzen Abend still neben der Tür gesessen hat. Das Straßenpflaster verändert sich bei jedem ihrer Schritte. Das Haus, in dem sie wohnt, liegt am Ende der Straße. Wieder ist sie als erste gegangen. Auch gestern war sie die einzige, die nach Hause kam, ohne eine Rupie verdient zu haben. Der Vermieter des Zimmers, das sie sich mit den anderen Mädchen teilt, hat ihr den Rauswurf angedroht, wenn sie nicht bald bezahlt.

Madan folgt ihr die Treppe hinauf. Die Spannung von soeben hat nachgelassen. Er ist unschlüssig, als sie die Tür aufstößt. Im Zimmer ist es dunkel.

Sie nimmt seine Hand. Ihre Hand ist feucht, so wie seine. Sofort kommt die Spannung in seinem Unterleib zurück. Sie schließt die Tür. Er kann sie nicht mehr sehen. Sie führt ihn zu einer Matte, die auf dem Boden liegt. Sie legt sich hin, und er legt sich neben sie. Er spürt das Prickeln in seinem Penis. Er hört, daß ihr Atem schneller geht, er hört das Herz in seiner Brust hämmern. Die Haut ihrer Arme ist seidig wie eine Amaryllis.

Er beugt sich über sie. Sie riecht nach den Blüten des Geißblatts. Ihre Fingerspitzen gleiten über seinen Rücken. Er spitzt die Lippen und sucht ihr Gesicht. Ganz vorsichtig gibt er ihr einen Kuß. Er merkt, daß sein Geschlecht zu pochen beginnt, hinauswill. Ihr Mund findet seinen. Sie schmeckt nach jungen Wicken. Ihre Hände tasten über seinen Körper. Sie findet seine Hose, knöpft sie auf und streift sie herunter. Er kneift die Augen fest zu und sieht sie vor sich, wie sie geht und dabei die Finger bewegt, wie sie das knorrige Rosenholz streichelt, wie sie ihm zulächelt mit ihren Mohnblumenlippen, er sieht ihre Haare aus Ebenholz, ihre Schmetterlingsnase, ihre kristallklaren Augen. Der Druck in seinem Penis ist unhaltbar. Er spürt ihren weichen Körper unter sich. Den schwarz-weiß karierten Sari hat sie nicht mehr an. Ihre Finger helfen ihm bei der Suche. Er stöhnt. Sie ist ganz still. Er keucht. Sie läßt ihn hinein. Er öffnet den Mund und stößt einen verzückten Schrei aus.

Das Mädchen erstarrt, als es den gräßlich klingenden Schrei hört. Alle ihre Poren schließen sich im Bruchteil einer Sekunde. Sie stößt den Jungen von sich weg. »Wer bist du?« ruft sie. »Was bist du? Eine Bestie, ein Ungeheuer!« In Panik schlägt sie auf ihn ein, tritt nach ihm. »Hau ab! Hau ab!«

Madan weiß nicht, wie ihm geschieht. Die Hose noch auf den Knöcheln, stolpert er hinaus, während sie nicht aufhört, »Hau ab! Hau ab!« zu schreien.

* * *

Er steht am Fuß der Treppe. Chandan Chandran sitzt an seinem alten Webstuhl, so wie damals, als Madan das Haus zum ersten Mal betreten hatte. Nichts scheint sich verändert zu haben, nur Madan selbst und die Länge des Pferdeschwanzes, den der Meister noch immer trägt. Madan hat die paar Habseligkeiten, die er über die Jahre hin gesammelt hat, in ein von ihm selbst gewebtes Tuch eingewickelt. Der Mann, der so lange sein

Lehrmeister war, fragt ihn nicht, warum er geht. Madan hebt die Hand zum Gruß. Chandan Chandran nickt.

Madan geht durch den schmalen, langen Flur, in dem noch immer der Geruch von rostigem Eisen und Öl hängt. Er ist fast draußen, als er hört, daß Herr Chandran etwas sagt. Er dreht sich um.

Der Mann kommt mit einem Zettel hinter ihm her. »Geh dort hin«, sagt er mit seiner tiefen und sanften Stimme. »Ich habe dir seine Adresse aufgeschrieben. Er wird dich in Dienst nehmen, da bin ich mir sicher.«

Madan nimmt den Zettel, er hat keine Ahnung, was darauf steht.

»Es ist weit. In Madras«, sagt Chandan Chandran. »Du mußt mit dem Zug fahren.« Er nimmt Geld aus seiner Tasche und will es Madan geben.

Madan schüttelt den Kopf, zieht den Schein, der noch immer in seiner Tasche steckt, hervor und zeigt ihn seinem Chef, als wolle er sagen, daß er schon selbst für sich sorgen kann.

Chandan Chandran lächelt. Es ist das erste Mal, daß Madan ihn lächeln sieht. Er hebt noch einmal die Hand und geht.

1963

Circular Express

Daß das Land, in dem er lebt, so riesengroß ist, hat er nicht gewußt. Madan fährt schon seit zwanzig Stunden in einem Zug, der in fast jedem Ort anhält; jedesmal kämpfen sich Menschen mit Hausrat und Vieh in die Abteile oder wieder heraus. Er ist froh, daß er endlich sitzen kann, und sieht, daß über der vorbeigleitenden Landschaft ein staubiger Dunst liegt.

Die ersten zehn Stunden mußte er in dem engen Gang stehen. Erst als ein Mann mit einer meckernden Ziege und zwei Körben voller Hühner ausstieg, konnte er sich einen Platz auf der Holzbank in einem Waggon der dritten Klasse erobern. Weil er die ganze Nacht nicht schlafen konnte, versucht er ein wenig zu dösen, aber von dem Moment an, als sich die Sonne zeigt, reden und essen alle Leute um ihn herum. Verlockende Düfte kitzeln seine Nase. Töpfe und Schüsseln werden ausgepackt, die Oberschenkel dienen als Eßtisch, und jemand fängt an zu singen, begleitet von einer kleinen Trommel.

Madan, der acht Jahre in der Weberei gelebt hat, wo alle wußten, daß er nicht sprechen kann, ist es nicht mehr gewohnt, mit Fremden zu kommunizieren. Als der Mann, der ihm gegenübersitzt, ihn nach seinem Reiseziel fragt, wird er nervös; wie soll er erklären, daß er selbst auch nur weiß, daß er nach Madras muß? Dann fällt ihm der Zettel ein, er zieht ihn aus der Tasche und zeigt ihn dem Mann.

Der Mann wirft einen Blick auf den Zettel und sagt dann laut und deutlich, daß er nicht lesen kann.

Ehe Madan es verhindern kann, stürzen sich die Mitreisenden wie ein Knäuel auf den Zettel. Zwar kann die Mehrheit im Abteil nicht lesen, aber neugierig sind sie alle. Madan sieht, wie sein Zettel von einem Mann mit einem Turban und einem Mann mit einem roten Bart in zwei Stücke zerrissen wird. Auch deren Nachbarn sind an dem Zettel interessiert, und schon besteht die Adresse aus vier Teilen. Madan springt auf und versucht die Schnipsel zurückzubekommen, doch sie wandern rasend schnell von Hand zu Hand. Er will rufen, daß sie ihm gehören, daß er sie wiederhaben will, daß darauf die einzige Adresse steht, die er besitzt, daß er sonst nirgendwo hinkann. Aber die Hände der Mitreisenden sind zu schnell, und Madan wagt es nicht, seine Stimme zu erheben.

Ein kleiner, alter Mann in einer Ecke des Abteils, der die ganze Nacht mit einer Decke über dem Kopf geschnarcht hatte, erwischt einen der Fetzen. Er liest, was darauf steht, schaut Madan erstaunt an, zieht seine Schuhe aus, stellt sich auf die Holzbank und schlägt seinen Regenschirm mehrmals mit voller Wucht gegen die metallene Gepäckablage. Das Geräusch ist so durchdringend, daß alle aufsehen. Der ehemalige Lehrer hat es nicht verlernt, sich Gehör zu verschaffen, und mit knarzender Stimme verlangt er alle Papierschnipsel zurück.

Teils widerwillig, teils murrend liefern die Reisenden die Papierfetzen ab, die der Mann in einer Plastikdose sammelt. Als Madan zu ihm geht, um sich die zerrissenen Reste dessen, was er für seine Zukunft hielt, zurückzuholen, hebt der alte Mann die Hand, um deutlich zu machen, daß er sehr beschäftigt ist.

Madan hat beim Aufstehen von der Holzbank seinen Sitzplatz eingebüßt. Nun steht er etwas verloren zwischen den Beinen der sitzenden Fahrgäste und schaut zu, wie der alte Mann den Zettel akribisch zusammenfügt, Fitzelchen für Fitzelchen. Damit der Fahrtwind, der durch die offenen Fenster hereinweht, seine Arbeit nicht zerstört, leckt er, wenn er die richtige Stelle gefunden hat, an dem Stückchen Papier und klebt es auf den Boden der Dose. Alle sehen dem puzzelnden Mann gespannt zu.

Sich in der unerwarteten Autorität und Aufmerksamkeit sonnend, strafft er den Rücken, putzt seine Brille, sieht sein Publikum an und räuspert sich. »Hier auf dieser Karte steht«, sagt er mit feierlicher Stimme, »ein Name und eine Adresse.«

»Von wem?« ruft jemand

Wieder räuspert sich der alte Mann, um seinen Worten Nachdruck zu verleihen, und dann sagt er langsam und deutlich, als würde er ein Diktat vorlesen: »Dr. Krishna Kumar, Angappanstraße 45, Mannady, Madras.«

Ein ehrfürchtiger Seufzer geht durch das Publikum.

Madans Herz setzt einen Schlag aus. Er fährt zu einem Doktor in Madras! Deshalb hat Chandan Chandran ihn dorthin geschickt. Endlich wird er Hilfe für sein großes Problem bekommen. Bald wird er sprechen können! Er findet es nicht mehr schlimm, daß sich jemand auf seinen Platz gesetzt hat, daß er Hunger und Durst hat, daß er sich am Morgen nicht waschen konnte, daß er nicht weiß, wie lange die Fahrt noch dauern wird, daß er Angst hat, sich Läuse zu holen bei seinen Mitreisenden. Bald wird er wie alle Menschen sprechen können.

Der Trommler spielt einen Wirbel. Der Sänger setzt wieder ein, und Madans Hüften beginnen sich wie die der Mädchen im Club zu bewegen. Es wird geklatscht und gejohlt. Der Trommler beschleunigt den Rhythmus, der Sänger paßt die Melodie an. Madan tanzt, mitten in dem überfüllten Zug von Bombay nach Madras.

1995

Rampur

Beim Licht der Kerze, die sie in der Hand hielt, schloß Charlotte die Tür des Kinderzimmers wieder ab und hängte den Schlüssel an seinen festen Platz am Nagel. Ihren Vater zu füttern, weckte bei ihr keine mütterlichen Gefühle, eher etwas wie Ernüchterung. Obwohl er Momente hatte, in denen er vollkommen klar war, merkte sie doch, daß seine geistigen Fähigkeiten nachließen. Darum befolgte sie keinen seiner Befehle mehr. Daß er sich heute plötzlich wieder an den Krieg erinnert hatte, beunruhigte sie. Oft hatte er dann in der Nacht schreckliche Alpträume und schrie so laut, daß die Leute, die am Fuß des Hügels lebten, es hören konnten.

Sie sah oben an der Treppe die Kiste stehen, in der Hema die Kerzenstummel und -stücke verwahrte, die er aus dem riesigen Kronleuchter gepult hatte. Hema war der einzige, der noch immer alle Befehle ihres Vaters ausführte.

Unten surrte die Nähmaschine. Sollte sie zu ihm gehen? Sollte sie ihm sagen, daß sie im Zimmer ihres Vaters die Stoffe gefunden hatte? Die Treppenstufe knarrte unter ihrem Fuß. Ob er hörte, daß sie hinunterging? Hoffte er, daß sie ins Klavierzimmer kommen würde? Machte er eigentlich jemals etwas anderes als arbeiten? Er war immer so ernst.

Sie legte die Hand auf die Türklinke. Die Kerze beleuchtete das alte Holz, sie sah die Maserung, die wie ein strudelnder Fluß über die Tür wirbelte. Sie spürte den Druck des Wassers im Rücken.

Sie öffnete die Tür.

Da bist du ja.

Ja.

Ich habe auf dich gewartet.

Gewartet? Auf mich?

Ich wußte, daß du kommen würdest.

Durch ihren Kopf schossen unzählige Gedanken und Fragen, die alle in die falsche Richtung strebten.

Ganz ruhig, ich kann dich nicht hören, wenn ich dich nicht sehe.

»Aber du schaust gar nicht zu mir hin«, sagte sie erstaunt.

Er machte die Augen auf.

Sie sahen sich ganz kurz an. Ein leiser Luftzug, der durch das offene Fenster hereinwehte, bewegte die Kerzenflammen. Ihre Schatten spielten an der Wand.

Sie holte tief Luft. »Ich habe Stoff gefunden.«

Stoff, der dir gefällt?

Nein, dachte sie, und sie sagte: »Ja.«

Darf ich den Stoff sehen?

»Ja«, sagte sie, und sie dachte: *Nein.*

Möchtest du es lieber nicht?

Charlotte rang verzweifelt nach Fassung. Sie steckte die Hände in die Taschen, zog sie wieder heraus. Sie knetete ihre Hände, ließ dann die Arme lose hängen. *Ich weiß es nicht. Ich weiß nicht, was mit mir los ist. Ich weiß nicht, was vor sich geht. Natürlich darfst du den Stoff sehen. Du kannst ihn haben.* Sie zupfte an einer Falte ihres Rocks und schob den Knopf ihrer Bluse zurecht. *Ich weiß nicht mehr, was ich fühle, was ich denke. Ich will nicht denken. Ich will das hier nicht hören. Warum tun wir das? Es geht nicht. Ich bin so viel älter als du. Ich bin weiß. Ich bin britisch. Siehst du denn nicht, daß es unmöglich ist?*

Er stand auf und griff zu der hölzernen Abdeckhaube seiner Nähmaschine.

Nein, bleib. Ich möchte, daß du hierbleibst.

Er packte die Nähmaschine nicht ein. Wieder sahen sie sich für den Bruchteil einer Sekunde an, um schnell wieder den Blick zu senken. Oben im Treppenhaus schlug die Uhr zehn. Sie bewegten sich nicht, nur ihre Schatten tanzten im Kerzenlicht, als wären sie sich der Unruhe ihrer Besitzer bewußt.

Nachdem alle Stundenschläge verklungen waren, fragte er:

Zeigst du mir den Stoff? Er benötigte seine ganze Willenskraft, um die Spannung zu unterdrücken und einfach eine Frage zu stellen. Sein Gefühl sagte ihm, daß er sich nicht in ihre Gedanken hineinziehen lassen durfte, denn dann würde er nur noch den Wunsch haben, sie zu umarmen. Er wußte, daß das nicht sein durfte, nicht sein konnte, alles, was er mit Mühe und Ausdauer aufgebaut hatte, würde er auf einen Schlag wieder verlieren.

Sie drehte sich langsam um und ging zurück zur Treppe. Als dunkle Gestalt, von der nur die Konturen im Kerzenlicht hervortraten, schritt sie nach oben. Das Knarren der Stufen und das Ticken der Uhr begleiteten sie.

Zeit. Gib mir Zeit, dachte sie.

Du hast Zeit. Alle Zeit, die du möchtest.

Ihre Schritte waren nicht mehr zu hören, auch nicht das Rascheln ihres Kleides. Nur die Uhr tickte.

Wer bist du? Woher kommst du?

Das weiß ich nicht. Er setzte den Fuß auf die erste Stufe.

Bei jedem seiner Schritte ächzte die Treppe leicht, und der Stoff der Hose scheuerte an seinen Beinen.

»Es ist hier zu dunkel«, sagte sie leise, weil ihr plötzlich einfiel, daß ihr Vater vielleicht noch nicht schlief.

Er schläft.

»Kannst du *ihn* auch hören?« flüsterte sie erstaunt.

Hörst du ihn denn nicht?

Alle ihre Sinne waren so ausschließlich auf seine hochgewachsene Gestalt gerichtet, daß das regelmäßige Schnarchen, das aus dem Kinderzimmer tönte, ihr völlig entgangen war. Madan kniete sich neben die Uhr und fuhr mit der Hand über den Stoffberg. Er fühlte Rohseide und Wildseide, Taft- und Damastseide, den weichen Strich von kostbarem Samt, hauchfeine Baumwolle und steifes Leinen. Seine Hände glitten über Stickereien und Spitze, gewebte und gestrickte, gefärbte und bedruckte Tücher. Zärtlich berührte er die Stoffe, die ihre Mutter vor sechzig Jahren gekauft hatte. Es war ein Wunder, daß sie in diesem Klima nicht zerfallen oder von Ungeziefer vertilgt worden waren wie die meisten anderen Dinge im Haus. Daß sie überhaupt noch vorhanden waren, war dem General zu verdanken, der einst die letzte Erinnerung an seine Frau mit Unmengen von Mottenkugeln in Säcke aus festem Segeltuch gestopft hatte. Sie nahm einen Kerzenstummel aus der Kiste, zündete ihn an und stellte die brennende Kerze vorsichtig neben Madan.

Nun erst sah er die Farben. Die schimmernde rosa Seide, die obenauf lag, die in Altrosa darunter. Der violette Stoff, der sie an Beerdigungen erinnert hatte, sah nun königlich aus, und die gelbe Baumwolle, die vor ein paar Stunden noch an die mörderische Sonne denken ließ, war nun das Gold einer Sonnenblume. Darunter lagen türkisfarbene Baumwolle und kobaltblaues Leinen. Madans Hand strich über ein Stück grüngelber Seide und zog, als ob dieser Stoff, nachdem er jahrelang versteckt war, um Aufmerksamkeit kämpfte, einen himmelblauen Stoff mit knallroten, gestickten Rosen heraus. Er begann zu strahlen.

Für das Kleid, das du an dem Tag tragen mußt, wenn die ersten Blumen wieder blühen.

»Blau steht mir aber doch nicht?« flüsterte sie.

Blau? Natürlich steht dir Blau.

»Ich dachte, daß mir nur Grün steht?«

Er ließ den Blick über den Stoffberg wandern und fischte ein Stück azurblauer Seide heraus, die er an ihr Gesicht hielt. Er musterte sie kritisch, und seine Augenbrauen zogen sich zusammen.

»Siehst du!« rief sie und dachte nicht mehr an ihren Vater.

Nein, es ist nicht die Farbe. Hier ist es zu dunkel. Ich kann die Farbe deiner Augen nicht sehen.

Sie hielt verlegen die Kerze vor ihr Gesicht. *Er findet mich häßlich.*

Wie schön du bist. Er roch einen Hauch von Jasmin und sah sich zweimal in ihren graubraunen Augen gespiegelt.

Sie senkten gleichzeitig den Blick. Charlotte bewegte sich nervös und eilte zu der Kiste mit den Kerzenresten. Sie nahm noch einen Stummel heraus, stellte ihn auf die Erde und zündete ihn an.

Madan, der auch wußte, daß er zu weit gegangen war, widmete sich wieder dem bunten Haufen Textilien und hätte sich alle Stoffe am liebsten über den Kopf gezogen, aber er war sich darüber im klaren, daß sie zu nah war und seine Gedanken auch dann noch hören konnte.

Sie wandten einander den Rücken zu.

Ich will nicht denken, aber ich denke, dachte er. *Nie hatte ich Angst davor, in meinen Gedanken etwas auszusprechen. Ich denke überall und immer, ich bete, ich hoffe, ich träume, ich meine, ich phantasiere, ich sinniere, ich irre mich, ich …*

Ich habe Angst. Sie schloß die Augen.

Ich auch. Er sah sich zu ihr um.

Ich habe Angst, echote der Gedanke durch ihren Kopf.

Er zog einen zinnoberroten Stoff aus dem Stapel, ging zu ihr hin und legte ihn ihr um die Schultern.

Sie hatte die Augen geschlossen, aber ließ ihre Hand den weichen Stoff streicheln.

Die Farbe paßt wunderbar zu deinen Haaren.

Ich bin grau.

Du bist nicht grau, du hast ein paar graue Haare.

Charlotte öffnete die Augen und entdeckte zu ihrem Schreck, daß der Stoff rot war. »Rot ist was für junge Mädchen!«

Stell dich mal hin. Er überhörte ihren Protest und bekam wieder seinen Schneiderblick.

Vorsichtig stand sie auf. Der Stoff rutschte von ihrer Schulter. Sie fühlte sich plötzlich nackt. Schnell zog er einen scharlachroten Stoff aus dem Stapel und breitete ihn über ihre Schultern. *Rot steht dir ausgezeichnet.*

Sie lächelte unsicher.

Den Halsausschnitt könnte ich so *machen.* Er drapierte den Stoff. *Die Schultern* so. Seine Augen leuchteten. *Den Rücken* so.

Er ging um sie herum, und obwohl er spürte, daß sie nicht mehr ein noch aus wußte und ihn in Gedanken anflehte, damit aufzuhören, machte er weiter. Er berührte sie nicht. Es war nur der Stoff, den er um ihren Körper legte, aber die Empfindung war die gleiche. Er zog einen weiteren Stoff aus dem Berg. Er hatte das Orange von Ringelblumen.

Davon muß eine ganz schmale Blende am Saum entlanglaufen.

Sie wollte den Stoff abschütteln.

Was machst du?

»Rot ist ordinär.«

Nein, das ist es nicht. Rot ist die Farbe der Wut, die Farbe der Gefahr, die Farbe des Blutes und der Revolution, der Schuld und der Märtyrer, der Verzweiflung. Rot ist Kraft und Kampf. Rot sind Kirschen und Tomaten. Das Kupfer und die Erde sind rot. Das Feuer. Die Sonne, wenn sie untergeht. Die Tulpe, die Gerbera, der Rhododendron, die Amaryllis, die Orchidee, die Rose. Deine Lippen sind rot. Rot ist die Farbe …

… der Liebe.

Charlotte zog den roten Stoff von ihrer Schulter. Das Blut schoß ihr ins Gesicht, und sie entfernte sich ein paar Schritte von ihm. Sie hörte seine Gedanken, aber wollte sie nicht hören. So wie sie hoffte, daß er ihren Gedanken nicht zuhörte.

Madan, der den Stapel in seiner Begeisterung, ein Kleid für sie zu entwerfen, umgeworfen hatte, begann alles wieder ordentlich aufzuschichten.

Ich werde fortgehen.

Das ist vielleicht das beste.

Das beste für wen? schoß es ihm durch den Kopf. *Sorry, so etwas darf ich nicht denken,* entschuldigte er sich.

Das beste für mich, erwiderte Charlotte. *Ich weiß nicht, ob es auch für dich gut ist, aber für mich ist es besser.*

Dann werde ich gehen.

Wo gehst du dann hin?

Einfach weiter.

Weiter wohin?

Weg. Die Straße entlang.

Und dann?

Ich finde bestimmt wieder Arbeit.

Und die Frauen und das Fest …

Es gibt sicher einen anderen Schneider.

Den gibt es nicht.

Es gibt immer einen anderen.

Nicht hier.

Auch hier.

Du kannst nicht einfach fortgehen.

Warum nicht?

Sie würden es mir übelnehmen.

Wer?

Die Frauen.

Das werden sie nicht.

Du kennst sie nicht.

Ich kenne Frauen. Ich arbeite immer für Frauen. Sie werden dich verstehen.

Verstehst du mich auch?

Ja.

Warum reden wir eigentlich? Was tun wir hier?

Du wolltest mir den Stoff zeigen. Er hielt die glänzende rote Seide in der Hand.

»Steht mir Rot wirklich?« fragte sie leise.

Er nickte. *Weißt du, was dir nicht steht?*

Charlotte kam langsam wieder näher.

Er zog ein Stück beigefarbener Baumwolle hervor. *Das hier.* Wieder fuhr seine Hand in den Haufen, um einen khakifarbenen Stoff hervorzuholen. *Und so was hier.*

Sie riß ihm die beiden Tücher aus der Hand, warf sie sich mit Schwung über die Schultern und zog sie straff um sich, so daß sie wie eine Uniformjacke aussahen. Plötzlich durchbrach grauenhaftes Geschrei die nächtliche Stille. *Vater!* Sie nahm den Schlüssel vom Haken, schloß die Tür auf und rannte hinein.

Der alte Mann brüllte so markerschütternd, daß Madan sich am liebsten die Ohren zugehalten hätte. Noch mit dem khakifarbenen Stoff um den Oberkörper bückte sich Charlotte schnell unter das Moskitonetz, das wie ein schlaffes Zelt um das eiserne Bett hing.

»Ganz ruhig, ich bin ja da«, sagte sie zu ihrem Vater.

Er sah sie angstvoll an und versuchte sich aus den Gurten zu winden, mit denen er ans Bett geschnallt war. »Geh weg!« flehte er. Seine gelähmten Beine lagen still, aber sein ganzer Oberkörper kämpfte mit einer Kraft, die man bei einem Mann von vierundneunzig nicht erwartet hätte. Er schluchzte, röchelte und stöhnte laut, während er seine Tochter mit bangem Blick ansah.

»Ganz ruhig«, sagte sie noch einmal beschwörend.

»Nicht ich. Ich nicht.« In seiner Stimme lag panische Angst.

»Ganz ruhig, Vater.«

»Vater?! Ich habe kein Kind. Geh weg!« schrie er gellend.

Madan bückte sich auf der anderen Seite des Bettes unter das Moskitonetz. Als Victor ihn sah, hörte er auf zu kreischen. Er keuchte erschöpft, während sein Körper noch zuckte und bebte. Allmählich atmete er wieder normal – aber sein Blick war weit weg.

»Erschieß sie«, flüsterte er.

Charlotte erschrak.

Madan rührte sich nicht.

»Schieß«, schnaubte ihr Vater. »Sie sind überall. Wir müssen sie erledigen.«

Charlotte wollte sich über ihn beugen, um ihn zu beruhigen, aber er brüllte gleich wieder los. »Schieß! Jetzt schieß doch endlich!«

Madan ging ums Bett herum zu Charlotte und stellte sich neben sie.

»Sie hat sich getarnt, das siehst du doch!« rief er. »Sie ist eine Spionin.«

Madan zog ihr in aller Ruhe den Khakistoff herunter und reichte ihn dem alten Mann.

Der rief: »Siehst du? Hab ich's nicht gesagt?« Er zog den Stoff über sich und begann zu lachen.

Charlotte, an die unvorhersehbaren Anfälle ihres Vaters gewöhnt, beugte sich zu ihm herab. »Hattest du einen schlimmen Traum?«

»Traum? Ich habe mein Lebtag nicht geträumt, noch nie.«

»Möchtest du Wasser trinken?«

»Ja. Ich komme um vor Durst. Warum kriege ich immer diese Armeedecken?« Er schob den khakifarbenen Stoff weg. »Viel zu warm!«

Charlotte gab ihm die Flasche mit dem Sauger.

Er begann völlig gelöst zu nuckeln.

Charlotte und Madan blickten auf seine eingefallenen Wangen, den gierigen Blick in den Augen, die grauen Haare, den drahtigen Leib und die zerbrechlichen, dünnen Beine, die schon seit dreißig Jahren nutzlos an seinem Körper hingen.

Er schob mit der Zunge den Sauger aus dem Mund. »Ist sie deine Geliebte?« fragte er Madan.

Charlotte errötete.

Madan schüttelte den Kopf.

»Nein?« fragte er erstaunt.

»Vater, das ist Madan, er ist der Schneider.«

»Halt den Mund. Lüg mich nicht an.«

»Ich lüge nicht.«

»Dieser Mann ist kein Schneider.«

»Vater, trink noch was.«

Victor drehte sich zu Madan und sah ihn lange an. »Woher kommst du?«

Charlotte wollte etwas sagen, aber Madan zuckte mit den Schultern.

»Aus welcher Familie stammst du?«

Wieder zuckte Madan mit den Schultern.

»Sagst du das jetzt, weil ich ein Habenichts bin und keine müde Rupie mehr besitze?«

Die beiden Männer sahen einander an, lange und ohne sich zu bewegen. Sie blinzelten nicht mal mit den Augen.

Charlotte fühlte sich immer unbehaglicher. Sie faltete den Khakistoff umständlich zusammen.

»Sie ist Witwe«, brummte der General, »hat sie dir das schon erzählt? Und ich hab sie hierbehalten, vorgeblich, um sie zu beschützen, aber das war nicht so, sie mußte mich pflegen, mir den Hintern abwischen, denn das sollte auf keinen Fall eine Krankenschwester machen, mir die Zehennägel schneiden und meine Beine mit Öl massieren, und wenn ein Mann in ihre Nähe kam, habe ich alle Hebel in Bewegung gesetzt, allein schon der Gedanke, daß sie mich verlassen könnte, einmal hat sie's getan, sie war im Himalaja, und als sie zurückkam, hat sie geweint, ich kann weinende Frauen nicht ertragen, davon krieg ich Bauchschmerzen, überhaupt die Frauen, ich hab sie nie begriffen, aber meinen Segen hast du.«

»Vater! Stop! Er ist der neue Schneider.«

Ihr Vater sah sie zornig an. »Ich weiß nicht, ob du dir die Augen damals beim Heulen verdorben hast, aber dieser Mann von Adel ist in dich verliebt, wenn du das nicht siehst, bist du blind.« Er klappte hörbar den Mund zu und schloß die Augen. Für ihn war das Gespräch beendet.

Der Schlüssel knirschte, als sie ihn umdrehte. Sie wagte Madan nicht anzusehen. Die Kerze im Halter war fast heruntergebrannt, und sie ging zur Kiste, um eine neue herauszunehmen. Sie zündete sie an und drückte sie in das weiche, heiße Wachs. Der Leuchter, den Hema wieder nach oben gezogen hatte, hing wie eine vergessene Krone über ihr. *Würden jemals wieder so viele Kerzen in dieser Halle brennen?* Sie schaute übers Treppengeländer nach unten und erinnerte sich daran, wie sie als kleines Mädchen heimlich die Erwachsenen beobachtet hatte, wenn ihre Eltern ein Fest gaben. Die Bilder der tanzenden Offiziere in Galauniformen und der Damen in langen Kleidern kamen zurück, und auch das Parfum ihrer Mutter und die fröhliche Musik des Orchesters. Madan, der Teile ihrer Erinnerungen auffing, bückte sich und nahm eine Handvoll Kerzen aus der Kiste, zündete sie an, stellte sie nebeneinander auf den Rand des Geländers, eine in eine Wandnische und eine auf ein leeres Wandbord. Charlotte lächelte etwas verunsichert, nahm sich auch eine Handvoll und stellte auf jede Treppenstufe eine brennende Kerze. Unten in der Halle stellte sie Kerzenstummel auf die Simse an den Wänden, auf denen früher Skulpturen gestanden hatten, auf die Fensterbänke und den Marmorfußboden. Die Dunkelheit, in die das Haus lange Zeit gehüllt gewesen war, zog sich zurück. Das kahle Treppenhaus und die leer geräumte Halle bekamen im flackernden Kerzenlicht etwas von der alten Pracht zurück. Die Uhr tat zwölf feierliche Schläge. Madan nahm den königsblauen Samt, legte ihn sich um die Schultern und schritt die Treppe hinab. Als er unten ankam, machte Charlotte einen Knicks, rannte die Treppe hinauf, zog aus dem Stapel zwei grellfarbene Stoffbahnen, drapierte sie zur Zierde zwischen den Kerzen über das Geländer, hüllte sich dann in lindgrüne Spitze und wandelte wie Madan vornehm die Treppe hinab.

Es war die Musik in ihrem Kopf, die auch er hören konnte, die Klänge des längst vergessenen Orchesters, das jeden zum Tanzen brachte. Sie standen einander gegenüber und begannen sich langsam zu bewegen, drehten sich zu Musik, die vergessen war, verschwunden mit dem Abzug der Briten.

Charlotte schloß die Augen und überließ sich den Klängen in ihrem Kopf. Sie schwebte, sie spürte seine Gegenwart, sie spürte, wie er die Musik manchmal übernahm, abwandelte und wieder an sie zurücksandte. Die Klänge der Vergangenheit wurden zur Gegenwart und erfüllten die große Marmorhalle. Die Zeit verstrich, ohne daß Charlotte die Uhr hörte, sie waren Musik. Sie tanzte, drehte und wiegte sich. Die Spitze, die sie umhüllte, schwang über den Kerzen. Es gelang den Flammen nicht, den hauchzarten Stoff zu erfassen. Sie war wieder jung. Sie strahlte.

Auch Madan tanzte mit geschlossenen Augen. Seine Bewegungen waren viel langsamer, unsicherer, ihre Musik war ihm fremd, aber verführte ihn. Er war in einem großen Ballsaal. Am Plafond hingen riesige Kronleuchter aus Kristall, und an den Wänden waren meterhohe Gemälde. Sie tanzten zusammen zwischen Männern in exotischer Kleidung und Frauen in kostbaren Saris.

Sie waren eins, ohne sich zu berühren. *Dong!* schlug die Uhr. Charlotte öffnete die Augen und blickte hoch. *Dong!* dröhnte der zweite Schlag. *Dong!* hallte es noch einmal, dann war es wieder still. Sie hatte nicht gemerkt, daß sie so lange getanzt hatten. Sie war in einer anderen Welt gewesen, einer Welt, die sie vergessen hatte, von der sie glaubte, es gebe sie nur in ihren Träumen.

»Du hast noch keinen Stoff für mein Kleid ausgewählt!« rief sie, rannte nach oben und warf ein meergrünes Tuch hinunter.

Madan konnte es gerade noch auffangen, bevor es auf die flackernde Kerze fiel.

Sie lachte und warf einen lilafarbenen Stoff hinunter, der wie ein Falter flatterte, und wieder fing Madan ihn direkt vor den Flammen auf. Eine Farbe nach der anderen flog herab. Ein Regen aus Ultramarin, Silber, Orange, Jade, Ocker, Blauviolett, Violettblau, Rosa, Goldgelb, Rotbraun und Himmelblau. Wie ein Jongleur griff er sie lachend aus der Luft.

Als der letzte Stoff herabsegelte, rannte sie wieder hinunter und stellte sich vor ihn. »Welchen wirst du nehmen?«

Er breitete die Bahnen aus, die auf dem Boden lagen. *Rot ist die Farbe der Leidenschaft und des Begehrens.*

Charlotte merkte, wie sie errötete.

Orange gehört zu frischen Früchten und trägt Vitalität und sexuelle Kraft in sich. Gold, verstehst du, ist Erfolg und Reichtum. Gelb ist wie die Wissenschaft, die Logik und der Geist. Hellgrün, eine Wiese nach dem allerersten Regen, bringt Offenheit und hoffnungsvolle Erwartung. Altes Grasgrün dagegen ist die Farbe der Natur und der Vergänglichkeit. Türkis ist mit spirituellem Bewußtsein verbunden, Blau mit dem Himmel und dem Unwirklichen, Indigo steht für lauteres Wissen und Violett bringt Kraft und Würde hervor.

»Aber was steht mir am besten?«

Rot.

Ihre Wangen glühten noch mehr. »Rot gibt es in so vielen

verschiedenen Tönen. Bedeutet denn jeder Farbton etwas anderes?«

Blutrot birgt Drama in sich, Kadmiumrot Distanz, Ockerrot Wärme, Zinnober Erregung, Magenta Dominanz, Karminrot Lust, und Scharlachrot ist pure Liebe. Er nahm verschiedene rote Stoffe und legte sie nebeneinander auf die Treppe.

»Jetzt sieht es aus wie ein roter Teppich«, kicherte sie und versuchte, ihn vom Thema abzulenken. »Ich werde einen Himmel machen.« Sie suchte ein paar blaue Stoffe zusammen. Bei jedem Stück, das sie in die Hand nahm, hörte sie seine Stimme: *Blauschwarz, Violett, Azurit, Delfter Blau, Indigo, Preußischblau, Ultramarin.* Sie band die Tücher an das Treppengeländer, aber es glückte ihr nicht, einen Himmel daraus zu machen. Die Stoffe rutschten weg, und so einfach, wie der rote Läufer entstanden war, so stümperhaft wurde ihr Himmelsgewölbe.

Madan begann zu lachen, geräuschlos, aber Charlotte hörte ihn in ihrem Kopf. Einen Moment war sie beleidigt, daß er sie auslachte, denn sein Lachen kollerte durch ihren Kopf. Aber als sie ihn ansah und in seine strahlenden Augen blickte, begriff sie das ungewohnte Lachen, das voll und pur war, und lachte auch. Zuerst mit normalen Lauten, wie sonst auch, aber als ihr Lachen schrill durch den marmorgetäfelten Raum hallte, suchte sie nach dem Lachen in ihrem Kopf. Es war ein ganz anderes Lachen als das, was sie gewohnt war.

Sie hörten nicht, daß die Personaltür geöffnet und sofort wieder zugezogen wurde, um dann erneut einen kleinen Spalt aufzugehen. Hema traute seinen Augen nicht. Die Memsahib und der Darsi saßen auf der Treppe, beide mit weit geöffnetem Mund, als würden sie schallend lachen. Waren sie krank und litten an einer Magenkolik? Doch die Hunderte Kerzen und die bunten Tücher, die um sie herum ausgebreitet waren, sagten ihm, daß etwas anderes im Gange war. Er war sich unschlüssig, ob er anklopfen sollte, um sein Kommen anzukündigen, oder einfach in den Raum treten und sie überfallen. Er tat keins von beidem.

Leise schlich er sich ins Küchenhaus zurück und wünschte sich, niemals Zeuge dieser Szene gewesen zu sein; was er hier gesehen hatte, war so schlimm, daß er es nicht mal dem Butler der Nachbarn zu erzählen wagen würde, denn die Verrücktheit seiner Arbeitgeberin würde ihn in dessen Augen nur noch mehr herabsetzen. Er würde es niemand erzählen, auch nicht dem Gesellen im Friseurgeschäft unten am Hügel, der ihm jeden Tag einen anderen Witz erzählte, nicht den Ladeninhabern, bei denen er auf Pump kaufen durfte, nein, keinem einzigen Menschen. Er wollte es vergessen und redete sich ein, er habe es nur geträumt. Er sank auf seine Matte nieder und zog die Decke über sich. Was in aller Welt taten sie da? Er blickte auf seine Armbanduhr und sah, daß es fast vier war. Die Sonne würde bald aufgehen, und dann müßte er Wasser kochen für den Tee. Er hoffte, daß nichts von dem, was er gesehen hatte, dann noch da sein würde. Daß alles wieder so war wie immer. Wenn der Darsi doch fortgehen würde, er war die Ursache von allem Übel …

Sie saßen nebeneinander auf der untersten Treppenstufe. Die Stoffe hatten sie zusammengefaltet und zu einem hohen Stapel aufgetürmt. Ganz oben lag die scharlachrote Seide. Zum ersten Mal in dieser Nacht waren ihre Gedanken ruhig. Es gab keine Scham mehr, keine Unsicherheiten, keine nicht-gestellten Fragen. Auch die Angst war verschwunden, es gab nur eine Offenheit, die sie beide mit Glück erfüllte. Die Uhr schlug sechs. Die letzte Kerze brannte noch, Charlotte blies sie aus. Draußen kletterte die Sonne schon über den Horizont, um schnell die Nacht vergessen zu machen. Charlottes und Madans Augen strahlten. Sie schnupperte seinen Duft, er den ihren. Sie sahen einander an, ohne zu blinzeln, sich bewußt, daß der Moment vorbei sein konnte, wenn sie die Augen schlossen. Sie wußten, daß sie Abschied nehmen mußten, aber versuchten, es hinauszuschieben, es durfte jetzt noch nicht zu Ende sein. Sie konnte sich vorstellen, wie sich sein Körper anfühlte, sein Gesicht, seine Haut. Er sah die Farben ihrer Augen und ihrer Lippen. Seine Hand suchte ihre Hand. Ihre Finger streckten sich. Sie wollten für immer zusammen sein.

Ein Klicken. Sie hörten, wie die Personaltür geöffnet wurde. Ihre Augen leuchteten.

»Hallo? Ist da jemand?« rief eine Frauenstimme auf Englisch.

Sie sahen sich verwundert an. Nur Hema, Madan und Charlotte benutzten den Seiteneingang, Besuch kam normalerweise durch den großen Haupteingang.

Erwartest du jemanden?

Charlotte wollte die Frage verneinen, aber ihre Gedanken flogen in alle Richtungen. Sie hatte Hema mit dem Tee erwartet und vorgehabt, den Tee zusammen mit Madan zu trinken, die Stoffe ins Klavierzimmer zu tragen und ihm dabei zuzuschauen, wie er ihr scharlachrotes Kleid schneiderte. Sie hatte sich vorgenommen, nichts mehr auf die Blicke Außenstehender zu geben, auf die fremden Zungen, die ihr Leben bisher bestimmt und ihr nichts als Einsamkeit beschert hatten. Sie wollte sich nicht mehr von Scham, Angst und Prinzipien zurückhalten lassen. Sie würde niemanden verletzten. Sie würde mit ihm fortgehen, in aller Stille, und die Feigheit auf der Türschwelle zurücklassen.

Er hörte ihre Gedanken. Ihre Erlösung von der Angst hatte ihn mit sich getragen, nach oben, zu einem Gefühl, das er bis dahin nicht kannte. Seine Scheu und seine Zaghaftigkeit lagen auf seinen Flügeln bereit, damit er sie abschüttelte, wegflog, Grenzen überschritt zu Orten, deren Mauern sie Stein für Stein einreißen würden. Es war das Strahlen in ihren Augen und das Lächeln ihrer Seele, das ihm den Mut gegeben hatte, sich neben sie zu stellen, seine Schüchternheit zu vergessen.

»Hal – lo – o!« rief die Stimme ungeduldig.

Er spürte, daß der Mut, der unbesiegbar erschienen war, zu verblassen begann. Er hörte, wie ihre Gedanken konfuser wurden, Fragezeichen setzten und Barrikaden errichteten, die einen Moment zuvor nicht bestanden hatten.

Charlotte ging zum Nebeneingang und erblickte eine junge

weiße Frau, eigentlich noch ein Mädchen. In ihre roten Haare, die wild nach allen Seiten abstanden, hatte sie ein giftgrünes Band geschlungen. Sie trug eine blaue Jacke und eine weite, knallgelbe Seidenhose mit aufgestickten Ornamenten, und an ihren Ohren baumelten große Ohrgehänge.

»Suchen Sie etwas?« fragte Charlotte.

»Ja, dich«, sagte das Mädchen.

»Mich?«

»Ich bin Issy.«

»Issy?«

»Hast du meinen Brief nicht bekommen?« Sie seufzte. »Nichts klappt hier. Ich hab versucht, anzurufen, aber das blöde Ding funktioniert nicht.«

»Brief?« Charlotte, die in den letzten Wochen nur Rechnungen und Briefe der Bank erhalten hatte, hatte keine Ahnung, wer das Mädchen war.

»Schon ganz schön heiß, was? Hast du was zu trinken?« Sie streifte die Slipper von den Füßen. »Die Eisenbahnen hier. Phantastisch. Ich bin erster Klasse gefahren, das mußte ich Papa versprechen, der hat nämlich gemeint, in der zweiten und dritten Klasse kann alles mögliche passieren, richtige Betten, ich habe so gut geschlafen, auf dem Bahnhof wußten sie sofort, wo ich hinwollte, ich brauchte nur zu sagen ›Bridgwater house‹, und die Rikscha hat mich hierher gebracht, meiner Meinung nach hat er zwar einen Umweg gemacht, aber dafür habe ich jetzt schon die halbe Stadt gesehen, alles ist so preiswert, also daß die Leute davon leben können, ich will hier nie wieder weg, ich kapier nicht, daß Papa nicht geblieben ist, hier braucht man am Tag höchstens ein Pfund zum Leben, und dann ißt man auch noch zweimal warm, auch wenn es schade ist, daß ich bei der Hitze kein Eis essen kann, aber Papa hat gesagt, daß nicht mal er das macht, wenn er in Indien ist, sie nehmen schmutziges Wasser dafür, sagt er, ich hatte schon Durchfall, in den ersten Tagen, der Mann vom Hotel in Neu-Delhi hat sogar den Arzt geholt, der hat mir ein Medikament gegeben und schwupp, war es weg, ich schlucke auch noch ein Mittel gegen Malaria, Opa hat sich doch auch Malaria eingefangen im Krieg, ich finde es furchtbar, so was zu kriegen, wenn man es erst mal hat, geht es nie wieder weg …«

»Bist du meine Nichte Isabella?«

»Auf den schrecklichen Namen höre ich nicht mehr.« Sie machte eine wegwerfende Geste und verzog angewidert das Gesicht. »Ich heiße jetzt Issy.«

Madan hatte, außerhalb ihres Blickfeldes, die Stoffe zusammengepackt und trug sie nun mit gesenktem Kopf zum Klavierzimmer.

»Hi!« rief Issy, und mit etwas leiserer Stimme fragte sie: »Ist das der Butler?«

Charlotte wollte sagen, daß er der Mann sei, in den sie verliebt sei, mit dem sie ihr restliches Leben zusammensein wolle, daß es ein völlig unverhofftes Geschenk sei, daß heute nacht ihr Leben begonnen habe, aber sie schwieg.

Madan, der es gewohnt war, sich in der Gegenwart einer unbekannten Frau abzuwenden, insbesondere, wenn es eine weiße Frau war, ging überglücklich weiter, bis er sie sagen hörte: »Nein, das ist Mukka. Er ist der Schneider.«

»Ach so, kann er auch was für mich nähen, alles ist so spießig hier, das hier ist das einzige, was ich finden konnte, im Reiseführer steht, daß man am besten alle seine Sachen in Indien kaufen kann, weil alles so billig ist, aber sie schreiben nicht, daß hier alle nur in Sackkleidern oder Saris rumlaufen, ich hab jetzt schon zwei Tage dasselbe an, kann ich mal eben aufs Klo, das im Zug war so schmutzig, und nirgends Klopapier, unbegreiflich, in der ersten Klasse kriegt man saubere Bettwäsche, aber es gibt kein sauberes Klo, ich hab es die ganze Nacht eingehalten, irgendwann, als wir auf einem Bahnhof anhielten, wollte ich mich hinter einen Bretterzaun hocken, aber stell dir vor, der Zug wäre weitergefahren, weißt du, daß überall an den Bahngleisen Männer und Kinder pinkeln?«

Ich geh an die Arbeit.

Ich wollte nicht sagen, daß du der Schneider bist.
Ich weiß.
Ich hab's nicht so gemeint.
Ich weiß.
Ich habe es nur so gesagt.
Ich weiß.
»Wo?«
»Wie bitte?«
»Das Klo!«
Charlotte zeigte auf die Tür des Gästezimmers. Das Mädchen trippelte, es war unübersehbar höchste Zeit, ins Zimmer und schloß die Tür hinter sich. Charlotte drehte sich zum Klavierzimmer um, aber die Tür wurde auch geschlossen. Sie wollte ihm folgen, ihm laut sagen, daß die Nacht kein Traum gewesen war, aber die geschlossene Tür sagte:

TU ES NICHT

Hema kam aus dem Küchenhaus. Er trug das Tablett mit dem Tee. Er war später dran als gewöhnlich, weil er das Wasser, das voller Sand war, erst hatte filtern müssen. Trotzdem beeilte er sich nicht, er wollte, daß alles wieder normal war, wenn er das Haus betrat. Er ging über den Pfad zum Nebeneingang – dort lehnte ein knallgelber Rucksack an der Hauswand. Er hatte niemanden gehört oder gesehen und fragte sich, ob der Rucksack wohl wieder einige der zahllosen Sachen enthielt, die die Damen aus Rampur zum Schneider brachten, damit er ihr Abendkleid noch schöner und ausgefallener gestaltete als das ihrer Freundinnen. Mit dem Fuß stieß er die Tür auf, wie er es immer machte, wovon ein abgetretener Fleck zeugte.

Obwohl die Stoffe verschwunden waren, wußte er, daß er es nicht geträumt hatte, denn überall standen die Reste der abgebrannten Kerzen, und zerlaufenes Wachs verunzierte den Marmor und die Treppenstufen. Er seufzte, auch für ihn war die Nacht kurz gewesen, er hatte nicht mehr schlafen können und machte sich Sorgen, wie er die Reste des obskuren Festes beseitigen könnte.

Er wollte die Treppe zu den Schlafzimmern hinaufgehen, als er Memsahib aus dem Salon rufen hörte.

Sie hielt das Foto in der Hand, das seit Jahren auf dem Kaminsims stand. »Wir haben Besuch!«

»Besuch?!«

»Meine Nichte aus England ist gerade angekommen.«

»Nichte?«

»Die Tochter meines Bruders.«

»Hier?«

Sie zeigte auf das Mädchen mit den zwei Zöpfen und einem großen Eis am Stiel auf dem Foto. Hema hatte sich das Foto oft angesehen, weil er das Mädchen so lieb und drollig fand.

Plötzlich geriet er in eine nervöse Bewegung. »Wo ist sie?«

»Im Gästezimmer, sie kommt sicher gleich, sie macht sich nur kurz frisch.«

»Ich bringe noch Tassen«, sagte er und eilte aus dem Salon. Ganz hinten im Küchenschrank stand noch eine sehr schöne Tasse, die würde er eigens für sie holen.

»Noch nicht?« fragte er, als er mit der Tasse zurückkam, auf der eine tanzende Micky Maus abgebildet war. »Vielleicht schläft sie.«

»Schenk mir schon mal ein«, sagte Charlotte, die schrecklichen Durst hatte, »und bring dem Darsi auch eine Tasse.«

Hema hatte ganz und gar keine Lust, dem Darsi Tee zu bringen, und so stellte er erst einmal umständlich Untertassen und Tassen auf den Tisch sowie die Zuckerdose, die Memsahib nie benutzte, aber die er immer dazustellte, und polierte dann die Löffel noch einmal mit seiner Schürze. Er hörte fremde Schritte in der Eingangshalle, nahm die Teekanne, um einzuschenken, und wandte sich demütig ab. Die weiße Frau, die ins Zimmer trat, war genauso nackt wie die Frauen auf den Fotos in der Zeitschrift, die er sich einmal gekauft hatte, als er fern von Rampur war. Ihre langen nassen Haare klebten ihr in Strähnen am Hals, und sie trug ein knappes Hemdchen und einen winzigen Slip. Durch das Wasser, das aus ihren Haaren rann, war das Hemd naß geworden, und er sah ihre Brustwarzen durchscheinen. Er sah ihren Nabel und die langen weißen Beine. Die Teekanne fiel mit einem Knall zu Boden. Das heiße Wasser spritzte nach allen Seiten. Hema rief, sie sollten nicht in Panik geraten, er würde Aufwischtücher holen, sie sollten nicht in die Scherben und in den Tee treten, sonst würden sie sich verletzen. Sein Herz schlug wie rasend. Das also war das Mädchen mit den Zöpfen?

»Tante Charlotte, wie schön, daß du die Badewanne schon hast vollaufen lassen. Das war genau das, was ich nach der langen Reise gebraucht habe …!«

1963

Madras

Madan ist siebzehn Jahre alt, als er am Haus von Dr. Krishna Kumar läutet. Nichts deutet darauf hin, daß hier ein Arzt wohnt. Es ist einfach eine Tür mit einer Klingel. Als er den Finger wegzieht, wird die Tür aufgerissen.

»Du bist Mukka? Ich bin Doktor Krishna Kumar.« Ein Mann mit einer Glatze und einer Brille mit dicken Gläsern sieht ihn freundlich an.

Madan beginnt zu strahlen. Seit dem Moment, als er aus dem Zug ausstieg, war er nervös. Wie soll er dem Doktor nun erklären, daß er gern sprechen möchte, daß Chandan Chandran ihn geschickt hat, daß er noch nie bei einem Arzt war und daß er kein Geld hat?

Der Mann, der irgendwann seine Doktorarbeit über ein Problem in der Textilindustrie geschrieben hat, hält die Tür einladend offen. »Du scheinst ein Gespür dafür zu haben, hat man mir erzählt.«

Madan hat keine Ahnung, was der Mann meint, und folgt ihm in ein großes Zimmer, in dem es nach Bohnerwachs und Mottenkugeln riecht und das mit dunklen, antiken Möbeln vollgestellt ist.

»Ist das dein ganzes Gepäck?« fragt der Doktor.

Madan nickt.

Dr. Krishna Kumar nimmt aus einem der rappelvollen Schränke eine kleine Schachtel. »Wenn ich sehe, daß du es wirklich wert bist, wie mein geschätzter Kollege mir versichert hat, dann werde ich dich gut bezahlen. Er weiß, daß ich nur die Besten der Besten annehme. Er hat mir am Telefon gesagt, daß du alles über die Bearbeitung von Stoffen und Garnen weißt, daß du eine schnelle Auffassungsgabe hast und daß du dein ganzes Leben noch keinen Unsinn von dir gegeben hast.« Er lacht laut über seinen eigenen Witz.

Madan lacht mit, obwohl er sich fragt, was Garn mit Medizin zu tun hat.

Der Doktor öffnet die Schachtel und nimmt eine glänzende Nähmaschinenspule heraus. »Das ist jetzt deine Spule. Solange du für mich arbeitest, möchte ich nicht, daß du irgendeine andere Spule benutzt. Und ich will auch nicht, daß du mehr Garn verbrauchst, als nötig ist. Du wirst also, wenn du den Unterfaden aufspulst, genau einschätzen müssen, wieviel Garn du brauchst, wenn du ein Kleidungsstück nähst. Ist das klar?« Der Doktor sieht ihn einen Moment streng an und lacht dann wieder. »Ich sage das nicht, weil ich ein Geizhalz bin, sondern weil ich Genauigkeit verlange, Können.« Er reicht Madan die Spule. »Ich nehme dich eine Woche unbezahlt zur Probe an. Ich weiß, daß du das Fach noch lernen mußt, aber eine Woche reicht, um zu sehen, ob mein geschätzter Kollege recht hatte.«

In der Hand die leere Spule, sitzt Madan auf einem Schemel in der Mitte eines Zimmers. Er ist niedergeschlagen. Vor ihm steht eine große, schwarze Tretnähmaschine, mit verschnörkelten Buchstaben bemalt. In einer Ecke des Raums liegt eine Schlafmatte aus Schilf. Am liebsten würde er gleich wieder fortgehen, denn es ist offenkundig, daß Dr. Krishna Kumar kein richtiger Doktor ist. Aber weil Meister Chandran ihm eigens den Zettel mit der Adresse gegeben und sogar noch telefoniert hat, bleibt er sitzen. Vielleicht kommt noch ein anderer Doktor oder vielleicht ist der Bruder von Dr. Krishna Kumar ein Arzt? Oder ein Neffe von ihm?

Auf der Nähmaschine liegen ein Stück schwarzer Seide, eine weiße Garnrolle und eine Schere. Als nach einer Viertelstunde immer noch niemand in den Raum gekommen ist, beginnen seine Füße unwillkürlich mit dem Pedal zu spielen. Es ist genauso eine Maschine wie die von Ram Khan, nur schöner und neuer. Auch das Zimmer, in dem er sich befindet, erinnert ihn ein bißchen an die Kiste, in der er damals eingeschlossen wurde, denn Dr. Krishna Kumar hat, als er ging, die Tür abgesperrt. Obwohl er enttäuscht ist und nicht weiß, warum er hier sitzen soll, empfindet er es doch als angenehm, daß es hier niemanden gibt, der etwas von ihm verlangt, ihm etwas gebietet oder befiehlt. Er sieht zu, wie die Nähmaschinennadel auf und ab geht, immer schneller, je fester er tritt. Er nimmt den Stoff und schiebt ihn unter das Füßchen. Der Stoff bewegt sich weiter, aber weil er keine Spule eingelegt hat, erscheint keine Naht.

Es sind die Erinnerungen an Ram Khans Gefluche, wenn er die Nähmaschine einfädelte, und an Subhashs ewiges Gequatsche über Maschinen und Mechanismen, auch wenn Madan müde war und schlafen wollte, die ihn dazu anspornen, das weiße Garn auf die Spule zu wickeln, die kleine Klappe beiseite zu schieben und zu versuchen, die Spule in das Loch darunter zu friemeln. Erst als er nach ein paar Minuten ergebnislosem Rumprobieren zufällig wieder aufs Pedal tritt und die Nadel nach oben geht, sitzt die Spule auf einmal richtig im Gehäuse. Zufrieden schaut er auf, aber da ist niemand, der es gesehen hat. Er denkt wieder an den Doktor, der kein Doktor ist, und ahnt langsam, daß auch kein richtiger Doktor mehr erscheinen wird. Mit einem Ruck zieht er den dünnen Faden unter dem Füßchen hervor, so wie er es oft für Ram Khan tun mußte, weil der weitsichtig war. Obwohl er noch nie zuvor genäht hat, weiß er, daß er mit dieser Maschine etwas Wunderbares erschaffen kann, also faltet Madan den Stoff auseinander. Das Stück ist nicht groß, aber die Seide ist sehr kostbar, das hat er gleich gesehen. Die Schere läßt er liegen. Er will nur ein Gefühl dafür bekommen, wie die Maschine näht. Er will sehen, wie die Nadel durch den Stoff fährt, und er will mit dem Garn einen geraden Strich zeichnen. Er legt die Seide wieder unters Füßchen und läßt es herab. Nähen mit einem Pedalsystem erfordert große Geschicklichkeit, das merkt er sofort. Der Faden macht Schlingen, und was soeben noch ein unversehrter, schimmernder Seidenstoff war, ist nun die Pfuscharbeit eines schlechten Schneiders. Mit geübter Handfertigkeit zieht Madan den Faden vorsichtig wieder heraus und fängt von vorn an. Als er den Seidenstoff zum fünften Mal unter das Füßchen legt, hat er begriffen, wie er das Tempo halten muß und daß das Rad, das durch seine Fußbewegungen angetrieben wird, nicht stottern darf, sondern sich gleichmäßig drehen muß. Auf der schwarzen Seide erscheint seine erste gerade genähte weiße Linie. Noch einmal blickt er stolz hoch, um erneut festzustellen, daß ihm niemand zusieht. Ihm knurrt der Magen, seit gestern abend hat er nichts mehr gegessen. Er näht noch eine Linie und noch eine. Die Nähte werden immer gerader, die Stiche immer gleichmäßiger. Als die Spule leer ist, befüllt er sie von neuem und näht Linie um Linie um Linie. Am Anfang weichen die Linien noch etwas voneinander ab, aber je öfter er es wiederholt, um so gerader werden sie. Nach einer Weile dreht er den Stoff um neunzig Grad und näht wieder Linie um Linie. Ohne es geplant zu haben, hat er den schwarz-weiß karierten Stoff des Saris, den Chandan Chandrans Tochter trug, kopiert.

In den Raum fällt kein Tageslicht, aber sein Zeitgefühl sagt ihm, daß es Abend sein muß. Sein Magen knurrt nicht mehr, das Hungergefühl ist verschwunden. Madan streichelt vorsichtig über den karierten Stoff, der auf seinem Schoß liegt. Das Kribbeln im Unterleib, das er nicht mehr gespürt hatte, seit er in den Zug einstieg, kommt zurück, als könnten seine Fingerspitzen durch den Stoff die Haut des Mädchens fühlen, die Linie ihres Nackens, das Grübchen am Halsansatz. Für das Mädchen, wie für die anderen Kinder von Chandan Chandran, ist längst ein Ehepartner bestimmt worden, das weiß er. Trotzdem kann er sie nicht vergessen. Das Mädchen hat etwas in ihm geweckt, das nicht mehr einschlafen will. Er merkt, daß die Schwellung unter dem Stoff zunimmt. Sein Atem wird schneller. Er wagt den Stoff nicht mehr anzufassen. Er will ihn nicht einmal mehr anschauen, er fürchtet, daß die Erregung, die ihn ergriffen hat, deutlich zu sehen ist. Warum hört es nicht auf? Warum gehorcht sein Pimmel seinen flehentlichen Bitten nicht? Madan wagt sich nicht zu bewegen, er hofft, daß sich der ungebetene Gast still wieder zurückzieht. Aber der Körperteil hat seine eigenen Regeln und bleibt wie ein Pfahl aufrecht stehen, er schiebt den karierten Stoff stolz in die Höhe. Madan weiß, daß es nur vorbeigehen wird, wenn er ihn in die Hände nimmt und von seiner Spannung befreit. Das Risiko, daß Dr. Krishna Kumar plötzlich hereinkommt und ihn dabei antrifft, nimmt ihm jedoch allen Mut.

Hilf mir. Du weißt immer eine Lösung. Laß dir was einfallen. Etwas, was ich machen kann. Ich kann sie mir nicht aus dem Kopf schlagen. Ich wollte den Stoff nicht so machen. Es kam ganz von allein. Ich habe gar nicht an sie gedacht. Ich habe auf die Nadel gesehen, die sich immer wieder in den Stoff gebohrt hat. Es war so, als hätte ich selber etwas durchbohrt, als wär da etwas gewesen, in das ich eindrang. Ich konnte nicht aufhören. Ich mußte hindurch. Immer mit der Nadel durch den Stoff. Ich wollte eine Linie machen. Eine scharfe Linie, immer mehr, immer fester wollte ich es. Ich habe nicht an sie gedacht. Wirklich nicht. Erst als das Muster fertig war, habe ich es gesehen. Es ist passiert, ohne daß ich es wollte. Als hätte sie mich verhext. Das kann doch nicht sein, Abbas? Sie kann doch nicht etwas mit mir gemacht haben, was nie mehr vorbeigeht? Sag mir, daß es nicht wahr ist. Sag, daß es vorbeigeht, daß es nicht für immer so bleiben wird. Ich will wieder normal sein. Ich will nicht, daß sich jedesmal, wenn ich an sie denke, alles in mir verändert. Wenn der Doktor plötzlich reinkommt, darf er mich nicht so sehen. Keiner darf mich so sehen. Daß Subhash mich erwischt hat, ist schon schlimm genug. Die Leute halten mich sowieso schon für seltsam. Ich weiß, daß sie über mich reden und auf mich zeigen. Daß ich nur, wenn ich ganz still bin, dabeisein darf. Ich will nicht immer dieses Gefühl im Bauch haben. Es macht mir angst. Ich will normal sein, wie alle anderen will ich sein. Ich möchte sprechen können.

Der Stoff auf seinem Schoß hat sich gesenkt. Madan hört, daß sich die Tür öffnet. Es wäre ihm lieber gewesen, wenn die Tür zugeblieben wäre. Er ist noch nicht fertig mit seinem Gespräch mit Abbas, das Gebet hat gerade erst angefangen.

»Er hat nicht zuviel versprochen«, sagt Dr. Krishna Kumar erfreut und nimmt den Stoff von Madans Schoß. Er geht damit zur Lampe und schiebt seine Brille weiter auf die Nase. Aufmerksam mustert er Madans Werk. »Für dich brauche ich keine Woche.« Er geht mit dem Stoff aus dem Zimmer und läßt die Tür offen.

Madan zieht die Tür zu und legt sich auf die Schilfmatte in der Ecke. Er schließt die Augen und versucht weiterzubeten, aber er weiß nicht mehr, was er sagen soll, außer, daß er sich wünscht, der kahlköpfige Mann mit der Brille wäre ein richtiger Doktor.

1968

Madras

Jeden Morgen um sechs kommt Dr. Krishna Kumar in die Werkstatt und fragt Madan, ob er gut geschlafen hat. So geht es schon fünf Jahre. Und jeden Morgen nickt Madan, auch wenn er stundenlang wach gelegen und mit seinen Träumen und Enttäuschungen gerungen hat. Er wohnt in einem winzigen Zimmer zum Innenhof und arbeitet mit vierzehn anderen Schneidern in der großen Werkstatt von Dr. Krishna Kumar. Er hat seinen eigenen Zuschneidetisch, der in einer Ecke des Raumes steht, und an der Wand hängen Schnittmuster, vom einfachen Salwar Kameez bis zum aufwendigen, taillierten Mantel mit Taschen und Stehkragen. Anfangs breitete der Doktor, bevor die anderen Angestellten kamen, einen Stoff aus und zeichnete mit Kreide vor, wo Madan schneiden mußte, aber inzwischen macht er es selbst. So brachte der Doktor ihm auch bei, wie man Samt schneiden muß, und zeigte ihm, wie man einen Ärmel näht oder einen Besatz anbringt. Daß Madan eine Begabung für den Umgang mit Textilien hat, war dem Doktor schon am ersten Tag klar gewesen, aber daß er ein so großes Talent zum Schneidern besitzt, war eine Überraschung. Monat für Monat dachte sich der Doktor immer schwierigere Aufgaben aus, als wollte er dem Jungen Fallen stellen.

An diesem Morgen wirft ihm der Doktor einen grauen Baumwollstoff auf den Tisch. Madan, der schon seit zwei Monaten nicht mehr von unruhigen Träumen und einem fordernden Geschlecht geweckt worden ist, wartet voller Spannung auf seinen Auftrag. Je länger er hier arbeitet, um so glücklicher fühlt er sich. In dem Raum vom ersten Tag war er nie wieder, doch er geht selten aus dem Haus, weil er sich von früh bis spät auf die Stoffe und Schnittmuster stürzt, zur großen Freude des Doktors.

»Heute haben wir Besuch«, sagt Dr. Krishna Kumar mit einem breiten Lächeln im Gesicht. »Ich möchte, daß du diesem Mann eine Jacke nähst, die wie angegossen sitzt.«

Es kommt öfter vor, daß der Doktor ihm jemanden bringt, für den Madan ein Kleidungsstück schneidern soll. Meist handelt es sich um Herren aus seinem Club oder deren Ehefrauen. Madan hat auch für fast alle Nachbarn und Angehörigen des Doktors aufwendige Kleidungsstücke genäht. Madan blickt zur Tür, er hört im Gang ein Schlurfen und ein schweres Seufzen. Ihm stockt kurz der Atem, als er sieht, wer der Gast ist. Der Hals des Mannes sitzt da, wo andere Menschen den Brustkorb haben, und wo normalerweise der Kopf sein müßte, ragt ein spitzer, behaarter Buckel auf, der bei jedem Schritt leicht zittert. Das Gesicht ist mit Pockennarben übersät, und die Hände, die schlaff neben dem Körper hängen, berühren fast den Fußboden, und da die Schultern schief sind, muß der Mann die eine Hand zur Faust ballen, damit sie nicht über den Boden schleift. Der Mann hält den Blick gesenkt. Auf seinem zerrissenen Hemd kleben noch Krümel von der Mahlzeit, die ihm der Doktor wahrscheinlich spendiert hat, um ihn hereinzulocken.

»Ich dachte, das könnte eine gute Aufgabe für heute sein.« Dr. Krishna Kumar dreht den Mann um, als sei er eine Schneiderpuppe, und der Bettler läßt es sich fügsam, wenn auch mit sichtlichem Unbehagen, gefallen.

Obwohl Madan zu einem gutaussehenden jungen Mann herangewachsen ist, empfindet er zum ersten Mal seit langer Zeit wieder das Gefühl von Scham, das ein körperlicher Makel mit sich bringt. Bevor er mit einer Geste antworten kann, ist Dr. Krishna Kumar verschwunden, und der Mann, der nach Urin riecht, steht verlegen neben ihm. Das stöhnende Seufzen des Bettlers hat die Stille in der Werkstatt abgelöst, und es fällt Madan schwer, den Blick von dem zitternden Buckel abzuwenden.

Er will zum Meterband greifen, aber überlegt sich dann, daß der Mann es wahrscheinlich schrecklich finden wird, wenn jemand seinen Körper berührt und die Wucherungen, die er sich auch nicht ausgesucht hat, vermißt. Der Mann starrt verlegen auf den Boden, Madans Blicke wandern über den mißgestalteten Körper. Obwohl der Kopf am falschen Platz sitzt, hat er sehr schöne Ohren, und die Augenbrauen strahlen Kraft aus. Madan entdeckt, daß die Arme sehr lang sind, aber auch muskulös, und daß die Beine und Füße des Mannes kerzengerade stehen. Er schiebt den grauen Stoff, den Dr. Krishna Kumar mitgebracht hat, zur Seite und greift zu einem Stück ockerfarbenen Leinen, das unter seinem Tisch liegt. Während die anderen Angestellten nach und nach eintreffen und – nachdem sie einen neugierigen Blick auf Madan und den Bettler gewofen haben – ihren Platz an den Nähmaschinen einnehmen, geht Madan um den Mann herum und versucht, die Form des Körpers zu verstehen. Dann stellt er sich an seinen Tisch, breitet den Stoff aus und bringt vorsichtig einen Kreidestrich an. Immer wieder schaut er hin, wischt etwas weg und setzt einen neuen Strich.

Der Mann, der, als die anderen Schneider hereinkamen, nervös mit den Füßen gescharrt hatte, bekommt von Madan ein Zeichen, daß er sich hinsetzen darf. Der Bettler merkt, daß ihn der Schneider mit einem ganz anderen Blick anschaut als die Leute auf der Straße. In seinen Augen liest er weder Abscheu noch Verwunderung. Jedesmal, wenn er vom Zuschneiden oder Abstecken aufblickt, mustert Madan ihn. Dann scheint es, als habe der Schneider ihn vergessen, er stürzt an die Nähmaschine, sein Fuß tritt das Pedal, der Stoff gleitet immer schneller durch die Maschine. Der Bettler sieht den Schneider seufzen, verzweifelt dreinblicken, den Stoff wenden, Nähte auftrennen und Stücke neu zusammennähen.

»Na?« tönt Dr. Krishna Kumars Stimme schon von weitem. »Fertig?«

Der Doktor geht an den Nähmaschinen der anderen vorbei,

erteilt hier und da eine Anweisung und sieht dann, daß Madan einen Knopf an eine ockerfarbene Jacke näht.

»Warum hast du nicht den Stoff genommen, den ich dir gegeben habe?« fragt der Doktor.

Madan reicht ihm die Jacke.

Der Bucklige schaut neugierig auf den kahlköpfigen Mann, der das Kleidungsstück auf Armlänge vor sich hält und inspiziert.

»Ich habe mich ja wohl klar ausgedrückt«, sagt der Doktor streng, während er die Jacke wendet. »Ich habe gesagt, du sollst eine Jacke nähen, die ihm wie angegossen paßt.« Er zeigt auf den Bettler, der sofort den Kopf einzieht und ängstlich abwartet, was nun passiert.

Madan nickt.

»Aber das ist eine ganz normale Jacke, ohne Platz für den Buckel.«

Wieder nickt Madan. Er nimmt dem Doktor die Jacke aus der Hand und reicht sie dem Mann, der nicht weiß, ob er sie nun nehmen soll oder nicht. Erst als der kahlköpfige Mann ihm streng zunickt, wagt der Bettler es, die Jacke entgegenzunehmen und anzuziehen. Er versucht sie zuzuknöpfen, aber der behaarte Buckel wird unangenehm an den Nacken gedrückt und ragt noch mehr über den Kopf hinaus als zuvor.

Der Doktor knurrt unzufrieden. Er versteht nicht, wie sein talentvoller Lehrling ein so mißratenes Teil fabrizieren konnte. Er war davon überzeugt, daß der junge Schneider auch eine so vertrackte Aufgabe lösen könne, aber das Gegenteil ist der Fall.

Madan, der den Mann bisher nicht berührt hat, sieht das Gewurstel mit dem Kragen und den Knöpfen und tritt auf ihn zu. Mit leichter Hand zieht er den Stoff über den Buckel und richtet den Kragen.

Dr. Krishna Kumar traut seinen Augen nicht. Er hat in seinem Leben schon viel Außergewöhnliches gesehen. In Kerala, wo er einmal mit einer Reisegruppe war, konnte ein Fakir die Nägel des Nagelbretts durch seine Beine hindurchgleiten lassen.

Und in einem heiligen Tempel hat er einen Asketen gesehen, an dessen Geschlecht ein gut und gern zwanzig Kilo schwerer Stein hing, während der Mann meditierte. Feuerschluckende Yogis, heilige Männer, die Schlangen beschwören können … Alles sensationelle Leistungen, die seine Bewunderung geweckt hatten, aber völlig verblassen bei dem, was er nun erlebt. Wie die von allen Seiten herbeiströmenden anderen Schneider sieht er, daß der Buckel, der gerade noch so nachdrücklich vorhanden war, verschwunden ist, und der Kopf, der wie eine seltsame Ausstülpung an der Vorderseite hing, sieht ihn nun freundlich an. Dr. Krishna Kumar fällt auf, daß der Mann sehr schöne Ohren und kräftige Augenbrauen hat, etwas, worauf er immer achtet. Der Doktor, sonst nie um Worte verlegen, bringt keine Silbe hervor. Er starrt den Mann an, und als der ihm zulächelt, lächelt er verlegen zurück. Er weiß nicht, ob er lieber im Boden versinken oder in euphorische Gesänge ausbrechen möchte. Der Bettler, den er als ein mißgebildetes Geschöpf vom Bahnhof hierhergeschleppt hat, dem er auf dem Fußboden neben der Toilette einen Teller mit Essen hatte hinstellen lassen, steht vor ihm wie einer seiner Kameraden aus dem Club.

»Er hat kein einziges Mal Maß genommen«, stammelt einer der anderen Schneider.

1973

Madras

Daß sich innerhalb einer Sekunde alles ändern konnte, hatte Madan schon mehrmals erlebt, aber diesmal war es eine Wende zum Guten. Nachdem er die Jacke für den Bettler geschneidert hatte, war er befördert worden; von da an stand er am großen Zuschneidetisch und verteilte die Arbeit. Im Laufe der Jahre lernen seine Kollegen ihn zu verstehen. Madan redet mit Blikken und Gesten und sagt jedem, was mit dem Stoff und dem Kleidungsstück geschehen soll. Nur wenn ein neuer Mitarbeiter eingestellt wird, muß der sich erst an den stummen Schneider gewöhnen, der die Werkstatt leitet. Madan genießt das Ansehen und die Stellung, die er sich erobert hat, und wird nur noch selten von beunruhigenden Träumen geplagt.

Bis er eines Morgens, der Monsun ist gerade vorbei und die Luft klar und frisch, die Fenster der Werkstatt stehen offen und eine leichte Brise streichelt die sich abrackernden Körper, in die Augen des Mädchens blickt, das seit zwei Monaten bei ihnen arbeitet. Er ist wie vom Blitz getroffen. Das Mädchen arbeitet unbeirrt weiter. Sie sitzt neben der Tür auf einer Matte und muß an jedem Kleidungsstück die Nähte säubern, bevor es die Werkstatt verläßt. Außer der betagten Büglerin im Flur gibt es sonst keine Frauen im Betrieb. Madan verschneidet den Stoff, aus dem er eine neue *Kurta* für den Sekretär des Tennisclubs nähen soll, und vergißt, daß er den Lehrling losschicken muß, Nadeln zu kaufen. Immer wieder schweift sein Blick in die Ecke, wo die junge Frau mit den langen Zöpfen jedes Kleidungsstück, das auf den Stapel gelegt wird, auf links zieht, akribisch mustert und lose Fädchen vernäht oder abschneidet. Wenn er die Kurta nicht verschnitten hätte, hätte er viel eher zu ihr hingehen können, aber erst als es Zeit für den Lunch ist, ist er fertig. Er faltet die hellgraue Kurta ordentlich zusammen und geht zu der Ecke, mit dem Gefühl, daß ihn alle dabei beobachten. Das ist auch so, aber nicht, weil er zu dem Mädchen geht, sondern weil sie Hunger haben. Als er gerade im Begriff ist, das Kleidungsstück auf den Stapel des Mädchens zu legen, fällt ihm ein, daß die Lunchpause angefangen hat, und er dreht sich um und hebt die Hand. Die Männer an den Nähmaschinen springen auf und verlassen, angeregt schwatzend, in Windeseile die Werkstatt. Das Mädchen bleibt sitzen und blickt nicht von der Arbeit auf. Madan legt die Kurta zögernd auf den Stapel neben ihr. Er tritt von einem Fuß auf den andern, aber das Mädchen arbeitet weiter. *Es ist Lunchzeit,* würde er gern sagen, *du kannst essen gehen.* Sie zieht eine Nadel durch den Stoff. *Warum sieht sie nicht auf?* Sie beißt den Faden durch. *Sie sieht doch wohl, daß ich hier stehe.* Sie zieht das Kleidungsstück wieder auf rechts und überprüft ihre Arbeit. *Jetzt guck doch mal hoch!* Das Mädchen blickt hoch. Als sie merkt, daß Madan sie ansieht, schlägt sie gleich wieder die Augen nieder. Sie bleibt still sitzen. *Hat sie keinen Hunger?* Das Mädchen nimmt die Kurta vom Stapel und dreht sie auf links. *Will sie nicht essen?* Ihre Finger fahren über die Nähte, die Madan gerade genäht hat. Beim Ellbogen, genau da, wo Madan sich beim Zuschneiden vertan hat, stockt ihr Finger. *Sie sieht es.* Dann gleitet ihr Finger weiter, bis sie unten am Saum ein loses Fädchen findet, das sie abschneidet. *Wie schön sie ist.* Ihr Finger fahren am Saum entlang, wieder nach oben zum Hals. *Ob sie wohl auch schon vergeben ist?* Madan, als Waisenkind von der Straße, denkt manchmal mit Neid an seine Kollegen, deren Familien oft jahrelang damit beschäftigt sind, geeignete Heiratskandidatinnen für ihre Söhne zu finden. Mit seinem Gebrechen hat er wenig Chancen, nicht mal als Leiter der Schneiderwerkstatt von Dr. Krishna Kumar.

Das Mädchen blickt auf. Madan läuft rot an, dreht sich um und geht wieder zu seiner Nähmaschine. Er hat keinen Hunger. Er hat keine Lust, eine Pause zu machen. Er will nicht hören, was die Männer zu erzählen haben über ihre Kinder, ihre nervigen Frauen, ihre herrschsüchtigen Schwiegermütter, ihre viel zu beengte Behausung und die Kosten für die Schule und die Lebensmittel. Er möchte nur einen Menschen finden, der ihn liebt.

Er hat sie nicht kommen hören, plötzlich steht sie neben ihm. Den Blick schüchtern gesenkt und in der Hand eine leere Garnrolle. Er deutet auf den Schrank mit dem Nähgarn. Das Mädchen bleibt stehen, dreht die hölzerne Garnrolle in den Händen.

Soll ich es für dich aufwickeln?

Er streckt die Hand aus, und das Mädchen gibt ihm die Garnrolle. Er geht zu dem großen Holzschrank. Draußen auf dem Innenhof, unter dem großen Banyanbaum, hört er die Männer lachen. Das Mädchen steht neben ihm, und obwohl sie den Kopf gesenkt hat, spürt er die Spannung, die von ihr ausgeht. Ganz langsam und exakt wickelt er das Garn auf die Rolle. Die Regel von Dr. Krishna Kumar: Nimm nie zu viel Garn und benutze nur deine eigene Spule, gilt nicht für das Mädchen, denn sie näht mit Nadel und Faden und wird nie an einer der Nähmaschinen sitzen dürfen. Er gibt ihr die Garnrolle zurück. Sie senkt den Kopf noch mehr und geht wieder an ihren Platz, wo sie sich das nächste Kleidungsstück vornimmt. Auch Madan geht wieder zu seinem Arbeitsplatz. Er wünscht sich, daß sie alle frei hätten, nicht bis heute abend acht Uhr arbeiten müßten, und daß er wüßte, wo das Mädchen wohnt. Sein Blick wandert von den stillstehenden Maschinen zu ihr. Er sieht, daß sie schnell die Augen niederschlägt.

* * *

»Mukka!« Dr. Krishna Kumars Stimme hallt durch die Werkstatt.

Nur bei Madans Tisch brennt noch Licht.

»Mukka, wo bist du?«

Madan kriecht unter seinem Tisch hervor.

»Probleme mit der Maschine?« fragt der Doktor.

Madan schüttelt den Kopf.

»Weißt du, wo die neue Schere ist, die ich vor einer Woche gekauft habe?«

Madan hat die Schere auch schon vermißt und zieht besorgt Schultern und Augenbrauen hoch.

»Sie muß hier sein.«

Madan weiß, daß die Schere nicht da ist, er hat überall gesucht, sogar unter seinem Tisch.

»Ich habe das Gefühl«, sagt Dr. Krishna Kumar mit ernstem Gesicht, »daß in letzter Zeit Sachen aus meiner Werkstatt verschwinden. Ich weiß genau, daß ich einen langen grünen und einen kurzen gelben Reißverschluß hatte, und die sind auch weg.«

Madan, der seit eineinhalb Jahren auch den Vorratsschrank verwaltet, vermißt noch viel mehr, eine neue Schachtel Sicherheitsnadeln, ein Kopierrädchen, einen Nahttrenner, das Päckchen Stopfnadeln, einen Fingerhut, eine Rolle Gummilitze, Goldborte, eine Tüte mit roten Knöpfen, und aus dem Behälter mit den Druckknöpfen sind etliche verschwunden; am schlimmsten aber ist, daß ihm ein Ballen weißen Baumwollstoffs fehlt.

Dr. Krishna Kumar sieht Madan an, der unter dem strengen Blick seines Chefs nervös wird.

»Find es heraus«, sagt er und stiefelt aus der Werkstatt.

Madan ahnt vage, wo die Sachen sein könnten, aber er betet schon seit Tagen, daß es nicht wahr ist und daß es niemand merkt.

Er kann in dieser Nacht kaum schlafen; wenn er endlich eindöst, träumt er von zwei Frauenarmen, die ihn streicheln und umschlingen, um sich dann plötzlich in eine Würgeschlange zu verwandeln, die ihm die Luft abdrückt. Er schreckt aus dem Schlaf hoch und merkt, daß er eine Erektion hat.

Am Ende des Arbeitstages muß jeder seinen Tisch aufräumen, auf dem Fußboden Ordnung schaffen und den Bereich um seinen Platz fegen. Madan hat dem Mann, der neben seinem Zuschneidetisch an der Nähmaschine sitzt, deutlich gemacht, daß er eher weg muß, und ihn gebeten, die Werkstatt abzuschließen und Dr. Krishna Kumar den Schlüssel zu geben.

Er, der Hinterhältige, beobachtet versteckt hinter der Mauer, wie die Männer einer nach dem anderen nach Hause gehen, und als das Mädchen herauskommt, beginnt er, der Verliebte, zu schwitzen. Seit dem Moment, als sich ihre Augen gefunden haben, finden sich ihre Blicke oft, heimlich, wenn es niemand sieht, oder sie gehen langsamer als nötig aneinander vorbei. In seinen Träumen hat er, der Begehrende, sie lieb, und sie haben sich endlos viel zu erzählen. Seit Wochen denkt er, der Behinderte, darüber nach, wie er, der Trottel, sich ihr nähern könnte, er, die Waise, hat keinen Vater, Onkel oder Bruder, der zu ihrer Familie gehen könnte, und er, der Hörige, traut sich nicht, Dr. Krishna Kumar darum zu bitten, denn welcher Vater gibt seine Tochter einem Mann ohne Hintergrund zur Frau, ohne Angehörige und – folglich – ohne Sicherheit? Sie merkt nicht, daß er, der Nichtswürdige, ihr folgt, immer wieder verschwindet sie in der Menschenmenge, und er, der Sippenlose, sieht nur noch flatternde Zipfel des Saris. Er, der Schmachtende, hat oft geträumt, dies zu tun. Er, der Kastenlose, weiß nicht, wo sie wohnt. Dr. Krishna Kumar hat es ihm nie gesagt, und er, der Feigling, hat es nie gewagt, sie danach zu fragen. Sie biegt in die Straße mit dem kleinen Markt ein und kauft an einem Stand etwas Gemüse. Er, der Nicht-Existierende, sieht, daß sie feilscht, und das Gesicht des Händlers sagt ihm, dem heimlichen Beobachter, daß sie öfter hier einkauft. Mit dem Gemüse unterm Arm geht sie in eine kleine Gasse, die er, der Verfolger, noch nie gesehen hat. Die Gasse mündet in eine belebte Straße, und er, der Ängstliche, ist froh, daß er, der Unsichtbare, wieder im Menschengewühl untertauchen kann. Sie geht nicht schnell. Spürt sie vielleicht, daß er, der Spion, ihr folgt? Könnte er, der Zerknirschte, nur zurückgehen zu seinem Zimmer am Innenhof! Er, der Aussichtslose, wünscht sich, daß er, der Tyrann, nie der Verwalter des Vorratsschranks geworden wäre. Es war der erste Schlüssel, den er, der Besitzlose, in seinem Leben besessen hatte. Am liebsten würde er, der Bewacher, den Schlüssel ins Meer werfen. In das Meer, aus dem die Sonne aufgeht, und nicht, wie in Bombay, das Meer, in dem sie untergeht. Er, der Verlorene, möchte zwischen den Straßensteinen versinken, er, der Verlorene, will sie nicht verfolgen, er, der Verlangende, will neben ihr gehen, ihre Hand nehmen und sie fragen, ob sie ihn, Mukka, den stummen Schneider, heiraten will. Sie betritt ein Haus. Sie schließt die Tür nicht. Er hört keinen Gruß, kein Gespräch, keinen Laut. Die Zeit verrinnt. Auf der Straße wird es still. Die Nacht senkt sich herab.

Er nähert sich dem Haus, ein Hund bellt. Er klopft an und hört ihre helle Stimme. Er drückt die Tür auf. Sie erschrickt, als sie ihn sieht, sie hatte ihn nicht erwartet. Sie sehen einander an. Sie senken den Blick. Er will weg, die Tür zuziehen, verschwinden, alles vergessen. Er will nicht hineingehen, aber wenn er es nicht tut, kann er nicht zu Dr. Krishna Kumar zurückkehren, das weiß er. Er muß seine Aufgabe zu Ende führen. Sich Gewißheit verschaffen. Er muß sehen, daß sie es nicht war. Vor ihr liegt die vermißte Schere. Sie zieht das Ende des Saris über den Nähkorb, aber der Stoff ist zu kurz. Auf der Matte, auf der sie arbeitet, liegt ein weißes Hemd, halb fertig, daneben ein Stapel fertig genähter Hemden, alle weiß. An der Wand steht der Ballen Baumwolle. Sie atmet schnell. Er auch. Sie bewegen sich nicht. Sie blicken beide auf die funkelnde Schere. Er erinnert sich an die glänzenden Äpfel und die süßen Mangos, die blitzschnell in seiner Tasche verschwanden. Er bückt sich. Seine Hand langt nach dem in seinen Augen plötzlich unsinnigen Werkzeug. Zwei Metallstücke, die aneinander vorbeigleiten, um etwas zu zerschneiden, zu zerteilen, für immer voneinander zu lösen. Er hebt die Schere nicht auf, seine Hand schwebt darüber, ziellos und unsicher. Er riecht ihren Atem. Er weiß, daß sie Angst hat. Hat sie einen

Vater? Einen Bruder? Einen Cousin? Wo ist ihre Familie? Sie zieht das Gummiband aus den Zöpfen. Die langen Haare fallen lose über ihre Schultern. Er nimmt die Schere und legt sie auf den Tisch. Er setzt sich neben sie auf den Boden. Tausend Fragen hat er, genau so viele Ängste. Auf ihrer Stirn bilden sich glitzernde Tröpfchen. Sie hält den Atem an. Sie öffnet den Mund. Sie will etwas sagen, aber dann schließt sie den Mund wieder.

Sag nichts. Sag bitte nichts. Ich weiß es schon. Mir brauchst du nichts zu erklären. Ich verrate dich nicht. Bleib bei mir. Bleib für immer bei mir. Ich werde dich mitnehmen. Wir gehen fort von hier. Hab keine Angst. Ich liebe dich. Von dem ersten Moment an, als ich dir in die Augen sah. Glaube mir. Vertraue mir. Ich werde für dich sorgen. Dich beschützen. Ich will für den Rest meines Lebens neben dir aufwachen. Komm, schlaf in meinen Armen.

Langsam legt sie ihre Hand auf seine. Ihre Hand ist kühler. Ein Schauer überläuft ihn. Er merkt, daß er erregt wird. Er will nicht, daß sie es sieht, und zieht die Knie weiter an. Sie streichelt seinen Arm. Ganz langsam. Sie berührt mit den Fingerspitzen die Härchen auf seiner Haut, eines nach dem andern. Das Pochen in seinem Unterleib wird zu einem Hämmern. Das Blut rast ihm durch die Adern.

Hast du keine Angst vor mir? Bin ich dir nicht unheimlich? Wo ist dein Vater? Wo ist dein Bruder?

Sie beugt sich vor. Er spürt ihren Atem an seiner Wange. Er will sie in die Arme nehmen, sie küssen, aber sein ganzer Körper ist so steif wie der Körperteil, den er haßt. Plötzlich lacht sie und schubst ihn nach hinten auf den Stapel Hemden. Sie schüttelt wild die Haare. Er sieht ihre Zähne. Im schwachen Licht der Glühbirne, die neben ihr hängt, wirkt sie wie eine Löwin, die ihn anspringen will. Sie stürzt sich auf ihn. Sein Hemd zerreißt, ihre Fingernägel zerkratzen seine Brust, ihre Zunge fährt über sein Ohr, ihr Lachen klingt weiter, als er ihren Mund sucht, er berührt ihre Brüste, die genau so sind, wie er sie sich vorgestellt hatte, ihre Hände suchen seine Hände und führen sie zu ihren Hüften, sie umklammert ihn, beißt und leckt ihn, sie riecht nach etwas, das er nicht kennt, ein Geruch, der ihn an keine einzige Blume erinnert, der Schmerz, den er empfindet, ist kein Schmerz, ihr Keuchen klingt wie ein Lied, sie verfangen sich in ihren Haaren, ihr Lachen klingt weiter, sie ist nackt, und er weiß nicht, wie er nackt geworden ist, ihre Haut gleitet über seine Haut, läßt ihn zittern, prickeln, betäubt ihn, es gibt auf der Welt nichts anderes mehr als die Frau, die er seit Monaten vergöttert, über die er phantasiert hat, die Wirklichkeit ist viel wollüstiger und überwältigender als seine Träume, und als er begreift, daß sie nicht unter seinem Gewicht zerbricht, übernimmt er die Führung, entdeckt und besetzt jede Höhlung ihres Körpers, aus ihrem Lachen wird ein genußsüchtiges Stöhnen, er merkt, daß er weint, aber weiß nicht, warum er weint, noch nie war er so glücklich, sie leckt und küßt seine Tränen weg, sie steigt auf ihn und kitzelt ihn mit ihren langen Haaren, er will lachen, schreien vor Genuß, aber bekommt plötzlich Angst, Angst, einen Laut von sich zu geben, sie sieht ihn fragend an und sagt zum ersten Mal in all den Monaten etwas zu ihm, »nicht sprechen«, sagt sie, und er muß deshalb noch mehr weinen, sie drückt ihren Mund auf seinen, ihre Zunge sucht in seiner wortlosen Mundhöhle, er findet sie, sie legen die Arme umeinander, draußen bellt wieder der Hund, sie schreckt hoch, zieht eines der Hemden zu sich hin, er versteht nicht, warum sie plötzlich aufhört, ihren Sari umlegt und die Haare zusammenbindet, sie steht auf und bedeutet ihm, auch aufzustehen.

Er sieht die Schere auf dem Tisch liegen, das Nähkörbchen, das neben ihr auf dem Boden stand, ist umgefallen. Er sieht die Druckknöpfe, das Kopierrädchen, den Nahttrenner, den Fingerhut und die Goldborte. Sie hebt seine Kleider vom Boden auf und macht das Licht aus. Er weiß, daß er sich rasch anziehen muß, daß das, was geschehen ist, vorbei ist. Er hört Schritte, die Tür geht auf, eine Männerstimme fragt, warum das Licht aus ist, sie antwortet nicht, sondern schiebt ihn an die Wand, er merkt, daß der Mann hereinkommt, daß sie ihn losläßt und auf den anderen zuspringt, »kuckuck« ruft, er hört ihr Lachen wieder, hell und fröhlich, er hört Gebrummel, er sucht die Tür, merkt, daß sie noch offensteht, er huscht hinaus, ihr lautes Lachen im Ohr, er hört, daß der Mann sagt, sie solle nicht so stürmisch sein.

Der Hund bellt.

Madan rennt zur Straße.

Am Ende der Straße merkt er, daß seine Spule, die er immer in der Hosentasche trug, weg ist. Er ist siebenundzwanzig, als er zum Bahnhof geht. Er wird Dr. Krishna Kumar nie mehr wiedersehen.

1973

Chilakaluripet

Er geht die Straße entlang, die, wie der Mann gesagt hat, in Richtung Haidarabad führt. Wenn du feste durchmarschierst, bist du in etwa drei Wochen da, hatte der Mann gelacht.

Madan hätte nie gedacht, daß er genauso arm fortgehen würde, wie er zehn Jahre zuvor angekommen war. Noch ärmer, denn nach ein paar Stunden hatte ihn der Kontrolleur ohne Pardon und mit großem Trara aus dem Zug geworfen. Beschämt läuft er über die frisch asphaltierte Straße, Autos überholen ihn in voller Fahrt. Er hofft, daß einer der Laster anhält und ihn mitnimmt. Wohin, ist ihm egal, Hauptsache weit weg. Ein Wagen fährt so dicht an ihm vorbei, daß ein Stein hochfliegt und an sein Bein schlägt. Er ist froh, daß der schneidende Schmerz den anderen Schmerz kurz ausblendet.

Er humpelt von der Straße weg und setzt sich auf einen umgestürzten Baumstamm. Er hat keinen Hunger, keinen Durst. Er spürt nur Kälte. Sein Bein blutet. Mit dem Finger und etwas Spucke versucht er die Wunde zu säubern.

Neben seinem Fuß sitzen zwei rote Käfer. Sie nagen an dem Stamm, auf dem er sitzt. Unter der Rinde kommt ein dritter Käfer hervor und krabbelt gemächlich in Richtung der anderen, um dann plötzlich auf einen der anderen Käfer zu klettern. Der untere Käfer scheint es gar nicht zu merken und nagt unbeirrbar weiter an dem Holz, während das Männchen auf dem Rücken des Weibchens aufs Ganze geht. Sie krabbelt mit dem Männchen auf dem Rücken weiter, auf der Suche nach einem frischen Happen Nahrung, und stürzt sich auf einen aufkeimenden Sproß. Madan beobachtet voller Bewunderung das Männchen, das sich durch das Weibchen nicht aus dem Konzept bringen läßt und einfach weitermacht. Nun kommt der andere Käfer angekrabbelt, der seine beiden Artgenossen bisher nicht gestört hat, und klettert über den Kopf des Weibchens zu dem Männchen, das auf ihrem Rücken hockt. Auch er bohrt sich in das Spiel. Madan sieht verwundert auf das desinteressierte Weibchen, das ruhig weiterfrißt, während auf seinem Rücken die Zukunft der Gattung sichergestellt wird. Er denkt, daß er gern ein Käfer wäre.

1995

Rampur

»Tante Charlotte!« hallte es durchs Haus. »Tante Charlotte! Das Klopapier ist alle!«

Charlotte hatte keine Ahnung, ob es irgendwo im Haus noch eine Rolle Toilettenpapier gab oder wenigstens etwas, das dazu dienen konnte. Seit vielen Jahren benutzte sie kein Papier, sondern nahm wie jedermann in Indien einen Krug Wasser. Sie stieg die Treppe hinauf, die Hitze hatte wieder beharrlich den Weg ins Haus gefunden, und die Bluse klebte ihr am Rücken. Sie nahm den Schlüssel vom Nagel und ging ins Kinderzimmer.

Ihr Vater saß in seinem Rollstuhl, auch ihm lief der Schweiß übers Gesicht. Er sah sie streng an. »Was willst du?«

»Ist hier irgendwo Toilettenpapier?«

Der General begann zu seufzen und zu stöhnen. Charlotte ging ins Badezimmer und durchsuchte die Schränke. Sie hörte, wie ihr Vater in seine Windel kackte. Warum hatte ihr Bruder nicht geschrieben, daß seine Tochter kam, oder angerufen? Wie lange wollte das Mädchen bleiben? Was sollte sie ihr zu essen vorsetzen? War noch etwas im Haus oder mußte sie Hema zum Markt schicken? Hoffentlich wollte das Mädchen kein Weißbrot essen – das war so schrecklich teuer. Am liebsten wäre sie in das Schränkchen unterm Waschbecken gekrochen und hätte sich versteckt, wie sie es früher als Kind getan hatte, wenn Sita sie ins Bett bringen wollte. Plötzlich fiel ihr Blick auf die goldene Uhr ihres Vaters, die auf dem Waschtisch lag. Hema mußte sie nach dem Waschen vergessen haben, denn sie hing normalerweise an der Wand, wo ihr Vater sie vom Rollstuhl aus sehen konnte. Was war sie wohl wert? Sie wog sie in der Hand, sie war schwer, und ließ sie in die Tasche ihres Rocks gleiten. Aus der Eingangshalle tönte es wieder: »Tante Charlotte!«

Madan versuchte, sich auf die Brustnaht der Bluse zu konzentrieren, die er für die Frau des Kokosölfabrikanten nähte, aber die Rufe des Mädchens lenkten ihn ab. Etwas an ihr erinnerte ihn an jemanden, doch er wußte nicht, an wen. Es waren nicht die ungekämmten Haare oder die lockeren Manieren, europäische Hippiemädchen hatte er schon öfter gesehen, nein, es war etwas anderes. Er drehte am Rad der Nähmaschine. Das summende Geräusch wirkte auf ihn beruhigend. Wenn das Mädchen nicht aufgetaucht wäre, hätten sie sich dann geküßt, fragte er sich, und er stellte fest, daß er die Naht zum dritten Mal falsch angesetzt hatte. Er zog das seidene Kleidungsstück unter der Maschine weg und geriet plötzlich ins Zweifeln, ob Dunkelviolett wirklich die richtige Farbe war für die korpulente Frau; selbst nachdem er den Kragen mit der Schale einer reifen Mango behandelt hatte, hatte das Kleid nicht die anmutige Ausstrahlung bekommen, die er ihm geben wollte. Wenn sie sich geküßt hätten, würde er dann noch hier sitzen oder wäre wieder alles in sich zusammengestürzt? Mit großer Sorgfalt zog er den Faden aus dem Stoff, doch die Löcher der Nähnadel waren trotzdem zu sehen. Würde er, wenn sie sich geküßt hätten, nun auf seinem Fahrrad sitzen, mit der Nähmaschine auf dem Gepäckträger? Er füllte die Spule von neuem, die Spule, die er von dem ersten Geld gekauft hatte, das er sich in Haidarabad zusammengebettelt hatte. Oder hätte sie sich zu ihm gesetzt, und er hätte nun an ihrem Kleid gearbeitet? Er steckte die Spule wieder in die Maschine, versetzte das Rad in Schwung und versuchte ein weiteres Mal, die Büstenlinie so zu formen, daß der verwelkte Busen der Frau des Kokosölfabrikanten wieder prangen konnte.

»Hi.« Issy kam ins Klavierzimmer, sie trug wieder ihre blaue Jacke und darunter deutlich nichts. »Hast du Zeit, auch für mich was zu nähen?« Sie wühlte in dem Stapel, den Madan auf den Tisch gelegt hatte. »Was für irre Farben, hast du die Stoffe hier gekauft? Ich hätte in Neu-Delhi gar nicht erst zu gucken brauchen, da hatten sie echt nichts, ich kapier nicht, warum das in den Reiseführern steht, als ob man da so tolle Sachen kaufen könnte.« Sie zog die scharlachrote Seide heraus. »Die hier will ich«, sagte sie und sah Madan fragend an, der keine Reaktion zeigte, weil er gleich gesehen hatte, welcher Stoff es war. »Das geht doch, oder? Du hast ja noch ganz viel andere Rottöne.« Sie warf den Stoff zurück auf den Tisch, ging zum Fenster und schob den Vorhang beiseite. »Warum hockt ihr hier eigentlich alle im Dunkeln? Das ist doch total schlecht für die Augen! Du willst doch nicht blind werden oder was? Und wenn du das Fenster aufmachst, kommt wenigstens ein bißchen frische Luft rein.« Sie öffnete das Fenster und schlug die Läden auf, das gleißende Sonnenlicht flutete ins Zimmer. Sie blinzelte. Eine erstickende Hitzewelle rollte herein. »Du meine Güte, wie könnt ihr nur hier leben? Jetzt wird mir klar, warum Papa nach England gegangen ist. Das ist echt nicht normal, und es ist nicht nur schlecht für die Augen, sondern auch für die Haut.« In ihrem Gesicht erschienen dicke Schweißperlen, und sie begann zu tropfen wie eine Wachskerze.

Madan merkte, daß auch die neue Brustnaht nicht richtig saß, aber in Gegenwart des Mädchens wollte er den Faden nicht wieder herausziehen und nähte langsam weiter.

»Ich wußte gar nicht, daß meine Tante so 'ne Sklaventreiberin ist. Bei uns würde die Schneidergewerkschaft, falls es so was gibt, verbieten, daß man bei so 'nem Wetter arbeiten muß. Ich an deiner Stelle würde streiken«, schnaufte sie, während die Sonne immer schmorender ins Zimmer drang. »Das kann sie ja wohl nicht von dir verlangen! Gibt's denn hier nicht irgendwo ein schönes Schwimmbad, dann könnte ich schwimmen gehen, ich hab meinen Bikini noch gar nicht angehabt.« Obwohl Madan so alt wie ihr Mathelehrer war, sah Issy, nachdem sich ihre Augen an das grelle Licht gewöhnt hatten, daß der Schneider ein sehr gutaussehender Mann war. »Kennst du diesen Schauspieler?« fragte sie und stellte sich näher zu ihm. »Du weißt doch, der die Hauptrolle in *The Buddha of Suburbia* spielt, du siehst ihm ähnlich, wußtest du das, nur daß er viel längere Haare hat als du, aber wenn ich dir auf der Straße begegnen würde, dann hätte ich dich prompt für ihn gehalten.«

Madan, der nur Bruchstücke von dem verstand, was das Mädchen sagte, wünschte sich, daß sie endlich ging. Er wollte das Kleid unter der Maschine wegziehen und von vorne anfangen.

»Hast du Fotos von den Sachen, die du genäht hast?« fragte sie und sah zu, wie er am Rad der Maschine drehte. »Ich will nämlich nicht wieder so eine langweilige Jacke wie die hier.« Sie zeigte auf die blaue Jacke, die sie trug. »Ich will was Tolles, was Ausgefallenes, etwas, was sonst keiner hat.«

Die Jacke, denkt Madan, es ist genauso eine blaue Jacke …

»Miss Isabella, Charlotte Memsahib sucht Sie.« Aus dem Nichts war Hema aufgetaucht, der die Fähigkeit besaß, sich geräuschlos fortzubewegen, wenn er das wollte.

»Sagen Sie ruhig Issy zu mir, und wo ist meine Sklaventreibertante?« Zu Madan sagt Issy lächend: »Ich bitte sie, daß sie dir freigibt, dann gehen wir schön irgendwo schwimmen.«

»Memsahib ist im Salon.«

Das Mädchen verließ das Zimmer, und Hemas Miene veränderte sich. Das Lächeln fiel ihm aus dem Gesicht, um Platz zu machen für einen wütenden Blick, mit dem er Madan bedachte. Knurrend klappte er die Fensterläden zu, schloß das Fenster und zog die Vorhänge vor, dann knallte er heftig mit der Tür des Klavierzimmers und ließ Madan in dem glutheißen Raum zurück.

»Warum läßt du den Mann in so einem dunklen, stickigen Zimmer arbeiten?«

»Der Monsun hätte schon längst da sein müssen, und bei geschlossenen Fensterläden bleibt es kühler im Haus.«

»Du kannst doch von niemand verlangen, daß er jetzt arbeitet?«

»Das tu ich auch nicht.«

»Aber er arbeitet doch.«

»Weil er es selber will.«

»Ich hab ihn gebeten, auch für mich was zu nähen. Was Fetziges. Das ist doch für dich okay, oder?« Ehe Charlotte antworten konnte, redete sie weiter: »Er sieht übrigens echt gut aus. Er gleicht diesem Hauptdarsteller, du weißt schon, aus dieser Fernsehserie. Ich hab's ihm gesagt, aber ich glaube, er hat gar keinen Fernseher. Ist hier irgendwo ...«, Issy griff in ihre Tasche und zog ein Bündel Stromkabel hervor, »... eine Steckdose, an der ich mein Handy aufladen kann?«

»Dein was?«

»Mein Mobiltelefon, geil, was, hat Paps mir geschenkt, ist neu und irre teuer, aber er will, daß ich erreichbar bin. Er fand es so gruselig, daß ich allein verreise, deshalb hat er es mir gekauft, aber alles läuft total gut, ich lerne nur nette Leute kennen, wo ist eine Steckdose?«

Charlotte hatte mal was darüber gelesen, aber noch nie so ein Ding gesehen, und sie schaute bewundernd auf das Gerät in den Händen ihrer Nichte. »Kannst du damit wirklich überall telefonieren?«

»Nicht in Amerika, aber in Indien und Thailand muß es funktionieren, ich hab versucht, hier anzurufen, aber das hat nicht geklappt, ich dachte, euer Telefon wäre kaputt, aber das habe ich gerade gecheckt, es funktioniert, also wird es wohl am Akku liegen, der ist fast leer, Papa hat extra für mich einen Vertrag abgeschlossen, er hat schon rumgemotzt, daß ich es später zurückbezahlen muß, aber das ist Quatsch, er wollte ja, daß ich's mitnehme, oje, das ist ja eine ganz andere Steckdose!«

»Reist du auch noch nach Thailand?« fragte Charlotte, und die Erleichterung in ihrer Stimme war nicht zu überhören.

»Nur, wenn ich Lust habe, weißt du, aber es ist schön hier, ich hab noch nie in so einem großen Haus mit einem Butler gewohnt, kann ich einfach nach ihm klingeln, wenn ich was brauche?«

Charlotte, die schon furchtbar schwitzte, spürte, wie sich ihre

Kehle zusammenzog und der Schweiß in kleinen Bächen zwischen ihren Brüsten herabzurinnen begann. Sie stammelte: »Ich frage ihn nachher, ob er dir mit dem Kabel helfen kann.«

»Hoffentlich blickt er durch, er ist so alt, wo ist eigentlich Opa?«

Charlotte fühlte, wie die Uhr in ihrer Tasche brannte. Sie hatte gehofft, daß das Gespräch nicht auf ihren Vater kommen würde. Sie hatte ihrem Bruder zwar geschrieben, daß er sehr vergeßlich geworden sei, ihm aber nie mitgeteilt, wie sehr er inzwischen abgebaut hatte und daß sie ihn festbanden. Es war Hemas Idee gewesen, nachdem der General, fest davon überzeugt, er könne laufen, zum zweiten Mal gestürzt war. Daß sie ihn auch des Nachts anschnallten, hatte den Grund, daß er mit dem gleichen Gedanken das Bett verlassen wollte, wenn er mal mußte oder wenn er Durst hatte und es entschieden ablehnte, auf einer Matratze am Boden zu schlafen – das täten die Einheimischen, aber er doch nicht.

Seit der General angegurtet war, glaubte er oft, es sei Krieg. Anfangs war es zu schrecklichen Szenen gekommen, auf Weinkrämpfe folgten Wutanfälle, und er versuchte, Charlotte alles, was nicht niet- und nagelfest war, an den Kopf zu werfen. Eines Tages hatte er sie mit einer Vase, einem der seltenen Erbstücke, die ihre zunehmende Armut überlebt hatten, tatsächlich fast getroffen. Das war der Tropfen gewesen, der das Faß zum Überlaufen brachte. Als die Vase ihren Schädel streifte und an der Wand zerschellte, hatte sie ihn angeschrien, nun reiche es ihr und er solle das Haus verlassen. Aber es war kein Geld da, um den ehemaligen Militär in ein Heim für demente Alte zu geben, und ihn nach England zu schicken stand nicht zur Debatte. Also hatte sie eigens Gurte anfertigen lassen, um auch die Arme zu fixieren, und sie hatte ihn weiterhin versorgt. Charlotte hatte ihre Suche nach einem billigeren Haus eingestellt, denn abgesehen davon, daß ihr Vater sich weigerte, eine Vollmacht zu unterschreiben, war auch kein Käufer für die riesige, heruntergekommene Villa zu finden.

»Er schläft«, sagte Charlotte zu ihrer Nichte, »es ist besser, ihn jetzt nicht wecken.«

»Hat er immer noch diesen großen Schnurrbart, wir fanden den Schnurrbart so schaurig, Papa hat mir erzählt, daß ihr ihn auch so gruselig gefunden habt, als ihr klein wart, ich habe übrigens immer noch das Baby-Cape, das du mir zu meiner Geburt geschenkt hast, ich hatte es nie an, Mama fand es häßlich, aber meine Puppe Elsa hat es oft getragen, ich kann die Puppe einfach nicht weggeben, nicht mal jetzt, wo ich erwachsen bin.« Issy legte ihre Füße auf den Tisch und wischte sich den Schweiß von der Stirn. »Ihr habt hier aber ganz viel weggegeben, auf den alten Fotos sind lauter große Möbelstücke und ein Flügel, kann man das Fenster wirklich nicht aufmachen, ich ersticke fast, wie haltet ihr das aus, warum schaffst du dir keine Klimaanlage an, das ist so bequem, das haben wir auch, man würde nie auf die Idee kommen, daß Papa in Indien geboren ist, er kann Hitze überhaupt nicht ab, er liebt Regenwetter.«

Charlotte stand auf und stellte den Ventilator, der sich über ihren Köpfen drehte, auf die höchste Stufe.

»Machen sie hier keine Regentänze so wie die Indianer, hast du gewußt, daß das schon die Pharaonen in Ägypten gemacht haben, das weiß ich von Mamas Bruder, der schreibt Reiseführer, wenn ich ihm von dem blöden Reiseführer erzähle, den ich bei mir habe, kommt er bestimmt nächstes Jahr nach Indien und schreibt einen besseren, er ist unheimlich nett und lädt mich immer zum Essen in berühmte Restaurants ein, hast du gewußt, daß es in London sehr gute indische Restaurants gibt, sie sollen sogar besser sein als hier, habe ich gehört.« Sie ließ die Schöße ihrer Jacke flattern, aber als sie den schockierten Blick ihrer Tante sah, knöpfte sie die Jacke seufzend wieder zu. »Können wir den Butler nicht darum bitten, daß er einen Regentanz macht?« Sie kicherte bei der Vorstellung. »Wir können doch nicht einfach nur die ganze Zeit warten auf den … den Monsun, dafür ist es einfach zu heiß.«

Charlotte stand auf und zog an der Klingelschnur.

»Fragst du ihn?«

»Nein, er hat zu viel zu tun, aber ich werde ihn darum bitten, daß er dir was zu trinken bringt.«

»Hast du Cola, nur nicht schon wieder Tee, alle trinken hier immer nur Tee, aber bei der Hitze wird mir von Tee nur noch wärmer, genau wie von dem scharfen Essen, man kommt dabei furchtbar ins Schwitzen.«

Hema stellte die Kanister seufzend auf den Spülstein. Seine Beine zitterten, und ihm tat der Rücken weh von der schweren Last. Den ganzen Weg den Hügel hinauf hatte er sich gefragt, warum er nicht sauer geworden war, weil das Mädchen das Trinkwasser für fünf Tage benutzt hatte, um ein Bad zu nehmen. Er redete sich ein, es liege daran, daß sie die Nichte von Charlotte Memsahib war. Aber tief im Innern wußte er, daß es einen ganz anderen Grund gab, warum er schon den ganzen Tag vor sich hin pfiff, etwas, was er seit seiner Jugend nicht mehr getan hatte.

Die Klingel läutete. Er nahm das Tablett und sprang fast zum großen Haus. In der Eingangshallte stieß er mit Memsahib zusammen, die ihn sofort ermahnte, still zu sein.

»Weißt du, wo man Cola kaufen kann?« flüsterte Charlotte.

»Unten am Hügel«, flüsterte er zurück.

»Hol schnell eine Flasche, meine Nichte möchte gern Cola.«

Hema zögerte und drehte das Tablett in seinen Händen.

»Was ist?«

»Ich kann da nicht anschreiben lassen.«

Charlotte fischte ihr Portemonnaie aus der Tasche. Beinahe wäre auch die Uhr herausgefallen, sie konnte sie gerade noch zurückschieben.

»Was kostet so eine Flasche?«

»Eine große oder eine kleine, Memsahib?«

»Sie bleibt wohl noch ein paar Tage, kauf lieber eine große.«

Hema strahlte. »Nicht viel, Memsahib, nicht viel.«

»Wieviel?«

»Ungefähr soviel wie zwei Päckchen von den besonders lekkeren Keksen.«

»Was?!« Sie vergaß kurz zu flüstern. »Zwei Päckchen!«

Hema nickte voller Überzeugung.

»Kannst du den Preis nicht runterhandeln?« flüsterte sie wieder.

»Unten am Hügel nicht, vielleicht im Zentrum.«

»Tante Charlotte«, klang die helle Stimme aus dem Salon, »bitte sag ihm auch, er möchte eine Tafel Schokolade mitbringen!«

Hema sah Charlotte fragend an, die nickte seufzend und nahm sich vor, noch am selben Tag die Uhr zu verkaufen.

Madan spürte die Unruhe, die das Haus erfaßt hatte, und er wußte, daß es diesmal nicht um ihn ging, sondern um das Mädchen. Nachdem Hema losgezogen war, um eine Flasche Cola und eine Tafel Schokolade möglichst günstig zu besorgen, hatte er gehört, daß Charlotte nach oben ging. Er war froh, daß sie nicht ins Klavierzimmer gekommen war, er wollte gern allein sein, seine Gedanken und Gefühle irrten in alle Richtungen, und nach der Erinnerung an seine Schwester in ihrer blauen Jacke hatte er nur noch Fehler gemacht. Er hatte die Bluse der Frau des Kokosölfabrikanten völlig aufgetrennt und noch einmal neu angefangen, aber als ihm wieder ein Fehler unterlief, hatte er die Haube über die Maschine gestülpt und war hinausgegangen.

Die Sonne bohrte ihre Strahlen in seinen Rücken. Sogar noch im Schatten der verdorrten Bäume schien ihn der sengende Himmelskörper zu erfassen. Er dachte nicht oft an seine Schwester, und er sinnierte auch nicht darüber nach, ob er mehr Geschwister gehabt hatte, er erinnerte sich nur verschwommen, daß vor langer Zeit immer viele Menschen und Kinder um ihn herum waren, aber ob das in einem Haus oder auf der Straße gewesen war, wußte er nicht. Er erinnerte sich aber gut daran, daß er in den Armen einer weißen Frau wach geworden war, sie hatte nach Jasmin gerochen und ihn geküßt, seine Schwester hatte geweint, als er sie hatte trösten wollen, war sie wütend geworden. Er wußte nicht, was er falsch gemacht hatte, doch es mußte etwas sehr Schlimmes gewesen sein, denn sie war so böse, daß sie ihn allein zwischen den Beinen der Männer zurückgelassen und sich nicht mehr nach ihm umgesehen hatte.

Er ging den Hügel hinab, überquerte die Hauptstraße und bog in eine Gasse mit Häusern ein. Die Sonne stand noch lange nicht im Zenit, doch es war kaum Schatten zu finden. Den einzigen Schutz bot ein großes Transparent, das quer über die Straße gespannt war; das Haus des New Rampur Club war darauf abgebildet, darunter stand ganz groß die Zahl »200«.

In zwei Tagen war die Festgala, und er hatte die Kleider fast fertig. Aber an jedem war noch eine Kleinigkeit zu tun, überall gab es noch ein Stückchen offene Naht oder einen losen Saum. Er verdrängte den Gedanken, daß er bald fertig war und dann weiterziehen müßte.

In der Ferne hörte er die Feuerwehrsirene, die immer öfter heulte, weil der Monsun ausblieb. Eine Rikscha fuhr in voller Fahrt vorbei; Hema saß darin, hielt eine große Flasche Cola wie ein Baby in den Armen und blickte liebevoll darauf.

Die Frau von Nikhil Nair goß sich gekühltes Zitronenwasser in ihr Glas. »Der Schneider ist immer noch nicht fertig«, seufzte sie und ließ sich schnaufend nach hinten in ihre rosa Kissen fallen.

»Oh«, sagte die Frau von Ajay Karapiet und nahm ein Paar glänzende schwarze Abendschühchen aus einer Schachtel, um sie ihrer Freundin zu zeigen. »Das sind sie.«

»Ich dachte, du wolltest goldene Pantoletten tragen?«

»Die hier gefallen mir besser.«

»Hast du sie schon zu dem Kleid angehabt?«

»Nein, er muß es noch säumen.«

»Meins auch!« In der Stimme der Frau von Nikhil Nair klang Unglaube mit.

Die Frau von Ajay Karapiet blickte skeptisch auf ihre neuen Schuhe. »Ich glaube, du hast recht, goldene Pantoletten sind besser.«

»Priya hat ihr Kleid auch noch nicht zurück, und Deepa hat mir am Telefon erzählt, daß er noch mit ihrem Kragen beschäftigt ist. Ist das nicht seltsam?«

»Allerdings passen mir diese schwarzen Schuhe viel besser.«

»Weißt du, ob Harita ihr Kleid schon zurück hat?«

»Harita will auch goldene Schuhe tragen, aber mit viel höheren Absätzen. Das kann ich nicht wegen meinem Rücken.«

»Hat sie ihr Kleid schon?«

»Sie hat es anprobiert, sagt sie, es paßte wie angegossen.«

»Hat sie es denn schon bei sich zu Haus?«

Die Frau von Ajay Karapiet zuckte zweifelnd mit den Schultern. »Kalpana nicht, mit der habe ich heute morgen gesprochen, sie findet diese Schuhe übrigens auch sehr schön.«

»Kalpana auch noch nicht!« Die Frau von Nikhil Nair stemmte sich aus den Kissen hoch, obwohl die Klimaanlage lief, war ihr noch immer warm. »Und Mandira, soviel ich weiß, auch nicht. Das Fest ist in zwei Tagen, und wir müssen noch die Accessoires auswählen.«

»Was für Schuhe wirst du denn tragen?«

»Ist dein Glas leer?«

»Ich habe immer noch Durst.«

»Gleich.«

Charlotte wählte die Nummer, die sie inzwischen auswendig kannte. Die rauhe Stimme am anderen Ende der Leitung meldete sich nicht mit Namen. Sie schon, freilich nur zögernd, weil ihr klar war, welche Probleme sie sich aufhalsen würde, wenn sie die Uhr verkaufte.

»Sie hatten doch nichts mehr?« herrschte sie der Mann an, der ihr zutiefst unsympathisch war. »Nur wenn Sie noch was wirklich Wertvolles haben, sonst hat es keinen Zweck.«

Ehe sie etwas erwidern konnte, hatte er aufgehangt.

Ihre Nichte lag japsend mit einem Glas Cola auf dem Sofa, ihr Vater schlief, und nicht mal die Nähmaschine surrte; hatte auch ihn endlich die Schlappheit überwältigt, die alle außer Gefecht setzte? Sie ging auf Zehenspitzen zur Garderobe, setzte sich ihren großen Strohhut auf, schlich zur Haustür und huschte hinaus. Sie zog die Tür leise hinter sich zu, als sie sah, daß das schwarze Auto der Frau von Nikhil Nair auf den Pfad einbog. Ihr erster Impuls war, wieder ins Haus zu gehen, Hema zu rufen und die Damen zu empfangen, aber ob es nun die schlaflose Nacht und der Liebestanz waren oder ob sie die ewig tratschenden Frauen gründlich satt hatte, sie lief die Treppe hinunter und versteckte sich blitzschnell zwischen den Zweigen der vertrockneten Christrose, die im Schatten des Hauses stand. Sie beobachtete, wie die Frau von Nikhil Nair ausstieg, gefolgt von der Frau von Ajay Karapiet. Sie hörte die beiden flüstern, daß der alte Butler ihnen sicher wieder diese Kekse anbieten würde, die teuer aussahen, aber billig waren, daß es ein Wunder wäre, wenn noch genug Stühle da seien, um darauf sitzen zu können, daß sie nicht begriffen, warum sie in dem großen Haus wohnen blieben, denn es sei ja nicht zu übersehen, daß sie über ihre Verhältnisse lebten, daß … Charlotte wünschte sich tatsächlich, daß Hema jünger wäre, dann könnte er schneller an der Tür sein, sie wollte nicht hören, daß die Leute unten am Hügel heute nacht die panischen Schreie ihres Vaters vernommen hatten und sich fragten, was eigentlich alles in dem großen Haus passierte, und daß man bei Menschen wie ihnen nun mal nie genau wissen konnte …

Die Tür ging auf, Isabellas helle Stimme klang erstaunt, als sie sagte, ihre Tante sei gerade aus dem Haus gegangen und sie seien ihr doch bestimmt auf dem Pfad begegnet, sie streckte den Kopf zur Tür heraus und rief ganz laut ihren Namen. Charlotte duckte sich noch tiefer unter den Strauch und zog sich den Hut weiter ins Gesicht. Bloß nicht entdeckt werden, nicht jetzt, nicht hier. Sie hörte, wie Isabella die Damen hereinließ und ihnen sagte, sie würde den Schneider holen. Die Tür fiel mit einem

Knall zu. Hema mochte zwar alt sein, aber er wußte jedenfalls, wie man eine Tür zivilisiert zumachte.

Charlotte blickte auf einen dicken Käfer, der auf einem Zweig saß. Die Hitze schien ihm trotz seines dicken Mantels nichts auszumachen. Ob er wohl auch manchmal Angst hatte? Am liebsten wäre sie, so wie er, unter einem großen Schild versteckt, für alle unsichtbar. Der Käfer schüttelte seinen schimmernden Panzer und trippelte mit kleinen Schritten weiter über den Zweig. Es war der plötzliche goldfarbene Glanz auf dem Chitinpanzer, der sie nach der Uhr in ihrer Tasche tasten ließ. Hatte ihr Vater sie wohl schon vermißt, würde er wieder einen Wutanfall bekommen, wen würde er diesmal beschuldigen? Sie mußte es Hema sagen, denn der würde sonst ihre Nichte verdächtigen oder »diesen Darsi«, wie er in einem sehr gehässigen Tonfall sagen konnte. Daß auch Isabella ihn für einen gutaussehenden Mann hielt, hatte sie verwundert, das Mädchen war mindestens drei Jahrzehnte jünger als der Schneider und müßte sich eigentlich mehr für Gleichaltrige interessieren. Der Gedanke beunruhigte sie, wie sie da unter ihrem Strauch hockte. So wie die Christrose nach jedem Monsun ungestüm erblüht, würde diese jugendliche Aufmerksamkeit bei ihm vielleicht Gefühle wecken; die Gefahr, in ihr eine Rivalin zu haben, war vielleicht nicht nur ein Hirngespinst, genährt durch die brütende Hitze und die Einsamkeit des Hauses. Sie war schließlich schon eine ältere Frau, die ihren Vater bestahl, um sich gegenüber ihrer Nichte keine Blöße zu geben und ihr Cola zu kaufen, ein Getränk, das sie selbst noch nie getrunken hatte, die sich unter einem Strauch versteckte, um den hungrigen Blicken von zwei notorischen Klatschbasen zu entrinnen, weil sie befürchtete, sie könnten ihr ansehen, daß sie sich in den dunkelhäutigen Schneider verliebt hatte, der Miete bezahlen mußte, um im Haus ihres Vaters eine Werkstatt zu haben und den sie im Klavierzimmer arbeiten ließ, weil er dann näher bei ihr war … Konnte alles noch trauriger sein? Was war los mit ihr, warum sagte sie dem Mädchen nicht einfach, daß sie kein Geld hatte, daß die Möbel nicht aus ästhetischen Überlegungen weggeschafft worden waren, sondern um etwas zu essen kaufen zu können, daß sie, wie alle Frauen, schön sein wollte auf dem bevorstehenden Fest, aber daß sie kein Geld für Stoff hatte und daß sie ihrem Vater wiederum die letzten Erinnerungen an seine Frau hatte stehlen müssen, um ihre eigenen Wünsche zu erfüllen, daß sie lichterloh brannte und Angst hatte, der Strauch könnte Feuer fangen, wenn sie zu lange darunter sitzen bliebe, daß sie, obwohl sie sich noch nie geküßt hatten, davon überzeugt war, ihn schon wieder verloren zu haben …

Der Käfer krabbelte am Stamm hoch. Charlotte sah etwas höher noch einen zweiten. War das seine Frau? Oder sein Mann? Gehörten sie zusammen? Waren sie Verwandte? Ein Liebespaar? Hatten sie Geheimnisse voreinander? Der Käfer kletterte immer höher, es sah fast so aus, als ob der andere Käfer sehnsüchtig über den Rand des Zweiges hinunterschaute und wartete, bis der andere oben war. Konnten Käfer küssen? Wie machten Käfer Liebe? War der dicke Panzer nicht im Weg? Charlotte verhielt sich mucksmäuschenstill. Atemlos beobachtete sie, wie das kleine Tier Schritt für Schritt emporkraxelte. Herausfordernd und fast verführerisch. Der eine Käfer kam dem anderen Käfer immer näher. Charlotte vergaß die erstikkende Hitze und wartete gebannt, was nun passieren würde. Der Abstand wurde immer kleiner. Der Käfer blieb stehen, die beiden Tiere sahen sich an. *Lauf weiter! Gibt jetzt nicht auf!* Der Käfer machte noch einen Schritt. Charlotte hätte das Tier am liebsten zu seinem Artgenossen hingeschubst. Angespannt standen sich die beiden Käfer nun gegenüber. *Hab sie lieb!* Er machte wieder einen Schritt, ihre Köpfe berührten sich fast, als aus dem Nichts plötzlich Geraschel zu hören war. Charlotte erstarrte. Aber bevor sie sich fragen konnte, was das wohl war, tauchte eine Krähe zwischen den Blättern auf, pickte einen der Käfer vom Ast und flog weg. Der übriggebliebene Käfer duckte sich und schloß sein Schild fest um sich herum. Auch Charlotte duckte sich, sie zog den Kopf zwischen die Knie und legte die Arme um den Hut. Hätte sie doch bloß nicht auf die Frauen im Club gehört, die sie davon überzeugt hatten, ihn ins Haus zu nehmen, wäre sie ihm doch nie begegnet, hätte sie ihn nur nicht vom Küchenhaus ins Klavierzimmer ziehen lassen, hätte sie doch nicht mit ihm getanzt, ihn nicht in ihr Herz schauen lassen. Sie hörte die Blätter wieder rascheln und hoffte, daß der Vogel auch den anderen Käfer verschlang, dann wären sie wenigstens wieder zusammen.

Was ist los?

Charlotte blickte erschrocken auf, durch ihre Tränen hindurch sah sie zwischen den verdorrten Blättern der Christrose sein Gesicht.

Du weinst. Was ist passiert?

Da war ein Vogel.

Einfach irgendein Vogel?

Eine Krähe. Sie hat den Käfer gefressen.

War es ein besonderer Käfer?

Nein, ein ganz normaler Käfer.

Hast du diesen Käfer schon öfter gesehen?

Nein, ich sah ihn zum ersten Mal.

Und die Krähe hat ihn gefressen?

Ja, als er seine Frau küssen wollte.

Auf Madans Gesicht erschien ein breites Lächeln.

»Kann man damit wirklich überallhin telefonieren?« Die Frau von Nikhil Nair und die Frau von Ajay Karapiet bewunderten den Apparat in Issys Hand.

»Ich muß es erst aufladen, der Akku ist leer, sie hatten mir im Laden gesagt, daß er mindestens zwei Stunden hält, aber ich meine, er ist viel schneller leer, aber wenn er nachher wieder voll ist, kann ich euch einfach vom Garten aus anrufen.«

»Vom Garten aus! Hat deine Tante dir denn unsere Telefonnummern gegeben?« fragte die Frau von Ajay Karapiet, die für ihr Leben gern telefonierte.

»Nein, natürlich nicht, aber es wäre sehr praktisch, wenn meine Tante auch so eins hätte, dann könnte ich sie jetzt einfach anrufen, und sie könnte mir antworten, sogar, wenn sie gerade in einem Taxi sitzt.«

»In einem Taxi!«

Die beiden Damen seufzten. Sie waren wie vom Donner gerührt durch die überraschende Anwesenheit des Mädchens, das in ziemlich freizügiger Kleidung, die Haare zu einem wilden Büschel hochgebunden, auf dem Sofa lag und ihnen keinen Platz anbot. Sie redete immer weiter und erzählte, wie sie in Neu-Delhi in einer Rikscha gesessen und telefoniert hatte und daß der Fahrer vor Schreck fast mit einer Kuh zusammengestoßen war. Die Frau von Nikhil Nair machte ihrer Freundin ein Zeichen, daß sie sich dann eben unaufgefordert hinsetzen sollten. Sie hatte Durst und vermied es, auf das große Glas zu schauen, das vor dem Mädchen stand. Sie ärgerte sich, daß der alte Butler nicht erschien, um ihr eine Tasse Tee anzubieten, und sie bereute es, daß sie ihr Glas kaltes Zitronenwasser nicht ausgetrunken hatte, bevor sie Hals über Kopf ins Auto eingestiegen waren.

»Ich habe keinen blassen Schimmer, wo sie hin ist«, sagte Issy, »sie ist genau in dem Moment zur Tür raus, als ihr gekommen seid, also wirklich komisch, daß ihr sie nicht gesehen habt, sie war echt erst eine Sekunde weg, daß sie bei dieser Hitze vor die Tür gegangen ist, hab ich sowieso nicht kapiert, ich würde wegschmelzen, am liebsten würde ich hier nackt unter dem Ventilator liegen, sie hat auch nicht gesagt, wann sie wiederkommt.«

»Ach, das macht gar nichts«, sagte die Frau von Ajay Karapiet begütigend, die einen Schreck bekommen hatte bei der Vorstellung, das Mädchen würde sich auch noch ausziehen, »wir wollten ja eigentlich zum Schneider.«

»O, laßt ihr euch auch was von ihm nähen, ich hab null Ahnung, wo er steckt, ich hatte ihm gesagt, er soll streiken, weil es viel zu warm ist zum Arbeiten.« Issy lachte, als sie die schockierten Blicke der Damen sah. »Er kommt bestimmt gleich wieder, er nimmt seine Arbeit so ernst, heute morgen war er mit einer violetten Bluse zugange, eine super Farbe, aber zu dunkel für mich, ich hab ihn darum gebeten, mir was aus dem roten Stoff zu nähen.«

»Kommst du auch zum Fest?«

»Fest?!«

»Ja, der New Rampur Club besteht zweihundert Jahre, es gibt eine große Gala. Alle Würdenträger aus der ganzen Umgebung kommen, und sogar der Bundesstaatsminister für Sport und Kultur hat zugesagt«, erzählte die Frau von Nikhil Nair und stellte sich dabei vor, wie sie in ihrem prächtigen neuen rosa Abendkleid alle anderen Frauen ausstechen würde. Sie würde schwarze, hochhackige Schuhe anziehen und ein Diadem mit zehn echten Diamanten im Haar tragen.

»Oh«, sagte Issy, griff zu ihrer Cola und trank das Glas leer.

Die beiden Frauen sahen sich verdutzt an. Die Karten für die Gala waren binnen einer Woche ausverkauft gewesen, sie hätten aber sicher, weil es sich um eine Nichte von Charlotte und die Enkelin ihres ältesten Mitglieds handelte, eine Ausnahme gemacht, doch das Mädchen schien überhaupt nicht daran interessiert zu sein.

Die Frau von Nikhil Nair stand auf. »Wir müssen wieder los, sonst wird es zu spät. Könntest du den Schneider bitten, unsere Kleider heute oder spätestens morgen früh zu uns nach Hause zu bringen?« Sie winkte ihrer Freundin, doch die starrte atemlos auf das trinkende Mädchen. »Gehen wir?« wiederholte sie ungeduldig. Ihre Freundin hörte nichts. Die Frau von Nikhil Nair hüstelte grimmig und lief zur Tür.

Jetzt erst merkte die Frau von Ajay Karapiet, was von ihr erwartet wurde, und stand widerwillig auf. Sie wollte überhaupt nicht gehen. Sie wollte den Geschichten dieses exotischen Mädchens zuhören. »Willst du meine Telefonnummer?« fragte sie.

Die Frau von Nikhil Nair sah ihre Freundin erstaunt an.

»Ich würde mich sehr freuen, wenn du mich mal mit diesem besonderen Telefon anrufst.«

Charlotte und Madan hörten die Damen die Treppe hinabgehen, der Chauffeur startete den Wagen, aber sie bekamen trotzdem noch jedes Wort mit. Die beiden Freundinnen stritten sich.

Sie wollen ihre Kleider, kicherte Charlotte.

Die sind noch nicht fertig.

Ich dachte, sie seien fertig.

Noch nicht ganz. Ich warte noch.

Worauf?

Auf den Regen.

Auf den Regen? Aber wir haben doch noch Wasser.

Nicht genug.

Durch die vertrockneten Zweige blickten sie zum Himmel. Kein Wölkchen war zu sehen. Charlotte genoß es, neben ihm zu sitzen und mit ihm zusammen hochzuschauen. Am liebsten würde sie die Zeit anhalten, bis die ersten Tropfen fielen.

Es kann nicht mehr lange dauern.

Im Radio sagen sie schon seit zwei Wochen, daß der Regen kommt, sagte Charlotte, als sei die Verständigung über Gedanken das Normalste auf der Welt.

Wir müssen zeigen, daß er willkommen ist.

Glaubst du etwa auch an Regentänze? Charlotte zupfte ein vertrocknetes Blatt von der Christrose, das bei der Berührung zerbröselte.

Kein Tanz – nur ein Zeichen, ein Signal.

Wie denn?

Eimer.

Charlotte mußte lachen. Als ob sich der Monsun durch ein paar Eimer anlocken ließ.

Es funktioniert wirklich.

»Ja«, sagte sie, aber sie dachte *nein* und er hörte es. *Ich muß gehen,* dachte sie.

Wirst du sie verkaufen?

Charlotte sah ihn erstaunt an. Sie fühlte die Uhr in ihrer Hand, wußte aber genau, daß sie nicht an sie gedacht hatte, sie hatte nur einen Moment an das Geldproblem gedacht. Wie konnte er es dann wissen?

Du hast es gedacht.

Ich habe nicht daran gedacht. Wir haben von Regen und von Eimern gesprochen, nicht von seiner Uhr.

Du hast vorher daran gedacht. Als du mir von deiner Nichte erzählt hast.

Verstehst du denn auch Gedanken, die mir gar nicht bewußt sind?

Ich weiß nicht, wie ich es gehört haben kann, aber ich habe es gehört.

»Ich gehe.« Sie kroch unter dem Strauch hervor, klopfte den Staub und die Blätter vom Kleid, zog den Sonnenhut zurecht und lief schnell den Hügel hinab. Sie wollte nicht, daß er noch mehr von ihren Gedanken hören konnte.

Verwundert sah Hema, wie Memsahib aus der Christrose auftauchte. Er wußte, daß sie heimlich den Rasen mähte, um kein Geld für einen Gärtner ausgeben zu müssen, aber daß sie auch die Sträucher stutzte, war ihm nicht klar gewesen. Er zog sich schnell zurück, um sie nicht in Verlegenheit zu bringen, und sah sie den Hügel hinabeilen. Als er ein paar Sekunden später den Schneider unter demselben Strauch hervorkriechen sah, bekam er so einen Schreck, daß er sich verschluckte, ohne etwas getrunken zu haben. Er mußte fürchterlich husten. Madan merkte, daß man sie ertappt hatte, und wurde wütend auf sich selbst. Er hätte nie zu ihr unter den Busch kriechen dürfen. Er hätte sich beherrschen müssen, als er ihre Gedanken zwischen dem Laub flüstern hörte. Sie waren nicht für ihn bestimmt gewesen. Er mußte fortgehen. Er durfte sich nicht wünschen, hierzubleiben, denn immer, wenn er glaubte, glücklich zu werden, ging es schief.

1973

Haidarabad

Sein Magen knurrt. Nach dem Apfel, den er gestern gestohlen hatte, hat er nichts mehr gegessen. Er klopft an die Tür, als er eine Stimme hört, drückt er sie auf. An einem kleinen Tisch im Flur sitzt eine alte Frau. Ihre Hände ruhen auf einer rostigen Metallkassette, die auf dem Tisch steht. Sie sieht Madan fragend an. Er hält ihr den abgegriffenen Zettel hin, den er nun schon seit Wochen Tag für Tag jedem zeigt, der ihm begegnet. Sie blickt kurz darauf und schüttelt den Kopf. Ihre Hände schließen sich fester um die Kassette. Madan geht wieder hinaus und zieht die Tür zu, langsam geht er weiter, bei der nächsten Tür klopft er wieder an. Er wartet geduldig. Als nicht geöffnet wird, geht er weiter zur nächsten Tür. Wieder klopft er an, er hört Gepolter, die Tür wird aufgemacht. Ein Mann mit einem langen Bart steht vor ihm. Madan reicht ihm den Zettel.

»Ich kann nicht lesen, was willst du?«

Madan bedeutet ihm durch Gesten, daß er stumm ist. Bevor er ihm verständlich machen kann, daß er Arbeit sucht, hat der Mann die Tür schon wieder zugeknallt. Der Zettel flattert zu Boden. Madan hebt ihn auf und geht weiter. Sein Magen knurrt.

Er steht vor dem Bahnhof. Ein endlose Menschenmenge strömt vorbei. Keiner sieht sich nach ihm um. Er hat sich monatelang nicht rasiert, und seine Haare waren noch nie so lang. Seine Hose ist verschlissen, seine Schuhe wurden ihm gestohlen, während er schlief, und das Hemd, einst sein Prunkstück, das er aus sehr kostbarer Seide genäht hatte, ist zerrissen und schmutzig. Das ist der Moment, vor dem er sich immer gefürchtet hat, den Abbas und er früher immer vermeiden konnten, weil sie zusammen stark und schnell waren, und vor dem Ram Khan, Bruder Franciscus, Herr Patel, Chandan Chandran und Dr. Krishna Kumar ihn bewahrt hatten, indem sie ihn bei sich aufnahmen oder ihm Arbeit gaben. Er will es nicht, aber es geht nicht anders. Ganz langsam hebt er die Hand.

Er steht wie erstarrt da und wagt den Passanten nicht ins Gesicht zu sehen. Er sieht nur Schuhe, Pantoletten und die Säume wehender Saris vorbeiziehen. Niemand bleibt stehen. Alle haben es eilig. Sie sind auf dem Weg zu ihrer Arbeit, ihrem Haus, ihrer Familie, ihrer Frau, ihren Kindern. Sie haben eine Aufgabe, ein Ziel. Ihre Schritte klingen wie falsche Musik in seinen Ohren. Er möchte auch taub und blind sein, damit er nicht sehen und hören kann, daß andere Menschen sehr wohl Glück haben. Er möchte tot sein.

Ein Paar Füße in abgetragenen braunen Lederlatschen bleibt vor ihm stehen, er merkt, daß eine Münze in seine Hand gelegt wird. Er blickt auf. Der Junge ist schon wieder weitergelaufen. Er wünscht sich, nicht stumm zu sein, dann hätte er »danke schön« sagen können.

1995

Rampur

Um das Kleid für die Frau von Nikhil Nair fertigzustellen, benötigte Madan zerstoßene Mimosenblätter. Er hatte sich überlegt, daß er ihre Empfindsamkeit anregen wollte. Für die Frau des Sekretärs, die nur selten in den Club kam, weil sie ihrem Mann nur ungern über den Weg lief, wollte er die schwer zu beschaffenden Blüten des Teakbaumes hinzufügen, denn er war davon überzeugt, daß ihr Mann sie dann nicht mehr wie Luft behandeln würde. Für die schüchterne Frau des Polizeikommandanten brauchte er noch Blätter des Zimtbaumes, für eine Frau, die nach dem Verlust ihres einzigen Sohnes immer gebeugter ging, schwebte ihm eine Mischung aus getrockneten Vergißmeinnicht und den Wurzeln der goldenen Ringelblume vor, das Kleid für die Frau des Kokosölfabrikanten, das durch die geschickte Anbringung der Brustnaht eine andere Frau aus ihr machen würde, mußte er noch fertigstellen und gemahlenen Petuniensamen in den Stoff reiben, auf den sich ihr strammer Busen stützen würde, und für die Frau von Ajay Karapiet suchte er noch die Staubfäden einer wilden Orchidee. Über die Zutaten für Charlottes Kleid brauchte er sich keine Sorgen mehr zu machen, die lagen alle bereit. Seit dem Tag seiner Ankunft im Haus auf dem Hügel hatte er im Garten den Pflanzen, die er benötigte, Wasser gegeben und andere wiederum getrocknet. Den Rest hatte er bei seinen Besuchen auf dem Markt gefunden. Das Pulver von jungen Rosendornen, vermischt mit dem Saft eines Granatapfels, die Rinde des Apfelbaums und die kaum entfalteten Blüten des Jasmin lagen für sie bereit, er hatte auf den Stoff warten müssen, auf den nun die Nichte plötzlich ein Auge geworfen hatte. Er hatte seine Sammlung in dem alten Schuppen des Mali versteckt, an einem der wenigen Orte, den das Faktotum nie betrat, weil der Mann davon überzeugt war, daß dort noch immer der Geist des alten Mali spukte. Madan, der auch an Geister glaubte, aber vom alten Mali nie etwas bemerkt hatte, wendete den Kragen der Frau des Goldschmiedes und drückte mit dem Daumen die getrockneten Fresienblüten platt, bevor er den Stoff wieder unter die Nähmaschine schob. Er war fast fertig.

Sie wird es verstehen.

Er drehte das Rad der Maschine, und der Stoff duftete leicht.

Sie weiß, daß es nicht geht.

Er drehte fester am Rad, als für den Kragen gut war. Der Stoff schoß unter der Nadel durch, und ein Teil der Fresienblüten schob sich übereinander.

Es ist die einzige Lösung.

Er zog den Kragen unter der Nadel hervor und sah, daß er sich etwas beulte. Mit der Hand strich er grob über den Stoff, um ihn zu glätten.

Nicht nur für mich, auch für sie.

Madan verstrickte sich immer mehr in seine Gedanken und Gefühle. Er schob den Kragen wieder unters Füßchen und drehte das Rad mit einem harten Ruck. Die Nadel brach ab.

Issy hatte einmal ihre Tante und zweimal den Butler in dem Zimmer im Obergeschoß verschwinden sehen und auch beobachtet, daß sie vorher die Tür aufschlossen mit dem Schlüssel, der daneben an der Wand hing. In dem Mädchen, das jahrelang zusammen mit seinem Vater Hercule-Poirot-Filme angeschaut hatte, erwachte der Detektiv. Sie wollte wissen, was sich in diesem Zimmer verbarg.

Als sie die Dienstbotentür zufallen hörte, schlich sie auf Zehenspitzen die Treppe hinauf und nahm geräuschlos den Schlüssel vom Nagel. Sie kam sich vor wie in einem der Filme. Das Dekor war das gigantische, verfallene Kolonialhaus mit dem riesigen Kronleuchter, von dem Spinnweben im Lufthauch waberten, durch die abgedunkelten Dachfenster drangen zusammengedrückte Sonnenstrahlen herein, die ausgetretenen Treppenstufen glänzten von vielen Jahren Bohnerwachs, an den Wänden waren Flecke, wo früher Bilder gehangen hatten, und oben im Treppenflur stand die große Uhr. Issy spitzte die Ohren und hörte außer dem Summen der Nähmaschine keine Geräusche, die auf die Gegenwart anderer Menschen hindeuteten. Ganz vorsichtig drehte sie den Schlüssel im Schloß um. In den Geschichten von Agatha Christie lag in solchen Zimmern immer eine Leiche, ermordet mit einem antiken Brieföffner oder einer messerscharfen Ahle. Die Tür quietschte. Das Zimmer war wie der Rest des Hauses abgedunkelt, und es roch so wie auf der Toilette neben dem Fahrradkeller der Schule. Sie schob die Tür ein Stück weiter auf.

»Ich schlafe.«

Sie erschrak, sie hatte alles mögliche erwartet, aber nicht, eine Stimme zu hören. Sie dachte kurz an ihren Großvater, doch der würde nicht hinter Schloß und Riegel sitzen. Also gab es einen Gefangenen im Haus.

»Verschwinde und mach die Tür zu.«

Aber weil auch Poirot nie Befehlen folgte, schlüpfte sie doch hinein, schloß die Tür und blieb reglos stehen. Sie wagte nicht zu atmen. Sie nahm das kurzatmige Seufzen eines Mannes und das Geräusch des Ventilators wahr.

»Ich will schlafen«, sagte er wieder, »verschwinde.«

Issy blieb stocksteif stehen. Sie hörte, wie sich der Mann bewegte. Sein Atem ging nun schneller, und das Keuchen wurde lauter. Sie bereute es sofort, daß sie in dieses Zimmer getreten war – was, wenn der Mann nun auf sie zukam? Er war hier natürlich gefangen, weil er gefährlich war? Aber die Geräusche näherten sich nicht.

»Hände hoch oder ich schieße.«

Ihr stand das Herz still. Ihr erster Gedanke war: Ich werde ermordet. Der zweite Gedanke, und ihr Herzschlag setzte wieder ein: Das darf Papa nie erfahren. Denn ihr Vater hatte sie, beim Abschied auf dem Flughafen, beiseite genommen und mit sehr ernsthafter Stimme gesagt, er hoffe darauf vertrauen zu können, daß sie sich nicht in gefährliche Situationen begeben werde. »Fahr nach Rampur, da ist es sicher.« Issy spürte, daß der Gefangene eine Waffe mit Nachtsichtgerät auf sie gerichtet hielt. Sie nahm die Hände hoch und bewegte sich ansonsten keinen Zentimeter. Sie hörte es klicken, ein Geräusch, das sie aus Filmen kannte, wenn der Abzug entsichert wurde.

»Ich ergebe mich«, stammelte sie.

»Mach das Licht an«, blaffte der Mann.

Issy hatte keine Ahnung, wo sich der Lichtschalter befand, aber strich mit der Hand vorsichtig über die Wand neben der Tür. Sie hatte solche Angst, daß sie sich nicht einmal gewundert hätte, wenn sie plötzlich von einer Schlange gebissen worden wäre.

»Wird's bald?«

»Ich kann den Lichtschalter nicht finden.«

»Neben der Tür.«

Im selben Moment hatte ihre Hand den Schalter gefunden, und sie machte das Licht an. Sie hatte sich vorgestellt, daß der Mörder in einem Ledersessel saß, auf dem Schoß das geladene Gewehr, aber der Mann, den sie nun erblickte, war fast nackt und hatte große Narben. Er saß in einem Rollstuhl, um die Unterschenkel und die Oberarme hatte er Ledergurte, und in der Hand hielt er eine Trinkflasche mit einem Sauger. Der Mann blinzelte, das plötzliche Licht machte ihm zu schaffen. An den Wänden ringsum hingen Köpfe toter Tiere.

»Mathilda?« Die Stimme des Mannes klang unsicher.

»Ich heiße Issy.«

»Nicht Mathilda?« Er starrte sie an.

»Nein, ich bin Issy. Issy Bridgwater.«

»Bridgwater! Du bist eine Bridgwater?«

»Ja.«

»Victor Bridgwater, Oberstleutnant des vierzehnten Regiments, siebtes Bataillon.« Er straffte den Rücken. Sie sah, daß die Ledergurte seine Bewegungsfreiheit einschränkten, aber Unterarme und Hände konnte er frei bewegen.

»Ich glaube, ich bin deine Enkelin«, sagte sie zögernd, denn sie konnte sich kaum vorstellen, daß dieser seltsame Mann tatsächlich ihr Großvater war.

»Alle Kinder sind tot.«

»Aber ich nicht.«

»Du bist kein Kind.«

»Nein, das stimmt, ich bin neunzehn.«

Der General sah sie ungläubig an.

»Schon seit vier Wochen«, sagte sie nachdrücklich.

»Was machst du hier?«

»Ich mache hier Urlaub.«

»Urlaub, das ist was für Versager.«

»Ich bin mit der Schule fertig, und Papa und Mama haben mir erlaubt, daß ich eine große Reise mache, bevor ich mit dem Studium anfange.«

»Frauen können nicht studieren. Wo ist mein Topf?«

Issy nahm die Bettschüssel, die unter dem Tischchen stand, und reichte sie ihrem Großvater. »Meinst du das?«

Er nickte, aber nahm sie nicht. »Ich habe Hunger.«

»Der Butler hat gesagt, daß er den Lunch um zwei Uhr serviert.«

»Er kann nicht kochen.«

»Oh.«

»Alles ist eklig und ungenießbar. Das reinste Gift. Nichts anderes. Kein Mensch kann davon leben. Fleisch will ich. Ein großes Stück Fleisch. Hirsch, Schwein oder meinetwegen Rind. Ich habe seit Tagen nichts zu essen gekriegt. Verhungern lassen sie mich, sie hungern mich aus, bis ich ihnen sage, wer ich bin.« Seine Stimme veränderte sich, er sprach leiser und sah sich nach allen Seiten um, als habe er Angst, belauscht zu werden. »Aber ich sage es ihnen nicht, und wenn ich mir den kleinen Finger abbeißen muß, ich sage es nicht, mich kriegen sie nicht so weit, mich nicht, nicht ich, ich bin kein Feigling …!« Er keuchte.

Jetzt erst sah Issy, daß auch um seine Füße Ledergurte geschnallt waren.

»Was willst du hier?« Er hatte ihren Blick gesehen. »Ja, ich kann mich nicht bewegen, ich bin festgebunden, sie haben mich gefesselt, sie haben Angst, daß ich fliehe, sie behandeln mich wie ein Tier.«

Issy sah erschüttert auf den Tigerkopf, der hinter ihm hing und mit den gefährlichen Schneidezähnen ein bißchen wie ihr Großvater aussah.

»Aber ich werde entkommen, ich entkomme immer, mich halten sie hier nicht fest, nicht noch einmal, ich habe keine Angst, ich werde meinen Namen nicht sagen, und wenn sie mir die Zunge abschneiden und mir die Augen rausschießen, wie sie es mit den anderen gemacht haben.«

Issy wich zurück. Sie kannte Bilder von gefesselten Gefangenen nur durch die aufrüttelnden Plakate von Amnesty International, die in allen Kneipen rund um ihre Schule hingen. Ob ihre Tante gemeinsam mit dem Butler den alten Mann tatsächlich gefesselt hatte? War er gefährlich und wollten sie so verhindern, daß er das Haus verließ? Oder passierten hier im Haus Dinge, die keiner wissen durfte? War die Tür deshalb abgeschlossen? Ihr Vater hatte ihr gesagt, daß der Großvater kein gutes Gedächtnis mehr hatte und daß sie sich nicht wundern solle, wenn er nicht gleich wüßte, wer sie war, aber daß er gefangengehalten und ausgehungert wurde, das wußte ihr Vater nicht. Sie überlegte, ob sie ihn losbinden und ihm zur Flucht verhelfen sollte – oder war es besser, abzuwarten, bis Tante Charlotte wieder zu Hause war, und sie zur Rede zu stellen?

Victor schnaufte und war von seinem Ausbruch sichtlich erschöpft. Er führte die Flasche zum Mund und begann zu nuckeln. Issy stellte den Topf, den sie noch immer in der Hand hielt, auf den Boden und sah auf den alten, grauhaarigen Mann, der laut schmatzend an der Flasche saugte. Obwohl der Rollstuhl genau unter dem Ventilator stand, glänzte sein Körper vom Schweiß. Um die Glühbirne an der Decke kreisten ein paar Motten. Warum gingen sie nicht mal mit ihm spazieren, sie würde gern den Rollstuhl schieben, oder etwas für ihn kochen, etwas, was ihm auch schmeckte, sie konnte leckere Toast-Sandwiches machen, vielleicht freute er sich, wenn sie ihm aus einem Buch oder einer Zeitung vorlas, sie konnte den Schneider darum bitten, ihm eine Hose zu nähen, und sie würde ihm die Haare kämmen, alte Leute, die vergeßlich sind, haben oft Freude daran, Kinderlieder zu singen, oder sie würde ihm Witze erzählen und ihn zum Lachen bringen. Sie war ihrem Opa vorher nie begegnet und kannte ihn nur von Fotos. Sie hatte ihn sich immer als großen, starken Mann vorgestellt. Ihr Vater hatte ihr erzählt, daß er im Krieg Heldentaten im Dschungel von Birma vollbracht und dafür wichtige Orden bekommen hatte, daß er eine Lammkeule von drei Kilo allein verputzen konnte und dazu in aller Ruhe eine ganze Flasche Whisky trank, ohne hinterher betrunken zu sein, daß er immer in schwarzen Stiefeln umherging, die man im ganzen Haus hören konnte, daß alle Hausangestellten, ihr Vater sprach von ungefähr vierzig Leuten, Angst vor ihm hatten und daß er in seinem ganzen Leben noch nie eine Träne geweint hatte.

»Opa?«

Er zog den Sauger aus dem Mund. »Ja?«

»Hast du die Tiere geschossen?« Sie deutete auf die Wand hinter ihm.

Er blickte sich erstaunt um. Sie merkte, daß er in seinen Erinnerungen kramte, aber nichts fand. Er zuckte verlegen mit den Schultern.

»Magst du es, wenn ich dir etwas vorlese?«

»Sie haben mir meine Brille weggenommen.«

»Wer?«

»Sie.« Er zeigte auf die Wand gegenüber.

Issy folgte seinem Finger, sah aber nur einen großen Nagel.

»Sie, sie, sie …« Plötzlich geriet er in Panik. Verzweifelt suchte er nach Worten. »Sie hahaha … sie haben …«

»Was, Opa? Was ist denn?«

Er begann schrecklich zu zittern, und sein Kopf schlug hin und her.

Issy legte ihre Hand vorsichtig auf seine Schulter. Sie erschrak, denn seine feuchte Haut fühlte sich nicht warm, sondern kalt an.

Er schnappte nach Luft, und ehe sie registrieren konnte, was geschah, bekam sie einen harten Schlag in den Unterleib.

Mit einem Schrei sprang sie zurück. »Aua!«

»Du! *Du* hast sie!« Seine Unterarme fuchtelten wild, die Flasche segelte durchs Zimmer und knallte gegen den großen Schrank. »Du hast sie gestohlen! Du bist um kein Haar besser. Gemeine Betrügerin! Eine Diebin bist du! Eine hinterhältige Ratte. Freundlichkeit vortäuschen, rumschleimen und dabei heimlich zugreifen. Ich hab's aber gesehen! Ich bin nicht blöd! Das hättet ihr wohl gern. Ihr raubt mir alles, was ich habe. Nicht mal mehr eine Hose besitze ich!« Er suchte nach etwas anderem, womit er werfen konnte, aber aus gutem Grund befand sich, abgesehen vom Topf, nichts in seiner Reichweite. Er griff nach der metallenen Bettschüssel, schmiß sie nach dem Mädchen und spie ihr die Worte ins Gesicht: »Gib sie mir wieder! Ich will sie wiederhaben!«

Der leere Topf fiel scheppernd zu Boden. Issy war völlig verängstigt und wußte sich keinen Rat.

»Hexe, Luder, Schlampe, Miststück, Hure!«

Die Tür flog auf, und Charlotte stürmte herein. Sie erschrak, als sie Issy sah, die kurz davor war, in Tränen auszubrechen. Sie hob die Plastikflasche vom Boden auf, wischte mit einer automatischen Handbewegung den Sauger ab und ging auf ihren Vater zu. »Jetzt beruhig dich doch, ganz ruhig, alles wird wieder gut.«

»Sie hat meine Uhr gestohlen!« schluchzte er und zeigte auf Issy. »Meine Armbanduhr!«

»Nein, Vater, das hat sie nicht.«

»Wo ist sie dann?« Er zeigte auf den leeren Nagel an der Wand. »Sie ist weg.«

»Nein, hier ist sie.« Charlotte öffnete ihre Hand und zeigte ihm die große goldene Armbanduhr. »Sie lag noch im Badezimmer.«

Issy blickte von ihrer Tante zur Tür des Badezimmers und dann wieder auf die Uhr in ihrer Hand. Sie wunderte sich, wo die Uhr plötzlich herkam – jedenfalls nicht aus dem Badezimmer, das wußte sie genau.

Der alte Mann im Rollstuhl begann zu weinen, und Charlotte hängte die Uhr an den Nagel an der Wand. »Guck, alles ist wieder gut.«

Die Tränen rannen ihm über die Wangen, und sie steckte ihm den Sauger wieder in den Mund.

»Sitzt du bequem?«

Charlotte nahm ein Tuch und wischte ihm die Tränen und Schweißtropfen vom Gesicht. Dann tupfte sie seine Stirn ab, die Schultern, die Brust und die Beine. Ihr Finger glitt über die Lederriemen, und sie prüfte, ob sie nicht zu stramm saßen. Zwischendurch blickte sie über die Schulter zu Issy hin, die ihr schweigend zusah – ihre Tante, die sie soeben noch der Mißhandlung verdächtigt hatte, kniete neben dem alten Mann und trocknete ihm liebevoll die Füße. »Er vergißt manchmal, daß er nicht laufen kann«, sagte Charlotte leise, weil sie den Blick spürte, der in ihren Rücken stach.

»Ich dachte …« Issy suchte nach Worten.

Charlotte wußte, was ihre Nichte dachte, und wollte es nicht hören. Derweil schwor sich Issy, ihrer Tante niemals zu erzählen, daß sie drauf und dran gewesen war, die Polizei zu holen, um ihren Opa zu befreien.

»Geh schon mal runter, ich komme gleich«, sagte Charlotte leise.

Issy war froh, daß sie das muffige, beklemmende Zimmer verlassen konnte. Im Treppenhaus brachten der Kronleuchter mit den Spinnweben und das Ticken der Uhr sie in die Gegenwart zurück. Sie blickte auf die alte Uhr und erinnerte sich an die Weihnachtsabende, an denen ihr Vater ihr die Geschichte von ihren Urgroßeltern erzählt hatte, die mit der Uhr auf einem

Tandem im Schneesturm über den Himalaja gezogen waren. Zum ersten Mal glaubte sie die Geschichte, von der ihre Mutter immer gesagt hatte, ihr Vater habe sie sich nur ausgedacht.

Charlotte fiel auf, daß ihr Vater mit einemmal anders atmete. Statt des rebellischen Pfeifens nahm sie den Klang wehmütiger Verlorenheit wahr. Sie sah ihm ins Gesicht und merkte, daß er ihre Bewegungen mit traurigem Blick verfolgte. »Darf ich dich was fragen?«

Der General nickte und nahm den Sauger aus dem Mund.

»Weißt du, wer ich bin?«

»Ja.«

»Wer denn?«

»Du glaubst mir nie.«

»Manchmal ist es schwierig.«

»Hattest du die Uhr?«

»Ja.«

»Warum?«

»Weil wir überhaupt kein Geld mehr haben.«

»Und was ist mit unseren Pensionen?«

»Die machen nicht mehr viel her.«

»Das Sparbuch?«

»Leer.«

»Das Kästchen im Geheimfach von meinem Schreibtisch.«

»Alle.«

»Der Lampenschirm von Peter.«

»Verkauft.«

»Alle Steine?«

»Ja.«

Vater und Tochter sahen sich an. Es war ungewiß, wie lange der lichte Moment anhalten würde, aber Charlotte wußte eines: Sie mußte jetzt blitzschnell handeln.

»Wir besitzen nur noch das Haus, die Standuhr und deine Armbanduhr.«

»Dann müssen wir das Haus verkaufen. Es ist sowieso ein

elender Klotz, immer viel zu warm, und andauernd fällt der Strom aus.«

Charlotte war daran gewöhnt, daß er sehr schnell wieder wegglitt in die unbegreifbare Welt, zu der sie keinen Zutritt hatte, also zog sie die Schreibtischlade auf und nahm einen Bogen Papier heraus.

»Es stinkt, und ich denke, in den Balken ist der Hausschwamm, und nachts höre ich Käfer im Holz nagen, die Tapeten fallen von den Wänden, die Wasserleitungen pfeifen, und es ist ein Wunder, daß ich noch nicht durch den Fußboden gebrochen bin.«

Sie legte das Blatt Papier zusammen mit einem stabilen Buch als Unterlage auf seinen Schoß. Während er fortfuhr, das Haus sich selbst und ihr madig zu machen, drückte sie ihm einen Kugelschreiber in die Hand. »Vater, wenn du hier unterschreibst, kann ich das Haus verkaufen, und ich sorge dann auch dafür, daß du ein besseres Zimmer bekommst.«

Der General blickte von dem Papier zu seiner Tochter.

Charlotte spürte, wie ihr die Schweißtropfen über den Rükken liefen. So weit war sie noch nie gekommen. Das letzte Mal hatte er, als er die Vollmacht in der Hand hielt, einen Wutanfall bekommen und sie der Verschwörung mit den Japanern bezichtigt, das Mal davor hatte er nur geweint und geschluchzt, daß sie ihn nicht mehr gern habe, einmal hatte er sie verwünscht und den Kuli entzweigebrochen, oder er war eingeschlafen, und als er wieder aufwachte, hatten die Hirngespinste und Wahnvorstellungen wieder Besitz von ihm ergriffen.

Langsam und bedächtig las er sich den Text durch. Charlotte wußte, daß sie ihn nicht antreiben durfte, die kleinste Störung seiner Konzentration könnte dazu führen, daß seine Gedanken wieder in unberechenbare Gefilde abdrifteten. Sie stand reglos neben ihm. Der Schweiß lief ihr in Strömen über den Körper, brannte ihr in den Augen und kitzelte sie im Nacken. Sie blickte auf ihren Vater, auf das Blatt Papier in seiner Hand, seine leblosen Beine, die zerbeulte Bettschüssel auf dem Boden, den Kleiderschrank mit der abgeblätterten Farbe und die mottenzerfressenen Tierköpfe an der Wand.

Er hüstelte und sagte mit leiser Stimme: »Das hast du gut aufgesetzt. Wo soll ich unterschreiben?«

Sie zeigte mit dem Finger auf die Stelle unter dem Text.

»Zieh die Sache schnell durch, sonst ist die Bruchbude gar nichts mehr wert«, brummte er.

Sie nickte und schaute wie gebannt auf die Spitze des Kugelschreibers, als er mit energischem Schwung unterschrieb.

»Danke, Vater.« Sie nahm das Papier und das Buch von seinem Schoß und nahm ihm den Kuli aus der Hand.

»Gib's mir wieder.«

»Was?«

»Das Buch.«

»Möchtest du lesen?«

»Wozu brauche ich sonst ein Buch?«

Sie gab ihm das Buch zurück.

Er schlug es auf und ließ die Augen über die Seite gleiten.

Sie sah, daß er es verkehrt herum hielt.

1944

Birma

Die ersten Sonnenstrahlen kriechen durch das dichte Blätterdach. Zögernd fällt das Licht auf die Soldaten, die noch immer im Kreis sitzen, die Gesichter einander zugewandt, in der Mitte die aufgedunsene, verwesende Leiche des jungen Gefreiten. Major Victor Bridgwater sieht zu dem Hauptmann hin, der ihm direkt gegenübersitzt. Der Mann hat gestern den ganzen Tag den Stoff von der Hose des Toten in Streifen gerissen und damit die Füße seiner drei Untergebenen verbunden. Blutige, zerschundene Füße, die er zuerst gesäubert hat, bevor er sie umwickelte. Der Hauptmann hat die Augen geschlossen, aber Victor weiß, daß er nicht schläft. Niemand schläft. Im Lager herrscht Hektik. Japaner rennen hin und her, sie schleppen Kisten und Stangen. Victor hat keine Ahnung, was sie vorbereiten, aber daß der Tag heute anders sein wird als die vergangenen Tage, ist deutlich.

Die Sonne brennt schon seit Stunden hoch über ihnen und peinigt die Männer mit ihren Strahlen. Ihr Durst ist nicht gelöscht, denn der Topf mit Wasser, den man ihnen hingeschoben hat, roch genauso wie die Leiche, die zwischen ihnen liegt – wenn einer von ihnen davon trank, kotzte er es gleich wieder aus.

Ein Pfeifsignal ertönt. Von allen Seiten kommen Japaner angerannt. Im Schatten der Bäume stellen sie sich in Reih und Glied auf. Victor bleibt wie die anderen Gefangenen auf dem Boden sitzen. Wieder schrillt die Pfeife, und einer der Japaner brüllt etwas. Sie sehen sich an. Dann steht der Hauptmann auf. Er hat wie die anderen tagelang gesessen, und das Stehen tut weh. Nacheinander erheben sich auch die anderen Männer. Das Gattertor wird losgebunden, und ein kleiner Japaner mit einem

Stock kommt in den umzäunten Bereich. Er mustert die fünf, einen nach dem anderen, und tritt langsam näher. Bei Victor scheint er stehenbleiben zu wollen, aber er geht weiter und stellt sich vor den Hauptmann.

»*Name?*«

Peter hat seine Stimme tagelang nicht benutzt, seit die Japaner ihre geheime Stöhnsprache enttarnt haben, hat sich keiner mehr getraut. Sie haben sich nur mit Blicken verständigt. Die Zunge klebt ihm wie ihnen allen am Gaumen fest, seine Kiefer sind vom Durst gelähmt. »Harris«, preßt er fast unhörbar hervor.

»*You captain?*« brüllt der Mann.

Peter sieht den älteren britischen Soldaten an, der ihm gegenübersteht und dessen Namen und Dienstgrad er nicht weiß. An den Resten der Uniform ist nicht auszumachen, ob er auch Hauptmann ist oder vielleicht sogar einen höheren Rang hat. Peter erinnert sich an den Tag, an dem sie ankamen, damals war sein erster Gedanke, daß der Mann kein einfacher Soldat war, er verhielt sich anders, und er strahlte Autorität aus. Aber nachdem Benjamin erschossen worden und die Nacht hereingebrochen war, war nichts mehr davon übrig; in den folgenden Tagen hatte er sich nur ängstlich zusammengekauert und ständig nervös umhergespäht. »Ich kann die Frage nicht beantworten«, sagt Peter.

Er bekommt einen Stoß in den Rücken und muß vor dem Japaner her zu einer der Hütten gehen, die unter den Bäumen stehen. Drinnen ist nichts außer einem Stuhl, auf den sich der Asiate setzt.

Folter ist etwas, worüber Peter nie nachdenken wollte. Während seines Studiums hat er gelernt, daß der menschliche Körper ein sehr verletzlicher Mechanismus ist und daß selbst die fortschrittlichsten Operationstechniken und Medikamente nicht jedes Leben retten können. In Neu-Delhi, wo er mit den besten Ärzten des Landes zusammenarbeitet, haben sie alle nur ein Ziel, und das ist Heilen. Nicht brechen, versengen oder austrocknen. Nicht verrenken, schlagen oder treten. Nicht durchbohren, enthäuten und demütigen. Nach fünf Stunden in der Hütte wird er in die Umzäunung geworfen, neben die verwesende Leiche des Soldaten. Die Fliegen stürzen sich in Schwärmen auf ihn und lecken sein Blut. Als einer seiner Männer aufstehen will, um ihm zu helfen, kracht ein Schuß, und der Soldat stürzt tot zu Boden.

Er hat nicht geschlafen, doch er hat nicht gemerkt, daß es Nacht gewesen ist. Er spürt, daß die Sonne seinen Körper findet. Er möchte trinken, es ist ihm egal, ob das Wasser schmutzig oder vergiftet ist. Er hat Sand im Mund, Staub in der Nase, jeder Atemzug tut weh, seine Füße brennen. Er ist davon überzeugt, daß keines seiner inneren Organe noch am richtigen Platz ist und daß jeder Zentimeter seiner Haut blau oder schwarz ist. Er kann sich nicht mehr bewegen. Er gleitet zurück in die Nacht.

»Aufstehn!« brüllt ein Japaner.

Peter bekommt einen Tritt in die Seite. Er wird hochgezogen, sie hängen ihm einen bleischweren Rucksack um, der Gestank von Tod und Verderben verbreitet sich im Lager. Die paar Gefangenen, die das letzte Mal noch in der Umzäunung saßen, stehen nun nebeneinander. Der Japaner, der ihn an den Haaren hochzerrt, brüllt etwas in sein Ohr. Peter steht schwankend auf. Mit Mühe schafft er es, trotz der durch die Schläge zugeschwollenen Augenlider seine Männer zu erkennen. Sie sehen ihn erschrocken an. Ihm wird klar, daß sie nicht so behandelt worden sind wie er. Bis er sieht, daß hinter jedem der drei britischen Soldaten ein Japaner steht; sie richten ihre Gewehre auf den Mann vor ihnen. Nur auf ihn legt niemand an.

»Hunger!?« Der kleine Japaner mit dem Stock stellt sich vor ihn.

Hunger ist ein Gefühl, das Peter vergessen hat. Ein Luxusgedanke, der nicht mehr in ihm aufkommt.

»Hunger!«

Der kleine Asiate schlägt mit dem Stock in Peters Kniekehle, und er stürzt nach vorn in den Sand.

»Aufstehn!« brüllt er. »Sonst alles tot.«

Peter rappelt sich mühsam hoch, der schwere Rucksack macht es fast unmöglich.

»Iß!« Der Mann brüllt es in Peters Ohr.

Auch Lärm tut nicht mehr weh. Alles an und in ihm ist taub und gefühllos. Er begreift nicht, wie er es schafft, noch zu stehen. Was will der Mann von ihm? Keiner hat etwas gegessen. Seit Tagen. Oder getrunken. Wenn du mich aushungern willst, kommst du zu spät, denkt er, ich bin schon tot.

»Du ißt, alle frei.«

Peter versteht nicht, was der Mann meint. Was soll er essen? Warum soll er essen? Er will nicht essen. Er hat keinen Hunger. Knallt mich ab, dann ist es vorbei.

Der Japaner baut sich vor ihm auf und zeigt auf die drei Männer. Sein Finger weist auf ihre angstvollen Gesichter. Peter schaut auf seine Kameraden, von dem großen Trupp, der sich verirrt hatte, sind nur sie noch übrig, sie haben noch immer die Wickel um die Füße, die er für sie gemacht hat, sie sehen ihn flehend an. Dann wandern seine Augen zu dem älteren britischen Soldaten, dem Mann, der mit niemandem Blicke tauschte, aber dessen Augen nun vor Angst kreischen. Was soll er tun? Was erwarten sie von ihm?

»Hand«, sagt der kleine Japaner. »Iß Hand.«

Peter sieht den erschrockenen Ausdruck in den Augen seiner Männer. Soll er ihre Hände essen? Er blickt auf die zitternden, ausgemergelten Hände, die schlaff am Körper herabhängen. Alle haben noch ihre Hände.

Der Japaner schlägt mit dem Stock gegen Peters Hand. Er hebt den Arm. Einen Moment glaubt er, daß da nur noch ein Stumpf ist, aber dann sieht er, daß auch seine Hand noch immer am Arm sitzt.

»Iß! Sonst Mann tot.«

Der Japaner gibt seinen Männern ein Zeichen. Es klickt mehrmals, das Geräusch kennt Peter nur allzu gut.

»Iß! Sofort!«

Peter starrt auf seine Hand, als Halschirurg weiß er nicht viel von Händen, aber doch, daß eine Hand hauptsächlich aus Knochen und Sehnen besteht, nicht aus Fleisch. Eine Hand kann man überhaupt nicht essen. Nicht mal, wenn man es wollte.

Ein Schuß fällt. Alex, der junge Gefreite, der herrliche Geschichten über Frauen mit langen Beinen erzählen konnte, bleibt reglos liegen. Peter sieht, daß Blut aus seinem Ohr rinnt. Zwei Augenpaare flehen ihn in Todesangst an. Er will rufen, daß er seine Hand nicht essen kann, daß er es ja tun würde, aber daß es nicht geht, daß es unmöglich ist, daß er die Hand nicht mal dann essen könnte, wenn sie sie ihm abhacken würden. Wieder fällt ein Schuß. Marcus, der Leutnant, der Abend für Abend Japanerwitze erzählt hat, fällt tot zu Boden.

Der ältere Soldat sieht in Panik den Mann neben sich zusammenbrechen und kreischt: »ISS!«

Peter hebt die Hand und betrachtet den Körperteil, als sähe er ihn zum ersten Mal. Es ist still, sogar der Urwald vergißt, Geräusche zu machen. Auf dem Gesicht des Japaners erscheint ein Lächeln. Dann packt Peter mit der rechten Hand die Linke und hebt sie zum Mund. Er weiß nicht, wo er anfangen soll, wie er anfangen soll, er hat sonst noch nicht mal Fingernägel gekaut. Die Finger gleiten nacheinander durch seinen Mund, er sucht die schwächste Stelle, beim kleinen Finger stockt er. Seine Zähne schlagen sich ins Fleisch. Es ist nicht seine Hand. Es ist überhaupt keine Hand. Es ist eine Hähnchenkeule, so wie seine Mutter sie früher machte, gebraten, mit einer leckeren Kruste. Er riecht es. Er schmeckt es. Das Wasser läuft ihm im Mund zusammen. Er hört seine Mutter fragen, ob er noch eine möchte, weil es sein Lieblingsessen ist. Der Knochen darin ist dicker als gewohnt. Er schiebt ihn zu den Backenzähnen. Das Hühnerfleisch duftet köstlich. Seine Kiefer spannen sich. Er spürt, daß er fester zubeißen muß. Er hört seinen Vater lachen und zu seiner Mutter sagen, daß sie ihren Sohn nicht so verwöhnen soll. Er hört den Knochen knacken. Er spürt, wie der Fleischsaft in seinen Mund läuft. Das ist die leckerste Hähnchenkeule, die er jemals gegessen hat. Mit den Schneidezähnen durchbeißt er die Haut. Sein Vater beginnt hysterisch zu lachen. Er fällt vornüber und hört nichts mehr.

1946

Neu-Delhi

Charlotte hängt das lindgrüne, seidene Abendkleid, das der Schneider des Maharadschas für sie genäht hat, in den Schrank neben Peters Gala-Uniform. Sie war sehr stolz gewesen, als sie an seiner Seite durch den großen Marmorsaal schritt. Riesige Kronleuchter verstreuten funkelnd ihr Licht. Entlang der Wände, unter den Porträts der Ahnen des Maharadschas, standen Diener in goldfarbenen Livreen und verbeugten sich. Sie hatte sich wie eine Prinzessin gefühlt und nicht begriffen, warum die Frau des Maharadschas so verstört reagiert hatte, weil sie als erste ihren neugeborenen Sohn zu Gesicht bekommen hatte. Peter hatte gemeint, sie solle sich darüber keine Gedanken mehr machen; der Maharadscha habe ihm anvertraut, es sei die Schuld seiner Tochter Chutki, die Charlotte nicht hätte allein lassen dürfen. Aber sie kann die kreischende Krankenschwester mit dem neugeborenen Baby nicht vergessen. Die zornigen Tränen der Mutter, die ihren Sohn verfluchte, weil sie, eine britische Untertanin, ihn als erste gesehen hat. Sie versteht auch nicht, warum die Hausangestellte, die sie vor ein paar Tagen eingestellt hat, sich weigert, ihre Kleider zusammen mit denen von Peter zu waschen, und warum sie ihre Schuhe immer mit der Spitze nach Norden stellt.

»Das sind die Geheimnisse Indiens«, sagt Peter.

»Nein, das ist Aberglaube«, sagt Charlotte.

»Das macht das Leben in Indien ja so spannend«, sagt er. »Nichts ist, was es scheint, alles kommt anders, als man denkt.« Er stellt sich neben sie und nimmt ihre Hand. Sein Zeigefinger gleitet über ihren Ringfinger. »Wenn der Nachmittag im Krankenhaus so läuft, wie ich hoffe, komme ich früh nach Hause, dann können wir endlich unsere Ringe kaufen.« Er umarmt sie und versucht, ihre Sorgen wegzuküssen.

»Du mußt los.« Charlotte schiebt ihn von sich weg. »Sonst kommst du zu spät, und ich kriege den Ring nie.«

Sie sieht besorgt auf die Uhr. Peter müßte längst da sein. Ob es einen Notfall gab? Oder hat sich die Operation in die Länge gezogen? Die Zeitung liegt neben seinem Stuhl bereit, aber sie hofft, daß er sie nicht mehr lesen will, bevor sie zum Juwelier gehen. Sie fühlt sich nackt ohne Ehering, die Frauen im Palast des Maharadschas haben sie ausgelacht, auch die Damen im Club haben mit tadelndem Blick auf ihren Finger geschaut, und sogar beim Personal meint sie eine gewisse Mißbilligung wahrzunehmen. Sie nimmt die Zeitung und wippt ungeduldig mit dem Fuß. Ihr Blick fällt auf einen Artikel auf der Titelseite, in großen Lettern steht dort:

KRIEGSHELD GEEHRT

Oberstleutnant Victor Bridgwater wurde heute vormittag mit dem Distinguished Service Order ausgezeichnet, einer der höchsten militärischen Ehrungen, die ausschließlich Offizieren verliehen wird, die sich im Kampf gegen den Feind des britischen Reichs durch besondere Tapferkeit hervorgetan haben. Oberstleutnant Bridgwater erhält den Orden für seinen außergewöhnlich mutigen Widerstand gegen die Japaner im birmanischen Dschungel.

Ihr Vater ein außergewöhnlicher Held? Was weiß sie eigentlich von ihm? Sie hat ihn so viele Jahre nicht gesehen und keine Ahnung, was er im Krieg gemacht hat, wo er gewesen ist, wer seine Feinde sind und wer seine Freunde.

Peter kommt ins Zimmer. Er lächelt, küßt sie und entschuldigt sich für seine Verspätung.

Charlotte reicht ihm stolz die Zeitung. »Sieh mal! Mein Vater ist ein Held.«

Peter liest. Sie sieht, wie seine Miene starr wird, sein Lächeln verschwindet und sein Gesicht einen fahlgrauen Ton annimmt.

»Was ist denn?«

Er schüttelt den Kopf. Er versucht wieder zu lächeln, aber es ist nur ein bitteres und hartes Grinsen.

»Es steht in der Zeitung«, sagt sie, es klingt wie eine Frage.

Der sanfte Glanz in seinen Augen erlischt. Seine Lippen erstarren.

»Dann muß es doch stimmen?«

Er nickt.

Sie sitzen sich am Tisch gegenüber. Ihr Teller ist leer. Sein Teller steht unberührt vor ihm. Sie blickt auf seine Hände, die neben dem Teller liegen. Sie zucken leicht. Daß an einer Hand der kleine Finger fehlt, fällt ihr fast nicht mehr auf – außer jetzt. Es scheint, als ob die Wunde röter ist, angeschwollen. Es ist, als wäre etwas in ihn gefahren. Etwas, von dem sie nichts weiß. Etwas, worüber er nicht sprechen will. Sie muß ihrem Vater schreiben und ihn fragen, was geschehen ist, sonst, da ist sie sich sicher, wird sie nie einen Ehering tragen.

1995

Rampur

»Ich suche etwas Kleines, mehr so wie dieses Haus.« Charlotte stand mitten in Sitas Zimmer und sah sich um. Nie zuvor hatte sie die verschiedenen Details in dem ihr so vertrauten Häuschen so deutlich wahrgenommen. Seit dem Moment, als ihr Vater die Vollmacht unterschrieben hatte, war in ihren Augen alles anders geworden. Die verdorrten Bäume sahen weniger verdorrt aus, die Hitze war fast erträglich, sie hatte sich einen Keks zum Tee gegönnt, und sogar ihre Verliebtheit erschien ihr nicht mehr ganz so unmöglich. »Vielleicht gehe ich auch weg aus Rampur.«

»Wo willst du denn hin?« Sita schnitt eine Tomate klein, und hinter ihr köchelte das Dhal und verbreitete einen herrlichen Duft.

»Ich weiß noch nicht. Vielleicht irgendwohin, wo nicht immer die Sonne scheint.«

»Ißt du mit?«

»Ich muß nach Hause, Donalds Tochter ist zu Besuch.«

»Das habe ich gehört, alle reden darüber. Ich dachte schon bei mir: Noch ein Gast. Ißt du denn überhaupt noch was?«

Charlotte umarmte die kleine Frau, die für sie Mutter, Freundin und Schwester war.

»Mama?« ertönte eine fröhliche Männerstimme.

Betreten sahen sich die Frauen an. Die vertrauliche Atmosphäre war verschwunden. Beide drehten sich ruckartig zur Tür. Parvat trat herein in seiner hellbraunen Uniform mit glänzenden Knöpfen, schüttelte die Gummistiefel von den Füßen, aber vergaß, den gelben Helm abzusetzen.

»Tante Charlotte!« rief er freudig.

Er kniete nieder, um ehrerbietig ihre Füße zu berühren. Dann umarmte er Sita. Charlotte wäre eine Umarmung lieber gewesen; wenn er seinen großen Körper an ihren schmiegen würde, könnte sie ihn spüren lassen, daß sie ihn liebte. Er sah im Kühlschrank nach, ob noch was zu naschen da war, als seine Mutter ihm schon einen Teller füllte.

»Auf den *Paneer* mußt du noch einen Moment warten.«

»Ißt du mit uns, Tante Charlotte?«

»Nein, ich muß wieder los, meine Nichte ist zu Besuch.«

»Ich hab's schon gehört. Die Männer in der Kaserne sagen, mit ihrem Kommen hat sich der Wind gedreht. Sie sagen, es wird regnen.«

»Das wäre phantastisch.«

»Sie bringt Glück, sagen sie.«

Ob Issy wirklich Glück bringt? fragte sich Charlotte, als sie den Hügel zum großen Haus hinaufstieg. Es stimmte, ihr Vater hatte endlich die Vollmacht unterschrieben, Hema lief trotz der drükkenden Hitze pfeifend umher, sie selbst fühlte sich so jung wie schon lange nicht mehr, und sogar der Apfelbaum schien den Monsun vorwegzunehmen. Sie ging am Schuppen des Mali vorbei und bog um die Ecke. Vor dem Haus sah sie eine lange Reihe Autos stehen, sogar der Ambassador von 1957 der Witwe Singh war da, und die Eingangstür stand sperrangelweit offen. Schon von weitem hörte sie empörte Stimmen. Zwei Stufen zugleich nehmend, rannte sie die breite, geborstene Steintreppe hinauf.

In der Halle, mitten auf der Treppe, stand erhitzt und schwitzend die Frau von Nikhil Nair in einem knallrosa Sari. Von ihrem erhöhten Platz aus hielt sie eine Ansprache an die Frauen und deutete auf die geschlossene Tür des Klavierzimmers. Alle nickten, und grimmiges, zustimmendes Gemurmel war zu hören. In einer Ecke stand Hema, Panik im Blick, und wußte nicht, was er mit dem Tablett voller Wassergläser tun sollte, sich dann schließlich selbst eines nahm und es schnell austrank.

»Ein richtiger Streik, was!« kam eine Stimme aus dem Salon.

Charlotte schaute in das Zimmer. Auf dem Boden vor der

Steckdose saß Isabella zwischen einem Haufen von Kabeln und Steckern und lachte ihrer Tante zu.

»Wir brechen die Tür auf!« rief die Frau von Nikhil Nair und fuchtelte wild in der Luft herum.

»Ist er etwa auf und davon?« sagte die korpulente Frau des Kokosölfabrikanten mit vor Entrüstung heiserer Stimme.

»Er hat die Tür verbarrikadiert!« brüllte Witwe Singh, die entgegen ihrer Gewohnheit auf einmal hellwach war.

»Das lassen wir uns nicht bieten!« schrie die Frau von Adeeb Tata, die trotz ihres teuren Kleides aus Paris auch noch einen Seidenstoff zu dem außergewöhnlichen Schneider gebracht hatte, der von allen so gelobt wurde.

»Mein Goldbrokatkleid …«, jammerte die Frau von Ajay Karapiet, die schon Nächte davon träumte, mit ihren schwarzen Schuhen zu tanzen.

Sogar die Frau von Alok Nath war zu hören, allerdings ging ihr Beitrag in den verzweifelten Schreien der anderen unter.

Charlotte ging zur Tür des Klavierzimmers und drückte die Klinke herunter, doch die Tür ging nicht auf. Sie wußte genau, daß sie ihm den Schlüssel nicht gegeben hatte. Der hing an ihrem eigenen Schlüsselbund, und seit sie den letzten Rubin des Lampenschirms verkauft hatte, war es nicht mehr nötig gewesen, abzuschließen.

Wo bist du? rief sie in ihren Gedanken, aber die Damen machten so viel Tamtam, daß sie ihn nicht hörte.

Die Frau von Nikhil Nair winkte Charlotte, aber die hatte absolut keine Lust, zu der tyrannischen Frau zu gehen. Sie blieb vor der Tür des Klavierzimmers stehen und rief: *Hörst du mich? Was ist los? Antworte!*

»Wir wollen den Schlüssel!« rief die Frau von Nikhil Nair.

Charlotte horchte angestrengt, ob sie eine Antwort erhielt, und sah nicht die grimmigen Blicke der dicken, rosa Frau, die die Treppe herunterkam. Mit viel zu großen Schritten für ihren Sari steuerte die Frau des Distriktsdirektors der Eastern Indian Mining Company schnurstracks auf ihr Ziel zu. Ihre Stirn war naß, und unter ihren Achseln zeigten sich Schweißflecke. Die Damen des Dienstagmorgenclubs machten ihr Platz.

Schnaufend stand sie vor Charlotte und hielt die Hand auf. »Hast du den Schlüssel?« kommandierte sie.

»Ja, natürlich habe ich den Schlüssel«, sagte Charlotte mit übertriebener Freundlichkeit, »das hier ist mein Haus, ich habe von allen Zimmern einen Schlüssel.«

»Dann schließ auf!«

»Nein, ich schließe nicht auf, dieses Zimmer habe ich vermietet.«

»An einen Betrüger!« skandierte die korpulente Frau.

»Ein Betrüger!« echote eine andere, die weiter hinten stand.

»An den Schneider, der seit Wochen Tag und Nacht für euch arbeitet.«

»Morgen ist das Fest! Wir wollen unsere Kleider!«

»Wir wollen sie sofort!«

»Ich muß noch die passenden Schuhe aussuchen.«

»Ich weiß nicht, welche Kette ich dazu tragen kann.«

»Ich konnte mir noch keine Ohrringe kaufen.«

»Ich will einen neuen Lippenstift.«

»Beim Anprobieren saß mein Kragen nicht richtig.«

»Ich habe vergessen, welche Farbe mein Kleid hat.«

Er war fast fertig. Die zerstoßenen Mimosenblüten waren in den Saum des Kleides für die Frau von Nikhil Nair eingearbeitet. Die schwer zu beschaffenden Blüten des Teakbaums hatte er früh am Morgen endlich gefunden und in die Schultern der Bluse für die Frau des Sekretärs eingebügelt. Blätter des Zimtbaums hatte er in dünne Streifen geschnitten und in den Nähten des Kleides mitgenäht, das er für die schüchterne Frau entworfen hatte. Die Mischung aus getrockneten Vergißmeinnicht und Ringelblumenwurzeln befand sich in dem Kleid der Frau, die ihren Sohn verloren hatte, und die Büstenpartie der Festrobe für die Frau des Kokosölfabrikanten war mit fein zermahlenen Petuniensamen bestäubt. Er mußte nur noch die Staubfäden der wilden

Orchidee in den Ausschnitt des Kleides für die Frau von Ajay Karapiet einarbeiten. Er hörte, wie sie an seine Tür hämmerten. Er versuchte, nicht auf das Chaos in der Halle zu achten. Wenn er jetzt einen Fehler machte, konnte das verheerende Folgen für die Trägerin des Kleides haben. Als er die wütenden Frauen die Treppe heraufmarschieren sah, konnte er gerade noch rechtzeitig den Schrank vor die Tür schieben. Er hatte sich gewundert, daß ihm das geglückt war, denn hinter dem Schrank waren so viele Spinnweben, daß man meinen konnte, er sei seit hundert Jahren nicht mehr von der Stelle gerückt worden. Das Geschrei in der Halle wurde immer schlimmer, und das dröhnende Gewicht auf der anderen Seite brachte den Schrank zum Wackeln. Undeutlich hörte er zwischendurch Charlottes Worte, aber er mußte erst die letzte Naht vollenden, und das tat er, wie er es bei jeder anderen Naht gemacht hatte, mit großer Genauigkeit und viel Liebe.

Charlotte stand vor der Tür, die Arme so weit ausgebreitet, wie sie konnte. Sie durften nicht ins Klavierzimmer, das mußte sie verhindern, aber wie lange sie das noch durchhielt, wußte sie nicht, denn die Gruppe schwitzender Frauen schien nicht gewillt, wieder zu gehen.

»Wir holen die Polizei«, schnaubte die Frau von Adeeb Tata, Gattin des Großcousins des steinreichen Ratan Tata. Daß sie den Stoff für ihr Kleid noch gar nicht bezahlt hatte, war für sie nebensächlich.

»Sie werden ihn verhaften und uns unser Eigentum zurückgeben«, erklärte die Frau von Nikhil Nair, während sie die Arme fest an den Körper drückte, denn die Frau von Ajay Karapiet hatte ihr ins Ohr geflüstert, sie habe Schweißflecken unter den Achseln.

Charlotte suchte verzweifelt nach einer Lösung. Die Situation durfte nicht weiter eskalieren. »Habt ihr eigentlich an die Tür geklopft?«

Die Frauen sahen einander fragend an. Die Frau von Ajay

Karapiet schüttelte betreten den Kopf. Eine nach der anderen schlugen sie die Augen nieder. Mit Ausnahme der Frau von Nikhil Nair, die allergisch gegen Kritik war. Sie wischte sich den Schweiß von der Stirn und klopfte, ohne den Arm von der Achselhöhle zu heben, laut an die Tür.

Die Tür schwang auf, und Madan winkte alle herein.

Sogar beim Licht der einen Glühbirne sah es aus wie in einem Märchenpalast. Ringsum an den Wänden hingen die wunderbarsten Kleider. Die Frauen waren überwältigt beim Anblick von soviel Schönheit. Ungläubige und bewundernde Seufzer waren zu hören. Madan nahm die Robe aus Goldbrokat von der Wand. Die Frau von Ajay Karapiet strahlte, als hätte sie ihr Kleid schon an. Er warf es mit einem Schwung auf den Tisch. Der Stoff breitete sich anmutig aus. Charlotte kam es vor, als drehe die strahlende Frau eine Pirouette. Alle hielten den Atem an. Er nahm die Zipfel des Rockes und faltete sie nach innen. Die Frau von Ajay Karapiet hatte ein Gefühl, als glitten seine Fingerspitzen über ihre Haut. Er wickelte das Kleid in knisterndes Papier und überreichte es ihr mit einer Verbeugung. Sie sah ihn voller Bewunderung an und drückte das Paket fest an sich. Sie meinte den Duft wilder Orchideen zu riechen.

Madan nahm das Festgewand der Frau des Kokosölfabrikanten. Auch sie erfuhr eine Umwandlung, als sie ihr Kleid erblickte, ihre Brüste erstanden wieder, und sie wurde größer und hübscher. Er packte das Kleidungsstück vorsichtig ein und gab es ihr. Auch sie hielt es im Arm wie ein neugeborenes Baby.

Er nahm alle Abendkleider nacheinander von der Wand und packte sie mit großer Behutsamkeit ein. Manchmal war ein Seufzer zu hören, ein leises Ächzen oder ein kleiner, verlangender Schrei, sonst war es völlig still.

Ohne noch ein Wort zu sagen, verließen die Frauen das Haus, ihren neuen Besitz ängstlich an sich gedrückt oder unter den Falten des Sari verborgen, denn eigentlich war es keiner von ihnen recht, daß die anderen ihr Kleid schon gesehen hatten.

Sie standen sich gegenüber. Außer dem Schrank, der noch schief stand, erinnerte nichts mehr an den Tumult. Auf dem Tisch stand seine Nähmaschine, daneben lag die Schere, und auf einem Stuhl vor der Wand lag der Stapel Stoffe von ihrer Mutter, ordentlich zusammengefaltet, die scharlachrote Seide obenauf.

In Charlottes Augen brannte der Stoff so heftig wie ihr Herz.

In Madans Augen blutete der Stoff so heftig wie sein Herz.

»Und von dem da …« Issy stand in der Tür und zeigte auf den roten Stoff, »… nähst du ein Kleid für mich, ja?«

Charlotte blickte von Issy auf die rote Seide. Hatte sie dafür so oft in aller Herrgottsfrühe heimlich den Rasen gemäht, Verehrern die Tür gewiesen, weil sie ihrem Vater nicht paßten, viele Jahre gegen ihren Willen in einem Internat im kalten England verbracht, eingesperrt in einem Schrank gekauert, nachdem sie einen Tropfen vom Parfum ihrer Mutter genommen hatte, ihren Vater gefüttert und ihm nach dem Stuhlgang den Hintern abgeputzt, erbauliche Bücher gelesen, die Pfarrer Das ihr aufdrängte, jedes Kleid umgeändert und ausgebessert, bis es fast auseinanderfiel, jede Rupie zehnmal umgedreht, bevor sie es wagte, sie auszugeben, die Hand ihrer Mutter zwischen deren Rockfalten gesucht und meist nicht gefunden, ihren Flügel verkauft und nur noch im Geiste gespielt, ihren Mann neben ihrer Mutter begraben, ihrem Bruder jahrelang geschrieben, ohne jemals eine Antwort zu bekommen, alle Lasten auf ihre Schultern genommen, ohne auch nur einmal ein Dankeschön zu hören, sich übers Ohr hauen lassen von Händlern, die wußten, daß sie in der Klemme saß, sich das endlose Getratsche der Frau von Nikhil Nair angehört, um nicht allein sein zu müssen, einen Haushalt ohne genügend Dienstboten geführt, ihre Jugend an einen Mann verloren, der durch den Krieg verwundet war, alle Einladungen ausgeschlagen, denn eine Frau ging nicht allein auf Partys, und als sie endlich einmal zu einem Fest ging, war sie schwanger geworden, hatte ihr Kind in einem feuchtkalten Kloster im Himalaja zur Welt gebracht, damit niemand davon erfuhr, hatte einen Sohn, der nicht wußte, daß sie seine Mutter war, hatte jahrelang jeden Montagnachmittag als liebe und immer frohgelaunte Tante mit ihm gespielt, nie weinen dürfen, denn eine Bridgwater weint nicht, gehungert, damit andere essen konnten, tausendmal den Teppich auf- und ausgerollt, damit er nicht abgenutzt wurde und an Wert verlor, ihren Vater versorgt, weil er alle Krankenschwestern in den Wahnsinn trieb, einen Teil ihrer Witwenrente verloren, weil niemand ihr gesagt hatte, daß die Pension eingefroren würde, wenn sie ihre britische Staatsbürgerschaft aufgab, keine Liebe kennengelernt, war sie dafür der Gegenstand von Tratsch und übler Nachrede geworden, jedesmal in der Hitze zum Club geradelt, hatte sie dafür das Rauchen aufgegeben, weil die Ansicht herrschte, eine Frau rauche nicht, sich verliebt in unmögliche, unerreichbare Männer, hatte sie dafür gelogen, um gelobt zu werden, heimlich in Zimmer gelinst, weil sie sich nicht traute, hineinzugehen, sich endlose Beschimpfungen angehört und versucht, nicht verletzt zu sein, ihren eigenen Vater bestohlen, weil er sie nicht mehr verstand, ohne Murren Gäste bewirtet, die sie nicht eingeladen hatte? Hatte sie dafür das Gefühl ertragen, von allen vergessen zu sein?

»Nein«, sagte sie. »Der rote Stoff ist für *mein* Kleid.«

1977

Haidarabad

Es regnet unaufhörlich. Madan mag Regen nicht. Die Leute laufen eilig vorbei und geben nichts. Er hat in den letzten Jahren immer besser zu betteln gelernt, doch er bezeichnet sich selbst nicht als Bettler, sondern als Schneider, denn das Geld, das er nicht braucht, um sich etwas zu essen zu kaufen, legt er beiseite, damit er sich irgendwann eine Nähmaschine anschaffen kann. Ob ihm das jemals gelingt, darüber will er nicht nachdenken, jeden Morgen steht er mit dem Gedanken auf, daß er an diesem Tag vielleicht Glück hat. Eine neue Spule hat er sich schließlich schon zusammengebettelt.

Ein Regenschirm wird über die Straße geweht, wahrscheinlich hat der Sturm ihn jemandem aus der Hand geschlagen – er kann ihn gerade noch fangen. Solange niemand den Schirm sucht, hält er ihn sich über den Kopf. Eigentlich müßte er sich irgendwo unterstellen, denn es schüttet wie aus Eimern. Das Wasser sucht sich strudelnd einen Weg zu den Gullys, die durch den mitgerissenen Abfall verstopfen. Madan überquert die Straße. Das Wasser steht ihm bis zu den Knöcheln. Er merkt, daß ihm die Slipper von den Füßen gezogen werden, er erwischt sie aber zum Glück noch. Barfuß watet er weiter.

Die Geldscheine, die er in all den Jahren gesammelt hat, sind sicher in drei kleinen Plastiktüten verstaut, die er sich in einem Tuch um den Bauch gebunden hat. Dort bewahrt er auch den Zettel auf, auf dem steht, daß er Arbeit sucht, und die zusammengeklebten Schnipsel mit der Adresse von Dr. Krishna Kumar. Nicht, daß er jemals dorthin zurückkehren würde, aber er kann den Zettel auch nicht wegwerfen. Es ist eines der wenigen Dinge von früher, die er besitzt.

Er biegt in die Gasse ein, in der er seit einer Weile schläft, aber das Wasser reicht ihm hier bis zu den Knien. Die Stücke Pappkarton, die ihm als Bett dienten, sind verschwunden. Eine starke Böe reißt ihm den Schirm aus der Hand und trägt ihn weg. Er sieht ihm nicht hinterher, denn der Regen peitscht ihm ins Gesicht. Er will sich in das Haus flüchten, in dem er sich manchmal waschen durfte, doch die Tür ist mit Sandsäcken verbarrikadiert. Der Regen tut weh, und der Wind, der noch heftiger wird, wirft ihn fast um. *Ich muss einen Unterschlupf finden*, denkt er. Er hat Angst vor dem schnell ansteigenden Wasser.

Nur noch ganz wenig Leute sind auf der Straße und kämpfen wie er gegen den immer lauter heulenden Wind und den Sturzregen. Seine durchnäßten Sachen schlottern ihm um den Körper, die tosende Gewalt weht ihn fast weg. Auf der anderen Straßenseite sieht er einen alten, tief gebeugten Mann mit einem Päckchen in den Händen. Plötzlich wird der Mann vom Sturm umgeweht und verschwindet unter Wasser.

Madan denkt keine Sekunde nach, vergißt den Wind und rennt mit großen Schritten zu der Stelle, wo er den Greis in den Fluten untertauchen sah. Etwas gleitet an seinen Füßen entlang, der Sog ist gewaltig, auch er wird fast mitgerissen. Er bückt sich, greift ins Wasser und zieht ein zappelndes und prustendes Männchen heraus, das sein Paket fest umklammert. Der Mann wiegt kaum etwas, Madan muß ihn gut festhalten, damit der Sturm ihn nicht aus seinen Händen zerrt. Wie einen Sack Mehl legt er sich den Mann über die Schulter und spannt seine ganze Kraft an, um dem saugenden Wasserwirbel zu entkommen. Er schafft es zu den Häusern. Madan hält sich an einem Fenstergitter fest. Schritt für Schritt stapft er mit seiner Last weiter. Endlich findet er ein offenes Hausportal, zu dem eine Treppe hochführt. Das Wasser steht schon mindestens einen Meter hoch. Er geht hinauf und legt den Mann, der noch immer hustet, neben sich nieder. Madan klopft ihm vorsichtig auf den Rücken und hat dabei Angst, ihm etwas zu brechen.

Nachdem er noch eine Weile prustet und japst, bekommt der alte Mann wieder Luft und setzt sich neben ihn. »Ich hab mich verschluckt, glaube ich«, preßt er heraus. »Hoffentlich ist es nicht beschädigt«, fährt er in Panik fort und wickelt das Päckchen aus. Ein altes Buch kommt zum Vorschein. »Ich muß es trocknen. Jetzt gleich! Sonst kleben die Seiten zusammen.«

Madan weist auf den endlos herabklatschenden Regen, der ihnen wie ein Vorhang die Sicht versperrt.

»Aber ich habe es endlich gefunden, es war so viele Jahre verschollen.«

Madan mustert den Mann. Etwas kommt ihm bekannt vor, was ist es, die Stimme? Die Hände? Die nervösen Bewegungen … Dann fällt es ihm ein. Er ist viel grauer und krummer, und sein Gesicht besteht nur noch aus Falten, aber sonst hat er sich nicht im geringsten verändert, Herr Patel. Er würde ihn am liebsten umarmen. Noch nie hat Madan jemanden wiedergesehen, den er verloren hat, und für ihn ist sein alter Gefängniskumpel wie ein Verwandter. Begeistert zeigt Madan auf sein Gesicht, aber weil sein Buch naß geworden ist, ist Herr Patel so verstört, daß er nichts merkt. Madan nimmt die Hand des alten Mannes und legt sie zwischen seine beiden nassen Hände, er führt die alte, verkrümmte Hand zu seinem Gesicht und berührt damit seine Stirn.

Herr Patel stockt mitten in einem Satz. Schaut Madan an, kneift die Augen zusammen, sieht ihm angestrengt ins Gesicht, forscht in seinem Gedächtnis.

Madan bewegt den Mund, ohne einen Laut hervorzubringen, und gibt zu verstehen, daß er nicht sprechen kann.

»Sohn«, flüstert Herr Patel.

Sie sitzen zusammen auf der Treppe. Der Regen peitscht noch immer tosend herab, und der Sturm schwillt weiter an. Herr Patel schweigt. Madan hat das Buch *Die genetische Metamorphose bei Einzellern* auf dem Schoß und pustet jedesmal zwischen die Seiten, bevor er weiterblättert.

»Betest du noch immer?«
Madan nickt.
»Ich nicht. Ich habe es nicht mehr gewagt.«
Madan schlägt die nächste Seite um und bläst auf die Zeichnung eines Pantoffeltierchens.
»Ich hätte dich nicht zurücklassen dürfen. Ich wußte nicht einmal, wer dieser Mann war. Ich bin zurückgegangen, aber du warst weg. Wo warst du hin? Wo bist du die ganze Zeit gewesen?«
Wie kann Madan von den Jahren in der Weberei von Herrn Chandran, dessen Unterricht über die verborgene Kraft von Kräutern, Blumen und Bäumen erzählen, von seinen Gefühlen für dessen Tochter, seiner Freundschaft mit Subhash, dem Maschinenschmierer, seiner Arbeit in der Werkstatt von Dr. Krishna Kumar? Er zieht seine neue Spule aus der Tasche und zeigt sie Herrn Patel.
»Bist du Schneider geworden?«
Madan nickt.
»Wo?«
Madan starrt auf den Regen, eine Armee von Millionen Pfeilen, die sich nach unten bohren. Er kann gut verstehen, daß Herr Patel damals gegangen ist. Er hat es ihm nie übelgenommen.
Herr Patel legt den Arm um ihn. »Kommst du gleich mit mir nach Hause, Sohn?«
Auch Madan legt den Arm um den alten, zerbrechlichen Mann. Zusammen schauen sie in den Regen.

1995

Rampur

Madan breitete die rote Seide auf dem Tisch aus. Das Fenster und die Läden standen offen, aber die ersehnte Nachtkühle glitt nicht über die Fensterbank herein. Charlotte saß auf dem Stuhl an der Wand und sah ihm zu. Kleine Tropfen glänzten auf seiner Stirn. Bisher hatte sie geglaubt, die Hitze mache ihm nichts aus. Um seinen Hals hing ein Meterband. Ohne Maß zu nehmen, sogar ohne sie anzuschauen, setzte er die Schere an, wie ein Boot, das rasant durch spiegelglattes Wasser pflügt, schnitt die Schere Linien und Kurven. Der Tisch wurde eine Landkarte voller roter Inseln. Draußen zirpten die Grillen, im Salon schimpfte Isabella vor sich hin, weil sie noch immer Probleme mit ihrem modernen Telefon hatte. Als sie ein Geräusch draußen allmählich als Sirene eines in der Ferne vorbeirasenden Feuerwehrautos erkannte, setzte Charlottes Herz kurz aus. Sie wußte nie, wann Parvat gerade im Dienst war. Der Monsun mußte endlich einsetzen, jeder Tag des Wartens bedeutete eine größere Brandgefahr. Die Bäume und die Häuser waren staubtrocken. In der ganzen Stadt war kein Fleckchen Feuchtigkeit mehr zu finden. Die Mauerasseln und anderes Ungeziefer, das sich gern an feuchten Orten aufhielt, hatten sich so tief in die Erde eingegraben, daß jeder davon überzeugt war, sie würden erst in einem Jahr wieder an die Oberfläche kommen.

Wir müssen die Eimer rausstellen, dann kommt der Regen.

Glaubst du wirklich daran?

Nicht nur ich, alle. Hast du die Eimer und Schüsseln nicht gesehen?

Sie hatte tatsächlich die Töpfe und Krüge vor Sitas Haus gesehen, und auch in den Gassen auf dem Weg zu ihrem Haus standen überall Kübel und Fässer, um Wasser aufzufangen. Zögernd stand sie auf. Und sei es nur, dachte sie, als sie hinausging, um dafür zu sorgen, daß Parvat nicht in einem Feuer umkommt.

In der Küche brannte zwar Licht, aber Hema war nicht da. Auf dem Bord über dem Spülstein waren Töpfe ordentlich aufgestapelt, unterm Spülstein standen zwei giftgrüne Plastikeimer. Weil sie wußte, daß er außer sich geriet, wenn sie einen Topf oder einen Eimer wegnehmen würde, lief sie zum Schuppen des Mali. Sie wollte gerade hineingehen, als Madan mit einem Stapel zerbeulter Zinkeimer herauskam. Mit strahlendem Lächeln gab er ihr einen davon. Sie stellte ihn auf den Boden.

Nein, du mußt ihn einladen.

Wen?

Den Regen.

Er nahm den Eimer und stellte ihn auf die abgebröckelte Säule am Fuß der Steintreppe, die zur Haustür führte.

Anlocken.

Er stellte den zweiten Eimer auf die Säule gegenüber; einst hatte der Architekt hier Statuen vorgesehen, aber daraus war nie etwas geworden.

Und auf die Stufen.

Charlotte erinnerte sich daran, daß früher bei Festen ein roter Läufer auf der Treppe gelegen hatte, und die Bediensteten mit blauen Livreejacken und goldfarbenen Mützen hatten mit Federbüschen in den Händen Spalier gestanden. So exakt, wie sich damals die Dienstboten aufgereiht hatten, stellte sie nun die Eimer auf die Stufen.

Ja! hörte sie Madan rufen.

Er rannte zurück zum Schuppen, sie hörte es laut scheppern und klappern, dann kam er staubbedeckt mit einem zweiten Stapel heraus. Sie stellte die Gefäße links und rechts neben den Pfad, so wie damals die Fackeln an der Auffahrt gestanden hatten.

Wir brauchen noch mehr, dachte sie, von seinem Eifer angesteckt, auch neben den völlig ausgetrockneten Beeten mußte es Signale geben, damit der Regen dazu verlockt würde, loszubrechen.

Hema schleppte zwei schwere Kanister den Hügel hinauf. Er war froh, daß es ihm geglückt war, das Wasser für fast den gleichen Preis wie am Vortag zu erstehen, denn es wurde stündlich teurer.

Schon von weitem sah er Memsahib und den Darsi mit den Eimern rennen. Auf seinem Gesicht erschien ein sehr großes Lächeln, und der Hügel, den er so oft verflucht hatte, kam ihm auf einmal wie ein ebener Weg vor. *Er* hatte es nicht gewagt, Memsahib darum zu bitten, weil er wußte, wie sehr sie den indischen Aberglauben verabscheute, aber nun hatte es der fremde Darsi getan! Vor fünf Jahren, als der Monsun auch auf sich warten ließ, waren sie das einzige Haus im ganzen Umkreis gewesen, das keine Eimer draußen stehen hatte, und viele Einwohner von Rampur waren davon überzeugt gewesen, daß sich der Regen deshalb noch eine Woche länger Zeit gelassen hatte.

Charlotte, die sah, wie sich Hema mit den schweren Kanistern abmühte, verstand nicht, warum er sie rief. Sie hatte seine Töpfe und Schüsseln nicht angerührt. Sie sah ihn in die Küche gehen und erwartete, daß er jeden Moment griesgrämig herauskommen würde, aber statt dessen erschien er mit dem Stapel Töpfen und den beiden giftgrünen Plastikeimern und stellte alle Gefäße in einem großen Kreis um das Küchenhaus auf.

Wo er sie aufgetrieben hatte, war Charlotte ein Rätsel, sie hätte nie gedacht, daß es im Haus noch so viele Sachen gab, mit denen man Wasser auffangen konnte – aber nach einer Stunde standen überall Schüsseln aus Plastik und Steingut, heile und kaputte Wannen, intakte und durchlöcherte Eimer, alle Kochtöpfe, sogar der Lieblingstopf und der Frittiertopf von Hema, den niemand auch nur anfassen durfte, die Schalen und Vasen aus dem Salon, die noch nicht verkauft waren, Plastikbehälter, in denen früher einmal Pflanzen gewesen waren, die Obstschale, zwei

Gießkannen, die wie Trophäen neben der Haustür standen, ein Aquarium mit einer gesprungenen Scheibe, ein Seifennapf, ein Kreis aus Weingläsern um den Apfelbaum, ein Trinkkelch, den vorher noch keiner gesehen hatte, Aschenbecher, alte Marmeladengläser, Blechbüchsen, die Nägel enthalten hatten, und eine Zwiebackdose, die schon seit Monaten leer war, eine Sammlung verrosteter Kohlenschütten, die noch nie in Gebrauch gewesen waren, ein Mörser aus Aluminium, ein roter, von außen bestickter Papierkorb, die orangefarbene Tonne, in der der Mali seine Unkrautvernichtungsmittel aufbewahrt hatte, und seine Schubkarre, ein Abtropfsieb, in dem ein Stück Plastik lag, der Futtertrog einer Ziege, die irgendwann einmal auf dem Gelände gelebt hatte, die Mülleimer am Anfang des Pfades, der Ascheneimer ohne Asche, alle Becher, Tassen und Schüsseln, auch die mit Mickey Maus darauf, die große Tasse ohne Henkel, in der sonst Charlottes Zahnbürste stand, ein Satz Schnapsgläser, bei denen jeder Händler abgewunken hatte, eine kaputte Kloschüssel … Charlotte fand letzteres etwas übertrieben, aber Hema und Madan waren davon überzeugt: je mehr, desto besser. Also stellte sie auch die zusammengeklebte Teekanne vor die Tür.

Sie verschnauften gerade, als Issy noch immer schimpfend nach draußen kam; die Kabel, mit denen sie den ganzen Abend gekämpft hatte, zog sie hinter sich her. »Was macht ihr denn da?«

»Wir haben die Eimer rausgestellt.«

»Warum?«

Charlotte, die sich auf einmal furchtbar lächerlich vorkam gegenüber ihrer Nichte aus England, weil sie sich von dem albernen indischen Volksglauben hatte anstecken lassen, wurde rot.

»Um den Regen anzulocken!« rief Hema.

Issy nickte ernst, und ihr Blick wanderte wieder über das bunte Durcheinander. Sie rannte ins Haus und kam kurz darauf mit dem Topf ihres Großvaters wieder. »Er hat doch eine Windel um«, sagte sie, als sie die erschrockenen Gesichter sah.

1977

Haidarabad

An demselben Tag, an dem der Sturzregen niederprasselte und sich der Wind zu einem Zyklon steigerte, der mit zerstörender Kraft über das Krishna-Delta hinwegraste, Dörfer und Ansiedlungen verschlang, Menschen in die wirbelnden Fluten riß, Ernten vernichtete, zehntausend Menschen verschwinden ließ oder tötete und dreieinhalb Millionen obdachlos machte, findet Madan zum ersten Mal im Leben ein Zuhause.

In das winzige Zimmer passen genau zwei kleine Tische – an dem einen arbeitet Herr Patel wieder an seiner Dissertation über einheimische Stadtpflanzen, an dem anderen sitzt Madan vor einer uralten Singer-Handnähmaschine, die er sich dank der Hilfe von Herrn Patel kaufen konnte. Auf das Wandbord hat er neben die Bücherstapel von Herrn Patel eine Schachtel mit Nähgarn gestellt, und wenn die Tür offensteht, ist auf dem Boden gerade genug Platz, ein Kleidungsstück auszubreiten oder einen Stoff zuzuschneiden. Madan fegt das Zimmer dreimal am Tag, und Herr Patel kocht das Essen. Obwohl nichts so ist wie in der Werkstatt von Dr. Krishna Kumar, ist es für Madan der schönste und angenehmste Arbeitsplatz, den er je hatte.

Die beiden Männer gehen ganz in ihrer Arbeit auf. Herr Patel genießt das surrende Geräusch der Nähmaschine, das ihn zu lauter neuen Erkenntnissen inspiriert, und Madan mag die Grübelseufzer, die Herr Patel beim Schreiben ausstößt, weil er dabei vor sich hinträumen und sich in Welten versetzen kann, in denen er noch nie war. Abends stellen sie die beiden Tische aufeinander vor die Wand, obenauf noch die Schemel, rollen ihre Matten aus und schlafen unter dem Möbelturm wieder so dicht nebeneinander wie im Gefängnis.

Die heimelige, geschützte Sphäre, die sie sich geschaffen haben, steht in krassem Gegensatz zur Außenwelt, wo die Gruppe umherziehender Obdachloser täglich größer wird. Überall in der Stadt schlafen Männer und Frauen vor den Gebäuden und zwischen den Karren, sie sind auf der Suche nach Arbeit, Essen und ihren vermißten Verwandten. Sie haben nur das nackte Leben gerettet, und manche haben kaum etwas anzuziehen. Witwe Sethi, eine Nachbarin, die über Herrn Patel wohnt und sich, seit auch ihre letzte Tochter verheiratet ist, nutzlos und einsam fühlt, hat beschlossen, die Kleidung ihres verstorbenen Mannes, eigene Kleider, die sie nie anzieht, und Kleidungsstücke, die ihre Kinder zurückgelassen haben, den Obdachlosen zu geben.

Bis in Herrn Patels Zimmer ist das Gepolter zu hören; eine lange Schlange steht vor der Tür von Witwe Sethi, zieht sich durchs ganze Treppenhaus, an Herrn Patels Tür vorbei, und reicht auf der Straße bis zum Bäcker an der Ecke. Alle warten geduldig.

Über ihren Köpfen knarrt der Dielenfußboden, soviel Betrieb gab es im Haus noch nie. Auch Herrn Patels Seufzer hören sich anders an als sonst. Als es an ihrer Tür klopft, steht er unwirsch auf. Er schreibt gerade an einer sehr komplizierten Passage über den Pollenschlauch, der aus dem Pollenkorn durch den Griffel zum Fruchtknoten in der Samenanlage wächst, und möchte nicht gestört werden.

»Ach, entschuldigen Sie bitte die Störung, Herr Patel, aber es handelt sich um einen Notfall! Bei Ihnen wohnt doch derzeit ein Schneider?« sagt Witwe Sethi schnaufend, denn auch sie ist nicht mehr die Jüngste.

»Das ist mein Sohn, und er ist ein sehr guter Schneider«, sagt Herr Patel und zeigt ihr sein neues Hemd.

»O! Ihr Sohn? Das wußte ich nicht!« Ihre schrille Stimme schneidet durch den Raum. »Kann er mir mal eben bei dieser Hose helfen?«

Madan steht auf und stellt sich neben Herrn Patel.

»Er sieht Ihnen überhaupt nicht ähnlich.« Als sie die tiefe Falte sieht, die sich auf Herrn Patels Stirn bildet, setzt sie hastig hinzu: »Aber mein Sarika sieht mir genaugenommen auch nicht ähnlich.«

Madan greift nach der Hose. Herr Patel seufzt.

»Ich hab die Hose abgesteckt, weil sie viel zu groß ist, aber die Nadeln sind so spitz, und ich will die armen Leute ja nicht piksen, sie haben es schon schwer genug!«

Ich komme mit nach oben, gestikuliert Madan, er gibt ihr die Hose zurück, packt seine Nähmaschine ein und schiebt sie sanft zur Tür hinaus.

»Danke, Sohn«, flüstert Herr Patel und widmet sich wieder seinen Büchern.

Auf der Treppe sitzen halbnackte Männer, Frauen und Kinder. Die meisten starren schweigend vor sich hin, manche haben die Augen geschlossen, schlafen aber nicht. Madan und die Witwe müssen über die Menschen hinwegsteigen, um ins obere Stockwerk zu gelangen.

Das Zimmer der Witwe Sethi ist zweimal so groß wie das von Herrn Patel, aber mindestens hundert Mal so voll. Überall stehen Schränke, aus denen Kleidung und Wäsche quillt, und auf den Schränken steht eine Unmenge von Schnickschnack, darunter Götterfiguren und alle möglichen Andenken. Auf ihrem Bett und drumherum hat sie die Kleidungsstücke ausgebreitet, die sie weggeben will, und in der Ecke, die als Küche dient, stehen so viele Teller und Tassen, daß es wie in einem Trödelladen aussieht. Mitten im Raum steht ein schüchterner junger Mann, der nur ein zerrissenes Tuch um die Hüften trägt. Der Mann, der Fischer war und seine Familie, seine Hütte und sein Boot verloren hat, weil nicht seine schwangere Frau, sondern er selbst zum Markt gegangen war, um den Fang zu verkaufen, wartet mit gesenktem Kopf. Madan sieht auf einen Blick, daß ihm die Hose nie passen wird, und zeigt auf den einzigen Tisch, der mit undefinierbaren Frauensachen überladen ist.

»Muss das alles weg?« seufzt Witwe Sethi.

Madan nickt. Die Witwe schiebt ihren Plunder unters Bett, wo eigentlich auch kein Platz mehr ist. Madan mustert den Fischer unauffällig. Es ist noch gar nicht so lange her, daß er auch auf der Straße lebte und nichts besaß. Jetzt hält er seinen großen Stolz, seine eigene Singer-Nähmaschine, in der Hand. Vorsichtig stellt er sie auf den leeren Tisch. Die Witwe gibt ihm einen Schemel und läßt sich zwischen die Kleidungsstücke auf ihr Bett plumpsen. Der Fischer starrt noch immer auf seine nackten Füße. Madan zieht die Nadeln aus der Hose, wendet sie auf links und legt sie unter die Maschine.

»Wie traurig, nicht wahr, all die armen Leute, sie haben alles verloren, wirklich alles, sieh dir nur mal diesen jungen Kerl an, ein starker Mann, aber einfach alles weg, und halbnackt findet man auch keine Arbeit, man ist zum Betteln verurteilt, und die Schlange vor der Tür, ich kann sie doch so nicht rumlaufen lassen, weil wir nur den Regen und den Wind hatten und nicht die Flut, meine ich, und die Wellen, bei mir hat es zwar auch durchgeregnet, aber das ist natürlich nichts im Vergleich zu dem, was ihnen passiert ist, ich äh … ich hoffe nicht, ich äh … Sie äh?«

Madan blickt fragend hoch.

»Sie machen es doch umsonst, oder?«

Madan nickt und beugt sich wieder über seine Arbeit, um kurz darauf die Hose unter der Nähmaschine hervorzuziehen. Er sieht den Mann erwartungsvoll an, und Witwe Sethi wendet den Blick ab, als der Fischer die Hose anzieht. In dem Moment, als er sie sich über die Hüften zieht, passiert etwas – der Mann, der bis dahin schüchtern und zusammengesunken im Zimmer stand, sieht auf einmal wie ein junger, kräftiger Bursche aus, der Energie ausstrahlt. Sogar die Furchen der Trauer, die sein Gesicht durchziehen, verschwimmen. Witwe Sethi blinzelt erstaunt, und auf Madans Gesicht erscheint ein Lächeln.

»Jetzt noch ein Hemd!« sagt sie voller Überzeugung, obwohl sie soeben noch vorhatte, jedem in der Schlange nur ein Kleidungsstück zu schenken. Sie zieht ein weißes Oberhemd hervor, das ihr Mann immer trug, wenn er ins Büro ging.

Madan gibt dem Mann zu verstehen, daß er sich umdrehen soll, und prägt sich die Form seiner Schultern und seines Nakkens ein. Dann wendet er das Hemd und ändert ein paar Nähte.

Als der Mann das Hemd anzieht, sieht er aus wie ein Held aus einem Bollywoodfilm. Witwe Sethi bereut es plötzlich, daß sie ihre jüngste Tochter schon jemand anderem zur Frau gegeben hat, denn dieser Mann wäre bestimmt ein geeigneter Heiratskandidat gewesen. Sie will den Fischer eigentlich nicht ziehen lassen, erst nach einer weiteren Tasse Tee und der wiederholten Aufforderung, wieder mal vorbeizuschauen, läßt sie endlich den nächsten Bittsteller herein.

Eine klapperdürre Frau mit langen glatten Haaren, die ihr halb vor den Augen hängen. Sie erzählt Witwe Sethi, daß sie ihre ganze Familie verloren hat, sogar ihren Urgroßvater, daß rund um die Stelle, an der ihr Haus gestanden hat, Leichname im Wasser trieben, die so aufgedunsen und blau angelaufen waren, daß sie sie nicht erkennen konnte, daß sie zusammen mit den anderen Überlebenden aus ihrem Dorf versucht hat, die Leichen zu verbrennen, aber daß sich das Feuer nicht entzünden ließ, weil das Holz zu naß war, daß sie aus einem angeschwemmten LKW Diesel abgezapft und über die Leichen gegossen haben.

Madan hört schockiert der monotonen Stimme zu, die ohne jede Gefühlsregung spricht, als ob sie eine Lektion herunterleiert. Der Witwe Sethi werden die Augen feucht, und sie zieht einen ihrer Hochzeitssaris aus prachtvoller gelber Seide mit goldenen Stickereien aus dem Schrank. Die dazugehörige Bluse ist viel zu groß für den ausgemergelten Körper der jungen Frau, und Madan macht sie mit ein paar Abnähern enger. Auch den Sari macht er kürzer, und aus dem übriggebliebenen Stoff näht er der Frau ein Haarband.

Sie hören die bewundernden Seufzer, als sie die Treppe hinuntergeht. Witwe Sethi hofft, daß der Fischer noch nicht zu weit weg ist, denn die beiden würden ein schönes Paar abgeben. Sie holt den nächsten aus der Warteschlange in ihre Wohnung. Auch ein Fischer, der im Zyklon nicht nur seine ganze Familie, sein Boot und sein Haus verloren hat, sondern auch alle Schneidezähne.

»Oh, liebe Frau«, lispelt der Fischer, »machen Sie mich auch so schön.«

Witwe Sethi ist davon überzeugt, daß nicht mal der teuerste Anzug ihres Mannes ausreichen wird, um diese Bitte zu erfüllen, aber Madan beugt sich konzentriert über seine Maschine und näht.

Nachdem der Fischer ohne Schneidezähne stolz wie ein Pfau hinuntergeschritten ist, entsteht Unruhe auf der Treppe. Es geht das Gerücht um, daß nicht mehr genug Sachen da sind und nur noch die etwas bekommen, die ihre gesamte Familie verloren haben. Am Ende der Schlange wird erzählt, daß die Wohltäterin nicht nur sehr kostbare Kleider verschenkt, sondern auch die Taschen mit Geld füllt. Die Leute beginnen zu drängen und zu schubsen. Eine junge Witwe benutzt ihre Ellbogen, um eine Stufe höher zu steigen, und zwei Brüder, die eine kleine Werft besaßen, werfen einen konkurrierenden Schiffsbauer, der auch seinen Betrieb verloren hat, die Treppe hinunter. Der fällt auf eine junge Frau, die noch nie von einem Mann berührt wurde und laut schreit, worauf die Leute weiter unten meinen, die Verteilung sei beendet, während die Leute am Ende der Schlange glauben, daß man ihnen nicht nur Geld in die Taschen steckt, sondern daß sie zusammen mit den Kleidern auch gleich noch eine Anstellung bekommen. Auf der Straße ist die Schlange zu einer Menschenmenge angewachsen, die ins Haus drängt. Auf der Treppe werden Kinder totgetrampelt, aber auch über die Menschenknäuel hinweggehoben. Witwe Sethi versucht die Leute mit Überredungskraft und Argumenten zu beruhigen, aber als der nächste Mann wie ein Filmstar aus der Tür tritt, drückt sich die Menge an der Witwe vorbei in die Wohnung und stürzt sich auf die Kleider und die Schränke, um etwas zu ergattern.

Madan, der mit großer Konzentration eine taillierte Bluse enger näht, war die Unruhe auf der Treppe noch nicht aufgefallen, aber nun, wo die Menschen hereindrängen, ist seine erste Reaktion, die Nähmaschine zu schützen. Er beugt sich vor und legt die Arme um die Singer. Die Bedürftigen interessieren sich jedoch nicht für ihn oder für seine Nähmschine, sie haben es vor allem auf die Sari-Sammlung der Witwe Sethi abgesehen. Raffgierig reißen sie die farbenfrohen Stoffe aus dem Schrank. Immer mehr Leute zwängen sich ins Zimmer. Madan merkt, wie sich der Holzfußboden langsam durchbiegt. Er sieht, wie Hosen und Hemden zerrissen werden. Er hört Schreie, aber auch ein Knirschen. Die Schränke beginnen zu kippen. Aus seiner Kehle steigt ein Laut der Verzweiflung auf. Er schreit. Die wimmelnde Menge wird plötzlich still, alle sehen sich erschrocken nach dem brüllenden Löwen um, den sie erwarten, doch sie sehen nur einen Mann mit einer Nähmaschine in den Armen.

Dann kracht es laut, und der Fußboden stürzt ein. Staub, Splitter, Holzstücke, Menschen und Kleider, alles donnert hinab. Madan hört einen gellenden Schrei. Er hat diesen Schrei schon einmal gehört, vor vielen Jahren im Gefängnis, als Ibrahim, der Mörder, Herrn Patel an die Gurgel ging, weil ihm sein Gesicht nicht gefiel.

Die Autos mit heulenden Sirenen, die in den vergangenen Monaten oft ausrücken mußten, stehen vor dem, was einmal das Haus von Herrn Patel und Witwe Sethi war. Es ist nichts übrig als ein paar zerbrochene Balken und ein Haufen Dachziegel. Alle Kleidungsstücke haben sich die Überlebenden geschnappt, bevor die Polizei und die Krankenwagen eintrafen.

Mit seiner Nähmaschine steht Madan vor der Bahre mit Herrn Patels Leichnam. Patels Hand hat den Füller fest umklammert. Die Männer haben keine Eile. Die Sirenen haben sie abgestellt. Madan möchte weinen, aber es kommen keine Tränen. Er fühlt nichts mehr. Er sieht nur das blutige Gesicht des alten Mannes, den die Sanitäter in einen Krankenwagen schieben, während sie sich über die Ergebnisse eines Kricket-Wettkampfs unterhalten. Einer der Sanitäter nimmt aus dem Schutthaufen ein paar Blätter und legt sie über das geschundene Gesicht. Durch einen Riß in der Abbildung des Pantoffeltierchens sieht Madan noch immer den angstverzerrten Mund des Mannes, den er »Vater« genannt hat.

Alle sind fort, und eine bittere Stille liegt über der Straße. Nur Madan steht noch immer wie gelähmt mit der Nähmaschine unterm Arm vor dem eingestürzten Haus und blickt auf die beschriebenen Papierfetzen, die ziellos wegflattern.

»He, du da!«

Madan dreht sich langsam um.

In der Tür des Gemüseladens gegenüber steht der Händler und winkt ihm. »Komm mal her.«

Vor der Tür stehen große Kisten mit Äpfeln, die so glänzen wie der Apfel, den er einmal von dem Neffen von Herrn Patel bekommen hat. Zögernd geht er zu dem Gemüsehändler hin.

»Du kannst doch bestimmt sein Rad gebrauchen?«

Madan sieht ihn fragend an.

»Du bist doch sein Sohn, oder?« Der Mann eilt in den Laden und kommt mit einem alten Herrenfahrrad zurück. »Nimm es bitte mit, das Ding steht mir schon seit Jahren im Weg.«

1995

Rampur

Der Mond war fast voll und beschien die im Garten aufgestellten Eimer. Die Wolken, auf die Charlotte gehofft hatte, zeigten sich immer noch nicht. Trotzdem hielt sie nicht die Hitze vom Schlaf ab, sondern das, was an diesem Abend geschehen war.

Sie hatten erschöpft unten an der Treppe gestanden, als Isabella mit dem Topf ihres Großvaters die Stufen heruntertanzte und sang:

I'm singin' in the rain
Just singin' in the rain
What a glorious feeling
I'm happy again!
I'm laughing at clouds
So dark up above
The sun's in my heart
And I'm ready for love!

Der alte Emailletopf wurde zu ihrem Tanzpartner, mit dem sie über die breite, einst so imposante Treppe herabtänzelte wie in einem Musicalfilm.

Hema schmunzelte, Madan lachte sein stummes Lachen, und Charlotte fand es schade, daß ihre Nichte sie nicht schon eher mal besucht hatte.

Nach dem letzten Satz stellte das Mädchen den Topf mitten vor die Treppe, sah zum Himmel hinauf und rief laut: »Piß nur, soviel du willst.« Sie sah die Erwachsenen, die vor ihr standen, mit einem provokativen Blick an. »Wenn er jetzt nicht kommt, dann weiß ich es auch nicht«, sagte sie triumphierend und wischte sich den Schweiß von der Stirn.

»Danke schön, Miß Isabella«, sagte Hema, der davon überzeugt war, daß sie nun, als Haus auf dem Hügel, mehr als genug dazu beigetragen hatten, den Monsun anzulocken; wenn der Regen weiterhin ausblieb, lag es bestimmt nicht an ihnen.

»Ich heiße Issy!« rief sie und drehte eine Pirouette. Ob es Zufall war oder zu ihrem Tanz gehörte, wußte Charlotte nicht, aber plötzlich blieb sie vor Madan stehen und zeigte auf seinen Hals: »Was hast du denn da gemacht?«

Ach, nichts.

»Das ist nichts«, sagte Charlotte, die hörte, daß er über die plötzliche Aufmerksamkeit erschrak.

»Nichts? Aber seht doch mal.« Issys Finger stach fast in die Narbe an Madans Hals.

Das ist schon ganz alt.

»Das ist schon ganz alt«, wiederholte Charlotte seine Worte.

»Woher weißt du das denn?«

Charlotte, die eigentlich gar nicht wußte, was ihre Nichte überhaupt meinte, begriff, daß sie besser den Mund gehalten hätte. Sie folgte Issys Blick und sah auf Madans Hals.

Madan wollte sich umdrehen, aber Issy hinderte ihn daran.

»Hattest du einen Unfall?«

Zum ersten Mal wurde Charlotte bewußt, daß der Streifen an seinem Hals eine Narbe war.

»Kannst du deshalb nicht reden?«

Madan zuckte verlegen die Schultern und senkte den Kopf.

Hema, dem es nicht paßte, daß seine Miß Isabella dem Schneider plötzlich so viel Aufmerksamkeit schenkte, erklärte, der Tee sei fast fertig, obwohl er noch nicht mal das Wasser aufgesetzt hatte, und Charlotte lenkte ihre Nichte mit einer Frage über ihr grandioses Telefon ab, weil sie es taktlos fand, über die Krankheiten und Gebrechen von Anwesenden zu reden.

1952

Bombay

Der glänzende schwarze Rolls-Royce hält vor ihrem Haus.

»Sie sind da!« ruft Charlotte nach oben. Es kommt keine Antwort. Sie rennt die Treppe hinauf. »Peter, sie sind da, kommst du?« Sie läuft ins Schlafzimmer, aber da ist er nicht, auch nicht im Bad oder auf der Toilette. »Peter!« Unten läutet die Klingel. Der Diener öffnet die Tür, und sie hört, wie die Gäste hereinkommen. Sie sieht im Gästezimmer und in der Waschküche nach. Der Diener führt die Gäste in den Salon. Sie eilt die Treppe hinunter und schaut im Gartenzimmer, im Eßzimmer, in der Küche und im Abstellraum nach. Sie rennt sogar in den Garten, zum Schuppen und zu dem Haus, in dem die Dienstboten wohnen, aber kann ihren Mann nirgends finden.

»Willkommen in Bombay«, sagt Charlotte, als sie den Salon betritt. »Wie schön, dich wiederzusehen. Ist dein Vater nicht mitgekommen?«

»Nein, der Minister für Wasserwirtschaft kam unerwartet zu Besuch, Vater will einen Kanal graben lassen, aber bekommt einfach keine Genehmigung dafür, und jetzt scheint es endlich doch zu klappen.« Chutki setzt sich aufs Sofa und erzählt von den Problemen im Palast und von der langen Fahrt nach Bombay. Neben ihr sitzt ihr kleiner Bruder und schaut sich neugierig um. Hinter ihnen stehen zwei Krankenschwestern mit weißen Häubchen, eine hochgewachsene und eine kleinere, und blicken demütig zu Boden.

Der Junge ist aber gewachsen in dem einen Jahr, denkt Charlotte. Sie hört sich die Geschichten seiner Schwester an, aber ihr Blick wird immer wieder von ihm angezogen. Es ist etwas mit diesem kleinen Jungen, etwas, was sie noch nie bei einem Kind gespürt hat. Sie weiß nicht, ob es seine Augen sind, sein Lächeln oder einfach seine Anwesenheit, aber wenn sie ihn ansieht, wird sie ruhig und vergißt fast ihre Sorgen um Peter.

»Kann ich euch was zu trinken anbieten?«

»Saft«, sagt der Junge und beginnt zu husten.

»Wir möchten gern Tee«, antwortet seine Schwester.

Der Junge macht ein enttäuschtes Gesicht.

Charlotte klingelt und bittet den Diener, Tee und ein Glas Mangosaft zu bringen. Der Junge lacht trotz des Hustenanfalls. Die Tochter des Maharadschas plappert weiter über die Unannehmlichkeiten einer langen Autofahrt und die Vorteile einer Bahnreise, als Charlotte hinterm Sofa beim Fenster einen Fuß sieht und sofort weiß, was los ist. Chutki hat ihren erschrokkenen Blick nicht bemerkt, auch die Krankenschwestern nicht.

»Wir haben einen neuen Flügel«, sagt Charlotte und steht auf, »möchtet ihr ihn sehen?« Pausenlos weiterredend, schafft sie es, Chutki und ihren Bruder ins Gartenzimmer zu lotsen. Die Krankenschwestern rühren sich erst von der Stelle, als Charlotte ihnen verspricht, daß in der Küche auch Kekse zum Tee serviert werden.

Während Chutki den Stoff ihrer letzten Klavierstunde auf dem Flügel übt, huscht Charlotte zurück in den Salon und kniet sich hinters Sofa, wo Peter zwischen den Vorhängen kauert. Sie streichelt ihn sanft über den Rücken und merkt, daß er sich etwas entspannt. »Wenn du es nicht möchtest, schicke ich sie weg.«

»Nein«, klingt es fast unhörbar.

»Ich kann doch sagen, daß du krank geworden bist«, flüstert sie.

»Ich muß es tun«, sagt er mit gepreßter Stimme, »ich bin es dem Maharadscha schuldig.«

Sie schiebt den Vorhang ein kleines Stück von ihm weg. Aus dem Gartenzimmer klingt noch immer das ungeübte Klavierspiel. Ihre Hand fährt durch sein Haar. Sie sieht die grauen Strähnen, die vor kurzem noch nicht da waren. Er wimmert wie ein verletztes Tier, dessen Pfote in einem Fangeisen steckt. Aber um was sich bei ihm das Fangeisen geschlossen hat, weiß sie nicht, sie kann es nicht finden, sosehr sie auch danach gesucht hat. »Kannst du aufstehen?« Sie richtet sich auf und hilft ihm hoch, er erhebt sich langsam wie eine schlaffe Marionette. Dann erst sieht sie, daß der kleine Junge in der Tür steht.

»Hat der Doktor was verloren?« fragt er besorgt und spielt mit dem Goldkettchen, das um seinen Hals hängt.

»Ja, aber er hat es zum Glück wiedergefunden«, sagt sie und wünscht sich, eines Tages zu wissen, was er verloren hat.

Das Krankenhaus besteht anscheinend nur aus langen, hohen Korridoren, in denen kein Mensch zu sehen ist. Charlotte beschleicht ein unangenehmes Gefühl, das von dem Geräusch der Absätze der beiden Krankenschwestern noch verstärkt wird. Sie begreift nicht, warum jetzt sofort operiert werden soll, warum nicht bis morgen früh gewartet werden kann, aber Peter hat darauf bestanden. Er hat einen Anästhesisten angerufen, von dem er weiß, daß er Kricket haßt wie die Pest, und der hat gemeint, mit der Hilfe von zwei zusätzlichen Krankenschwestern sei es ein Kinderspiel.

Auch der betagte Arzt in der Notfallambulanz scheint kein Problem zu sehen. »Solange das Spiel läuft, wird bestimmt niemand krank«, scherzt er und dreht das Radio noch etwas lauter.

Die enthusiastische Stimme des Kricket-Reporters erfüllt den Warteraum: »India sindabad!«

»Hoffentlich gewinnt Pakistan nicht«, seufzt der alte Arzt, »sonst wird es hier nachher sehr voll.« Er schließt die Augen, lehnt sich im Stuhl zurück und hört sich gespannt weiter die Übertragung des Spiels an.

Peter, der Anästhesist und Chutki sind in den Operationssaal gegangen. Charlotte wartet auf dem Flur. Sie spielt mit dem Goldkettchen, das sie dem Jungen abgenommen hat, als er auf das fahrbare Bett gelegt wurde. Sie hat noch nie in einem Krankenhausflur gewartet. Plötzlich kann sie sich vorstellen, wie sich ein werdender Vater fühlen muß, wenn seine Frau das erste Kind bekommt. Im Hintergrund ist die Stimme des Sportreporters mit dem jubelnden Publikum im Stadion zu hören.

»Der Doktor hat sich verändert«, sagt Chutki, die sich neben sie setzt und ihre Jacke fester um sich zieht.

Charlotte würde gern sagen können, daß das nicht so ist und daß er zufällig einen schlechten Tag hat, nur weiß sie nicht mehr, wann er zum letzten Mal einen guten Tag hatte.

»Will er keine Kinder?« fragt Chutki vorsichtig.

Charlotte wünscht sich, sie wäre zu Hause geblieben, sie haßt diese Fragen. Kapiert die Tochter des Maharadschas denn nicht, daß sie mit ihm nicht darüber reden kann, sie traut sich nicht mehr, sie weiß, daß sie keine Antwort bekommt, daß er sich zusammenrollen wird zu einem Fötus, taub und stumm für seine Umgebung.

Es ist still im Operationssaal, der Anästhesist und die Schwestern blicken auf die Hände des stark angespannten Chirurgen. Peter sieht, daß der Kehlkopf des Jungen weit mehr angegriffen ist, als er erwartet hatte. Er ist froh, daß er die Kraft gefunden hat, aufzustehen und die Sache durchzuziehen. Die Augenlider des Jungen zucken etwas. Peter schaut den Anästhesisten besorgt an, aber der zeigt ihm mit einem Nicken, daß alles in Ordnung ist. Warum zucken die Augenlider? Augenlider dürfen nicht zucken. Das Kind muß völlig ruhig daliegen. So kann er nicht operieren.

»Erhöh die Dosis«, zischt er.

»Es ist so in Ordnung«, sagt der Anästhesist.

Peter spürt den Schweiß in Bächen über seinen Rücken laufen. Sieht sein Kollege denn nicht, daß das Kind dabei ist, aufzuwachen, daß das Leben in den Körper zurückkommt, daß er noch nicht fertig ist, daß er noch lange nicht fertig ist mit der Operation? Seine Hände beginnen zu zittern. Der Anästhesist murmelt, daß es wirklich in Ordnung ist, daß es normal ist, daß sich Augenlider öfter bewegen. Peter umklammert das Skalpell, um seine zitternde Hand zu beherrschen. Es ist nicht normal, er hat es noch nie gesehen, er weiß, daß jemand, der bewußtlos ist, sich nicht mehr bewegt. Sie sind wie Tote, die nichts mehr spüren. Wie Leichen, die verwesen, die keine Schmerzen empfinden, wenn sie jemand tritt, die Kugeln empfangen, ohne es noch mitzubekommen, die aufgefressen werden von Insekten und Ungeziefer, die bewegen sich nicht, die können sich nicht bewegen.

Die Tür fliegt auf, die große Krankenschwester ruft, daß sie kommen sollen, Charlotte und Chutki sind schon im Operationssaal, während die Frau immer noch ruft. Der Anästhesist blickt verzweifelt auf die kleine Krankenschwester, die einen Verband um den Hals des noch bewußtlosen Jungen wickelt.

Peter steht zwischen ihnen, sein ganzer Körper bebt, und seine Augen starren in eine nicht vorhandene Ferne. »Es ist mißglückt«, murmelt er, »es ist mißglückt.«

Die kleine Krankenschwester hebt den Jungen von dem OP-Tisch aus Aluminium, die große Krankenschwester weint. Chutki will wissen, was passiert ist, aber keiner antwortet ihr. Der Anästhesist schiebt Peter aus dem Saal und zieht die blutigen Laken vom Tisch. Durch die offene Tür hallt noch immer die Stimme des Kricket-Reporters, der seine ganze Kultiviertheit abgelegt hat, vor Begeisterung spuckt und brüllt, da Indien der Sieg nun so gut wie sicher ist.

Die Krankenschwestern bereiten den Rolls-Royce für den Krankentransport vor, Chutki hat ihren Bruder in seinem blutigen Hemdchen Charlotte in die Arme gedrückt und ist auf der Suche nach einem funktionierenden Telefon, um ihren Vater zu informieren, daß die Operation mißlungen ist, der Anästhesist sitzt ihr betreten gegenüber, und Peter kauert zusammengesunken am Ende des Korridors. Charlotte sieht dem Jungen ins Gesicht. *Bitte, wach auf*, betet sie, *bleib am Leben*. Sie streichelt ihm übers Haar und blickt auf den Verband um seinen Hals. Ganz vorsichtig hängt sie ihm das Goldkettchen mit dem Familienwappen wieder um. Sie versucht, den Verband dabei nicht zu berühren. »Es wird alles wieder gut«, flüstert sie. Das Gefühl, das sie an diesem Tag schon einmal hatte, als er sie ansah, kommt zurück. *Es ist etwas mit diesem Jungen.* Sie erinnert sich wieder an die Klatschgeschichten im Palast, in denen es hieß, daß dieser Junge kein glückliches Leben haben würde, nur weil sie als weiße Frau durch einen Zufall den kleinen Kerl als erste sah. Sie denkt wieder an die kreischende Krankenschwester, die wütenden Frauen im Zenana und ihre vorwurfsvollen Blicke. *Es muß alles wieder gut werden.* Sie streichelt ihn und gibt ihm einen Kuß. *Ich würde mein Leben für dich hergeben.* Der Junge öffnet die Augen. Er blinzelt. Er sieht sie benommen an. Sie lächelt ihm zu. *Es wird alles wieder gut, wirklich, ich verspreche es dir.* Er lächelt zurück. Das Stadion explodiert. »India sindabad!« schreit der Reporter, der Arzt von der Notfallambulanz springt auf und tanzt wild herum. *Es wird bestimmt alles wieder gut.* Dann sieht sie, daß sich der Verband rot färbt. Die Wunde ist nicht gut genäht! Sie steht auf, will um Hilfe rufen, als ihr der Junge aus den Händen gerissen wird und die beiden Krankenschwestern mit ihm durch den Ausgang verschwinden.

Chutki verabschiedet sich noch nicht einmal von Charlotte, als sie in den Rolls-Royce einsteigt. Die beiden Krankenschwestern sitzen wie Wachhunde auf den Klappsitzen. Der kleine Junge liegt auf der Rückbank, den Kopf auf dem Schoß seiner Schwester. Er sieht Charlotte an und lächelt noch immer, als die Tür zugezogen wird und der Wagen losfährt.

»Fahr vorsichtig!« blafft Chutki den Chauffeur an. Sie ist wütend auf ihn. Er war zuerst nicht aufzufinden, wie alle Inder saß er irgendwo gebannt vor einem Radio.

Als sie in die leere Straße einbiegen, die an dem großen Stadion vorbeiführt, öffnen sich genau in diesem Moment die Tore, und die euphorische Menschenmenge strömt heraus. »India sindabad! India sindabad!« skandieren alle. Zu Tausenden laufen sie über die Straße. Der Chauffeur sieht, daß kein Durchkommen ist, und beginnt ein Wendemanöver. Chutki befiehlt ihm jedoch, weiterzufahren. Der Wille der Tochter des Maharadschas ist Gesetz, also dreht der Chauffeur den Wagen wieder in die andere Richtung, doch das Meer von Menschen macht es unmöglich. Die Leute winken, jubeln und johlen. Sie tanzen, springen und singen. Sie lachen, schreien und rufen: »India sindabad! India sindabad!« Alle sind völlig aufgedreht, Indien hat Pakistan besiegt! Ein Mann mit einem Turban in den Farben der indischen Flagge, safran, weiß und grün, schlägt fröhlich mit flachen Händen auf das Dach des Rolls-Royce. Obwohl der Wagen gut isoliert ist, dröhnt es im Innern furchterregend. Der Chauffeur beginnt zu hupen. Mehr Leute hören die Schläge auf das Metall und machen mit. »India sindabad! India sindabad!«

»Sag ihnen, sie sollen aufhören!« kreischt Chutki.

Die kleine Krankenschwester kurbelt das Fenster herunter, das ohrenbetäubende Johlen dringt ins Auto. Sie versucht die Männer zu stoppen, aber die beachten sie gar nicht.

Der Chauffeur sieht im Spiegel, daß Chutki in Panik gerät. Er steigt aus und fordert die Männer auf, damit aufzuhören.

»India sindabad! India sindabad!« trommeln sie weiter aufs Autodach.

»Sie sollen aufhören!« kreischt Chutki. Sie zieht ihre Jacke fest um sich, öffnet die Tür und springt raus.

Auch die Krankenschwestern steigen aus, mehr um Chutki zu beschützen, als um die Männer zur Besinnung zu bringen.

Der kleine Junge sieht sich entgeistert um. Der Hals tut ihm weh, aber das Geschrei der Männer ist so beeindruckend, daß er sich hinsetzt und durchs offene Fenster hinausschaut.

»India sindabad! India sindabad!« ruft ein Mann ins Auto und winkt Madan zu.

Der kleine Kerl hebt die Hand und winkt zurück.

»Komm tanzen!« ruft der Mann und zieht die Wagentür auf.

Der Junge rappelt sich hoch und rutscht von der Rückbank. Vorsichtig klettert er aus dem Auto. Er breitet die Arme weit aus zu dem Mann, der mit ihm tanzen will. Er sieht seine Schwester, die mit ihrer blauen Jacke zwischen mehreren großen Männern steht. Auch sie hebt die Hände in die Luft.

»Ja, tanzen!« ruft der Mann. »Wir haben gesiegt!«

Auf seinen kleinen Beinen schwankt Madan hinter dem Mann her, wie seine Geschwister liebt auch er es, zu tanzen. Er liebt die großen Feste, die seine Eltern oft in den Sälen des Palastes geben. Der tanzende Mann vor ihm verschwindet in der Menge. Er taumelt hinterher. Madan Man Singh will mit ihm tanzen. Tanzen auf diesem Fest.

1995

Rampur

Der Mond schob sich unmerklich am wolkenlosen Himmel weiter. Es war nicht der Schrei der Eule oder das Gezirpe der Grillen, nicht die Hitze oder der Durst, nicht einmal die Ahnung, wer der Mann war, in den sie sich verliebt hatte. Es war die Frage, die sie ihrem Vater schon vor vielen Jahren hätte stellen sollen, die Charlotte vom Schlafen abhielt.

Sie lief barfuß zum Kinderzimmer und öffnete die Tür. Beim Licht des Mondes sah sie, daß ihr Vater ruhig auf dem schmalen Bett lag, bedeckt nur von den Gurten. Er war völlig klar im Kopf gewesen, als er die Vollmacht für den Verkauf unterschrieb – was dachte er wohl all die Male, wenn ihm bewußt wurde, daß sie ihn festgebunden hatten? Würde er es verstehen oder war gerade das der Grund für die vielen, heftigen Wutanfälle?

Er glänzte vom Schweiß, obwohl sich der Ventilator über ihm auf vollen Touren drehte. Das Moskitonetz schwebte wie eine Qualle über ihm. Die Angst, die sie oft ergriff, wenn sie sein Zimmer betrat, blieb aus. Wie könnte sie ihm die Frage stellen, wenn sogar ihre eigenen Erinnerungen langsam verblaßten, die Realität Platz gemacht hatte für die Sehnsüchte? Was würde es ändern, wenn sie es wußte? Würde es ihr Bild von ihm ändern? Würde sie ihm verzeihen können oder ihn hassen? Seine Finger bewegten sich im Schlaf. Es sah so aus, als wolle er etwas ergreifen, an das er nicht herankam. Sein Atem ging schneller. Seine Arme bewegten sich, seine mageren Beine lagen schlaff da. Ob er in seinen Träumen noch immer gehen, laufen, springen konnte? Oder war auch diese Erinnerung verblaßt?

Am Schrank hing die Uniform. Hatte Hema sie dort hingehängt? Sie mußte sie wegnehmen, bevor er wach wurde, denn er konnte nicht mitkommen aufs Fest. Die vielen Menschen würden ihn verwirren, und er sie. Der Distinguished Service Order hing verloren neben den anderen vergessenen Auszeichnungen. Selbst Heldentum existiert am Ende nur noch im Gedächtnis. Er seufzte leise. Seine Hände entspannten sich. Sie hörte, daß er wieder in einen traumlosen Schlaf glitt. Sie wollte nicht ins Bett gehen, obwohl sie schon zwei Nächte nicht geschlafen hatte, war sie nicht müde. Sie nahm die Uniformjacke vom Bügel und zog sie an. Der Geruch von Staub, Vergangenheit und Vergänglichkeit umfing sie. Ihre Hand strich über das grobe Leinen, die mürben Nähte und den Orden.

»Nimm ihn ab.«

Sie hatte nicht gemerkt, daß er aufgewacht war.

»Du kannst ihn haben.«

»Ich wollte dich nicht wecken.«

»Ich habe nicht geschlafen.«

Die Jacke glitt von ihren Schultern.

»Nimm ihn ab«, wiederholte er.

Sie sah ihn an und versuchte zu ergründen, ob er wußte, was er sagte, oder nur etwas daherredete.

»Hast du nicht gehört? Nimm ihn ab!«

Sie öffnete den Metallstift an der Innenseite des Jacketts, mit dem der Orden befestigt war, und nahm ihn ab. Das Kreuz war schwerer, als sie erwartet hatte, und es hatte scharfe Kanten; im Zentrum war die goldene Krone, umrahmt vom Lorbeerkranz. Sie hob das Moskitonetz hoch und reichte den Orden ihrem Vater.

»Ich hab doch gesagt, daß er für dich ist.«

»Für mich? Warum?«

»Du bist doch seine Witwe!«

Charlotte sah ihren Vater durchdringend an. Hatte sie seine Worte richtig verstanden? War er bei Sinnen oder war er verrückt? Meinte er, daß nicht er der Held war, sondern Peter? Er schlug die Augen nieder. Die Eule schrie kreischend auf dem nächsten Hügel. Der Mond warf sein Licht auf Vater und Tochter. Das Moskitonetz glitt ihr aus der Hand und senkte sich wie das Gittertor einer Burg zwischen sie und ihren Vater.

Sie fand den Weg zurück in ihr Zimmer, legte sich aufs Bett und fiel mit dem Orden in der Hand in einen traumlosen Schlaf.

»Tante Charlotte!« schallte die hohe Mädchenstimme durch die Eingangshalle. »Das Klopapier ist wieder alle!«

Im selben Moment läutete das Telefon. Hema eilte in die Halle, um den Hörer abzunehmen, aber bevor er sich melden konnte, klingelte es auch an der Haustür. Er überlegte kurz, was er zuerst tun sollte, hielt sich dann aber an das Prinzip: Wer zuerst kommt, mahlt zuerst. Er setzte sein Telefongesicht auf, nahm ab und deklamierte den Spruch, den Memsahib ihm vor Jahren aufgetragen hatte. Als er hörte, daß es die Frau von Nikhil Nair war, bedauerte er es, daß er nicht zuerst die Haustür aufgemacht hatte.

Oben schlug die Uhr neun. Memsahib hatte noch geschlafen, als er ihr um sechs Uhr Tee bringen wollte, und die Tür des Kinderzimmers hatte offengestanden, so daß er den General hatte singen hören:

We'll meet again
Don't know where
Don't know when
But I know
We'll meet again
Some sunny day

Er hatte den Tee in die Küche zurückgetragen und selbst getrunken, denn die Hitze hatte die ganze Nacht wie eine schwere Decke auf ihm gelegen. Wieder läutete es an der Tür. Hema überlegte krampfhaft, wie er das Gespräch mit der Frau von Nikhil Nair beenden konnte, aber die wiederholte immer wieder, daß der Tisch, den sie dem Schneider leihweise überlassen habe, in den Club müsse, weil er dort für das Fest am Abend gebraucht werde. Daß Hema nicht wußte, wo der Schneider war, daß der Schneider nicht wußte, daß der Tisch nur geliehen war, und daß die Memsahib noch schlief, konnte die Frau von Nikhil Nair nicht beeindrucken. Trotz ihres Wortschwalls hörte Hema, daß der General oben immer noch gut aufgelegt war, denn obwohl die Tür abgeschlossen war, sang der alte Mann ständig dasselbe Lied. Wieder klingelte es an der Haustür, nun sehr lange und fordernd. Wenn nicht in diesem Moment die junge Memsahib in die Eingangshalle gekommen wäre mit der zusammengeklebten Teekanne, hätte er das Gespräch sicher höflich beendet, aber er war so erschrocken, weil jemand anders seine Aufgabe übernommen hatte, daß er den Hörer grußlos auflegte, auf das Mädchen zuging und ihr die Kanne aus den Händen zog. Ein Schwall heißen Tees spritzte aus der Tülle und landete auf seiner Hand. Er stieß einen Schmerzensschrei aus, den niemand hörte, denn derjenige, der vor der Tür stand, hielt den Finger auf der Klingel und war unüberhörbar nicht gewillt, ihn dort wegzunehmen, solange nicht geöffnet wurde. Die Teekanne in der einen Hand, öffnete er mit der schmerzenden Hand die Tür.

»Ich komme den Tisch holen«, sagte ein junger Mann, den Hema noch nie gesehen hatte. Er hatte einen kleinen Schnäuzer und klopfte ungeduldig mit dem Fuß gegen die Schwelle.

Hema, der von Charlotte und dem General die Verhaltensregeln für einen Butler gelernt hatte, vergaß alles. »Der Personaleingang ist hinten«, blaffte er und knallte die Tür zu.

Charlotte hatte seit Jahren nicht mehr so lange und so tief geschlafen, und als sie aufwachte, hielt sie den Orden in der Hand. Ein neuer, verwirrender Gedanke verdrängte die Erinnerungen an den verstorbenen Helden. War der Schneider der Sohn des Maharadschas? Der kleine Junge, den sie im Krankenhaus in den Armen gehalten hatte? Das Kind, das verlorengegangen war in dem Trubel nach dem ersten Kricket-Spiel zwischen Indien und Pakistan? Die Zeitungen hatten ein Foto von ihm veröffentlicht, aber niemand hatte ihn gesehen. Der Fürst hatte Stadt und

Land durchkämmt, doch der Junge blieb spurlos verschwunden. In Tempeln, Moscheen und Kirchen war für ihn gebetet worden, der Maharadscha hatte Astrologen und Wahrsager befragt und sogar eine gigantische Geldsumme in Aussicht gestellt, wenn sein Sohn gefunden würde. War er nun hier, unten in ihrem Haus? Oder war es nur eine trügerische Hoffnung, um seine Anwesenheit in ihrem Haus zu rechtfertigen und ihrer Verliebtheit eine Chance zu geben? Aber alles paßte zusammen, die Narbe, der Verlust seiner Stimme, sein Alter, seine Hautfarbe und seine Ähnlichkeit mit dem Maharadscha. Er hatte eine Familie! Sie mußte es ihm sagen, sie mußte den Maharadscha anrufen, wußte allerdings nicht, ob er noch lebte – alle Beziehungen zwischen den beiden Familien waren abgebrochen, nachdem der Junge verschwunden war. Sie wagte es nicht, ihr Zimmer zu verlassen – wenn sie die Treppe hinunterging, könnte er sofort ihre Gedanken lesen, und das wollte sie nicht riskieren … Sie mußte eine Möglichkeit finden, ganz ruhig auf ihn zuzugehen und ihn zu fragen, ob er sich an etwas von früher erinnerte. Wenn er lesen könnte, hätte sie ihm einen Brief schreiben können, wenn sie weit voneinander entfernt stünden, könnte er ihre Gedanken vielleicht nicht fühlen, aber dann würde jeder andere in der Umgebung hören, was sie ihm zuriefe, das einzige, was ihr noch einfiel, war, es erst jemand anders zu erzählen, der ihn dann danach fragen würde, aber sie wußte niemanden, der dafür in Betracht kam. Also entschied sie sich, es selbst zu tun. Sie legte den Orden vorsichtig in das Holzkästchen, in dem sie jahrelang die Zigarette aufbewahrt hatte, verstaute es in der Schublade und ging nach unten.

Der Lärm, der sie aufgeweckt hatte, war vorbei. Im Haus herrschte friedvolle Ruhe. Das Ticken der Uhr, das Knarren der Stufen. Sie klopfte an die Tür des Klavierzimmers, und weil sie wußte, daß er nicht antworten konnte, öffnete sie ganz vorsichtig die leise quietschende Tür.

Im Zimmer war es dunkel. Vorhänge und Fensterläden waren geschlossen. Einen Moment dachte sie, er habe vielleicht, so wie sie, verschlafen, aber er schlief ja gar nicht hier, sondern in dem Raum neben der Küche. Sie knipste das Licht an. Die Glühbirne stotterte einen Moment, so wie ihr Atem. Das Zimmer war verlassen, der Tisch und die Nähmaschine waren verschwunden. Nur das scharlachrote Kleid hing an der Wand, wie ein geschlüpfter Schmetterling.

»Madan!« rief sie, ohne sich bewußt zu sein, daß der Schneider seinen ursprünglichen Namen gar nicht kannte. »Madan, wo bist du?« Sie rannte in den Salon, der genauso verlassen war, sie rannte in den Garten, ins Küchenhaus, auch dort war niemand. In dem Zimmer, das sie vor ein paar Wochen für ihn hatte saubermachen lassen, lagen ordentlich gefaltet ein paar Decken und eine zusammengerollte Schlafmatte. Sonst sah der Raum unbewohnt aus. Sie rannte zwischen den aufgestellten Eimern und Töpfen hindurch zum Schuppen, wo sein Fahrrad die ganze Zeit neben ihrem gestanden hatte – auch sein Rad war nicht mehr da.

Er bereute es, daß er nicht doch eine große Flasche Wasser mitgenommen hatte. Den Hügel hinabzufahren war herrlich gewesen, sein Hemd und seine Haare flatterten bei dem hohen Tempo. Er sauste an den Reihen der Eimer und Tassen vorbei, an dem verrosteten Verkehrsschild unten am Pfad, von dem er nicht wußte, daß es ein Vorfahrtsschild war, und überquerte, ohne nach links und rechts zu sehen, die Straße. Der Fahrer des LKW, der gerade mit einer Ladung Wassermelonen um die Kurve tuckerte, verfluchte ihn, ohne daß er es hörte. Er begriff sich selbst nicht mehr, aber seit dem Moment, als sie ihm die Tür geöffnet und die Augen wegen des gleißenden Sonnenlichts zugekniffen hatte, war er verloren gewesen. Nicht nur wegen ihrer Schönheit. Da war mehr gewesen, als er ihren Duft wahrnahm, ihre Stimme hörte, sie sah. Er mußte fester in die Pedale treten, denn der Hügel war in ein Stück gerader Straße übergegangen, die in die Stadt führte. Um alle Häuser und Hütten standen Kübel und Schüsseln. Die Tropfen, auf die jeder wartete, erschienen auf seiner Stirn, und sein Atem ging schneller. Er würde das Geld für seine Arbeit einsammeln und die Stadt verlassen. Er mußte fort sein, ehe der Monsun losbrach und die Straßen überschwemmte. Auch wenn ihn eine Leidenschaft ergriffen hatte, die heftiger und glühender war als alles, was er bisher erlebt hatte, durfte er nicht das Unmögliche wollen. Nicht er. Er mußte sie vergessen. So wie er alles aus der Vergangenheit vergessen hatte.

1954

Grand Palace

Die Fensterläden sind geschlossen, der Maharadscha und die Maharani sitzen schweigend nebeneinander. Ihre vormals edlen, jugendlichen Gesichtszüge sind vom Kummer gezeichnet.

Sie reden nur noch selten miteinander, und wenn sie etwas sagen, beginnt jeder Satz mit »Hätten wir doch …«. Die Gänge des Palastes sind leer, und wenn ein Diener hindurchgeht, hält er den Kopf tief gesenkt und vermeidet jedes Geräusch. Die Gemälde im großen Saal sind mit schweren, schwarzen Tüchern verhängt, und die Springbrunnen sprudeln nicht mehr. Auch die Vögel, die sich gern auf der Veranda der *Zenana* aufhielten, lassen sich nicht mehr sehen. Wie die Frauen, die sich in separate Zimmer zurückgezogen haben oder ganz fortgegangen sind, um der Trauerstimmung zu entfliehen. Das Bett, in dem Madan bis zu seinem Verschwinden schlief, steht jetzt im Zimmer der Maharani, sie schläft jede Nacht darin, obwohl es für sie zu klein ist. Der Arzt hat ihr gesagt, sie werde dadurch auf Dauer krumm, aber die Worte des Arztes interessieren sie nicht. Mehr noch, sie will das Wort »Arzt« nie mehr hören. Ihre Tochter Chutki ist in ein Dorf am Rand der Großen Indischen Wüste in Rajasthan verbannt worden. Die beiden Krankenschwestern, die schon lange Jahre im Dienst der Fürstenfamilie gestanden hatten, wurden ohne Gerichtsverfahren ins Gefängnis geworfen – wo sie bis zu ihrem Tod bleiben werden, denn alle haben sie vergessen. Wie den Chauffeur, der schon nach zwei Monaten starb, weil er aus Reue keinen Bissen mehr aß.

Die Hand des Maharadschas tastet unsicher zur schwarz behandschuhten Hand seiner Frau, die bei seiner Berührung erstarrt. Er muß mit ihr reden. Aus seinen Gebieten kommen

Nachrichten, daß sich in der Bevölkerung Unmut regt – die Leute meinen, daß die strenge Trauer, die nun schon seit zwei Jahren angeordnet ist, ein Ende haben muß. Sie wollen, daß endlich der Kanal ausgeschachtet wird, die Frauen möchten wieder bunte Kleidung tragen, die Männer haben es satt, sich nicht rasieren zu dürfen, und Eltern wollen ihren neugeborenen Söhnen nicht mehr den Namen Madan geben müssen.

»Mutter meiner Kinder …«, hebt er an.

Seine Frau stößt einen Klagelaut aus. Ihre Dienerin eilt herbei und will neben ihr niederknien, aber der strenge Blick des Maharadschas hält sie davon ab.

»Es ist an der Zeit.«

Sie beginnt herzzereißend zu weinen. Ihre Schultern zucken, und sie verbirgt das Gesicht in den Händen. Die Dienerin zieht ein Spitzentaschentuch hervor und reicht es dem Maharadscha.

Unbeholfen schiebt er das Tüchlein seiner Frau in die Hand, die es sich ans Gesicht drückt. »Am ersten Tag des nächsten Monats verkünde ich das Ende der Trauer«, sagt er.

Sie schüttelt den Kopf und sinkt in sich zusammen. »Wir müssen ihn finden, das weißt du doch, ich habe ihn verflucht«, schluchzt sie.

Der Maharadscha unterdrückt einen Stoßseufzer, er hat genug vom Aberglauben seiner Frau. »Dann hebe den Fluch doch wieder auf«, sagt er und kann den Zorn in seiner Stimme nicht unterdrücken.

»Aufheben? Ein Fluch läßt sich nicht aufheben.« Nun ist es die Maharani, die seufzt.

»Dann wandel ihn ab, sag, wenn die weiße Frau stirbt, wird er glücklich.« Daß seine Frau und seine Töchter so eine Schwäche für Magie haben, ist ihm ein Graus, der Maharadscha will sich den Bart abnehmen lassen, den Kanal fertigstellen, Portwein trinken und wieder auf die Jagd gehen.

Seine Frau schließt fromm die Augen und beginnt ein Lied zu summen, das er nie zuvor gehört hat, es klingt hoch und schrill. Dann legt sie die Hände ans Herz und blickt auf das einzige unverdeckte Gemälde im Zimmer, auf dem Madan abgebildet ist mit einem Säbel, der so groß ist wie er selbst. Sie ruft einige Wörter, die er noch nie gehört hat, zieht die Handschuhe aus und wirft sie über dem Bild an die Wand, wo sie hinter den Rahmen fallen. Sie sieht ihren Mann an und sagt: »Öffne die Fensterläden.«

1995

Rampur

Weil ihre Tante es unbedingt wollte, probierte Issy das rote Kleid an. Sie verstand nicht, warum Charlotte weinte, so viele Feste gab es nicht in Rampur, und ihr Opa sang schon den ganzen Tag fröhlich vor sich hin. Sogar der Butler war, nach dem kleinen Malheur mit der Teekanne und nachdem er entdeckt hatte, daß der Schneider verschwunden war, in glänzender Stimmung. Issy selbst war schlecht gelaunt, sie hätte sich gern auch ein Kleid nähen lassen, ein ganz kurzes mit freiem Rücken, aber als Kleidungsstück für eine ältere Dame war das Kleid ihrer Tante eigentlich ganz hübsch. Also zog sie es an.

»Behalt's ruhig an. Ich will es nicht mehr«, sagte Charlotte und ging aus dem Zimmer.

In dem Moment, als sie den Reißverschluß zuzog und das Kleid sich um ihren Körper schloß, hatte Issy das Gefühl, kaum noch Luft zu bekommen, es war, als würde der Stoff bei jedem Atemzug knapper und schnüre den Körper immer mehr ein. Sie wollte das Kleid schnell wieder ausziehen, doch der Reißverschluß ging nicht auf. Sie wand sich wie ein Aal, aber vergeblich.

Hema, der mit dem Tee in den Salon kam, sah voller Bewunderung zu, weil er ihre Verrenkungen für einen Tanz hielt.

»Hilf mir!« rief sie japsend. »Mach den Reißverschluß auf!«

Hema war schockiert über die ungenierte Aufforderung des weißen Mädchens, sie konnte von ihm doch nicht erwarten, daß er den Reißverschluß ihres Kleides aufzog, er könnte dabei ja versehentlich ihre Haut berühren.

»Jetzt hilf mir doch!« schrie sie.

Charlotte, die in der Halle die Rufe ihrer Nichte gehört hatte, kam herein und sah das Mädchen nach Atem ringend mitten im Zimmer stehen. Sie eilte zu ihr und zog den Reißverschluß ohne Mühe auf.

Ehe Hema sich zurückziehen konnte, hatte Issy das Kleid abgestreift und stand mit nichts als einem Slip bekleidet da.

»Was für ein Scheißkleid!« rief sie und beförderte das Kleidungsstück mit einem Fußtritt in die Ecke.

»Isabella!« Charlotte suchte hastig etwas, was sie ihrer Nichte überwerfen konnte.

Hema schoß aus dem Zimmer und kippte sich dabei zum zweiten Mal an diesem Tag heißen Tee über die Hände, aber der Anblick der jungen, festen Brüste ließ ihn diesmal den Schmerz vergessen.

Charlotte griff zu Issys T-Shirt und hielt es vor das Mädchen, bis die Tür zuschlug. »Hema ist ein Mann!« sagte sie.

»Und ich bin eine Frau!«

Charlotte hob das Kleid vom Boden auf und konnte nicht anders als den Stoff zu streicheln.

»Das Kleid ist verhext«, sagte ihre Nichte in überzeugtem Ton.

»Unsinn«, sagte sie verträumt, »es ist einfach ein Kleid.«

»Dann zieh es doch selber an.«

»Nein, ich gehe nicht aufs Fest.«

»Ich rede nicht vom Fest. Ich rede von dem Kleid.«

Charlotte fühlte die weiche Seide durch ihre Hände gleiten, in ihren heimlichen Träumen hatte sie sich so seine Haut vorgestellt. Ohne das Kleid aus der Hand zu legen, knöpfte sie ihr verschlissenes Hauskleid auf und ließ die Seide über ihren Kopf fließen. Wie Schlangen aus ihrer Haut schlüpfen, so schlüpfte Charlotte in das rote Kleid. Sie steckte die Hand in die Armöffnung und glitt in einen Raum, den sie kannte, auch der andere Arm fand von allein den Weg. Die rote Seide floß sanft über ihren Busen, ihren Bauch, ihren Rücken und ihre Hüften. Sie wußte nicht, ob es ihre Haut war, die den Stoff anzog, oder ob es die Seide war, die sie so fest umschmiegte. Es war keine zweite Haut, es war noch viel mehr, es gab ihr Kraft wie die Borke eines

Baumes, Sicherheit, wie der Kokon einer Larve, wie die beschützenden Arme einer Mutter, wie eine Membran um die leckerste Frucht … Sie fühlte sich um Jahre jünger, stärker, schöner, voller, reicher. Die Sehnsucht in ihrem Herzen und die Tränen, die sie geweint hatte, waren vergessen, sie wußte, daß er sie liebte.

Oben schlug die Uhr acht.

»Geh du nur«, sagte Issy, der die Verwandlung ihrer Tante nicht entgangen war. »Ich hab keine Lust.«

Sie merkte, daß ihre Tante sie gar nicht hörte – Charlottes Füße schlüpften in ein Paar Abendschuhe, und sie ging ohne ein weiteres Wort.

Hema sah die Memsahib in dem bildschönen Kleid aus dem Haus treten. Sie schien nicht zu laufen, sondern zu schweben. Er wollte ihr zurufen, sie solle warten, er würde ihr ein Taxi bestellen, aber sie tanzte den Pfad zur Straße hinab. Er rannte vor ihr her durch das Spalier der Eimer und Töpfe. Am Tor sprang er auf die Straße und winkte mit ganzer Kraft, um ein Taxi anzuhalten, aber die Taxis waren alle schon mit elegant gekleideten Menschen besetzt, die auch zur Gala wollten.

Er hörte eine Hupe, eine Autotür flog auf, und Herr Nikhil Nair stieg fassungslos aus seiner funkelnden Nobelkarosse.

»Mrs. Bridgwater …« Er suchte einen Moment nach den richtigen Worten. »Erweisen Sie mir die Ehre.« Er verbeugte sich tief und hielt ihr die Tür auf.

Charlotte nahm neben seiner Frau Platz, die in ihrem neuen rosafarbenen Kleid übers ganze Gesicht strahlte.

Ehe Hema ihr noch einen schönen Abend wünschen konnte, fuhren sie los, in die Stadt, wo überall auf den Straßen Kübel, Schüsseln und Fässer standen, alles, was Wasser auffangen konnte, und wo es nur noch in der Mitte einen ganz schmalen Durchgang für den Verkehr gab.

Es war öde in dem großen Haus, in dem sie nun allein war, viel stiller und leerer als am Tag. Nicht mal der Butler kam, wenn sie an der Klingel zog. Hema war, nachdem der Wagen weggefahren war, zum Butler der Nachbarn gerannt, weil er jemand von den Brüsten erzählen mußte, die er gesehen hatte. Also schenkte Issy sich selbst eine Tasse Tee ein und versuchte wieder einmal, ein passendes Kabel für ihr Mobiltelefon zu finden. Im Schuppen hatte sie am Nachmittag einen ganzen Berg alter, offenbar vergessener Stromkabel und Verlängerungsschnüre entdeckt, vielleicht war was Brauchbares darunter.

Sie schmiß das Wirrwarr von Leitungen auf den Boden und zog ein kurzes Stück Kabel heraus, aus dem an beiden Enden zwei abgemantelte Kupferdrähte ragten. Mit Heftpflaster klebte sie die Drähte der einen Seite an die beiden Steckerstifte des Aufladegeräts, und die zwei Kupferdrähte am anderen Ende steckte sie – mit äußerster Vorsicht, weil sie wußte, wie gefährlich das sein konnte – in die Steckdose. Das Display ihres Telefons leuchtete auf, und das Zeichen »Akku lädt« wurde sichtbar. Sehr mit sich zufrieden sah sie auf das Telefon und sagte: »Na siehst du, ich kann allein reisen!« Erleichtert lehnte sie sich auf dem Sofa zurück.

Es knallte. Die Birne über ihrem Knopf flackerte, dann fiel der Strom aus.

Die Kapelle spielte einen Walzer. Die große, überdachte Terrasse des Clubs war zum Tanzen freigeräumt worden. Ringsum brannten Fackeln, und von der Decke hingen silberne Girlanden, die das Licht reflektierten. Frauen, die sonst schüchtern in einer Ecke gestanden hatten, bewegten sich temperamentvoll über die Tanzfläche. Die, die früher als zu dick gegolten hatten, waren an diesem Abend schlanker denn je, während die Bohnenstangen prachtvolle Busen bekommen und die grauen Mäuse offenbar eine Verjüngungskur gemacht hatten. Sogar die Wichtigtuerinnen, die sonst allen auf die Nerven fielen, strahlten etwas Poetisches aus. Auch die unerträgliche Hitze, die über der Stadt lastete und jede Minute noch schwerer wurde, hatte etwas Betörendes.

Die Schönste von allen aber war Charlotte, die über die Tanzfläche wirbelte wie eine feurige Blume, die von Bienen umsummt war. Sie lachte und tanzte mit Herrn Karapiet, der immer wieder erklärte, daß er noch nie so viele hübsche Frauen beisammen gesehen habe, mit Alok Nath, dem Goldschmidt, der ankündigte, er wolle ein Collier für sie entwerfen, weil er von ihrer Schönheit überwältigt sei, mit Adeeb Tata, dem Großcousin des steinreichen Ratan Tata, der ihr ins Ohr flüsterte, sie sei schöner als alle Damen, denen er in Paris begegnet sei, mit dem Kokosölfabrikanten, der meinte, er sei von ihrem Parfum berauscht, obwohl sie vergessen hatte, welches zu nehmen, und natürlich mit Herrn Nikhil Nair, der sie mit seinen Blicken verschlang und sogar ein zweites Mal zum Tanz aufforderte. Diesmal lehnte sie höflich ab, weil sie es sich nicht mit seiner Frau verderben wollte. Charlotte spürte, wie sie strahlte, wie alle Feste, die sie früher versäumt hatte, mehr als aufgewogen wurden durch dieses eine Fest. Die Kellner liefen mit großen Wedgwood-Schalen herum – ein paar erkannte sie wieder, aber das Wiedererkennen tat ihr nicht weh. Und auch die begehrenden Blicke, die ihr zugeworfen wurden, konnten sie nicht verwirren, sondern machten sie glücklich.

»Eine Wolke!« rief die Frau von Alok Nath. Wie gewöhnlich hörte niemand ihr Geflüster. Sie ging zum Rand der Terrasse und deutete in die Ferne. Ihr Mann dachte, seine Frau wolle nach Hause, und zog sie lachend wieder auf die Tanzfläche. »Eine Wolke«, hauchte sie ins Ohr des Goldschmiedes, aber die Musik war zu laut, und der Whisky, dem er zugesprochen hatte, trübte seine Wahrnehmungen. Er sah nur die Augen seiner schönen Frau und die sich schnell drehenden Kleider ihrer Freundinnen um sich herum. »Da sind Wolken!« preßte sie aus ihrer Kehle. Der Polizeikommandant, der gerade an ihnen vorbeitanzte, schnappte es auf und blickte zum Himmel. Aber er drehte sich so schnell, daß er drei Runden brauchte, bis er endlich die Wolken sah.

»Die Wolken sind da«, dröhnte seine kräftige Stimme über die Terrasse.

Die Musik brach ab. Nun eilten alle an den Rand der Terrasse. Der Mond war verschwunden, und um die Vorboten des Monsuns sehen zu können, mußten sie die Augen zusammenkneifen. Es wurde gedrängelt und auf die Wolken gezeigt, erleichtert geseufzt und gelächelt, gelacht über die Eimer und den Aberglauben. Der Sekretär des Clubs tat sogar etwas, was er noch nie in der Öffentlichkeit getan hatte, er gab seiner Frau einen Kuß. Worauf sie tiefrot anlief und sich vornahm, das neue Kleid noch ganz oft zu tragen.

»Aber …«, Nikhil Nair machte ein skeptisches Gesicht, »… das sind doch keine Regenwolken?«

Alle Männer spähten nun mit sachverständigen Gesichtern in die Ferne. Ihre Stirn legte sich in Falten, die Mundwinkel sanken.

Adeeb Tata, der als entfernter Verwandter des steinreichen Ratan Tata die weitaus größte Autorität genoß, drehte sich enttäuscht zu der aufgeregten Gruppe Feiernder um. »Das sind Rauchwolken.« In seiner Stimme schwang etwas Abfälliges mit, und die Frau des Goldschmiedes bereute es bitter, daß sie ihre Stimme erhoben hatte, und nahm sich vor, es nie mehr zu tun, komme, was da wolle.

»O nein, nicht schon wieder ein Brand …«, seufzte die Frau von Nikhil Nair.

Pfarrer Das begann laut zu beten, in der Ferne hörten sie die Sirenen heulen. Charlotte dachte an Parvat und hoffte, daß es kein Großbrand war. Die Kapelle setzte wieder mit dem Walzer ein, und die Feiernden kehrten auf die Tanzfläche zurück. Der Polizeikommandant forderte Charlotte etwas befangen auf, weil er noch nie mit einer weißen Frau getanzt hatte. Obwohl er ein hervorragender Tänzer war, schweiften Charlottes Gedanken einen Moment ab. Sie dachte an die Kerze im Salon, die manchmal anblieb, weil der Strom so oft ausfiel, und hoffte, daß Isabella sie ausblies, bevor sie schlafen ging.

Langsam vermischte sich die Walzermusik mit den zunehmend lauter heulenden Sirenen. Die Musiker der Kapelle sahen die Paare immer näher zum Rand der Terrasse tanzen und zum Horizont blicken, wo eine orangefarbene Glut erschien.

Wer gesagt hatte, daß es ihr Haus war, wußte sie nicht mehr, und in welches Auto sie gesprungen war, auch nicht. *Vater! Hema!* dachte sie. *Isabella!* Sie empfand ein merkwürdiges Gefühl der Erleichterung, als sie daran dachte, daß Madan fortgegangen war. Schon von weitem sah sie, daß das Dach in Flammen stand, es sah aus wie ein gewaltiges Signalfeuer hoch oben auf dem Hügel.

Die in den letzten Wochen so unerträgliche Hitze war nichts im Vergleich zu der glutheißen Wand, gegen die sie anprallte, als sie aus dem Auto stieg. »Wo ist mein Vater?« rief sie. »Und meine Nichte! Und Hema! Wo sind sie? Wo sind sie alle?«

Überall standen Feuerwehrleute mit leuchtendgelben Helmen auf dem Kopf und Äxten und Leitern in den Händen und sahen zu, wie die Flammen aus dem Dach schlugen.

»Warum löscht ihr nicht?!« schrie sie.

Die Feuerwehrmänner sahen sie erstaunt an.

»Weil es kein Wasser gibt«, sagte der alte Kommandant mit der breiten Reihe Auszeichnungen auf der Uniform.

»Kein Wasser?! Aber das Feuer!«

»Das muß ausbrennen.«

»Aber es brennt nur oben!«

»Wir sorgen dafür, daß es nicht überspringt.«

Charlotte blickte sich verzweifelt nach allen Seiten um. Sie sah nicht die plattgefahrenen Eimer und die Scherben der Tassen, die von den breiten Reifen der roten Autos zermalmt worden waren, und auch nicht den zusammengerollten Teppich und das Sofa, das die Männer aus dem Haus geschleppt hatten. Sie rannte zum Küchenhaus und rief Hemas Namen. Auf dem Spülstein stand ein halbvoller Wasserkanister, den nahm sie und rannte damit zu den Feuerwehrleuten. »Wo ist Parvat?«

»Der ist drinnen«, sagte der alte Kommandant und blickte erstaunt auf den Kanister in ihrer Hand.

»Drinnen!«

»Im Haus! Er holt Ihren Vater raus, der scheint im ersten Stock zu sein.«

Parvat holt meinen Vater heraus, der hinter einer verschlossenen Tür mit Gurten festgeschnallt ist. Sie zögerte keine Sekunde, rannte zum Hintereingang und schlüpfte durch die Dienstbotentür ins Haus.

Die Hitze, die draußen schon überwältigend gewesen war, war drinnen noch heftiger. Neben der Tür hing Isabellas blaue Jacke. Ihre Nichte war also auch noch im Haus! Charlotte griff nach der Jacke und legte sie sich als Schutz um. Sie schraubte den Verschluß vom Kanister und goß das Wasser über sich aus. Dann stieß sie die Zwischentür auf und trat in die Halle. Wie tausend Dolche bohrte sich die Hitze in sie. Sie schnappte nach Luft und schirmte das Gesicht mit der Hand ab. Sie hörte das Feuer im hölzernen Dachstuhl prasseln. Durch einen kleinen Spalt ihrer zugekniffenen Augenlider blickte sie sich um. Ein ungewohntes, orangefarbenes Licht erleuchtete den kahlen Raum. Auf dem schmalen Pfeiler brannte noch die Kerze, die sie am frühen Abend angezündet hatte. Die Zimmertüren standen offen, und die wenigen Möbel waren verschwunden. Sie wollte ihre Namen rufen, aber die siedende Luft verbrannte ihre heiseren Schreie. Sie bahnte sich einen Weg durch den dicken, glühenden Wall zum alten Arbeitszimmer ihres Vaters, in dem Isabella schlief. Das Zimmer war leer, und auch das Badezimmer. Wo war ihre Nichte? Wo war ihr Sohn? Ihr Vater? Tief geduckt, als könnte sie so der Hitze ausweichen, arbeitete sie sich weiter vor in den Salon.

1935

Rampur

Auf dem Sofa liegt ihr kleiner Bruder, er weint. Charlotte hält Ausschau nach Sita, kann sie aber nirgends entdecken. Der Junge, noch ein Baby, weint immer lauter, und mit seinen kleinen Fäusten schlägt er wild um sich. Charlotte kniet sich vor das Sofa und beugt sich über ihn.

»Ganz still, nicht weinen, sonst hört er's.« Sie streichelt ihm sanft übers Gesicht.

Er schreit nur noch lauter.

»Jetzt sei doch still, sonst wird er böse.« Sie hebt den kleinen Kerl hoch und wiegt ihn in den Armen. Er ist schwerer, als sie erwartet hatte, und er strampelt heftig. Sie muß ihn fest an sich drücken, damit sie ihn nicht fallen läßt. »Sei ruhig, ich bin ja bei dir.« Sie beginnt ganz leise zu singen. Ein selbst ausgedachtes Wiegenlied, in dem Engel und Feen vorkommen, Sonnenstrahlen und Himmelsleitern, kleine Kinder und Tränen. Der Junge beruhigt sich. Sie wiegt ihn noch immer. Ihr Kopf bewegt sich im Takt mit.

Er sieht sie mit seinen rotgeweinten Augen an und schluchzt: »Ma-ma.«

Sie will ihn anlächeln, ihm einen Kuß auf den Mund geben, als sie das Offiziersstöckchen ihres Vaters auf der Schulter spürt. Er tippt sie damit nur an, es reicht, damit sie aufblickt.

»Du bist keine Mutter«, sagt er mit frostiger Stimme.

1995

Rampur

Der Salon ist leer. Wo sind sie, wo ist er, ist er oben? Sie will die Treppe hinaufrennen, aber ein unüberwindbarer Wall aus Hitze hindert sie daran. *Ich muß nach oben, laß mich durch!* fleht sie. Sie braucht ihre ganze Kraft, um den Fuß zu heben und auf die erste Stufe zu setzen. Sie will wieder rufen, doch aus ihrem Mund kommen nur gurgelnde Laute. Sie kämpft sich durch die unsichtbare glühende Mauer nach oben. Die Flammen über ihr tropfen herab, verschlingen das trockene Holz der Wände, Fußböden und Decken. Das Wasser, das sie über sich gegossen hat, ist längst verdunstet. Die Sicht, die gerade noch klar war beim orangefarbenen Lichtschein, wird nun durch beißenden Qualm versperrt, der das Atmen unmöglich macht. Sie hört, daß die Uhr zu schlagen beginnt. Ein tiefer, schwerer Schlag. Sie erreicht stolpernd das Ende der Treppe. Sie merkt nicht, daß sie nun kriecht, daß ihre Knie über das abgewetzte Holz des Fußbodens rutschen, daß ihre Hände im Dunkeln tasten, daß ihre Augen tränen. Sie fühlt nur, daß das rote Kleid sie beschützt.

Die Uhr schlägt zum zweiten Mal. Sie findet den Türrahmen vor dem Kinderzimmer, die Tür ist offen. Sie kriecht auf allen vieren weiter, über die Schwelle, über die sie als Kind so oft gekrochen ist, in das Zimmer, in dem ihr Leben angefangen hat.

Der dritte Schlag. Sie findet das eiserne Bett, die Beine sind glühend heiß, das Moskitonetz ist nicht mehr da. Trotzdem suchen ihre Hände weiter. Sie stoßen auf einen der Lederriemen, der herabhängt. Das Bett ist leer. Wo ist ihr Vater? Wo ist Parvat? Sie müssen hier sein.

Der vierte Schlag. In Panik öffnet sie den Mund, aber der Rauch brennt im Hals. Ihre Hände tasten über den Fußboden, sie sucht die Räder des Rollstuhls, der immer neben dem Bett steht. Wo sind sie? Warum ist der Rollstuhl nicht da?

Der fünfte Schlag. Der Rauch bohrt sich in sie hinein und drückt ihr die Luftröhre zu. Sie kann nicht mehr atmen, nichts mehr sehen. Sie schlägt um sich. Sie müssen hier sein. Er will schon seit so langer Zeit nicht mehr aus seinem Zimmer.

Der sechste Schlag. Sie stößt gegen die Kiste, in der früher das Spielzeug war und auf die Hema heute den Tee stellt. Schmerzen spürt sie nicht, sie muß zurück. Luft! Sie muß atmen. Sie versucht sich aufzurichten, sie stürzt, verzweifelt sucht sie die Tür, wo ist der Ausgang?

Der siebte Schlag. Sie fühlt die Schwelle, die Tür, aber die Halle, die zuvor noch mit dichtem Qualm gefüllt war, ist nun pechschwarz. Sie hustet und atmet den schwarzen Rauch ein.

Der achte Schlag weist ihr die Richtung, in die sie kriechen muß. Die Uhr, die immer den Rhythmus ihrer Tage bestimmt, die Leere füllt, wenn niemand spricht, ihre treueste Hausgenossin, die alle ihre Tränen kennt. Sie ruft sie.

Der neunte Schlag, hab keine Angst, sagt die Uhr, du bist fast an der Treppe, auf dem Weg nach unten, die Stufen, die ihre Mutter in dem lindgrünen Abendkleid und dem goldenen Diadem im Haar herabgeschritten ist.

Der zehnte Schlag. Die Stunde, in der die Nacht mit Madan begann, die Nacht, die sie all die einsamen Nächte in dem großen Haus vergessen ließ. Das Kleid, das er für sie genäht hat, umfängt sie zärtlich.

Der elfte Schlag. Die sengende Hitze drückt sie an sich. Läßt sie ein in ihre Hölle, ihren Himmel. Ihre Beine bewegen sich nicht weiter. Ihre Hände bleiben auf dem Boden liegen.

Charlotte hört, wie die große Standuhr zum zwölften Mal schlägt.

Issy schiebt den Rollstuhl so schnell sie kann den Pfad hoch. Sie hätte nie einen so langen Spaziergang machen sollen, es war schon mühsam genug gewesen, ihren nörgelnden Großvater die

Treppe hinunterzuhieven. Warum ist sie auch noch den ganzen Hügel runtergegangen?

»Schneller, schneller!« ruft der General.

Issy schiebt schnaufend den Rollstuhl zwischen den Eimern und Schüsseln bergauf und denkt ständig an das Stromkabel, das sie an ihr Mobiltelefon gefriemelt und in die Steckdose im Salon gesteckt hat.

»Vorwärts, marsch!« schreit der General und klatscht in die Hände.

Zwischen zwei Feuerwehrautos schießt Hema hervor. »Herr General! Wo haben Sie gesteckt?!« Er übernimmt den Rollstuhl, aber durch den Sand auf dem steilen Pfad fällt ihm das Schieben viel schwerer als erwartet. Sein letzter Spaziergang mit dem General liegt ja auch schon Jahre zurück. »Miss Isabella, Sie waren gar nicht im Haus!« ruft er erleichtert, denn er muss ständig an die Beedie denken, die er heimlich hinterm Haus geraucht hat.

»Schneller! Schneller! Näher ran!« brüllt der General. »Das ist das größte Feuer, das ich je gesehen habe!«

Issy blickt verstört auf ihren johlenden Großvater und nimmt sich vor, niemals jemandem von den Ledergurten zu erzählen, mit denen er festgebunden war, und von den Kabeldrähten, die sie in die Steckdose gesteckt hat.

Madan sitzt am Stadtrand neben seinem Fahrrad. Er kann sich einfach nicht entschließen, von Rampur wegzugehen, von ihr wegzugehen. Er glaubt zuerst nicht, daß die Flammen echt sind. Er denkt, daß er sie träumt, daß sie genauso in Flammen steht wie er. Bis der Rauch aufsteigt, plötzlich, in wirren Fetzen, die den Himmel suchen. Ihr Haus, es ist ihr Haus! Er springt aufs Rad und rast zurück.

Er hört den zwölften Schlag der Uhr im Treppenhaus. Durch das Sichtfenster der Gasmaske bemerkt Parvat, wie der Qualm dichter wird. Die Taschenlampe ist nicht mehr stark genug, um ihn zu durchdringen. Er geht ins letzte Zimmer, das er durchsuchen muß, nirgends hat er jemanden angetroffen, doch hier oben lebt der alte Mann, das weiß er von seiner Mutter. Er kann nicht länger bleiben. Der Brandherd kann sich schneller weiterbewegen als er. Seine Hände gleiten über das letzte Bett. Es ist leer, aber er fühlt, daß etwas unterm Kopfkissen liegt. Er nimmt es. Es ist ein eingerahmtes Foto. Er will es zurückwerfen, als er in der orangefarben flackernden Glut registriert, was das Foto zeigt. Obwohl er es noch nie zuvor gesehen hat, erkennt er sich selbst sofort. Das Bild wurde vor langer Zeit aufgenommen. Er ist noch ein Kind und liegt in den Armen von Tante Charlotte, die ihn küßt. Ein seltsames Gefühl durchfährt ihn, als löse sich ruckartig ein Knoten, der verheddert war, und die Seilenden schössen durch seinen Körper. Stimmt es also, was die Leute sich erzählen? Er wirft noch einen schnellen Blick auf das Foto und wünscht sich, er hätte es nicht gefunden. Er will es nicht wissen, es vergessen. Parvat merkt, daß die Uhr zu schlagen aufgehört hat. Er muß machen, daß er hier rauskommt, er spürt, daß das Feuer näher gekommen ist. Er wirft das Foto aufs Bett und dreht sich zur Tür um, die er nicht mehr sehen kann. Sich vorantastend findet er sie. Die Treppe ist rechts, das weiß er, er kennt das Haus zu gut von seinen Besuchen bei Tante Charlotte. Seine behandschuhte Hand gleitet über das Treppengeländer. Er hat keine Sekunde zu verlieren.

Er will die Treppe hinunterrennen, als sein Fuß gegen etwas stößt. Er kann die Berührung sofort deuten. Am Boden liegt ein Körper. Er weiß genau, daß er vorher nicht da war. In rasender Eile ergreift er den Körper, ertastet, wo der Kopf ist und wo die Beine sind, schlägt die Branddecke um ihn in der Hoffnung, die Flammen zu ersticken. Über ihm knirscht das Holz. Er hört und spürt, wie ringsum Teile des Hauses herabfallen. Er wirft sich den Körper mit einem Schwung über die Schulter und schwankt, stolpert die Treppe hinab. Er muß hinaus. Weg von den Flammen, weg von dem Foto. Er drückt gegen die große Haustür, aber die will nicht aufgehen. Er rüttelt am Türknopf, doch nichts passiert. Er hört, daß hinter ihm der riesige Kronleuchter auf dem einst glänzend weißen Marmorfußboden zerschellt. Er hämmert an die Tür. Er will rufen, aber wegen der Gasmaske hört er nur seinen eigenen Notschrei. Er sieht die weißen, schlanken Finger neben seinen Beinen hängen, ihr Daumen ist lang und ihr Mittelfinger sehr kurz, genau wie bei ihm. Er sieht, daß sich ihre Finger noch bewegen. Sie suchen, sie tasten. Er tritt gegen die Tür. MACHT AUF! LASST UNS RAUS!

Madan hört ihre Stimme. *Komm zurück! Komm und hol mich! Komm zurück!* Er strampelt so schnell er kann den Hügel hinauf, über den Pfad zwischen den zermalmten Schalen und Schüsseln, um die nutzlosen Feuerwehrautos herum. Er wirft das Rad auf den Boden. Er vergißt die Nähmaschine auf dem Gepäckträger. Er sieht die Feuerwehrleute hilflos auf das riesige Feuer schauen, die Äxte tatenlos in der Hand. Einige sitzen niedergeschlagen auf dem ausgerollten Teppich. Er sieht die beiden leeren Eimer, die auf den Säulen neben der Treppe stehen. Er sieht den alten Mann, der von seinem Rollstuhl aus zuschaut, euphorisch in die Hände klatscht und anfeuernde Rufe ausstößt, von einem alten Feuerwehrmann mit Auszeichnungen auf der Brust mit mitleidigen Blicken bedacht. Er sieht das Faktotum, das die spärlich bekleidete weinende Nichte tröstet. *Komm!* ruft ihre verzweifelte Stimme. *Hol mich!* Er begreift nicht, warum keiner etwas unternimmt, warum alle nur zuschauen. Sie müssen hinein. Sie ist noch im Haus! Sie müssen sie retten! Er sieht, wie Teile des Balkons herabstürzen und die Eingangstür blokkieren.

Parvat watet durch die Flammen, die nach ihm greifen. Er sucht die kleine Nebentür. Er schreitet zwischen den brennenden Bruchstücken durch und trägt sie wie ein Kind in seinen starken Armen, die er so beschützend um sie schließt, wie sie ihre Arme auf dem Foto um ihn gelegt hat. Die Feuerzungen lecken hungrig an seinen Beinen. Sie darf nicht sterben. Nicht jetzt, nicht hier, nicht in seinen Armen. In der brennenden Glut sieht er eine Gestalt auftauchen. Der Mann trägt keine Schutzkleidung. Keine Maske. Welcher Idiot hat den Mut, sich in dieses Flammenmeer zu begeben?

Er will, aber er kann nicht. Das Feuer treibt ihn gnadenlos zurück. Er will kämpfen, er empfindet keine Angst, doch das sengende Inferno läßt ihm keine Chance. Die Mauer des Feuers ist geschlossen. Er hört ihre Stimme nicht mehr, aber er ist sich sicher, daß er sie gehört hat, daß sie ihn gerufen hat.

Charlotte! ruft er, ohne zu merken, daß er sie zum ersten Mal bei ihrem Namen nennt. *Charlotte, wo bist du?*

Sie treten aus der Feuerwand hervor. Er kann sie nicht erkennen. Er sieht nur einen vagen, sich bewegenden Fleck, die flimmernden Konturen von etwas, was ein Körper sein könnte.

Sie stolpern hinaus. Weg vom Feuer. Weg vom Haus. Weg von der feurigen Hölle. Parvat legt Charlottes schlaffen Körper in Madans Arme und zieht sich die Schutzmaske vom Gesicht. Er sieht, wie der Mann die Frau in die Arme schließt. Sie an sich zieht. Sie küßt. Verlegen sieht der hochgewachsene Feuerwehrmann den leidenschaftlichen Zärtlichkeiten zu.

Im Kleiderschrank ist es dunkel, die Tür geht nicht mehr auf, auch nicht, wenn ich dagegendrücke, ich rieche den süßen Duft von Mutters Kleidern, ich streiche über den weichen Samt, ich habe Angst, ich weiß genau, daß sie mich vergessen.

Madans Beine knicken ein. Er ist am Ende seiner Kräfte. Charlottes Kopf sinkt auf seinen Schoß. Er streicht ihr mit der Hand übers Gesicht, über die gerade Nase, die roten Lippen, die langen Haare. Er weint. Aber es sind nicht seine Tränen, die auf ihr Gesicht fallen.

Ich höre die Regentropfen aufs Verdeck des Kinderwagens prasseln, meine Beine sind nackt, auch meine Arme sind nicht bedeckt, ich weiß nicht, wo die anderen sind, ich bin draußen, ich bin allein, der Regen schlägt mich immer fester, es tut weh, ich kann nicht aufhören zu weinen.

Über ihnen reißt der Himmel auf. Die Tropfen stürzen sich zischend in die Flammen. Sie haben keine Angst, zu Millionen lassen sie sich herabfallen, immer mehr, immer fester. Der Regen spült den Ruß von ihrem Gesicht, ihre durchscheinende Haut glänzt.

Die Tränen tragen mich mit sich mit, wie in einem tosenden Fluß werde ich mitgerissen in den Dschungel, ich höre das Rauschen der Bäume, ich sehe das Blut an den Stämmen herabfließen, ich spüre die Angst der schweigenden Kolonne, die sich voranschleppt, wohin gehen sie, woher kommen sie?

Er schließt die Augen und spürt wieder, wie sich Charlotte über ihn beugt. Er nimmt aufs neue ihren Duft wahr. Er hört wieder die Worte, die sie flüstert: *Bleib am Leben!* Sie streichelt ihm übers Haar. Er erinnert sich an den Schmerz unterm Kinn. Sie sagt, daß alles gut wird. Sie küßt ihn. Er öffnet die Augen und blinzelt. Er sieht wie durch einen Schleier, daß sie ihn anlächelt.

Wir tanzen, unsere Körper berühren sich, unsere Füße lösen sich vom Boden, wir brauchen keine Worte, wir haben alles gesagt, wir haben alles gefühlt, die Einsamkeit, die Stille, die Ängste sind verschwunden.

Sie sieht ihn mit großen Augen an, dann sinkt ihr Kopf zur Seite. Der zornige Blitz beleuchtet ihr gebrochenes Lächeln. Über dem Hügel grollt der Donner. Jasminduft steigt auf.

Glossar

Aloo gobi Kartoffeln mit Blumenkohl
Ayah einheimische Kinderfrau
Bakschisch Almosen
Beedie dünne indische Zigarette, in ein Blatt des Ebenholzbaumes gerollter Tabak, mit einem Faden befestigt
Bobajee Koch
Brew (britische Armeesprache) Tee
Burra-peg Schnaps, gemeint ist meist Whisky
Cane Offiziersstöckchen
Chai-wallah Teeverkäufer
Chapati Fladenbrot aus Gerste, Hirse und Weizen
Chota-sahib Junior-Sahib, Sohn des Sahib
Darsi Schneider
Dhal Sammelname für Linsengerichte
Dhobi der Mann, der die Wäsche wäscht
Distinguished Service Order Kriegsverdienstorden
Diwali Lichterfest; wichtiges Fest der Hindus
Holi hinduistisches Frühlingsfest; u. a. überschüttet man sich dabei gegenseitig mit farbigem Pulver und farbigem Wasser
India sindabad! lang lebe Indien!
Kurta langes Oberhemd, von Männern getragen
Longhi Tuch, das sich Männer um die Taille binden und das oft bis zu den Köcheln reicht; manchmal wird der Stoff zwischen den Beinen durchgezogen und hinten wieder eingesteckt
Maharadscha Titel eines einheimischen Fürsten
Maharani Frau des Maharadschas
Mali Gärtner
Masalchee Küchenhilfe, Abwascher
Mehtar Feger

Memsahib respektvolle Anredeform für eine Frau; Kombination von Ma'am und Sahib

Namasté (gebräuchlicher Gruß) »ich verbeuge mich vor dir«

Paneer indischer Käse, der in Gerichten verarbeitet wird

Puja hinduistisches Ritual bei verschiedenen Anlässen, zum Beten oder um Gott, Göttern oder einem Guru Ehre zu erweisen

Punkah-wallah Mann, der den *punkah* (= Fächer aus Palmblättern oder Stoff unter der Zimmerdecke) in Bewegung setzt, indem er pausenlos an einer Schnur zieht

Raj Britische Herrschaft über Indien

Sahib Anrede für einen Europäer in Indien

Salwar kameez traditionelle Kleidung, die in Südasien von Frauen und Männern getragen wird; ein Salwar ist eine Pluderhose, ein Kameez eine Tunika oder ein langes Hemd

Sarkar Anrede für eine Respektsperson

Swaddy (britische Armeesprache) Soldat

Topi kleine weiße Kopfbedeckung

Viceroy Vizekönig von Indien (vollständiger Titel: Generalgouverneur und Vizekönig von Indien); Oberhaupt der britischen Kolonialregierung in Indien

Zenana abgeschirmter Wohnbereich für Frauen

Stammbaum Familie Bridgwater

William Bridgwater 1878-1917 ⚭ Elizabeth Elphinstone 1883-1901

Victor Bridgwater 1901 ⚭ Mathilda Breckenridge 1915-1938

Charlotte Bridgwater 1930 ⚭ Peter Harris 1929-1953 — Donald Bridgwater 1935 ⚭ Patricia

Isabella 1976

Personen

Madan, auch Mukka genannt
Hema, der Butler
Peter Harris, Hauptmann und Kehlkopf-Spezialist
Sita, die *Ayah* (Kinderfrau)
Parvat, Sitas Sohn

Damen Dienstagmorgenclub

die Frau von Nikhil Nair, Direktor der *Indian Easter Mine Company*
die Frau von Ajay Karapiet, Besitzer von zwei Kinos und des größten Hotels der Stadt
die Witwe Priya Singh, läßt sich von ihrem betagten Fahrer in einem Ambassador von 1957 chauffieren
die Frau von Alok Nath, Goldschmied
die Frau von Adeeb Tata, entfernter Verwandter des steinreichen Ratan Tata
die Frau eines Kokosölfabrikanten

Personen Vergangenheit

Charlottes Welt

Schiff

Tante Ilse, begleitet Charlotte von Bombay nach London
Ganesh, Ingenieurstudent aus Südindien

Grand Palace

Maharadscha Man Singh
Maharani
Chutki, jüngste Tochter des Maharadschas

Internat *Queen Victoria College*

Joseph, der Sohn des Gärtners
Mrs. Blackburn, Direktorin
Iris, Klassenkameradin

Madans Welt

erster Freund Samar
zweiter Freund Abbas
Ram Khan, Schneider mit schlechten Augen
Bruder Franciscus, von der St.-Thomas-Kongregation
Herr Patel
Chandan Chandran, der Weber
Subhash, der Maschinenschmierer
Dr. Krishna Kumar, Besitzer einer Schneiderei in Madras

Dankwort

Zuerst möchte ich mich bei Barbara Hershey bedanken für die Frage, die sie mir am letzten Drehtag meines Films *The Bird Can't Fly* stellte und die zu diesem Roman führte. Großen Dank schulde ich auch Nameeta Premkumar Nair und ihrer Familie, ihren Freunden und Assistenten in Bombay, Chennai, Coonoor, New-Delhi und Shimla. Mit ihrer Hilfe traf ich auf meiner Recherchereise in Indien die richtigen Menschen und lernte wichtige Orte kennen. Insbesondere danke ich Gopinder Vatsayayen in den Ausläufern des Himalaja und Harmesh Rangaiah und seiner Frau Rakhi in den Bergen von Coonoor; sie haben Begegnungen für mich arrangiert, die für diese Geschichte sehr bestimmend waren. Bei meinen Recherchen sprach ich, neben vielen anderen, mit einem Maharadscha, den Männern einer Feuerwehreinheit, betagten Militärs, Dutzenden von Schneidern, einem alten Butler, pensionierten Hausangestellten, ehemaligen Kinderfrauen, Straßenkindern, Journalisten, Schriftstellern, Historikern, Briten, die nach der Unabhängigkeit 1947 in Indien geblieben sind, und deren Nachkommen. Außerdem besuchte ich ehemalige britische Clubs, Paläste, Waisenhäuser, Krankenhäuser, Werkstätten und viele alte Kolonialvillen. Dennoch sind alle Charaktere und Situationen im Buch fiktiv, geformt aus Tausenden Fragmenten, die ich auf meiner Reise fand.

Danke auch für die Hilfe und Gastfreundschaft des ehemaligen niederländischen Konsuls in Mumbai, Hans Ramaker, und des Journalisten Rafique Baghdadi, der mir Bombay zeigte, wie es in den fünfziger Jahren war.

In den Niederlanden möchte ich meinen Dank aussprechen an Generalmajor Germ Keuning und sein Netzwerk für die Ratschläge zur militärischen Terminologie, Dick Plukker, der mir beim richtigen Gebrauch der Hindi-Wörter half, und dem Bauernhof Bargerhof für die fotogenen Töpfe und Schüsseln. Großen Dank schulde ich auch meinen vier kritischen Lesern, Moniek Kramer, Helga Pranger und meinen Brüdern Flip und Marc Schreurs; letzterer entpuppte sich unverhofft als zusätzlicher Lektor. Ferner möchte ich mich bei Linda Visser und Marleen Schoonderwoerd bedanken, die die I-Tüpfelchen beigetragen haben. Natürlich danke ich Nelleke Geel, meiner Verlegerin, weil sie – und das ist sehr inspirierend – anders ist als alle Verleger in den Niederlanden. Vor allem aber danke ich meinem Freund Adriaan Krabbendam, der dieses Buch jeden Tag nach dem Abendessen als Fortsetzungsroman las, mir Anregungen gab und schon seit Jahren mein Lektor ist.

Texel, 2010